BASTEI
LÜBBE

Von Mary Jo Putney erschienen bei BASTEI-LÜBBE:

12258 Wilder als Haß, süßer als Liebe
12305 Indische Nächte
12340 Wie ein Blütenblatt im Sturm
12375 Ein Spiel um Macht und Träume
12629 Tanz der Sinne
12645 Der Spion und die Lady

MARY JO PUTNEY

FEUER DER LEIDENSCHAFT

Aus dem Englischen
von Bodo Baumann

BASTEI
LÜBBE

BASTEI-LÜBBE-TASCHENBUCH
Band 12 726

Deutsche Erstveröffentlichung
Titel der amerikanischen Originalausgabe:
River of Fire

Published by arrangement with Signet, an imprint of Dutton
Signet, a division of Penguin Books USA Inc.

Printed in Germany März 1998
Einbandgestaltung: K. K. K.
Titelfoto: Elaine Duillo/Ag. Th. Schlück
Satz: hanseatenSatz-bremen, Bremen
Druck und Bindung: Elsnerdruck, Berlin
ISBN 3-404-12726-9

Binnie gewidmet: Ihrer Unterstützung und
ihrer grenzenlosen Frohnatur wegen –
und weil sie gequälte Helden *liebt*.

Prolog

Sutterton Hall
Bedfordshire, England, 1794

Die Spitze des zerbrechlichen Holzkohlestiftes sacht auf den Karton gesetzt, verharrte die Hand des Jungen schwebend über der Skizze, während er überlegte. Es war ihm zunächst gar nicht schwergefallen, sein Pony zu zeichnen. Aber was machte er jetzt mit den Beinen? Wie bewegten sich diese, wenn Albie trabte? Kenneth Wilding beschwor nun ein akkurates Abbild seines Ponys vor seinem inneren Auge herauf und beugte sich dann mit einem zufriedenen Schnauben wieder über den Karton. Das rechte Vorderbein nach vorn geschwungen, und die Hinterbeine *so.*

Als er mit der Skizze fertig war, trug er sie zu seiner Mutter hinüber, die auf der gegenüberliegenden Seite des Kinderzimmers ihre kleine Tochter in den Schlaf wiegte. Er wußte, daß sie sich des Babys wegen Sorgen machte. Aber sie sah mit einem Lächeln von der Wiege auf, als er sich ihr näherte.

»Sehr gut, Kenneth«, sagte sie, nachdem sie einen prüfenden Blick auf die Zeichnung geworfen hatte. »Das ist nicht irgendein beliebiges Pferd, nicht wahr? Das ist Albie.« Als er nickte, fuhr Lady Kimball fort: »Du hast ihn genau getroffen. Und er sieht so aus, als würde er im nächsten Moment aus dem Bild herausspringen. Ich hätte es nicht besser machen können.«

Das war ein großes Kompliment, denn seine Mutter

konnte zeichnen wie ein Engel. Kenneth kehrte mit einem stolzen Lächeln an seinen Platz zurück. Er war gerade dabei, eine neue Skizze von Albie anzufertigen, als sich die Tür des Kinderzimmers öffnete und einen Schwall kalter Luft vom Korridor hereinließ. Seine Finger krampften sich um den Holzkohlestift, als er seinen Vater über die Schwelle treten sah – stämmig, kraftvoll und so fest in der Erde verwurzelt wie eine von Sutterton Halls berühmten Eichen.

Lord Kimball blickte seinen Sohn stirnrunzelnd an. »Ich hatte dir doch gesagt, daß du deine Zeit nicht mit Zeichnen vertrödeln, sondern dich auf deine lateinischen Übungen konzentrieren solltest, um dich auf deine Aufnahmeprüfung für Harrow im nächsten Jahr vorzubereiten!«

»Kenneth hat seine lateinische Lektion heute schon gelernt, und deshalb sagte ich ihm, daß es in Ordnung wäre, wenn er sich ein bißchen mit seinen Skizzen beschäftigen würde«, warf hier seine Mutter im milden Ton ein. »Er ist ein echtes Talent auf diesem Gebiet, Godfrey. Wenn er seine Bildungsreise durch Europa macht, wird er uns herrliche Ansichten vom Kontinent nach Hause bringen können.«

Lord Kimball schnaubte: »Zeichnen ist etwas für Mädchen. Gentlemen heuern Künstler dafür an, Skizzen von ihren Reisen anzufertigen.« Damit beugte er sich rasch zu seinem Sohn hinunter, zerknüllte die Zeichnung von dessen Pony in der Hand und warf sie auf die brennenden Scheite im Kamin. »Komm mit! Die Kühe werden jeden Moment kalben, und du bist alt genug, um dabei zu helfen.«

Kenneth machte unwillkürlich ein protestierendes Geräusch mit der Zunge, ehe er die Lippen fest zusammenpreßte und sich gehorsam von seinem Stuhl erhob.

»Jawohl, Sir.« Eines Tages würde er der Fünfte Viscount Kimball sein und die Verantwortung für alle auf seinem Besitz lebenden Tiere übernehmen müssen. Er mußte jeden Fußbreit Boden von Sutterton so genau kennen wie sein Vater. Nichts war wichtiger als das Land und die Leute, die es bewohnten. Nichts.

Doch ehe er seinem Vater aus dem Zimmer folgte, warf er noch einen letzten bedauernden Blick auf die Zeichnung, die sich im Feuer zusammenringelte und dann zu Asche zerfiel.

Kapitel 1

Sutterton Hall, 1817

Die Situation war sogar noch schlimmer, als er befürchtet hatte.

Mit einem Seufzer tiefster Erschöpfung schob Kenneth Wilding das Kontobuch von sich weg. Er hatte gewußt, daß er mit ernsthaften finanziellen Problemen konfrontiert sein würde, wenn er den Besitz erbte. Doch er hatte geglaubt, es gäbe Hoffnung – daß jahrelange harte Arbeit und Entbehrungen ausreichen würden, um den Besitz zu erhalten. Wie sehr er sich da doch getäuscht hatte.

Er erhob sich vom Schreibtisch und trat ans Fenster der Bibliothek, um auf die sanft gewellten Hügel von Sutterton hinauszustarren. Die Schönheit der Landschaft war wie ein Messer in seinem Herzen. Fünfzehn Jahre lang hatte er sich danach gesehnt, wieder nach Hause zu kommen. Er hatte nicht damit gerechnet, die einst so fruchtbaren Felder als von Unkraut überwuchertes Brachland vorzufinden. Und daß man alles Vieh verkauft hatte, damit ein alternder Mann und dessen herzlose, verschwenderische junge Frau ihren leichtfertigen Vergnügen nachgehen konnten.

Während er sich bemühte, seinen Zorn zu beherrschen, hörte er hinter sich Schritte. Einen holprigen, vom Tappen eines Stocks begleiteten Gang. Er suchte, seinem Gesicht einen friedlichen Ausdruck zu geben, ehe er sich zu seiner Schwester Beth umdrehte. Sie war alles, was ihm geblieben war, und er hatte sie schon geliebt, als sie noch ein von Koliken geplagtes kleines Kind gewesen war. Aber er wußte nicht, wie er mit ihr reden sollte. Sie waren zu lange getrennt gewesen.

Ihre dunklen Haare und grauen Augen waren den seinen sehr ähnlich, wenngleich ihr Antlitz von einer zarten Schönheit war und keineswegs vergleichbar mit seiner zerklüfteten, mit Narben bedeckten Visage. Sie ließ sich auf einen Stuhl nieder und verschränkte lokker die Hände über der Krücke ihrer Spazierstocks. Sie besaß eine innere Ruhe, die sie älter als ihre dreiundzwanzig Jahre aussehen ließ. »Ich habe kein Wort mehr von dir gehört, seit du dich heute morgen von dem Anwalt verabschiedet hast. Soll ich dir etwas zu essen bringen lassen? Wir haben noch eine recht gute Fleischpastete in der Küche.«

»Danke, aber die Lektüre der Kontobücher hat mir den Appetit verdorben.«

Ihr Gesicht wurde ernst. »Wie schlimm ist es?«

Er war versucht, sie mit einer beschwichtigenden Bemerkung abzuspeisen, doch er unterdrückte diesen Impuls. Die grimmige Wahrheit ließ sich nicht vertuschen. Zudem war Beth trotz ihrer offenkundigen körperlichen Behinderung eine starke Persönlichkeit. Sie hatte schon als kleines Kind gelernt, sich mit dem ihr angeborenen verkrüppelten Fuß abzufinden, und hatte dann als junge Frau die giftigen Bemerkungen einer verwöhnten, extravaganten Stiefmutter überlebt.

»Wir sind total ruiniert«, gab er ihr zur Antwort. »Da Vater alle Einkünfte und Rücklagen von Sutterton verpraßt hat, als er mit der teuren Hermione in London lebte, sind die Hypotheken, die nun auf dem Besitz lasten, viel größer als dessen augenblicklicher Wert. Hermione hat den Familienschmuck. Und es gibt keine gesetzliche Möglichkeit, ihr diesen wieder wegzunehmen. Der Besitz wird verkauft werden müssen. Und es wird uns nichts davon bleiben; nicht einmal der für deine Mitgift bestimmte Teil des Vermögens. Die Gläubiger werden uns binnen weniger Wochen von Haus und Hof jagen.«

Bethens Finger krampften sich um den Messinggriff ihrer Krücke. »Ich hatte das zwar befürchtet, jedoch gehofft, mich zu täuschen.« Sie versuchte zu lächeln. »Wenngleich mich der Verlust meiner Mitgift nicht schmerzt, da ich ohnehin dazu bestimmt bin, ledig zu bleiben.«

»Unsinn! Wenn Vater und Hermione dich nicht so lange hier in Bedfordshire begraben hätten, wärst du längst verheiratet und hättest ein Baby auf den Knien.« Dann wünschte er, daß er das besser nicht gesagt hätte. Denn ihr Gesichtsausdruck verriet ihm, wie sehr sie sich nach dem sehnte, was sie vermutlich niemals haben würde.

Sie machte eine wegwerfende Handbewegung, als wären Ehe und eine eigene Familie ihr gleichgültig. »Es tut mir leid, Kenneth. Ich tat mein Bestes, um den Besitz zu verwalten, aber ich war eben nicht gut genug.«

»Du warst nicht für Sutterton verantwortlich«, erwiderte er rauh. »Das war Vaters Aufgabe und ist jetzt meine. Wir beide sind es, die versagt und dich im Stich gelassen haben.«

»Diesen Vorwurf darfst du dir nicht machen. Es war schließlich Papa, der eine Frau heiratete, die jung genug war, um seine Tochter sein zu können. Und es war Papa, der den Fleiß und die gute Haushaltsführung vieler Generationen dazu verwendete, Hermione das elegante Leben zu ermöglichen, nach dem sie verlangte.« Beth hielt abrupt inne, und Tränen schimmerten in ihren Augen. »Es ist fast eine Erleichterung für mich, zu wissen, daß nun das Ende gekommen ist. Aber ich ... ich werde Sutterton vermissen.«

Ihre Weigerung, ihn zu tadeln, verstärkte nur noch sein Schuldgefühl. »Ich hätte hierbleiben sollen, statt wegzulaufen und mich als Rekrut anheuern zu lassen. Wenn ich hiergeblieben wäre, hätte ich vielleicht das Schlimmste verhüten können.«

»Das bezweifle ich. Wenn ich jemals einen Mann gesehen habe, der in eine Frau vernarrt war, dann Papa. Nur Hermiones Wünsche zählten noch für ihn«, erklärte Beth trocken. »Du wärst hier verrückt geworden. Glaubst du etwa, ich hätte diese schrecklichen Streitereien vergessen, die du mit Vater hattest, bevor du von hier weggegangen bist?«

Ihre Worte riefen ihm nun wieder die Erinnerung an jene grauenhaften letzten Tage auf Sutterton ins Gedächtnis zurück. Beth hatte recht. Er hätte damals unmöglich noch länger hierbleiben können. In dem Verlangen, das alles wieder zu vergessen, sagte er im beruhigenden Ton: »Du brauchst dir keine Sorgen zu machen, daß wir verhungern müßten. Ich habe noch etwas Geld von dem Verkauf meines Offizierspatents. Das wird uns über Wasser halten, bis ich eine passende Stellung gefunden habe. Wir werden davon sogar recht behaglich leben können.« Sein Blick wanderte wieder zu den Hügeln hinüber. Er schluckte schwer und hoffte, daß sie ihm den Schmerz nicht ansehen würde, als er fortfuhr: »Ich werde einen Spaziergang machen. Heute abend, nach dem Dinner, können wir dann Pläne für die Zukunft machen. Ich denke, daß man dir erlauben wird, deine persönlichen Sachen zu behalten.«

»Wir werden bestimmt gut zurechtkommen.« Sie erhob sich langsam von ihrem Stuhl. »Wenn ich auch als

Verwalterin nicht viel tauge, bin ich doch eine recht gute Haushälterin. Du wirst schon sehen.«

Mit einem zustimmenden Nicken flüchtete er aus dem Raum und war froh, sich nun in der frostigen Februarluft bewegen zu können. Er hatte die letzten vierundzwanzig Stunden, seit er in sein Vaterhaus zurückgekehrt war, damit verbracht, in der Bibliothek die Kontenbücher zu studieren und sich vom Familienanwalt die vernichtenden Neuigkeiten anzuhören. Auch hatte er den unverschämten und unfähigen Gutsverwalter gefeuert, den Kenneths Vater eingestellt hatte, als er sein Interesse an Sutterton verlor.

Vielleicht war der letzte Vicomte von Hermione verhext gewesen. Jedenfalls schien er sich nach seiner zweiten Heirat in einen ganz anderen Mann verwandelt zu haben. Als Junge hatte Kenneth seinen Vater zu gleichen Teilen geliebt, gefürchtet und respektiert. Nun empfand er nur noch Haß und Verachtung für ihn.

Als er mit langen Schritten den Fuhrweg hinunterlief, der schon alt gewesen war, als Heinrich VIII. auf dem Thron saß, begann er sich zu entspannen. Jeder Hügel, jeder Ausblick, war ihm so vertraut wie seine eigenen Hände und gleichzeitig doch wieder neu, da inzwischen fünfzehn Jahre verstrichen waren. Fünfzehn lange Jahre.

Manche würden die Winterlandschaft für düster gehalten haben; doch Kenneth liebte die verhaltenen Farbtöne. Da gab es unzählige Grautöne in den Bäumen, und die sich ständig verändernden Wolken schienen wie lebendige Wesen am Himmel hinzujagen. Bald würden die ersten Frühlingsknospen sich entfalten und alles mit einem frischen, lebhaften Grün überziehen. Er hielt am Bach an und beobachtete, wie das kristallklare Wasser über Pflanzen und glänzende Steine hinstrudelte. Sein

Heim und Zuhause – zumindest für die nächsten beiden Monate.

Er ließ einen flachen Stein über die Oberfläche des Bachs hintanzen und setzte dann seine Wanderung fort. Zwar konnte er seine Schwester und sich vor dem Hungertod bewahren, aber mit dem Verlust von Sutterton war Bethens Leben ruiniert. Sie war hübsch, klug und besaß ein überaus angenehmes Wesen, so daß ihr verkrüppelter Fuß sicherlich kein unüberwindliches Hindernis für eine Eheschließung gewesen wäre, solange sie über eine angemessene Mitgift verfügte. Doch eine Kombination von Armut und Körperbehinderung verdammte sie zur Ehelosigkeit.

Er hielt auf dem Kamm von Suttertons höchstem Hügel an. Über ihm woben die blätterlosen Zweige der Birken ein Muster von bewundernswerter Komplexität. Er bückte sich und hob eine Handvoll von der trockenen, bröckeligen Erde auf. Seine Vorfahren hatten jahrhundertelang auf diesem Land gelebt, hatten es bearbeitet und waren darauf gestorben. Jetzt würde es dank der kriminellen Verblendung seines Vaters an Fremde verkauft werden müssen.

Er war zwar kein landwirtschaftliches Genie, hatte aber, soweit seine Erinnerungen zurückreichten, dieses Land schon als Kind so sehr geliebt wie seine Mutter. Mit einem wehmütigen Laut tief in seiner Kehle schleuderte er die Handvoll Erde wieder von sich. Er hatte die ihm vom Himmel gebotene Chance, Sutterton zu retten, leichtfertig vertan. Was nicht heißen sollte, daß der Himmel ein Verlangen nach einem Mann haben würde, der ein halbes Menschenleben damit verbracht hatte, die Verbrechen des Krieges zu begehen.

Der kalte Wind zerzauste ihm die Haare, als er wieder vom Hügel herunterstieg. Ohne rechte Hoffnung überlegte er, ob es für ihn nicht eine Möglichkeit gab, sich so viel Geld zu leihen, daß er damit einen Teil der Hypotheken zurückzahlen konnte. Damit mochte er dann so viel Zeit gewinnen, daß er einen Teil des Besitzes verkaufen und den ihm verbleibenden Rest bestellen und wieder in gewinnträchtiges Ackerland verwandeln konnte.

Doch die Summe, die er zu diesem Zweck benötigte, war gewaltig – mindestens zwanzigtausend Pfund. Er hatte mit einer Reihe von Londoner Bankiers verhandelt, ehe er nach Hause gekommen war. Sie waren höflich zu ihm gewesen, wie es seinem noblen Rang gebührte. Aber es war ihm klar geworden, daß keiner von ihnen Geld an einen Mann verleihen würde, der nichts als Schulden geerbt hatte. Und damals hatte er noch gar nicht gewußt, wie schlimm es wirklich um den Besitz stand.

Und er kannte auch niemanden, der ihm eine so große Summe ohne Sicherheiten anvertrauen würde oder ihm für diese Bürgschaft leisten konnte. Seine engsten Freunde befanden sich in seinem früheren Regiment – der Rifle Brigade. Obwohl es sich dabei um eine Eliteeinheit handelte, war sie doch weit davon entfernt, eine Truppe von Begüterten zu sein. Die meisten anderen Offiziere waren Söhne von Ärzten, Geistlichen oder Landjunkern gewesen. Wie er hatten sie von ihrem Sold leben und zuweilen sogar etwas davon nach Hause schikken müssen.

Die einzige Ausnahme davon bildete sein bester Freund, Lord Michael Kenyon. Aber obwohl Michael der Aristokratie angehörte und über ein komfortables Einkommen verfügte, war er nur ein jüngerer Sohn. Zudem hatte er vor kurzem geheiratet. Und da inzwischen auch schon ein Baby unterwegs war, war es eher unwahrscheinlich, daß er zwanzigtausend Pfund würde entbehren können – selbst wenn Kenneth es über sich bringen konnte, ihn darum zu bitten. Und das würde er niemals tun. Er hatte Michael in der Vergangenheit schon zur Genüge mit seinen Sorgen belästigt.

Als Kenneth die Grundstücksgrenze erreichte, hatte er im Geiste alle Möglichkeiten der Rettung erschöpft. Er kehrte mit entschlossener Miene nun wieder zum Haus zurück. Sutterton war verloren. Es wurde jetzt Zeit, an die Zukunft zu denken. Nun, wo der Krieg zu Ende war, suchten viele früheren Offiziere nach einer Beschäftigung. Glücklicherweise verfügte er über ein paar familiäre Beziehungen, die ihm dabei helfen konnten, eine Stellung zu finden.

Als er die Vorhalle betrat, hatte er einen gewissen Grad düsterer Schicksalsergebenheit erreicht. In der Halle wurde er von dem einzigen ihm noch verbliebenen Mitglied der Dienerschaft, dem alten Butler Harrod, begrüßt.

»Ihr habt einen Besucher, Mylord.« Der Butler hielt ihm so elegant ein Tablett mit einer Visitenkarte hin, als wäre Sutterton ein königlicher Palast. »Der Gentleman hat es vorgezogen, so lange hier auf Euch zu warten.«

Lord Bowden. Kenneth betrachtete stirnrunzelnd die Karte, da er mit dem Namen nichts anzufangen wußte. »Wo ist er?«

Harrod hüstelte leise. »Ich habe mir erlaubt, Lord Bowden in der Bibliothek unterzubringen, Sir.«

Mit anderen Worten: Kohle war teuer, und die Bibliothek war der einzige öffentliche Raum im Haus, der beheizt wurde. Kenneth überließ dem Butler seinen Hut und seinen Mantel und schritt dann den eiskalten Flur zur Bibliothek hinunter, in der es nur ein wenig wärmer war als draußen in der Halle.

Sein Gast erhob sich von seinem Platz vor dem Kaminfeuer, als Kenneth in den Raum kam. Anfang Fünfzig, von hagerer, drahtiger Statur und einem kühlen, selbstbeherrschten Wesen, war Lord Bowden für jeden, der nicht auf diesen eindringlich forschenden Blick seiner dunklen Augen achtete, schwer einzuschätzen.

Das Schweigen brechend, fragte Kenneth: »Sind wir uns schon einmal begegnet, Lord Bowden? Oder wart Ihr ein Freund meines Vaters?«

»Euer Vater und ich waren gute Bekannte, wenn auch keine engen Freunde.« Sich wieder in den Sessel vor den Kamin setzend, ohne erst die Erlaubnis seines Gastgebers zum Platznehmen abzuwarten, fuhr er fort: »Ich bin gekommen, um eine geschäftliche Angelegenheit mit Euch zu besprechen.«

Kenneths Miene wurde eisig. »Wenn Ihr ein Gläubiger seid, gibt es nichts, was ich für Euch tun könnte. Der Besitz ist so gut wie bankrott.«

»Ich weiß. Der Zustand der Wilding-Finanzen ist ein offenes Geheimnis«, erwiderte Bowden, während sein Blick über die schäbige Einrichtung der Bibliothek hinwanderte. »Deshalb habe ich auch die Hypotheken, die darauf lasten, mit einem beträchtlichen Nachlaß erwerben können. Sie belaufen sich auf fünfzigtausend Pfund und sind längst überfällig.« Bowden griff in die Brusttasche seines Jacketts, holte einen Packen Papiere heraus und breitete diese auf dem Schreibtisch aus.

Kenneth warf einen prüfenden Blick auf die Dokumente. Sie waren alle echt, einschließlich der krakeligen Unterschrift seines Vaters. Das Ende war sogar noch rascher gekommen, als er es erwartet hatte. »Ihr habt einen schlechten Kauf damit gemacht, Bowden.«

Sich bemühend, seine Bitterkeit nicht zu offen zu zeigen, riß er eine Schreibtischschublade auf und holte einen großen, handgeschmiedeten eisernen Ring heraus, an dem Dutzende von Schlüsseln hingen, die wie die Glieder einer langen Kette klirrend aneinanderstießen. »Ich wünsche Euch viel Freude auf Eurem neuen Besitz. Es wäre mir allerdings sehr daran gelegen, daß Ihr die Dienerschaft behalten würdet. Die wenigen, die uns noch geblieben sind, kann ich Euch wärmstens empfehlen; sie sind zumindestens loyal. Meine Schwester und ich werden das Haus morgen verlassen. Ich denke, daß wir das auch schon heute abend arrangieren könnten, falls Ihr darauf bestehen solltet.«

Damit warf er Bowden den Schlüsselbund zu.

Das kam für diesen so überraschend, daß er zu spät reagierte und den Schlüsselbund nicht auffangen konnte, der von seiner Sessellehne abprallte und mißtönend über den Boden hinkollerte. Bowden starrte den Schlüsselbund einen Moment lang an, ehe er den Blick wieder auf Kenneth richtete. »Ich bin nicht gekommen, um Euch aus diesem Haus zu vertreiben. Ich wollte Euch vielmehr einen Vorschlag machen.«

Kenneth, der nicht wagte, sich irgendwelche Hoffnungen zu machen, erwiderte: »Wollt Ihr damit etwa sagen, daß Ihr bereit wäret, die Laufzeit der Hypotheken zu verlängern? In Anbetracht des Zustandes, in dem sich dieser Besitz befindet, würde es Jahre dauern, bevor ich Euch mehr bezahlen könnte als die fälligen Zinsen.«

»Ich bin nicht hier, um neue Bedingungen mit Euch auszuhandeln«, gab Bowden ihm kühl zur Antwort. »Wenn Ihr mir einen Dienst leisten könntet, würde ich Euch die Schulden erlassen und die Pfandbriefe übereignen.«

Kenneth starrte seinen Besucher verblüfft an. Das klang zu gut, um wahr zu sein, so daß es seiner Erfahrung nach tatsächlich wahr sein mußte. »Was verlangt

Ihr denn dafür als Gegenleistung – meine unsterbliche Seele?«

»Ich bin nicht Mephistopheles, und Eure Seele dürft Ihr gern behalten«, erwiderte Bowden mit einem schwachen Lächeln. »Sutterton kann wieder Euch gehören. Alles, was ihr dafür tun müßt, ist die Vernichtung eines Mannes.«

Das *war* zu gut, um wahr zu sein. Dieser Bowden hatte offenbar den Verstand verloren. Mit schiefem Mund schob Kenneth ihm wieder die Pfandbriefe über den Schreibtisch zu. »Tut mir leid. Ich bin Soldat und kein Meuchelmörder. Wenn ihr ein Verbrechen verlangt, müßt Ihr Euch schon jemand anderen suchen.«

Bowden wölbte ein wenig süffisant die Brauen. »Wenn ich mir nur einen Mord wünschte, könnte ich an jeder Straßenecke einen Schurken finden, der diesen Job für ein paar Schillinge für mich erledigen würde. Was ich möchte, ist etwas Komplizierteres. Ein Mann, der über jeden Verdacht erhaben zu sein scheint, hat ein schlimmes Verbrechen begangen. Ich will ihn demaskiert, verhaftet und hingerichtet sehen.« In Bowdens Wange begann ein Muskel zu zucken. »Ich möchte erleben, wie sein kostbarer Ruf zerstört wird, so daß jeder ihn als das Schwein erkennt, das er in Wirklichkeit ist. Ich glaube, daß Ihr der Mann seid, der das für mich tun kann.«

Da begann im Hintergrund von Kenneths Gehirnstübchen eine Alarmglocke zu läuten. Wenn er auch nur einen Hauch von Vernunft besaß, würde er diesen Verrückten jetzt aus dem Haus weisen. Aber Bowden hielt Suttertons Zukunft in der Hand. Und er war es seiner Schwester und auch sich selbst schuldig, diesen Mann zumindest anzuhören. »Warum ich? Wir sind uns bisher doch kein einziges Mal begegnet.«

»Ich erfuhr zum erstenmal durch eine beiläufige Erwähnung, die Euer Vater machte, von Eurer Existenz. Diese machte mich neugierig, so daß ich weitere Ermittlungen anstellte. Es ist sehr ungewöhnlich, daß ein junger Mann von nobler Geburt seine Abkunft verheimlicht und als gewöhnlicher Soldat in der Armee anheuert. Ihr habt den Krieg nicht nur überlebt, sondern es mit Eurem Mut und Euren Verdiensten sogar zum Offizier gebracht.« Bowdens Augen verengten sich ein wenig. »Es gibt jedoch noch mehr tapfere Männer auf dieser Welt. Ihr besitzt aber zwei Eigenschaften, die Euch einzigartig machen.«

»Wovon eine der Wahnsinn sein muß, weil ich Euch sonst nicht mehr zuhören würde«, bemerkte Kenneth trocken. »Und welche ist die zweite?«

Die Unterbrechung ignorierend, fuhr Bowden fort: »Ihr seid Erkundungsoffizier in Spanien gewesen, was bedeutet, daß Ihr nicht nur hart, zäh und einfallsreich sein müßt, sondern auch die Fähigkeit besitzt, anderen Leuten die Würmer aus der Nase zu ziehen. Ihr wart in Spanien als ›Dämonenkrieger‹ bekannt, wie ich hörte.«

Kenneth schnitt eine Grimasse. »Das war nur ein Spitzname, den man mir gab, nachdem ich eine Bande von französischen Deserteuren, die spanische Bauern terrorisierten, aufgestöbert und vernichtet hatte. Ich habe damals nur getan, was jeder andere Offzier an meiner Stelle auch getan hätte.«

»Möglich, doch Ihr habt das mit einer überaus bemerkenswerten Geschicklichkeit erledigt.« Bowdens Blick wurde jetzt nachdenklich. »Nachdem ihr drei Jahre lang als Rekognoszierungsoffizier in Spanien tätig gewesen seid, wurdet ihr von den Franzosen gefangengenommen und mehrere Tage lang festgehalten. Als es Euch gelang, zu flüchten, im Nebel zu flüchten, habt Ihr Euch bei Eurem Regiment zum regulären Dienst zurückgemeldet. Niemand scheint jedoch zu wissen, weshalb.«

Kimball dachte an Maria und wußte, daß er Bowden eher in der Hölle wiedersehen als ihm erklären würde, warum er damals seine nachrichtendienstliche Tätigkeit aufgegeben hatte. »Wenn Ihr einen Spion benötigt – warum engagiert Ihr dann nicht einen Bow Street Runner? Diese Leute sind weitaus besser als ich dafür geeignet, ein Verbrechen zu untersuchen.«

»Ich hatte einen von diesen Männern angeheuert, der jedoch nichts Wichtiges zu eruieren vermochte. Ich brauche jemanden, der in den Haushalt dieses Schurken eindringen und dort Ermittlungen anstellen kann. Das ist der Punkt, wo Ihr ins Bild kommt.« Bowden studierte nun Kenneths zerklüftetes Gesicht und dessen breite, muskulöse Gestalt. »Ich gebe zu, daß Ihr nicht so ausseht, als wäret Ihr für diese Rolle geschaffen; aber ich weiß aus zuverlässiger Quelle, daß Ihr ein begabter Künstler seid.«

»Ich bin kein Künstler«, erwiderte Kenneth steif. »Ich habe nur ein bescheidenes Zeichentalent.«

Bowden zog abermals die Brauen in die Höhe. »Wie Ihr meint. Jedenfalls hat man mir berichtet, daß Ihr Eure Jahre auf dem Kontinent dazu benützt habt, die Kunst und Architektur des Festlands zu studieren, soweit Euch das Eure militärischen Pflichten erlaubten. Ihr habt die Kunstschätze Spaniens, Frankreichs und der Niederlande gesehen und Meisterwerke betrachtet, die nur wenige Engländer Eurer Generation bisher zu Gesicht bekommen haben. Diese Tatsache wird Euch helfen, in den Haushalt dieses Schurken vorzudringen.«

Ihr Gespräch wurde von Sekunde zu Sekunde seltsamer. »Ihr braucht einen tapferen und furchtlosen Spion, der sich mit Kunstwerken auskennt, und seid bereit, ein Vermögen dafür zu bezahlen, um so einen Mann zu engagieren«, sagte Kenneth mit tonloser Stimme. »Warum?«

»Der Mann, den ich zu demaskieren wünsche, ist Maler. Ein Ignorant auf künstlerischem Gebiet wird vermutlich niemals so dicht an diesen Burschen herankommen können, daß er ihn unter die Lupe nehmen kann.« Bowden blickte Kenneth mit einem frostigen Lächeln an. »Versteht Ihr jetzt, warum ich Euch für einzigartig halte, was die Lösung dieser Aufgabe betrifft?«

»Ein Maler?« gab Kenneth vorsichtig zurück. »Wer ist denn dieser Mann, den Ihr im Auge habt?«

Bowden zögerte. »Bevor ich Euch seinen Namen verrate, müßt Ihr mir versprechen, daß Ihr diesen Dritten gegenüber niemals erwähnen werdet – auch wenn Ihr beschließen solltet, meinen Vorschlag abzulehnen. Ich will Gerechtigkeit haben, Kimball. Und nichts und niemand wird mich davon abhalten, sie auch zu bekommen.«

»Ihr habt mein Wort.«

Bowdens Augen wurden zu Schlitzen. »Der Mann ist Anthony Seaton.«

»Sir Anthony Seaton!« Kenneth starrte seinen Besucher an. »Gütiger Himmel – das kann doch nicht Euer Ernst sein!«

»Meint Ihr etwa, ich würde mir in einer so ernsten Sache einen Scherz erlauben?« brauste Bowden da auf. »Eure Reaktion beweist nur wieder, warum es so schwierig ist, einen Mann wie ihn zur Strecke zu bringen. Niemand will ihn für einen Verbrecher halten.«

Kenneth schüttelte ungläubig den Kopf. Obwohl Sir Anthony vor allem seiner Porträts wegen berühmt war, hatte er auch großformatige, prächtige Historienbilder geschaffen. Kenneth hatte Radierungen von seinen

Werken gesehen, die ihn zutiefst beeindruckt hatten. »Er ist einer der größten Maler Britanniens, wie Ihr wißt.«

»Das ist er.« Bowden glättete eine Falte in seiner tadellos sitzenden ledernen Reithose. »Und er ist auch mein jüngerer Bruder.«

Kapitel 2

Es dauerte einen Moment, bis Kenneth sich wieder von seiner Verblüffung erholt hatte. »Ich möchte mich nicht in eine Familienfehde hineinziehen lassen«, sagte er.

»Auch dann nicht, wenn Ihr dabei einen Mörder entlarven und Euer Erbe retten könnt?« erwiderte Bowden leise. »Es handelt sich hier nicht um eine simple Familienfehde, sondern um einen Akt der Gerechtigkeit.«

Kenneth, der plötzlich ein dringendes und unabweisbares Bedürfnis nach einem Drink empfand, erhob sich aus seinem Sessel und ging zu dem von seinem Vater liebevoll bestückten Branntweinkabinett, um dort zwei Gläser mit Brandy zu füllen, von dem er eines seinem Gast zureichte, ehe er wieder seinen Platz einnahm. Nachdem er einen kräftigen Schluck von seinem Brandy genommen hatte, sagte er: »Ihr werdet mir schon die ganze Geschichte erzählen müssen, ehe ich entscheiden kann, ob ich Euren verrückten Vorschlag annehmen werde oder nicht.«

»Vermutlich muß ich das«, erwiderte Bowden zögerlich. Er starrte in sein Branntweinglas, ohne einen Schluck daraus zu nehmen. »Vor achtundzwanzig Jahren war ich mit einer jungen Dame namens Helen Cosgrove verlobt. Sie hatte flammend rote Haare und war sehr ... sehr reizend. Das Aufgebot war bereits bestellt, und wir sollten in einer Woche getraut werden, als sie mit meinem Bruder Anthony durchbrannte.«

Kenneth hielt kurz den Atem an. Kein Wunder, dachte er, daß böses Blut zwischen den beiden Männern herrschte. »Achtundzwanzig Jahre«, murmelte er, »das ist eine verdammt lange Zeit, um auf Vergeltung zu warten.«

Bowden blickte ihn mit funkelnden Augen an. »Haltet Ihr mich wirklich für so kleinkariert? Ich war wütend über diesen Verrat und habe danach kein Wort mehr mit den beiden gesprochen. Doch selbst wenn ich ihnen das niemals verzeihen konnte, vermochte ich doch zu verstehen, wie es dazu gekommen war. Helens Anblick genügte, um jedem Mann den Kopf zu verdrehen, und Anthony war ein gutaussehender, romantischer junger Künstler. Die Gesellschaft fand sich schließlich mit dem Fehltritt der beiden ab und bezeichnete ihn nun als eine große Liebesverbindung.«

Bowden hielt inne. Und als Kenneth das Schweigen zu lange dauerte, drängte er seinen Gast mit den Worten »Ihr habt von Mord gesprochen« dazu, mit seinen Erklärungen fortzufahren.

»Helen starb im letzten Sommer in ihrem Haus im Lake Distrikt«, sagte Bowden nun mit abgehackter Stimme. »Angeblich wäre es ein Unfall gewesen. Aber ich wußte es besser. Man hatte schon seit Jahren über Anthonys Affären geredet. Das Wissen davon mußte auf eine Frau von Helens seelischer Konstitution eine verheerende Wirkung gehabt haben. Zur Zeit ihres Todes ging das Gerücht, daß Anthony Helen satt gehabt und seine augenblickliche Mätresse habe heiraten wollen. Er ist ja schon immer ein selbstsüchtiger Teufel gewesen.«

Bowden beugte sich vor und blickte Kenneth mit brennenden Augen an.

»Ich glaube, daß er Helen entweder selbst ermordet oder sie so unglücklich gemacht hat, daß sie sich selbst das Leben nahm. Dann wäre er für ihren Tod genauso verantwortlich, als hätte er sie selbst umgebracht.«

Wenn jemand eine Frau in den Tod trieb, mochte das zwar, vom moralischen Standpunkt aus betrachtet, genauso schwer wiegen wie ein Mord, aber das Gesetz würde hier einen anderen Standpunkt vertreten. »Ihr wollt das Schlimmste von Eurem Bruder annehmen, obwohl jeder andere Lady Seatons Tod für einen Unfall hielt«, sagte Kenneth grob. »Vielleicht war er das auch.«

»Gesunde Frauen wandern nicht über den Rand eines Steilufers, wenn das Wetter schön ist und sie die Gegend so gut kennen wie ihre Schürzentasche«, schnaubte Bowden. »Der ›Bow Street Runner‹, den ich engagiert habe, fand zumindest heraus, daß nach ihrem Sturz Kampfspuren am Rand der Klippe entdeckt worden waren. Da jedoch mein Bruder über jeden Verdacht ›erhaben‹ war, kam es damals niemand in den Sinn, ihn des Mordes zu beschuldigen.«

Das war eine böse Geschichte. Aber wenn Bowden verrückt war, war es ein eiskalter und sehr beherrschter Wahnsinn. »Vielleicht habt Ihr recht und Seaton hat tatsächlich seine Frau ermordet«, sagte Kenneth bedächtig. »Doch wenn ich die Umstände ihres Todes bedenke, könnte Euch selbst die sorgfältigste Ermittlung der Welt möglicherweise keinen schlüssigen Beweis für den wahren Tathergang liefern.«

»Ich verstehe«, erwiderte Bowden, und seine Augen wurden stumpf wie Schiefer. »Aber ich werde nicht eher Ruhe geben, bis diese Umstände auf das gründlichste untersucht worden sind. Ich habe Euch dazu bestimmt, diese Ermittlungen zu führen, weil ich glaube, daß Ihr die besten Chancen habt, diese Aufgabe auch erfolgreich zu erledigen. Wenn Ihr mir Euer Wort als Offizier und Gentleman geben wollt, daß ihr alles daran setzen werdet, die Umstände von Helens Tod aufzuklären, werde ich Euch, sobald Ihr Eure Untersuchungen abgeschlossen habt, die Schulden erlassen, die auf Eurem Besitz liegen. Und wenn Ihr mir einen schlüssigen Beweis für Anthonys Täterschaft liefert, bekommt Ihr sogar noch einen Bonus von fünftausend Pfund, der Euch helfen wird, Euren Besitz wieder in einen profitablen Zustand zu versetzen.«

Das war ein unglaubliches Angebot. Geradezu märchenhaft. Kenneth stellte sein leeres Brandyglas auf den Tisch zurück, stand auf und wanderte ruhelos in der Bibliothek auf und ab. Bowdens Vorschlag war verrückt und grenzte an Illegalität. Wenn Kenneth auch nur eine Spur von Vernunft besaß, würde er Bowden jetzt die Tür weisen. Doch die Vernunft war bisher noch nie die Richtschnur seines Handelns gewesen.

Wenn er den Vorschlag annahm, würde das die Rettung von Sutterton bedeuten. Beth konnte dann das Leben führen, das sie verdiente, eine Saison in London verbringen und eine Mitgift erhalten, wenn sie sich zu verheiraten wünschte. Der Besitz würde wieder Gewinne abwerfen, und die Diener und Landarbeiter konnten nach jahrelangen Entbehrungen wieder gerecht entlohnt und versorgt werden.

Was ihn selbst betraf ...

Er blieb am Kamin stehen und ließ langsam die Handfläche über das prächtige Schnitzwerk des Kaminsims hingleiten. Als Kind hatte er sich Geschichten zu den Figuren und Fabelwesen ausgedacht, die dort abgebildet waren.

Sutterton würde seinem Leben wieder einen Sinn geben. In verschlammten Biwaks und in der sengenden

Hitze Spaniens, vor Schlachten und in schneidend kalten Winternächten, hatte er davon geträumt, was er aus Sutterton machen würde, wenn der Besitz eines Tages ihm gehörte. Er hatte genaue Pläne dafür ausgearbeitet, wie er die zugigen alten Gebäude modernisieren würde, ohne ihren Tudor-Charakter zu zerstören. Wenn er Bowdens Vorschlag annahm, würde er seine Träume eines Tages verwirklichen können.

Und wer würde darunter leiden müssen? Falls Sir Anthony tatsächlich für den Tod seiner Frau verantwortlich war, verdiente er es natürlich, dafür bestraft zu werden, selbst wenn er der größte Maler Englands war. Sollte sich jedoch herausstellen, daß er unschuldig war, würde die Wahrheit möglicherweise Lord Bowden von seiner fast krankhaften Besessenheit befreien können. Und wenn weder das eine noch das andere zu beweisen war – würde Kenneth immer noch seinen Besitz gerettet haben.

Er spürte ein abergläubisches Prickeln in seiner Kopfhaut, als er sich daran erinnerte, wie er sich noch vor einer Stunde gesagt hatte, daß der Himmel ihm keine Chance mehr geben würde, seinen Besitz zu retten. Doch Bowden war kein Dämon, kein Abgesandter der Hölle, sondern nur ein von Skrupeln geplagter englischer Gentleman.

Kenneth drehte sich zu seinem Besucher um. »Wir müssen einen Vertrag aufsetzen, in dem alle Einzelheiten unserer Abmachung schriftlich festgehalten sind.«

Triumph spiegelte sich nun in Bowdens Augen. »Natürlich. Bringt mir Tinte und Papier, damit wir den Vertrag sogleich aufsetzen können.«

Nachdem sie eine halbe Stunde lang über die Details geredet und diese zu Papier gebracht hatten, besaß jeder der beiden Männer eine von ihnen unterschriebene

Kopie des Vertrages. Es war keine Angelegenheit, die sie publik machen wollten. Aber schon die Tatsache, daß so ein Vertrag existierte, genügte, um beide Vertragspartner zu einer gewissenhaften Einhaltung seiner Bestimmungen zu verpflichten.

Kenneth erhob sich vom Schreibtisch, um nach der Unterzeichnung des Vertrages ihre Gläser wieder mit Brandy zu füllen. »Lassen Sie uns auf eine für uns beide erfolgreiche Mission anstoßen«, sagte er dann.

Bowden erhob sein Glas. »Auf den Erfolg!« Statt jedoch nur einen Schluck von seinem Brandy zu nehmen, leerte er das Glas auf einen Zug und schleuderte es dann in den Kamin, wo es in tausend Stücke zerbarst und der noch darin verbliebene Rest von Branntwein in blauen Flammen über die glühenden Holzscheite hintanzte. Mit zornbebender Stimme rief er: »Und möge mein Bruder für das, was er getan hatte, in der Hölle schmoren!«

Seine Worte hingen fieberschwer in der Luft, bis Kenneth sagte: »Ihr habt davon gesprochen, daß ich in Sir Anthonys Haushalt eintreten soll. Da sich bisher gezeigt hat, daß Ihr Euch gründlich auf dieses Treffen mit mir vorbereitet habt, bin ich mir sicher, daß Ihr auch dafür einen Plan habt.«

Bowden nickte. »Der Sekretär meines Bruders ist im Begriff, Anthony zu verlassen, weil ihm eine besser bezahlte Stellung angeboten wurde. Morley war eine Art von Haushalt-Generalissimus – ein Faktotum, der alles für ihn regelte. Ohne ihn wird der Haushalt sich bald in ein Chaos verwandeln, da Ordnungsliebe nicht gerade zu den Tugenden meines Bruders gehört. Geht also zu meinem Bruder und bewerbt Euch bei ihm um die jetzt frei werdende Stellung eines Sekretärs.«

Kenneth blickte Bowden überrascht an. »Warum würde er denn mich als Sekretär haben wollen? Es gibt bestimmt eine Reihe von Kandidaten, die eine bessere Qualifikation für diese Position besitzen als ich.«

»Anthony wird die Stellung bestimmt nicht öffentlich ausschreiben lassen, wenn sich ein geeigneter Anwärter für den Posten bei ihm vorstellen sollte. Eure Karriere bei der Armee wird Euch sicherlich dabei helfen, diesen Posten auch zu bekommen, da mein Bruder eine romantische Vorliebe für das Militärische hat. Es sind jedoch Eure kunstgeschichtlichen Kenntnisse, die meiner Ansicht nach den Ausschlag geben werden.« Bowden dacht kurz nach. »Erscheint in Anthonys Haus und sagt, daß ein Freund von ihm, der anonym zu bleiben wünscht, Euch zu ihm geschickt habe, weil er wüßte, daß Euer Organisationstalent dort dringend gebraucht würde. Mein Bruder wird das amüsant finden.«

Kenneth hoffte, daß es so leicht sein würde. »Und wie steht es mit dem Rest des Haushalts? Hat Sir Anthony seine Mätresse inzwischen geheiratet?«

Bowden zögerte. »Noch nicht. Er mag gedacht haben, es würde zu verdächtig aussehen, wenn er sich gleich nach dem Tod seiner Frau wieder verehelichen würde.«

Kenneth nahm wieder einen Schluck von seinem Brandy. »Hat Sir Anthony Kinder?«

»Eine Tochter namens Rebecca. Sie muß jetzt siebenundzwanzig sein, glaube ich. Eine ruinierte Jungfrau.«

»Wie kann jemand noch Jungfrau sein, dessen Jungfräulichkeit ruiniert ist?«

Bowden zuckte mit den Achseln. »Ihr könnt sie auch als Hure bezeichnen, wenn Euch das lieber ist. Mit achtzehn brannte sie mit einem Mann durch, der sich selbst zum Poeten ernannt hatte, hat aber nicht den Anstand besessen, diesen auch zu heiraten.«

Das Durchbrennen schien zu den erblichen Eigenschaften dieser Familie zu gehören, dachte Kenneth trokken. »Lebt sie denn bei ihrem Vater?«

»Ja. Es ist bezeichnend für seinen verwerflichen Charakter, daß er sie wieder in den Schoß der Familie aufgenommen hat.«

Kenneth mochte sich dieser Meinung nicht anschließen. Ein Mann, der seine einzige Tochter wegen einer Jugendsünde aus seinem Haus verbannt, würde in seinen Augen noch unmoralischer handeln. Doch er behielt diesen Gedanken für sich und sagte: »Logischerweise sollte doch eher die Tochter als ein Sekretär Eurem Bruder den Haushalt führen. Warum tut sie das nicht?«

»Weil sie entweder zu faul oder nicht kompetent genug dafür ist. Ich nehme an, daß Ihr herausfinden werdet, was von beiden zutreffend ist.« Bowden erhob sich aus seinem Sessel und schenkte Kenneth ein kaltes Lächeln. »Schließlich bezahle ich Euch ein Vermögen dafür, das Leben meines Bruders gründlich zu durchleuchten.«

Als Kenneth seinen Besucher dann hinausbegleitete, überlegte er, ob es draußen in der Halle nun tatsächlich schwach nach Schimmel oder eher nach Schwefel roch.

Bevor Kenneth sich dann zum Dinner umzog, begab er sich in das Gemach seiner Schwester, um ihr die erfreulichen Neuigkeiten mitzuteilen. Sie saß am Fenster und nützte das letzte Tageslicht zum Ausbessern von Wäschestücken aus.

Stirnrunzelnd durchquerte er den Raum und blickte in den Kamin. »Es ist eiskalt in deinem Zimmer, Beth. Du solltest besser auf deine Gesundheit achten.«

Sie blickte von dem Kopfkissenbezug hoch, den sie

gerade flickte. »Ich bin an die Kälte gewöhnt. Warum sollte ich also Geld für Kohlen verschwenden?«

Er kniete vor dem Kamin nieder und warf ein paar Schaufeln Kohlen auf die schwache Glut. Dann nahm er den Blasebalg zur Hand, der neben dem Kohleneimer lag, und fachte die Glut binnen weniger Sekunden zu einem lodernden, wärmenden Feuer an. Dann erhob er sich wieder von den Knien und wollte ihr gerade von Lord Bowdens Besuch erzählen, als sein Blick auf ein kleines Gemälde fiel. »Gütiger Gott, der Rembrandt! Ich dachte, er wäre längst verkauft.«

»Tut mir leid. Ich hätte es dir schon gestern sagen sollen, vergaß das jedoch in der Aufregung über deine Rückkehr.« Beth beugte sich wieder über ihre Näharbeit. »Jedesmal, wenn Hermione nach Sutterton kam, schaute sie sich im Haus nach Wertsachen um, die sie nach London mitnehmen konnte. Ich wußte, daß dieses Gemälde dein Lieblingsbild war. Deshalb vertauschte ich den Rahmen mit dem des scheußlichen kleinen Landschaftsbildes, das unten in der Halle hängt, und brachte den Rembrandt hierher in mein Zimmer. Hermione hat mich zwar einmal hier besucht, das Gemälde jedoch nicht weiter beachtet.«

»Gott sei Dank, daß sie das nicht getan hat. Das Gemälde gehört zwar nicht zu den bedeutenden Werken des Meisters, ist jedoch mindestens ein paar hundert Pfund wert. Genug, um Hermiones Begehrlichkeit zu wecken.«

Mit klopfenden Pulsen trat Kenneth nun vor das Stillleben mit Früchten und Blumen. Ein Laie mochte es in seinem neuen schlichten Rahmen zwar übersehen; aber das geschulte Auge eines Kunstliebhabers würde es auf den ersten Blick als das Werk eines Meisters erkennen.

Gerührt, daß seine Schwester nicht vergessen hatte,

wieviel ihm dieses Bild bedeutete, und es deshalb für ihn gerettet hatte, blickte er zu ihr hoch und wurde sich dabei wieder staunend bewußt, wie sehr sie doch ihrer Mutter ähnelte. »Gott segne dich, Beth«, sagte er leise. »Ich dachte, ich würde das Bild nie wiedersehen.«

Sie lächelte. »Ich bin froh, daß ich dir damit einen Gefallen tun konnte.« Ihr Lächeln erlosch. »Aber wir werden das Bild bei dem Bankrott trotzdem verlieren, nicht wahr?«

Da fiel ihm wieder ein, weshalb er zu ihr ins Zimmer gekommen war, und sagte: »Vielleicht hat sich das Blatt jetzt zu unseren Gunsten gewendet. Ein Gentleman hat mich heute nachmittag besucht und mich gebeten, etwas für ihn zu tun, das Sutterton retten könnte.«

Beth holte geräuschvoll Luft und ließ die Nähnadel fallen. »Gütiger Himmel – es müßte schon eine Herkulesarbeit sein, die diesen Preis wert wäre!«

»Es ist ein seltsamer Auftrag, und es steht mir noch nicht frei, mit jemandem darüber zu sprechen. Aber wenn alles gut geht, kann ich dich nächstes Jahr bei Hofe als Miss Wilding von Sutterton vorstellen.« Den Fragen zuvorkommend, die er nun vom Gesicht seiner Schwester ablas, setzte er hinzu: »Das Unternehmen, das ich durchführen soll, ist weder gefährlich noch ungesetzlich. Nur eigenartig. Ich werde mich jedoch eine Weile lang in London aufhalten müssen – vielleicht ein paar Wochen oder sogar einige Monate. Ich werde dir etwas von dem Geld, das ich für den Verkauf meiner Offiziersstelle bekommen habe, dalassen, damit du davon die Ausgaben für den Haushalt bestreiten kannst.«

»So schnell willst du uns wieder verlassen?« Obwohl Beth sich bemühte, ihre Enttäuschung zu verbergen, wollte ihr das nicht ganz gelingen.

Kenneth trat unbehaglich von einem Fuß auf den anderen. Seine Schwester war schon viel zu lange allein gewesen. Da kam ihm eine Idee.

»Als ich in der letzten Woche durch London kam, habe ich dort meinen Freund Jack Davidson besucht. Du kennst ihn aus meinen Briefen. Er hat in der Schlacht von Waterloo den Gebrauch seines linken Arms verloren und weiß jetzt nicht so recht, was er mit sich anfangen soll. Als der jüngere Sohn eines Landjunkers kennt er sich aber recht gut in der Landwirtschaft aus. Wenn du nichts dagegen hast, werde ich ihn bitten, hierher nach Sutterton zu kommen. Ich glaube, daß er bereit wäre, vorübergehend die Verwaltung von Sutterton zu übernehmen. Er könnte dann eine Liste von allen Gerätschaften anfertigen, die wir benötigen würden, wenn wir den Besitz behalten können.«

Beth warf einen schrägen Blick auf ihren Krückstock. »Mr. Davidson würde recht in diesen Haushalt hineinpassen, glaube ich. Ich würde mir dann jedoch eine Anstandsdame suchen müssen.« Sie überlegte einen Moment. »Ich werde meiner Kusine Olivia schreiben. Sie würde sofort hierherkommen, wenn ich ihr die königliche Suite als Wohnung überließe.«

Kenneth lächelte. »Einverstanden. Hoffentlich finden wir auch für all unsere anderen Probleme so rasch eine Lösung.« Als er das Zimmer seiner Schwester wieder verließ, um sich zum Dinner umzuziehen, verlor er seine gute Laune wieder, als er daran dachte, wie lange es gedauert hatte, bis Faust die ersten Zweifel an seinem Pakt mit Mephistopheles gekommen waren.

Kapitel 3

Sir Anthony Seaton musterte die Platten und Schüsseln auf dem Büfett im Frühstückszimmer mit schelem Blick. »Das nennt der Koch eine Mahlzeit? Dieser idiotische Franzose verdient es, entlassen zu werden.«

»Er *ist* bereits entlassen, Vater«, sagte Rebecca Seaton, ohne von dem Zeichenblock aufzusehen, der neben ihrem Teller lag. »Das hast du doch schon gestern getan.«

Ihr Vater runzelte die Stirn. »Ihn gefeuert? Gut. Der unverschämte Teufel hat es nicht anders verdient. Warum ist er inzwischen noch nicht durch einen anderen ersetzt worden?«

»Weil man einen neuen Koch nicht über Nacht herbeizaubern kann, Vater. Zumal alle Stellenvermittlungsbüros schon das Grausen bekommen, wenn sie mich nur zur Tür hereinkommen sehen.« Sie schwieg einen Moment, um von ihrem Toast abzubeißen. »Wir sind inzwischen berüchtigt für die Häufigkeit, mit der bei uns das Hauspersonal wechselt. Zum Glück versteht das Küchenmädchen ein bißchen was vom Kochen.«

»Wie kannst du das denn wissen? Wo du doch die meiste Zeit gar nicht merkst, was du überhaupt ißt.« Sir Anthony warf seiner Tochter einen bösen Blick zu. »Ich verstehe nicht, warum du dir als Haushälterin so wenig Mühe gibst, Rebecca.«

Da Rebecca wußte, daß sich die Laune ihres Vaters erst bessern würde, wenn er seinen Tee bekommen hatte, legte sie ihren Stift beiseite, füllte eine Tasse mit Tee, fügte Milch und Zucker hinzu, rührte mit dem Löffel um und stellte die Tasse dann mit den Worten vor ihm auf den Tisch: »Wenn ich meine Zeit für solche Dinge verschwenden würde, könnte ich dir nicht mehr im Studio helfen.«

»Da haben wir es.« Ihr Vater nahm einen Schluck von dem brühend heißen Getränk. »Verdammt sei dieser Tom Morley, daß er uns verlassen hat! Er war zwar kein sonderlich geschickter Manager unserer häuslichen Angelegenheiten, aber immerhin noch besser als gar nichts.«

Ohne sich große Hoffnungen zu machen, fragte Rebecca nun ihren Vater: »Hast du schon mit dem jungen Mann gesprochen, den uns Mr. Morley als seinen Nachfolger empfahl?«

»Ja«, gab ihr Vater ihr unwirsch zur Antwort. »Ein ignoranter junger Schnösel. Für diese Stellung absolut ungeeignet.«

Rebecca seufzte. Stellenangebote für Sekretäre gehörten in die Zeitung. Und da ihr Vater keine Geduld für Interviews hatte, würde es ihr überlassen bleiben, einen geeigneten Kandidaten aus der Flut von Bewerbern auszusieben, die sich zweifellos auf eine Anzeige hin bei ihnen melden würden. Hoffentlich dauerte es nicht zu lange, bis jemand sich bei ihnen meldete, der den Erwartungen ihres Vaters entsprach. »Zwei von den Stellenvermittlungsbüros haben mir versprochen, uns noch heute ein paar Köche ins Haus zu schicken. Wenn wir Glück haben, ist einer darunter, der uns auch zusagt.«

Ihr Vater legte sich zwei Scheiben Schinken auf den Teller. »Achte darauf, daß du nicht wieder so einen launischen Künstler anstellst.«

»Ich werde mein Möglichstes tun, diesen Fehler zu vermeiden«, erwiderte sie trocken. »Noch einen launischen Künstler hält dieses Haus ja gar nicht aus.«

Da zeigte ihr Vater ihr plötzlich dieses spitzbübische Lächeln, das sogar seine Feinde mit seinem anmaßenden Wesen versöhnte. »Du hast recht – zwei von meiner Sorte würde dieser Haushalt nicht vertragen können.« Er schwieg einen Moment und schaute ihr über die Schulter. »Woran arbeitest du denn gerade?«

Sie hob den Zeichenblock an, damit ihr Vater ihn besser sehen konnte. »Es ist eine Studie zu einem von mir geplanten Gemälde, das die ›Frau vom See‹ zum Thema haben soll. Was sagst du zu der Komposition?«

Ihr Vater studierte die Skizze. »Interessant, daß du sie halb als Nymphe und halb als Kriegerin darstellst. Mir gefällt die Weise, wie ihr Haar auf dem Wasser hintreibt, während sie das Schwert in die Höhe hebt.«

Ein hohes Lob aus dem Mund von Sir Anthony Seaton, der kein Taktgefühl kannte, wenn er sich kritisch zu den Werken anderer Künstler äußern sollte. Rebecca erhob sich nun vom Tisch. Sie hoffte, daß ihr Vater bald einen Sekretär fand, damit sie ihr neues Gemälde in Angriff nehmen konnte.

Rebecca hatte sich zwar vorgenommen, nur noch ein paar Minuten an ihren Studien für die ›Frau vom See‹ zu arbeiten. Aber als sie das nächste Mal von ihrem Zeichenblock aufsah, war es bereits früher Nachmittag, und sie hatte noch immer nicht den Text für das Stellenangebot für einen Sekretär verfaßt, das sie heute hatte aufgeben wollen. Da bei den Redaktionen jedoch schon mittags Anzeigenschluß war, würde die Annonce jetzt nicht mehr in den morgigen Ausgabe erscheinen können. Zu dumm. Aber was noch schlimmer war: sie fand ihre Konzeption von der Frau vom See unbefriedigend.

Sie stand auf, streckte sich kurz, um ihre verkrampften Muskeln zu lockern, und wanderte dann mit ihrem Zeichenblock durch die Mansarde. Das Studio, das sich über den halben Speicher erstreckte, war ihr Heiligtum, das niemand ohne ihre Erlaubnis betreten durfte. Nicht einmal ihr Vater.

Sie setzte sich auf die Fensterbank und blickte hinaus ins Freie. Das Haus stand an einer Stelle, wo sich zwei Straßen kreuzten, und sie konnte von ihrem Erkerfenster aus den Verkehr, der auf beiden herrschte, gut beobachten. Sie erkannte unten auf der Hill Street zwei Bedienstete aus dem Nachbarhaus, die einen Moment lang die ihnen aufgetragenen Beschäftungen vergaßen, um miteinander zu flirten. Sie sah, wie die Magd sich verstohlen mit der Hand die Haare glättete, ehe sie kokett zu dem jungen hübschen Lakaien hochblickte.

Rebecca schlug rasch ein frisches Blatt in ihrem Skizzenblock auf, um die Wölbung des Mädchenhalses und den schelmischen Ausdruck in den Augen der Magd festzuhalten, mit dem sie den Jungen ansah. Sie nahm sich vor, eines Tages eine ganze Serie von Liebespaar-Zeichnungen anzufertigen. Vielleicht lernte sie im Verlauf dieser Arbeiten auch die Liebe ein wenig besser kennen.

Als sie von ihrer Skizze wieder aufsah, entdeckte sie einen fliegenden Händler mit seinem ramponierten, mit Obst und Gemüse beladenen Karren aus der Waverton Street kommen und unten um die Hausecke biegen. Der alte Mann mit dem wettergegerbten Gesicht war ein vertrauter Anblick in dieser Gegend. Ihr Vater hatte den Burschen schon ein paarmal von seinem Karren weggelockt, damit er ihm für eine Nebenfigur seiner historischen Monumentalgemälde Modell stehen sollte, und der alte Mann war entzückt gewesen, auf diese Weise ›unsterblich‹ gemacht zu werden.

Sie wollte sich schon wieder vom Fenster wegwenden, als sie noch einen Mann sich aus der Waverton Street ihrer Hausecke nähern sah. Es war der Gang dieses Mannes, der ihre Neugierde weckte. Aufrecht, selbstbewußt, fast arrogant. Und obwohl er die Kleidung eines Gentleman trug, schien seine breite, muskulöse Gestalt eher auf einen Arbeiter hinzudeuten. Eine interessante Paradoxie.

Der Mann verhielt seinen Schritt an der Hausecke und blickte in die Hill Street hinein. Sie hielt den Atem an, als er den Kopf in ihre Richtung drehte und sie sein Gesicht sah. Es war nicht hübsch – eher das Gegenteil. Es waren harte, fast brutale Züge mit einer dünnen Narbe auf einer Wange, die sich vom Kinnwinkel bis zum Ansatz seiner dunklen Haare hinaufzog. Ein Gesicht, das ihr den Eindruck einer raubtierartigen Intelligenz vermittelte. Ein Pirat in Mayfair. Sie vermochte den Blick nicht von ihm abzuwenden.

Der Bann brach, als er den Kopf senkte und seinen Weg fortsetzte. Sie ließ sich wieder auf ihre Fensterbank hinuntersinken und fing an, mit fliegender Hast eine Zeichnung dieses Mannes anzufertigen, solange ihr seine Erscheinung noch lebhaft vor Augen stand. Mit ein paar raschen Strichen hatte sie die Umrisse seines Gesichts skizziert, aber es wollte ihr nicht gelingen, auch dessen Mimik festzuhalten. Sie versuchte es zwar immer wieder, doch es war ihr einfach nicht möglich, diesen Ausdruck einer geheimnisvollen, fast tödlichen Unberechenbarkeit mit ihrem Stift einzufangen, den sie in seinen Augen gesehen zu haben glaubte.

Sie hob den Kopf und blickte wieder aus dem Fenster. Ob sie diesen Mann vielleicht dazu überreden konnte, für sie Modell zu stehen? Aber er würde natürlich schon längst das Weite gesucht haben. Sie seufzte. Diesmal wäre sie sogar einem Mann nachgelaufen, um sich dessen Gesicht genauer anschauen zu können. Vielleicht würde sie eines Tages von dieser kreativen

Leidenschaft wieder überwältigt werden. Sie hoffte das sehr.

Kenneth blieb stehen und betrachtete das Haus auf der gegenüberliegenden Straßenseite. Offenbar konnte man als Porträtmaler der besseren Gesellschaft eine Menge Geld verdienen. Dieses elegante Mayfair-Palais, das sich in bequemer Reichweite seiner Kundschaft befand, mußte Sir Anthony ein Vermögen gekostet haben.

Er fragte sich nun, was er wohl im Inneren dieses Hauses vorfinden mochte. Obwohl Lord Bowden ihn einen Spion genannt hatte, waren die wichtigsten Eigenschaften, über die ein Aufklärungsoffizier verfügen mußte, gute Reitkünste und die Fähigkeit, Landkarten und Skizzen von französischen Stellungen anzufertigen. Man hatte im Krieg kein einziges Mal von ihm verlangt, sich in eine feindliche Festung einzuschleichen, wie er das jetzt tun mußte.

Die Lippen zusammenpressend, überquerte er die Straße. Ihm gefiel das gar nicht, was er nun machen sollte; aber für Beth und Sutterton war er sogar dazu bereit, zum Lügner und Verräter zu werden. Er hoffte nur zu Gott, daß es ihm schon bald gelingen mochte, Beweise für Seatons Schuld oder Unschuld zu finden.

Es dauerte so lange, bis sich auf Kenneths Klopfen hin etwas im Hause regte, daß er sich schon zu fragen begann, ob Seaton London vielleicht verlassen und nur vergessen hatte, vor seiner Abreise den Türklopfer abzuschrauben, worauf er diesen noch einmal und diesmal erheblich energischer betätigte. Worauf wieder zwei Minuten vergingen, bis ihm die Haustüre von einer jungen Magd geöffnet wurde.

»Ja, Sir?« sagte diese heftig keuchend, als sei sie vom entferntesten Winkel des Hauses bis zur Tür gerannt.

»Ich bin Captain Wilding«, sagte Kenneth mit seiner besten Kommandostimme zu dem Mädchen, »und möchte Sir Anthony sprechen.«

Offenbar tief beeindruckt von seinem Ton, machte das Mädchen einen Knicks und trat zur Seite. »Jawohl, Sir«, lispelte sie, »hier entlang, Sir.« Die Magd führte ihn eine Treppe hinauf und dann zu einem Salon an der Rückseite des Hauses, wo sie rief: »Ein Captain Wilding wünscht Euch zu sprechen, Sir Anthony!« und huschte dann wieder davon.

Als Kenneth nun durch die Türöffnung trat, empfing ihn dort ein stechender Geruch von Leinsaatöl und Terpentin. Obwohl die vordere Hälfte des Raum mit bequemen Sesseln und Sofas ausgestattet war, schien es sich doch hier eher um ein Studio als einen Salon zu handeln. Ein halbes Dutzend hoher Fenster links und rechts ließen eine Menge Licht herein, während die zwei anderen Wände des Raums mit Gemälden jeglicher Größe und Form vollgepflastert waren, die man dort so achtlos aufgehängt hatte, als wären sie jemandem im Wege gewesen.

Es reizte ihn zwar, sich diese Gemälde etwas genauer anzuschauen, aber sein Geschäft hatte Vorrang. Am entfernten Ende des Raumes lag eine nur spärlich verhüllte junge Dame auf einem mit Samt überzogenen Sofa, deren gelangweilter Ausdruck sich sogleich aufhellte, als sie Kenneth in das Zimmer kommen sah.

Kenneths Blick wanderte über das Modell hin, um sich dann auf sein Bild zu heften. So makellos bekleidet, wie sich das für einen Gentleman schickte, in der einen Hand eine Palette und in der anderen einen langen Pinsel haltend, stand Sir Anthony Seaton in der Mitte des Salons vor einer Staffelei. Seine etwas untersetzte, drahtige Gestalt und die Farbe seiner Haare erinnerten Kenneth an dessen älteren Bruder; doch er schien ein weitaus lebendigeres und bezwingenderes Wesen als dieser zu haben.

Den Neuankömmling ignorierend, fuhr Seaton fort, mit kleinen Pinselstrichen an seinem Gemälde zu arbeiten, so daß sich Kenneth leise räusperte. Ohne von seiner Leinwand aufzusehen, sagte Sir Anthony mit gereizter Stimme: »Wer, zum Teufel, seid Ihr? Und was habt Ihr in meinem Studio zu suchen?«

»Mein Name ist Kenneth Wilding. Ein Freund von Euch schickte mich her, weil er meint, daß Ihr dringend einen neuen Sekretär benötigen würdet.«

»So?« gab der Meister mit amüsierter Stimme zurück. »Wer von meinen Freunden besitzt die ungeheure Frechheit, Euch mit dieser Empfehlung zu mir zu schicken? Frazier? Turner? Hampton?«

»Der Gentleman zieht es vor, anonym zu bleiben.«

»Dann ist es vermutlich Frazier gewesen.« Sir Anthony warf nun einen kurzen, abschätzenden Blick auf seinen Besucher. »Was für Qualifikationen habt Ihr denn für diesen Posten vorzuweisen, Mr. Wilding?«

»Mir sieht er jedenfalls *sehr* qualifiziert aus«, meinte das Modell hier mit einem leisen Schnurren, ihren Blick auf Kenneths Lenden heftend.

»Er bewirbt sich jedoch nicht für *so* eine Position, Lavinia«, bemerkte der Künstler trocken. »Die Eigenschaften, die ich von einem Sekretär verlange, sind Organisationstalent, guter Stil und eine saubere Handschrift.«

Kenneth, der sich dazu entschlossen hatte, seinen Titel zu verschweigen, jedoch sonst so weit, wie ihm das möglich war, bei der Wahrheit zu bleiben, erwiderte: »Bis vor vierzehn Tagen habe ich noch als Hauptmann bei der Rifle Brigade gedient. Ich bin dort auch der Adjutant eines Generals gewesen, so daß ich mich eines flüssigen Stils und einer leserlichen Handschrift berühmen darf.«

»Ihr beginnt, mich zu interessieren, Captain Wilding.« Sir Anthony legte Palette und Pinsel auf einem kleinen Tisch neben sich ab. »Lavinia, geh solange nach unten und trink eine Tasse Tee, während ich mich mit dem Captain unterhalte!«

Das Modell erhob sich lässig vom Sofa, legte sich eine seidene Robe um die Schultern und schritt dann so nahe an Kenneth vorbei zur Tür, daß der Saum ihrer Robe über sein Bein hinstreifte, worauf sie ihn, sich noch einmal an der Tür umdrehend, mit einem verlockenden Lächeln ansah. Kenneth blickte ihr amüsiert nach. Das Arbeiten für einen Künstler mochte unerwartete Vorteile mit sich bringen.

Als die Tür sich hinter dem Modell geschlossen hatte, fragte Seaton: »Warum würde ein Armeeoffizier sich als Sekretär verdingen wollen?«

»Weil er Arbeit braucht«, erwiderte Kenneth knapp. »Jetzt, wo der Krieg vorbei ist, benötigt die Armee nicht mehr so viele Offiziere.«

Sir Anthonys Miene milderte sich ein wenig. »Es ist schon eine Schande, wie die Nation ihre Soldaten behandelt, die die Zivilisation vor diesem korsischen Monster gerettet haben.« Er zögerte einen Moment, während sein Blick über die breite Gestalt seines Besuchers hinwanderte, ehe er mit einem leisen Bedauern in der Stimme fortfuhr: »Ich kann jedoch unmöglich einen Sekretär anheuern, der über keinerlei Kenntnisse auf künstlerischem Gebiet verfügt.«

Kenneth war daran gewöhnt, daß die Leute ihn für einen Ignoranten zu halten pflegten, dessen Bildungsstand und Begriffsvermögen über das Mörteln von Ziegelmauern nicht hinausreichen würden. »Ich hatte mich schon immer für die Kunst interessiert, und in den Jahren, die ich auch auf dem Kontinent weilte, das Glück gehabt, viele der dort vorhandenen Kunstwerke studieren zu können. Die Kirchen in den Niederlanden sind ein Fest für die Augen. Ich habe mich während der Besatzungszeit auch in Paris aufgehalten. Der Louvre ist vermutlich die größte und beste Sammlung von Kunstschätzen dieser Welt gewesen, ehe die gestohlenen Meisterwerke wieder an ihre rechtmäßigen Eigentümer zurückgeschickt wurden.«

»Das muß tatsächlich ein großartiger Anblick gewesen sein«, erwiderte Sir Anthony kopfschüttelnd. »Trotzdem kann jeder Mensch das Meer betrachten, ohne erst das Schwimmen erlernen zu müssen. Ihr müßt mir also Eure Kenntnisse auf diesem Gebiet erst beweisen. Kommt!« Er ging zu einer Doppeltür in der Hinterwand des Salons. Und als er diese öffnete, gab sie den Blick in sein eigentliches Atelier frei. Kenneth folgte Seaton in diesen Raum hinein und blieb nach ein paar Schritten mit angehaltenem Atem plötzlich stehen. Direkt vor ihm befand sich die riesige Leinwand von Sir Anthonys berühmtestem Gemälde.

»Erkennen Sie das, Captain Wilding?« fragte Seaton.

Kenneth schluckte, um seinen trockenen Mund anzufeuchten. »Jeder in Britannien hat vermutlich einen Druck von ›Horatius an der Brücke‹ gesehen. Aber keine Schwarz-Weiß-Kopie könnte auch nur annähernd diesem Meisterwerk gerecht werden. Es ist großartig.« Kenneths Blick wanderte ehrfürchtig über das Gemälde hin, dessen linke Seite von der Figur von Horatius beherrscht wurde. Hinter dieser ragte die Brücke auf, die über den Tiber führte, und an dessen entferntem Ende waren die winzigen Gestalten zweier römischer

Männer fieberhaft damit beschäftigt, deren Träger zu kappen, damit die Feinde den Fluß nicht überqueren konnten. Im Vordergrund stürmte ein Trupp wilder Krieger auf die Brücke zu, und Horatius war der einzige, der sich dieser Horde in den Weg stellte.

»Erzählt mir etwas über dieses Bild«, befahl Sir Anthony.

Da Kenneth nicht wußte, was der Maler von ihm hören wollte, sagte er vorsichtig: »Technisch ist es brillant – in der Zeichnung und Linienführung Jaques-Louis David ebenbürtig.«

»Nicht ebenbürtig, sondern diesem weit überlegen«, schnaubte Seaton. »David ist doch nichts anderes als ein weitgehend überschätzter französischer revolutionärer Kleckser.«

Falsche Bescheidenheit würde man Seaton wohl nicht vorwerfen können, dachte Kenneth, ehe er fortfuhr: »Die Stärke des Gemäldes liegt in seiner Komposition. So geht von dem Winkel, den das erhobene Schwert von Horatius bildet, eine große Spannung aus. Die Diagonale beherrscht das Bild und erfüllt es mit Leben.«

Von dem zustimmenden Nicken des Künstlers ermutigt, fuhr Kenneth fort: »Ich habe einmal eine andere Behandlung dieses Sujets gesehen, in der Horatius als erfahrener Krieger dargestellt ist. Aber die Tatsache, daß Ihr ihn zu einem Jüngling gemacht habt, verleiht dem Gemälde eine besondere dramatische Schärfe. Man sieht diesem Horatius an, daß er Angst hat, weil er noch nie in einen Kampf verwickelt gewesen war. In seinen Augen spiegelt sich ein schreckliches Bedauern, daß er möglicherweise getötet werden könnte, bevor er wirklich gelebt hat. Doch man sieht an jeder Linie seines Körpers, daß er nicht weichen und wanken wird – egal, was ihn das kostet.«

»Sehr gut, Captain«. Sir Anthonys Blick wanderte von dem Gemälde zu Kenneth. »Und welche Bedeutung, meint Ihr, liegt diesem Gemälde zugrunde?«

Wenn das ein Test sein sollte, war es nicht schwierig, diesen zu bestehen. »Ihr habt den antiken historischen Stoff von Horatius als eine Parallele für Britannien verwendet, das sich ganz allein gegen die Franzosen behaupten mußte. Ein plumperer Maler hätte vermutlich dem Anführer der heranstürmenden Feinde das Antlitz von Napoleon verliehen; aber Ihr habt in diesem Gemälde nur einen subtilen Hinweis auf Bonaparte gegeben – gerade stark genug, den Betrachter an die Franzosen denken zu lassen, ohne daß er weiß, warum.«

»Wie man mir sagte, sollen mehr Drucke von diesem Gemälde verkauft worden sein als von jedem anderen britischen Bild in der Geschichte der Malerei.« Sir Anthonys Blick ruhte nun wieder nachdenklich auf seinem Werk. »Die Historienmalerei ist die schönste Blüte der Kunst. Sie ist erhebend, von erzieherischem Wert. Eine Inspiration für den Betrachter. Ich wünschte bei Gott, daß ich all meine Zeit auf solche Gemälde verwenden könnte. Aber wenn ich das täte, müßte ich verhungern.«

Der Maler schwenkte auf den Absätzen herum und kehrte in das Studio zurück. »Alles, wonach der durchschnittliche Engländer verlangt, sind Porträts und Landschaften. Was für eine Schande!«

Er führte Kenneth nun zu einer Staffelei in einer Ecke des Studios, auf dem ein von einer Sackleinwand verdecktes Bild stand, die er nun mit einem Ruck entfernte, um ein fast vollendetes Familienporträt von einem hübschen Mann mit einem habichtartigen Gesicht und dessen lieblicher goldhaariger Gattin zu enthüllen, zwischen denen ein kleiner Junge stand, der mit einer Hand die seiner Mutter festhielt und mit der anderen einem

Spaniel das Fell kraulte. »Was haltet Ihr davon, Captain Wilding? Ich bin der größte Maler, den England jemals hervorgebracht hat, aber um mich und meine Tochter nicht an den Bettelstab zu bringen, muß ich mein Talent für die Fabrikation solcher minderwertiger Bilder von Herzögen und Herzoginnen prostituieren.«

Trotz seiner Worte war es offensichtlich, daß Seaton ein Lob seines Werkes erwartete. Kenneth beschloß, ein kalkuliertes Risiko einzugehen, und sagte: »Ich glaube, daß Ihr ein Schwindler seid, Sir Anthony.«

Seaton klappte das Unterkiefer herunter. »Wie könnt Ihr es wagen, so etwas zu behaupten, Sir!«

»Habt Ihr mir nicht soeben erklärt«, erwiderte Kenneth, auf das Porträt deutend, »daß dies eine minderwertige Arbeit sei? Aber nun schaut Euch mal diese Qualität an! Es ist nicht nur superb, was die Zeichnung und das Kolorit anlangt, sondern man kann auch die Zärtlichkeit spüren, die die beiden Gatten füreinander empfinden, und das Bedürfnis des Mannes, sich schützend vor seine Frau und seinen Sohn zu stellen. Niemand könnte mit einer solchen Sensibilität und Kraft malen, wenn er das, was er da ›fabriziert‹, tatsächlich verabscheuen würde. Ich denke, daß ihr eine geheime Liebe für die Porträtmalerei hegt, dies jedoch nicht zugeben wollt, weil es zu den Glaubensartikeln Eurer Berufsgenossen gehört, daß nur die Historienmalerei wahre Kunstwerke hervorbringen würde.«

Sir Anthony machte ein Gesicht, als wäre er soeben von einem Pferd getreten worden. Doch dann zeigte sich ein kleines, etwas schiefes Lächeln in seinen Mundwinkeln. »Wie ich sehe, bin ich entlarvt. Selbst meine Tochter hat das nie erraten, glaube ich. Ihr habt den Test bestanden, Captain – fast zu gut, wie ich meine.«

Kenneth wußte, daß er auf Sir Anthony Eindruck gemacht hatte, und seine schmeichelhaften Bemerkungen waren um so wirksamer gewesen, weil sie aus einer unerwarteten Richtung gekommen waren. Doch in seiner Begeisterung, mit einem Meister seines Fachs über Kunst reden zu können, lief er Gefahr, zu weit zu gehen. Deshalb setzte er jetzt rasch eine bedauernde Miene auf und sagte: »Verzeiht mir, daß ich so unverschämt war, Euch der Heuchelei zu bezichtigen, Sir Anthony. Das hätte ich niemals tun dürfen.«

Der Maler musterte ihn mit einem scharfen Blick. »Ihr solltet Eure Unterwürfigkeit nicht übertreiben, Captain. Sie ist nicht überzeugend.«

Dank der Beobachtungsgabe, über die Seaton verfügte und die ihn zu einem so hervorragenden Potraitmaler machte, war es offenbar gar nicht so einfach, diesen Mann zu täuschen, überlegte Kenneth und nahm sich vor, in Zukunft seine Zunge besser zu hüten. »Ich gestehe«, räumte er ein, »daß ich kein großes Talent zur Demut besitze, Sir, Unhöflichkeiten jedoch in der Regel vermeide.«

»Gut. Ich bin nämlich der einzige in diesem Haus, der sich Unverschämtheiten erlauben darf«, erwiderte Sir Anthony, das Porträt wieder mit der Sackleinwand verhüllend. »Und ich hasse es, wenn darin chaotische Zustände herrschen, weil sie mich in meiner Arbeit behindern. Da ich bisher noch nie einen Butler oder eine Haushälterin gefunden habe, die in der Lage gewesen wären, meine häuslichen Angelegenheiten zu meiner Zufriedenheit zu erledigen, gehört das neben den üblichen Schreibarbeiten ebenfalls zu Euren Aufgaben. Desgleichen das Bewegen meiner Pferde, wenn ich zu beschäftigt bin, um mich um diese kümmern zu können. Aus all diesen soeben angeführten Gründen ist es erforderlich, daß Ihr unter meinem Dach wohnen müßt. Euer

Gehalt als Sekretär beträgt zweihundert Pfund im Jahr. Wann könnt Ihr bei mir anfangen?«

Froh, daß er so rasch, ohne nach Referenzen befragt zu werden, das erste Etappenziel erreicht hatte, erwiderte Kenneth: »Sobald ich mein Habseligkeiten in dem Gasthof zusammengepackt habe, wo ich gestern abend abgestiegen bin.«

»Schickt einen Diener dorthin, der Euer Gepäck hierherbringen soll.« Sir Anthony zog an einem von zwei schweren Klingelzügen, die sich in seinem Studio befanden. »Meine Tochter Rebecca wird Euch in Eure Pflichten einweisen. Wenn möglich, wendet Euch besser an sie als an mich, wenn Ihr Probleme haben solltet. Da sie jedoch Unterbrechungen fast ebenso sehr haßt wie ich, solltet Ihr Euch bemühen, Euer Aufgabengebiet so rasch wie möglich zu beherrschen. Ich werde jeden Morgen eine Stunde damit verbringen, mit Euch die anstehenden Geschäfte zu besprechen und Briefe zu diktieren. Danach wünsche ich bis zum nächsten Morgen mit geschäftlichen Angelegenheiten nicht mehr behelligt zu werden. Ist das klar?«

»Sonnenklar sogar«, erwiderte Kenneth, dem es nicht ganz gelingen wollte, sachlich zu bleiben.

Sir Anthony warf ihm einen durchbohrenden Blick zu. »Ihr habt Glück, daß ich heute in einer Stimmung bin, die sogar sarkastische Bemerkungen toleriert. Das wird jedoch nicht immer der Fall sein.«

»Ich bin überzeugt, daß mein Verlangen nach Ironie in dem Maße abnehmen wird, wie ich mich in diesen Haushalt eingewöhne«, gab Kenneth im höflichen Ton zurück.

»Wie ich sehe, seid Ihr mit keinem meiner bisherigen Sekretäre vergleichbar, Captain«, sagte Sir Anthony mit einem schwachen Lächeln. »Ein Umstand, der mir auf eine interessante Beziehung hinzudeuten scheint, die jedoch, wie ich fürchte, nicht immer harmonisch verlaufen wird.«

In diesem Moment öffnete sich die Tür zum Flur, und eine kleine weibliche Gestalt trat ins Zimmer. Sie war recht nachlässig gekleidet, die krause Flut ihrer rotbraunen Haare unordentlich im Nacken zusammengebunden und mit einem Rußfleck im Gesicht, der ihre hohen Wangenknochen betonte. Doch ihr Auftreten war das einer Tochter des Hauses.

»Ihr habt nach mir geläutet, Vater?«

»Ja, meine Liebe. Ich möchte dir meinen neuen Sekretär, Captain Wilding, vorstellen.«

Rebecca Seaton drehte sich nun zu Kenneth um und musterte ihn skeptisch von Kopf bis Fuß. Er hatte das Gefühl, als würde er auf einen Fleischspieß gesteckt. Obwohl sie nach den landläufigen Begriffen nicht als Schönheit gelten konnte, hatte diese ›ruinierte Jungfrau‹ sehr kluge haselnußbraune Augen und ein offenbar sehr lebhaftes Naturell, das weitaus beeindruckender war als ihre Erscheinung.

Er sah hier Schwierigkeiten auf sich zukommen. Ernste Schwierigkeiten.

Kapitel 4

Gütiger Himmel, es war der Pirat. Rebecca starrte die breitschultrige Gestalt neben ihrem Vater an. Alle Eindrücke, die sie von diesem Mann bekommen hatte, als sie ihn unten auf der Straße beobachtete, schienen nun, aus der Nähe betrachtet, riesenhafte Dimensionen anzunehmen. Er sah so mächtig und gefährlich aus – wie ein Wolf unter Mayfair-Lämmern. »Dieser Mann ein Sekretär? Das soll wohl ein Scherz sein.«

Ihr Vater zog die Brauen in die Höhe. »Ich dachte, du würdest dich freuen, daß diese Position jetzt wieder besetzt ist.«

Sich nun bewußt werdend, wie unhöflich ihre Worte geklungen haben mußten, sagte Rebecca: »Verzeiht mir, Captain ... Wilder, nicht wahr? Es ist nur so, daß Ihr so wenig den Sekretären gleicht, die ich bisher in meinem Leben kennengelernt habe.«

»Wilding, Miss Seaton, zu Euren Diensten.« Er verbeugte sich höflich. »Bedauerlich zwar, aber ich fürchte, es läßt sich wohl kaum etwas an der Tatsache ändern, daß man mich meiner Erscheinung nach eher für einen Faustkämpfer denn für einen Gentleman hält.«

Er hatte eine verwirrend tiefe Stimme, aber eine gebildete Ausdrucksweise. Warum ihm also mißtrauen? Vielleicht war es die Kälte seiner eisgrauen Augen. Oder vielleicht lag es auch daran, daß ihr ein Mann der Tat in einem Haus, das der Kunst und den Ideen gewidmet war, so deplaciert vorkam. Sie warf ihrem Vater einen besorgten Blick zu.

»Keine Angst, Kind. Captain Wilding ist durchaus qualifiziert für diesen Posten. Er wird sofort bei uns anfangen. Zeig ihm das Haus und kläre ihn über seine Pflichten auf. Ich erwarte Euch dann um vier Uhr in meinem Büro, Captain, um Euch mit meiner geschäftlichen Korrespondenz vertraut zu machen.« Sir Anthony drehte sich wieder zu seiner Staffelei um. »Schicke Lavinia wieder zu mir herauf, damit ich meine Arbeit fortsetzen kann.«

Wäre nicht dieser Pirat zugegen gewesen, hätte sie jetzt wohl mit ihrem Vater gestritten und versucht, ihn umzustimmen. Aber offenbar war es zu spät, die Anstellung dieses Mannes noch zu verhindern. Zum Henker mit Sir Anthonys Impulsivität! Vermutlich war sein patriotischer Wunsch, einen Kriegsveteranen zu beschäftigen, stärker gewesen als seine Vernunft. Und deshalb sagte sie nun ungnädig: »Wie Ihr meint, Vater. Kommt mit mir, Captain Wilding. Ich werde Euch zuerst Euer Zimmer zeigen.«

Er folgte ihr schweigend aus dem Studio. Als sie ihm auf der Treppe voranging, sagte sie: »Ihr habt bei der Armee gedient, Captain?«

»Ja. Bei der Schützenbrigade.«

Sie warf einen Blick über die Schulter. »Hat mein Vater Euch darüber aufgeklärt, daß ein großer Teil Eurer Pflichten aus Hausarbeiten bestehen wird? Aus Aufgaben, die sich sehr von Euren bisherigen militärischen Pflichten unterscheiden? Ihr werdet vielleicht keinen Geschmack daran finden.«

»Der Unterschied ist nicht so groß. In beiden Jobs muß man Leute befehligen.«

»Das Kommandieren von Frauen könnte sich als schwieriger erweisen«, erwiderte sie trocken.

»Ich werde schon damit zurechtkommen.«

Er sah in der Tat wie ein Mann aus, der über ein gewisses Maß von Erfahrungen mit Frauen verfügte. Was ihn jedoch keineswegs in ihrer Achtung steigen ließ. Sie dachte ein wenig wehmütig an die früheren Sekretäre ihres Vaters. Das waren alles angenehme junge Männer aus guten Familien gewesen. Zivilisierte Männer. Umgänglich und leicht zu haben im Haus. Keine Piraten wie dieser da.

»Ich habe zwar nichts dagegen, hier im Haus ein Faktotum für alles zu sein«, sagte der Captain, »bin jedoch neugierig, weshalb ich für so eine Arbeit benötigt werde, wo Ihr doch offensichtlich eine kompetente Haushälterin seid.«

»Mir ist meine Zeit zu kostbar für die Pflichten einer Haushälterin«, gab sie ihm schroff zur Antwort.

Mehr auf ihren Ton als ihre Worte reagierend, sagte er: »Ihr mögt mich nicht besonders, nicht wahr, Miss Seaton?«

Gütiger Gott, besaß dieser Mann denn überhaupt keine Diskretion? Aber wenn ihm die ungeschminkte Wahrheit lieber war als Artigkeiten, konnte sie ihm auch damit dienen. Sie hielt auf dem Treppenabsatz an und drehte sich zu ihm um. Er blieb eine Stufe unter ihr stehen, so daß ihre Augen fast auf gleicher Höhe waren. Aus irgendeinem Grund machte ihr das seine körperliche Kraft noch mehr bewußt als bisher. Sie unterdrückte den Impuls, einen Schritt vor ihm zurückzuweichen, und sagte: »Wie kann ich Euch mögen oder nicht mögen, wenn wir uns doch eben erst kennengelernt haben?«

»Seit wann ist es nötig, jemanden erst zu kennen, bevor man weiß, ob man ihn mag oder nicht mag?« erwiderte er. »Es ist offensichtlich, daß Ihr wünscht, Euer Vater hätte mich nicht angestellt.«

»Ihr seht mir eher nach einem Mordbrenner als nach einem Sekretär aus«, sagte sie grob. »Und wie ich meinen Vater kenne, hat er sich auch nicht die Mühe gemacht, nach Referenzen zu fragen. Wie habt Ihr denn davon erfahren, daß hier die Stelle eines Sekretärs frei geworden ist?«

Seine Augen wurden leicht verschleiert. »Ein Freund Eures Vaters hat mir das gesagt.«

»Wer?«

»Der Gentleman zieht es vor, anonym zu bleiben.«

Unbestreitbar eine Vorgehensweise, die typisch war für die exzentrischen Freunde ihres Vaters. »Habt Ihr denn irgendwelche Empfehlungsschreiben?« fragte sie. »Etwas, das mir beweist, daß Ihr weder ein Betrüger noch ein Dieb seid?«

Da war ein kurzes, jähes Verengen der Muskeln in seinen Augenwinkeln, ehe er antwortete: »Nein. Obwohl ich mir sicherlich, wenn es Euch nichts ausmachen würde, ein paar Tage darauf zu warten, so ein Schreiben vom Herzog von Wellington beschaffen könnte. Er kennt mich seit vielen Jahren, und ich denke, daß er mich für einen Ehrenmann hält.«

Diese im sachlichen Ton vorgebrachte Erklärung klang überzeugend. Nachdem sie ihm das schweigend zugestanden hatte, sagte sie: »Gott verhüte, daß wir den Herzog wegen so einer Lappalie belästigen!«

Es war gar nicht so einfach, sich auf sein Gesicht zu konzentrieren, das sie jetzt, aus der Nähe betrachtet, sogar noch faszinierender fand als noch vor einer Stunde, wo sie es nur aus der Entfernung hatte studieren können. Durchbohrende, holzkohlenschwarz umrandete Augen, die offenbar Dinge gesehen hatten, die ihr Vorstellungsvermögen überstiegen. Eine von einer viel grausameren Sonne, als sie hier über England schien, verbrannte Haut. Linien und Fältchen, die von Strenge und vielleicht auch von Humor zeugten. Die harten Flächen, die sich über die Schädelknochen hinzogen, mußten einmal von einer jugendlichen Weichheit gewesen sein; doch diese Zeit lag wohl schon lange zurück. Er erinnerte sie an einen Vulkan: ruhig an der Oberfläche, doch mit bis in eine unermeßliche Tiefe reichenden und mit verborgenem Feuer erfüllten Abgründen.

»Vermißt Ihr vielleicht bei mir etwas, das üblicherweise zu einem Gesicht gehört?« fragte der Captain sie.

»Gesichter interessieren mich. Zumal jene von Menschen, die schon eine Menge erlebt zu haben scheinen.«

Ihr Blick wanderte zu seiner Narbe, die sich von seinem Mundwinkel bis zu den dunklen Haaren an seiner Schläfe hinaufzog. Das war keine klaffende, von Runzeln erfüllte Narbe, sondern nur eine dünne, blasse und etwas erhabene Linie. Sie spürte ein Verlangen, diese zu berühren, um herauszufinden, ob sie sich auch so glatt anfühlte, wie sie aussah. »Ist das die Narbe von einem Säbelhieb?«

Das war keine taktvolle Frage, doch das schien ihn nicht weiter zu stören. »Ja«, erwiderte er prompt, »ein Andenken an Waterloo.«

Demnach hatte er an diesem schrecklichen Gemetzel teilgenommen. Sie erinnerte sich wieder vage daran, daß die Schützenbrigade entscheidend zu dem Erfolg dieser Schlacht beigetragen hatte. »Ihr habt Glück gehabt, daß der Hieb Euer Auge verschonte.«

»Wie wahr«, pflichtete er ihr bei. »Da ich noch nie eine Schönheit gewesen bin, habe ich auch nichts Wertvolles verloren.«

Sie fragte sich, ob er versuchte, sie aus der Fassung zu bringen. Das war gar nicht so einfach bei einer Frau, die in dem unkonventionellen Haushalt eines Künstlers aufgewachsen war. »Ganz im Gegenteil«, meinte sie nachdenklich. »Die Narbe gibt Eurem Gesicht etwas Interessantes – einem Glanzlicht vergleichbar, das auf einem Gemälde Akzente setzt. Das war eine artistische Meisterleistung, die dieser Franzose da vollbracht hat.«

Damit drehte sie sich um und setzte ihren Weg in die oberen Stockwerke fort. Als sie den nächsten Treppenabsatz erreicht hatte, ging sie nach links in einen Korridor hinein. »Hier befinden sich die Schlafzimmer der Familie«, erklärte sie. »Das meines Vaters geht nach vorne hinaus, meines ist hier, und das dort drüben mit dem Fenster zum Garten wird Euer Quartier sein.« Er würde sich eine Wand mit ihrem Zimmer teilen, dachte Kenneth. Er war ihr näher, als die Schicklichkeit das eigentlich erlaubte.

Sie stieß die Tür zu seinem Zimmer auf und zuckte zusammen, als sie sah, in welchem Zustand sich dieses befand. »Tut mir leid. Man hätte es erst säubern müssen, nachdem er uns verlassen hat.« Das war ihre Schuld. Sie wußte doch, daß das für dieses Stockwerk zuständige Zimmermädchen keinen Handschlag tat, wenn sie das vermeiden konnte. Das andere, Betsy, war nicht so arbeitsscheu, konnte jedoch nicht alles allein machen. Rebecca hatte das alles gewußt, aber es hatte sie nicht weiter gestört. Sie hatte eine fast unbegrenzte Fähigkeit, alles zu übersehen, was sie nicht interessierte.

»Wenn Ihr so freundlich seid, mich dem Personal vorzustellen, werde ich dafür sorgen, daß so etwas in Zukunft nicht mehr vorkommt«, meinte Wilding ungerührt.

»Wenn Ihr Euch noch ein paar Minuten geduldet, werde ich mit Euch in die Halle der Dienstboten hinuntergehen und Euch mit dem Personal bekanntmachen«, erwiderte Rebecca, mit dem Finger an dem Rand der Täfelung entfahrend. Dann betrachtete sie stirnrunzelnd die dicken Staubflocken an ihrer Fingerspitze. Der Hausputz lag hier wirklich im argen. »Es würde mich freuen, wenn es Euch gelänge, sie in ein Muster von harter Arbeit und Tüchtigkeit zu verwandeln.«

»Darf ich annehmen, daß ich auch das Recht habe, einige von ihnen zu entlassen, falls sie sich als unverbesserlich erweisen sollten, und neue anzustellen?«

»Natürlich«, gab ihm Rebecca zur Antwort und drehte sich wieder in den Korridor hinein und schloß die Türe hinter sich. »Es wird nicht nötig sein, Euch auch noch das Dachgeschoß zu zeigen«, fuhr sie fort und entfernte sich wieder zur Treppe hin. »Dort befinden sich nur die

Quartiere der Dienstboten und mein privates Arbeitszimmer. Wenn Ihr mich zu sprechen wünscht, braucht ihr nur an einem der roten Klingelschnüre zu ziehen. Sie sind mit meinem Arbeitsraum verbunden.«

»Auf diese Weise hat Euch also Euer Vater zu sich gerufen«, murmelte er, während er ihr zur Treppe folgte. »Würdet Ihr auf mein Klingeln hin ebenso rasch erscheinen?«

Aus irgendeinem Grund wurde sie nun ganz rot im Gesicht. »Nein«, erwiderte sie barsch, »das wird nicht der Fall sein. Und deshalb hoffe ich, daß Ihr gewissenhaft genug seid, häusliche Probleme auch ohne meine Mithilfe lösen zu können.«

Mit düsterer Miene stieg sie vor ihm wieder die Treppe hinunter. Sie fürchtete, daß sie mit ihrer Vermutung recht hatte und dieser Captain sich bald in allen Belangen als Störenfried erweisen würde. Hoffentlich kam er bald zu der Einsicht, daß das Leben eines Sekretärs ihm nicht zusagte.

Kenneth fand, daß es gar nicht so leicht für ihn war, sich auf die Besichtigung des Hauses und die von Rebecca Seaton im energischen Ton vorgetragene Beschreibung seiner Pflichten zu konzentrieren. War die Lady an sich schon verwirrend genug mit ihrer barschen Stimme und ihren durchbohrenden Blicken, so brachten ihn die über das ganze Haus verstreuten Kunstwerke – Ölgemälde, Aquarelle, Stiche und sogar Skulpturen – vollends um seine Seelenruhe. Dieser visuelle Reichtum übte eine so betäubende Wirkung auf ihn aus wie eine tagelange Kanonade der Franzosen. Werke von Sir Anthony hingen neben einer Fülle von Gemälden anderer Meister, und deshalb wunderte es ihn nicht, daß Rebecca von ihm einen Beweis dafür verlangt hatte, daß er kein

Dieb sei. Glücklicherweise schien sie inzwischen von seiner Ehrlichkeit überzeugt zu sein, obwohl ihr alles andere an ihm mißfiel.

Die nächste Station ihrer Besichtigungstour war das Erdgeschoß. Sie öffnete dort die Tür zu einer kleinen Kammer an der Rückseite des Hauses. »Das ist das Büro meines Vaters, obwohl Ihr hier mehr Zeit verbringen werdet als er. Der Schreibtisch dort in der Ecke ist Eurer. Wie Ihr sehen könnt, hat sich, seit Tom Morley uns verlassen hat, eine Menge Arbeit angehäuft.«

Eine Untertreibung, dachte Kenneth, da der Schreibtisch unter der Last der darauf abgelegten Papiere fast zusammenbrach. »Jetzt verstehe ich, warum Euer Vater es so eilig damit hatte, den erstbesten Kandidaten für diesen Posten zu engagieren.«

»Tatsächlich hat Papa jedoch den Bewerber abgelehnt, den Tom ihm als Nachfolger empfahl. Wie er sagte, sei das ein ignoranter junger Schnösel gewesen.«

»Es freut mich, zu wissen, daß Sir Anthony eine etwas höhere Meinung von mir hat«, sagte Kenneth mit ernster Stimme.

Sie warf ihm einen scharfen Blick zu, und Kenneth gab sich im Geiste einen Tritt. Er sollte die Rolle eines zwar tüchtigen, aber auch unauffälligen Sekretärs spielen, und wenn er nicht bald lernte, seine Zunge im Zaum zu halten, würde er sich auf der Straße wiederfinden, und Sutterton wäre für immer verloren.

»Für die größeren Geldgeschäfte ist der Anwalt meines Vaters zuständig«, fuhr Rebecca fort, »aber für die Führung der Korrespondenz und der Haushaltskonten seid Ihr verantwortlich. Die Kontobücher und die Schreibgeräte befinden sich in dem Schrank dort.« Rebecca holte einen Schlüssel aus dem Schreibtisch des Sekretärs und schloß damit den Aktenschrank auf, dem

Kenneth das Kontobuch entnahm, um einen Blick in dieses hineinzuwerfen. Es glich den Kontobüchern, die er als Kompaniechef bei der Armee hatte führen müssen. Er würde keine Schwierigkeiten damit haben.

Rebecca händigte ihm nun den Schrankschlüssel aus und schickte sich an, das Zimmer zu verlassen. Kenneth schloß den Schrank wieder ab und wollte ihr aus dem Raum folgen, hielt jedoch mitten im Schritt inne, als er das Porträt sah, das über Sir Anthonys Schreibtisch hing. Es stellte eine auffallend hübsche Frau in reifen Jahren dar, die vor einer nebelverhangenen Landschaft posierte und ihn mit einem schelmischen Blick zu mustern schien.

Er sah kurz zu Sir Anthonys Tochter hin und dann auf das Gemälde zurück. Diese Frau mit der Flut rotbrauner Haare, die ihr über die Schultern hinunterfielen, schien ihm eine etwas mutwilligere und sinnlichere Version von Rebecca Seaton zu sein. Es mußte sich bei ihr also um die verstorbene Lady Seaton handeln, und Kenneth war bereit, jeden Eid darauf zu schwören, daß Sir Anthony dieses Gemälde mit Liebe gemalt hatte. Konnte die Zuneigung, die aus jedem Pinselstrich dieses Gemäldes sprach, sich tatsächlich später in einen mörderischen Haß verwandelt haben?

Rebecca blickte nun über die Schulter, um zu sehen, warum Kenneth ihr nicht zur Tür gefolgt war. Da er meinte, daß nun der Zeitpunkt gekommen war, mit dem Sammeln von Informationen zu beginnen, sagte er leise. »Die Lady auf dem Bild ist Eure Mutter, nicht wahr?«

Sie spannte die Finger so fest um den Türknauf, daß die Knöchel weiß hervortraten. »Mein Vater hat es in Ravensbeck gemalt – vor unserem Haus im Seenbezirk.«

Mit noch leiserer Stimme sagte er: »Bisher hat noch

niemand eine Lady Seaton erwähnt. Demnach muß ich annehmen, daß sie nicht mehr am Leben ist.«

Rebecca blickte zur Seite und sagte mit gepreßter Stimme: »Sie starb im August des vergangenen Jahres.«

»Oh, das tut mir aber leid.« Er studierte das Gemälde. »Sie wirkt so vital, so lebendig auf dem Bild, daß man das kaum glauben mag. War es eine Seuche, die sie so plötzlich dahinraffte?«

»Es war ein Unfall«, gab ihm Rebecca schroff zur Antwort. »Ein schrecklicher, dummer Unfall.« Damit schwenkte sie auf den Absätzen herum und verließ das Zimmer. »Ich werde Euch nun in den Dienstbotentrakt hinunterbringen, um Euch dem Personal vorzustellen.«

Er folgte ihr aus dem Zimmer und fragte sich, ob Rebecca tatsächlich davon überzeugt war, daß ihre Mutter durch einen Unfall ums Leben gekommen war, oder ob sie nur so heftig reagiert hatte, weil sie insgeheim Zweifel an den Umständen ihres Todes hegte. Was für ein Horror mußte das für die Tochter sein, wenn ihr Vater ihre Mutter tatsächlich ermordet haben sollte!

Er warf noch einen letzten Blick auf das Gemälde. Und dabei wurde er sich auch zum erstenmal der in Rebecca Seaton schlummernden Sinnlichkeit bewußt. Im Gegensatz zu ihrer Mutter unterdrückte sie gnadenlos diesen Aspekt ihrer Natur. Er fragte sich, wie sie wohl aussehen mochte, wenn sie ihre rotbraunen Haare nicht zu einem Knoten aufgesteckt hatte, sondern diese in einer üppigen Flut ihr pikantes Gesicht und ihren schlanken Körper einrahmten ...

Zum Henker damit! dachte er, während er die Tür mit einem Ruck hinter sich schloß. Er konnte es sich unmöglich leisten, sich mit der Tochter des Mannes einzulassen, den zu vernichten er hierhergekommen war. Zum Glück gehörte sie nicht zur koketten Sorte. Ganz im

Gegenteil. Doch bei all ihrer Widerborstigkeit hatte sie etwas an sich, das ihn zu ihr hinzog.

Auf dem Weg zur Hintertreppe, die in die Küche und den Dienstbotentrakt hinunterführte, passierten sie auch das Speisezimmer, wo Rebecca mit leisem Sarkasmus bemerkte: »Da man auch die Sekretäre zu den Gentlemen zählt, werdet Ihr natürlich hier mit meinem Vater und mir die Mahlzeiten einnehmen.« Womit die Lady ihm eigentlich bedeutete, ihr neuer Sekretär sei keineswegs ein Gentleman und würde sich eher zum Ausmisten der Ställe eignen. Hatte Lord Bowden ihm nicht erzählt, daß sie mit einem angehenden Dichter durchgebrannt war? Das bedeutete vermutlich, daß Miss Seaton eine Vorliebe für kraftlose und geschwätzige Männer hatte – wenn die Erfahrung mit diesem Poeten ihr die Männer nicht gänzlich verleidet hatte, was ihrem Benehmen nach zu schließen durchaus im Bereich des Möglichen lag.

Das Gemälde, das über der Vitrine hing, ließ ihn wieder mitten im Schritt und seinem Gedankengang innehalten. Als er Rebeccas ungeduldigen Blick auffing, sagte er im entschuldigenden Ton: »Pardon, aber es ist gar nicht so einfach, sich hier nicht ständig von irgend etwas ablenken zu lassen. Ich habe, seit ich dieses Haus betrat, das gleiche Gefühl wie damals, als ich zum erstenmal den Louvre besuchte. Wie kann jemand hier essen, wenn er das dort drüben ständig vor Augen hat?«

Offensichtlich schien sie der Gedanke, daß er sich für Kunst interessieren könnte, zu überraschen. Gleichwohl erwiderte sie nun in einem etwas milderen Ton: »Ihr habt recht. Jedenfalls habe ich, als das Bild hier aufgehängt wurde, eine Woche lang gar nicht gemerkt, was ich aß. Das Bild, das mein Vater ›Die Attacke der Union Brigade‹ getauft hat, ist eines von vier Gemälden seines

Waterloo-Zyklus, an dem er seit anderthalb Jahren arbeitet. Er hofft, alle vier Gemälde noch in diesem Jahr, in der Royal Academy ausstellen zu können.«

Auf dem die halbe Wand bedeckenden Gemälde waren ein halbes Dutzend Kavalleriepferde und Reiter abgebildet, die direkt auf den Betrachter zustürmten. Es war so, als würden die Pferde im nächsten Moment aus der Leinwand herausspringen, ihn unter die Hufe nehmen und die Reiter ihn mit ihren blanken Säbeln zerfetzen, so daß Kenneth einen Schauder nicht ganz unterdrücken konnte. »Es ist großartig«, sagte er. »Wenn es auch nicht ganz realistisch ist, ruft es in mir doch wieder die Erinnerung an die Attacken der französischen Kavallerie zurück.«

Sie runzelte die Stirn. »Was meint Ihr damit, daß es nicht ganz realistisch sei? Vater hat ein Dutzend Kavalleristen der königlichen Garde so lange direkt auf sich zureiten lassen, bis er akkurate Skizzen von ihnen angefertigt hatte. Ein Wunder, daß er nicht von den Pferden zertrampelt wurde.«

»Er hat die Pferde so dicht zusammengedrängt, daß sie sich fast berühren. Das wäre in einer Schlacht unmöglich«, erklärte Kenneth. »Wenn er jedoch die Pferde so weit auseinandergezogen hätte, wie das natürlicherweise der Fall ist, würde das Bild an Wirkung verlieren. Er hat auf diesem Gemälde das Wesentliche einer Kavallerieattacke dargestellt – die Wirkung, die sie auf den Angegriffenen ausübt.«

»Vater sagt immer, daß die Illusion der Wirklichkeit wichtiger sei als die technische Genauigkeit.« Sie legte den Kopf nachdenklich auf die Seite und gab ihm dann mit der Hand ein Zeichen, ihr in das angrenzende Frühstückszimmer zu folgen. »Hier hängt eine andere Art von Schlachtengemälde: Boadicea, die Kriegerfürstin, kurz vor ihrem letzten Kampf gegen die Römer. Was haltet Ihr davon?«

Kenneth studierte das Gemälde, das eine barbarisch aussehende Frau mit kastanienbraunen Haaren darstellte, die in der linken Hand einen Speer hielt und in der Rechten ein Schwert. Ihr Rücken war gewölbt, und ihr Gewand aus weißem Leinen und ihr aus Wolfsfellen bestehender Umhang flatterten im Wind, während sie ihrer Heerschar den Befehl gab, ihr in den Tod zu folgen. Sie erinnerte Kenneth an eine wütende, kompromißlose Rebecca. Das mußte wohl an den rotbraunen Haaren dieser Barbarin liegen.

»Obwohl sie mich als Kriegerin nicht überzeugt, ist sie doch ein großartiges Symbol des Mutes und eines unbändigen Freiheitswillen.«

»Warum überzeugt sie Euch als Kriegerin nicht?«

»Zu schlank – man braucht Muskeln zum Führen solcher Waffen. Und zu unversehrt. Jemand, der so oft gegen die Römer zu Felde zog wie diese Fürstin, würde sicherlich ein paar Wunden davongetragen haben.«

Rebeccas Blick wanderte von der Narbe auf seiner Wange hinunter zu seinen Händen und Handgelenken, an denen man die Spuren von einem halben Dutzend kleinerer Wunden erkennen konnte. »Ich verstehe, was Ihr meint. Als Berater für Schlachtszenen wärt Ihr wohl ganz nützlich, denke ich.«

Vermutlich durfte er diesmal ihre Ironie eher als ein Kompliment und einen Schritt in die richtige Richtung betrachten. Sein Blick wanderte zu dem Bild zurück. Und seine Gedanken laut aussprechend, sagte er: »Es ist ein sehr gutes Bild, das sich jedoch im Stil von allen anderen Beispielen für Sir Anthonys Schaffen, die ich bisher gesehen habe, unterscheidet. Sollte es sich hier etwa um ein Experiment gehandelt haben? Die dramatische Komposition und das Kolorit sind zwar für ihn charakteristisch, aber die Linienführung ist weicher, und das Bild besitzt eine fast poetische Qualität.«

Rebecca gab ihm darauf keine Antwort, sondern betrachtete ihn nur mit schmalen Augen. Sollte das vielleicht wieder ein Test sein? Sein Blick ging in die untere rechte Ecke, wo Sir Anthony seine Werke mit einem kleinen AS zu kennzeichnen pflegte. Diesmal sahen ihm die Initialen jedoch eher nach einem RS aus. Er starrte die beiden Buchstaben an. War es möglich, daß dieses Bild gar nicht von Anthony, sondern Rebecca Seaton gemalt worden war? »Gütiger Gott, habt Ihr das erschaffen?«

»Seid Ihr schockiert?« erwiderte sie schnippisch. »Gehört Ihr zu jenen Männern, die glauben, Frauen könnten nicht malen?«

Ein wenig verwirrt, betrachtete Kenneth das Gemälde nun mit ganz anderen Augen. »Keineswegs«, erwiderte er. »Ich wußte nur nicht, daß Ihr Künstlerin seid.« Und was für eine Künstlerin! In technischer Hinsicht war sie ihrem Vater fast ebenbürtig, hatte aber einen eigenen Stil, der mit dem ihres Vaters verwandt und zugleich von diesem verschieden war. Eigentlich sollte ihn das gar nicht überraschen, denn alle namhaften Künstlerinnen waren bisher in der Regel entweder Töchter oder Ehefrauen von Künstlern gewesen, wie die Geschichte bewies. Denn nur auf diese Weise hatten Frauen eine Chance, sich die notwendigen technischen Fertigkeiten aneignen zu können. »Kein Wunder, daß Ihr Eure Zeit nicht für die Führung des Haushalts opfern wollt. Das wäre eine sträfliche Vergeudung Eures Talents.«

Einen Moment lang schien Rebecca dieses Lob fast verlegen zu machen; doch ihre Stimme hatte die gewohnte Schärfe, als sie erwiderte: »Dem kann ich nur zustimmen. Deshalb ist es ja so wichtig, jemanden zu finden, der diese Aufgabe zu unserer Zufriedenheit erledigt.« Wobei ihre Miene deutlich machte, daß sie Kenneth nicht als einen für diesen Posten geeigneten Mann betrachtete.

Es wurde demnach Zeit, daß er seine Kompetenz unter Beweis stellte.« Bevor Ihr mich mit dem Personal bekannt macht, müßte ich noch etwas mehr über dieses wissen. Wie viele Bedienstete habt Ihr im Haus?«

Sie überlegte einen Moment. »Im Augenblick haben wir vier weibliche und drei männliche Dienstboten.«

»Sind Sie schon lange in Euren Diensten?«

»Nur Phelps, der Kutscher. Die anderen sind erst ein paar Monate bei uns.«

Zu schade, dachte er. Die Dienstboten hätten für ihn eine vorzügliche Nachrichtenquelle sein können. Er würde sich also auf den Kutscher konzentrieren müssen. »Warum so viele neue Leute? Und warum ist es bisher nicht möglich gewesen, einen fähigen Haushälter zu finden oder ans Haus zu binden?«

»Meine Mutter zog es vor, den Haushalt selbst zu führen. Seit ihrem Tod haben hier nur noch chaotische Zustände geherrscht. Mein Vater war danach nicht ... nicht mehr wiederzuerkennen. Ich habe es bisher mit zwei Haushältern versucht. Doch keiner von beiden ist den besonderen Anforderungen, die ein Künstlerhaushalt an ihn stellte, gewachsen gewesen. Mein Vater fühlte sich oft von ihnen herausgefordert und hat Dienstboten, die ihn ärgerten, kurzerhand entlassen. Und jene, die er nicht gefeuert hatte, haben gekündigt und sich in ordentlicher geführten Häusern eine Anstellung gesucht. Schließlich hat er seinen Sekretär, Tom Morley, damit beauftragt, das Personal zu beaufsichtigen. Das hat ganz gut funktioniert, wenn es auch mit dem Staubwischen nicht mehr recht klappte.«

»Gibt es zur Zeit auch unbesetzte Stellen?«

»Wir bräuchten dringend einen neuen Koch und einen Butler.« Ein boshaftes Licht trat in ihre Augen. »Man will uns noch heute zwei Bewerber für den Posten des Küchenchefs ins Haus schicken. Ich möchte es deshalb Euch überlassen, die beiden zu interviewen und den Eurer Meinung nach geeigneteren Kandidaten einzustellen.«

Er nickte, als wäre das für ihn die natürlichste Sache der Welt. Aber als er ihr in den Dienstbotentrakt hinunterfolgte, fragte er sich, was die Männer seines Regiments wohl von ihm denken würden, wenn sie ihn jetzt sähen.

Kapitel 5

Das Personal erlabte sich gerade in seinem Wohnzimmer neben der Küche an Tee und Butterhörnchen, als Rebecca mit Captain Wilding in den Dienstbotentrakt kam. Das Stimmengewirr am Tisch verstummte, und sechs Augenpaare richteten sich auf die Neuankömmlinge. Bis auf Phelps waren alle Dienstboten im Raum versammelt.

»Das ist Sir Anthonys neuer Sekretär, Captain Wilding«, sagte Rebecca knapp. »Ihr werdet von jetzt an Eure Anweisungen von ihm bekommen.« Sie machte eine ironische Handbewegung, die ihm nun die Last der Verantwortung aufbürden sollte.

Während Kenneth die Gruppe am Tisch musterte, warf die Magd, die mit allen männlichen Dienstboten des Hauses flirtete, dem von ihr bevorzugten Lakaien einen vielsagenden Blick zu und begann zu kichern. Als Wilding sie daraufhin ansah, wurde sie sofort still. Niemand sagte ein Wort. Nach einer Weile erhob sich die kleinere der beiden Mägde, die üblicherweise für zwei schuftete, von ihrem Platz. Nacheinander folgten auch die anderen Dienstboten ihrem Beispiel, und es dauerte nicht lange, bis sich zu Rebeccas Verwunderung aus diesem unordentlichen Haufen so etwas wie ein Trupp von disziplinierten Soldaten gebildet hatte.

Captain Wilding erklärte nun mit kühler Stimme: »Disziplin und Dienstauffassung sind lax, wie ich hörte. Das wird sich ändern. Jeder, der meint, daß ihm die Arbeit hier zu schwer sei, darf sich gern woanders nach einer Anstellung umsehen. Jeder, der Probleme und Beschwerden hat, kommt damit zu mir. Unter keinen Umständen dürfen Sir Anthony und Miss Seaton unnötig damit belästigt werden. Ist das klar?«

Es war klar. Der Captain fragte nun jeden der Dienstboten nach seinem Namen und seinen Aufgaben, bevor er die Gruppe entließ, die daraufhin nicht unbedingt eingeschüchtert, aber sichtlich beeindruckt wieder an die Arbeit ging.

Rebecca mußte zugeben, daß auch sie beeindruckt war, nachdem er die Auswahl des zukünftigen Küchenchefs mit derselben Geschicklichkeit vorgenommen hatte. Der erste Bewerber war ein großer und in seinem Fach bedeutender Franzose. Nachdem Wilding dessen Empfehlungsschreiben gelesen hatte, bat er ihn, etwas für ihn und Miss Seaton zu kochen. Entrüstet darüber, daß er erst eine Probe seines Könnens ablegen und die Zutaten dafür sogar noch selbst zusammensuchen sollte, verließ der Mann wieder das Haus.

Der nächste Kandidat war ebenfalls Franzose, jedoch

weiblichen Geschlechts, plump und von offenbar sanfter Gemütsart. Ihre Referenzen waren nicht ganz so strahlend wie die ihres männlichen Kollegen, der sich zuerst beworben hatte. Als sie jedoch aufgefordert wurde, eine Probe ihres Könnens abzulegen, hatte sie nur kurz die Brauen in die Höhe gezogen und sich dann ans Werk gemacht. Zwanzig Minuten später servierte sie ihren Richtern ein überaus appetitlich aussehendes Frühstücksomelett und eine Kanne dampfenden Kaffees.

Rebeccas Zweifel an dem Anstellungsverfahren schwanden bereits bei dem ersten Bissen, den sie von dem Omelett nahm. »Köstlich«, sagte sie, sich mit noch einem Stück von dem Omelett bedienend. »Sehr raffiniert von ihr, in Branntwein getränkte Kirschen für die Soße zu verwenden. Werdet Ihr sie anstellen?«

Captain Wilding, der ihr gegenüber am Tisch im Frühstückszimmer saß, verzehrte erst eine größere Portion von dem Omelett, ehe er sagte: »Ha, Madame Brunel hat alle drei Tests recht gut bestanden.«

Rebecca, die sich noch ein Stück von dem Omelett auf den Teller legte, fragte: »Welche drei Tests?«

»Der erste und wichtigste war ihr Verhalten. Sie war bereit, zu tun, was man von ihr verlangte.« Der Captain nahm noch einen Schluck von dem ausgezeichneten Kaffee. »Zweitens hat sie Einfallsreichtum bewiesen. Binnen weniger Minuten hatte sie sich einen Überblick über die vorhandenen Vorräte verschafft und sich überlegt, was sie für ein Gericht daraus herstellen konnte, das Eindruck machte und dessen Zubereitung nicht lange dauerte. Und drittens war das Ergebnis ihrer Bemühungen ausgezeichnet.«

Rebecca, die sich gerade wieder ein Stück von dem Omelett einverleiben wollte, blickte ihn verwundert an: »Sollte ihre Kochkunst nicht an erster Stelle stehen?«

»Was hilft uns selbst das größte Talent, wenn der Mensch, der es besitzt, es nur ausübt, wann es ihm paßt? Ein kooperatives Wesen ist in einem Haushalt, in dem es Probleme gegeben hat, besonders wichtig.«

Nachdenklich verzehrte Rebecca den Rest des Omeletts. Der neue Sekretär besaß ein besseres Verständnis der menschlichen Natur, als man ihm seinem Aussehen nach, das sie an einen Möbelpacker erinnerte, zutraute. Und er schien sogar ein kunstsinniger Mann zu sein. Vielleicht war die Wahl, die Sir Anthony mit ihm getroffen hatte, doch nicht so schlecht, wie sie zunächst gedacht hatte. »Ihr hattet einen gelungenen Start, wie ich meine. Ich sehe Euch dann beim Dinner wieder.

Seine dunklen Brauen gingen in die Höhe. »Also habe ich auch *Eure* Tests bestanden?«

Es war ihr nun fast peinlich, wie sehr sie diesen Mann unterschätzt hatte. »Es war mein Vater, der Euch angestellt hat. Es steht mir deshalb nicht zu, Euch zu testen.«

»Ihr seid zu bescheiden, Miss Seaton«, erwiderte er mit einem Anflug von Ironie. »Ich bin überzeugt, daß Euer Vater einen Sekretär, der Euch unsympathisch ist, nicht behalten würde.«

»Das stimmt. Aber ich würde mich nicht so rasch über einen Mann beklagen, der meinem Vater gefällt.« Sie ertappte sich nun dabei, wie sie ihn wieder anstarrte. Was ging hinter dieser zerklüfteten Stirn vor? Er hatte sich ihr gegenüber bisher zwar tadellos benommen, aber sie spürte, daß Höflichkeit nicht zu seinem wahren Wesen gehörte. Was hatte ihn so verschieden von all den Männern gemacht, die sie bisher gekannt hatte? Das würde sie niemals herausfinden, solange er meinte, seine wahre Natur vor ihr verbergen zu müssen, weil er sonst Gefahr lief, entlassen zu werden.

Einem Impuls folgend, sagte sie: »Niemand sollte sich ständig davor hüten müssen, ein falsches Wort zu sagen, damit ihm keine Nachteile entstehen. Und deshalb gebe ich Euch die Erlaubnis, mir frei heraus zu sagen, was Ihr denkt, wenn Ihr Euch in meiner Gesellschaft befindet. Ich verspreche Euch, daß ich Eure Worte nicht dazu verwenden werde, meinen Vater zu bitten, sich von Euch zu trennen.«

Seine Brauen schnellten wieder in die Höhe. »Soll das heißen, daß Ihr mir die Vollmacht gebt, mich wie ein ungehobelter und taktloser Soldat zu benehmen?«

»Genau.«

Da zeigte sich ein schelmischer Funken in seinen klaren grauen Augen. »Ihr würdet Euch auch nicht bei Eurem Vater über mich beschweren, wenn ich den Wunsch äußerte, Euch zu küssen?«

Sie starrte ihn an, während ihr das Blut in die Wangen stieg: »Was haben Sie da eben gesagt?«

»Pardon, Miss Seaton, ich hatte damit nicht gemeint, daß ich Euch tatsächlich küssen möchte«, erklärte er ohne eine Spur von Verlegenheit. »Ich versuchte nur, herauszufinden, wo die Grenzen des Erlaubten für mich liegen.«

»Ihr habt sie soeben überschritten. Machen Sie so etwas ja nicht wieder.« Damit schwenkte sie auf den Absätzen herum und marschierte aus dem Frühstückszimmer. Nein, Höflichkeit war wahrlich nicht seine Stärke. Doch sie hätte nun beim besten Willen nicht sagen können, was sie jetzt mehr gestört hatte: seine unverschämte Bemerkung, daß er sie küssen wollte – oder seine Behauptung, daß er nicht das Verlangen habe, das auch zu tun.

Da er noch eine halbe Stunde Zeit hatte, bis er sich mit

Sir Anthony in dessen Büro treffen sollte, ging er hinauf in sein Zimmer. Offenbar waren dort die beiden Mägde am Werk gewesen, denn das Zimmer glänzte nur so vor Sauberkeit; und auch der Lakai hatte inzwischen sein Gepäck aus dem Gasthof geholt, wo er die letzte Nacht verbracht hatte. Wahrscheinlich würden ihm die meisten der Dienstboten in Zukunft keinen Anlaß zur Klage mehr geben. Sie hatten nur eine feste Hand gebraucht.

Er benötigte nur wenige Minuten dazu, seine Habseligkeiten auszupacken. Aus irgendeinem unerfindlichen Grund hatte er auch eine Mappe mit seinen Zeichnungen mitgenommen, die er nun ganz hinten im Kleiderschrank verstaute, wo sie vor den Augen der Dienstboten sicher sein würden. Dann wanderte er langsam im Zimmer auf und ab. Er fühlte sich so müde, als hätte er einen Fußmarsch von dreißig Meilen hinter sich. Lügen kosteten Kraft.

Er blieb am Fenster stehen und blickte in den kleinen Garten hinunter. Dahinter ragten die Häuser und Dächer von Mayfair auf, dem elegantesten Viertel der City, die das Herz der Nation darstellte. Obwohl er in Harrow zur Schule gegangen war, das nur ein Dutzend Meilen vom Stadtkern entfernt lag, hatte er bisher immer nur einen oder höchstens zwei Tage hintereinander in der Metropole verbracht. Und sobald er alt genug gewesen war, um auch die Freuden dieser Stadt kennenlernen zu können, hatte er das Land verlassen.

Er fragte sich nun, was ihm wohl sein jetziger Besuch in London bescheren würde. Hier irgendwo in der Nähe lebte Hermione, die verwitwete Lady Kimball, nun behaglich von dem Vermögen, das sie ihrem verstorbenen Mann abgeluchst hatte. Kenneth hoffte zu Gott, daß sich ihre Wege nicht kreuzen würden. Obwohl er seine Stiefmutter vor fünfzehn Jahren zuletzt gesehen hatte, würde er immer noch seine Schwierigkeiten damit haben, sie mit der ihr zukommenden Höflichkeit zu behandeln.

Auch Lord Bowden wohnte hier in der Nähe, der von seinem Ermittler regelmäßig einen Bericht erwartete. Mit einem Seufzer setzte sich Kenneth in den Lehnstuhl am Fenster, um seine ersten Eindrücke von Sir Anthonys Haushalt zu formulieren. Sein Auftrag würde sich als ein noch schmutzigeres Geschäft erweisen, als er zunächst angenommen hatte. Obwohl Sir Anthony ein sprunghaftes und zuweilen auch arrogantes Wesen haben mochte, war er keineswegs unsympathisch. Es würde ihm, Kenneth, schwerfallen, täglich mit dem Mann zu arbeiten und zugleich Beweise zu sammeln, mit denen er dessen Leben zerstören konnte.

Zwar sagte er sich, daß Seaton auch dafür geradestehen mußte, wenn er seine Frau ermordet hatte. Aber war Seaton überhaupt dazu fähig, einen Mord zu begehen? Möglicherweise ja. Er war ein Mann von heftigem Temperament, der daran gewöhnt war, stets seinen Willen zu bekommen. Ein Mann, dem er, Kenneth, durchaus zutraute, daß er gewaltätig wurde, wenn er in Zorn geriet. Möglich, daß das der Fall gewesen war, als er mit seiner Frau am Rand einer Klippe im Seenbezirk spazierengegangen war; und dann hatte ein einziger heftiger Stoß schon genügt, um diese in den Tod zu schikken. Selbst wenn er im Affekt gehandelt und gar nicht die Absicht gehabt hatte, sie zu ermorden, würde man ihn wegen Totschlags ins Gefängnis schicken.

Aber wie konnte man so eine Tat beweisen, wenn es keine Zeugen dafür gab? Kenneth mußte genau eruieren, was sich zu der Zeit, als Helen starb, im Haushalt der Seatons abgespielt hatte – nicht nur die tatsächlichen Geschehnisse, sondern auch der emotionale Zustand, in dem sich die im Landhaus der Seatons befindlichen Personen befunden hatten.

Was letzteres anlangte, schien ihm Rebecca Seatons Verhalten heute, als sie den Tod ihrer Mutter einen ›schrecklichen, dummen Unfall‹ nannte, über eine bloße Bekundung ihres Schmerzes und ihrer Trauer hinausgegangen zu sein. Ein Verhalten, das Bowdens Verdacht zu rechtfertigen schien. Er fragte sich nun, was Rebecca Seaton wohl damit gemeint hatte, als sie sagte, ihr Vater sei seit dem Tod ihrer Mutter nicht mehr ›wiederzuerkennen‹. War es der Kummer, der ihn verändert hatte, oder – die Schuld?

Bei dem Gedanken an Rebecca zuckte er jetzt zusammen. Er hätte niemals diese idiotische Bemerkung machen dürfen, daß er sie küssen wollte. Sie war wie eine wütende Katze aus dem Zimmer gegangen. Aber diese Frau hatte, verdammt noch mal, etwas an sich, das ihn heftig zu ihr hinzog. Es war sicherlich nicht Liebe auf den ersten Blick. Er wußte nicht einmal, ob er sie überhaupt mochte. Aber er fand ihre Persönlichkeit und ihr sprödes, kratzbürstiges Wesen faszinierend. Das war auch der Grund, weshalb er so etwas Dummes zu ihr gesagt hatte. Er hatte zu lange außerhalb einer zivilisierten Gesellschaft gelebt. Er mußte wieder Manieren lernen.

Obwohl ihm schon in den wenigen Stunden, die er bisher im Haus der Seatons verbracht hatte, klar geworden war, daß er als Zeichner immer ein Amateur bleiben würde, nahm er nun einen Stift zur Hand und fing an, etwas auf ein Blatt Papier zu kritzeln. Für ihn war das Zeichnen auch ein Mittel zur Entspannung. Es half ihm, seine Gedanken zu ordnen und sich über seine Gefühle klar zu werden.

Er fertigte eine Umrißskizze von Sir Anthonys üppiger Lavinia an. Sie würde ein gutes Modell für eine dekadente Venus abgeben, überlegte er, ehe er mit ein paar Strichen die Skizze wieder unkenntlich machte. Seltsam, daß er zwar stets die Schönheit geliebt, sein Herz jedoch noch nie an eine schöne Frau verloren hatte. Catherine Melbourne, eine Soldatenfrau, die der Trommel durch Spanien und Belgien gefolgt war, war eine der faszinierendsten Frauen auf Gottes Erde gewesen: so gütig und reizend wie schön. Er würde sein Leben für sie und ihre kleine Tochter hingegeben haben. Doch es waren immer nur freundschaftliche Gefühle gewesen, die er für sie empfunden hatte – selbst dann noch, als sie bereits verwitwet war. Es war Maria, eine wilde, furchtlose spanische Guerillakämpferin, die er damals geliebt hatte.

Als er nun an Maria dachte, wurde ihm bewußt, daß es zwischen ihr und Rebecca gewisse Ähnlichkeiten gab. Keine der beiden Frauen konnte man als eine Schönheit im landläufigen Sinn bezeichnen. Beide waren auf eine ungewöhnliche Weise bemerkenswert. Beide schienen nur eine einzige große Leidenschaft zu kennen: für Maria war das Spanien gewesen, und für Rebecca Seaton war es vermutlich die Kunst. Mit Talent allein war die Qualität ihrer Arbeiten nicht zu erklären. Es mußte schon eine an Besessenheit grenzende Hingabe sein, die es ihr ermöglichte, solche Meisterwerke zu erschaffen.

Es war diese an Besessenheit grenzende Leidenschaft, die ihn zu ihr hinzog. Maria hatte für Spanien gelebt und war für ihr Land gestorben; aber wenn sie Zeit und auch die Neigung dazu hatte, konnte sie ihn so leidenschaftlich lieben wie eine Wildkatze. Die körperliche Vereinigung mit ihr war stets stürmisch und überaus befriedigend gewesen. Er hatte sich ein normales, zivilisiertes Leben mit ihr nicht vorstellen können, obwohl ihn das nicht davon abgehalten hatte, sie um ihre Hand zu bitten.

Würde es einen Unterschied gemacht haben, wenn sie seinen Heiratsantrag angenommen hätte? Würde sie dann heute noch leben?

Einen Moment stand ihr das Bild von Maria vor Augen, als er sie zum letztenmal gesehen hatte. Sein Magen krampfte sich zusammen, und er verdrängte es rasch wieder aus seinem Bewußtsein. Was geschehen war, ließ sich nun nicht mehr ändern. Er mußte an die Gegenwart denken, an Sutterton und Beth und deren Zukunft.

Die Ermittlungen, die er anstellen sollte, würden nicht leicht sein. Der Kutscher konnte ihm vielleicht dabei helfen, und er würde versuchen, diesen Tom Morley ausfindig zu machen – seinen Vorgänger als Sir Anthonys Sekretär. Aber er war nicht sehr optimistisch. Als Aufklärungsoffizier in Spanien hatte er die Erfahrung machen müssen, daß man mühsam zahllose Informationen aus vielen Quellen sammeln mußte, ehe man sie wie Mosaiksteine zu einem Bild zusammensetzen konnte. Und hier verfügte er nur über wenige Quellen.

Er wurde sich voller Unbehagen bewußt, daß Rebecca vermutlich seine beste Informationsquelle war, was den Tod ihrer Mutter anlangte. Sie würde Kenntnis von Dingen haben, die kein Dienstbote wußte. Er würde sich also um ihre Freundschaft bemühen müssen – um diese dann zu verraten.

Leise vor sich hinfluchend, bereitete er sich nun auf sein Treffen mit Sir Anthony in dessen Büro vor. Ein Krieg war sauberer und ehrenhafter als das, was er hier tun mußte.

»Schickt an alle, die sich in diesem Stapel befinden, ein

höflich formuliertes Mahnschreiben«, sagte Sir Anthony, wobei er die Hand auf einen Stoß Briefe auf seinem Schreibtisch legte. »Die meisten von ihnen sind Aristokraten. Die Zahlungsmoral meiner bürgerlichen Auftraggeber ist unvergleichlich besser.« Er wühlte nun in den Papieren auf dem Schreibtisch des Sekretärs und zog ein in Leder gebundenes Notizbuch unter diesen hervor. »Zu Euren Aufgaben gehört auch das Führen meines Tagebuchs. Ich notiere mir alles, was darin eingetragen werden soll, zuerst auf Zetteln oder irgendwelchen Papierfetzen.« Er öffnete das Notizbuch und enthüllte dabei ein rundes Dutzend vollgekritzelter Papiere, die zwischen Buchdeckel und Vorsatzblatt eingeklemmt waren. »Das müßt Ihr in Reinschrift übertragen.«

Kenneth nahm das Notizbuch in die Hand und schlug eine Seite darin auf. In Tom Morleys säuberlicher Handschrift fanden sich dort solche Bemerkungen wie: »5. Februar, 10:00-11:00, Herzog von Candover und Familie, erste Skizzen. Wetter dunstig mit Aufhellungen.« Noch zwei weitere Sitzungen waren unter diesem Datum eingetragen, desgleichen der Besuch einiger Freunde und eine Ausschußsitzung der Royal Academy am Abend. Kenneth spürte, wie sich eine leise Erregung seiner bemächtigte: Das Tagebuch vom August des letzten Jahres, als Lady Seaton starb, würde ihm unschätzbare Informationen über Sir Anthonys Tätigkeiten zu jener Zeit liefern.

Sich seine Aufregung nicht anmerken lassend, sagte er: »Ihr seid ein sehr beschäftigter Mann, wie ich sehe.«

»Viel zu beschäftigt. Im letzten Jahr hatte ich dreihundertundsechs Sitzungen, die mir kaum Zeit ließen für meine Historienbilder«, erwiderte Seaton mit einem ausdrucksvollen Seufzen. »Aber es ist schwer, eine Lady abzuweisen, die einen um ein Porträt bittet und sagt, es gäbe sonst niemand, der sie so gut malen könnte wie ich.«

Kenneth war versucht, Seaton darauf hinzuweisen, daß er ihm gegenüber bereits zugegeben hatte, wie sehr er die Poträtmalerei liebte, und sich nur mit dem Verdienst, den er damit erzielte, eine so kostspielige Haushaltsführung leisten konnte. Aber er verbiß sich diese Bemerkung und sagte: »Gibt es noch etwas, das Ihr mir erklären möchtet, Sir?«

»Nein, das reicht fürs erste.« Sir Anthony erhob sich von seinem Schreibtisch. »Ich werde das Diktieren der Briefe auf morgen früh verschieben, weil Ihr heute schon genug zu tun habt.«

Eine gelinde Untertreibung, dachte Kenneth, weil er mindestens drei Tage dazu brauchen würde, um das, was sich dort auf seinem Schreibtisch stapelte, aufzuarbeiten. Er wollte Sir Anthony gerade fragen, was er denn als erstes erledigt haben wollte, als er Schritte draußen in der Halle hörte. Kurz darauf klopfte jemand an die Tür, ehe sie von draußen geöffnet wurde und drei elegant gekleidete Personen über die Schwelle traten. Eine von ihnen, ein gutaussehender Mann, der ungefähr in Seatons Alter war, sagte: »Was, du stehst am Schreibtisch und nicht hinter deiner Staffelei, Anthony?«

»Ich muß erst noch meinen neuen Sekretär, Captain Wilding, den mir der Himmel heute ins Haus geschickt hat, in seine Pflichten einweisen.« Seaton machte eine kurze Handbewegung zu Kenneth hin. »Oder vielmehr ein namenloser Freund, der wußte, daß ich dringend einen Sekretär benötige. Bist du etwa dieser namenlose Freund gewesen, bei dem ich mich dafür bedanken sollte, Malcolm?«

Malcolm musterte Kenneth mit einem scharfen, neugierigen Blick. »Ich würde das doch wohl kaum zugeben, wenn ich anonym zu bleiben wünsche, nicht wahr?«

Sir Anthony quittierte diese Antwort mit einem amüsierten Nicken, als hätte sich seine Annahme bestätigt. »Captain Wilding, das sind ein paar von diesen mit mir befreundeten Taugenichtsen, die mein Studio als Salon zu mißbrauchen pflegen.«

»Aber immer nur in den späten Nachmittagsstunden«, sagte die Frau, die bisher von Malcolm halb verdeckt gewesen war und nun hinter diesem hervortrat. Zu Kenneths Erstaunen war es diese Lavinia, die ihn am Morgen in einem sie nur spärlich verhüllenden Schleiergewand begehrliche Blicke zugeworfen hatte und nun nach der neuesten Mode gekleidet war.

»Wenn ein Mann nicht einmal unter seinem eigenen Dach Tyrann sein kann – wann dann?« erwiderte Sir Anthony, bevor er Kenneth mit seinen Besuchern bekannt machte.

Der elegante ›Taugenichts‹ Malcolm war Lord Frazier, ein ziemlich bekannter Gesellschaftsmaler; der zweite, etwas kleinere und stämmigere Mann George Hampton, Graveur und Besitzer einer der bekanntesten Druckereien von England; und die kokette Lavinia, die am Morgen Sir Anthony Modell gestanden hatte, wurde Kenneth nun als Lady Claxton vorgestellt. Kenneth beschränkte sich darauf, die drei mit ein paar kurzen gemurmelten Worten zu begrüßen, um sie dann um so genauer zu studieren. Diese Leute mußten Helen Seaton gut gekannt haben.

Nachdem die drei ein paar Minuten lang über Nichtigkeiten geredet hatten, sagte Malcolm Frazier: »Ich hatte gehofft, dein neues Waterloo-Gemälde besichtigen zu können, um zu sehen, welche Fortschritte es inzwischen gemacht hat.«

Sir Anthony zuckte mit den Achseln: »Ich hatte seit deinem letzten Besuch kaum Zeit, daran zu arbeiten. Aber du kannst es natürlich besichtigen, wenn dir so sehr daran liegt.« Er bot Lavinia seinen Arm an.

Bevor die Gruppe das Büro wieder verlassen konnte, erschien Rebecca Seaton unter der Tür. Sie hielt auf der Schwelle an, als sie der Besucher ansichtig wurde, und wischte sich eine der ihr wirr in die Stirn hängenden rotbraunen Haarsträhnen aus dem Gesicht. »Wie geht es denn unserer bestaussehenden Künstlerin von London?« begrüßte Lord Frazier sie mit lauter Stimme.

»Keine Ahnung«, erwiderte sie. »Wie soll ich denn wissen, wie Ihr Euch fühlt, Lord Frazier?«

Er nahm ihr diesen versteckten Hinweis auf seine Eitelkeit nicht übel, sondern sagte lachend: »Ihr seid die einzige Frau, die ich kenne, die sich weigert, Komplimente entgegenzunehmen.«

»Wenn Ihr sie nicht so freizügig überall verteilen würdet, wäre ich vielleicht dazu bereit, eines davon für mich zu behalten«, erwiderte Rebecca mit süßer Stimme, während sie Lavinia und George Hampton mit Handschlag begrüßte.

Als die Besucher nun das Büro verließen, um Sir Anthonys neueste Werke zu besichtigen, schloß Rebecca die Tür hinter ihnen und sagte zu Kenneth: »Wie ich sehe, habt Ihr bereits die ersten Mitglieder des Seaton-Salons kennengelernt.«

Er zog die Brauen in die Höhe. »Sir Anthony sprach zwar davon, daß man sein Haus als Versammlungsort benützen würde; aber ich habe das für einen Scherz gehalten.«

»Mein Vater würde sich tagsüber niemals von einem Besucher bei der Arbeit stören lassen, sieht es aber gern, wenn sich am späten Nachmittag Leute bei ihm einfinden, die seine Werke besichtigen und mit den Kunden oder Modellen plaudern wollen, die er gerade porträtiert. Zuweilen kann das sehr lästig werden.« Sie schaute sich jetzt suchend im Raum um. »Habt Ihr hier eine Katze gesehen?«

»Eine Katze?«

»Ein kleines Tier mit vier Beinen, einem Schnurrbart und einem Schwanz.« Sie blickte hinter den Schreibtisch ihres Vaters. »Diese Büro ist eines seiner Lieblingsverstecke.«

Kenneth dachte nach. Obwohl er sich die meiste Zeit hindurch auf Sir Anthony und dessen Ausführungen konzentriert hatte, glaubte er, eine Sekunde lang aus den Augenwinkeln einen Schatten bemerkt zu haben, der durch das Zimmer huschte. Er stand auf, ging zum Schrank, in dem die Kontobücher und Schreibsachen aufbewahrt wurden, bückte sich und blickte nun in ein Paar gelbe Augen, die sich langsam öffneten und ihn unverwandt ansahen.

»Ich glaube, daß sich Euer vierbeiniger Freund hier unter dem Schrank versteckt hat.«

Rebecca kam jetzt zu ihm und ließ sich neben ihm auf ein Knie fallen. »Komm heraus, Ghostie!« rief sie mit lockender Stimme. »Es wird Zeit für dein Abendbrot!«

Es dauerte eine Weile, bis das Tier unter dem Schrank hervorkroch und sich dann ein paarmal streckte. Es war ein hagerer, etwas struppiger grauer Kater mit zerfetzten Ohren und einem unnatürlich kurzen Schwanz. Rebecca machte nun ein paar girrende Geräusche in ihrer Kehle, ehe sie das Tier auf den Arm nahm. Es war für Kenneth interessant, zu beobachten, wie nun ihr bisher so schroffes Gesicht plötzlich einen ganz weichen, ja, fast verliebten Ausdruck annahm.

»Ghostie – ein seltsamer Name für eine Katze«, sagte er.

»Eigentlich heißt er ›Gray Ghost‹.« Sie streichelte dem Kater nun den Rücken, der diese Liebkosung mit einem lauten, tiefen Schnurren belohnte. »Wir haben ihn so getauft, weil er wochenlang wie ein grauer kleiner Geist um unser Haus herumzuschleichen und an unserer Küchentür zu betteln pflegte. Ich habe ihm dann jedesmal etwas zum Fressen hingestellt. Aber es hat Monate gedauert, bis er sich von mir anfassen ließ. Inzwischen ist aus ihm schon fast eine zahme Hauskatze geworden.«

Kenneth fand, daß diese Fürsorge für ein verwildertes, hungriges Tier ein Zug an ihr war, der ihn zugleich überraschte und rührte. Er überlegte, daß er diese entspannte und friedliche Stimmung, in der sie sich in diesem Augenblick befanden, dazu ausnützen sollte, um auch die Beziehung zwischen ihnen zu verbessern. Er kraulte den Kater deshalb zwischen den Ohren und sagte: »Er ist ein feiner Bursche. Und auch gut erzogen, wie ich meine. Er hat die ganze Zeit über, wo diese eleganten Herrschaften hier eindrangen und sich mit Eurem Vater unterhielten, keinen Mucks von sich gegeben, sondern ganz ruhig dort unter dem Schrank geschlafen.«

»Er ist an solche Invasionen gewöhnt. Es gibt zwar Dutzende von Leuten, die Vater regelmäßig besuchen; aber die drei, die eben hier waren, kommen fast jeden Tag zu uns. Vater, George und Malcolm sind schon miteinander befreundet gewesen, als sie noch alle drei an der Kunstakademie studierten. George ist mein Taufpate und fertigt alle Radierungen von den Gemälden meines Vaters an.«

»Die Drucke, die er damit herstellt, sind hervorragend

und haben eine Menge zu dem Ruhm, den Euer Vater jetzt genießt, beigetragen.« Kenneth streichelte wieder die Katze, wobei er mit den Fingerspitzen fast Rebeccas Wange berührte. Er fragte sich, ob ihre Haut auch wirklich so makellos und glatt war, wie sie zu sein schien. Er zog jedoch die Hand wieder zurück, bevor er der Versuchung erlag, das herauszufinden. »Ich bin Lavinia schon heute morgen im Studio Eures Vaters begegnet«, sagte er, »und hatte sie für ein professionelles Modell gehalten. Zu meiner Überraschung wurde sie mir vorhin als Lady Claxton vorgestellt.«

Rebecca setzte nun die Katze auf ihre Schulter, ehe sie sich einen Stuhl suchte und darauf Platz nahm. »Hattet Ihr Schwierigkeiten damit, sie im bekleideten Zustand wiederzuerkennen?«

Ein Lächeln unterdrückend, antwortete er: »Ich gebe zu, daß ich zweimal hinschauen mußte, bevor ich wußte, daß es sich um die gleiche Frau handelte.«

»Lavinia ist früher mal eine nicht sonderlich erfolgreiche Schauspielerin und ein Modell an der Kunstakademie gewesen, ehe sie einen angejahrten Baronet heiratete. Nun ist sie eine wohlhabende Witwe, die es liebt, sich extravagant zu benehmen. Man empfängt sie nicht in den besten Kreisen; aber bei den Künstlern ist sie sehr populär.«

Rebecca rieb ihre Wange am Fell der Katze und setzte mit einer Stimme, die ein wenig zu beiläufig klang, hinzu: »Sie ist die augenblickliche Mätresse meines Vaters, glaube ich.«

Kenneth schrak ein wenig zusammen, und als Rebecca seinen Gesichtsausdruck bemerkte, meinte sie kühl: »Habe ich Euch schockiert, Captain?«

»Vielleicht bin ich zu lange von England fortgewesen«, erwiderte er. »Als ich dieses Land verließ, hielt man es noch für unschicklich, daß eine junge Dame über illegitime Beziehungen spricht.«

Sie lächelte ironisch. »Aber ich bin weder jung, noch eine Lady, Captain. Mein Ruf ist seit Jahren ruiniert. In der Welt der Künstler ist man unkonventionell genug, mich zu akzeptieren. Vielleicht auch nur deswegen, weil ich Sir Anthonys Tochter bin. Aber im Salon einer respektablen Familie würde man mich niemals dulden.«

In dem Bewußtsein, daß seine Frage ein Prüfstein dafür sein würde, bis zu welchem Grade sie ihn akzeptierte, sagte er: »Und wie hat sich nun die Tatsache, daß Ihr ruiniert seid, ausgewirkt? Seid Ihr dadurch schwächer oder stärker geworden?«

Diese Frage schien sie betroffen und dann nachdenklich zu machen. »Stärker, nehme ich an. Ich hatte zwar nicht geahnt, wieviel mir mein guter Ruf bedeutete, bis ich ihn verlor, habe diesen Verlust dann jedoch in mancherlei Hinsicht eher als eine Befreiung empfunden.«

Er nickte und nahm wieder auf seinem Stuhl Platz. »Es sind nicht unsere Triumphe, sondern unsere Niederlagen, die unseren Wert bestimmen.«

Die Hand, mit der sie noch immer die Katze streichelte, hielt mitten in der Bewegung inne, während sie sein Gesicht studierte. »Es sind recht interessante Ansichten, die Ihr vertretet, Captain.«

»Das hat man mir schon öfter gesagt«, erwiderte er trocken. »Was jedoch in der Regel kein Kompliment für mich sein sollte.«

Sie schenkte ihm ein Lächeln, das ihr Gesicht auf einmal sehr lebendig und bemerkenswert hübsch machte. »Ich hatte es aber als Kompliment gemeint«, sagte sie und stand auf. Sich die Katze wie einen Schal um den Hals legend, setzte sie hinzu: »Wir sehen uns dann beim

Dinner wieder. Es ist ein ehernes Gesetz in diesem Haus, daß wir gemeinsam dinieren.« Ihr Blick ging zu dem Porträt von Lady Seaton hinüber. »Da meine Mutter wußte, daß Vater und ich oft zu sehr in unsere Arbeit vertieft waren, bestand sie darauf, daß wir uns wenigstens einmal am Tag wie zivilisierte Leute benehmen sollten.«

»Ihr seht ihr sehr ähnlich«, bemerkte er.

»Nicht wirklich. Wir hatten zwar die gleiche Augen- und Haarfarbe, aber sie war viel größer als ich – fast so groß wie Vater.« Die Katze an sich drückend, drehte sie sich wieder von dem Gemälde fort. »Und sie war natürlich schön.«

Kenneth überlegte, ob er ihr nicht sagen sollte, daß das auch für sie gelte; doch weil sie ihn dann sicherlich für einen Schmeichler gehalten hätte, unterließ er das lieber. Obwohl sie für jeden, der ein Auge dafür hatte, eine wahre Schönheit sein mußte, dachte er, während er beobachtete, wie die Abendsonne ihre Haare in feurige Seide verwandelte. Doch er durfte nicht an so etwas denken, ermahnte er sich, wenn er seinen Auftrag erfüllen wollte, und sagte: »War Lady Seaton wirklich so bezaubernd, wie sie dort auf dem Porträt erscheint?«

»Wenn sie vergnügt war, steckte sie das ganze Haus mit ihrer Fröhlichkeit an. Aber wenn sie traurig war ...« Rebecca zögerte einen Moment. »Nun, dann wußten wir es alle.«

»War sie etwa launisch?«

Rebeccas Gesicht wurde starr, während sie sich auf die Tür zubewegte. »Ist das zuweilen nicht jeder?«

Offenbar hatte er hier den Finger in eine noch offene Wunde gelegt, an die er besser nicht hätte rühren sollen. Als er überlegte, wie er diesen Fehler wieder korrigieren konnte, wurde ihm klar, daß er ihr auch etwas von sich erzählen mußte, wenn er ihr Vertrauen gewinnen wollte. Deshalb sagte er jetzt mit leiser Stimme: »Meine Mutter starb, als ich sechzehn war. Nichts hat mich im Leben so tief getroffen wie ihr Verlust.«

Rebecca hielt mitten im Schritt an und schluckte schwer: »Es ... es hinterläßt eine Lücke im Leben, die nichts und niemand mehr ausfüllen kann.« Sie schloß einen Moment ihre von tiefem Schmerz erfüllten Augen. »Wie ist Eure Mutter gestorben?«

»Langsam und qualvoll an einer tückischen Krankheit«, erwiderte er. Sich nun wieder lebhaft an dieses schreckliche Jahr erinnernd, begann er die Papiere auf seinem Schreibtisch zu ordnen und setzte mit rauher Stimme hinzu: »Ich habe im Krieg viele tapfere Männer sterben sehen, aber niemand hat im Angesicht des Todes eine größere Seelenstärke bewiesen als sie.«

Kenneth hatte zwar die Statur seines Vaters geerbt, aber seinem Wesen nach war er viel eher Elizabeth Wildings Sohn. Zu seinen frühesten Erinnerungen gehörten die langen, schlanken Finger seiner Mutter, die ihm als kleines Kind die Hand geführt hatten, als sie ihm beibrachte, seinen Namen zu schreiben. Von ihr hatte er auch das Zeichnen gelernt und sie hatte seinen Blick für die Umgebung geschärft und ihn gelehrt, die Welt so zu sehen, wie sie wirklich war.

Obwohl ihr etwas grob geschnitzter Gatte sie wohl auf seine Weise geliebt haben mußte, hatte er dieses langsame Sterben seiner Gattin nicht ertragen können. Es war ihr Sohn gewesen, bei dem sie damals Trost und Beistand gesucht hatte, und so war Kenneth dazu gezwungen gewesen, binnen ganz kurzer Zeit erwachsen zu werden. In ihrem Kummer hatten sich er und seine kleine Schwester eng aneinandergeschlossen, und dieses Band hatten auch die vielen Jahre, die er von zu Hause weg gewesen war, nie ganz zerreißen können.

Das leise Miauen des Katers holte Kenneth wieder in die Gegenwart zurück. Als er sah, daß seine Hände regungslos auf den Papieren lagen, die er eben noch so emsig hatte ordnen wollen, blickte er ein wenig verlegen zu Rebecca hoch, die ihn mitleidig ansah. Teufel, er hatte ihr sein Mitgefühl, aber keine Schwäche zeigen wollen! Er stand auf. »Euer Vater sagte, daß ich auch für die Führung seiner Journale verantwortlich bin. Wo bewahrt er denn seine früheren Tagebücher auf? Ich denke, es könnte mir helfen, seine Geschäfte besser zu verstehen, wenn ich mal einen Blick in die Journale der letzten paar Jahre werfen könnte.«

»Da müßt Ihr Vater schon selbst fragen. Ich weiß nicht, wo er seine alten Journale verwahrt hat. Also dann – bis zum Dinner, Captain.« Sie drehte sich um und verließ das Büro.

Er blickte ihr nach und wußte, daß sein erster Eindruck richtig gewesen war: Diese junge Dame würde ihm Kummer machen.

Ihren Kater streichelnd, um sich wieder zu beruhigen, stieg Rebecca die Treppe zur Küche hinunter. Es war nicht einfach für sie gewesen, mit Captain Wilding über den Tod ihrer Mutter zu reden, und als er ihr dann offenbart hatte, wie sehr auch er noch unter dem Verlust seiner Mutter litt, hatte das ihren eigenen Schmerz wieder aufleben lassen. Doch dieses Feingefühl, mit dem er von dem Tod seiner Mutter sprach, hatte ihr eine unerwartete Seite seines Charakters enthüllt. Einen Moment lang hatte dieser so gestreng wirkende Armeeoffizier ihr den empfindsamen Jungen gezeigt, der er einmal gewesen war.

Dieser Mann war für sie ein faszinierendes Rätsel. Ihre ersten Eindrücke von ihm waren Härte und Intelligenz gewesen. Beides gehörte zweifellos zu seinen Charaktereigenschaften; doch heute hatte er sich zu ihrer Überraschung sogar als toleranter und unabhängiger Geist erwiesen. Sie hatte ihm absichtlich die Tatsache enthüllt, daß sie ein ›gefallenes Mädchen‹ sei, um zu sehen, wie er darauf reagieren würde, und sie mußte es ihm hoch anrechnen, daß ihn das weder schockiert noch dazu veranlaßt hatte, sie weniger respektvoll als bisher zu behandeln.

Nachdem sie den Kater gefüttert hatte, überlegte sie, daß sie noch eine halbe Stunde Zeit hatte, ehe sie sich zum Dinner umziehen mußte, und beschloß, noch einmal in ihr Studio hinaufzugehen, um diese Zeit für eine oder zwei weitere Skizzen von Captain Wilding auszunützen.

Kapitel 6

Wie sie es vorher abgesprochen hatten, suchte Kenneth am Ende der ersten Woche, die er in Sir Anthonys Haushalt verbrachte hatte, Lord Bowden auf, um diesem Bericht zu erstatten. Er wurde sofort in dessen Arbeitszimmer geleitet, und als Bowden seinen Besucher ins Zimmer kommen sah, legte er sogleich seine Zeitung beiseite und deutete auf einen Sessel, damit Kenneth dort Platz nehmen sollte. »Guten Tag, Lord Kimball. Was habt Ihr bisher herausgefunden?«

Kenneth studierte einen Moment das Gesicht des älteren Mannes. Nachdem er dessen jüngeren Bruder kennengelernt hatte, fiel ihm auf, wie sehr sich die beiden Männer in körperlicher Hinsicht ähnelten: die gleiche hagere Figur, die gleiche Größe, dieselben wie gemeißelt wirkenden Wangenknochen. Doch Sir Anthonys Vitalität, der Charme, den er zuweilen aufblitzen ließ, und auch seine gelegentliche Gereiztheit ließen ihn viel jünger erscheinen als Lord Bowden, der nur zwei Jahre älter war als sein ›Arbeitgeber‹.

»Ich habe mit meinen Nachforschungen noch nicht den Erfolg gehabt, den ich mir eigentlich erhofft hatte«, sagte Kenneth, als er in dem Sessel Platz nahm. »Ich fürchte, daß meine Ermittlungen länger dauern werden, als wir zunächst glaubten.« Er zählte Bowden die Gründe dafür auf: keine ausreichenden Informationsquellen unter den Dienstboten, kaum Zeit für seine Nachforschungen, da er die liegengebliebene Korrespondenz von Sir Anthony hatte aufarbeiten müssen – und beendete dann seine Ausführungen mit den Worten: »Sir Anthony hat jedoch die Gewohnheit, täglich schriftliche Aufzeichnungen von seinen Terminen und Tätigkeiten anzufertigen, die uns eine Menge über die Vorgänge im Haus Eures Bruders zur Zeit von Lady Seatons Tod erzählen könnten. Unglücklicherweise befinden sich aber die Tagebücher, die sich auf diese Zeit beziehen, noch im Landhaus Eures Bruders, der, wie man mir erzählte, in der Konfusion, die damals nach dem Tod von Lady Seaton im Hause herrschte, vergessen hatte, sie einzupakken, als er nach London zurückkehrte. Ich werde mir diese Tagebücher vermutlich erst im Sommer ansehen können, falls ich dann noch ein Mitglied seines Haushalts sein sollte, wenn Sir Anthony wieder sein Landhaus in Schottland bezieht. So wie die Dinge stehen, werde ich wohl kaum früher Gelegenheit dazu bekommen.«

Bowden hatte ihm stirnrunzelnd zugehört. »Ich hatte

gehofft, daß Ihr mir schon früher Ergebnisse bringen könntet.«

»Trotzdem komme ich mit meinen Ermittlungen voran, wenn sie auch noch nicht die von Ihnen erwarteten Früchte tragen. Man hat mich inzwischen mit Sir Anthonys Freunden bekanntgemacht, und ich werde bald damit beginnen können, sie über die Vergangenheit zu befragen. Ich möchte auch mit diesem Morley sprechen – meinem Vorgänger als Sir Anthonys Sekretär.«

»Das läßt sich leicht bewerkstelligen.« Bowden holte aus seinem Schreibtisch Tinte und eine Feder heraus und schrieb Kenneth einen Namen und eine Adresse auf. »Er ist jetzt der Sekretär eines Parlamentsabgeordneten, der mit mir befreundet ist.«

Kenneth nickte, als ihm Lord Bowden das Papier zureichte. »Habt Ihr das arrangiert? Ich hatte mir gleich gedacht, daß es kein Zufall sein könnte, wenn die Position in Sir Anthonys Haus just in dem Augenblick frei wurde, als Ihr mich in Sutterton besucht habt.«

»Ich hatte erfahren, daß Morley politische Ambitionen hat. Es war deshalb nicht schwierig für mich, dafür zu sorgen, daß ihm eine Stelle angeboten wurde, die seinen politischen Neigungen entspricht.« Bowden lehnte sich in seinem Sessel zurück und legte die Fingerspitzen aneinander. »Ich sehe ein, daß Ihr bisher kaum Zeit dazu hattet, Beweise für die Schuld meines Bruders zu finden. Aber was für einen Eindruck habt Ihr bisher von ihm und seiner Tochter gewonnen?«

Kenneth brauchte einen Moment dazu, seine Gedanken zu sammeln. »Lady Seatons Tod ist wie eine offene Wunde, die man spürt, ohne daß jemand es zugibt. So hat Sir Anthony bisher seine verstorbene Frau mir gegenüber kein einziges Mal erwähnt, starrt jedoch zuweilen sekundenlang ihr Porträt an, das in seinem Arbeitszimmer hängt. Seine Tochter kann es kaum ertragen, über den Tod ihrer Mutter zu sprechen. Ich wünschte, ich könnte ihre Gedanken lesen, aber leider verfüge ich nicht über dieses Talent.« Er warf Bowden einen fragenden Blick zu. »Sollte Lady Claxton etwa die Mätresse sein, die Euer Bruder angeblich heiraten wollte, als Lady Seaton starb? Ich bin mir ziemlich sicher, daß sie eine Affäre miteinander haben, aber ich hatte nicht den Eindruck, daß sie mehr sein könnte als ein Flirt.«

»Lavinia Claxton? Das war zu erwarten«, schnaubte Bowden. »Hätte mich gewundert, wenn es nicht zu einer Affäre zwischen den beiden gekommen wäre! Diese Dame verstreut ihre Gunst ziemlich weit. Nein, es muß eine andere Frau gewesen sein, deretwegen er Helen ermordet hat. Aber es ist mir nicht gelungen, ihre Identität zu erfahren. Anthony kann sehr diskret sein, wenn er möchte.«

Kenneth runzelte die Stirn, als er über das, was er soeben gehört hatte, nachdachte. Wenn Sir Anthony eine andere Frau so sehr liebte, daß er sogar bereit war, ihretwegen einen Mord zu begehen, dann war es doch seltsam, daß er jetzt eine Affäre mit Lavinia Claxton statt mit seiner früheren Mätresse hatte. Er fragte sich nun, aus welchem Grund er diese Beziehung wohl aufgegeben haben mochte.

Falls er überhaupt eine ernstzunehmende Beziehung zu einer anderen Frau hatte, hieß das. Kenneth hatte allmählich das Gefühl, Chimären nachzujagen.

Da fragte ihn Bowden unerwartet: »Und was für einen Eindruck habt Ihr von meiner Nichte?«

Es kostete Kenneth einige Überwindung, mit ihm über Rebecca zu sprechen. »Ich sehe Miss Rebecca nur selten. Sie ist eine sehr stille Person. Abgesehen vom Dinner, zu dem wir alle erscheinen müssen, verbringt sie fast den ganzen Tag in ihrem Studio. Habt Ihr gewußt, daß sie eine sehr talentierte Malerin ist?«

Bowden zog die Brauen in die Höhe. »Das höre ich jetzt zum erstenmal. Vielleicht ist das eine Erklärung für ihre Amoralität. Künstler scheinen ja zu glauben, daß die göttlichen und menschlichen Gesetze für sie keine Geltung haben.«

Kenneth meinte, ihm hier widersprechen zu müssen. »Mag sein«, sagte er, »daß Miss Seaton, als sie noch sehr jung war, einen törichten Fehler begangen hat, aber ich habe keine Gerüchte gehört, daß ihr Verhalten seither Anlaß zum Tadel gegeben hätte.«

»Dann solltet Ihr etwas tiefer bohren«, erwiderte Bowden kühl. »Ich bin sicher, daß solche Gerüchte existieren. Ich hoffe, daß Ihr mir beim nächsten Mal mehr zu berichten habt.«

Kenneth, der es nicht leiden konnte, wenn man Druck auf ihn ausübte, erwiderte: »Es ist ein Fehler, auf wöchentliche Berichte zu bestehen. Ihr werdet Euch darüber ärgern, daß ich mit meinen Ermittlungen nicht so recht voranzukommen scheine. Und mir bekäme es nicht, wenn ich das Gefühl haben muß, daß Ihr mir ständig über die Schulter schaut.«

Bowdens Gesicht umwölkte sich. Nach einem langen Schweigen erklärte er widerstrebend: »Vielleicht habt Ihr recht; aber ich muß darauf bestehen, daß wir uns mindestens einmal im Monat sehen.«

»Einverstanden, aber diese Treffen sollten in Zukunft nicht hier stattfinden. Euer Haus ist keine Meile von Sir Anthonys Wohnung entfernt. Sollte ihm zu Ohren kommen, daß man mich in Euer Haus hat gehen sehen, muß ich damit rechnen, daß ich mich keine fünf Minuten später auf der Straße wiederfinde. Aus dem gleichen Grund solltet Ihr mir auch keine Briefe in sein Haus schicken, solange es sich nicht um einen Notfall handelt.« Kenneth reichte Bowden einen Zettel hinüber, auf dem eine Adresse vermerkt war. »Das ist die Poststelle, an die ich mir meine private Korrespondenz schicken lasse, die ich täglich oder spätestens jeden zweiten Tag von dort abhole.«

Bowden verwahrte den Zettel in einer Schublade seines Schreibtischs. »Trotzdem vertraue ich darauf, daß Ihr jetzt, nachdem Ihr Euch im Haus meines Bruders etabliert habt, mit Euren Ermittlungen zügiger vorankommt.«

»Möglich, aber ich habe trotzdem das Gefühl, daß sich meine Untersuchungen länger hinziehen werden, als wir beide uns das wünschen.« Kenneth erhob sich aus seinem Sessel. »Einen angenehmen Tag noch, Lord Bowden. Und bemüht Euch nicht, ich finde schon allein hinaus.«

Er verließ das Arbeitszimmer seines Auftraggebers und hielt dann draußen im Schatten einer Säule in der Halle an, weil der Butler gerade eine kleine, grazile Frau mit silbrigen Haaren ins Haus ließ. Aus der Weise, wie der Butler die Dame begrüßte, schloß er, daß es sich hier um Lady Bowden handeln mußte. Bowden hatte also geheiratet – und wenn auch nur aus dem Grund, damit sein verhaßter Bruder eines Tages nicht seinen Titel erben würde.

Als Lady Bowden sich zur Treppe begab, entdeckte sie Kenneth und begrüßte ihn mit einem geistesabwesenden Nicken. Kenneth fragte sich, was für eine Ehe das wohl sein mochte, wenn Bowdens Gefühle nach so langer Zeit noch immer von seiner ehemaligen Verlobten beherrscht wurden.

Auf dem Weg zurück zu Seatons Haus, dachte er daran, daß er sich inzwischen in seiner Stellung als Sir Anthonys Sekretär recht wohl fühlte. Vater und Tochter wurden so sehr von ihrer Malerei in Beschlag genommen, daß sie ihn nicht danach fragten, was er denn den ganzen Tag über machte, solange er seine Arbeit zu ihrer Zufriedenheit verrichtete. Sir Anthonys Freunde hatten den neuen Sekretär so rückhaltlos und wohlwollend akzeptiert, daß sie in seiner Gegenwart kein Blatt vor den Mund nahmen, sondern offen über alles redeten, als gehörte er zur Familie. Auf diese Weise hatte er bereits einige ihm nützlich erscheinende Tatsachen erfahren.

Es hatte etwas länger gedauert, bis auch das Personal seine Autorität rückhaltlos anerkannt hatte. Aber nachdem er die faulste Dienstmagd entlassen und einen tüchtigen Mann namens Minton als Butler engagiert hatte, hatte er keinen Grund mehr, sich über ihre mangelnde Dienstauffassung zu beschweren. Bald würde der Haushalt so reibungslos funktionieren wie ein gut geöltes Räderwerk.

Dann waren da noch diese herrlichen Kunstwerke im Haus, die er in seinen seltenen freien Momenten bewundern konnte. Er bedauerte nur, daß er so wenig von Rebecca sah. Nachdem sie am ersten Tag, als sie ihn in seine Pflichten einwies, so ausführlich miteinander geredet hatten, hatte er geglaubt, daß es einfach für ihn wäre, ihr Vertrauen zu gewinnen und mehr über den Tod ihrer Mutter zu erfahren. Aber wie er soeben Lord Bowden erzählte hatte, bekam er sie jetzt nur noch selten zu Gesicht. Und da beim Dinner in der Regel auch geladene Gäste mit am Tisch saßen, konnte er auch diese Mahlzeiten nicht zu einem ernsthaften Gespräch mit ihr benützen. Sie pflegte schweigend ihre Mahlzeit zu verzehren und sich dann mit einer Entschuldigung wieder zurückzuziehen, sobald sich die Tischgesellschaft zu einem Brandy in den Salon begab.

Er hatte sich ein paarmal gefragt, ob sie ihn wohl absichtlich mied, was er jedoch eher für unwahrscheinlich hielt. Sie hatte eben nur ganz andere Interessen, und nachdem sie ihn als Teil des Haushalts akzeptiert hatte, schenkte sie ihm so viel Beachtung wie einem der zahlreichen Möbelstücke, von denen sie umgeben war. Er mußte irgendeinen Vorwand finden, um wieder mit ihr ins Gespräch zu kommen.

Das Vertrackte daran war, daß sein Wunsch, mehr von Rebecca zu sehen, nicht nur in seinem Auftrag begründet war, sondern daß er auch mehr über ihr Talent wissen wollte, ihr scharfkantiges Wesen und ihre versteckte Sinnlichkeit. Und der Umstand, daß sein Interesse an ihr größer war, als seine Mission das rechtfertigte, verleidete ihm diese noch mehr. Denn wenn Sir Anthony eines Tages tatsächlich wegen Mordes angeklagt werden sollte, würde es Rebecca bestimmt nicht verborgen bleiben, daß er unter Vorspiegelung falscher Tatsachen in sein Haus eingedrungen war und sich sein Vertrauen erschlichen hatte. Er mochte nicht daran denken, wie sie darauf wohl reagieren würde.

Sein Weg führte ihn an dem Laden vorbei, in dem die Poststelle untergebracht war, die er als Adresse für seine private Korrespondenz benützte. Da die Poststelle zu einem Geschäft für Papierwaren gehörte, konnte er leicht einen Vorwand dafür finden, um diese aufzusuchen. Er betrat jetzt den Laden und fand dort einen Brief von seiner Schwester vor. Beth mußte ihm gleich geschrieben haben, nachdem er ihr seine Adresse in London mitgeteilt hatte. Er erbrach das Wachssiegel und entnahm dem Kuvert dann ein auf beiden Seiten von ihr dicht beschriebenes Blatt Papier:

Lieber Kenneth,
es freut mich, daß du mit Deiner Arbeit gut vorankommst. Hier entwickeln sich die Dinge überraschend günstig, was wir vor allem der Ankunft deines guten Freundes Leutnant Davidson zu verdanken haben. Wie Du mir bereits in deinem Brief angekündigt hattest, schien er sich anfangs in einem seelischen Tief zu befinden, aber inzwischen hat sich seine Stimmung erheblich gebessert. Sein Sinn für Humor ist wirklich drollig. Kusine Olivie und ich mögen ihn beide sehr gern.
Seines verkrüppelten linken Armes wegen bin ich mir in seiner Gegenwart meines Klumpfußes weniger bewußt als in der Gesellschaft der meisten mir fremden Personen. Jeden Morgen reiten wir zusammen über die Felder. Er hat eine Menge Ideen, wie wir die Ernteerträge steigern können, ohne viel Geld dafür investieren zu müssen. Unsere Pächter und Landarbeiter sind von seiner Sachkunde sehr beeindruckt. Sutterton scheint mit einemmal ein ganz anderer Besitz zu sein, als er es unter dem alten Verwalter gewesen ist.

In den nächsten Zeilen führte Beth nun alles an, was Davidson ihr zur Verbesserung der Ernteerträge vorgeschlagen hatte. Sie schienen ihm alle zu beweisen, daß Davidson mehr von der Landwirtschaft verstand als er. Wenn er Sutterton retten konnte, hoffte er, Jack als Verwalter behalten zu können.

Er faltete das Blatt Papier zusammen und steckte es in die Innentasche seines Mantels. Der optimistische Ton von Bethens Brief erleichterte ein wenig sein schlechtes Gewissen, daß er sie so schnell wieder alleingelassen hatte, nachdem er eben erst aus dem Krieg nach England zurückgekehrt war. Doch seine gute Laune verflog wieder, als er den Laden verließ. Obwohl er wußte, daß er das, was er jetzt tat, nur unternommen hatte, um Beth und Sutterton zu retten, vermochte das seinen Abscheu vor der Rolle, die er dabei spielte, nicht zu mildern.

Als Rebecca zu ihrem Vater ins Studio kam, sah sie, daß er dicht davor stand, vor Wut zu explodieren. Für die vornehme Gesellschaft war Sir Anthony ein stets tadellos gekleideter und feinsinniger Aristokrat, der zufällig auch noch eine Begabung zum Malen besaß. Nur seine engsten Vertrauten sahen auch den leidenschaftlichen, sich einer gnadenlosen Selbstkritik aussetzenden und ständig nach Perfektion strebenden Künstler, der sich hinter dieser Oberfläche verbarg.

Als kleines Mädchen hatte Rebecca ihren Vater einmal als einen rauchenden Vulkan gezeichnet, der jeden Moment ausbrechen konnte. Er hatte damals in einem Moment reumütiger Selbsterkenntnis gelacht, als sie ihm die Skizze zeigte. Wenn Sir Anthony Probleme bei einem Projekt hatte, das ihm sehr am Herzen lag, konnte es bei ihm jederzeit zu einem dieser gefürchteten Vulkanausbrüche kommen. Deswegen versuchte Rebecca in solchen kritischen Momenten seine Nähe zu meiden.

Schon der Zustand seines Anzugs verriet ihr, in was für einem Gemütszustand er sich in diesem Augenblick befand. Normalerweise stand er so elegant gekleidet hinter seiner Staffelei, als wäre er eben aus einem Klub in der St.-James-Street gekommen. Doch nun lag sein Rock in einem unordentlichen Haufen auf dem Boden, waren seine Hemdsärmel hochgekrempelt und seine von grauen Fäden durchwirkten Haare zerzaust. All das waren Zeichen der Warnung, die Rebecca sagten, daß sie sein Studio wieder verlassen sollte, bevor er sie entdeckte.

Aber dafür war es bereits zu spät. Er legte Pinsel und Palette beiseite und schnaubte sie an: »Wo, zum Teufel, steckt dieser Wilding?«

Da ergab sie sich in ihr Schicksal und trat in das Studio hinein. »Ich glaube, er ist heute morgen ausgegangen«, sagte sie. Nicht, daß sie etwa gesehen hätte, wie der Captain das Haus verließ. Sie hatte nur bemerkt, daß das Haus sich anders anfühlte, wenn er sich darin befand. Energiegeladener irgendwie.

Ihr Vater drehte sich wieder der Leinwand auf seiner Staffelei zu und starrte sie an. »Was ist denn nur verkehrt an diesem verdammten Bild?«, fluchte er.

Obwohl Rebecca den Werdegang dieses Bildes von den ersten Skizzen bis zu dem nun fast vollendeten Ölgemälde genau verfolgt hatte, trat sie jetzt gehorsam näher an dieses heran, um es zu studieren. Es war das letzte Gemälde seines Waterloo-Zyklus und stellte den Herzog von Wellington hoch zu Roß dar, wie er sich in den Steigbügeln aufstellte und seinen Dreispitz nach vorne schwang, um seinen Truppen das Signal zum Angriff auf die französische Armee zu geben. Die heroische Gestalt des Herzogs beherrschte das Bild, während seine unter feindlichem Artilleriebeschuß stehenden Regimenter sich im Hintergrund zur Attacke formierten.

Es war ein gutes Gemälde. Aber sie konnte die Unzufriedenheit ihres Vaters verstehen. Es hatte etwas Seelenloses, nur wußte sie nicht zu sagen, woran das lag oder wie man diesen Mangel beheben könnte.

Da er jedoch eine Antwort von ihr erwartete, sagte sie zögerlich: »Ich kann nicht sehen, daß etwas verkehrt wäre an dem Bild. Der Herzog ist gut getroffen, das Schlachtfeld sieht überzeugend aus, und die in der Vorwärtsbewegung dargestellte Armee gibt dem Bild die notwendige Dynamik.«

»Natürlich ist an dem Bildaufbau und der Darstellung der Personen nichts auszusetzen«, gab ihr Vater gereizt zurück. »Daran mangelt es meinen Bilder nie. Trotzdem ist es lediglich ein gutes, aber kein hervorragendes Gemälde.« Er betrachtete es wieder mit verkniffenem Gesicht. »Vielleicht könnte Wilding mir sagen, was daran fehlt. Er ist schließlich bei der Schlacht dabeigewesen.« Seine Stimme nahm nun einen nörgelnden Ton an. »Warum ist er jetzt nicht hier?«

»Ich bin überzeugt, daß er jede Minute zurückkommen wird.« Und um sich nun unter einem Vorwand wieder zurückziehen zu können, setzte sie hinzu: »Ich werde Eurem Lakaien sagen, daß er den Captain sofort zu Euch ins Studio schicken soll, sobald er hier eintrifft.«

Aber als sie sich nun zur Tür umdrehen wollte, schwang diese auf, und Captain Wilding betrat den Raum. Obwohl er mit einem schlichten blauen Rock und einer lohfarbenen Bundhose bekleidet war, lenkte er den Blick auf sich, als trüge er eine scharlachrote Paradeuniform. Er begrüßte Rebecca mit einem Nicken und legte dann ein Paket auf den Tisch. »Hier sind die Pigmente, die Ihr bestellt habt, Sir Anthony. Da ich zufällig am Laden Eures Farbenhändlers vorbeikam, habe ich es selbst übernommen, Euch die Sachen zu bringen.«

Statt die Gelegenheit zu nützen und das Studio wieder zu verlassen, wie sie das eigentlich vorgehabt hatte, trat Rebecca nun einen Schritt zurück und musterte den Neuankömmling, um sich darüber klarzuwerden, was diesem Mann denn eine solche Autorität verlieh. Sicherlich hatte das etwas mit seiner kraftvollen körperlichen Erscheinung zu tun. Aber nur in einem geringen Maße. Es war auch die Intelligenz, die sich auf seinem Gesicht widerspiegelte, und seine offenbar unerschütterliche Integrität. Und wenn auch all diese Qualitäten zu seinem Wesen gehörten, waren sie dennoch keine erschöpfende Erklärung für seine Autorität.

Statt sich nun damit zufriedenzugeben, daß der Captain sich jetzt, wie er das gewünscht hatte, in seinem Studio befand, fragte Sir Anthony ihn im grollenden Ton: »Wo habt Ihr denn so lange gesteckt?«

»Ich habe ein paar Weinhändler aufgesucht«, erwiderte Wilding im milden Ton. »Ihr werdet Euch doch sicherlich noch daran erinnern, daß wir uns gestern über die unzureichende Qualität der Waren Eures bisherigen Weinlieferanten unterhalten haben. Ich glaube, daß ich einen besseren gefunden habe.«

»Demnach muß ich annehmen, daß Ihr auch seine Weine probiert habt und jetzt nicht mehr nüchtern seid«, erklärte Sir Anthony bissig.

»Natürlich habe ich eine Kostprobe von seinen Weinen genommen«, antwortete der Captain, der sich von Sir Anthonys Sarkasmus nicht aus der Ruhe bringen ließ. »Aber ich bin ganz bestimmt nicht betrunken. Es tut mir leid, wenn meine Abwesenheit ein Problem war. Ich hatte nicht gewußt, daß Ihr mich hier benötigen würdet.«

Da nahm Sir Anthony wutentbrannt eine mit Bleiweiß gefüllte Schweinsblase vom Tisch und bewarf damit seinen Sekretär. »Ihr hättet hier sein müssen, als ich Euch brauchte!«

»Was, zum Henker?« sagte Wilding leise und trat rasch zur Seite, so daß die Blase statt seinen Kopf die Tür traf, dort mit einem dumpfen Laut zerplatzte und ihren Inhalt über die dunkle Eichenholztäfelung ergoß. Dem Bleiweiß folgten nun mit Neapelgelb und Preußischblau gefüllte Geschosse, und dann ein Bündel seiner eigens für ihn angefertigten langstieligen Pinsel, das mitten in der Luft zerbarst, so daß die Pinsel wie Schrapnellkugeln in alle Richtungen auseinderflogen, ehe sie auf den Boden hinunterregneten. Mit einer raschen, wütenden Armbewegung fegte Sir Anthony dann alle Gegenstände von dem Tisch, der neben seiner Staffelei stand, ehe er sein Palettenmesser zwischen die Finger bekam, den Arm hob und es quer durch den Raum schleuderte, wobei es Rebeccas Schulter nur knapp verfehlte, ehe es von der Wand hinter ihr abprallte.

Innerlich zitternd wie Espenlaub, schickte Rebecca sich nun an, hinter einem Sofa Deckung zu nehmen, als sie sah, daß Captain Wilding mit ein paar raschen Schritten den Raum durchquerte und Sir Anthony am Arm packte. »Meinetwegen könnt Ihr Euer Studio in Kleinholz verwandeln, wenn Euch der Sinn danach steht«, sagte der Captain mit gefährlich leiser Stimme, »aber ich werde nicht zulassen, daß Ihr eine Lady mit Gegenständen bewerft.«

Ihr Vater versuchte, sich aus Captain Wildings Griff zu befreien. »Das ist keine Lady! Das ist nur meine Tochter!« schrie er.

Die Finger des Captain schlossen sich noch fester um das Handgelenk ihres Vaters. »Um so mehr ein Grund, Euch zu beherrschen.«

Einen Moment lang zeichneten sich die beiden Männer wie zwei regungslose Silhouetten vor den Fenstern ab. Sir Anthonys schmächtigere Gestalt schien nun förmlich vor Wut zu knistern, doch er vermochte gegen diesen stahlharten Griff, mit dem der Captain ihn festhielt, nichts auszurichten. Rebecca hatte einen Moment lang das Bild eines Blitzes vor Augen, der auf einen Berg herunterzuckt und von diesem abprallt wie von einem Panzer.

Da schoß der linke Arm ihres Vaters in die Höhe, und einen Moment lang sah es so aus, als wollte er den Captain ins Gesicht schlagen. Doch dann ließ er den Arm wieder sinken, als würde er aus einem bösen Traum erwachen, und keuchte: »Ihr habt ja recht, verdammt noch mal!«

Er blickte zu seiner Tochter hin: »Habe ich dich schon einmal in meinem Leben geschlagen?«

»Das nicht«, gab sie, ihre geballten Fäuste entrollend, zurück. Und sie setzte dann in einem Versuch, das Ganze ins Scherzhafte zu ziehen, hinzu: »Nur mit Farbbeuteln beworfen, die jedoch immer das Ziel verfehlten, weil Ihr so schlecht gezielt habt.«

Der Captain ließ nun den Arm ihres Vaters wieder los, aber sein Gesicht war noch immer grimmig und seine grauen Augen so hart wie Kieselsteine.

»Habt Ihr denn öfter solche Wutanfälle?« erkundigte sich der Captain kühl.

»Sie gehören zwar nicht zu meinen Gewohnheiten«, sagte Sir Anthony, sich sein schmerzendes rechtes Handgelenk reibend, »kommen aber zuweilen vor. Das Mobiliar meines Studios wurde unter dem Gesichtspunkt ausgewählt, daß es sich leicht reinigen läßt und kleine Flecken verzeiht.«

»Mag sein, daß Eure Möbel eine so grobe Behandlung vertragen«, gab der Captain trocken zurück, »was aber wohl kaum für Eure Tochter gilt. Ich denke, sie hätte eine Entschuldigung verdient.«

Rebecca bemerkte, wie die Wangenmuskeln im Gesicht ihres Vaters zu zucken begann, weil ein Angestellter es wagte, ihm Vorwürfe zu machen. »Rebecca nimmt meine Launen nicht ernst«, sagte er.

»Wirklich nicht? Warum sieht sie dann so blaß aus, als wäre sie soeben von den Toten auferstanden?«

Die Köpfe der beiden Männer schwangen nun zu ihr herum. Rebecca erstarrte. Sie wußte, daß jeder, der sie jetzt genauer anschaute, ihr den Schock ansehen mußte, den sie soeben erlitten hatte.

Mit dem scharfen Blick des Künstlers erkannte ihr Vater ihren Zustand sofort. »Belastet dich das wirklich so sehr, Rebecca, wenn ich zuweilen in Wut gerate?« fragte er überrascht.

Sie hätte ihn fast belogen, um sein Gewissen zu erleichtern. Aber das brachte sie nicht fertig – nicht, wenn der Captain sie so durchbohrend ansah wie jetzt. »Eure Temperamentsausbrüche, haben mich schon immer aufgeregt, Vater«, gestand sie ihm unbehaglich. »Als Kind hatte ich jedesmal Angst, daß die Welt untergehen würde, wenn Ihr einen Wutanfall bekamt.«

Ihr Vater holte geräuschvoll Luft. »Tut mir leid, Rebecca«, sagte er zerknirscht. »Das hatte ich nicht gewußt. Deine Mutter ...« Er brach mitten im Satz ab.

Nein, ihre Mutter hatten seine Wutanfälle nicht gestört, weil sie ein ebenso hitziges Temperament besessen hatte wie ihr Vater. Es war Rebecca gewesen, die jedesmal aus dem Zimmer rannte und sich unter ihrem Bett versteckte, wenn ihre Eltern zornig wurden und sich gegenseitig anschrien.

Um das ihr peinliche Schweigen zu durchbrechen, sagte sie nun rasch: »Mein Vater hatte Schwierigkeiten mit dem Bild dort, Captain Wilding. Er meinte, daß Euch vielleicht etwas einfallen könnte, das ihm weiterhilft. Es ist das letzte Gemälde des Waterloo-Zyklus. Der Herzog hat ihm dafür selbst Modell gestanden.«

Wilding drehte sich jetzt zu dem Gemälde um. Da sie ihn genau beobachtete, entging ihr nicht, wie sich die Haut über seinen Wangenknochen straffte. Sie hatte ihn anfangs für einen kühlen und leidenschaftslosen Mann gehalten, lernte jetzt aber, auch die leisesten Anzeichen einer Gemütsregung in seinem Gesicht zu erkennen.

»Wellington, wie er seinen Truppen den Befehl zum Angriff gibt«, murmelte der Captain. »Es ist ein wenig bedrückend, diesen Moment noch einmal vor Augen zu haben.«

»Ihr habt ihn gesehen, als er das Signal zur Attacke gab?« fragte sie rasch.

»Ja, obwohl ich damals natürlich viel weiter von ihm entfernt war.« Er betrachtete das Gemälde jetzt genauer. »Sir Anthony«, fragte er, »war es Eure Absicht, ein klassisches, idealisierendes Porträt von einem Helden zu malen, oder sollte es vielmehr eine realistische und tatsachengetreue Darstellung der Schlacht von Waterloo werden?«

Ihr Vater öffnete den Mund und schloß ihn wieder, ehe er nach einer Weile sagte: »Wellington ist ein bedeutender Mann, und ich möchte, daß jeder, der dieses Bild sieht, seine Größe erkennt. Ich will, daß dieses Bild im Geist des Betrachters fortlebt. Ich möchte, daß die Leute noch in zweihundert Jahren von Seatons Wellington sprechen.«

»Vielleicht ist Eure Darstellungsweise zu klassisch und zu verhalten, um diese Wirkung zu erreichen«, sagte der Captain leise. »Der Herzog und sein Pferd sehen so sauber und geleckt aus, als würden sie über einen Paradeplatz reiten. Waterloo war nicht so. Nach einem tagelangen erbitterten Ringen waren die Soldaten und Pferde erschöpft, schmutzig und mit Schweiß und Pulverschleim bedeckt. Ich konnte selbst aus der Entfernung die Spuren der überstandenen Strapazen im Gesicht des Herzogs erkennen.«

»Wie sah sein Gesicht denn im Moment der Attacke aus?« fragte Sir Anthony.

Wilding dachte einen Moment nach, ehe er antwortete: »Die Sonne hing tief am Himmel, und ein Lichtstrahl traf sein Gesicht, als er den Hut vom Kopf riß und das Signal zum Angriff gab. Man kann den Ausdruck, den sein Gesicht in jenem Moment hatte, nicht wirklich beschreiben – aber ihr solltet daran denken, wie viele Jahre er damals bereits gekämpft hatte, um diesen Punkt zu erreichen. In Spanien hatte er jahrelang auf fast verlorenem Posten gestanden – ungenügend versorgt, an der Spitze einer kleinen Armee, die der seines Feindes hoffnungslos unterlegen war. Es war sein unbeugsamer Wille, der ihm jetzt den Sieg in greifbare Nähe gebracht hatte – doch er hatte viele seiner treuesten Freunde sterben sehen. Die Härte in diesem Mann, sein stählerner Wille, sollte sichtbar werden.«

»Dumm von mir, den Herzog so zu malen, wie er mir im Studio erschien«, murmelte Sir Anthony zu sich selbst. »Ich hätte versuchen sollen, mir vorzustellen, wie er damals aussah.« Er warf dem Captain einen raschen Blick zu. »Gibt es noch etwas, was ich bedenken sollte?«

Wilding deutete auf den Hintergrund des Gemäldes. »Die Soldaten sind so deutlich zu erkennen wie an einem wolkenlosen Tag im Mai. Das ist falsch – das Schlachtfeld war eine Hölle aus beißendem schwarzem Pulverrauch. Manchmal war es unmöglich, hundert Yards weit zu sehen.«

Sir Anthonys Augen wurden schmal, als er jetzt sein Gemälde studierte. »Ich könnte eine transparente graue Lasur verwenden, um diesen Effekt zu erzielen«, sagte er nachdenklich. »Aber Wellington ist der Schlüssel. Der Stahl. Ich muß den Stahl zeigen, der in ihm steckt.«

»Welche Bilder gehören außer diesem hier und der Kavallerieattacke im Eßzimmer noch zu diesem Zyklus?« fragte der Captain Rebecca.

Sie ging zu einer Mappe, die auf einem Tisch im Studio lag, und entnahm ihr zwei Zeichnungen. »Die Gemälde, die danach angefertigt wurden, befinden sich nicht hier im Haus, aber diese Skizzen geben die Bilder ziemlich genau wieder. Dieses hier zeigt die Regimenter der verbündeten Armeen, die am Rand des Höhenzuges Stellung bezogen haben. Soweit das Auge reicht, sieht man nur zum Kampf bereite Soldaten.«

Wilding trat zu ihr und blickte ihr über die Schulter. Sie war sich nun fast überdeutlich seines warmen Körpers bewußt, der nur wenige Zoll von ihrem entfernt war. Dieser Mann war in Spanien und Waterloo durch die Hölle gegangen und hatte überlebt. Wie Wellington mußte er innerlich so hart wie Stahl sein. »Wo habt Ihr damals gestanden?« fragte sie.

Er deutete auf die Zeichnung. »Ungefähr hier, etwas links vom Zentrum. Ich habe an jenem Tag die meiste Zeit an Vorpostengefechten um den Besitz einer Sandgrube teilgenommen.«

»Es sind diese Männer hier im Vordergrund, die für mich die Bedeutung des Bildes ausmachen.« Rebecca wies auf die Figuren eines jungen Fähnrichs und eines graubärtigen Sergeanten hin, die ihre Regimentsfahne bewachten. Der Union Jack entrollte sich über den Köpfen der beiden im Wind, den Franzosen trotzend, die auf der anderen Seite des Tales in dichten Scharen aufmarschierten.

»Es ist nie das Allgemeine, sondern stets das Besondere, das uns rührt«, meinte der Captain nachdenklich. »Ein blutjunger Mann vor seiner ersten Schlacht, der sich fragt, ob sein Mut den Herausforderungen dieses Tages auch gewachsen sein wird. Und daneben der kampferprobte Veteran, der dem Tod schon so oft ins

Auge geblickt hat und sich nun fragt, ob das Glück ihn wohl diesmal verlassen und er in der Schlacht fallen wird. Jeder, der dieses Bild betrachtet, muß sich fragen, ob diese beiden Männer das, was sie jetzt erwartet, auch lebend überstehen werden.«

An seiner Stimme erkannte Rebecca, daß er im Verlauf seiner Karriere diese beiden auf dem Bild dargestellten Männer verkörpert hatte. Als junger Mann, der seine Feuertaufe erlebte, hatte er seinen Mut entdeckt und später als kampferprobter Offizier hatte er dann die Erfahrung gemacht, daß das Glück ihn in der Schlacht nie verlassen wollte. Und der Schmelztiegel der vielen Schlachten, an denen er teilgenommen hatte, hatte ihn zu dem Mann gemacht, der er jetzt war. Ein Mann, der so ganz anders war als alle Männer, die sie bisher gekannt hatte. Es war dieser Unterschied, der sie faszinierte. Sie hätte sich jetzt am liebsten an ihn gelehnt und diese Kraft und Entschlossenheit, die ihn als erprobter Krieger auszeichnete, in sich aufgenommen.

Mit trockenem Mund entrollte sie nun die zweite Zeichnung. »Das zweite Gemälde hat die Verteidigung des Château de Hougoumont zum Thema.« Um dieses Schloß war in der Schlacht eine eigene Schlacht entbrannt, in der ein kleiner Trupp alliierter Soldaten erfolgreich den Angriffen von zweieinhalb französischen Divisionen widerstanden hatte. Ihr Vater hatte den Moment gewählt, wo die Franzosen in den Innenhof des Schlosses eingedrungen waren und die Verteidiger in erbitterten Nahkampfgefechten sie wieder aus diesem hinauszudrängen versuchten, bevor es zu spät war. »Mein Vater wollte in seinem Zyklus auch ein Bild haben, in dem ein Gefecht von Mann zu Mann dargestellt wird.«

»Der Soldat in seiner ursprünglichsten Rolle. Ein passendes und würdiges Pendant zu der Großartigkeit einer Kavallerieattacke.«

Sie nickte beeindruckt. Er war nicht nur ein Krieger, sondern auch ein sehr scharfsinniger Beobachter, was Gemälde betraf.

Ihr Vater blickte von seinem Wellington-Gemälde auf. »Glaubt Ihr, daß dieser Bilderzyklus die ganze Geschichte von Waterloo erzählt?«

Zu Rebeccas Erleichterung entfernte sich der Captain nun aus ihrer unmittelbaren Nähe.

»So viel, wie vier Gemälde davon erzählen können«, antwortete er.

»Ich höre da eine gewisse Skepsis aus Euren Worten heraus«, sagte Sir Anthony. »Ich habe den Anfang und das Ende der Schlacht, die Kavallerie und die Infantrie dargestellt. Gibt es noch andere Szenen, die Eurer Meinung nach in diesen Zyklus aufgenommen werden sollten?«

»Wenn ich an Eurer Stelle wäre«, erwiderte Wilding zögerlich, »würde ich noch zwei Bilder malen, die sich den vier von Ihnen bereits geschaffenen Gemälden thematisch anschließen. Das erste davon würde Wellington zeigen, wie er mit Fürst Blücher einen Händedruck tauscht, als sich die Briten mit den Preußen in der Nähe von Belle-Alliance treffen. Die Schlacht von Waterloo ist die Geschichte vieler Nationen, die sich zum Kampf gegen den gemeinsamen Feind zusammengefunden haben. Wenn die Preußen nicht am Ende jenes Tages noch auf dem Schlachtfeld eingetroffen wären, um in das Geschehen einzugreifen, hätte Napoleon damals zwar eine Schlacht verloren, aber keine entscheidende Niederlage erlitten.«

»Hmmm, eine interessante Möglichkeit«, sagte Sir

Anthony nachdenklich. »Und was sollte Eurer Meinung das letzte Bild zeigen?«

»Den Preis des Sieges«, erwiderte der Captain düster. »Erschöpfte und verwundete Soldaten, die wie Tote an einem Lagerfeuer schlafen. Und in der Dunkelheit dahinter die zerbrochenen Waffen und die vielen Gefallenen, die noch so, wie sie im Kampf miteinander getötet wurden, in einem Haufen beisammenliegen. Zeigt, wie alle Opfer dieser Schlacht in der Demokratie des Todes miteinander vereint sind.«

Es folgte ein langes Schweigen, ehe Rebecca mit leiser Stimme sagte: »Ihr habt eine sehr lebendige, anschauliche Art, Euch auszudrücken, Captain.«

»Und einen guten Verstand für Bilder«, fügte ihr Vater hinzu. »Ich werde mir das, was Ihr mir vorgeschlagen habt, durch den Kopf gehen lassen. In der Tat, das werde ich.«

In der Pause, die darauf folgte, wurde Rebecca von einem mächtigen Verlangen ergriffen. Es war ein so starkes Gefühl, wie sie es seit vielen Monaten nicht mehr empfunden hatte. Sie mußte diesen Captain Wilding besitzen und sein Wesen in sich aufnehmen, so daß etwas von ihm ihr für immer gehören würde.

Jede Schicklichkeit vergessend, durchquerte sie den Raum, berührte seine Wange und strich mit den Fingerspitzen über seine Narbe hin. Sie war glatt und fühlte sich zugleich hart an. »Ich ergebe mich, Captain«, sagte sie rauh. »Ich fürchte, daß ich Euch einfach malen muß.«

Kapitel 7

Kenneth war so verdattert von Rebeccas Worten und ihrer leichten, sinnlichen Berührung, daß er nur mit schwacher Stimme ein ›Wie war das bitte?‹ stammeln konnte.

»Seit Ihr zu uns gekommen seid, habe ich mich danach gesehnt, Euch zum Modell zu haben.« Sie trat einen Schritt von ihm zurück. »Ihr seid einfach unwiderstehlich.«

Solche Worte aus dem Mund einer jungen Dame hätte man wohl nicht nur als Kompliment, sondern sogar als eine Verheißung betrachten können, wenn Rebecca Seaton nicht eher wie eine sparsame Hausfrau ausgesehen hätte, die einen Hahn betrachtet und beschließt, daß er sich gut als Sonntagsbraten eignen würde. Und deshalb sagte Kenneth trocken: »Sollte ich mich jetzt geehrt oder beunruhigt fühlen?«

»Oh, beunruhigt natürlich.« Sie sah ihren Vater an. »Hättet Ihr etwas dagegen, wenn ich mir Captain Wilding für eine oder zwei Stunden täglich ausleihen würde?«

Sir Anthony lächelte. »Ich verstehe dich gut – tatsächlich bin ich versucht, den Sergeanten in meinem Bild vom Beginn der Schlacht neu zu malen und ihm Kenneths Aussehen zu geben.« Sein scharfer Blick ruhte nun auf seinem Sekretär. »Man sagt doch, daß sich in den Augen eines Soldaten die Schlachten, die er miterlebt hat, widerspiegeln würden. Und alles, was ich mit meinem Sergeanten habe ausdrücken wollen, finde ich jetzt in Kenneths Gesicht wieder. Aber du magst ihn zuerst haben, wenn er damit einverstanden ist, für dich Modell zu stehen.«

»Seid Ihr damit einverstanden, Captain?«, fragte Rebecca.

Kenneth bewegte sich unbehaglich unter den forschenden Blicken von Vater und Tochter. Diese verdammten Künstler sahen zu viel in ihm. Er hatte sich aber schon immer gewünscht, mehr Zeit mit Rebecca verbringen zu können, und die Gelegenheit, die sich ihm jetzt dafür bot, war zu gut, um sie nicht zu nützen.

»Euer Wunsch ist mir Befehl, Miss Seaton.«

»Dann kommt mit mir in mein Arbeitszimmer.«

»Laßt mir noch ein paar Minuten Zeit«, sagte er, mit der Hand auf die zerplatzten Farbbeutel deutend, die überall im Studio herumlagen. »Ich muß erst noch eine von den Mägden dazu bestimmen, hier sauberzumachen, bevor die verschüttete Farbe die Möbel und Teppiche endgültig ruiniert.«

»Dann sorgt dafür, daß es jemand ist, der mich beim Saubermachen nicht bei der Arbeit stört«, befahl Sir Anthony. Dann nahm er seinen Zeichenblock und einen Stift und fertigte eine neue Skizze für sein Gemälde an.

Kenneth öffnete für Rebecca die Tür. Als sie an ihm vorbeiging, bemerkte er, daß der Knoten, zu dem sie ihre Haare aufgesteckt hatte, sich wieder aufzulösen begann. Ihre seidigen rotbraunen Strähnen wollten sich offenbar nicht so leicht disziplinieren lassen. Und wenn man sie mit diesen Haaren sah, hätte man denken können, sie sei eben erst aus dem Bett gestiegen.

Wohl zum hundertsten Male, seit er das Haus der Seatons betreten hatte, ermahnte er sich jetzt dazu, sich auf seine Aufgaben zu konzentrieren. Er ging in den Dienstbotentrakt hinunter, fragte, was sich in seiner Abwesenheit im Haus getan hatte, und beauftragte dann Betsy, die gewissenhafteste von den Mägden, mit der Reinigung von Sir Anthonys Studio. Dann stieg er hinauf in das Dachgeschoß, um dort an die Tür von Rebeccas Allerheiligstem zu klopfen.

Als sie ihm mit lauter Stimme die Erlaubnis gab, dieses zu betreten, sah er sich interessiert in dem Raum um. Während Sir Anthonys Studio die Eleganz eines Salons besaß, hatte das Atelier seiner Tochter weiß getünchte schräge Wände und die Behaglichkeit einer bäuerlichen Küche. Die Fenster, die auf die Straße hinausgingen, waren von normaler Größe; doch jene an der Rückseite nahmen fast die ganze Wand ein und ließen ein sanftes, fast nördliches Licht in den Raum. Das Licht eines Künstlers.

Und überall, wohin er auch blickte, befanden sich Gemälde – entweder an den Wänden aufgehängt oder ungerahmt daran lehnend –, und diese verschwenderische Fülle von Bildern und Farben betäubten fast seine Sinne.

Rebecca saß mit einem Skizzenblock im Schoß und einem Bleistift in der Rechten in einem großen Sessel und deutete auf ein Sofa, das sich ihr gegenüber befand. »Macht es Euch bequem, Captain. Heute will ich nur ein paar Studien von Euch machen. Ich muß herausfinden, wie ich Euch am besten porträtieren kann.«

»Wenn wir uns schon jeden Tag so dicht auf den Pelz rücken werden, solltet Ihr mich wohl besser Kenneth nennen«, meinte er scherzend, als er auf dem Sofa Platz nahm.

Sie schenkte ihm ein kurzes, rasches Lächeln. »Dann müßt Ihr mich auch mit meinem Vornamen anreden.« Ihre nußbraunen Augen waren grün gefleckt, was ihrem Blick etwas Katzenartiges gab, als sie ihn jetzt prüfend ansah.

»Ich habe noch nie jemandem Modell gesessen. Was soll ich jetzt also tun?«

»Versucht Euch zunächst nur zu entspannen und den Kopf nicht zu bewegen.«

Während sich ihr Stift flink über das Papier bewegte, ging sein Blick zu den Bildern hin, die sich in seinem Gesichtsfeld befanden. Ihr Stil hatte etwas von der klassischen Präzision ihres Vaters, besaß aber eine etwas weichere und emotionalere Qualität. Viele ihrer Bilder waren Poträts von Frauen, die berühmte Gestalten aus der Geschichte oder Mythologie darstellten. Sie waren durchwegs so großartig wie das Gemälde von Boadicea, das unten im Frühstückszimmer hing.

»Habt Ihr schon einmal in der Royal Academy ausgestellt?«

»Niemals«, erwiderte sie, ohne von ihrem Skizzenblock aufzusehen.

»Ihr solltet das aber tun.« Sein Blick ging zu einer überaus eindrucksvollen Darstellung von Judith und Holofernes hin. »Um der Öffentlichkeit zu zeigen, was eine Frau zu leisten vermag.«

»Ich fühle mich nicht dazu genötigt, das unter Beweis stellen zu müssen«, antwortete sie kühl.

Eine Weile lang schwiegen sie beide, und die Stille wurde nur von dem schwachen Kratzen des Stiftes auf dem Papier durchbrochen. Nachdem Kenneth die Gemälde in seinem Blickfeld bewundert hatte, wandte er seine Aufmerksamkeit Rebecca zu. Ihre Handgelenke waren zart, fast zerbrechlich; doch ihre langen, schlanken Finger schienen ungewöhnlich kräftig zu sein. Sie saß ein wenig schräg in ihrem Sessel, so daß ihr der Saum ihres Musselinkleides über die Fußknöchel hinaufgerutscht war, die genauso zart und wohlgeformt waren wie ihre Handgelenke.

Wenn Rebecca auch nicht Marias erotische Ausstrahlung besaß, war sie doch in jeder Hinsicht ebenso reizvoll wie seine ehemalige Geliebte. Jedesmal, wenn sie sich über ihren Skizzenblock beugte, hatte er eine überaus verlockende Ansicht ihres Nackens mit einer blassen Haut, die im Kontrast zu den leuchtend rotbraunen Haarflechten fast durchsichtig wirkte. Er fragte sich, was sie wohl machen würde, wenn er sie jetzt küßte. Vermutlich würde sie ihm sagen, daß er sich hinsetzen sollte, damit sie ihre Skizzen fertigstellen konnte.

Der Raum kam ihm viel wärmer vor, als er das dem mageren Kohlenfeuer nach, das im Kamin brannte, eigentlich sein konnte. Wenn er von Rebecca wegsah, half ihm das auch nicht viel. Er blieb sich ihres Körpers so sehr bewußt, als wenn sie sich auf seinem Schoß rekeln würde. Unter dem Geruch von Firnis und Kohlenrauch entdeckte er einen leichten Duft von Blumen. Rosenwasser vermutlich, dachte er. So flüchtig und schwer definierbar wie die Dame dort selbst.

Wie würde sie wohl aussehen, wenn sie nichts anderes trug als Rosenwasser und einen durchsichtigen Schleier aus rotbraunen Haaren? Sein Puls beschleunigte sich, und Schweißtropfen bildeten sich auf seiner Stirn.

Verdammt! Er war nicht daran gewöhnt, müßig dazusitzen und die Hände in den Schoß zu legen. Kein Wunder also, daß seine Gedanken um erotische Vorstellungen zu kreisen begannen. Auch die Tatsache, daß er seit Monaten mit keiner Frau mehr geschlafen hatte, war da wenig hilfreich. Er hatte die Nachtschwalben von Paris so ähnlich gefunden wie die französischen Tortenstücke: angenehm süß und leicht zu vergessen. Da würde Rebecca Seaton schon eine ganz andere Kost sein.

In den Bewußtsein, daß er nun seine Gedanken von ihr ablenken mußte, wenn es ihm nicht in den nächsten Minuten so heiß werden sollte, daß er anfing zu qualmen, sagte er: »Euren Vater in einem Wutanfall zu erleben, ist eine bestürzende Erfahrung. Kein Wunder also, daß Ihr vor Angst gezittert habt.«

»Ich hatte gar keine Angst«, erwiderte sie ein wenig überrascht. »Vater würde niemandem etwas zuleide tun können. Ich kann es nur nicht vertragen, wenn jemand brüllt und Gegenstände durch die Luft fliegen.«

Ihr Glaube an ihren Vater war zwar rührend, doch für Kenneth war dieser Temperamentsausbruch von Sir Anthony ein Beweis, daß der Maler zu Gewalttätigkeiten neigte. Hatte Helen Seaton ihren Gatten etwa damit herausgefordert, daß sie von ihm die Aufgabe seiner Mätresse verlangt hatte, und war daraufhin das Opfer so eines Wutanfalls geworden, wie er ihn heute erlebt hatte? Was für eine Art von Frau war Helen gewesen?

Es schien ihm nun ein passender Zeitpunkt dafür zu sein, mehr über die ehemalige Lady Seaton zu erfahren. »Wie hat Eurer Mutter denn die Tatsache gefallen, von verrückten Künstlern umgeben zu sein?«

»Sie war davon begeistert.« Ohne aufzublicken, riß Rebecca ein Blatt aus ihrem Notizblock heraus, legte es zur Seite und nahm dann ein neues in Angriff. »Freunde nannten sie die Königin der Londoner Kunstwelt. Jeder arme Vertreter dieser Zunft in dieser Stadt wußte, daß sie immer dazu bereit war, ihm ein paar Pfund zu leihen, damit er nicht Hunger leiden mußte.«

»Haben diese Leute ihr das geliehene Geld auch zurückbezahlt?«

»Zuweilen.« Rebecca lächelte in Erinnerungen versunken. »Einige Maler bezahlten ihre Schulden bei ihr auch mit Kostproben ihrer Kunst, zumeist schlechten Gemälden, da erstklassige Künstler ja auch nur selten in die Verlegenheit kommen, sich Geld pumpen zu müssen.«

»Das erklärt wohl diese schrecklichen Landschaftsbilder in meinem Zimmer. Sie muß versucht haben, die Gemälde vor Besuchern des Hauses zu verstecken.«

»Wahrscheinlich«, stimmte ihm Rebecca bei. »Wenn sie Euer Auge beleidigen, können wir jederzeit etwas Besseres für Euch finden. In diesem Haus herrscht ja wahrhaftig kein Mangel an Bildern.«

»Könntet Ihr mir vielleicht eines von Euren leihen?« Er sah rasch über die Gemälde hin, die sich in seinem Blickfeld befanden. »Vielleicht dieses herrliche Bild von Diana, das dort drüben an der Wand hängt?« Die Göttin der Jagd war darauf in einer ruhigen, nachdenklichen Pose abgebildet, die Hand auf einen Bogen gelegt, der fast so groß war wie sie selbst. Das Gemälde erinnerte ihn ein bißchen an Rebecca.

»Wenn es Euch gefällt«, erwiderte sie und schlug ein neues Blatt in ihrem Zeichenblock auf. »Ich habe auch einen Rahmen, der gut dazu passen würde.«

»Würde es Sie stören, wenn ich jetzt eine Pause machen würde, bevor Ihr mit einer neuen Skizze beginnt?« fragte er. »Ich bin nicht daran gewöhnt, so lange still dazusitzen.«

»Oh, aber natürlich!« Sie lächelte reumütig. »Wenn ich arbeite, vergesse ich immer, wie rasch die Zeit vergeht. Hättet Ihr gern eine Tasse Tee? Ich pflege, mir immer um diese Zeit eine Kanne davon aufzubrühen.«

»Da sage ich nicht nein.« Er stand auf und streckte sich, um seine verkrampften Muskeln zu lockern.

Rebecca erhob sich aus ihrem Sessel, ging zum Kamin und bückte sich anmutig, um den Wasserkessel über das Feuer zu hängen. »Ihr könnt jedoch froh sein, daß Ihr mir und nicht meinem Vater Modell sitzen müßt. Er ist viel rücksichtsloser als ich.« Sie betrachtete ihn nun mit einem Blick, der seine Knochen zu durchbohren schien. »Vater hatte recht, Ihr würdet einen wunderbaren Sergeanten für sein Gemälde vom Beginn der Schlacht abgeben.«

»Das sollte ich wohl auch. Ich bin schließlich viele Jahre lang Sergeant gewesen.«

»Ein Sergeant? Ihr?« Sie starrte ihn an.

»Ich nahm den Schilling des Königs an und trat mit achtzehn in seine Armee ein«, erklärte er. »Erst später wurde ich dann aus dem Mannschaftsstand zum Offizier befördert.«

»Für herausragende Tapferkeit«, sagte sie leise. »Das ist doch stets der Grund, wenn ein Angehöriger des Mannschaftsstandes ein Offizierspatent bekommt, nicht wahr?«

»Das ist zwar richtig, aber es gehört auch eine tüchtige Portion Glück dazu, um als Unteroffizier das Offizierspatent zu erwerben.« Er lächelte ein bißchen. »Man muß schon vor den Augen eines Offiziers eine besondere Tapferkeit zeigen, der einen dann für das Offizierspatent empfiehlt.«

»Ihr seid ein Mann der Überraschungen, Captain. Eurer Ausdrucksweise nach hätte ich Euch für einen ...«, sie stockte verwirrt.

»... einen Gentleman gehalten?« sagte er, ihr zu Hilfe kommend.

Sie schlug die Augen nieder. »Entschuldigung. Offenbar seid Ihr ja ein Gentleman, dem es zu noch größerer Ehre gereicht, daß er sich verdient hat, was anderen kraft ihres Geburtsrechts zusteht.«

Er zuckte mit den Achseln. »Tatsächlich bin ich von respektabler Geburt, hatte mich jedoch mit meinem Vater überworfen und nicht das Geld dafür, mir ein Offizierspatent kaufen zu können. Und das bedeutete, daß ich nur als einfacher Rekrut in die Armee eintreten konnte.«

»Und was war der Grund dieser Entfremdung?«

Die Frage machte ihn verlegen, und so begann er nun, im Speicher auf- und abzugehen, sich immer in dessen Mitte haltend, damit er nicht mit dem Kopf gegen die schrägen Wände stieß. Eigentlich verlangte sein Auftrag von ihm, Rebecca nach ihrem Verhältnis zu ihren Eltern zu befragen. War es nun so, daß ihre Rollen vertauscht wurden? »Ein Jahr nach dem Tod meiner Mutter heiratete mein Vater ein siebzehn Jahre altes Mädchen. Wir ... wir beide haben uns nicht vertragen.«

»Es wäre wohl für jeden Sohn schwer gewesen, eine Stiefmutter schon so bald nach dem Tod der leiblichen Mutter zu akzeptieren«, sagte Rebecca mit teilnahmsvoller Stimme. »Wenn aber noch dazu ein Mädchen, das nicht älter war als Ihr, an deren Stelle trat, müßt Ihr das sogar für unschicklich gehalten haben.«

Für weitaus schlimmer als unschicklich, überlegte er, und einen Moment lang erhoben Wut und Abscheu wieder ihr häßliches Haupt, als er an diese Zeit zurückdachte. Doch er kämpfte rasch gegen diese unguten Gefühle an, als er sich daran erinnerte, daß auch er an diesem Zerwürfnis nicht ganz unschuldig gewesen war.

»Es war auch nicht besonders hilfreich, daß meine Stiefmutter sich nicht gerade von einer sympathischen Seite zeigte. Aber mein Vater war in sie verliebt. Oder genauer gesagt, geradezu scharf auf sie. Ich konnte nicht länger unter seinem Dach weilen.«

Um ihrem Gespräch eine neue Richtung zu geben, fragte er jetzt: »Glaubt Ihr, daß Euer Vater auch wieder heiraten wird? Und falls ja, was würdet Ihr dabei empfinden?«

Sie sah betroffen aus, als hätte sie über diese Möglichkeit noch gar nicht nachgedacht. »Das würde davon abhängen, wen er heiraten würde«, sagte sie ohne eine

Spur von Begeisterung. »Das ist eine Frage, die ich Euch also erst beantworten könnte, wenn sie akut würde.«

»Hofft Lavinia vielleicht, die nächste Lady Seaton zu werden?«

Rebecca bückte sich nun, um einem kleinen Schränkchen eine Teedose aus Porzellan zu entnehmen. »Das bezweifle ich. Hinter ihrem doch recht burschikosen oder sogar dreisten Benehmen versteckt sich ein recht liebenswerter Charakter. Aber ich glaube, daß sie die Freiheiten ihres Witwenstandes viel zu sehr schätzt, um diesen wieder aufzugeben. Mein Vater wird sich jedoch zweifellos eines Tages wieder verheiraten. Er liebt es, von einer Frau verwöhnt zu werden.« Der Kessel über dem Feuer begann zu summen, und sie nahm ihn nun vom Haken und goß etwas heißes Wasser in die Teekanne, um diese anzuwärmen. »Ein Bild von Lavinia befindet sich hinter Euch an der Wand.«

Er drehte sich um und fand Lavinias Bild rasch unter einem halben Dutzend ungerahmter Gemälde heraus, die dort an der Schmalseite des Raumes gegen die Wand gelehnt standen. Bekleidet in ein ihre Reize nur spärlich verhüllendes antikes Gewand lag sie auf einem Sofa und musterte den Betrachter mit einem kühlen einladenden Blick. In dem ewigen Kampf der Geschlechter würde Lady Claxton stets die Jägerin und nie das Wild sein. »Laßt mich raten«, sagte er. »Ihr habt Sie als Messalina gemalt – die römische Kaisern der Antiken, welche die Königin der Prostituierten in einem Wettkampf der Hurerei besiegte, indem sie in kürzester Zeit mit der Hälfte aller männlichen Einwohner Roms schlief.«

Rebecca lachte leise, während sie in die inzwischen angewärmte Teekanne ein paar Löffel Teeblätter tat und diese dann mit kochend heißem Wasser aufbrühte.

»Tatsächlich soll sie auf diesem Bild Aspasia darstellen – die schönste und gebildetste Kurtisane im antiken Athen. Ich habe Lavinia mehrmals porträtiert. Sie liebt es, Künstlern als Modell zu dienen.«

Aber sie würde vermutlich niemals Sir Anthonys nächste Frau werden. Wenn das stimmte – wer war dann diese Mätresse, die möglicherweise die Ursache von Lady Seatons Tod gewesen war? Doch er durfte den Bogen jetzt nicht überspannen und mit zu vielen Fragen Rebeccas Unwillen erregen. Deshalb ging er nun zum anderen Ende des Speichers, wo eine Reihe kleiner Fenster auf die Straße hinausblickte und das helle Licht der Südseite einen großen Tisch und ein paar Stühle beleuchtete.

Das war offenbar Rebeccas Werkstatt. Hier lagerten Leinwandrollen in allen Größen, und in den Ecken waren Bilderrahmen übereinandergestapelt. Auf dem Tisch schlief Gray Ghost zwischen einem Mörser und einer kleinen Waage, der nun seine Augen zu kleinen Schlitzen öffnete und dann weiterschlief.

In einem Alkoven der sich links neben dem Tisch befand, entdeckte Kenneth nun ein sehr massiv aussehendes Möbelstück, das ihn an die Fassade einer italienischen Villa aus der Renaissancezeit erinnerte. Feine Linien im Holz verrieten ihm, wo sich Schubladen befinden mußten, die auf eine raffinierte Weise zwischen vorgetäuschten Pilastern versteckt waren. Und die von Lisenen und Bögen eingerahmten ›Fenster‹ waren Fächer, in denen Pinsel und andere kleine Werkzeuge steckten.

Als Rebecca sein Interesse für dieses überaus kunstvoll verarbeitete und verzierte Möbelstück bemerkte, rief sie von der anderen Seite des Speichers her: »Das ist ein Sekretär, der nach eigenen Entwürfen für einen flämischen Maler des siebzehnten Jahrhunderts namens Van Veeren hergestellt wurde.«

»Ich fürchte, daß ich noch nie etwas von diesem Maler gehört habe«, sagte Kenneth.

»Es gibt auch keinen Grund, warum der Name Euch bekannt sein sollte.« Rebecca stellte zwei Tassen auf ein Tablett und trug es in ihre Werkstattecke. »Er war ein nicht sonderlich talentierter Maler von Porträts und Stilleben.

Kenneth grinste. »Von Gemüse und toten Hasen?«

»Genau. Aber er muß damals mit diesen Sachen recht gut verdient haben.« Sie stellte das Tablett auf dem Tisch ab, worauf sich der Kater sogleich von seinem Schlafplatz erhob, um dieses genauer zu untersuchen. »In der Blechdose dort findet Ihr ein paar recht gut schmeckende Rosinentörtchen, falls es Euch gelingen sollte, eines davon zu ergattern, bevor Ghost sie Euch wegschnappt.«

Sie scheuchte nun mit einer Handbewegung den Kater vom Tablett herunter, der sich jetzt wie ein steinerner Löwe vor der Blechdose niederkauerte und diese mit begehrlichem Blick fixierte, während Rebecca den Tee einschenkte. Dann reichte sie Kenneth eine der beiden mit Tee gefüllten Tassen, ehe sie sich auf einen dieser schon recht mitgenommen aussehenden Stühle setzte.

Er hätte diese geruhsame häusliche Art Rebecca niemals zugetraut, aber sie stand ihr gut. Sehr gut sogar. Seine Bereitschaft, sich ihr als Modell zur Verfügung zu stellen, hatte ihre Beziehung zweifellos verändert. Sie benahm sich jetzt viel unbefangener in seiner Gegenwart und schien ihre anfängliche Sprödigkeit überwunden zu haben. Eigentlich hätte er mit dieser Entwicklung sehr zufrieden sein können, denn er hatte ja ihr Vertrauen gewinnen wollen, um sie als Informationsquelle zu benützen – wenn dieser Erfolg jetzt nicht von Schuldgefühlen begleitet gewesen wäre.

Doch die Armee hatte ihn gelehrt, sich nicht mit Dingen zu belasten, die sich nun mal nicht ändern ließen, und deshalb sah er auch keinen Grund, sich jetzt den Tee nicht schmecken zu lassen. Seine legitimen Aufgaben als Sekretär und sein Besuch bei Lord Bowden hatten ihn so sehr in Anspruch genommen, daß er auf den Lunch hatte verzichten müssen, und so tat er jetzt ein großes Stück Kandiszucker in seinen Tee und nahm auf dem zweiten Stuhl an der anderen Seite des Tisches Platz.

Es herrschte eine Weile lang Stille, während sie sich den ausgezeichneten Rosinenkuchen munden ließen. Als Rebecca sich über den Tisch beugte, um seine Tasse mit Tee nachzufüllen, sagte er: »Ich vermute, daß Ihr die Leinwand für Eure Bilder selbst auf die Rahmen spannt?«

Sie brach ein Stück von ihrem Kuchen ab, das sie nun dem Kater hinhielt, der es mit seinen Zähnen behutsam von ihren Fingerspitzen nahm. »Ja, und auch die Leinwand für die meisten Bilder meines Vaters. Ich fertige auch unsere Pastellkreide an und mische eine Reihe von Ölfarben an, die ein Farbenhändler normalerweise nicht herstellt oder auf Lager hat.«

Er blickte sie verwundert an. »Sicherlich könnte Sir Anthony doch jemand anderen für solche handwerklichen Aufgaben finden, nicht wahr?«

»Ja, aber würde dieser Mann diese Arbeiten auch so gewissenhaft erledigen, wie wir uns das wünschen? Obwohl das Malen als Kunst bezeichnet wird, war es doch zu allererst ein Handwerk. Je besser man die Materialien versteht, um so wirksamer kann man sie verwenden.« Sie strich mit der Hand zärtlich über ihren

Mörser hin. »Es hat etwas wunderbar Befriedigendes, wenn man die Pigmente und die anderen Zugaben so vermischen kann, daß sie die ideale Konsistenz und genau den erforderlichen Farbton haben. Das ist der erste Schritt, den wir auf dem Weg zu der Erschaffung eines Bildes machen müssen, wenn es die Vorstellung, die wir davon in uns tragen, auch so exakt und erfolgreich widergeben soll, wie das technisch machbar ist.«

Die Sinnlichkeit, die auf dem Porträt ihrer Mutter so deutlich zu erkennen war, zeigte sich nun auch auf Rebeccas verträumten Gesicht. Kenneth wünschte sich, daß sie ihn auf die gleiche Weise berührte wie ihren Mörser. Er wünschte sich, daß sie ihn ...

Er sah zur Seite, wobei er den Satz in Gedanken unbeendet ließ. »Wann habt Ihr denn mit dem Zeichnen begonnen?«

Sie sah nun ein wenig wie ein schuldbewußtes kleines Mädchen aus. »Nach der Familiensage soll ich eines Tages im Kinderzimmer ein weichgekochtes Ei zerbrochen und mit dem Dotter eine erkennbare Katze an die Wand gemalt haben.«

Er lächelte, als er sich diese Szene vorstellte. »Also seid Ihr schon immer eine Künstlerin gewesen. Vermutlich hat Euch Sir Anthony dann auch Unterricht im Malen gegeben.«

»Nicht eigentlich. Vater war immer so sehr beschäftigt. Wenn ich meiner Kinderschwester entwischen konnte, schlich ich mich in sein Atelier und beobachtete ihn bei der Arbeit. Er hatte nichts dagegen, solange ich ihm nicht im Wege war. Bald hatte ich dann meine eigenen Kreide- und Kohlestifte.« Sie kicherte. »Mutter achtete darauf, daß ich immer mit Papier versorgt war, damit ich nicht wieder irgendwelche Wände im Haus oder der Nachbarschaft ruinierte. Und wenn sie Zeit hatte, gab sie mir manchmal auch Zeichenunterricht.«

»Hatte Eure Mutter denn auch künstlerische Fertigkeiten, die über das üblicherweise von einer Lady erwartete Maß hinausgingen?«

Rebecca deutete auf ein kleines Aquarell, das in einer Ecke ihres Ateliers hing. »Sie hat das dort gemalt, als ich vier Jahre alt war.«

Das Bild zeigte Rebecca als glückliches, lachendes Kind, dessen Babylocken wie Kupfer schimmerten. Ein Kind, das offen und erwartungsvoll in die Welt blickte – während Rebecca nun als Frau stets wachsam und auf der Hut vor irgendwelchen Gefahren war, die hinter jeder Ecke lauern konnten. Er fragte sich, ob dieses verhängnisvolle Abenteuer mit diesem jungen angehenden Poeten, das ihren Ruf ruiniert hatte, daran schuld war, daß sie diese Offenheit verloren hatte. »Es ist ein superbes Bild. Wenn man zwei Künstler zu Eltern hat, ist es wahrlich kein Wunder, daß Ihr ein so großes Talent besitzt.«

Rebecca schüttelte den Kopf. »Mutter hatte Talent – ihre Aquarelle sind ausgezeichnet –, aber sie war nicht eigentlich eine Künstlerin. Ihre Heirat hat das wohl verhindert, denke ich.«

»Was gehört denn dazu, um ein echter Künstler zu sein?« erkundigte er sich neugierig.

»Egoismus«, erwiderte Rebecca mit einem Lächeln, mit dem sie sich selbst zu verspotten schien. »Man muß glauben, daß das eigene Werk die bedeutendste Sache der Welt ist. Das größte Talent kann verkümmern, wenn es andere Menschen und deren Wünsche und Bedürfnisse wichtiger nimmt als sich selbst.«

Er fragte sich, ob diese Bemerkung etwa eine versteckte Kritik an ihrem Vater sein sollte. Ein so erfolgreicher

Maler wie Sir Anthony hatte vermutlich sehr wenig Zeit für seine Familie gehabt. »Muß ein Künstler denn immer egoistisch sein?«

»Vielleicht nicht immer, aber doch die meiste Zeit.« Sie strich sich eine von diesen Locken, die sich nicht von ihren Haarspangen bändigen ließen, aus dem Gesicht.

Er sah ihr dabei zu und dachte, daß sich zwar ein so prächtiges kupferrotes Haar auch künstlich erzeugen ließ, jedoch kein kosmetisches Mittel der Haut eine so feine, fast durchsichtige Blässe verleihen konnte, wie ihre. Das war die Haut einer echten Rothaarigen.

Mit einem jählings in ihm aufwallenden Zorn wünschte er sich jetzt, daß sie sich zu einer anderen Zeit und an einem anderen Ort kennengelernt hätten, wo sie nicht die Tochter eines Mordverdächtigen und er ein wohlhabender Gentleman und kein mittelloser Spion gewesen wären. Ein Ort, wo er die Komplexität ihres Geistes und ihrer Seele hätte erforschen können. Ein Ort, wo er sie küssen und dazu überreden könnte, seine Küsse zu erwidern.

Er holte ein paarmal tief Luft, bis dieser Zorn über die Ungerechtigkeit des Schicksals wieder in ihm abebbte. Doch dieses mächtige Verlangen, sie zu berühren, vermochte er damit nicht zu verdrängen. Er beugte sich vor und nahm ihre Hände in seine, deren Innenflächen er nun nach oben drehte. Es waren überaus fähige Hände mit langen, eleganten Fingern, die ihn an die Heiligenfiguren der Renaissance erinnerten. »Soviel Kraft und Gewandtheit«, murmelte er. »Was für Meisterwerke werden diese Hände wohl noch in Zukunft erschaffen?«

Ihre Hände begannen nun leise in seinen zu zittern. »Das wahre Geschick eines Künstlers befindet sich in seinem Verstand und nicht in seinen Händen«, sagte sie rauh. »Sein Geist muß das Werk sehen, bevor sein Körper es erschaffen kann.«

»Woher diese Befähigung auch kommen mag, Ihr seid ein Riesentalent.« Er fuhr die Linien in ihrem Handteller mit der Spitze seines Zeigefingers nach. »Ich frage mich, ob es wirklich möglich ist, die Zukunft aus der Hand zu lesen. Wird Euer Talent Euch Ruhm bescheren? Reichtum? Glück?«

Sie entzog ihm jetzt ihre Hände und rollte die Finger ein. »Eine schöpferische Begabung ist keine Garantie für diese Dinge. Wenn sie etwas tut, dann verhindert sie vielleicht ein persönliches Glück. Das Werk selbst ist die einzige sichere Belohnung. Sie ist ein Schutzschild, das uns vor Einsamkeit bewahrt, eine zuverlässigere Leidenschaft als menschliche Liebe.«

Er hob den Kopf, und ihre Blicke begegneten sich. Die Spannung, sie sich langsam in ihm aufgebaut hatte, steigerte sich nun fast ins Unerträgliche. Er spürte, daß sie beide verletzbar waren – auf eine erschreckende Weise verwundbar – und dicht davor, etwas zu tun, das man nicht mehr ungeschehen machen konnte.

Aus Angst, daß sie ihm mit ihren haselnußbraunen Augen bis auf den Grund seiner Seele blicken und dort seine wahren Absichten erkennen könnte, erhob er sich nun abrupt von seinem Stuhl. »Ich muß mich jetzt wieder um meine eigentlichen Pflichten kümmern, fürchte ich. Wollt Ihr, daß ich Euch morgen wieder als Modell zur Verfügung stehe?«

Sie schluckte. »Nein ... nicht morgen. Den Tag darauf.«

Er nickte und verließ das Atelier, während er sich fragte, wie er es denn fertigbringen sollte, noch mehr von diesen intimen Sitzungen unbeschadet zu überstehen. Rebecca konnte sich als seine beste Informationsquelle erweisen, was den Tod ihrer Mutter betraf. Aber vielleicht gelang es ihm nicht, die Hände so lange von ihr zu lassen, bis er von ihr bekommen hatte, was er hier eigentlich suchte.

Rebecca bemühte sich, solange regungslos auf ihrem Stuhl zu verharren, bis sie hörte, wie sich die Ateliertür hinter dem Captain schloß. Dann schloß sie die Augen und preßte die rechte Hand gegen ihre Wange. An den Stellen, wo er sie berührt hatte, kribbelte die Haut, als hätte sie im Winter mit bloßen Händen Schnee zu einer Plastik geformt.

Zum Henker mit diesem Mann! Was für ein Recht hatte er, hierherzukommen und das Schild zu zerbrechen, das sie so lange beschützt hatte? Sie hatte bisher immer die Kontrolle über ihr Leben gehabt, war dankbar für die Freiheit gewesen, zu malen, wann immer sie Lust dazu hatte, und daß es da kaum etwas gab, das sie von ihrer Malerei ablenken konnte. Außer ihrer Malerei hatte sie nichts gebraucht.

Die angehaltene Luft geräuschvoll ausstoßend, erhob sie sich nun von ihrem Stuhl und begann, im Speicher auf und ab zu wandern. Sie hatte diese schrägen Wände immer geliebt, weil sie aufrecht darunter gehen konnte, wo andere sich bücken mußten. Der Captain hatte nur in der Mitte des Speichers aufrecht gehen können. Seine Vitalität und seine mächtige Statur hatten den Speicher fast gänzlich ausgefüllt. Wohin sie sich jetzt auch wandte – sie sah ihn überall.

Es war schlau von ihr gewesen, nur ganz wenigen Menschen den Zutritt zu ihrem Allerheiligsten zu gestatten. Noch klüger wäre es von ihr gewesen, Kenneth den Zutritt zu ihrem Atelier zu verwehren.

Verwehren? Sie hatte ihn ja förmlich dazu genötigt, hier einzudringen!

Sie fuhr sich mit der Hand durch die Haare, daß sich diese vollends aus ihren Spangen und Nadeln lösten und ihr in einer wilden Flut bis zu den Hüften hinunterrollten. Sie raffte sie nun ärgerlich wieder zusammen, steckte sie zu einem Knoten auf und setzte dann ihre Wanderung durch das Atelier fort.

Kenneth militärische Vergangenheit faszinierte sie, desgleichen der Kontrast zwischen seiner kantigen Figur und seinem scharfen Verstand und seinem feinen Empfindungsvermögen. Er war eine großartige Figur für ein Gemälde. Doch was sie am meisten zu ihm hingezogen hatte, war die Art, wie sie mit ihm reden konnte. Niemand war bisher so sehr an dem interessiert gewesen, was sie zu sagen hatte, wie dieser Captain. Die Zeit, die sie heute mit ihm verbracht hatte, hatte die Wirkung eines Frühlingsregens auf Blumen. Sie hatte gar nicht gewußt, wie einsam sie eigentlich war.

Nein, vielleicht nicht einsam, aber ganz gewiß allein. Sie und ihr Vater teilten sich eine alles beherrschende Leidenschaft und ein Haus und verstanden sich gut. Doch er war ein berühmter Mann mit einem erfüllten Leben, und sie nur ein geringerer Teil davon.

Da sie ganz in ihrer Kunst aufging, hatte sie niemals echte Freunde gehabt, und ihre eher beiläufigen Bekannten hatten sie nach ihrer idiotischen Eskapade mit Frederick fallen lassen wie eine heiße Kartoffel. Die zum inneren Kreis ihres Vaters zählenden Personen hatten sie mit einer Art von gedankenloser Gutmütigkeit behandelt, und nur Lavinia und ihr ehrenwerter Onkel George hatten sie wirklich gern. Für die anderen war sie lediglich Sir Anthonys exzentrische Tochter.

Das gleiche hatte für Sir Anthonys frühere Sekretäre gegolten. Sie hatten sie zwar alle höflich und respektvoll behandelt, sie jedoch insgeheim, wie sie vermutete, als eine Art von mißratenem Geschöpf betrachtet – als ein von der Gesellschaft ausgestoßenes malendes weibliches Wesen, das man eben als Teil ihres Jobs tolerieren mußte. Kein Wunder, daß sie so empfänglich war für die Aufmerksamkeit, die Kenneth ihr zollte.

Obwohl sie zwei grundverschiedene Naturen waren, hatte sie doch bei ihm ein unerwartetes Einfühlungsvermögen entdeckt, das sie beide teilten. Vielleicht war es nur die schlichte Tatsache des Alleinseins, die sie zueinander hinzog. Sie konnte sich nicht vorstellen, daß Kenneth eine echte Sympathie für sie empfand; denn sie gehörte nicht zu der Sorte von Frauen, die in Männern leidenschaftliche Gefühle weckten. Frederick war in die Idee der Liebe verliebt gewesen und nicht in ihre Person.

Da kam ihr plötzlich ein Gedanke. Die Spannung, die sie vorhin in Kenneth gespürt hatte, war vermutlich auf seine Erkenntnis zurückzuführen, daß jede Art von Beziehung zu der Tochter seines Arbeitgebers mit allen möglichen Gefahren für ihn verbunden war. Sie hätte nicht darauf bestehen dürfen, daß er für sie Modell stehen sollte. Obwohl sie damit keinen Zwang auf ihn hatte ausüben wollen, hatte er vermutlich das Gefühl gehabt, da er gar keine andere Wahl hatte, als ihrem Begehren stattzugeben. Es wäre vielleicht besser für sie beide gewesen, wenn er sich frei hätte entscheiden können. Doch sie konnte die Tatsache nicht bedauern, daß Kenneth ihr jetzt als Modell zur Verfügung stand.

Ihre Wanderung brachte sie nun wieder zum anderen Ende des Speichers zurück. Sie nahm den Zeichenblock hoch, der dort neben dem Teegeschirr auf dem Tisch lag, um die Skizzen zu studieren, die sie von ihm angefertigt hatte. Ein paar davon waren recht gut, obwohl sie noch meilenweit von der Vorstellung entfernt waren, die sie von dem Gemälde hatte, das ihr vorschwebte.

Sie blätterte nur langsam die Skizzen durch, während sie sich fragte, auf welche Weise sie wohl am besten sein Wesen würde einfangen können – diese Mischung aus einem wilden kriegerischen Geist und einer feinsinnigen Beobachtungsgabe. Vielleicht sollte sie den Captain in seiner Armeeuniform malen. Sie hatte eine vage Erinnerung daran, daß Infanteristen eine dunkelgrüne Montur trugen. Darin würde er interessanter aussehen als die scharlachrote Farbe, die man üblicherweise bei den Paraden sah und die bei einem Gemälde die Leinwand gänzlich beherrschen würde. Sie konnte ihn am Ende einer Schlacht zeigen – müde, aber ungebrochen.

Sie schüttelte mißbilligend den Kopf. Obwohl das eine wirksame Darstellung sein würde, gehörte so ein Bild in den Waterloo-Zyklus ihres Vaters. So ein Gemälde würde nicht diese mythische Qualität haben, die ihr vorschwebte.

Sie versuchte sich Kenneth nun in einer mythischen weißen Toga vorzustellen. Sie lächelte bei diesem Gedanken. Frauen sahen in klassischen Gewändern oft großartig aus; die Frauenmode der französischen Revolution hatte sich diese antike Bekleidung zum Vorbild genommen. Aber den modernen Männern standen diese antiken Togen weniger gut zu Gesicht.

Sie überlegte sich eine Reihe von anderen möglichen Kompositionen, ohne eine darunter zu finden, die ihr passend erschien. Dann blätterte sie eine Seite zu weit und sah sich dort mit einer ihrer Skizzen von gefallenen Frauen konfrontiert, die ihr jetzt einen Stich ins Herz gaben. Sie riß diese Skizze heraus und warf sie mit einem gemurmelten Fluch ins Feuer. Kenneth Wilding mochte zwar ein Problem für sie sein; doch das Zusammensein mit ihm war zumindest für sie ein mit Schmerzen vermischtes Vergnügen.

Kapitel 8

Kenneth erwachte keuchend aus einem ruhelosen Schlaf. Er litt wieder einmal unter einem seiner zahllosen Alpträume.

Er hatte schon immer ein ausgezeichnetes visuelles Erinnerungsvermögen gehabt. Er konnte sich an die genauen Farben eines Sonnenuntergangs erinnern oder das Gesicht eines Menschen aus dem Gedächtnis skizzieren, den er nur ein paar Minuten lang gesehen hatte. Da er vor ein paar Stunden Rebeccas Hand betrachtet hatte, hätte er nun, wenn er sich das wünschte, das Muster ihrer Handlinien exakt aufzeichnen können. Er hatte diese Begabung für einen Segen gehalten, bis er in die Armee eingetreten war. Denn es war weitaus angenehmer, sich an Sonnenuntergänge als an Schlachten zu erinnern.

Das letzte Bild von Maria tauchte nun wieder vor seinem inneren Auge auf. Der Magen wollte sich in ihm umdrehen, und so setzte er sich rasch im Bett auf, zündete die Kerze auf seinem Nachttisch an und zwang sich dazu, an etwas anderes zu denken. Er beschwor das Bild von Rebecca herauf, wie sich ihre Augen verengten, wenn sie einen Gegenstand studierte. Den Ansatz eines Grübchens in ihrer linken Wange. Ihre sich auf eine so herrliche freigeistige Art gebärdenden Haare.

Sie befand sich nur zehn Fuß von ihm entfernt auf der anderen Seite dieser Wand.

Während sein Puls sich bei dieser Vorstellung beschleunigte, wurde er sich gleichzeitig bewußt, daß solche Gedanken an sie ebenfalls mit Gefahren, wenn auch ganz anderer Art, verbunden waren. Dennoch war die Erregung, die diese Vorstellungen in ihm weckten, weitaus angenehmer als die Bilder von Tod und einer trostlosen Verzweiflung.

Da er wußte, daß er nun nicht mehr schlafen konnte, verließ er sein Bett und zog sich seinen schon recht fadenscheinigen Morgenmantel an. Er würde ein paar Skizzen anfertigen; denn er hatte schon in sehr jungen Jahren gelernt, daß für ihn das Zeichnen ein viel besseres Mittel war, der grimmigen Wirklichkeit zu entrinnen, als der Alkohol oder irgendwelche Ausschweifungen anderer Art. Das Zeichnen von friedlichen, menschenleeren Landschaften hatte eine sehr beruhigende Wirkung auf ihn. Nach der schrecklichen, ungemein blutig verlaufenden Belagerung von Badajoz hatte er ein paar Dutzend Aquarelle von spanischen Blumen angefertigt. Und Waterloo war für ihn der Auslöser für eine Serie recht passabler Pastellskizzen von spielenden Kindern gewesen.

Er ging zum Kleiderschrank, wo er sein Skizzenbuch und seine Zeichengeräte hinter seinen Anzügen versteckt hatte. Als er hinter seinen an Bügeln hängenden Hosen mit der Hand herumtastete, berührte seine Hand einen glatten, metallenen Gegenstand, der dort in einer Ritze im Holz eingeklemmt war. Ein kurzer Ruck genügte, um ihn daraus zu befreien. Es war ein hübsches kleines Visitenkartenetui aus Silber. Als er dessen Dekkel aufschlug, las er *Thomas J. Morley* auf der obersten Karte.

Großartig. Er hatte sich einen Vorwand gewünscht, unter dem er Tom Morley einen Besuch abstatten konnte, um den Mann diskret auszuhorchen. Und nun hatte er, was er brauchte.

Diesen Fund als gutes Omen nehmend, holte er nun auch seine Zeichenutensilien aus dem Schrank und setzte sich damit an seinen Tisch. Nach kurzer Überlegung hatte er auch ein passendes Thema gefunden. Vor ein paar Tagen hatte Beth ihm einen Brief von Michael und Catherine, einem mit ihm befreundeten Ehepaar, nach London nachgeschickt. Sie hatten ihm darin die Geburt eines Sohnes angezeigt und ihn zu einer wochenlangen Taufparty eingeladen, die auf einer Insel vor der Küste von Cornwall stattfinden sollte. Nur hatte er bedauerlicherweise weder die Zeit noch das Geld, um an dieser Party teilnehmen zu können. Selbst zu einem angemessenen Geschenk für den Täufling fehlten ihm die Mittel. Da mußte ein von ihm selbst angefertigtes Bild genügen.

Er machte sich nun an die Arbeit und benützte erst einen weichen Bleistift, um eine Familiengruppe zu skizzieren, die vor einem Taufbecken versammelt war: in der Mitte der Vater, entzückt und auch ein wenig aufgeregt, weil er seinen Sohn auf dem Arm tragen durfte; und zu seiner Linken seine Frau Catherine, die ihren Kopf ein wenig ihrem Ehemann zuneigte, während sie als fürsorgliche Mutter vor dem Taufakt noch rasch ein wenig die Falten des Taufgewands ihres Sohnes ordnete. Rechts neben Catherine hatte dann deren Tochter Amy ihren Platz, die ihren kleinen Bruder mit einem strahlenden Lächeln ansah. Amy mußte inzwischen schon dreizehn sein. Kenneth hatte sie zum letztenmal ein paar Wochen vor der Schlacht bei Waterloo gesehen, und deshalb war er jetzt auf Vermutungen angewiesen, wie groß sie inzwischen geworden war. Sie mußte jetzt schon fast eine junge Lady sein, die ihrer schönen Mutter sehr ähnlich sah.

Nachdem er die Gruppe mit dem Bleistift skizziert hatte, machte er sich daran, mit Feder und Tusche die eigentliche Zeichnung anzufertigen. Zuweilen schien ein Gott ihm die Hand bei dieser heiklen Arbeit zu führen, und das war offenbar eine dieser seltenen Gelegenheiten, wo das geschah. Tusche verzieh einem Zeichner auch nicht den kleinsten Fehler, doch hier saß jeder Strich genau an der richtigen Stelle. Für die Gesichter nahm er sich besonders viel Zeit, da sie das wichtigste Gestaltungselement für das waren, was er mit diesem Bild ausdrücken wollte: die Liebe, die dieses neue Leben erschaffen hatte. Da er die Örtlichkeit nicht kannte, wo diese Taufe stattfinden sollte, machte er nur ein paar vage, bogenförmige Striche im Hintergrund, die auf ein Kirchengewölbe hindeuteten.

Die fertige Zeichnung gefiel ihm, und er glaubte, daß sie auch Michael und Catherine gefallen würde. Aber als er nun das Blatt beiseitelegte, überkam ihn ein Gefühl der Trauer. So viele Jahre hatte er von seiner Heimkehr nach Sutterton geträumt, und auch eine Hochzeit war Bestandteil dieser Träume gewesen. Er hätte niemals geglaubt, daß er, wenn sein wichtigster Traum in Erfüllung ging, zu arm sein würde, um eine Frau und Familie ernähren zu können. Selbst wenn Lord Bowden ihm die Hypothekenschuld, die auf dem Besitz lastete, erlassen würde, lagen noch viele anstrengende Jahre vor ihm, um den Besitz wieder profitabel zu machen. Das Kapital, das er in dieser Zeit vielleicht erwirtschaften würde, würde er wieder in Sutterton investieren müssen, und wenn dann doch noch etwas Geld übrigblieb, mußte er davon Bethens Unterhalt bezahlen.

Mit einigem Widerwillen erinnerte er sich jetzt wieder daran, daß seine Situation erheblich rosiger aussah, seit Lord Bowden in sein Leben getreten war. Es mochte vielleicht zehn Jahre dauern, bis er in der Lage sein würde, zu heiraten. Mit Glück und harter Arbeit würde dieser Zeitpunkt schließlich doch noch kommen.

Er blickte wieder auf die Zeichnung hinunter, und einen Moment lang sah er an der Stelle von Michael und Catherine sich selbst und Rebecca stehen.

Was für ein närrischer Gedanke! Wenn Rebecca ihn auch faszinieren mochte, so war sie doch das am wenigsten zu einer Ehefrau taugende weibliche Wesen, das ihm jemals im Leben begegnet war. Falls er jemals heiraten sollte, dann würde das wohl eher eine so warmherzige und liebevolle Frau sein, wie Catherine das war – nicht eine so scharfkantige, widerborstige Jungfer, die das Malen der Gesellschaft von Menschen vorzog.

Da er sich noch deprimierter fühlte, legte er nun den Skizzenblock in den Schrank zurück. Draußen schob sich bereits die Sonne langsam über den Horizont. Vielleicht würde ein Ausritt mit Sir Anthonys Pferd seine Laune ein wenig verbessern.

Kenneth verweilte einen Moment lang unter der Tür, um den jungen Mann zu beobachten, der dort vor ihm in dem kleinen Büro fleißig etwas schrieb. Es war ein hagerer, adrett gekleideter, intelligent aussehender Bursche, der jedoch, wenn man sein Gesicht genauer betrachtete, vielleicht ein bißchen zu sehr von seiner Wichtigkeit überzeugt war. Ein Sekretär, der nicht nur mit den Geschäften seines Arbeitgebers, sondern auch mit dessen privaten Angelegenheiten vertraut zu sein schien. Genau das, was Kenneth suchte.

Er klopfte jetzt gegen den Türrahmen, und der junge Mann blickte von seiner Schreibarbeit auf. »Tretet ein, Sir«, forderte er Kenneth höflich auf. »Ich bin Thomas Morley, Sir Wildfords Sekretär. Er befindet sich im

Augenblick in einer Sitzung, aber vielleicht kann ich Euch helfen.«

Kenneth ging nun in den kleinen Raum hinein. »Tatsächlich bin ich hierhergekommen, um mit Euch zu sprechen. Ich bin Kenneth Wilding, Sir Anthony Seatons neuer Sekretär.«

Ein kurzes, überraschtes Flackern in den Augen des jungen Mannes verriet Kenneth, daß auch Morley zu den Leuten gehörte, die meinten, daß er, Kenneth, nicht der für diesen Job geeignete Mann sei. Er versteckte sein Befremden jedoch rasch hinter einem Lächeln, stand von seinem Schreibtisch auf und streckte Kenneth die rechte Hand hin. »Es ist mir ein Vergnügen, Euch kennenzulernen. Ich habe schon gehört, daß es Sir Anthony schließlich doch noch gelungen ist, jemanden für diesen Posten zu finden. Ihr seid *Captain* Wilding, nicht wahr?«

Kenneth bestätigte den Titel mit einem kurzen Nikken und holte, nachdem er Morley die Hand geschüttelt hatte, das silberne Visitenkarten-Etui aus der Tasche. »Man hat mir das Zimmer gegeben, in dem auch Ihr gewohnt habt, und gestern habe ich das in einer Ecke des Kleiderschranks gefunden, wo es in einer Ritze eingeklemmt war. Sir Anthony hat mir dann Eure augenblickliche Adresse verraten, und da ich zufällig hier in Westminster etwas erledigen mußte, dachte ich mir, ich könnte auch kurz bei Euch vorbeischauen und Euch das Etui persönlich überbringen.«

Morleys Gesicht leuchtete vor Freude auf, als er das Etui entgegennahm. »Großartig! Das Etui hat mir nämlich meine Patentante geschenkt, als ich in Oxford mein Examen machte. Bei der Konfusion, die bei meinem Umzug und dem Antritt meiner neuen Stellung herrschte, hatte ich den Verlust des Etuis zunächst gar nicht gemerkt und dann befürchtet, es nie wiederzusehen.«

Er schob es jetzt in eine Jackentasche. »Ich hatte mir gerade vorgenommen, nach diesem Brief hier in ein Wirtshaus gleich in der Nähe zu gehen, um dort etwas zu essen. Wollt Ihr mich nicht dorthin begleiten, Captain? Ich hätte Euch gern zu einem Dinner einladen, um Euch meine Dankbarkeit zu zeigen. Ihr könnt mir dann beim Essen berichten, was es im Hause der Seatons Neues gibt.«

Da Kenneth den Zeitpunkt seines Besuches eigens auf den späten Nachmittag gelegt hatte, weil er Morley zum Essen hatte einladen wollen, um sich ausgiebig und ungestört mit ihm unterhalten zu können, nahm er dessen Angebot natürlich sofort an. Und so saßen sie sich keine zehn Minuten später in einem Gasthof in der Nähe des Parlaments bei einem ausgezeichneten Beefsteak an einem Tisch gegenüber. Die Tatsache, daß sie beide für Sir Anthony gearbeitet hatten, sorgte dafür, daß so etwas wie eine kollegiale Atmosphäre zwischen den beiden herrschte und Morley Kenneth wie einen alten Bekannten behandelte, mit dem er freimütig reden konnte.

Das tat er nun auch. Und nachdem er Kenneth eine halbe Stunde lang von seiner politischen Arbeit erzählt hatte, brach er lachend mitten im Satz ab: »Tut mir leid, daß ich ständig nur von mir rede, aber mir macht meine neue Stellung eben unheimlich viel Spaß. Wie denkt Ihr denn über Euren Job im Haus der Seatons?«

Kenneth nahm einen Schluck Ale. »Anders.«

Morley lächelte. »Eine sehr taktvolle Antwort, würde ich meinen. Man kann die prominentesten Persönlichkeiten von Britannien in Sir Anthonys Haus kennenlernen. Aber ich bedaure es nicht, daß ich meine Stellung dort aufgegeben habe. Der Haushalt eines Künstlers hat etwas Chaotisches – findet Ihr nicht auch? Wenn man versucht, ihn etwas effizienter zu machen, ist das so, als würde man in einer Schlacht gegen einen Berg anrennen. Ihr wißt sicherlich aus eigener Erfahrung, wie mühsam so etwas ist.«

»Eine Kompanie unter Gefechtsbedingungen zu befehligen, ist sicherlich eine gute Vorbereitung für diesen Posten gewesen«, erwiderte Kenneth mit einem schwachen Lächeln. »Zugegebenermaßen befanden sich die Dinge dort in einem beklagenswerten Zustand, nachdem Ihr das Haus verlassen hattet. Aber ich fange an, die Lage in den Griff zu bekommen. Zumindest hat Sir Anthony seit ein paar Tagen nicht mehr mit Gegenständen um sich geworfen.«

Der junge Mann schüttelte sich. »Ja, grauenhaft. Obwohl ich den alten Knaben mochte, habe ich nie begriffen, warum er sich so aufregen konnte, wo er doch der glücklichste Mann ist, den man sich vorstellen kann. Habt Ihr ihn schon mal bei der Arbeit beobachtet? Er steht vor seiner Staffelei, macht dann einen kurzen Schritt rückwärts und mit einem seiner langstieligen Pinsel einen Klecks auf die Leinwand, wobei er gar nicht so genau hinzuschauen scheint, wo die Farbe dort landet. Und nach ein paar Tagen ist er mit seiner Pinselei dann so weit, daß er sie als Porträt an jemanden verkaufen kann, der dafür ein paar hundert Guineen bezahlt.« Morley seufzte. »Scheint mir nicht fair zu sein, wie ihm Ruhm und Reichtum in den Schoß fallen, während Männer wie Ihr und ich hart für ihr Geld arbeiten müssen.«

»Bei Sir Anthony mag es zwar so aussehen, als wäre das Malen eine so leichte Sache«, erwiderte Kenneth trocken, »aber er hat viele Jahre lang hart und eisern arbeiten müssen, bis er wußte, wo er seine Farbkleckse hinmachen muß.« Er fragte sich nun, was der junge Mann wohl von Rebecca hielt, und fuhr mit einer Lüge fort: »Als Miss Seaton hörte, daß ich Euch aufsuchen würde, trug sie mir auf, Euch Grüße von ihr zu bestellen.«

»Ist ja nett von ihr.« Morley schenkte sich noch etwas Ale aus dem Glaskrug ein. »Obwohl es mich überrascht, daß sie überhaupt bemerkt hat, daß ich nicht mehr in ihrem Hause weile. Sie ist schon eine seltsame Sorte von Mädchen, meint Ihr nicht auch? Ich habe nie begriffen, was sie mit ihrer Zeit macht. Hat sich vermutlich dort oben im Speicher, wo sie sich immer einschließt, den ganzen Tag hindurch gegrämt. Sie hat vor Jahren eine ...«, er hielt einen Moment inne, um sich ein passendes Wort für Rebeccas ›Sündenfall‹ zu überlegen, »... eine schwerwiegende Indiskretion begangen, weshalb sie jetzt nicht mehr in den besseren Gesellschaftskreisen verkehren kann. Das muß ihr Gemüt vergällt haben, denke ich.«

Kenneth widerstand – nur mit Mühe – dem Impuls, seinen Bierkrug über dem Kopf seines Gegenübers auszukippen. »Ich habe den Eindruck, daß Miss Seaton eine bemerkenswert interessante und intelligente junge Frau ist.«

Morley zog die Brauen in die Höhe. »Dann muß sie offenbar viel öfter mit Euch reden, als sie das bei mir gemacht hat.« Er beugte sich jetzt vor und fuhr im vertraulichen Ton fort: »Ich hatte mir überlegt, ob ich nicht versuchen sollte, ihre Aufmerksamkeit auf mich zu fixieren. Schließlich wird sie eines Tages ja die Erbin eines beträchtlichen Vermögens sein, und bei ihrem Alter und ihrer Reputation kann sie froh sein, wenn sie überhaupt einen Mann bekommt. Aber ich habe diesen Gedanken dann wieder verworfen. Für einen Mann mit Ehrgeiz wäre sie nicht die passende Frau.«

Vermutlich war Morleys Vorstellung von einer idealen Ehefrau ein einfältiges Püppchen, das wußte, wie man Tee einschenken mußte und keine Fragen stellte. Er beschloß, jetzt besser zu seinem eigentlichen Anliegen zu kommen, bevor er die Geduld mit dem jungen Mann verlor, und fragte: »Wie lange seid Ihr denn Sekretär bei Sir Anthony gewesen?«

»Drei Jahre. Ich habe die Stellung einen Monat nach meinem Examen in Oxford bekommen.«

»Drei Jahre«, wiederholte Kenneth, als ob er die Antwort nicht schon längst gewußt hätte. »Dann müßt Ihr ja auch Lady Seaton noch gut gekannt haben. Was war sie denn für eine Frau?«

Morleys Gesicht wurde plötzlich maskenhaft starr. »Sie war eine charmante und schöne Lady«, sagte er nach längerem Schweigen. »Ihr Tod war eine große Tragödie.«

Kenneth argwöhnte, daß der junge Mann mehr als nur ein bißchen in die Ehefrau seines Arbeitgebers verliebt gewesen sein mußte, und sagte: »Wie ist sie denn gestorben? Niemand im Hause will von ihr sprechen, und ich hatte deshalb Hemmungen, dort jemanden danach zu fragen.«

Morley starrte in sein Glas. »Sie stürzte von einer Klippe herunter, als sie in der Nähe ihres Landhauses spazierenging. Ich werde diesen Tag niemals vergessen. Mein Arbeitszimmer ging auf die Einfahrt von Revensbeck House hinaus, und ich arbeitete gerade an Sir Anthonys Korrespondenz, als ich George Hampton, diesen Graveur, der die Stiche von Sir Anthonys Gemälden anfertigt, zum Haus rennen sah.« Ein krampfhaftes Zukken zeigte sich auf Morleys Gesicht, als er sich wieder an diesen Moment erinnerte.

In der Pause, die nun folgte, fragte Kenneth: »Was hatte Hampton denn damals dort zu suchen?«

»Er machte dort Ferien. Das Landhaus von Sir Anthony befindet sich ja im Seenbezirk, der bei Künstlern sehr populär ist, müßt Ihr wissen.« Seine Stimme sank zu einem Flüstern herab. »Hampton machte einen so verstörten Eindruck, daß ich hinausging, um ihn zu fragen, was denn passiert sei. Er sagte, er habe gesehen, wie jemand von der Steilwand des Skelwith Crag heruntergestürzt sei, und deshalb wäre er nach Ravensbeck gerannt, um Hilfe zu holen.« Morley schluckte schwer. »Ich fragte ihn, was die verunglückte Person denn angehabt habe. Und als Hampton sagte, ein grünes Kleid, wußte ich sofort Bescheid. Lady Seaton hatte an diesem Morgen ihr hübschestes grünes Kleid angezogen. Sie sah so schön darin aus ...« Seine Stimme brach.

Kenneth ließ dem jungen Mann Zeit, seine Fassung wiederzugewinnen, ehe er sagte: »Also habt Ihr Sir Anthony und die männlichen Bediensteten zusammengerufen, ein Seil genommen und seid dann mit den Männern losgezogen, um der Sache nachzugehen.«

»Stimmt. Nur daß Sir Anthony gar nicht im Hause war, als Hampton Hilfe holen wollte. Und auch Miss Seaton nicht. Und deshalb oblag es mir, mich um die Rettung oder Bergung der Verunglückten zu bemühen.«

»Waren Sir Anthony und seine Tochter denn gemeinsam ausgegangen?«

»Nein. Miss Seaton hatte erst nach ihrem Vater das Haus verlassen, um einen Spaziergang zu machen. Sie kam uns dann entgegen, als ... als wir die Leiche ihrer Mutter zum Haus trugen.«

»Wie schrecklich für sie«, murmelte Kenneth. »Und für Euch. Jetzt auch noch eine heulende Frau am Rockzipfel hängen zu haben, mußte Euch ja noch mehr belasten.«

Morley schüttelte den Kopf. »Miss Seaton hat nicht geweint. Ihr Gesicht war schneeweiß, aber sie sagte kein

Wort und vergoß keine einzige Träne. Schien mir ein verdammt unnatürliches Verhalten zu sein.«

»Höchstwahrscheinlich stand sie unter einem Schock.« Kenneth goß dem jungen Mann noch ein Glas Ale ein. »Wann hat Sir Anthony von dieser Tragödie erfahren?«

»Als er nach Hause kam, um sich zum Dinner umzuziehen.« Ein Schatten lief über Morleys Gesicht hin. »Ich glaube, daß er bei einer anderen Frau gewesen ist. Es war schließlich kein Geheimnis, daß er es mit der ehelichen Treue nicht so genau nahm.«

»Seid Ihr derjenige gewesen, der ihm die traurige Nachricht überbringen mußte?«

Morley nickte. »Es war die seltsamste Geschichte, die ich je erlebt habe. Er fauchte: ›Zum Teufel mit ihr!‹ stieß mich dann zur Seite und ging in Lady Seatons Schlafzimmer, wo wir sie aufgebahrt hatten. Es war so, als könnte er gar nicht glauben, daß sie tot sei. Ich begleitete ihn. Sie ... sie sah so aus, als würde sie nur schlafen. Er jagte mich dann buchstäblich aus dem Zimmer und verbrachte die ganze Nacht dort. Am nächsten Morgen kam er dann so ruhig, als wäre nichts geschehen, wieder heraus und gab Anweisungen für ihr Begräbnis.« Morleys Finger spannten sich so fest um sein Glas, daß die Knöchel weiß hervortraten. »Dieser egoistische Bastard zeigte nicht eine Spur von Trauer darüber, daß seine Frau tot war.«

Kenneth hatte genug Kummer in seinem Leben gesehen, um zu wissen, daß er viele Formen annehmen konnte. Daß Sir Anthony eine ganze Nacht am Bett neben seiner toten Frau gesessen hatte, schien ihm nicht gerade ein Zeichen von Gefühllosigkeit zu sein.« Wie ist es denn zu diesem tragischen Unfall gekommen? Herrschte stürmisches Wetter an dem Tag oder ist ein Stück von der Steilwand abgebrochen?«

Morley machte ein bekümmertes Gesicht. »Weder noch. Das Wetter war so schön, daß man einen herrlichen Ausblick vom Skelwith Crag hatte. Das ist einer ihrer Lieblingsplätze gewesen. Es war uns fast unbegreiflich, wie es zu diesem Unfall kommen konnte.«

Kenneth sagte nun im erschrockenen Ton: »Tatsächlich? Wäre es denn möglich, daß es gar kein Unfall gewesen ist? Daß da jemand nachgeholfen hat?«

»Nein«, erwiderte Morley eine Spur zu rasch. »Die Leichenschau war eine reine Formalität.«

»Wenn aber jeder davon überzeugt ist, daß Lady Seatons Tod ein Unfall war, dann verstehe ich nicht, warum keiner darüber reden möchte«, erwiderte Kenneth mit gespielter Ratlosigkeit. »Gibt es da vielleicht etwas, das ich nicht wissen sollte?«

»Ein Geheimnis? Nein«, erwiderte Morley schroff. »Es ist wohl nur das Bedauern, daß sie so früh und so plötzlich aus dem Leben scheiden mußte, warum man nicht gern darüber spricht.« Er stand auf. »Ich muß jetzt wieder ins Büro zurück und mich um meine Arbeit kümmern. Es war mir ein Vergnügen, Euch kennengelernt zu haben, Captain. Sir Anthony ist zweifellos bei einem Sekretär, der so gründlich ist, wie Ihr das seid, in guten Händen.« Dann ging er rasch aus dem Lokal.

Kenneth ließ sich noch eine Weile Zeit, um in Ruhe sein Ale auszutrinken und über das nachzudenken, was er eben gehört hatte. Morleys Verhalten schien ihm auf die Möglichkeit hinzudeuten, daß der Verdacht, es könnte sich bei Helen Seatons Tod vielleicht um ein Verbrechen handeln, nicht ganz unbegründet war. Wenn George Hampton und diese mysteriöse Mätresse zur Zeit von Lady Seatons Tod in der Nähe von Sir Anthonys

Landhaus gewesen waren, konnten sich damals vielleicht noch andere Mitglieder seines Freundeskreises dort aufgehalten haben. Er machte sich in Gedanken eine Notiz, um das nachzuprüfen.

Was konnte Sir Anthony gemeint haben, als er sagte: ›Zum Teufel mit ihr‹? Der Fluch konnte eine zornige Reaktion von jemandem gewesen sein, der sich nun durch den Tod einer Geliebten alleingelassen fühlt. Aber es konnte auch die Verdammung einer anderen Frau bedeuten. War es möglich, daß diese mysteriöse Mätresse die Ehefrau ihres Geliebten umgebracht hatte, in der Hoffnung, daß Sir Anthony sie dann heiraten würde? Wenn das zutraf und Sir Anthony sie der Tat verdächtigte, wäre das eine Erklärung dafür, warum er diese Affäre so abrupt beendet hatte. Es würde auch seine Schuldgefühle erklären, falls er wußte, wer diesen Mord begangen hatte, es aber nicht fertigbrachte, dem Gericht den Beweis dafür zu liefern und seine ehemalige Geliebte damit an den Galgen zu bringen.

Kenneth ermahnte sich, daß diese Überlegungen reine Spekulationen waren, trank seinen Krug aus und verließ die Taverne. Dank ihres gemeinsamen Interesses für Pferde hatte Kenneth inzwischen auch eine freundschaftliche Beziehung zu Phelps, Sir Anthonys langjährigem Reitknecht und Kutscher, hergestellt. Er nahm sich jetzt vor, in den nächsten paar Tagen auch diesen Mann ernsthaft zu befragen.

Was Rebecca anlangte, so hoffte er, daß er sie in der intimen Umgebung ihres Studios dazu bringen konnte, ihm ihre Version vom Tod ihrer Mutter zu erzählen.

Kapitel 9

Rebecca legte ihren Skizzenblock auf ihren Schreibtisch, lehnte sich zurück und streckte die Arme über den Kopf. Obwohl Besessenheit für sie kein Fremdwort war, konnte dieser Zustand zuweilen doch verdammt lästig werden. Es war nicht ungewöhnlich, daß sie zuweilen Tage oder gar Wochen dazu brauchte, um sich schlüssig zu werden, wie sie ein Thema oder eine Figur am besten darstellen konnte. Dann gingen ihr den ganzen Tag Bilder durch den Kopf und ließen sie zuweilen auch nachts nicht schlafen, bis sie die ihr richtig erscheinende Lösung gefunden hatte. Obwohl sie sich dabei oft wie ein Hund vorkam, der an einem blanken Knochen nagt, wurde sie durch die Freude, die sie über eine gute Idee empfand, für den mühsamen Prozeß mehr als reichlich entschädigt.

Doch seit dem Tod ihrer Mutter war sie nie mehr wirklich von einer Idee besessen gewesen – bis sie Kenneth Wilding unten auf der Straße gesehen hatte. Jetzt war sie eine besessene Frau. Die Intensität ihrer Gefühle machten es ihr schwer, zu entscheiden, wie sie ihn auf einem Porträt am besten darstellen konnte. Sie wollte etwas Besonderes erschaffen, etwas, das seine einzigartigen seelischen und körperlichen Eigenschaften einfangen würde. Dann würde er ihr auf eine bescheidene, aber dafür sichere Weise für immer gehören.

Auch die Tatsache, daß sich sein Zimmer gleich neben dem ihren befand, war für ihre Ideenfindung nicht gerade hilfreich. Sie blickte zu der Wand hinüber, die sie mit seinem Quartier teilte, und dachte, daß sie bisher noch nie einen Gedanken daran verschwendet hatte, daß die Sekretäre ihres Vaters dort Wand an Wand mit ihr schliefen. Erst, seit Kenneth im Hause weilte, war sie sich dessen bewußt geworden. Wurden seine strengen Züge vom Schlaf gemildert? Wie verbrachte er dort drüben seine freie Zeit? Vermutlich mit Lesen und dem Schreiben von Briefen. Es blieb immer fast unheimlich ruhig dort drüben.

Mit einem ärgerlichen Seufzen rieb sie sich nun den steifen Nacken. Sie hatte buchstäblich Dutzende von Skizzen angefertigt, die den Captain in den verschiedensten Kostümen und Posen zeigten. Doch keine von ihnen hatte sie zufriedenstellen können. Morgen würde er ihr zum zweitenmal Modell stehen. Wenn sie bis dahin kein gutes Konzept hatte, wäre es wohl besser, die Sitzung abzusagen, statt seine Zeit zu vergeuden.

Gray Ghost, der am Fußende ihres Bettes lag, öffnete die Augen und musterte sie mit einem Blick felider Verachtung. »Es ist leicht für dich, mich zu kritisieren«, sagte sie vorwurfsvoll. »Aber wie ich sehe, kannst du mir auch keinen brauchbaren Vorschlag machen.«

Ihre Bemerkung mit einem Naserümpfen quittierend, wie diese das verdiente, seufzte er müde und schloß wieder die Augen.

»Du meinst, ich sollte jetzt ins Bett gehen?« fragte sie. »Ich bezweifle jedoch, daß ich schlafen kann.« Sie wußte aus Erfahrung, daß sie stundenlang wach auf dem Rükken liegen würde, während zahllose Bilder von Kenneth Wilding ihr durch den Kopf geisterten.

Vielleicht würde ein Glas Sherry ihr helfen, einzuschlafen, dachte sie und beschloß, ins Eßzimmer hinunterzugehen, um sich dort eines zu besorgen.

Nachdem sie eine Kerze angezündet hatte, öffnete sie die Tür, trat in den Korridor hinaus – und wäre dort fast mit dem Objekt ihrer Obsession zusammengeprallt, das in diesem Moment ebenfalls aus seinem Zimmer kam. Sie konnte gerade noch verhindern, daß sie mit der Nase gegen das Schlüsselbein von Captain Wilding stieß, wobei sie dabei fast das Gleichgewicht verlor.

»Verzeihung!« rief er, mit der Hand nach ihrem Ellenbogen fassend, damit sie nicht der Länge nach hinstürzte. »Ich wollte gerade hinunter in die Küche, um zu sehen, ob ich mir dort nicht ein belegtes Brot machen könnte. Ich hatte nicht geahnt, daß noch jemand wach ist im Haus zu dieser späten Stunde.«

Er hatte seinen Rock und seine Krawatte abgelegt und den obersten Knopf seines Hemdes geöffnet. Sich überdeutlich seiner Kraft und der Hand bewußt, die sie am Arm festhielt, ließ sie nun den Blick von der festen Wand seiner Brust zu seinem Gesicht hinaufwandern. Die Kerze warf ein flackerndes Licht auf seine kräftigen Züge und erzeugte dort dramatische Schattenspiele. Da war etwas an dieser Beleuchtung und der Art, wie er bekleidet war. Dazu diese weiße Linie seiner Narbe, dieser hypnotische Blick seiner Augen ... Verdammt, sie hatte es jetzt fast ...

Er runzelte die Brauen. »Stimmt etwas nicht?«

Die Fragmente von Ideen, die ihr durch den Kopf schossen, schlossen sich blitzartig zu einer Einheit zusammen. »Der Korsar!« brach es aus ihr heraus. »Kommt mit mir!«

Sie packte ihn beim Handgelenk und zog ihn mit sich in ihr Schlafzimmer hinein. Er hatte sie doch gleich an einen Piraten erinnert, und Byrons ›Korsar‹ war die Quintessenz einer solchen Figur – kühn, tapfer und auf eine wildverwegene Art romantisch. Sie war eine verdammte Närrin, daß sie das nicht gleich gesehen hatte.

Nachdem sie die Kerze auf ihren Schreibtisch abgestellt hatte, legte sie die Hände auf Kenneths Schultern, um ihn in eine sitzende Stellung auf das Sofa hinunterzudrücken. Dann betrachtet sie wieder eindringlich sein zerklüftetes Gesicht im Licht der Kerze. »Ein bißchen zu zivilisiert«, murmelte sie für sich.

Sie fuhr ihm mit beiden Händen durch die dunklen gewellten Haare, damit sie so aussehen sollten, als hätte der Seewind sie zerzaust. Sie spürte, wie dick und seidig sie sich unter ihren Handflächen anfühlten. Und nachdem sie ihm noch ein paar Strähnen schräg in die Stirn gezogen hatte, öffnete sie zwei weitere Knöpfe oben an seinem Hemd, so daß der weiße Stoff auseinanderfiel und nun einen verlockenden Streifen seiner brünetten Haut unter dem Hals und seine dunklen gelockten Brusthaare ihrem Blick enthüllte.

»Perfekt«, murmelte sie zufrieden, ihn abermals studierend.

»Perfekt wofür?« fragte er.

Da war ein belustigtes Funkeln in der Tiefe seiner rauchgrauen Augen. Amüsiertheit und noch etwas, das ihr jetzt jählings zu Bewußtsein brachte, was für ein ungeheuerlicher Verstoß gegen die Schicklichkeit es von ihr war, einen Mann in ihr Schlafzimmer hineinzuzerren und sich dann auch noch an seinen Kleidern zu vergreifen. Wie gut, dachte sie, daß ich keinen Ruf mehr zu verlieren habe.

»Ich habe mich lange mit der Überlegung herumgeschlagen, wie ich Euch am besten porträtieren könnte, und da ist mir eben dort draußen auf dem Flur eine Idee gekommen«, erklärte sie. »Lord Byron hat vor drei Jahren ein Epos in Reimpaaren verfaßt, das er ›Der Korsar‹ nannte. Das Gedicht war ein großer Erfolg und ein Lobgesang auf einen feschen orientalischen, wild romantischen Piraten. Und ich finde, das ist genau die richtige Weise, Euch darzustellen.«

»Ihr macht Euch wohl über mich lustig«, erwiderte er. »Ich bin weder fesch noch romantisch und ganz gewiß kein Orientale.« Er lächelte plötzlich. »Wenn ich ein echter Pirat wäre, würde ich das machen.« Er faßte sie im Nacken und zog ihren Kopf zu sich herunter, um ihr einen Kuß zu geben.

Sein Ton war neckisch. Aber als sich ihre Lippen begegneten, war das eine todernste Angelegenheit. Als sein Mund sich auf ihren legte, war das so etwas wie ein körperlicher Schock für sie, der diesen jähen Ausbruch kreativer Energie, der sie dazu veranlaßte hatte, ihn in ihr Zimmer zu zerren, nun in ein wildes Verlangen verwandelte. Ihre Hände lagen noch auf seiner Brust, und ihre Fingerspitzen begannen zu kribbeln unter der jähen Beschleunigung seines Pulses. Sie wollte nun auf seinen Schoß steigen und ihm das Hemd herunterreißen. Sie wollte jeden Zoll seines kräftigen muskulösen Männerkörpers erkunden. Sie wollte ... sie wollte ...

Da ließ er sie wieder los und legte den Kopf zurück, um den Kuß zu beenden. Sie sah in seinen Augen, daß diese intime Berührung ihrer Lippen ihn genauso erschüttert hatte wie sie selbst.

Nach einer langen Sekunde sagte er in dem tapferen Bemühen, seinen Gleichmut wiederzugewinnen: »Aber ich bin kein Korsar, sondern nur ein Sekretär.«

»Einmal ein Captain, immer ein Captain«, sagte sie, ebenso begierig, so zu tun, als wäre das, was da eben geschehen war, nicht von Bedeutung. Sie nahm die Hände von seiner Brust und machte einen etwas unsicheren Schritt von ihm weg. »Ihr strahlt ganz gewiß etwas Romantisches und Verwegenes aus. Wenn ich mit Eurem Porträt fertig bin und Ihr es betrachtet, werdet Ihr Euch zum erstenmal so sehen, wie Ihr wirklich seid.«

»Ich bin mir nicht sicher, ob ich das so genau sehen möchte.«

»Ihr müßt Euch ja das fertige Porträt nicht anschauen, wenn Ihr das nicht wollt«, meinte sie. Ihre Augen verengten sich, als sie sich nun wieder auf das sichere Terrain einer künstlerischen Betrachtungsweise begab. »Ich möchte jetzt noch versuchen, die richtige Pose für Euer Porträt zu finden. Lehnt Euch zurück. Ja, entspannt Euch. Und legt einen Arm auf die Rückenlehne des Sofas.«

Sie nickte zufrieden, als er ihre Anweisungen befolgte. Eine Pose wie diese – lässig, aber von einer latenten Kraft – würde genau das Richtige sein. Was brauchte sie jetzt noch an formalen Requisiten für ihre Bildgestaltung? Da sie das Gemälde nicht mit einem komplizierten Kostüm befrachten wollte, mußte sie das Orientalisch-Geheimnisvolle, das zu den Wesenszügen dieser Figur gehören sollte, auf eine subtilere Weise zu vermitteln versuchen.

Sie sah sich einen Moment lang nachdenklich im Zimmer um und gab dann einen kleinen triumphierenden Laut von sich, als ihr Blick auf den kleinen Teppich fiel, der am entfernten Ende ihres Bettes lag. »Das würde den perfekten Hintergrund für das Bild abgeben«, sagte sie, als sie den Teppich vom Boden aufsammelte. »Ich werde ihn hinter Euch auf die Sofalehne legen.«

Er drehte sich um, als sie den Teppich hinter seinem Rücken auf der Sofalehne ausbreitete. »Ein herrliches Stück«, sagte er, andächtig mit der Hand über die schimmernde, exquisit gemusterte Oberfläche der Brücke hinstreichend. »Ein Perserteppich, wie ich annehme. Aber ich habe noch nie eine Perserbrücke mit einem so satten Burgunderrot und so vielfältigen Farbschattierungen gesehen. Und der Flor ... Er fühlt sich so weich wie das Fell von Gray Ghost an.«

»Es ist ein Seidenteppich. Ein Geschenk des persischen Botschafters.«

Kenneth zog die Brauen in die Höhe. »Dann gehört bestimmt noch eine spannende Geschichte dazu.«

Sie zuckte mit den Achseln. »Nicht so aufregend, wie Ihr vielleicht glaubt. Als Mirza Hassan Khan hier in London sein Land vertrat, beschloß er, ein Porträt von sich im europäischen Stil in Auftrag zu geben, und erteilte meinem Vater den Auftrag dazu. Ihm gefiel das fertige Gemälde so gut, daß er auch ein Porträt von seinen beiden Ehefrauen, die er nach London mitgebracht hatte, aus Vaters Werkstatt haben wollte. Da es aber einem fremden Mann nicht erlaubt war, die beiden Frauen unverschleiert zu sehen, schlug mein Vater ihm vor, das Porträt von mir malen zu lassen. Der Teppich war Mirza Hassan Khans Geschenk für mich, als ich mich weigerte, Geld für das fertiggestellte Porträt seiner Ehefrauen anzunehmen.«

»Er muß außerordentlich zufrieden gewesen sein mit Eurer Arbeit«, sagte er beeindruckt. »Der Teppich muß ein Vermögen wert sein.« Er strich mit der Hand über den Seidenflor der Brücke hin. »Eines Königs würdig. Ich fühle mich geehrt, ihn berühren zu dürfen, solange ich Euch zu dem Porträt Modell sitze.«

Die Perserbrücke vermittelte exakt diesen Eindruck orientalischer Sinnenfreude, den sie erreichen wollte. Ihr Puls beschleunigte sich vor Freude und Genugtuung darüber, daß sie jetzt Zug um Zug die richtigen Elemente für die ihr vorschwebende Bildgestaltung fand.

Nun galt es noch, die endgültige Pose zu finden, in der sie ihn auf dem Bild darstellen wollte. In der Regel gab sie den Modellen genaue Anweisungen dazu. Aber sie vermutete, daß Kenneth nur eine Anregung brauchte, um diese Pose selbst einnehmen zu können. »Nehmt eine bequeme Stellung ein, die Ihr lange Zeit durchhalten könnt«, sagte sie. »Ich möchte, daß Ihr entspannt ausseht, aber auch wachsam. Eher wie ein sich ausruhender Löwe als ein aufrecht sitzender Krieger.«

Er lehnte sich zurück und zog sein linkes Bein an, so daß sein mit einem Stiefel bekleideter Fuß auf dem Rand des Sofasitzes zu liegen kam. Dann schlang er lässig einen Arm um das angewinkelte Bein. Damit kombinierte er den Effekt einer ruhigen Sorglosigkeit mit der versteckten Drohung, daß er jederzeit aufspringen und gefechtbereit sein konnte.

»Ausgezeichnet«, sagte sie. »Und nun schaut mich an, als wäre ich ein faules, unverschämtes Mitglied Eurer Besatzung.«

Sein Gesichtsausdruck wurde sofort härter, so daß die Narbe darauf deutlich hervortrat. Er sah jetzt Zoll für Zoll wie ein Piratenkapitän aus, der mit der gleichen Unbekümmertheit töten und lieben konnte.

Sie biß sich auf die Unterlippe, während sie nun alle Elemente ihres Bildaufbaus im Geiste durchging. Sie würde sein Gesicht in ein dramatisches Licht tauchen und den Rest der Szene im Halbdunkel halten, um den Charakter des Geheimnisvollen zu betonen. So weit, so gut. Aber da fehlte immer noch etwas. Es war leicht, Kenneth wild und verwegen aussehen zu lassen. Aber wie konnte sie auch die scharfsinnige und kontemplative Seite seines Wesens darstellen?

Sie ging um ihn herum und versuchte, den perfekten Blickwinkel zu finden. Da wurde sie auf etwas Schimmerndes, Bewegtes am Rande ihres Gesichtsfeldes aufmerksam. Es war der Widerschein der Kerze im Spiegel auf ihrer Frisierkommode. Ihr Blick wanderte nun rasch von Kenneth zum Spiegel hin, während eine Idee in ihr aufkeimte,

Heureka! Ihre Erregung wuchs. Sie würde ein Doppelporträt von ihm machen. Der Schwerpunkt des Bildes würde auf ihm liegen, wie er den Betrachter herausfordernd anstarrte. Aber rechts von ihm würde sie ein Spiegelbild seines Profils zeigen, in dem sie seine stets auf Gefahren vorbereitete, wachsame Intelligenz darstellen konnte. Dieses Abbild durfte nicht so hell sein wie ein echtes Spiegelbild – das wäre zu stark und würde den Blick zu sehr von der eigentlichen Figur ablenken. Sie wollte dafür eine Wand aus poliertem schwarzen Marmor benützen, so daß der Betrachter schon genauer hinschauen mußte, um diesen hinter seinem verwegenen Aussehen versteckten Wesenszug erkennen zu können.

Als sie nun nach ihrem Skizzenblock griff, erwachte Gray Ghost und machte einen Satz vom Bett zum Sofa hinüber, auf dem er mit einem hörbarem Plumpsen landete, um sich dann neben seinem Schenkel darauf auszustrecken. »Wird der Kater Euch jetzt die Bildkomposition verderben?« fragte Kenneth und begann, dem Kater den Kopf zu kraulen.

Rebecca lachte laut, nun fast trunken vor Freude, wie sich alles nun zum besten fügte. Und da hatte sie erst vor einer halben Stunde zu Gray Ghost gesagt, daß er ihr noch nie eine brauchbare Idee geliefert hätte! »Im Gegenteil«, sagte sie ein wenig atemlos. »Gray Ghost ist der krönende Abschluß des Ganzen. Ich werde ihn größer machen und ihn in so etwas wie eine wilde asiatische Raubkatze verwandeln. Genau die richtige Art von einem barbarischen Schoßtier, die man bei einem Häuptling der Piraten erwartet.«

Sie neigte nun den Kopf und ließ ihren Kohlestift über das Papier hinfliegen. Ja, so würde man es machen können. Das sah sogar gut aus.

Die darauffolgende Stille wurde nun nur noch von dem Kratzen des Stifts auf dem Papier und den schwachen, fernen Geräuschen der schlafenden City durchbrochen. Sie hatte gerade die Hauptfiguren gezeichnet und skizzierte nun den Hintergrund, als Kenneth im nachdenklichen Ton sagte: »Ob es mir wohl jemals erlaubt würde, auch einen Happen zu essen?«

Da blickte sie erschrocken zur Uhr hin und sah, daß es bereits nach ein Uhr morgens war. »Oh, es tut mir leid, ich hatte gar nicht gewußt, wie spät es bereits ist! Ich fürchte, ich habe mich zu sehr von meiner Arbeit in Beschlag nehmen lassen.«

»Eine Untertreibung. Wenn ein feuerspeiender Drache durch den Kamin gefahren wäre, würdet Ihr das nicht bemerkt haben.« Er stand auf und rollte seine Schultern, um diese zu lockern.

Sie sah, wie sich der Stoff seines Hemdes über seinen Muskeln spannte und machte sich im Kopf eine Notiz, wie sie das als Gestaltungsmittel seiner körperlichen Kraft auf dem Gemälde verwenden konnte. Dann legte sie den Zeichenblock beiseite und stand auf. »Ihr werdet einen großartigen Korsaren abgeben, Captain.«

»Wenn Ihr meint.« Er nahm ihren Zeichenblock hoch und studierte mit gerunzelten Brauen ihr Werk. »Sehe ich wirklich so bedrohlich und furchtgebietend aus?«

»Manchmal. Es ist kein Zufall, daß das Personal auf einmal so ordentlich arbeitet.« Sie gähnte, sich plötzlich müde fühlend. »Die Leute haben Angst, Ihr könntet sie als Sklaven an einen barbarischen Wüstenstamm verkaufen.«

Er begann nun, sich auch ihre früheren Skizzen von ihm anzuschauen. »Ihr habt Euch da ja eine Menge möglicher Kompositionen einfallen lassen«, murmelte er. Dann hielt er bei einer Skizze an, auf der sie ihn als einen erschöpften Soldaten in schäbiger Uniform dargestellt hatte, der mit müden, entzündeten Augen über eine karge spanische Landschaft hinblickte. »Seid Ihr sicher, daß Ihr auch keine Hellseherin seid?«

»Es ist nur die Einbildungskraft einer Malerin.« Sie studierte nun nachdenklich die Skizze. »Ist das Licht in Spanien wirklich so hart?«

»Es ist von einer grellen Klarheit, wie man sie in England nicht kennt. Wir befinden uns hier ja viel weiter oben im Norden, und die feuchte Luft macht das Licht weicher, fast dunstig.« Er blätterte abermals in ihren Skizzen.

Zufrieden mit den Fortschritten, die sie in den letzten Stunden gemacht hatte, nahm sie einen frischen Kohlestift und steckte ihn in einen Halter. Dann wurde sie plötzlich auf die Stille aufmerksam, die im Zimmer herrschte, und blickte zu dem Captain hoch, der wieder eine ihrer Skizzen anstarrte.

Als er ihren Blick auf sich ruhen spürte, drehte er den Skizzenblock ihr zu, damit sie die Zeichnung von einer Frau im freien Fall sehen konnte, deren Gesichtsausdruck ein lautloser Schrei des Entsetzens war. »Was ist das?« fragte er.

Der Kohlestift zerbarst ihr zwischen den Fingern, als ihr Hochgefühl sich plötzlich in Trauer verwandelte. Sie hatte ganz vergessen, daß diese Skizze sich ebenfalls in diesem Zeichenblock befand.

»Es ... es ist eine Studie von Dido, die sich von einem Turm in Karthago stürzt, nachdem Äneas sie verlassen hatte«, improvisierte sie mit trockenem Mund.

»Dido in einem modernen Kleid?« erwiderte er im skeptischen Ton. »Ich finde auch den Wechsel des Sujets überraschend. In all Euren anderen klassischen Studien huldigt Ihr stets heroischen Frauen, aber keiner, die sich aus verschmähter Liebe selbst umbringt. Zudem soll Dido sich ja mit einem Schwert umgebracht haben.«

Sie starrte ihn jetzt stumm an, da ihr keine weiteren Lügen mehr einfallen wollten. Da sagte er mit leiser Stimme: »Die Frau sieht Eurer Mutter auf dem Porträt sehr ähnlich, das unten im Arbeitszimmer hängt. Ist Lady Seaton bei einem Sturz ums Leben gekommen?«

Mit wild pochendem Herzen, als hätte man sie bei einem Diebstahl ertappt, ließ Rebecca sich wieder auf ihren Stuhl hinunterfallen. »Ja, und seither beschäftigen mich unablässig solche Bilder, die Menschen im Sturz zeigen«, sagte sie mit stockender Stimme. »Ich glaube, ich habe mindestens fünfzig von solchen Skizzen angefertigt. Ich fragte mich ständig, was sie in diesem Augenblick wohl empfinden und in diesen letzten Momenten ihres Lebens denken mochten. Es muß gräßlich sein, so allein und auf diese Weise sterben zu müssen.«

·Es folgte eine lange Pause, ehe Kenneth wieder mit leiser Stimme sagte: »Ich habe oft Angst gehabt, besonders vor einer Schlacht. Die Angst kann ein Lebensretter sein, indem sie ungeahnte Kräfte in einem mobilisiert und einen wachsamer für Gefahren macht. Doch seltsamerweise empfand ich bei zwei Gelegenheiten, wo ich mir absolut sicher war, daß ich sterben würde, überhaupt keine Angst. Statt dessen überkam mich eine sonderbare Art von Seelenfrieden.«

Er holte tief Luft.

»In beiden Fällen habe ich nur wie durch ein Wunder überlebt. Nach dem zweiten Erlebnis dieser Art wurde ich neugierig und sprach mit Freunden darüber, wobei ich herausfand, daß auch andere dieselbe Erfahrung gemacht hatten wie ich. Vielleicht ist dieser Seelenfrieden das letzte Geschenk der Natur, wenn man nichts mehr tun kann, um ein unvermeidbares Schicksal von einem abzuwenden.« Und dann, den Skizzenblock aus der Hand legend, fuhr er im teilnahmsvollen Ton fort:

»Es ist durchaus möglich, daß Eure Mutter vor ihrem Ende gar nicht dieses Entsetzen empfand, das Ihr auf Eurer Skizze dargestellt habt, sondern nur einen kurzen Augenblick lang so etwas wie Schicksalsergebenheit.«

Rebecca drehte den Kopf zur Seite, um ihm nicht die Tränen zu zeigen, die ihr in den Augen standen. »Ihr erfindet das nicht nur, damit ich mich jetzt besser fühlen soll?«

»Bei Gott, es ist die Wahrheit.« Er setzte sich nun wieder ihr gegenüber auf das Sofa und nahm ihre Hände in seine, deren Wärme ihren Händen etwas von deren Frostigkeit nahm. »Wenn Ihr mir jetzt erzählen würdet, was damals geschah, könnte ich vielleicht ein paar Dämonen austreiben.«

Vielleicht stimmte das, was er da sagte. Obwohl sie sich bemüht hatte, nie mehr an jenen Tag zu denken, zwang sie sich nun dazu, sich alles, was damals geschehen war, ins Gedächtnis zurückzurufen.

»Wir befanden uns damals in Ravensbeck, unserem Landhaus im Seenbezirk«, sagte sie, im stillen darum betend, daß ihre Stimme nicht brechen möge. »Es war ein schöner, klarer Tag, an dem man meilenweit sehen konnte. Ich hatte einen Spaziergang auf den Hügeln gemacht, und als ich von diesem nach Hause zurückkehrte, entdeckte ich ein paar Männer auf einer Anhöhe, die meine Mutter oft aufsuchte, um den grandiosen Ausblick, den man von dort hatte, zu genießen. Obwohl ich noch ziemlich weit von diesem Punkt entfernt war, wußte ich sofort, daß etwas Schlimmes geschehen sein mußte. Und als ich dann bei dieser Anhöhe anlangte, brachten ... brachten sie gerade die Leiche meiner Mutter vom Fuß des Hügels herauf.«

»Wie schrecklich für Euch.« Sein Hände drückten kurz

die ihren. »Das Schlimmste an einem tödlichen Unfall ist wohl, daß es jemanden so plötzlich und unerwartet trifft. Er läßt Freunden und Familienangehörigen keine Zeit, sich darauf vorzubereiten.«

Das stimmte in diesem Fall zwar nicht ganz, aber sie sagte nur: »Selbst heute vergesse ich manchmal, daß sie nicht mehr unter den Lebenden weilt.« Sie spürte ein Brennen im Hals und sagte nichts mehr.

Seine Daumen strichen sacht über ihre Handrücken hin und schickten angenehme Schauer durch ihre Finger und Handgelenke. »Ich frage mich, wie dieser Unfall geschehen konnte«, sagte er nachdenklich. »Hatte sich Eure Mutter damals über etwas aufgeregt? Leid oder Kummer können einen Menschen oft so sehr beschäftigen, daß er nicht auf seine Umgebung achtet und einen falschen Schritt ...«

»Nein«, unterbrach sie ihn da heftig, »so etwas kann es nicht gewesen sein.« Sie entzog ihm nun wieder ihre Hände. »Einer der Männer, die sie am Fuß des Steilhangs bargen, sagte, um sie herum wären Blumen verstreut gewesen. Mutter liebte wild wachsende Blumen und hat sie oft gepflückt. Auch hatte dieser Hügel an dieser Stelle erst ein leichtes Gefälle, ehe er in eine Steilwand überging. Ich ... ich denke, daß sie beim Blumenpflücken dem Rand der Steilwand zu nahe gekommen ist, dann das Gleichgewicht verlor und in die Tiefe stürzte.«

»Eine tragische Ironie«, murmelte er, ihr Gesicht keinen Moment aus den Augen lassend.

Rebecca blickte wieder auf ihre Skizze von der abstürzenden Frau hinunter. »Wenn ich einen Kummer habe, fertige ich stets eine Zeichnung von den Dingen an, die mich bedrücken«, sagte sie stockend. »So wie man eine schwärende Wunde aufsticht, um das Gift abfließen zu lassen. Das hatte sich stets bewährt – ob es sich nun um den Verlust eines Schoßtieres handelte oder um eine Sache, die einem das Herz brach. Nur in diesem Fall hat mir das Zeichnen nicht geholfen.«

»Ihr zeichnet das, was Euch belastet?« erkundigte er sich neugierig. »Ich male – äh – meine, es würde doch eher einen Sinn machen, dem Kummer dadurch zu entrinnen, daß man etwas anderes zeichnet!«

Sie lächelte humorlos. »Das habe ich ebenfalls probiert.« Schließlich hatte das Zeichnen und Malen ihr Leben ausgemacht. Und es war ein sie gänzlich ausfüllendes Leben gewesen, das sie zudem reich beschenkt hatte. Aber die Kunst war nicht alles. Jedenfalls genügte sie ihr diesmal nicht.

»Wenn das Lanzieren einer Wunde nicht genügt, hilft vielleicht das Ausbrennen«, sagte Kenneth, nahm ihr den Skizzenblock aus der Hand und riß die Seite mit der Skizze ihrer Mutter heraus. Dann hielt er eine Ecke davon an die Kerzenflamme. »Nach allem, was ich bisher über Lady Seaton gehört habe, hätte sie ganz bestimmt nicht gewollt, daß Ihr Euch ihretwegen vor Kummer verzehrt. Also laßt sie nun in Frieden ruhen.«

Mit wehem Herzen sah Rebecca zu, wie die Skizze nun zu brennen anfing. Rauch ringelte sich an die Decke und löste sich dann in Dunkelheit auf. Sie war ihm zwar dankbar für sein Bemühen, ihr zu helfen, aber er verstand sie nicht. Nicht wirklich. Weil er stark war, wußte er auch nicht, daß ein Kummer so groß sein konnte, daß er Geist und Seele lähmte. Er konnte nicht wissen, daß sie nie mehr aufhören würde, zu weinen, bis sie tot war, wenn sie ihren Tränen freien Lauf ließ.

Er warf die brennenden Reste der Skizze in den Kamin, ehe sie ihm die Finger versengen konnten, und sie sahen nun beide schweigend zu, bis das Papier zu Asche verbrannt war. Dann sagte er: »Diese Besessenheit, mit der Ihr vorhin gearbeitet habt, muß Euch viel Kraft gekostet haben. Deshalb solltet Ihr mich jetzt auf meinem Raubzug durch die Küche begleiten und etwas essen.«

Er lächelte, und es wurde ihr jetzt wieder leichter ums Herz. Er mochte zwar das Ausmaß ihres Kummers nicht ganz verstehen, aber er hatte ja selbst im Krieg viel Leid erlebt. Er war ein Mann voller Mitgefühl und ein guter Kamerad. Sie erwiderte sein Lächeln. »Ihr habt recht. Ich hatte bei der Arbeit vorhin ganz vergessen, wie hungrig ich eigentlich bin.«

Als sie nun die Kerze aufnahm und sich mit ihr zur Tür bewegte, dachte sie wieder daran, was sie in dem Augenblick empfunden hatte, als sie sich geküßt hatten. Obwohl das ein Fehler gewesen war, hatte sie sich seit dem Tod ihrer Mutter nicht mehr so lebendig gefühlt wie in diesen Augenblick. Vielleicht gab es tatsächlich noch ein Leben jenseits von Kummer und Leid.

Und wer hätte wohl gedacht, daß erst ein Pirat ins Haus kommen mußte, um ihr einen Ausweg aus ihrem Kummer zu zeigen?

Kenneth tat sein Möglichstes, um Rebecca bei ihrem Mitternachtsmahl wieder aufzumuntern. Als sie sich danach in ihre jeweiligen Schlafzimmer zurückzogen, hatten ihre Augen wieder ein bißchen von ihrem früheren Glanz zurückgewonnen.

Bedauerlicherweise konnte er ihre wieder ein wenig auflebende gute Laune nicht teilen. Ihre Version vom Tod ihrer Mutter hatte ihn davon überzeugt, daß sie ihm nicht die ganze Wahrheit gesagt, sondern ein wesentliches Detail unterdrückt hatte. Auch hatte sie viel zu rasch und energisch die Möglichkeit zurückgewiesen, daß ihr Tod etwas anderes gewesen sein konnte als ein zwar tragischer, aber nur durch eigene Nachlässigkeit verschuldeter Unfall. Vielleicht war ihr Kummer mit einer so grauenhaften Angst vermischt, daß sie dieser nicht ins Auge zu schauen wagte – eine Angst, die ihren Vater betraf.

Es gab auch noch andere Gründe für ihre Ruhelosigkeit. Der Schock, als er ihr einen Kuß gab, gehörte dazu. Offenbar hatte sein primitives männliches Selbst nur einen halbwegs schicklichen Vorwand gesucht, um einem Verlangen nachzugeben, das sich bereits in ihm regte, als er sie zum erstenmal sah. Eine flüchtige Umarmung hatte genügt, alle seine Vermutungen zu bestätigen, die Rebeccas latente Sinnlichkeit betrafen. Das Feuer, das sie zu einer Künstlerin machte, konnte sich jederzeit in eine wilde Leidenschaft verwandeln.

Unter gewöhnlichen Umständen würde er es nicht bei einem kurzen Kuß belassen haben. Aber es waren eben keine gewöhnlichen Umstände, die ihn in dieses Haus gebracht und ihm seinen Posten hier verschafft hatten.

Sein körperliches Verlangen war von einem ebenso großen mentalen Aufruhr begleitet. Er war von Rebeccas Bemerkung fasziniert gewesen, daß sie Bilder von den Dingen zeichnete, die sie belasteten. Das war das genaue Gegenteil von seiner Gewohnheit, das Zeichnen als Flucht vor unangenehmen Dingen zu benützen. Er hatte sein ganzes Leben lang ein fast zwanghaftes Bedürfnis zum Zeichnen gehabt, selbst wenn er das im Geheimen machen mußte, damit sein Vater nichts davon bemerkte. Sogar noch dann, als ihm bereits klar geworden war, daß er nie ein echter Künstler sein würde. Wenn er sich unglücklich fühlte, war das Zeichnen für ihn eine Möglichkeit, einen Schutzwall zwischen sich und dem für ihn Unerträglichen aufzurichten.

Er holte nun seinen Zeichenblock wieder aus dem Kleiderschrank und starrte ihn an, als wären die Blätter darin eine tickende Zeitbombe. Was würde passieren, wenn er es wagte, einige von den Bildern zu zeichnen, die ihn fast um seinen Verstand gebracht hatten? Ein Teil von ihm fürchtete, daß er damit die Büchse der Pandora öffnen und Qualen freisetzen würde, deren er nie mehr Herr werden konnte.

Doch ihre Worte wollten ihm jetzt keine Ruhe mehr lassen: *So wie man eine schwärende Wunde aufsticht, um das Gift abfließen zu lassen.* Vielleicht war die Flucht nicht die beste Medizin gegen das Leid. Wenn er den Mut besaß, seinen privaten Dämonen ins Gesicht zu schauen, mochten sie vielleicht etwas von ihrer Macht verlieren, ihn zu verwunden.

Aber um diese Bilder gut zeichnen zu können, würde er sich auch den Schmerzen stellen müssen, die mit ihnen verbunden waren. Er würde die geistige Mauer niederreißen müssen, die es ihm ermöglicht hatte, weiterzuleben. Sich innerlich stählend, griff er nun abermals nach Feder und Tusche. Er würde mit einem Bild beginnen, das sich ihm in seiner ersten Schlacht unauslöschlich ins Gehirn eingebrannt hatte. Wenn die Zeichnung ihm half, die Schmerzen zu lindern, die ihm damals der Anblick jener Szene bereitet hatte und die jetzt bei der Erinnerung daran wieder in ihm aufleben mußten, würde er sich auch an die Darstellung komplizierterer Szenen heranwagen.

Er öffnete seinen Geist wieder dem Schock, den er damals erlitt, als er das, was er nun auf dem Papier festhalten wollte, erlebte. Und diesen Qualen, mit denen ihn dieses Bild in seinen Alpträumen peinigte.

Er tauchte seine Feder in das mit Tusche gefüllte Glas und betete zu Gott, daß Rebeccas Methode sich auch bei ihm bewähren möge.

Kapitel 10

Als Kenneth am nächsten Tag in seinem Büro arbeitete, betrat Lavinia Claxton den Raum – ein goldhaariges Bild in blauer Seide und einer feschen, mit Federn geschmückten Haube. »Guten Tag, Captain«, sagte sie mit tiefer, gurrender Stimme. »Ich habe beschlossen, Euch einmal in Eurem geheimnisvollen Bau zu besuchen.«

Er blickte von seinem Schreibtisch hoch, und sein Puls beschleunigte sich. Obwohl Lavinia ein häufiger Gast in Seaton House war, war es doch das erste Mal, daß sich ihm die Chance bot, sie zu dem Tod von Lady Seaton zu befragen. Er sagte im beiläufigen Ton: »Es ist nichts Geheimnisvolles an meiner Arbeit und diesem Zimmer, Lady Claxton.«

Sie lächelte mit der Zuversicht einer Frau, die die Macht ihrer Schönheit kannte. »Dann muß das Geheimnisvolle in dieser Höhle Eure Person sein, Captain. Ihr gehört nicht hierher. Ihr seid wie ein Tiger unter Lämmern. Ihr solltet Armeen anführen oder die wildesten Winkel der Erde erforschen, statt hier am Tisch zu sitzen und Briefe zu schreiben.«

Er lächelte ein wenig. »Selbst Tiger müssen sich ihren Lebensunterhalt verdienen. Die einen jagen Wild und die anderen nehmen eben Diktate auf.«

»Wie prosaisch.« Sie durchquerte das Zimmer, sich herausfordernd in den Hüften wiegend. »Ich ziehe es vor, mir Euch als einen heroischen Krieger vorzustellen, der sich nach den Gewalttaten der Schlachten den Boudoirs der Kunst zugewandt hat.«

»Boudoirs?« Er schob seinen Stuhl vom Schreibtisch weg. »Ihr besitzt eine lebhafte Einbildungskraft, Mylady. Die meisten würden das hier nur für ein Büro halten.«

»Nennt mich Lavinia. Jeder tut das.« Sie setzte sich auf den Rand seines Schreibtischs, daß ihre Röcke seine Knie streiften. Dann streckte sie die Hand aus und streichelte seine Wange. »Ihr könnt mich jederzeit besuchen.«

Obwohl sie ihn jedesmal, seit sie sich zum erstenmal im Atelier von Sir Anthony begegnet waren, mit einem verführerischen Lächeln bedachte, wenn sie sich sahen, überraschte ihn jetzt doch die Direktheit, mit der sie ihm Avancen machte. Vielleicht hatte sie sich mit Sir Anthony überworfen. Sein Körper reagierte unwillkürlich auf ihre Berührung, aber es würde sich schwerlich mit seinen Ermittlungen in einer Mordsache vereinbaren lassen, wenn er mit jemandem schlief, der in diesen Fall verwickelt war. »Solche Vertrautheit wäre ein Fehler, Mylady.« Er faßte nach ihrer Hand und drückte einen flüchtigen Kuß darauf, ehe er sie in ihren Schoß zurücklegte. »Sir Anthony würde mich für unverschämt halten, und das zu Recht.«

»Es würde ihn nicht stören. Jeder weiß doch, was für eine großartige Hure Lavinia ist«, erwiderte sie, sich selbst verspottend. Sie glitt wieder vom Schreibtisch herunter und schlenderte durch den Raum, ehe sie unter dem Porträt von Lady Seaton anhielt. »Nicht so wie Helen. Anthony hat einmal ein Bild von ihr und mir gemalt, das er ›Die Heilige und die Sünderin‹ taufte. Ich war natürlich die Sünderin darauf.«

»War Lady Seaton denn so heilig?«

Lavinia sah zu dem Porträt hinauf. »Wie die meisten von uns konnte sie großzügig oder egoistisch, weise oder töricht sein. Zuweilen war sie sehr schwierig. Aber sie ist meine beste Freundin gewesen, und sie fehlt mir sehr. So sehr, wie auch Anthony und George sie vermissen.«

»George?«

»George Hampton. Helen war seine Mätresse, müßt Ihr wissen.«

Sich seine Überraschung nicht anmerken lassend, sagte er: »Tatsächlich? Oder habt Ihr mich lediglich schockieren wollen?«

»Ich bezweifle, daß man Euch so leicht schockieren könnte, Captain«, erwiderte sie trocken. »Helen war diskret, aber auch sie hatte eine Schar von Liebhabern zu ihren Lebzeiten gehabt, von denen ihr jedoch nur George etwas bedeutete.«

Betroffen von den Möglichkeiten, die sich ihm da eröffneten, fragte er: »Wußte Sir Anthony denn, daß seine Frau eine Affäre mit einem seiner engsten Freunde hatte?«

»Oh, ja. Ihre Ehe war schrecklich unmoralisch, aber sehr zivilisiert. Anthony billigte diese Affäre mit George, weil er wußte, daß er Helen niemals wehtun würde. Und Helen störten die kleinen Eskapaden ihres Ehemanns nicht. Sie wußte, daß sie die einzige war, die für ihn zählte.«

»Aber wie ich hörte, soll er zu der Zeit, wo Lady Seaton starb, in eine ernsthaftere Affäre verwickelt gewesen sein.«

»Glaubt nicht alles, was Ihr hört, Captain.« Lavinia löste die Bänder ihres Häubchens, nahm es ab und schüttelte ihre goldenen Locken aus. »Anthony und ich sind schon viele Jahre miteinander befreundet. Ich denke, daß ich sofort gemerkt hätte, wenn er sich tatsächlich in eine andere Frau verliebt hätte.«

Da war etwas Brüchiges in ihrer Stimme. Hinter der mondänen Fassade dieser Frau kam jetzt eine größere Verwundbarkeit zum Vorschein, als sie zugeben mochte. Durchaus möglich, daß sie selbst in Sir Anthony verliebt war, überlegte Kenneth und fragte: »Glaubt Ihr, daß Sir Anthony sich wieder verheiraten könnte?«

Sie zögerte. »Das weiß ich nicht. Helens Tod hängt noch über ihm wie eine dunkle Wolke.«

»Gibt es etwas Verdächtiges an den Umständen, unter denen Lady Seaton zu Tode kam?«

Lavinia ringelte sich eine der Federn an ihrer Haube um die Finger. »Es ist zweifellos ein Unfall gewesen. Und doch ...« Ihre Stimme verebbte.

Mit ruhiger Stimme sagte er: »Wie ich hörte, soll man Spuren von einem Kampf an der Stelle gefunden haben, wo Lady Seaton tödlich verunglückt ist.«

Sie warf ihm einen scharfen Blick zu. »Nur Schleifspuren und abgeknickte Grashalme, die vermutlich von Helens Schuhen stammten, als sie dort am Rand des Abgrunds ausgerutscht ist, und von ihren Händen, als sie versuchte, sich dort noch irgendwo festzuhalten.«

Das war eine logische Erklärung, die Lavinia jedoch nicht ganz zu befriedigen schien. »Seltsamerweise scheinen die Leute, die Lady Seaton gekannt haben, einem nur ausweichende Antworten zu geben, wenn man sie auf die Umstände ihres Hinscheidens hin anspricht«, sagte er nachdenklich. »Was ist denn so geheimnisvoll an ihrem Tod gewesen? Haben Sir Anthony oder George Hampton sie etwa über den Rand der Klippe gestoßen?«

»Unsinn«, entgegnete Lavinia schroff. »Es gab da nichts Mysteriöses. Es ist nur so, daß der Tod viel weniger amüsant ist als die Lust.«

Als er merkte, daß er von ihr nun keine weiteren Enthüllungen mehr erwarten konnte, sagte er gleichmütig: »Dann laßt uns also das Thema wechseln und über die Lust reden. Was Ihr mir vorhin erzählt habt, scheint die allgemeine Ansicht von Künstlern zu bestätigen, daß diese ein wildes und zügelloses Leben führen.«

»Nicht zügelloser als das der vornehmen Gesellschaft. Nur ehrlicher.« Und mit einem leisen, herausfordernden Lächeln setzte sie hinzu: »Und ich finde Euch sehr attraktiv, Captain, wenn ich ehrlich sein soll.«

Kenneth verspürte bei ihren Worten ein jähes Verlangen nach der süßen Weichheit weiblichen Fleisches. Aber trotz Lavinias Versicherung, daß Sir Anthony nichts dagegen haben würde, wenn er mit ihr schliefe, bezweifelte Kenneth, daß sein Arbeitgeber es schätzen würde, seine Mätresse mit seinem Sekretär teilen zu müssen.

»Wenn ich ehrlich bin, ist diese Sympathie, die Ihr mir eben bekundet habt, wechselseitig. Nur glaube ich nicht, daß es klug von mir wäre, diesem Gefühl nachzugeben.«

»Ich hoffe doch, daß Euch schon bald die Zeit, die Ihr in der Gesellschaft von Künstlern verbringt, von solchen Bedenken befreien wird.« Sie durchquerte wieder den Raum und legte ihm die mit einem Handschuh bekleidete Rechte in den Nacken, um dann seinen Kopf herunterzuziehen und ihn auf den Mund zu küssen. Ihre Augen waren ein kühles blasses Grün, und ihr Kuß ein Meisterwerk der Verführungskunst, das dennoch nicht im entferntesten diese Wirkung auf ihn hatte wie Rebeccas Kuß in der Nacht zuvor.

Da nahm er eine Bewegung aus den Augenwinkeln wahr, und kurz darauf sagte eine eisige weibliche Stimme: »So ungern ich diese zärtliche Szene unterbrechen möchte, aber ich habe hier eine geschäftliche Angelegenheit, die rasch erledigt werden müßte.«

Kenneth blickte hoch und sah eine innerlich offenbar vor Wut kochende Rebecca im Türrahmen stehen. Mit ihren ungebändigten Haaren, die ihr wie eine Gloriole um den Kopf standen, glich sie einer gelbbraunen Katze mit zornig gesträubtem Fell.

Während er sich in Gedanken verfluchte, richtete sich Lavinia ohne Hast auf und sagte im unbefangenen Ton: »Hallo, meine Liebe.« Ihr neugieriger Blick wanderte nun zwischen Rebecca und Kenneth hin und her, ehe sie fortfuhr: »Ich hoffe, Ihr kommt mit Eurer Arbeit gut voran. Ich habe übrigens zahlreiche Komplimente für das Bild erhalten, das Ihr zuletzt von mir gemalt habt. Wenn Ihr mir erlauben würdet, den Namen des Künstlers preiszugeben, der es erschuf, würdet Ihr so viele Aufträge bekommen, wie Ihr nur bewältigen könnt.«

Worauf sie mit einem Lächeln aus dem Zimmer glitt.

Rebecca trat kurz zur Seite, um Lavinia vorbeizulassen, ging dann in das Büro hinein und warf die Tür hinter sich zu. »Mein Vater erwartet zwar, daß seine Sekretäre flexibel sind, Captain, aber Ihr überschreitet bei weitem das, was ihm dabei vorschwebte.«

»Falls Ihr Zeugin unseres letzten Gesprächs gewesen seid«, erwiderte Kenneth milde, »wüßtet Ihr, daß ich ihre Avancen höflich zurückgewiesen habe.«

»Aber nicht ihren Kuß.«

»Ich konnte wohl schwerlich bei einer Lady körperliche Gewalt anwenden.«

»Eine Ohrfeige hätte ihr keineswegs geschadet«, meinte Rebecca schroff. »Bei Lavinia ist sie längst überfällig.«

Sie genau beobachtend, sagte er: »Doch dem, was Lady

Claxton mir sonst noch erzählte, mußte ich entnehmen, daß illegitime Küsse in diesem Haus keine schockierenden Tatsachen sind. Sie hat mich auch darüber aufgeklärt, daß Eure Mutter ein Verhältnis mit George Hampton hatte.«

Rebeccas Gesicht wurde starr, aber nicht vor Überraschung. Sie hatte also von der Affäre gewußt. »Ich hätte gedacht, daß Ihr über solches Geschwätz erhaben seid, Captain«, schnaubte sie.

»Ich schwätze nicht, sondern höre lediglich zu.« Er zögerte. »War es schmerzhaft für Euch, zu erfahren, wie ... unkonventionell Eure Eltern gewesen sind?«

»Daß sie es mit der ehelichen Treue nicht so genau nahmen, meint Ihr?« Ihr Blick streifte das Porträt ihrer Mutter, bevor er zu einem Fenster weiterwanderte. »Wie hätte ich mich darüber aufregen können? Bekanntlich fällt der Apfel nicht weit vom Stamm. Ich habe meinen Ruf mit achtzehn ruiniert. Die Zuchtlosigkeit liegt uns im Blut.«

»Das glaube ich nicht«, sagte er sanft. »Seid Ihr etwa mit einem jungen Mann durchgebrannt, weil Ihr Euch Eure Eltern zum Beispiel genommen habt? Oder weil Ihr Liebe gesucht habt?«

Nach einer langen Pause sagte sie: »Kurz bevor ich in die Gesellschaft eingeführt werden sollte, lernte ich einen jungen Vicomte kennen, der meinen Vater wegen eines Porträts aufsuchte. Ich hatte seinen Flirt mit mir für ein ernsthaftes Interesse an meiner Person gehalten und mich damit einverstanden erklärt, mit ihm in den Park auszureiten. Er wurde zudringlich, als wir abstiegen, um ein Stück zu Fuß zu gehen. Und als ich mich wehrte, sagte er, da ich bei Künstlern aufgewachsen sei, hätte ich kein Recht dazu, die Züchtige zu spielen.«

»Ich bin sicher, daß Ihr diese Bemerkung nicht kommentarlos hingenommen habt.«

»Ich stieß ihn in einen Springbrunnen und verließ ihn, wütend auf ihn und meinen Vater, dessen Lebensweise mich zur Zielscheibe solcher Beleidigungen gemacht hatte. Vielleicht war das nicht sehr logisch von mir, aber ich war jung und verletzt.«

Eine Ader an ihrem Hals begann zu pochen. »Dann wurde ich der Gesellschaft vorgestellt und lernte Frederick kennen. Er seufzte, verfaßte Gedichte und sagte, daß er mich lieben würde. Seine Worte waren Balsam für mein verwundetes Herz. Meine Eltern mochten ihn nicht, und vermutlich wäre die Sache auch im Sande verlaufen, wenn ich nicht zu jener Zeit erfahren hätte, daß Mutter mit Onkel George ein Verhältnis hatte. Obwohl ich von den Affären meines Vaters wußte, war es ein Schock für mich, zu erfahren, daß meine Mutter nicht besser war als er. Drei Tage später brannte ich von zu Hause durch.« Sie lächelte schief. »Ich erkannte schon sehr rasch, daß meine Eltern recht hatten und eine Ehe mit Frederick eine Katastrophe gewesen wäre. Zum Glück fand ich das heraus, ehe ich mich ein Leben lang an ihn band.«

Während sich Kenneth im stillen dachte, daß die älteren Seatons besser ihrer Tochter weniger Freiheiten gelassen und sich dafür mehr um sie gekümmert hätten, sagte er: »Ich nehme an, daß der Vorteil, liberale Eltern zu haben, in der Bereitschaft bestand, Euch trotz des Skandals wieder in ihrem Haus aufzunehmen.«

Sie nickte. »Sie warfen mir nicht meinen Mangel an Moral, sondern an Urteilsvermögen vor. Mein Vater sagte, er wäre froh, daß ich vernünftig genug gewesen sei, nicht so einen faulen Fisch zu heiraten. Und meine Mutter meinte, sie sei überzeugt, daß ich so einen Fehler nicht noch einmal machen würde. Damit war die Sache für sie erledigt.«

»Und sie hatte mit ihrer Prophezeiung recht behalten – Ihr habt diesen Fehler nicht wiederholt.«

»Und werde das auch in Zukunft nicht tun«, erklärte sie in einem Ton, der ihm sagte, daß das Thema für sie damit beendet sei. »Ich bin eigentlich nur hierhergekommen, um Euch zu fragen, was aus der Leinwandrolle geworden ist, die ich bestellt habe. Meine Lagerbestände sind fast erschöpft.«

»Ich habe gestern den Lieferanten noch einmal schriftlich daran erinnert und fand heute morgen in der Post einen Brief von ihm vor, in dem er sich für die Verzögerung entschuldigt und verspricht, übermorgen zu liefern. Gibt es noch andere geschäftliche Dinge, die ich für Euch erledigen soll?«

»Oh? Nein. Das war alles.« Sie schickte sich an, das Büro wieder zu verlassen.

»Soll die Sitzung wie geplant nun heute nachmittag stattfinden, oder habt Ihr Euch so sehr über mich geärgert, daß sie ins Wasser fällt?«

Sie warf ihm einen ironischen Blick zu. »Keineswegs. Von solchen lüsternen Damen wie Lavinia attackiert zu werden, gehört doch zu der besten Tradition Byronscher Helden. Genau das Richtige für einen Korsaren.«

Während er diese Bemerkung mit einem Kichern quittierte, ging sie aus dem Zimmer und machte die Tür hinter sich zu. Aber als er jetzt daran dachte, was er in der letzten halben Stunde erfahren hatte, verging ihm das Lachen. So, wie Lavinia ihr Helen Seaton beschrieben hatte, würde er jetzt sogar mit einer ganzen Reihe potentieller Mörder rechnen müssen. Sir Anthonys stillschweigende Duldung ihrer zahlreichen Affären konnte vielleicht nur eine Maske gewesen sein, hinter der es bei ihm vor Wut brodelte. Vielleicht hatte sich auch diese geheimnisvolle Mätresse danach gesehnt, den Maler für sich allein zu haben. Oder Helen hatte beschlossen, George Hampton den Laufpaß zu geben, und er hatte sie in einem Anfall von wütender Eifersucht und Enttäuschung umgebracht. Oder es mochte sogar noch andere, unbekannte Liebhaber gegeben haben, die ein Mordmotiv hatten.

Leidenschaft und Gewinnsucht waren die wahrscheinlichsten Gründe für einen Mord. Kenneth seufzte frustriert. Je länger er in dem Haus der Seatons weilte, um so größer schienen ihm die Schwierigkeiten zu werden, die Wahrheit über Helen Seaton herauszufinden – und um so mehr haßte er seine Doppelrolle. Rebeccas Vertrauen unter Vortäuschung falscher Tatsachen zu erschleichen, grenzte an Verrat. Wenn sie jemals herausfinden sollte, was ihn wirklich hierhergebracht hatte ...

Das war ein Gedanke, den er nicht zu Ende denken wollte.

Rebecca machte sich nun im stillen heftige Vorwürfe, als sie sich wieder in die Sicherheit ihres Studios flüchtete. In dem Moment, wo sie Lavinia und Kenneth beim Küssen ertappt hatte, hätte sie sich unauffällig wieder entfernen und zu einem späteren Zeitpunkt in das Büro kommen sollen. Statt dessen hatte sie einem Anfall von Eifersucht nachgegeben. Schlimmer noch, sie war eifersüchtig geworden, obwohl sie gar keine Berechtigung dazu hatte, was ihn betraf. Der flüchtige, impulsive Kuß, den sie mit ihm getauscht hatte, hatte keine Bedeutung gehabt, obwohl sie seine Wirkung bis in ihre Zehenspitzen hinein gespürt hatte. Kenneth war nicht ihr Verehrer, sondern ein Angestellter ihres Vaters.

Und dennoch hätte sie in diesem Moment Lavinia die

Augen auskratzen können, obwohl sie sich bisher immer gut mit dieser Frau verstanden hatte. Rebecca errötete, als sie sich wieder an den forschenden Blick erinnerte, den Lavinia ihr zugeworfen hatte. Hatte Lavinia vielleicht erraten, daß sie, Rebecca, mehr für den Sekretär ihres Vaters empfand als nur ein beiläufiges Interesse?

Um sich von der Eifersucht zu befreien, die sie noch immer plagte, fertigte Rebecca nun rasch eine Skizze von Lavinia an, wie sie aussehen würde, wenn sie mehr als doppelt so viel wog als jetzt und sich auch eine Menge Falten zugelegt hatte. Es war kindisch und sogar geschmacklos, was sie da tat. Aber auch sehr erheiternd, so daß sie sich gleich wieder besser fühlte. Zumal sie sich daran erinnerte, daß Kenneth Lavinia ja keineswegs zu diesem Kuß ermuntert hatte. Und so ging sie nun daran, das Atelier für die Nachmittagssitzung vorzubereiten, und es dauerte nur wenige Minuten, bis sie das Sofa an die richtige Stelle geschoben, den Perserteppich über der Lehne drapiert und den Spiegel aufgestellt hatte, den sie für das Schattenporträt benützen wollte.

Kenneth würde erst nach dem Lunch ins Atelier kommen. Sie blickte sich ruhelos in ihrem Speicherraum um. Da gab es noch ein Dutzend Sachen, die sie bis dahin verrichten konnte, wozu sie aber keine rechte Lust hatte.

Da fiel ihr Blick auf ihr Gemälde von Diana, der Göttin der Jagd. Verflixt, sie hatte doch versprochen, es zu rahmen und die schrecklichen Bilder in Kenneths Zimmer gegen andere auszutauschen. In dem Gedanken, daß es eine subtile Art von Entschuldigung für ihr schlechtes Benehmen sein würde, wenn sie jetzt den Bildertausch vornahm, versah sie das Gemälde von

Diana mit einem ihr passend erscheinenden Rahmen. Dann wählte sie noch zwei andere Bilder aus, ein großes Landschaftsgemälde vom Lake District und eine Studie von Gray Ghost, wie er sich mit den glitzernden Augen eines Panthers an einen Vogel heranpirschte.

Sie trug die beiden kleineren Gemälde in das zweite Stockwerk hinunter, klopfte dort an Kenneths Tür und betrat, als sie keine Antwort erhielt, das Zimmer. Sie rümpfte die Nase, als sie die dort aufgehängten Bilder sah. Sie waren durchwegs für einen Menschen, der wahre Kunst zu schätzen wußte, eine Beleidigung. An Kenneths Stelle hätte sie diese Machwerke schon längst aus dem Fenster geworfen.

Sie hängte gerade das Bild von Diana auf, als sie mit dem Fuß gegen die Mappe stieß, die an die Tür des Kleiderschranks gelehnt war, nun umfiel und ihren Inhalt auf dem Teppich verstreute. Sich fragend, wozu der Captain denn wohl eine Zeichenmappe brauchen würde, die Künstler für ihre Arbeitsskizzen benützten, bückte sie sich, um die auf dem Boden herumliegenden Papiere wieder einzusammeln.

Dann erstarrte sie mitten in der Bewegung. Obenauf lag eine Feder- und Tuschzeichnung von einer Schlachtszene: Soldaten, die mit aufgepflanzten Bajonetten aufeinander einstachen, mit sich aufbäumenden Pferden im Hintergrund und Rauchsäulen von berstenden Granaten.

Aber was ihre Aufmerksamkeit besonders auf sich lenkte, war die Figur im Mittelpunkt des Bildes. Sie war nur eine von den schwarzen Linien im Hintergrund umrissene weiße Silhouette. Und obwohl auch nicht das kleinste Detail in dieser Silhouette eingezeichnet war, das dem Betrachter einen Hinweis hätte geben können, erkannte man doch sofort, daß sie einen Mann darstellte, der in diesem Moment von einer tödlichen Kugel getroffen wurde. Man sah den Schock und den Tod, die diesen Mann überwältigten – einen Moment ewigen Schweigens inmitten des Schlachtenlärms und des schrecklichen Getümmels der Hölle. Es war ein ergreifendes Bild von einer profunden, sie bis ins Mark erschütternden Gewalt.

Sie ließ sich mit untergeschlagenen Beinen auf den Boden nieder, nahm sich nun auch die anderen Blätter der Mappe vor. Mit Kohlestift und Pastellkreide angefertigte Porträts, topographisch exakt wiedergebene Gebäude und eine Handvoll wunderschöner Landschaftsaquarelle. Obwohl keine dieser Zeichnungen auch nur annähernd mit der Wucht und Dramatik des ersten Bildes zu vergleichen war, zeugten sie dennoch alle von einer großen Kunstfertigkeit.

Die letzte Skizze stellte ein Paar dar, das sich fast verzweifelt aneinanderklammerte. Sie war mit ›Romeo und Julia‹ betitelt, und obwohl die beiden Figuren auch mittelalterliche Kostüme trugen, hatte sie doch den Eindruck, daß diese starke Emotionalität, die aus diesem Bild sprach, diese Rührung und der Schmerz auf den Gesichtern der beiden Figuren ein reales Liebespaar darstellte, das vielleicht der Krieg dazu gezwungen hatte, sich zu trennen.

Sie studierte gerade dieses Bild, als sich die Tür hinter ihr öffnete, und Kenneth auf der Schwelle stand. Er hielt mitten in der Bewegung inne, als er sie im Zimmer auf dem Boden sitzen sah, und sein Gesicht nahm einen geradezu bedrohlichen Ausdruck an. Dann trat er ins Zimmer hinein, warf die Tür hinter sich zu, und sein sonst so stilles, ja, fast ehrerbietiges Verhalten ihr gegenüber verwandelte sich in einem Gewittersturm vergleichbaren Zorn: »Was, zum Teufel, macht Ihr hier?«

Den Impuls, sich zu ducken, unterdrückend, legte sie die Hand auf die Mappe in ihrem Schoß. »Habt Ihr diese Bilder angefertigt?«

Er beugte sich jetzt zu ihr hinunter und entriß ihr die Mappe. »Ihr hattet kein Recht dazu, in meinen Sachen herumzuspionieren!«

»Ich habe nicht spioniert«, protestierte sie. »Ich bin nur zufällig mit dem Fuß gegen diese Mappe gestoßen, die hier am Schrank lehnte, als ich andere Bilder in Eurem Zimmer aufhängen wollte.« Sich darüber wundernd, daß er so erregt war, fragte sie abermals: »Habt Ihr das alles gezeichnet?«

Er schwieg einen Moment, als überlegte er, ob er sie belügen sollte, und nickte dann widerstrebend.

Da sie sich dort unten auf dem Teppich im Schneidersitz ihm hoffnungslos unterlegen fühlte, sprang sie jetzt rasch vom Boden auf. Unglücklicherweise überragte er sie jetzt immer noch wie ein Turm. Mit diesem wütenden Gesicht war er ein furchterregender Anblick, und sie empfand in diesem Moment Mitleid mit allen Franzosen, die das Pech gehabt hatten, ihm auf dem Schlachtfeld zu begegnen.

Doch ihre Neugier war stärker als ihre Angst vor seiner Wut, und deshalb sagte sie nun fast vorwurfsvoll: »Warum habt Ihr die Tatsache vor mir geheimgehalten, daß Ihr ein Künstler seid?«

»Ich bin kein Künstler«, schnaubte er.

»Natürlich seid Ihr ein Künstler«, gab sie ebenso heftig zurück. »Niemand vermag so gut zu zeichnen, wenn er es nicht viele Jahre lang geübt hat. Warum ist Euer Werk ein so großes Geheimnis? Und warum benehmt Ihr Euch wie ein wütender Stier?«

Er holte tief Luft. »Entschuldigung. Daß ich zeichne, ist gar kein so großes Geheimnis, aber ich bin nur ein Dilettant. Es wäre eine Anmaßung, Euch oder Eurem Vater gegenüber meine Skizzen zu erwähnen.«

»Unsinn«, sagte sie grob. »Ihr seid ein großes Talent. Kein Wunder, daß es Euch gelungen ist, Vater mit Eurem Verständnis für seine Malerei zu beeindrucken.« Sie lächelte ein wenig. »Ich bin mein Leben lang von Künstlern umgeben gewesen, und von allen, die ich bisher gekannt habe, seid Ihr der einzige, der sein Licht unter den Scheffel stellen wollte.«

Mit einer nun fast verzweifelten Stimme rief er heftig: »Ich bin kein Künstler!«

Betroffen von seiner Heftigkeit, mit der er sich gegen etwas wehrte, was doch so offenkundig war, legte sie ihm die Hände auf die Schultern und zwang ihn dazu, sich auf sein Bett zu setzen. Sie sah ihm dann in die Augen, ihre Hände waren leicht auf seine Schultern gelegt. Sie fragte: »Was ist denn so verkehrt daran, Kenneth? Ihr benehmt Euch sehr sonderbar, muß ich schon sagen.«

Die Muskeln an seinen Schultern strafften sich unter ihren Händen, und er schlug die Augen nieder. Nach ein paar langen Sekunden des Schweigens sagte er: »Mein Vater haßte mein Interesse für die Kunst und versuchte, es aus mir herauszuprügeln. Er war der Meinung, daß Zeichnen und Malen eine unwürdige Beschäftigung für seinen einzigen Sohn sei.«

»Aber ihr habt es trotzdem nicht aufgegeben?«

»Ich konnte es nicht«, sagte er schlicht. »Es war wie ein Feuer, das in mir brannte. In Bildern konnte ich Dinge sagen, die ich mit Worten niemals hätte ausdrükken können. Und so lernte ich, alles, was ich zeichnete oder malte, zu verstecken oder zu vernichten. So zu tun, als würde mir das alles nichts bedeuten.«

»Wie gräßlich für Euch.« Kein Wunder, daß er so aufgeregt war, als er sah, daß sie seine Zeichnungen entdeckt hatte. Dem Verlangen widerstehend, ihm die Schatten von den Augen zu küssen, strich sie ihm mit dem Handrücken über die Wange und trat dann einen Schritt von ihm zurück. »Ich wäre verrückt geworden, wenn meine Eltern versucht hätten, mich vom Malen abzuhalten.«

»Statt dessen hattet Ihr das große Glück, bei einem der größten Maler Englands aufzuwachsen.« Er lächelte schief. »Als ich noch ein Junge war, hatte ich den geheimen Traum, an den Royal Academy Schools zu studieren, um den Beruf eines Malers zu ergreifen. Doch dafür ist es jetzt zu spät. Ich wurde Soldat, also das genaue Gegenteil eines Künstlers.« Er blickte zu seiner Zeichenmappe hin. »Und in diesem Haus, wo ich von so vielen herrlichen Gemälden umgeben bin, verlangt es mich fast danach, die Ergebnisse meiner eigenen schwachen Bemühungen zu verbrennen.«

»Ihr *seid* ein Künstler, Kenneth«, sagte sie nun mit Nachdruck. »Ihr zeichnet bereits besser als die Hälfte aller in London lebenden professionellen Maler. Wenn ihr Euch auf Euer Talent konzentriert und daran arbeitet, könntet Ihr als Künstler Überragendes leisten.«

»Ich habe ein gewisses Talent zum Zeichnen und kann auch recht brauchbare Aquarelle anfertigen«, räumte er ein. »Aber alle jungen Ladies erlernen diese Fertigkeiten und auch nicht wenige junge Gentlemen. Ich bin jetzt dreiunddreißig. Die Zeit, wo ich hätte lernen können, ein wirklicher Künstler zu sein, ist vertan.«

Neugierig fragte sie ihn jetzt: »Was versteht Ihr denn unter einem Künstler?«

»Jemand, der nicht nur ein genaues Abbild von den Dingen herstellen kann, die er zeichnet oder malt, sondern auch etwas Neues oder Verborgenes in diesen enthüllt«, sagte er bedächtig. »Dieses Bild von Gray Ghost dort ist hübsch und amüsant und mit großer Liebe gemalt. Und trotzdem enthüllt es auch das Raubtier in ihm – die Wildheit, die im Herzen jedes plumpen, vor dem warmen Kaminfeuer liegenden Katers schlummert. Desgleichen habt Ihr auf Eurem Gemälde von Diana nicht nur die ihr verliehene Macht und den Stolz auf ihre Geschicklichkeit dargestellt, sondern auch die Einsamkeit, die das Los eines jeden Menschen ist, der einer Berufung folgen muß. Dies Verlangen, doch so sein zu können wie andere Frauen auch. Eure Diana erinnert mich ein bißchen an Euch selbst.«

Zum Henker mit ihm! Es war ja ganz in Ordnung, wenn er sich als scharfsinniger und einfühlsamer Beobachter von Gemälden erwies, die Katzen darstellten, aber nicht, was sie selbst anlangte. Seine Bemerkungen über Diana ignorierend, sagte sie: »Ich malte Gray Ghost lediglich so, wie ich ihn gesehen habe.«

»Und Ihr habt ihn auf diese Weise gesehen, weil Ihr die Beobachtungsgabe eines Künstlers besitzt.« Er studierte nun das Gemälde etwas genauer. »Eure einzigartige, individuelle Art, die Welt zu betrachten, fließt in alles ein, was Ihr darstellt. Ich denke, daß ich Euch in jedem Bild erkennen würde, das Ihr mit Euren Händen erschaffen habt.«

Der Gedanke, daß er sie in all ihren Arbeiten wiederfinden würde, war so intim wie ein Kuß. Deshalb zog sie es vor, die Diskussion auf ihn zu beschränken und nicht länger auf ihre Person auszudehnen, und holte die Skizzen wieder aus seiner Mappe heraus. »Ihr habt das gleiche Vermögen«, sagte sie, auf eine Pastellzeichnung von einer dunkelhaarigen spanischen Schönheit deutend. »Die Frau ist nicht nur reizend, sondern auch umgetrieben. Besessen von einem Sendungsbewußtsein. Sogar gefährlich.«

Als sie die jähe Verhärtung der Züge in Kenneths Gesicht bemerkte, bestätigte ihr das die Beschreibung dieser Frau. Sie nahm nun wieder die Zeichnung von dem Soldaten zur Hand, der von einer tödlichen Kugel getroffen wird. »Wenn es die einzigartige Sichtweise ist, die den Künstler ausmacht, dann besitzt Ihr diese. Diese Skizze ist nicht nur brillant, sondern auch absolut originell.«

Er zuckte mit den Achseln. »Lediglich ein glücklicher Zufall. Ich habe sie gestern nacht angefertigt, nachdem Ihr mir erzählt hattet, daß Ihr immer Bilder von den Dingen malt, die Euch belasten. Da für mich das Zeichnen stets eine Flucht gewesen ist, beschloß ich, einmal auszuprobieren, ob ich einige von meinen zahmeren Dämonen gefahrlos freisetzen könnte.«

Sie blickte auf die Zeichnung hinunter. Wenn das einer seiner zahmeren Dämonen war, würde sie nur zu gern einen von seiner wilderen Sorte gesehen haben.

»Und hat es funktioniert?«

»Ich denke, ja. Dieses Bild hat sich mir in meiner ersten Schlacht unauslöschlich meinem Gedächtnis eingeprägt. Und als ich es gestern nacht zeichnete, schien die Erinnerung daran ...«, er runzelte die Stirn in dem Bemühen, seine Gedanken in Worte zu kleiden, »... nicht weniger klar zu sein, aber etwas weiter von mir wegzurücken. In eine für mich sichere Entfernung. Auch verschaffte es mir die Möglichkeit, etwas zu sehen und zu begreifen, was ich in der Realität nie sehen werde.«

Sie schloß die Mappe wieder. »Wenn Euch das nicht zu einem Künstler macht – was dann?«

Er lächelte schwach. »Die Fähigkeit, in Öl zu malen. Kein anderes Medium kommt an die Intensität und den

Reichtum der Farben eines Ölgemäldes heran. Die Kohlestifte und die Wasserfarben, die ich benütze, werden von jedem Schüler in einem Klassenzimmer zum Zeichnen verwendet und auch beherrscht.«

»Dann lernt doch die Verwendung von Ölfarben«, sagte sie fast schroff. »Es ist kein so großer Trick dabei, wie Ihr meint. Tatsächlich ist es in vielerlei Beziehung schwieriger, Aquarelle zu malen. Und diese Technik beherrscht Ihr, wie ich sehe, meisterlich.«

Die Narbe auf seinem Gesicht wurde noch weißer. Als er nichts sagte, blickte sie ihn an: »Ihr zweifelt wohl daran daß Ihr Bilder mit Ölfarben malen könntet?«

Er schlug wieder die Augen nieder. »Ich ... ich sehne mich zu sehr danach, um glauben zu können, daß ich mit diesem Material jemals richtig umzugehen vermag.«

Diese Worte sagten eine Menge darüber aus, wie das Leben ihn behandelt hatte. Da sie wußte, daß er jede Bekundung von Mitleid verabscheuen würde, sagte sie nun energisch: »Ich werde es Euch beibringen. Wenn Ihr Eure törichte Überzeugung überwunden habt, daß die Ölmalerei jenseits Eurer Fähigkeiten läge, werdet Ihr diese Technik sehr gut beherrschen.«

Als sie sah, daß er ihren Versicherungen keinen Glauben schenken wollte, erklärte sie mit einem stählernen Ton in der Stimme: »Ihr habt eine Menge krauser Ideen, was man alles dazu benötigen würde, um ein Künstler zu werden. Vergeßt sie. Ein Künstler ist jemand, der Kunst erschafft, nicht mehr und nicht weniger. Ihr habt diese Gabe. Ehrt sie.«

Damit wandte sie sich der Tür zu. Dort hielt sie noch einmal an und sagte, über die Schulter blickend: »Ich erwarte Euch also um zwei in meinem Atelier.«

Ihr Schritt wurde langsamer, als sie die Tür seines Zimmer hinter sich schloß und durch den Flur zur Treppe ging. Sie fühlte sich ein wenig schwach, wie ausgelaugt. Daran war nicht nur das tiefe Mitgefühl schuld, das sie für Kenneth empfand, weil er seines Talents wegen so viel hatte erdulden müssen. Es war ihr bei seiner Rede, was es bedeutete, ein Künstler zu sein, auch klar geworden, wieviel Glück sie selbst gehabt hatte, als sie dabei an ihr eigenes Leben dachte. Sir Anthony mochte vielleicht in vielerlei Hinsicht ein recht nachlässiger Vater gewesen sein, aber er hatte immer ihr Talent respektiert und es gefördert.

Und was muß das wohl für einen Menschen bedeuten, wenn er die Kraft und die tödlichen Fertigkeiten eines Kriegers besitzt und die empfindsame Seele eines Künstlers?

Du armer, verdammter Pirat.

Ihr Gesicht nahm einen fast grimmigen Ausdruck der Entschlossenheit an, als sie die Tür ihres Studios öffnete. Wenn sie mit Kenneth Wilding fertig war, würde er wissen, daß er wirklich ein Künstler war. Entweder das, oder sie würden beide bei dem Versuch, ihm das beizubringen, zugrundegehen.

Kapitel 11

Nachdem Rebecca aus dem Zimmer gegangen war, sank Kenneth auf einen Stuhl nieder. Er kam sich vor wie eine Walnuß, die man mit einem Hammer geöffnet hatte, und zitterte am ganzen Körper, als hätte er Schüttelfrost.

Sie hatte gesagt, daß er Talent habe. Daß er bereits ein Künstler sei. Und Rebecca Seaton war keine Frau, die Schönfärberei betrieb.

Er holte tief Luft und fragte sich, ob das, was sie ihm versichert hatte, auch wahr sei: daß es für ihn noch nicht zu spät war. Unbewußt hatte er die Ölmalerei stets auf ein Postament gestellt, sie als eine Fertigkeit betrachtet, die eher den Göttern als den Menschen zukam. Als Rebecca ihn vorhin darauf hingewiesen hatte, daß er sich sein Unvermögen, auch diese Technik einmal zu beherrschen, nur einbildete, hatte er eingesehen, daß sie recht hatte. Zugegeben, die meisten Künstler begannen schon in einem viel früheren Alter in Öl zu malen. Rebecca hatte damit bereits als Kind angefangen. Aber er war ein guter Zeichner. Und er hatte ein Gefühl für Komposition und Farbe.

Vielleicht ... vielleicht konnte er lernen, ein echter Maler zu werden. Zwar nicht einer, der das Niveau von Sir Anthony und Rebecca erreichte, aber immerhin so gut, daß er zuweilen eine gewisse Befriedigung über seine Leistung empfand.

Die Aussicht erfüllte ihn nun mit einer unheiligen Mischung aus Angst und Erregung. Ein Gefühl, das der Reaktion eines jungen Mannes auf unkeusche Gedanken nicht ganz unähnlich war, wie er merkte.

Erst als er sich von seinem Stuhl wieder erhob, erinnerte er sich daran, was ihn denn eigentlich in das Haus von Sir Anthony gebracht hatte: der Auftrag, einen mysteriösen Todesfall aufzuklären. Und nun bot ihm die Tochter seines Hauptverdächtigten die Chance, sich seinen größten Herzenswunsch zu erfüllen. Ihr Geschenk anzunehmen, wenn seine Mission möglicherweise den Menschen vernichten würde, den sie am meisten liebte, wäre verabscheuungswürdig. Aber – Gott möge ihm helfen – er brachte es nicht fertig, ihr Angebot abzulehnen.

Zum erstenmal spielte er nun mit dem Gedanken,

Lord Bowden den ihm erteilten Auftrag zurückzugeben. Zweifellos würde Bowden dann in seiner Wut die Hypotheken auf Sutterton für verfallen erklären. Doch er, Kenneth, würde womöglich den Verlust von Sutterton verkraften können, wenn er die Chance bekam, das Leben zu führen, nach dem er sich schon immer gesehnt hatte. Er konnte als Sir Anthonys Sekretär weiterarbeiten und seine Freizeit mit dem Studium der Kunst und dem Malen verbringen. Eines Tages würde er dann vielleicht in der Lage sein, sich als Künstler seinen Lebensunterhalt zu verdienen. Viele Leute wollten Porträts haben, aber nur wenige konnte sich das Honorar leisten, das Sir Anthony Seaton dafür verlangte. Jemand, der einsam als einfacher Soldat gelebt hatte, konnte mit wenig Geld und Komfort auskommen. Er würde nicht viele Aufträge brauchen, um existieren zu können.

Aber was sollte dann aus Beth werden? Er war für sie verantwortlich. Er hatte kein Recht dazu, sich auf Kosten ihrer Zukunft sein Glück zu erkaufen. Obwohl es ihm nichts ausmachen würde, in einer Dachstube von trockenem Brot zu leben, hatte seine Schwester ein besseres Los verdient.

Er preßte die Lippen zusammen, als er an Bethens gutmütiges, sich so klaglos in ihr Schicksal fügendes Wesen dachte. Nein, es war unmöglich, den Auftrag zurückzugeben, und ebenso unmöglich, Rebeccas Angebot abzulehnen, ihm das Malen in Öl beizubringen. Da konnte er jetzt also nur noch hoffen und zu Gott beten, daß seine Ermittlungen nichts zutage förderten, was Sir Anthony im Zusammenhang mit dem Tod seiner Frau belasten würde.

Unglücklicherweise hatte er wenig Vertrauen zu seinen Gebeten.

Bevor Kenneth die Treppe zu Rebeccas Studio hinaufstieg, schaute er noch kurz im Büro vorbei, weil er dort noch eine Kleinigkeit zu erledigen hatte. Zu seiner Überraschung fand er dort seinen Arbeitgeber vor, der sein großartiges Porträt von seiner Frau betrachtete und dabei immer wieder einen Schluck von etwas nahm, das wie Brandy aussah.

Als er unschlüssig im Türrahmen stand, blickte Sir Anthony kurz zu ihm hin und sagte im versonnen Ton: »Heute vor achtundzwanzig Jahren lernte ich Helen kennen. Manchmal fällt es mir schwer, zu glauben, daß sie nicht mehr unter uns weilt.« An der Art, wie Sir Anthony beim Reden mit der Zunge anstieß, merkte Kenneth, daß sein Arbeitgeber schon mehr als ein Gläschen getrunken haben mußte.

Er trat jetzt in das Büro hinein. »Lady Seaton war schön. Eure Tochter ist ihr sehr ähnlich.«

»Äußerlich, aber das Temperament hat sie eher von mir.« Sir Anthony lächelte ironisch. »In mancher Hinsicht ist sie sogar meinem älteren Bruder ähnlicher als mir. Marcus würde sich ärgern, wenn er das wüßte.«

Da Kenneth natürlich zu gern auch Sir Anthonys Version der Familienfehde erfahren wollte, log er und sagte: »Ich wußte ja gar nicht, daß Ihr einen Bruder habt.«

»Marcus ist Baron und überaus steif. Er mag mich nicht, hat nie etwas von mir gehalten.« Sir Anthony nahm einen kräftigen Schluck aus seinem Glas. »Mein Vater und er waren der Meinung, es wäre der kürzeste Weg zur Hölle für mich, wenn ich Maler würde. Wenn wir uns persönlich begegnen, was selten geschieht, schneidet er mich.«

Also war Kenneth nicht der einzige hoffnungsvolle Künstler, dessen Talent bei seiner Familie keine Gegenliebe gefunden hatte. Nur hatte Sir Anthony sich viel besser gegen die Opposition seiner Familie durchgesetzt als er. »Warum hält Euer Bruder denn so wenig von Euch?«, fragte Kenneth.

Sir Anthony schnaubte: »Marcus ist der Ansicht, daß das Malen nichts anderes als ein Handwerk sei, das jedoch nur nutzlose Dinge hervorbrächte. Es muß für ihn ein Schock gewesen sein, als ich vor fünf Jahren geadelt wurde. Damit hatte man meiner verwerflichen Karriere das Siegel der Ehrbarkeit aufgedrückt.«

»Die meisten Menschen würden einen Künstler Eures Ranges als Zierde ihres Familiennamens betrachtet haben.«

»Es gab ... noch andere Gründe für unsere Entfremdung.« Sie Anthonys Blick wanderte wieder zu dem Porträt seiner Frau hin. »Helen war mit Marcus verlobt, als ich sie kennenlernte. Es war, als würde ein Feuersturm uns erfassen. Sie versuchte, diesem zu widerzustehen – sich so ehrbar zu verhalten, wie es das Eheversprechen, das sie meinem Bruder gegeben hatte, von ihr verlangte. Ich habe das gar nicht erst versucht, weil ich wußte, daß das Ergebnis vorherbestimmt war. Zwei Wochen später sind wir beide miteinander durchgebrannt. Gretna Green war nur einen Tagesritt entfernt. Wir waren verheiratet, ehe jemand uns aufhalten konnte.«

»Euer Bruder ist vermutlich darüber nicht erfreut gewesen.«

»Marcus hat seither kein Wort mehr mit mir gesprochen. Nur als mein Vater starb, hat er eine Ausnahme gemacht und mir eine schriftliche Botschaft zukommen lassen, daß meine Anwesenheit bei dessen Begräbnis unerwünscht sei.« Sir Anthony lächelte humorlos. »Ich kann ihm das nicht verübeln. An seiner Stelle hätte ich wohl jeden umgebracht, der versucht hätte, mir Helen wegzunehmen.«

Sich überlegend, ob diese Bemerkung nur eine Redensart oder tatsächlich so gemeint war, fragte Kenneth: »Er liebte sie?«

»Daß er sie verlor, mochte seinen Stolz, aber sicherlich nicht sein Herz verletzt haben. Für ihn war Helen ein hübsches, fügsames Mädchen, die ihm, wie er meinte, eine bequeme Ehefrau gewesen wäre. Er kannte sie nicht wirklich. Und er hat sie ja auch, weiß Gott, rasch genug ersetzt. Er hat noch im selben Jahr geheiratet und sogleich ein paar Söhne gezeugt, um sicherzugehen, daß der Titel niemals auf mich übergehen würde.«

»Lady Seaton war also gar nicht so bequem und fügsam?«

»Sie konnte, wenn sie zornig war, zu einer Furie werden. Aber das war ganz in Ordnung – ich bin ja auch nicht gerade einer der Friedlichsten, wenn ich in Wut gerate.« Sir Anthony schüttelte den Kopf. »Sie war nur Feuer und Schatten. Sie würde mit Marcus einen langsamen Tod gestorben sein. Er besteht nur aus Respektabilität und Tradition. Ehrenwert, aber todlangweilig.«

»Er scheint mir demnach wenig mit Euch gemein zu haben«, bemerkte Kenneth. »Es kann Euch also nicht sonderlich gestört haben, daß er Euch aus seinem Leben ausgeschlossen hat.«

Sir Anthony starrte in sein Brandyglas. »Er war gar nicht so übel. Ich habe ihn, als ich noch ein Junge war, sehr bewundert. Er war ein Gentleman par excellence. Ich hingegen eine Mißgeburt. Mein Vater war dem Schicksal überaus dankbar dafür, daß ich der zweitgeborene Sohn und nicht der Titelerbe war.«

Kenneth konnte das sehr gut nachempfinden. Auch

er war ja, was das Verhalten eines Gentleman betraf, ein Versager gewesen, und das hatte ihn seinem Vater entfremdet. Wenigstens hatte er sich gut mit Beth verstanden. »Offenbar hat es Lady Seaton jedoch wenig gestört, daß Ihr Euch von den meisten Angehörigen Eures Standes unterschieden habt.«

»Das störte sie überhaupt nicht.« Seatons Blick ging wieder zu dem Porträt hinüber. »Ich weiß nicht, wie ich nach Helens Tod hätte weiterleben können, wenn Rebecca nicht gewesen wäre. Sie war wie ein Fels. So stark, so unbeirrt und unerschütterlich.«

Ein Mann, der so sehr an seiner Frau gehangen hatte wie Sir Anthony, konnte sie doch unmöglich ermordet haben, dachte Kenneth. Wenn es eine Möglichkeit gab, das auch zu beweisen, würde Kenneth nicht nur auf eine ehrenwerte Weise seine Verpflichtung erfüllen, die er Lord Bowden gegenüber eingegangen war, sondern sich auch Rebeccas Achtung erhalten können.

Sir Anthony runzelte die Brauen. »Solltet Ihr Rebecca jetzt nicht Modell stehen?«

Kenneth blickte auf die Uhr. »Jawohl, Sir. Ich bin nur hierhergekommen, weil ich noch etwas Geschäftliches erledigen wollte, das aber warten kann.«

Er wandte sich der Tür zu, und seine Hand lag bereits auf dem Türknauf, als er Sir Anthony hinter sich mit kaum hörbarer Stimme sagen hörte: »Nun ist sie tot, und möge Gott mir verzeihen – das ist ganz allein meine Schuld.«

Einen Moment lang wurde Kenneth ganz starr vor Schreck. Dann verließ er das Büro mit einem Gefühl, als würde sich ihm der Magen umdrehen. Wenn das, was Sir Anthony da soeben gesagt hatte, stimmte, mochte Gott ihnen allen gnädig sein.

Als Rebecca nach der Entdeckung von Kenneths Zeichnungen in ihr Studio hinaufkam, wurde ihre Erschöpfung von einer geradezu fieberhaften Erregung abgelöst. Diese Skizze von dem sterbenden Soldaten war eine überaus vielversprechende Arbeit, zumal von einem Mann, der im Grunde nur ein Autodidakt war. Kein Wunder, daß sie sich gleich zu ihm hingezogen fühlte, als sie ihn zum erstenmal sah. Hinter seiner muskulösen Erscheinung und seinem militärischen Gehabe versteckte sich ein ihr verwandter Geist. Ihre gleichen künstlerischen Interessen konnten zu einer Basis für eine enge Freundschaft zwischen ihnen werden.

Sie ging zu ihrem Arbeitstisch und begann die Farben anzumischen, die sie für die Sitzung heute nachmittag brauchen würde. Das war eine Tätigkeit, die sie schon so oft durchgeführt hatte, daß sie ihr fast mechanisch von der Hand ging und sie dabei an andere Dinge denken konnte. Zum Beispiel daran, ob es denn wirklich Freundschaft war, die sie sich von Kenneth wünschte.

Einen Moment lang dachte sie jetzt sogar an Heirat, verwarf diese Idee jedoch sofort wieder. Eine Ehe war nichts für sie. Selbst wenn Kenneth an einem Ehebund mit ihr interessiert sein sollte und auch dazu bereit war, ihr den Verlust ihres guten Rufes nachzusehen, würde sie niemals ihre Freiheit aufgeben wollen. Der Egoismus, der zu den wesentlichen Voraussetzungen eines Künstlers gehörte, würde einer Ehefrau schlecht anstehen und verhängnisvolle Folgen für einen Ehebund haben.

Aber sie könnten ein Liebespaar werden, dachte sie. Die Londoner Kunstwelt war tolerant genug, ihnen das nachzusehen. Wenn sie und Kenneth diskret genug waren, konnten sie machen, was ihnen gefiel. Ihr Vater war von seiner Arbeit und seinen Aufträgen so sehr in Beschlag genommen, daß er bestimmt keine Einwände gegen eine Affäre mit Kenneth haben würde. Er würde sie vermutlich gar nicht bemerken.

Aber obwohl sie tolerant erzogen war und eine sehr liberale Einstellung in diesen Dingen hatte, wußte sie doch aus eigener Anschauung, daß Affären nicht nur eine schmutzige, sondern auch schmerzliche Angelegenheit sein konnten. Zwar würde Lavinia ihr zweifellos sagen können, was man machen mußte, um eine Schwangerschaft zu vermeiden, aber da lauerten auch noch andere Gefahren in einer solchen Liaison. Die Tatsache, daß ein Verhältnis illegitim war, änderte nichts daran, daß ihr Ende einem der beiden Partner sehr wehtun konnte. Und daß ihre Affäre einmal enden würde, war für sie sicher. Kenneth mochte sie zwar attraktiv finden, aber sie würde für ihn als Lehrerin gewiß einen höheren Wert haben als in der Eigenschaft einer nicht sonderlich geschickten Mätresse. Und das wußten sie beide auch.

Mit einem Seufzer beendete sie nun das Anmischen der Farben. Freundschaft war zweifellos die bestmögliche Beziehung zwischen ihnen beiden. Sie mußte eben nur irgendwelchen lustvollen Gedanken oder Vorstellungen entsagen.

Es gab da aber ein Geschenk, das sie Kenneth als Freund machen konnte und das ihm helfen würde, sich zu einem Maler zu entwickeln. Mit einem Lächeln erhob sie sich von ihrem Arbeitstisch. Sie hatte gerade noch genug Zeit, es zu arrangieren.

Kenneth kam in dem Kostüm zur Sitzung, das sie sich dafür erbeten hatte: in Kniehosen, Stiefeln und einem Hemd mit offenem Kragen. Rebecca hielt den Atem an, als er ihr Studio betrat. Da war etwas Finsteres in seinen Zügen, das ihn zu einem sehr überzeugenden Piraten machte – einen Mann, der nur nach seinen eigenen Gesetzen lebte. Gütiger Himmel – wie sehr es sie danach verlangte, diesen Gesichtsausdruck festzuhalten.

Um ihm jedoch erst etwas von der Befangenheit zu nehmen, die sie ebenfalls an ihm bemerkte, sagte sie leichthin: »Ihr braucht nicht so ein Gesicht zu machen, als würde man Euch jetzt über eine Schiffsplanke ins Meer treiben.« Sie nahm einen Lappen und befreite damit ihre Finger von Pigmentresten. »Bevor wir anfangen, habe ich aber noch etwas für Euch.«

»Einen Piratenpapagei, den ich mir auf die Schulter setzen soll?« meinte er trocken.

Sie lachte. »Keine schlechte Idee, aber Gray Ghost würde kurzen Prozeß mit einem Papagei machen, fürchte ich. Folgt mir.«

Sie führte ihn aus dem Studio hinaus auf einen Korridor, der zum Nordende des Speichers führte. Sie passierten ein halbes Dutzend geschlossener Türen von Dienstbotenzimmern, ehe Rebecca vor der letzten Tür anhielt und diese aufsperrte. Als die Tür aufschwang, trat sie zur Seite, damit Kenneth den Raum betreten konnte, der ebenfalls einmal als Quartier für das Personal gedient haben mußte.

Kenneths Blick wanderte über die bescheidene Einrichtung hin und blieb dann an einer Staffelei in der Mitte des Raumes haften, neben der ein schon etwas mitgenommen aussehender Tisch aus Kiefernholz stand, auf dem eine Auswahl von Pinseln in verschiedenen Größen und Stärken und eine Schachtel mit Farbbeuteln lagen. Da sah er sie mit hochgezogenen Brauen fragend an.

»Wenn Ihr Euch nun ernsthaft daran machen wollt, das Malen mit Ölfarben zu erlernen, braucht Ihr natürlich auch ein Studio«, erklärte sie. »In diesem Zimmer könnt Ihr ungestört arbeiten, und es hat das richtige Licht, da es nach Norden hinausgeht. Was Ihr sonst noch zum Malen braucht, könnt Ihr Euch aus meinem Studio besorgen.« Sie händigte ihm einen großen eisernen Schlüssel aus. »Das Zimmer gehört Euch, solange Ihr es benützen möchtet.«

Seine Hand schloß sich fast krampfhaft um den Schlüssel, wobei seine warmen Fingerspitzen ihre Handfläche berührten. »Ich verdiene das nicht«, sagte er mit gepreßter Stimme. »Warum seid Ihr so gut zu mir, Rebecca?«

Da sie spürte, daß diese Frage nicht rhetorisch gemeint war, überlegte sie einen Moment, ehe sie antwortete: »Ich nehme an, das ist eine Art von Dank für die Tatsache, daß mein Weg so glatt und eben gewesen ist, was meinen kreativen Werdegang anlangt. Oder was ich vielleicht zu finden hoffte, wenn man meinem Wunsch, zu malen, so viel Widerstand entgegengesetzt hätte wie Euch.«

»Ich verdiene das nicht«, wiederholte er, während sich in seinen Augen ein verdächtiger Schimmer zeigte. »Wenn Ihr wüßtet ...«

Es war ein Moment, der leicht in eine gefährliche Emotion abgleiten konnte. Sie bemühte sich, nicht diese heftig pochende Ader an seinem Hals zu betrachten. Er hatte so etwas nicht erwartet, war überrascht und dankbar, daß sie seine Träume ernst nahm.

Was würde passieren, wenn sie jetzt vor ihn hintrat und ihm das Gesicht entgegenhob?

Ihre Hand zu einer Faust zusammenrollend, drehte sie sich von ihm fort. »Ihr werdet eines Tages sicherlich feststellen, daß Ihr Euch dieses Studio und Euren Malunterricht redlich verdient habt, wenn Ihr mir zu meinem Gemälde so oft und so lange Modell gestanden habt, wie ich das für nötig halte«, sagte sie im energischen Ton. »Kommt jetzt. Es ist höchste Zeit, daß wir mit der Sitzung beginnen.«

Mit einem vor Rührung wie zugeschnürten Hals folgte Kenneth Rebecca zurück in ihr Studio. Es dauerte ein paar Minuten, bis er wieder genau die gleiche Pose wie in der vergangenen Nacht auf dem Sofa eingenommen hatte. Als sie dann anfing, die Umrisse seiner Gestalt auf der Leinwand zu skizzieren, dachte er daran, daß er binnen weniger Stunden einen Lehrer, ein Studio und einen Menschen gefunden hatte, mit dem er offen über den größten Wunschtraum seines Lebens sprechen konnte. Alles wäre perfekt gewesen, wenn Sir Anthony ihm nicht vorhin enthüllt hätte, daß er sich für den Tod seiner Frau verantwortlich fühlte. Würde ihm der Maler noch mehr verraten haben, wenn er, Kenneth, ihn unter Druck gesetzt hätte? Vermutlich nicht. Sir Anthonys Worte waren nicht für fremde Ohren bestimmt gewesen.

Mit einer grimmigen Ehrlichkeit erkannte Kenneth nun, daß er vorhin auch nicht das Verlangen danach gehabt hatte, noch mehr von Sir Anthony zu erfahren. Es war durchaus möglich, daß ein Streit zwischen zwei so temperamentvollen Ehepartnern vielleicht zu einer ungewollten Gewalttat eskaliert war.

Die Liebesaffären der beiden Seatons hatten zweifellos eine Fülle von Motiven für einen Streit und sogar für einen Tötungsdelikt geliefert. Vielleicht hatte George Hampton Helen dazu überredet, ihren Gatten zu verlassen und offen mit ihrem Liebhaber zusammenzuleben; und Sir Anthony war bei dieser Nachricht von einem ›mörderischen‹ Zorn ergriffen worden. Oder möglicherweise war Helen so eifersüchtig auf diese mysteriöse Mätresse ihres Mannes geworden, wie ihr das bei seinen früheren Geliebten noch nie passiert war. Oder vielleicht hatte diese Mätresse beschlossen, ihre Rivalin aus dem Weg zu räumen, und Sir Anthony hatte nach der Tat davon erfahren und die Beziehung zu ihr beendet, es aber nicht fertiggebracht, seine bisherige Geliebte dem Gericht zu überantworten, weil er sich für den wahren Schuldigen am Tod seiner Frau hielt.

Warum konnten diese Leute sich nicht darauf beschränken, mit ihren Ehepartnern zu schlafen, verdammt noch mal?

Er wurde aus seinem Gedankengang herausgerissen, als Rebecca von ihrer Arbeit aufsah und sagte: »Dieser gefährliche Ausdruck auf Eurem Gesicht ist gut, aber Ihr müßt versuchen, Euch ein wenig zu entspannen, weil Ihr sonst spätestens in einer halben Stunde Muskelkrämpfe bekommt.«

Er bemühte sich, ihrer Anweisung Folge zu leisten. Es war gewiß angenehmer, sich zu überlegen, ob Rebeccas nachlässig im Nacken aufgesteckte Haare die ganze Sitzung über in diesem Zustand verharren oder sich bei der nächsten etwas heftigeren Bewegung ihres Kopfes aus ihren Spangen lösen und ihr über die Schultern hinunterrollen würden.

Auch ihre unglaubliche Großzügigkeit, ihm einen Arbeitsraum und die zum Malen notwendigen Gerätschaften zur Verfügung zu stellen, hätte ihm reichlich Stoff für angenehme Gedanken geliefert, wenn sich dabei nicht auch sein schlechtes Gewissen in ihm gerührt und ihm die Freude daran verdorben hätte.

Das Sofa sackte in diesem Moment unter dem Gewicht von Gray Ghost ein, der aus irgendeinem verborgenen Winkel des Studios hervorgekrochen sein mußte, um dann auf das Sofa zu springen und sich dort in einer perfekten Pose neben Kenneths Schenkel niederzukauern, was Kenneth zu der Bemerkung veranlaßte: »Euer Kater ist das geborene Künstlermodell.«

»Er ist sicherlich sehr gut, was das Ausharren in einer Pose betrifft.« Die Stirn runzelnd, zog Rebecca sich nun einen mit Farben beschmierten Kittel an. »Ich habe noch nie Malunterricht gegeben, und ich weiß daher nicht so recht, wo ich anfangen soll. Wie ich Euch bereits gesagt habe, ist das Malen genauso ein Handwerk wie die Herstellung von Uhren oder das Beschlagen von Pferden. Ein Maler, der sein Handwerk hervorragend beherrscht, ist jedoch nicht notwendigerweise auch ein großer Künstler. Aber auch ein Talent wird ohne handwerkliches Geschick niemals ein großer Künstler werden.«

»Mit dieser Erklärung habt Ihr mir bereits eine wichtige Lektion erteilt«, sagte Kenneth. »Nun nehmt einmal an, daß ich nichts über Ölfarben und über den Umgang mit diesen Farben weiß, was der Wahrheit ja auch sehr nahe kommt.«

»Gut«, erwiderte sie und dachte einen Moment nach. »Die großartigen Gemälde der alten Meister wurden mit größter Sorgfalt und Mühe hergestellt, wobei das endgültige Bild zumeist das Ergebnis einer Reihe von übereinanderliegenden Farbschichten ist, so daß leuchtende Farben einer tieferen Schicht oft in einer sanften Glut durch transparente darüberliegende Schichten hindurchschimmern. Herrliche Effekte konnten auf diese Weise erzielt werden; aber das Ganze war ein sehr zeitraubendes Verfahren. Heute befleißigt man sich einer direkten Malweise, indem man die Farben, die auf einem Gemälde erscheinen sollen, von Anfang an verwendet. Diese Technik erlaubt ein viel schnelleres Arbeiten, und was man dabei an Tiefe verliert, wird durch Spontanität wieder wettgemacht.«

»Ist das der Grund, warum Euer Vater so produktiv sein kann?«

»Das ist einer der Gründe«, pflichtete sie ihm bei. »Aber er bereitet sich auch in technischer Hinsicht sehr gründlich auf seine Arbeiten vor. Ehe er ein Gemälde in Angriff nimmt, mischt er die Grundfarben, die Halbtöne und die Glanzlichter an, die er wahrscheinlich für die Darstellung des Themas oder des Gegenstandes, das oder den er sich vorgenommen hat, benötigen wird. Das bedeutet, daß er seine Arbeit nur selten unterbrechen muß, um Farben anzumischen. Ich habe ihn in einer einzigen Sitzung herrliche formlose Porträts malen sehen.«

»Ich nehme an, daß Ihr die gleiche Arbeitsweise wie Euer Vater verwendet?«

Sie nickte und kam zu ihm, um ihm ihre Palette zu zeigen.

»Jeder Maler hat sein besonderes System, sich seine Farben zurechtzulegen. Es ist üblich, die weiße Bleifarbe dem Daumenloch am nächsten anzuordnen, weil man diese Farbe auch am meisten verwendet. Abgesehen von dem Weiß, bleibt es jedem Maler selbst überlassen, wie er seine Palette gestaltet. Ich für meine Person benütze zunächst ein Dutzend reiner Farben, die ich am Rand anordne. Darunter kommt eine zweite Reihe von Farbabtönungen, die sehr unterschiedlich sein können, je nachdem, was ich gerade male. Ich habe hier einen Satz von Fleischfarbenabtönungen und einen Satz von Farbschattierungen für ein dunkles Interieur angemischt. Für eine Landschaft würde ich ganz andere Grundfarben in verschiedenen Abstufungen verwenden.«

Er studierte ihre Palette und prägte sich deren Anordnung genau ein. Es war ein so sinnvolles und praktisches Verfahren, dessen Vorteile ihm sofort einleuchteten.

Rebecca kehrte nun wieder zu ihrer Staffelei zurück und sagte: »Später werde ich Euch auch noch genau erklären, wie man eine Leinwand für ein bestimmtes Bild vorbereitet. Im Augenblick möchte ich mich mit dem Hinweis begnügen, daß man mit der Grundierung der Leinwand für das Gemälde beginnt – also mit einer die ganze Oberfläche der Leinwand bedeckenden Grundfarbe. Die Grundierung ist eine die gesamte Farbgestaltung des Gemäldes beeinflussende Komponente, selbst wenn sie im Verlauf des Herstellungsprozesses vollständig übermalt wurde. In der Regel wird ein dunkles Braun als Grundierung verwendet, weil sie den Farben eine gewisse Sattheit verleiht. Ich ziehe es jedoch normalerweise vor, hellere Farben für die Grundierung zu verwenden, um damit ein lichteres oder leuchtenderes Kolorit zu erzielen.«

Sie wischte sich nun ungeduldig eine rotbraune Lokke, die ihr in die Augen hing, aus der Stirn und brachte damit die ganze Masse ihrer nachlässig aufgesteckten Haare aus dem Gleichgewicht, die ihr nun in einer üppigen kastanienbraunen und rotgoldenen Flut bis zu den Hüften hinunterrollten. Kenneth hielt bei deren Anblick den Atem an, da diese prächtigen, wie geschmolzenes Kupfer aussehenden, ihre Gestalt umschmeichelnden Haare einen größeren sinnlichen Reiz ausübten als viele Frauen mit ihrem ganzen Körper.

Er holte tief Luft und sagte, sich um einen sachlichen Ton bemühend: »Es wäre ein Verbrechen, solche Haare, wie Ihr sie habt, abzuschneiden; aber wenn man sieht, wie sie Euch bei der Arbeit stören, werdet Ihr vermutlich doch zuweilen in die Versuchung kommen, das zu tun.«

»Vater erlaubt mir das nicht. Er benützt mich jedesmal, wenn er eine weibliche Figur mit vielen Haaren braucht, als Modell.« Und mit einer raschen, von langer Übung zeugenden gleichmütigen Kopfbewegung fing sie die Flut ihrer aufgelösten Haare wieder ein, drehte sie zu einem lockeren Zopf zusammen, den sie dann zu einem Knoten aufrollte und mit Hilfe eines Pinsels, dessen hölzernen Stiel sie durch dessen Mitte schob, um ihn zusammenzuhalten, auf ihrem Kopf befestigte.

Dann nahm sie ihre Palette in die linke Hand und sagte: »Die Leinwand wurde von mir bereits grundiert, und ich habe vorhin auch schon die wichtigsten Figuren und Bildelemente in Umrissen skizziert. Jetzt bin ich also so weit, daß ich mit dem eigentlichen Malen beginnen kann.«

Sie tauchte nun einen breiten Pinsel in eine der von ihr angemischten Farben auf ihrer Palette ein und begann diese mit raschen Pinselstrichen auf die Leinwand aufzutragen, wobei sie nicht vergaß, ihm jedesmal zu erklären, was sie gerade machte. Kenneth hörte ihr aufmerksam zu und versuchte, jedes Wort seinem Gedächtnis einzuprägen, als sich das von ihr und ihrem Vater angehäufte Wissen wie ein goldener Strom aus ihrem Mund ergoß. Selbst in den Royal Academy Schools hätte er vermutlich keinen so guten Unterricht bekommen wie von Sir Anthonys Tochter.

Nach einer Weile begannen ihre Worte nur noch spärlich zu fließen, bis sie schließlich ganz aufhörten und sie sich nur noch auf ihre Arbeit konzentrierte. Kenneth störte das nicht. Er war ihr sogar dafür dankbar, daß sie ihm Gelegenheit gab, diese Fülle von Informationen, die sie ihm bereits geliefert hatte, gedanklich zu verarbeiten.

Er entdeckte nun auch, daß die Pose, die er für sie hatte einnehmen müssen, ihm die Gelegenheit dazu verschaffte, sie genau zu beobachten. Mit dieser Intensität und dieser für ein so zierliches Wesen erstaunlichen, fast stählernen Kraft, mit der sie malte, würde sie ein großartiges Sujet für ein Gemälde abgeben, das den Künstler bei der Arbeit zeigte. Vielleicht war er eines Tages so weit, daß er so ein Porträt von ihr malen konnte.

Besser noch, dachte er, wenn er sie als Akt malen würde, nur eingehüllt in die schimmernde Flut ihrer prächtigen Haare. Und bei diesem Gedanken versuchte er sich nun ihren nackten schlanken Körper in diesem formlosen Kittel vorzustellen, den sie beim Malen trug, und sich zu fragen, wie rund oder voll ihre Brüste wohl sein mochten.

Eine Welle der Hitze breitete sich jetzt in ihm aus. Verdammt! Er würde noch in Flammen aufgehen, wenn er nicht rasch an etwas anderes dachte! Er zwang sich dazu, an ihr vorbeizuschauen. Es war jetzt bald so weit, daß man in Sutterton mit der Aussaat beginnen konnte. Er mußte einen Brief schreiben und Jack Davidson um Auskunft bitten, was er denn in diesem Jahr dort anbauen wollte. Auch sollte er seinen Platz im Parlament einnehmen. Das konnte er natürlich erst tun, wenn seine Mission hier beendet war. Ob der Knoten, zu dem Rebecca sich die Haare mit Hilfe eines Pinsels aufgesteckt hatte, tatsächlich bis zum Ende der Sitzung halten würde?

Seine Gedanken sprangen nun von einem Thema zum anderen, während die Pose, die er anfangs mühelos eingehalten hatte, allmählich zu einer beschwerlichen und schließlich zu einer qualvollen Angelegenheit wurde. Als sie unerträglich wurde, rief er: »Es ist höchste Zeit, daß wir mal eine Pause machen!« Er sprang vom Sofa auf und streckte die Arme an die Decke, um seine verkrampften Muskeln zu lockern. Es mußte inzwischen mindestens eine Stunde vergangen sein. Vielleicht sogar zwei, dachte er, und fragte: »Werdet Ihr denn nie müde, wenn Ihr arbeitet?«

Rebecca sah von ihrer Leinwand auf und blinzelte, als würde sie aus einer Trance erwachen. »Doch, aber ich merke das immer erst hinterher.«

»Gray Ghost kann viel besser posieren als ich. Ich wette, er hat die ganze Zeit über nicht mal mit einem Schnurrhaar gezuckt«, erklärte Kenneth sichtlich beeindruckt und humpelte zum Kamin, um den Wasserkessel über das Feuer zu hängen. Dann ging er mit steifen Beinen, sich den schmerzenden Nacken massierend, auf die Stelle zu, wo die Staffelei stand. »Kann ich mir mal anschauen, was Ihr bis jetzt gemalt habt?«

»Ich möchte Euch das Bild lieber erst in einem etwas fortgeschritteneren Stadium zeigen«, erwiderte sie und drehte die Staffelei mit dem sich darauf befindlichen Gemälde der Wand zu, damit er es nicht betrachten konnte. »Es wird Zeit, daß wir mit der ersten Lektion Eurer praktischen Ausbildung beginnen«, sagte sie dann.

Während sie ihren Tee tranken, sprach sie vom Spannen und Leimen der Leinwand, vom Grundieren und Firnissen, von der Technik des Lasierens und dem Vertreiben der Umrisse und Farben mit hauchdünnen Lasurschichten und so fort. Und als ihm der Kopf schwirrte von all diesen technischen Begriffen, stellte sie ihre Tasse weg, stand auf und sagte: »Aber jetzt habe ich genug geredet für einen Nachmittag. Wenn ich nicht aufpasse, erschlage ich Euch noch mit all meiner Theorie.« Sie deutete auf eine Truhe an der Wand. »Sucht Euch dort jetzt ein paar Gegenstände aus und stellt sie dann dort drüben auf dem kleinen Tisch zu einem Stillleben zusammen.«

Gehorsam begab er sich zu dieser Truhe und wählte dort, ihren Anregungen folgend, einen hübschen Pokal, den Gipsabdruck einer antiken griechischen Büste und noch ein halbes Dutzend anderer Gegenstände für das Stilleben aus. Und nachdem er diese Gegenstände auf einem faltenreichen Stück Samt zu einer Gruppe zusammengestellt hatte und mit dem Arrangement der Stükke zufrieden war, schob sie eine zweite Staffelei an den Tisch heran und erklärte: »Ich habe eine Reihe von gerahmten Leinwänden mit verschiedenfarbigen Grundierungen vorbereitet, mit denen Ihr experimentieren könnt.«

Dann nahm sie einen Pinsel und reichte ihm diesen feierlich mit dem Stiel voran zu. »Jetzt ist der Augenblick für Euch gekommen, mit dem Auftragen der Farben auf Leinwand zu beginnen«, sagte sie mit einem aufmunternden Lächeln.

Als er als Rekrut in die Armee eingetreten und den Fahneneid abgelegt hatte, hatte man ihm auf ähnliche Weise ein Gewehr überreicht, das ihn auf einen langen, beschwerlichen und dornenreichen Weg geschickt hatte. Er fragte sich, wohin dieses neue Werkzeug ihn jetzt wohl führen mochte.

Mit wild pochendem Herzen nahm er ihr den dargebotenen Pinsel aus der Hand.

Kapitel 12

Der Pfad schlängelte sich vor ihm zwischen Bäumen und Buschgruppen dahin, bis er vom Nebel verschluckt wurde. »Vorwärts«, befahl Kenneth und gab dem Pferd den Kopf frei, das nun einen Satz nach vorn machte und den Pfad hinuntergaloppierte.

Ein paar Minuten lang war sein Geist frei von allen ihn belastenden Gedanken und nur von der Freude erfüllt, auf dem Rücken eines guten Pferdes sitzen zu können und das Prickeln des Winterwindes auf den Wangen zu spüren. Doch als er nach einer Weile das Pferd zügeln und es nach Seaton House zurücklenken mußte, holte ihn die Wirklichkeit wieder ein.

Meistens fühlte er sich am Morgen, wenn er Sir Anthonys Pferd bewegt hatte, erfrischt und munter. Aber nicht heute. Dafür war ihm die Malstunde gestern noch zu lebhaft in Erinnerung. Sie war nicht so verlaufen, wie er sich das vorgestellt hatte. Der Unterschied zwischen Öl- und Wasserfarben war beträchtlich. Sie hatten ein ganz anderes Gewicht, einen ganz anderen Fluß und man mußte auch ein ganz anderes Gefühl für sie haben als für Wasserfarben. Jedenfalls hatten sie sich auf eine ihn geradezu erbitternde Weise geweigert, sich so zu verhalten, wie er sich das wünschte.

Obwohl er schon immer eine geringere Meinung von seinen künstlerischen Fähigkeiten gehabt hatte als andere, war ihm erst gestern bewußt geworden, wie verwöhnt er doch von dem Lob seiner Freunde bei der Armee gewesen war. Auch Catherine Melbourne und Anne Mowbry waren stets begeistert gewesen von den Skizzen, die er von ihren Familien angefertigt hatte. Und obwohl er gewußt hatte, daß sie deren künstlerischen

Wert überschätzten, hatten ihm die Komplimente doch gutgetan.

Bei Rebecca konnte er aber unmöglich die Augen davor verschließen, wie amateurhaft doch seine Bemühungen im Vergleich zu ihren Arbeiten waren. Er war sich wie ein dummer, ungeschickter Esel vorgekommen. Das war nicht ihre Schuld gewesen. Sie hatte seinen ersten Versuch, in Öl zu malen, ruhig und objektiv kommentiert, und er hatte auch nicht die Spur eines Tadels aus ihrer Stimme herausgehört. Trotzdem hätte er am liebsten die Staffelei mit einem Tritt in den hintersten Winkel ihres Studios befördert, als er das Ergebnis seiner ersten Malstunde betrachtete. Und er hatte in diesem Moment auch nachvollziehen können, warum Sir Anthony Wutanfälle bekam und mit Gegenständen um sich warf, wenn er mit seiner Arbeit unzufrieden war.

Als er dann später am Abend noch einmal in den Speicher hinaufgestiegen war, um in seinem Atelier noch einen zweiten Versuch zu machen und ein Stilleben in Öl zu malen, hatte er geglaubt, daß es diesmal besser damit klappen würde, weil er sich unbeobachtet fühlte und deshalb unbefangener an die Sache herangehen könnte. Aber wie grausam er sich doch getäuscht hatte! Es war ihm nicht einmal gelungen, eine einfache Tonschüssel halbwegs zufriedenstellend in Öl abzubilden. Jedenfalls hatte sie ihn auf der Leinwand eher an einen Kuhfladen erinnert, und er hatte seine Sitzung damit beendet, daß er wütend die Farbe wieder von der Leinwand heruntergekratzt hatte, weil er den Anblick seines Versagens nicht ertragen konnte.

Er suchte sich nun mit dem Gedanken zu beruhigen, daß er ja erst eine einzige Malstunde gehabt hatte. Nur die Übung macht den Meister, sagte doch ein Sprichwort. Er würde mit der Zeit sicherlich bessere Ergebnisse erzielen als gestern. Trotzdem wurde er das bittere Gefühl nicht los, daß sein bescheidenes Zeichentalent nicht dafür ausreichen würde, echte Kunstwerke zu erschaffen.

Als er wieder in Seaton House anlangte, stieg er von dem braunen Wallach herunter und führte ihn in den Stall. Er rieb ihn gerade mit Stroh ab, als Phelps, Sir Anthonys Kutscher und Stallknecht, mit einer zwischen die Zähne geklemmten Tonpfeife aus seiner kleinen Wohnung über dem Stall herunterkam. Nachdem Phelps ihn mit einem Nicken begrüßt hatte, stellte er sich unter die Stalltür und blickte in den Hof hinaus.

Phelps war der einzige von Sir Anthonys Bediensteten, der schon zu Lady Seatons Lebzeiten im Hause gewesen war. Doch sein verschwiegenes Wesen machten ihn zu einer schlechten Informationsquelle. Aber Kenneth mochte den Mann und schätzte seine Gesellschaft. Nachdem er das Pferd trockengerieben hatte, trat er zu Phelps unter die Stalltüre und sagte: »Ein kalter Morgen heute. Man kann kaum glauben, daß es jetzt bald Frühling werden soll.«

»Kann nicht früh genug sein«, erwiderte Phelps, an seiner Pfeife saugend, um den Rauch dann langsam durch die Nase entweichen zu lassen. »Bin froh, wenn wir London verlassen und in das Landhaus umziehen.«

»Wann zieht Sir Anthony denn in der Regel aufs Land?«

Wieder ringelte sich eine Tabakswolke in den Nebel hinauf. »Ungefähr zwei Wochen nach Eröffnung der Ausstellung in der Royal Academy.«

Das Datum für die Eröffnung dieser jährlich stattfindenden Ausstellung war immer der erste Montag im Mai, so daß der Umzug in den Seenbezirk also Mitte Mai stattfinden mußte. Bis dahin waren es noch zwei Monate.

Kenneth fragte sich, ob er dann noch ein Mitglied von Sir Anthonys Haushalt sein würde.

»Hält sich denn Miss Seaton auch lieber auf dem Land als hier in der Stadt auf?«

»Oh, ja. Das bekommt ihr gut. In London setzt Miss Rebecca doch so gut wie nie einen Fuß vor das Haus.«

Es wurde Kenneth nun bewußt, daß Phelps recht hatte. Er machte sich im Geiste eine Notiz, daß er Rebecca dazu überreden sollte, öfter an die frische Luft zu gehen.

Da Phelps heute in einer relativ gesprächigen Laune zu sein schien, sagte Kenneth: »Wie ich hörte, sollen auch viele von Sir Anthonys Bekanntenkreis in den Seenbezirk umziehen, wenn er London verläßt.«

»Aye, richtig. Lady Claxton, Lord Frazier und noch ein halbes Dutzend andere von seinen Bekannten.« Phelps schnitt eine Grimasse. »Als ob wir sie in London nicht schon genug zu sehen bekämen.«

»Auch George Hampton verbringt dort den Sommer, nicht wahr?«

»Er macht dort nur ein paar Wochen Urlaub, weil er ja seine Druckerei beaufsichtigen muß, die er hier in London betreibt«, erklärte Phelps. »Meistens im August.«

Kenneth fragte sich, ob es von Bedeutung war, daß Helen Seaton im gleichen Monat gestorben war, in dem George Hampton sich dort in ihrer Nachbarschaft aufgehalten hatte. Als ihr Liebhaber mußte er notwendigerweise zum Kreis der Verdächtigen gehören. »Wie ich hörte, hat Hampton auch die Leiche von Lady Seaton nach ihrem tödlichen Unfall entdeckt.«

Die Zähne des Kutschers schlossen sich jetzt hörbar um seinen Pfeifenstiel. Nach einem längeren Schweigen meinte er widerstrebend: »Da habt Ihr richtig gehört. Das war ein schlimmer Tag. Ein sehr schlimmer Tag.«

»Ihr Tod muß ein großer Schock für Euch gewesen sein.«

»Vielleicht nicht gar so groß, wie Ihr meint«, erwiderte Phelps geheimnisvoll.

Betroffen studierte Kenneth nun das Gesicht des Kutschers.

»Habt Ihr denn so eine Tragödie erwartet?«

»Nicht erwartet. Aber überrascht hat es mich nicht.«

Da Kenneth spürte, daß der Kutscher ihm nicht die Gründe nennen würde, die ihn zu dieser Aussage veranlaßten, sagte er: »Wie ich hörte, sollen Mr. Hampton und Lady Seaton sich auch sehr ... nun ... nahegestanden haben.«

Phelps spuckte auf die Pflastersteine im Hof. »Zu nahe. Sir Anthony hätte Hampton mit einer Reitpeitsche verprügeln sollen. Aber nein, sie waren die besten Freunde. Sind es noch. Ein schamloses Völkchen, diese Leute. Wahrhaftig!«

»An solche Sitten bin auch ich nicht gewöhnt«, gab ihm Kenneth recht. »Und wie steht es mit Lord Frazier? Er scheint mir auch ein Auge für Ladies zu haben, die eigentlich jemand anderem gehören.«

»Aye. Es macht ihm besonders viel Spaß, wenn er Sir Anthony eine Frau wegnehmen kann.« Der Kutscher lächelte ein bißchen. »Nicht, daß Sir Anthony das stören würde. Er hat schließlich Wichtigeres zu tun, als immer nur auf irgendwelche Frauen aufzupassen.«

Durchaus möglich, daß unterschwellig eine Rivalität zwischen diesen beiden Männern existierte. Das konnte vielleicht auch auf Hampton zutreffen. Sir Anthonys Berühmtheit als Künstler übertraf bei weitem jene seiner beiden alten Freunde. Kenneth überlegte nun, ob er dem Kutscher jetzt noch weitere Fragen stellen oder besser das Thema wechseln sollte. Denn er hatte als

Nachrichtenoffizier gelernt, daß Informanten mißtrauisch wurden, wenn man zu viel auf einmal von ihnen wissen wollte, und dann als Nachrichtenquelle für immer versiegten. Deshalb plauderte er jetzt noch eine Weile mit Phelps über Pferde, ehe er sich mit einer Entschuldigung wieder ins Haus zurückzog.

So ausführlich wie heute hatte Phelps sich noch nie zu der Familientragödie geäußert. Interessant war dabei, daß er zwar nicht mit Lady Seatons plötzlichem Tod gerechnet, dieser ihn aber auch nicht sonderlich überrascht hatte. Vielleicht hatte Helen Seaton zu jener Sorte von Menschen gehört, die so aussahen, als würden sie nicht alt werden. Kenneth war schon öfter Menschen begegnet, die auf eine unsichtbare Weise das Kainsmal eines frühen Todes in sich zu tragen schienen. In der Armee waren solche Männer oft zu Helden oder Märtyrern geworden. Vielleicht lebten diese Menschen zu schnell und verbrauchten das ihnen zugeteilte Maß irdischen Daseins in einer kürzeren Zeit, als das der überwiegende Teil der Menschheit normalerweise tat.

Maria war so ein Mensch gewesen. Auf einer gewissen Ebene hatte sie immer gewußt, daß ihr kein langes Leben beschieden war. Vielleicht hatte dieses Wissen zu der Intensität ihrer Affäre beigetragen.

Kenneth wusch sich jetzt und zog sich um, ehe er zum Frühstück hinunterging. Gegen ihre Gewohnheit hatte Rebecca sich in dieser frühen Zeit ebenfalls im Frühstückszimmer eingefunden, wo sie nun gähnend ihren Kaffee trank und ihren Toast verzehrte. Sie hatte ganz kleine Schlafzimmeraugen und ihre prächtigen Haare locker mit einem grünen Band im Nacken zusammengebunden. Sie sah zum Verlieben aus, und bei ihrem Anblick besserte sich Kenneths trübe Laune sofort. »Guten Morgen«, sagte er munter. »Ihr seid heute ja früher aufgestanden als sonst.«

»Aber nicht freiwillig«, erwiderte sie, ihm einen geschmerzten Blick zuwerfend. »Ich hasse Leute, die es lieben, schon morgens bei Anbruch der Dämmerung aus den Federn zu kriechen.«

Er grinste. »Die Sonne ist aber schon vor einer Stunde aufgegangen. Es war herrlich, sie im Park wie eine goldene Scheibe im Nebel schwimmen zu sehen.«

»Ihr solltet das malen«, sagte sie, einen Teelöffel voller Marmelade auf einer Scheibe Toast verteilend. »Das würde mir als Sonnenaufgang genügen.«

Er nahm einen Teller vom Büfett und bediente sich mit Schinken, Rührei und gebackenen Austern. »Wie grausam von Euch, so etwas zu mir zu sagen«, erklärte er. »Ich würde diesem Sujet keinesfalls gerecht werden.«

»Das werdet Ihr aber. Das ist nur eine Frage der Zeit.«

Er stellte seinen Teller auf dem Tisch ab und nahm dann ihr gegenüber Platz. »Geduld ist noch nie meine Stärke gewesen«, sagte er.

»Darauf wäre ich nie gekommen«, erwiderte sie trokken.

Er lachte. »Wenn Ihr Euch ärgert, seht Ihr aus wie ein wütendes ingwerfarbenes Kätzchen.«

Sie unterdrückte ein Lächeln. »Meine Haare sind nicht ingwerfarben, sondern von einem leuchtenden Rotbraun und keineswegs so struppig wie bei einer wütenden Katze.«

»Nicht gar so struppig, das ist wahr«, meinte er lächelnd. »Übrigens hat Euer Vater vor, mich heute nachmittag mit seinem Anwalt bekanntzumachen, damit ich mit ihm ein paar finanzielle Angelegenheiten besprechen soll. Also werde ich Euch nicht vor drei Uhr nachmittags als Modell zur Verfügung stehen können.« Er machte sich nun mit großem Appetit über seinen Teller her. »Es war heute morgen ein wirklich herrlicher Morgen im Park. Ihr geht viel zu selten aus, Rebecca. Sollte ich Euch nicht einmal ins Britische Museum begleiten, damit Ihr dort die Elgin Marbles besichtigen könnt?«

»Nein!«, erwiderte sie scharf. »Ich habe kein Verlangen danach, in London herumgeführt zu werden wie ein Schulmädchen.«

»Ihr werdet hier aber noch verkümmern wie eine Topfpflanze, die nie an die frische Luft kommt und nie die Sonne sieht.«

»Beides Dinge, die im März in London praktisch niemals vorkommen«, gab sie zurück.

»Ich weiß ja, wie sehr Ihr an Eurer Arbeit hängt«, sagte er nun, seinen neckenden Ton aufgebend. »Aber Ihr solltet wirklich öfter ausgehen. Ihr lebt hier im Herzen einer der aufregendsten Städte Europas wie eine Einsiedlerin.«

Sie schlug die Augen nieder. »Im Sommer halte ich mich oft im Freien auf. Doch London ist mir zu laut und zu schmutzig.«

Seiner Intuition folgend, fragte er: »Ist das der wahre Grund für Euer Einsiedlerdasein? Oder vielmehr die Tatsache, daß Ihr Euch hier in London wie eine von der Gesellschaft Ausgestoßene fühlt?«

Sie fing nun an, ihre Toastscheibe in klebrige Krümel zu verwandeln. »Es wäre nicht so schlimm, wenn ich hier Plätze aufsuchen würde, wo mich niemand kennt. Aber mich zu einer Zeit, wo die vornehme Gesellschaft zu promenieren pflegt, im Park oder Museum sehen zu lassen, die zu ihren beliebten Ausflugszielen gehört, ist eine ganz andere Geschichte. Ich nehme an, daß dies kein Zeichen von Charakterstärke ist, aber ich würde mich dort nicht wohlfühlen.«

Er runzelte die Stirn. »Es sind jetzt fast zehn Jahre vergangen, seit Ihr mit einem jungen Mann durchgebrannt seid. Man muß diesen Skandal inzwischen doch längst vergessen haben.«

Sie lächelte humorlos. »Ihr unterschätzt das Gedächtnis der gesellschaftlich Rechtschaffenen. Ich bin vor einem halben Jahr bei meinem letzten Ausflug in das Britische Museum einer Schulfreundin begegnet. Ich kann Euch versichern, daß es kein angenehmes Wiedersehen für mich gewesen ist. Sie hat mich wie eine Aussätzige behandelt.«

»Ich meine doch, daß die Stellung Eures Vaters Euch vor so einer Behandlung beschützen müßte, wenn Ihr auszugehen wünscht.«

»Er ist ein berühmter Künstler, vom König in den Adelsstand erhoben. Ich hingegen bin eine entehrte Jungfer, also eine Schande für die Gesellschaft. Für mich gibt es nur einen Platz am Rande der Kunstwelt.« Sie blickte kurz zu ihm hoch. »Da Ihr von der Pike auf gedient habt, werdet Ihr vermutlich auch bei der Armee mit sozialer Ächtung Bekanntschaft gemacht haben. Oder hat man Euch als Offizier sofort respektiert, weil Ihr eine honorige Abstammung vorweisen konntet?«

Mit einem dünnen Lächeln erwiderte er: »Es kam mir gar nicht erst in den Sinn, zu versuchen, andere Offiziere von meiner gesellschaftlichen Ebenbürtigkeit zu überzeugen. Das war eine sehr lehrreiche Erfahrung für mich. Ein paar Leute vom Offizierskorps verachteten mich meiner vermutlich vulgären Abstammung wegen. Die meisten akzeptierten mich jedoch, als ich ihnen meine Kompetenz bewies.« Er dachte jetzt an Michael Kenyon. »Und einige mochten mich so, wie ich war, und wurden meine Freunde.«

Sie seufzte. »Ihr seid mutiger als ich. Ich ziehe es vor, die Gesellschaft zu meiden, statt sie herauszufordern.«

Es war vermutlich leichter, in der Armee soziale Schranken zu ignorieren, wo der Krieg die höchsten Maßstäbe setzt, als in der künstlichen Welt von London, wo der Status alles bedeutete. Trotzdem hatte auch er, wie sie zu recht vermutete, genügend Erfahrung mit Leuten gemacht, die meinten, ihn schneiden zu müssen, und wußte, wie unangenehm so etwas sein konnte.

Sobald er die gesellschaftliche Stellung einnahm, die ihm kraft seiner Geburt und seines Ranges zustand, würde er beiden, Rebecca und Beth, helfen können. Und wenn Rebecca erst einmal damit anfing, auszugehen und Freundschaften zu schließen, würde sie nicht mehr ständig unter dem Trauma ihrer Vergangenheit leiden. Dann würde sie ein erfüllteres, sie eher zufriedenstellendes Leben führen können.

Sicherlich würden Michael und Catherine, wenn sie mit dem Beginn der Saison nach London kamen, bereit sein, Rebecca bei sich zu empfangen. Die beiden Frauen würden zweifellos Gefallen aneinander finden. Doch der Gedanke daran verschwand so schnell, wie er ihm gekommen war. Solange Kenneth als Sir Anthonys Sekretär fungierte, konnte er in gesellschaftlicher Hinsicht nichts für Rebecca tun. Zum Henker mit diesen Täuschungen, zu denen sein Auftrag ihn zwang!

Aber es konnte noch einen anderen, sogar besseren Weg geben, Rebecca wieder in der Gesellschaft zu etablieren. »Ihr könntet Euch Euren eigenen Platz in der Gesellschaft erobern, wenn Ihr Eure Werke ausstellen würdet. Als anerkannte Künstlerin wurde Angelica Kauffmann in den höchsten Gesellschaftskreisen empfangen, obwohl auch sie Anlaß zu einer Reihe von Skandalgerüchten gegeben hatte.«

Rebeccas Gesicht verhärtete sich. »Ich habe kein Verlangen danach, meine Bilder auszustellen.«

»Ihr könntet aber doch wenigstens einige von Euren Gemälden der Prüfungskommission für die diesjährige Ausstellung vorlegen«, versuchte er sie zu überreden. »Ihr habt Dutzende von Bildern, die dafür geeignet wären.«

Sie knüllte ihre Serviette zu einem Ball zusammen, warf sie auf ihren Teller und erhob sich vom Tisch. »Ihr habt mir wohl nicht richtig zugehört, Captain«, sagte sie schroff. »Ich sagte, daß ich daran nicht interessiert bin.« Damit drehte sie sich um und verließ das Frühstückszimmer.

Er blickte ihr stirnrunzelnd nach. Zu schade, daß sie Angst hatte, die Grenzen ihrer sicheren kleinen Welt zu überschreiten. Er mußte da etwas unternehmen. Als er nun ebenfalls vom Tisch aufstand und sich auf den Weg zum Büro machte, um mit Sir Anthony über die geschäftlichen Angelegenheiten zu sprechen, die heute erledigt werden mußten, fragte er sich, warum er sich so sehr dazu genötigt fühlte, Rebecca zu helfen. Es konnte doch nicht nur sein Wunsch sein, sie für das zu entschädigen, was sie für ihn tat.

Er hatte das unangenehme Gefühl, daß er versuchte, schon jetzt Abbitte zu leisten für den Schmerz, den er ihr zweifellos zufügen mußte, wenn er seinen Auftrag erfüllte.

Rebecca marschierte in ihr Studio hinein und warf die Tür hinter sich zu. Sie hätte sich wie gewöhnlich ihr Frühstück auf einem Tablett in ihr Zimmer bringen lassen sollen, statt sich unten mit diesem unerträglichen, arroganten männlichen Wesen an einen Tisch zu setzen und sich dessen Belehrungen anzuhören. Das war eine schreckliche Art, einen neuen Tag zu beginnen.

Zumal dann, wenn er recht hatte.

Zum Henker mit diesem Mann! Sie nahm ein Kissen vom Sofa und schleuderte es durch den Raum. Bevor dieser Captain ins Haus gekommen war, war sie mit ihrem Leben zufrieden gewesen. Sie hatte ihre Arbeit, und sie hatte ... sie hatte ...

Sehr wenig sonst.

Ihre Lebenserfahrung war in der Tat sehr begrenzt. Ihre Menschenkenntnisse beruhten hauptsächlich auf der Beobachtung von Leuten, die ihren Vater aufsuchten. Immer schon scheu, hatte sie sich nach ihrem Fehltritt von der Außenwelt abgekapselt, sich auf das Malen konzentriert und nur ihre Eltern zur Gesellschaft gehabt. Dann war Helen Seaton gestorben, und in diesem Moment war etwas Vitales in ihrer Tochter zerbrochen.

Rebecca ging zu ihrem Arbeitstisch und holte dort ein nur noch aus ein paar miteinander verbundenen Ringen bestehendes Armband hervor, das einmal ihrer Mutter gehört hatte. Sie betrachtete es eine Weile und legte es dann stirnrunzelnd wieder in die Schublade zurück. Sie war genauso fehlerhaft und unvollständig wie dieses Armband, und der Beweis dafür waren ihre Arbeiten. Sie hatte seit dem Tod ihrer Mutter kein wirklich erstklassiges Bild mehr gemalt. Alle Gemälde, die Kenneth erwähnt hatte, als er ihr eine Ausstellung empfahl, stammten aus der Zeit, als ihre Mutter noch gelebt hatte.

Oh, sie war durchaus fleißig gewesen und hatte in den letzten Monaten eine ganze Reihe von Bildern gemalt – alles in technischer Hinsicht perfekte Gemälde, die sicherlich viele Leute für gut halten würden. Aber es war auch diese verhängnisvolle Schwäche, unter der sie seit dem Tod ihrer Mutter litt, die sich in diesen Bildern widerspiegelte, und das war für sie ein zwingender Grund, keines ihrer Bilder der Royal Academy vorzulegen. Denn wenn man ihre älteren Gemälde für die Ausstellung akzeptieren würde, wäre das eine Farce, wenn sie in ihren neueren Werken deren Qualität nicht mehr erreichen konnte.

Mit einem Seufzer sank sie auf das Sofa nieder. Der Seidenflor der Perserbrücke schmiegte sich an ihren Rücken, und sie glaubte, die Körperwärme des Korsaren zu spüren, die diesem noch anzuhaften schien.

Das Porträt von Kenneth war das erste Projekt, das sie seit dem Tod ihrer Mutter wirklich reizte. Vielleicht würde sich, wenn sie ihn malte, auch etwas von seinem Mut und seiner Kraft auf sie übertragen.

Da ging ihr noch etwas, sie sehr schmerzhaft Berührendes durch den Kopf, so daß sie einen Moment lang ganz still dasaß. Da gab es noch ein Bild, das sie malen sollte – eines, für dessen Erschaffung sie ihren ganzen Mut und ihre ganze Kraft zusammennehmen mußte.

Und bevor ihre Nerven sie wieder feige im Stich ließen, nahm sie rasch ihr Skizzenbuch zur Hand und begann eine Frau zu zeichnen, die von einer Felswand herunterstürzte.

Bei dem Treffen mit Sir Anthonys Anwalt ging es nur um finanzielle Routineangelegenheiten, und deshalb benützte Kenneth diese Gelegenheit auch dazu, dem Anwalt ganz beiläufig ein paar Helens Tod betreffende Fragen zu stellen, der ihm aber auch nicht mehr sagen konnte, als er bereits wußte.

Obwohl ihn draußen ein kalter Nieselregen empfing, als er die Anwaltskanzlei wieder verließ, beschloß er, keine Droschke zu nehmen, sondern den Weg zu Sir Anthonys Haus zu Fuß zurückzulegen, weil er noch bei dem Laden vorbeischauen wollte, wohin er sich seine Post schicken ließ. Tatsächlich erwartete ihn dort ein Brief von Jack Davidson, in dem dieser ihm mitteilte, was er im Frühjahr in Sutterton anbauen wollte. Er hatte diesem Bericht auch eine Kostenaufstellung beigefügt, so daß Kenneth einen Moment stehenblieb, um die Summen im Geist zusammenzurechnen. Mit dem Geld, das ihm vom Verkauf seiner Offiziersstelle noch geblieben war und was er sich vom Sold abgespart hatte, würde er das gerade noch bezahlen können. Mochte Gott verhüten, daß jetzt noch irgend etwas Unvorhergesehens passierte – etwas, das ihn seine letzten Ersparnisse kosten würde ...

Er blickte wieder auf den Brief hinunter. Im letzten Absatz seines Schreibens hatte Jack nach seinem Rechenschaftsbericht als Verwalter einen persönlichen Ton angeschlagen:

»Kenneth, ich kann Euch nicht oft genug dafür danken, daß Ihr mich nach Sutterton geholt habt. Während der Jahre, die ich auf der iberischen Halbinsel und dann im Lazarett nach Waterloo verbracht habe, hatte ich die Freuden vergessen, die das Landleben mit sich bringt. Ich hatte auch die Güte und den Charme einer echten englischen Lady vergessen. Eure Schwester war mir bisher in allem eine Stütze und eine überaus liebenswürdige Freundin.« (Dann war ein Satz ausgestrichen, dem dann noch diese Zeilen folgten:) »Es wäre noch zu früh dazu, davon zu sprechen, daß ich Miss Wilding den Hof machen würde – aber ich möchte Euch doch schon jetzt von dieser Absicht unterrichten, damit Ihr Euch darüber Gedanken machen und

Euch die Antwort überlegen könnt, die Ihr mir geben wollt, wenn der Tag kommt, wo es mir erlaubt sein wird, in allen Ehren bei Euch um ihre Hand anzuhalten.«

Hochachtungsvoll

John Davidson.

Kenneth lächelte, als er nun den Brief in die Innentasche seines Rocks schob. Er hatte bereits den Briefen, die Beth ihm geschickt hatte, entnehmen können, daß sie Jack ebenso zugetan war wie dieser ihr.

Doch seine Miene verdüsterte sich jetzt, als er seinen Weg fortsetzte. Er hatte zwar seinen Freund gebeten, sich um die Verwaltung von Sutterton zu kümmern, weil er wußte, daß Jack und Beth sich wahrscheinlich gut miteinander vertragen würden. Aber eine Ehe zwischen den beiden zu stiften, war ein heikles Geschäft und in diesem Fall ein sehr riskantes Unternehmen. Er betrachtete diese Entwicklung mit gemischten Gefühlen. Nicht, was die Verbindung als solche betraf. Obwohl sie nach weltlichen Begriffen vielleicht nicht brillant sein mochte, konnte er sich keinen würdigeren Ehemann für seine Schwester vorstellen. Aber eine Ehe war nicht möglich ohne das Geld, von dem das Ehepaar auch leben konnte, und Jack und Beth waren beide in finanzieller Hinsicht auf ihn angewiesen. Wenn Sutterton verlorenging, würde Jack sich woanders eine Anstellung suchen müssen, und es mochte dann Jahre dauern, bis er seine Frau unterhalten konnte. Das bedeutete also, daß er, Kenneth, sich nicht von dem Auftrag, den Lord Bowden ihm erteilt hatte, entbinden lassen und seinen persönlichen Wünschen nur soweit nachgeben konnte, wie sie seiner Mission nicht zuwiderliefen.

In Anbetracht des trübseligen Wetters und seiner noch trübseligeren Gedanken, war Kenneth froh, als er wieder im Haus von Sir Anthony anlangte und dort seinen nassen Mantel und Hut in der Garderobe aufhängen konnte, bevor er in das Studio seines Arbeitgebers hinaufging, um diesem seine Rückkehr anzuzeigen.

Dort betrat er nun eine Oase der Wärme und Heiterkeit, so daß Kenneth fasziniert im Durchgang stehenblieb. Er wußte aus dem Auftragsbuch, das er für Sir Anthony führen mußte, daß dieser heute eine schwierige Arbeit in Angriff nehmen wollte: ein kompliziertes Gruppenporträt von zwei Grafen mit deren Gattinnen. Was er nicht gewußt hatte, war, daß es sich bei diesen Damen um zwei reizende eineiige Zwillinge handelte, die Sir Anthony nun so angeordnet hatte, daß sie wie Spiegelbilder etwas voneinander abgewendet waren, während sie links und rechts von ihren Ehemännern eingerahmt wurden, von denen der eine blond und der andere dunkelhaarig war.

Kenneth war davon beeindruckt, wie es Sir Anthony gelungen war, mit dem Arrangement der Verergruppe auf eine subtile Weise deren Beziehungen zueinander auszudrücken: die Zwillinge, zwar identisch aussehend, und doch verschieden; sich einander sehr nahestehend, aber dennoch ihren Gatten stärker verbunden. Die Männer Freunde und zugleich Schwäger ...

Er versuchte sich gerade klarzuwerden, woran es lag, daß ihn dieses Arrangement so sehr überzeugte, als Sir Anthony von seiner Staffelei aufsah und im launigen Ton sagte: »Vergeßt ja nicht, wenn Ihr heute meine Tagebucheintragungen macht, darin zu vermerken, daß die

Gräfinnen von Strathmore und Markland absolut gleich aussehen.«

»Eine interessante Herausforderung für jeden Maler, Sir.«

»Zumal dann, wenn ich zwei Porträts von diesen Herrschaften anfertigen soll – eines für jeden Haushalt.« Sir Anthony studierte seine Auftraggeber. »Ich werde jedoch für das zweite Porträt ein anderes Arrangement verwenden.«

Worauf eine der beiden Gräfinnen lachend meinte: »Man kann die Identität ja auch übertreiben.«

»Alles, was sich zu tun lohnt, kann man gar nicht oft genug machen«, sagte der dunkelhaarige Mann und zwinkerte dabei schalkhaft seiner Gattin zu. »Schon gar nicht bei zwei so reizenden und schönen Frauen.«

Nun brach auch unter den Freunden der beiden gräflichen Paare, die sich in Sir Anthonys Atelier eingefunden hatten, um seinen Auftraggebern bei der Porträtsitzung Gesellschaft zu leisten, ein Gelächter aus. Die hier versammelten Leute hatten diesen trüben Nachmittag in eine Party verwandelt.

Nachdem sich Kenneth noch davon überzeugt hatte, daß Sir Anthonys Gäste ausreichend mit Erfrischungen versorgt waren, zog er sich wieder aus dem Studio zurück und begab sich auf sein Zimmer, um für die nun bevorstehende Sitzung bei Rebecca sein Korsarenkostüm anzulegen. Er wollte gerade die Treppe zu ihrem Atelier hinaufsteigen, als ein Gemälde im Treppenhaus, das er bisher kaum beachtet hatte, seine Aufmerksamkeit auf sich lenkte.

Das Gemälde stellte den Tod des Sokrates dar, ein bei Malern beliebtes Thema. Auf dem großformatigen Bild war dieser noble Philosoph in dem Augenblick dargestellt, wo er, umgeben von seinen weinenden Schülern, das Todesurteil an sich vollstreckt und den mit dem giftigen Schirlingstrank gefüllten Becher an die Lippen hebt. Es war ein nicht ganz schlechtes, aber auch kein sonderlich gutes Bild. Zwar war an der Machart und der Technik, die dem Gemälde zugrundelag, nichts auszusetzen. Doch die darauf abgebildeten Personen hatten etwas Steifes und Konventionelles, die Komposition und das Kolorit etwas Mittelmäßiges. Und was am schlimmsten war, es fehlte dem Bild an Seele.

Aber wenn er an seine gestrigen Versuche dachte, war die Ausführung des Bildes immer noch besser als alles, was er zuwege bringen würde, sagte Kenneth sich nüchtern und wollte gerade die Treppe zum Speicher hinaufsteigen, als er eine Männerstimme unter sich rufen hörte: »Gefällt Euch der Sokrates, Captain?«

Kenneth drehte sich um und sah unter sich die Gestalt des sich stets leutselig gebenden Lord Frazier, der soeben im Haus eingetroffen sein mußte. Als Kenneth die gespannte Erwartung auf den Zügen von Lord Frazier bemerkte, erwiderte er taktvoll: »Ja, Mylord. Ein sehr dramatisches und bewegendes Sujet. Ist das eine von Euren Arbeiten?«

Sichtlich zufrieden mit dieser Antwort, nahm Frazier nun den Hut ab und schüttelte das Regenwasser von dessen Krempe. »Ich habe es vor fünf Jahren gemalt. Als ich es in der Royal Academy ausstellte, bekam ich ein paar recht schmeichelhafte Angebote dafür, die ich natürlich ablehnte. Schließlich bin ich ein Gentleman und kein Krämer. Da Sir Anthony das Bild bewunderte, habe ich es ihm zum Präsent gemacht.«

Wenn Sir Anthony das Gemälde wirklich bewundert haben sollte, dann lediglich aus Höflichkeit einem Freund gegenüber, da es sich hier um ein in keinerlei Hinsicht bemerkenswertes Gemälde handelte. Aber seine Gedanken für sich behaltend, sagte Kenneth: »Mir war Eure Reputation natürlich bekannt, ehe ich hierherkam, doch das ist das erste Werk von Eurer Hand, das zu sehen ich bisher die Ehre hatte. Malt Ihr oft Bilder mit historischen Themen?«

»Natürlich, es ist das einzig würdige Genre für einen ernsthaften Maler. Sind Euch vielleicht Sir Joshua Reynolds Schriften über das Malen im erhabenen Stil bekannt? Er erklärt darin auf eine überaus anschauliche und einleuchtende Weise, daß die Kunst auf einer höheren Ebene tätig sein sollte, gereinigt von den alltäglichen und banalen menschlichen Elementen.« Frazier stülpte die Lippen auf. »Ein Jammer also, daß Anthony Porträts malen muß, um sich seinen Lebensunterhalt zu verdienen. Er ist wirklich sehr gut als Historienmaler, wenn er die Zeit für dieses Genre findet.«

Die versteckte Häme, die aus diesen Worten sprach, bestätigte das, was Phelps ihm bereits angedeutet hatte. Obwohl Lord Frazier und Sir Anthony seit vielen Jahren Freunde waren, neidete Frazier Seaton doch dessen größeren Erfolg als Maler.

»Seine Porträts mögen zwar nicht diese Großartigkeit haben, die den historischen Themen eignet, sind aber, für sich genommen, sehr gut«, erklärte Kenneth. »Und dem Porträt von Lady Seaton, das in seinem Büro hängt, ist sogar eine gewisse Großartigkeit nicht abzusprechen.«

»Ich erinnere mich noch genau an den Tag, als er dieses Bild zu malen begann«, sagte Frazier mit einem entrückten Blick in den Augen. »Ein Dutzend von uns hatten sich auf dem Rasen von Ravensbeck zu einem Picknick versammelt. Nachdem wir eine Flasche Champagner geleert hatten, meinte Anthony, Helen sähe so reizend aus, daß er sie in diesem Zustand verewigen müsse. Und dann begab er sich sofort ins Haus, um eine Leinwand und Farben zu holen, weil er behauptete, er müsse sie im Freien malen, um das Licht richtig einfangen zu können. Wir lachten ihn alle aus – nur ein Tor würde es vorziehen, im Freien zu malen, statt unter den kontrollierten Bedingungen eines Studios. Trotzdem ist es dann ein recht gelungenes Porträt geworden.« Er schüttelte bedauernd den Kopf. »Und nur wenige Wochen später war Helen tot. Ich kann nicht an Anthonys Bemerkung, daß er sie unsterblich machen wollte, denken, ohne daß mir ein leiser Schauer über den Rücken liefe.«

»Ihr wart im Seenbezirk, als Lady Seaton dort tödlich verunglückte?«

»Ja. Tatsächlich waren sie und Anthony noch für den gleichen Abend mit mir zum Dinner verabredet.« Fraziers Gesicht nahm einen bekümmerten Ausdruck an. »Anthonys Arbeiten haben unter Helens Tod sehr gelitten. Ich mache mir Sorgen, daß er sich vielleicht nie mehr ganz von ihrem Verlust erholen könnte.«

»Tatsächlich?« erwiderte Kenneth unschuldig. »Ich dächte doch, daß seine Waterloo-Bilder allen Werken, die er bisher erschaffen hat, durchaus ebenbürtig sind.«

»Sie sind sicherlich kompetent«, erwiderte Frazier mit einem Anflug von Hochmut, »aber wenn Ihr ein Künstler wärt, würdet Ihr sogleich die ihnen innewohnenden Schwächen erkennen, den Verlust an Kraft und dramatischer Wucht.«

Sich angemessen von dem Urteil eines Experten beeindruckt zeigend, erwiderte Kenneth: »Wenn der Kummer Sir Anthonys Schaffen auf eine solche Weise beeinträchtigt, ist es eine doppelt so schlimme Tragödie.«

»Seine Reaktion läßt sich mit Kummer allein nicht erklären«, sagte Frazier, mehr zu sich selbst als zu Kenneth. »Sie scheint mir fast so etwas wie ... wie Schuld zu sein.«

Kenneth blickte Frazier jetzt eindringlich an: »Was meint Ihr damit?«

Das Gesicht des Malers wurde ausdruckslos. »Nichts, ich hätte nicht darüber sprechen sollen.« Er senkte den Kopf und strich eine imaginäre Falte an seinem Rockärmel glatt. »Ist Anthony frei? Ich bin hierhergekommen, um ihn zu fragen, ob er nicht mit mir Turners Galerie besuchen möchte.«

»Er befindet sich gerade mitten in einer Porträtsitzung. Aber ich bin sicher, er hätte nichts dagegen, wenn Ihr in sein Studio hinaufgehen und ihm guten Tag sagen würdet.«

»Nicht nötig.« Frazier setzte sich seinen vom Regen nassen Hut wieder auf. »Sagt ihm nur, ich wäre dagewesen. Ich sehe ihn heute abend sowieso noch im Club.«

Kenneth blickte Frazier stirnrunzelnd nach, als dieser wieder das Haus verließ. Was, zum Teufel, hatte der Mann nur gemeint? Obwohl er seinem Freund dessen Erfolg nicht gönnen mochte, war er doch sofort bereit gewesen, sich wieder von seiner Andeutung zu distanzieren, Sir Anthony könnte etwas getan haben, das sein Gewissen belastete.

Die Freunde des Malers waren von einer bewundernswerten Loyalität ihm gegenüber. Aber vielleicht erwiesen sie auch mit ihrem Verhalten Helen Seatons Andenken einen schlechten Dienst.

Kapitel 13

Zufällig blickte Rebecca aus dem Fenster und sah Kenneth zum Haus zurückkommen. Natürlich hatte sie nicht nach ihm Ausschau gehalten, war jedoch froh darüber, sich nun sicher sein zu können, daß er pünktlich zur Sitzung bei ihr erscheinen würde. Die Überwindung und die Kraft, die es sie gekostet hatte, um das Gemälde von der stürzenden Frau in Angriff zu nehmen, hatten in ihr ein großes Bedürfnis nach Gesellschaft geweckt.

Als Kenneth sich jedoch nicht in der nächsten Viertelstunde, wie von ihr erwartet, in ihrem Atelier einfand, beschloß sie, nachzusehen, was ihn denn so lange aufhielt. Sie befand sich gerade auf dem obersten Treppenabsatz, als sie ihn ein Gespräch mit Lord Frazier beenden sah. Sie hatte sich kurz über das Geländer gebeugt und zog nun rasch den Kopf zurück, weil sie nicht gesehen werden wollte. Nicht, daß Frazier sie jemals unhöflich behandelt hätte, aber sie wußte, daß sie und ihre Arbeiten ihm herzlich gleichgültig waren. Ein Gefühl, das sie, was seine Person und Werke anlangte, mit ihm teilte. Von den alten Freunden ihres Vaters war für sie nur George Hampton stets ein teilnahmsvoller und wohlmeinender Gesellschafter gewesen.

Kenneths Blick, mit dem er Lord Frazier zum Abschied nachsah, hatte etwas merkwürdig Abschätzendes. Als würde er nicht ganz schlau aus diesem Mann. Vermutlich hatte Frazier ein paar bombastische Bemerkungen über die Kunst gemacht, und Kenneth versuchte sich nun klar zu werden, ob etwas Wahres daran sei. Sie lächelte. Kenneth hatte mehr Kunstverstand in seinem kleinen Finger, als in dieser stets so imponierend wirkenden und wie aus dem Ei gepellten Erscheinung von Lord Frazier steckte.

Sie wollte gerade die Treppe hinuntersteigen, als sich unten die Eingangstür erneut öffnete und einen Schwall feuchter, kalter Luft ins Haus ließ. Vermutlich wieder ein paar Bekannte von den ihrem Vater gerade Modell sitzenden Leuten, die diesen Gesellschaft leisten wollten. Sie hielt also auf der Treppe wieder an, um Kenneth Gelegenheit zu geben, die Neuankömmlinge ins Studio ihres Vaters zu geleiten.

In diesem Moment hörte sie eine glockenreine Altstimme begeistert »Kenneth!« rufen.

Eine Frau bewegte sich kurz darauf graziös durch Rebecca Seatons Blickfeld. Auf ihrem granatfarbenen Umhang glitzerten die Regentropfen wie Diamanten. »Was für eine Überraschung!« Sie warf sich nun an Kenneths Brust und küßte ihn auf den Mund. Dabei glitt ihr die Kapuze vom Kopf und fiel ihr auf die Schultern.

Rebeccas Finger krampften sich nun so heftig um das Treppengeländer, daß die Knöchel weiß hervortraten. Diese Frau war das hübscheste weibliche Wesen, das ihr jemals im Leben vor die Augen gekommen war – eine atemberaubende brünette Schönheit mit einem geradezu märchenhaft ausdrucksvollen Gesicht.

Und Kenneth bemühte sich in diesem Fall auch gar nicht, diese Dame von ihrer Zudringlichkeit abzuhalten, wie er das bei Lavinia getan hatte. Ganz im Gegenteil. Nach einem schnellen, fast verstohlenen Blick durch die Halle, schlang er die Arme um die Frau und sagte ihr etwas leise ins Ohr. Ihre Schönheit und Kenneths muskulöse, kraftvolle Gestalt würden sie zu perfekten Modellen für Venus und ihrem göttlichen Gemahl Vulkan machen. Rebecca hätte durchaus so ein Bild von den beiden malen mögen, wenn ihr Verlangen, diese Frau mit dem Stiel eines Pinsels zu erstechen, nicht noch größer gewesen wäre.

»Du hättest uns schreiben sollen, daß du in London bist, Kenneth«, rief die brünette Frau jetzt, trat einen Schritt von ihm zurück und lachte. »Oder sollte ich dich jetzt besser Lord Kimball nennen?«

Rebecca sank mit einem keuchenden Laut auf eine Treppenstufe hinunter und hielt sich an einem Geländerpfosten ein. Lord Kimball?

»Untersteh dich«, erwiderte Kenneth schalkhaft. »Wir kennen uns schon viel zu lange für solche Förmlichkeiten, Catherine.«

Ein distinguiert aussehender Gentleman kam nun hinter der Lady ins Blickfeld, der Kenneths Rechte in seine beiden Hände nahm. »Himmel, wielange ist es jetzt her, seit wir uns zuletzt gesehen haben?« sagte er mit einem breiten Lächeln. »Fast zwei Jahre, denke ich.«

»Erinnere mich nicht daran, Michael.« Kenneth schlug dem anderen Mann mit der freien Hand auf die Schulter. »Bei unserer letzten Begegnung warst du noch so elend und krank, daß du meine Anwesenheit gar nicht bemerkt hast.«

»Wie du siehst, bin ich jetzt so gut wie neu.« Der Neuankömmling legte den Arm um die Taille der Frau. »Besser als neu, möchte ich sogar behaupten.«

»Wir sind gerade von der Taufe nach London zurückgekommen«, sagte Catherine. »Wir haben es sehr bedauert, daß du nicht kommen konntest – es war in Cornwall fast so warm wie im Sommer. Aber das Bild, das du uns geschickt hast, war wundervoll. Es sah aus, als wärst du mit uns dort in der Kirche gewesen.«

Rebecca hörte benommen zu, wie die Leute unten in der Halle nun über eine Taufe sprachen. Zweifellos waren dieser Mann und diese Frau dort unten miteinander verheiratet, und die überaus herzliche Begrüßung dieser Lady hatte nicht einem Liebhaber, sondern offenbar einem guten alten Freund gegolten. Aber trotzdem – Lord Kimball? Als Rebecca sich bewußt wurde, was das für sie bedeuten konnte, krampfte sich ihr der Magen zusammen. Sie spähte nun durch das Geländer nach unten, froh darüber, daß die Leute dort viel zu sehr mit sich beschäftigt waren, um zu ihr hinaufzuschauen.

»Was bringt euch denn hierher nach Seaton House?« fragte Kenneth in diesem Moment.

Der Mann, den er Michael genannt hatte, antwortete: »Ein paar Freunde von uns haben Sir Anthony beauftragt, sie zu porträtieren, und haben uns daraufhin eingeladen, ihnen bei der Sitzung Gesellschaft zu leisten.« Er warf seiner Frau einen liebevollen Blick zu. »Das traf sich gut, weil ich mich ebenfalls mit dem Gedanken trage, Catherine von Sir Anthony malen zu lassen. Ich schätze seine Arbeiten sehr, und diese Einladung verschafft mir nun die Gelegenheit, Sir Anthony persönlich kennenzulernen.«

»Kein Porträt, wenn es nicht von der ganzen Familie gemalt wird«, sagte Catherine da entschieden. »Bist du ebenfalls hier, um ein Porträt in Auftrag zu geben?«

»Ich arbeite für Sir Anthony«, erwiderte Kenneth, ohne zu zögern. »Als sein Sekretär.«

Das war für seine Freunde offenbar eine Überraschung, von der sie sich aber schnell erholten. »Man muß sich vorkommen wie im Paradies, wenn man von so herrlichen Kunstwerken umgeben ist«, sagte Catherine voller Wärme.

»Kannst du morgen mit uns dinieren?«, fragte ihr Gatte. »Es gibt so viel zu erzählen.«

»Das kann ich dir jetzt noch nicht versprechen.« Kenneth trat ungeduldig von einem Fuß auf den anderen. »Ich werde dir Bescheid geben, wenn es möglich ist. Wo wohnt ihr in London?«

»In Ashburton House.« Michael nahm Kenneths Hand wieder in seine Hände. »Wenn du morgen nicht kommen kannst, mußt du uns unbedingt einen anderen Tag nennen. Amy wäre wütend, wenn du uns nicht so bald wie möglich besuchst.«

Rebecca saß zusammengerollt wie ein Igel auf der Treppe, während sich jetzt dieses Ehepaar unten in der Halle von Kenneth verabschiedete. Der Schock über das, was sie soeben erfahren hatte, war groß und schmerzlich. Sie hatte geglaubt, zwischen ihr und Kenneth bestünde ein besonderes Vertrauensverhältnis, und nun hatte sie erkennen müssen, daß sie nicht einmal seinen richtigen Namen gekannt hatte. Sie hatte sich offenbar wieder einmal in einem Mann getäuscht.

Zu spät hörte sie dann die Schritte, die die Treppe heraufkamen. Sogleich erstarrte wie wie eine Maus, die sich vor einem Habicht zu verstecken versucht.

Eine Sekunde später tauchte schon Kenneths Kopf vor ihr auf, seine Augen fast auf gleicher Höhe mit ihren. Er blieb abrupt stehen, und sein Gesicht wurde hart.

Nach einem kurzen, spannungsgeladenen Moment sagte er: »Ich nehme an, daß Ihr das Gespräch mit meinen Freunden belauscht habt.«

Da regte sich der Zorn in ihr. »Lord Kimball?« sagte sie eisig.

Er zuckte ein wenig zusammen bei ihrem Ton. »Laßt uns hinaufgehen in Euer Studio. Das ist ein besserer Platz zum Reden als die Treppe hier, und ich denke, daß wir beide jetzt eine Tasse Tee gut gebrauchen könnten.«

Er nahm nun die letzten Stufen bis zum Treppenabsatz und faßte dann nach ihrer Hand, um ihr beim Aufstehen zu helfen, die sie ihm sofort entriß, als sie wieder auf ihren Beinen stand. Dann drehte sie sich um und ging ihm wortlos zu ihrem Studio voran.

Als sie dieses erreicht hatten, begab er sich sogleich zum Herd, auf dem bereits der Wasserkessel zischte. Sie hatte gewußt, daß er naß und frierend von seinen Botengängen in der Stadt zurückkommen würde, und deshalb bereits ein Tablett mit Teegeschirr und Kuchen vorbereitet, damit sie sich erfrischen und stärken konnten, bevor sie mit der Arbeit begannen. Fürsorglich, romantisch – und geradezu sträflich naiv von ihr.

Ihr Ärger wuchs, als er nun das kochende Wasser in die Teekanne schüttete. Was für ein Recht hatte er dazu, sich so zu benehmen, als sei er hier zu Hause? In ihrem privaten Heiligtum? Zum Henker mit ihm!

Um den aufgebrühten Tee ziehen zu lassen, bevor er ihn einschenkte, stellte er die Teekanne auf das Tablett und sah sie dann mit einem verhaltenen Lächeln an. Offenbar hoffte er, sie mit einer scherzhaften Bemerkung besänftigen zu können.

»Ihr seht schon wieder aus wie ein wütendes ingwerfarbenes Kätzchen.«

»Ist das ein Wunder?« fauchte sie. »Ihr sorgt ständig für neue Überraschungen. Erst ein verkappter Künstler und nun ein verkappter Aristokrat. Was, zum Teufel, sucht Ihr in diesem Haus, Lord Kimball?«

»Ich arbeite hier als Sekretär«, gab er im friedfertigen Ton zurück. »Weshalb diese zornige Reaktion auf meinen Titel? Seid Ihr wütend, weil ich ihn Euch verschwiegen habe?«

Es juckte sie in den Fingern, ihm einen Teller oder eine Tasse an den Kopf zu werfen. Statt dessen geißelte sie ihn nun mit dem, was sie zutiefst gekränkt hatte. »Im letzten Jahr hat mein Vater ein Porträt von Lady Kimball gemalt. Es ist ein recht gutes Bild geworden, aber das wißt Ihr längst. Eure Gattin ist eine sehr schöne Frau. Aber auch damit sage ich Euch nichts Neues.«

Kenneth starrte sie an. Und dann fluchte er leise und rief: »Himmel, jetzt wundert es mich nicht, daß Ihr so wütend seid. Die fragliche Dame ist weder eine Lady noch meine Gattin, Rebecca. Sie ist meine Stiefmutter.«

Nun war es Rebecca, die ihn anstarrte und langsam auf das Sofa hinuntersank, als sie sich wieder daran erinnerte, daß Kenneth ihr erzählt hatte, sein Vater habe nach dem Tod seiner Mutter ein Mädchen geheiratet, das so alt gewesen sei wie er. Und als sie nun an die Zeit zurückdachte, wo ihr Vater das besagte Porträt gemalt hatte, fiel ihr auch wieder ein, daß ein älterer, kräftig gebauter, breitschultriger Mann Lady Kimball zuweilen begleitet hatte, wenn sie zu den Sitzungen kam. Da ihre Aufmerksamkeit der schmollenden Schönheit ihrer Ladyschaft gegolten hatte, hatte sie diesen Mann kaum beachtet.

»Ich verstehe«, sagte sie nun in einem etwas moderateren Ton. »Aber das erklärt noch lange nicht, warum Ihr hier als Sekretär arbeitet und weshalb Ihr Euren Titel verschwiegen habt.«

Er schlug die Augen nieder und goß ihr und sich den Tee ein. »Das ist kein großes Geheimnis. Als mein Vater vor ein paar Monaten starb, erbte ich nichts als Schulden. Ich mußte mir also Arbeit suchen, und jemand erzählte mir davon, daß Euer Vater einen Sekretär brauchte.« Nachdem er ihren Tee mit so viel Milch und Zucker versehen hatte, wie sie ihn am liebsten trank, reichte er ihr die Tasse. »Ich fürchtete, daß ich meine Chance, diese Stellung auch zu bekommen, nicht dadurch verbesserte, daß ich mich Eurem Vater als Lord präsentierte. Zudem ziehe ich es vor, Captain genannt zu werden. Diesen Titel habe ich mir verdient, während ich den Vicomte dem Zufall meiner Geburt verdanke.«

»Eure finanzielle Situation ist so verzweifelt, daß Ihr

gezwungen wart, eine so untergeordnete Position anzunehmen?«, erwiderte sie ungläubig »Ich kann mich entsinnen, daß Lady Kimball bei den Sitzungen für ihr Porträt sehr kostbare Juwelen getragen hat. Ich bin sicher, daß es sich dabei um einen Familienschmuck gehandelt haben muß.«

Er setzte sich nun mit seiner Tasse Tee auf das andere Ende des Sofas. »Zweifellos.« Sein Mund verzog sich bitter. »Aber im Testament meines Vaters wurde der Familienschmuck nicht erwähnt, und Hermione behauptet, daß mein Vater ihr die ganze Kollektion geschenkt habe. Ich bin sicher, daß sie lügt – mein Vater hatte einen sehr starken Sinn für Tradition und Hermione bereits auf das großzügigste versorgt. Da er sowohl ein ehrlicher wie auch ein in seine Frau vernarrter Mann war, kam es ihm wohl gar nicht in den Sinn, daß sein kleiner Liebling auch noch versuchen würde, die Familienerbstücke zu stehlen.«

»Könntet Ihr denn nicht einen Gerichtsbeschluß erwirken, daß sie den Schmuck zurückgeben muß?«

Er schüttelte den Kopf. »Mein Anwalt sagt, daß in Abwesenheit eines schriftlichen Beweises für den Wunsch meines Vaters es so gut wie aussichtslos wäre, von ihr die Herausgabe der Juwelen zu erzwingen. Ich habe auch gar nicht das Geld, um einen Prozeß gegen sie anstrengen zu können, zumal ja auch die Aussicht, diesen zu gewinnen, sehr gering ist. Eine überaus bedauerliche Geschichte. Denn außer den Juwelen, welche der nächsten Vicomtesse hätten zufallen sollen, gehörten zu diesem Schmuck auch noch eine Reihe von Stücken, die meine Mutter meiner jüngeren Schwester zugedacht hatte.«

Also hatte er auch eine Schwester. Noch eine wichtige Tatsache, von der sie bisher nichts gewußt hatte.

»Wenn auch der Schmuck verloren sein mag, so muß Euer Vater Euch doch sicherlich einen Grundbesitz hinterlassen haben.«

»Ich habe den Familiensitz geerbt – Sutterton in Bedfordshire«, stimmte er ihr zu. »Als meine Mutter noch lebte, war Sutterton ein gut verwalteter und profitabler Landsitz. Aber nachdem meine Mutter gestorben war, verlor mein Vater jedes Interesse an Sutterton. Als Hermione darauf bestand, in London zu leben, nahm er eine Reihe von Hypotheken auf den Landsitz auf, um ihr ein Stadthaus kaufen und ihre anderen Extravaganzen bezahlen zu können. Zu der Zeit, als er starb, waren alle wertvolle Stücke von Sutterton in ihr Stadthaus gebracht worden, das er Hermione vermachte.«

Als sie nun den Schmerz in seinen Augen sah, verflog auch der Rest ihres Zorns. »Gibt es denn kein Mittel, den Landsitz zu retten?«

»Es ... es gäbe da eine Möglichkeit.« Er stellte seine Tasse ab, erhob sich vom Sofa und begann, ruhelos im Speicher auf und ab zu wandern. »Eine Möglichkeit wird gerade geprüft. Es wird jedoch noch einige Zeit vergehen, bevor ich die Ergebnisse dieser Prüfung erfahre.«

An seiner Erregung und der Anspannung seines Körper erkannte sie, daß er ihr die Wahrheit sagte – aber nicht die ganze Wahrheit. »Ihr verheimlicht mir noch immer etwas Wichtiges«, sagte sie.

Ein Muskel zuckte in seiner Wange, ehe er von ihr wegsah. »Ich gebe zu, daß ich dazu neige, Dinge zu verschweigen. Eine Eigenschaft, die sich bereits bei mir herausbildete, als ich alt genug war, zu erkennen, daß das Zeichnen – meine Lieblingsbeschäftigung – für den Erben eines Vicomte absolut inakzeptabel war. Und meine Tätigkeit als Nachrichtenoffizier in Spanien machte mich noch verschwiegener, fürchte ich.«

»Versucht jetzt nicht, an mein Mitgefühl zu appellieren.« Ihre Augen verengten sich. »Ihr verheimlicht mir etwas Wichtiges, das Euch belastet.«

»Ich hätte es besser wissen und gar nicht erst versuchen sollen, einen Künstler zu belügen.« Er trat ans Fenster und blickte mit düsterer Miene hinaus in den grauen Regen. »Ihr habt recht. Ich bin in eine Sache verwickelt, über die ich nicht sprechen kann. Tut mir leid. Bitte, glaubt mir, Rebecca, daß es mir zutiefst widerstrebt, nicht so offen zu Euch sein zu können, wie ich mir das wünsche.«

»Das Geständnis, daß Ihr nicht gern eine Sünde begeht, entlastet Euch jedoch nicht, solange Ihr Euch von Eurem Unwillen nicht davon abbringen laßt, sie trotzdem zu begehen.«

»Vermutlich nicht.« Er fuhr sich mit beiden Händen durch die nassen Haare, sie hoffnungslos zerzausend. »Zuweilen muß man eben gegen seine Natur handeln, selbst wenn man das bedauert und es einem und auch anderen Kummer bereitet.«

Sie stand nun vom Sofa auf und trat zu ihm ans Fenster, wo sie sein Profil genau betrachten und auch die kleinste Veränderung in seiner Miene beobachten konnte. »Seid Ihr hierhergekommen, um mir oder meinem Vater etwas anzutun?«

Die Fältchen in seinen Augenwinkeln vertieften sich. »Als Soldat habe ich viel zu vielen anständigen Menschen wehtun müssen, weil wir uns in einem Krieg befanden«, sagte er stockend. »Ich habe mir deshalb geschworen, nie mehr einen Unschuldigen zu verletzen.«

Zweifellos war das wieder eine Torheit, die sie beging, aber sie glaubte ihm. Vielleicht hatte das Geheimnis, über das er nicht mit ihr sprechen konnte, gar nichts oder nur indirekt mit ihrem Vater oder ihr zu tun. Wenn er es als seine wichtigste Aufgabe betrachtet hatte, seine Familie vor einer Katastrophe zu retten, als er sich um den Posten des Sekretärs bewarb, mochte er vielleicht das Gefühl haben, daß er die Pflichten, die er seinem Arbeitgeber gegenüber hatte, nur halbherzig erfüllte. Bei jemandem, der so gewissenhaft war wie Kenneth, konnte so eine Situation Schuldgefühle auslösen. Oder vielleicht überlegte er sich auch, ob er es mit seinem Gewissen vereinbaren konnte, in Hermiones Haus einzubrechen und die Dinge wieder in seinen Besitz zu bringen, die eigentlich seiner Familie gehörten. Sie für ihre Person hielt das jedenfalls für eine gute Idee.

Da kam ihr ein anderer, sie sogleich wieder ernüchternder Gedanke. »Ist es möglich, daß Ihr mir eine Ehefrau verheimlicht, die nicht Hermione ist, oder eine Verlobte?«

»Nein«, erwiderte er sofort. »Nichts dergleichen.«

Die schockierende Intensität ihrer Erleichterung enthüllte ihr, wie sehr sie sich wünschte, daß er frei sei. In der Hoffnung, daß er zu sehr in seine eigenen Gedanken vertieft war, um ihre Reaktion zu bemerken, sagte sie: »Es muß aber doch eine Frau in Eurem Leben gegeben haben, die Euch etwas bedeutet hat.«

Er schluckte so heftig, daß sein Adamsapfel unter der dunklen Haut auf- und abhüpfte. »Da ... da hat es eine Frau in Spanien gegeben. Maria hatte sich einer Bande von Bewaffneten angeschlossen, um mit ihnen gegen die Franzosen zu kämpfen. Da ich als Abwehroffizier oft mit solchen Untergrundkämpfern zu tun hatte, lernte ich bei einem dieser Treffen auch Maria kennen. Theoretisch lehnte sie meinen Heiratsantrag ab, weil ich kein Katholik war. Aber der wahre Grund war, daß für sie die Notlage, in der sich ihr Los befand, an erster Stelle stand.«

Rebecca dachte an diese wilde Schönheit, deren Porträt sie in Kenneths Mappe entdeckt hatte. Bestimmt war das seine Maria gewesen. Und die beiden waren nicht nur gute Freunde, sondern ein Liebespaar gewesen.

»Spanien ist jetzt aber befreit«, sagte sie mit etwas atemloser Stimme. »Vielleicht wäre es deshalb an der Zeit, sie noch einmal zu fragen, ob sie Euch nicht heiraten würde.«

Die Narbe in seinem Gesicht verfärbte sich. »Sie wurde von den Franzosen gefangengenommen und getötet.«

Rebecca spürte, daß er ihr auch so ein schmerzliches Erlebnis aus seiner Vergangenheit lieber verschwiegen hätte. Vielleicht hatte er es für notwendig befunden, ihr das zu offenbaren, um damit die anderen Geheimnisse zu kompensieren, die er vor ihr hütete. Der Mann war wie ein chinesisches Puzzle, schien sich aus Schichten von Geheimnissen zusammenzusetzen. Trotzdem schienen sie sich auf eine seltsame Weise gut zu verstehen.

»Das tut mir leid«, sagte sie leise. Sie legte eine Hand auf seinen Arm und hob ihm ihr Gesicht entgegen, um kurz seinen Mund mit ihren Lippen zu berühren.

Da drehte er sich ihr zu, legte die Hand auf ihren Hinterkopf, und mit einemmal verwandelte sich Sympathie in eine flammende Leidenschaft. Sein Kuß wurde tiefer, inniger, während er mit seinen langen Fingern die empfindliche Haut in ihrem Nacken zu massieren begann. Ihre Haarnadeln lösten sich aus ihren Haaren, so daß sie ihr über den Rücken hinunterrollten. Sie preßte ihren Körper an seinen, sich an diese harten Flächen seines Leibes schmiegend und den Pulsschlag seiner Kraft und seines Verlangens spürend.

Seine Arme legten sich nun um sie, und ein paar wilde Momente lang war die Leidenschaft das alles beherrschende, alles andere verdrängende Element. Sie bewegte die Hände hungrig an seiner Wirbelsäule auf und ab. Was für herrliche Muskeln, was für herrliche Gliedmaße! Michelangelo hätte wohl sein Leben dafür hingegeben, so einen Körper in einer Marmorskulptur verewigen zu können.

Dann löste er den Mund wieder von ihrem und warf den Kopf in den Nacken. »Das hättet Ihr nicht tun sollen«, sagte er heiser.

»Nein, das hätte ich nicht«, erwiderte sie, stellte sich auf die Zehenspitzen und begann, sacht mit ihren Zähnen an seiner Unterlippe zu nagen.

Er stöhnte leise, und im nächsten Moment hatte er ihren Mund wieder mit seinen Lippen eingefangen. Ihre Zungen suchten sich zu einer heißen, innigen Vereinigung. Seine Hand ging hinunter zu ihrer Brust und begann durch den Stoff ihres Kittels hindurch mit ihrer Brustwarze zu spielen. Sie keuchte, als sich diese Berührung wie eine Flamme durch ihren ganzen Körper fraß. Sie sollte daran denken, wohin das alles noch führen konnte. Aber in diesem Moment scherte sie sich einen Teufel darum, was vernünftig war und schicklich.

Er hob sie jetzt auf seine Arme und trug sie durch den Raum. Sie klammerte sich an ihn und leckte an seinem Hals und seinem Kinn, die Berührung und den Geschmack seines Körpers genießend.

Dann lud er sie auf dem Sofa ab und trat, heftig atmend, einen Schritt von diesem zurück. »Ginger, Ihr seid eine Bedrohung«, sagte er keuchend.

Einen Moment lag sie ganz still da, betäubt von dem Schock ihrer Trennung. Dann blickte sie grinsend zu ihm hoch, wobei sie sich auf eine gesegnete, verruchte Art sehr lebendig fühlte. »Eine Bedrohung. Ich glaube, das gefällt mir. Es wird Zeit, daß ich anfange, die Tatsache, daß mein Ruf ruiniert ist, zu genießen.«

Er lächelte reumütig. »Euch mag es vielleicht freuen, daß Ihr mich verrückt macht, aber ich möchte nicht auch noch die Verführung der Tochter meines Arbeitgebers der Liste meiner Sünden hinzufügen.«

Rebecca schwang nun die Beine vom Sofa herunter und setzte sich mit einer provozierenden Langsamkeit auf. Sie mochte zwar keine Schönheit sein, konnte aber in seinen Augen lesen, wie sehr er sie begehrte. Ein schwindelerregender, geradezu berauschender Gedanke. »Aber Ihr verführt mich doch gar nicht. Ganz im Gegenteil. Können wir jetzt weitermachen, nachdem das geklärt ist?«

»Nein!« Er fuhr sich mit der Hand wieder durch die dunklen Haare und drehte sich von ihr weg. »Wenn Ihr nur wüßtet ...«

»Sind wir jetzt wieder bei den Geheimnissen angelangt?« sagte sie, nun rasch ihre Unbekümmertheit verlierend. »Es ist schwer, sich vorzustellen, was ein Mann wohl Böses im Schilde führen könnte, der so sehr darauf bedacht ist, ehrenhaft zu handeln.«

»Dann versucht es erst gar nicht«, sagte er mit jäher Heftigkeit. »Wenn Gott mir gnädig ist, wird das, was ich befürchte, niemals stattgefunden haben.«

Sie beobachtete die Geschmeidigkeit und Kraft seiner Bewegungen, als er wieder im Studio auf- und abzugehen begann, die sie an eine Raubkatze erinnerten. Er war ein Krieger mit der Seele eine Künstlers. Gütiger Gott, wie sehr es sie danach verlangte, diese Wesenszüge auf einer Leinwand festzuhalten, da sie offensichtlich kein Glück damit hatte, ihn körperlich zu erobern.

»Wenn Ihr den Posten nur vorübergehend angenommen habt, um die Entscheidung des Gerichts über Euren Besitz abzuwarten, werdet Ihr ja nicht lange in unserem Haus bleiben«, sagte sie voller Bedauern. »Also wäre es wohl ratsamer, mich jetzt mit Eurem Porträt zu beschäftigen.«

Damit ging sie zu ihrer Staffelei und drehte dabei geistesabwesend ihre Haare wieder zu einem lockeren Zopf zusammen, um diesen dann zu einem Knoten aufzustecken. Eine in ihrer Entstehungsphase unterbrochene Leidenschaft brannte nun in ihren Adern, schärfte ihren Blick und drängte sie ungeduldig dazu, mit ihrer Arbeit zu beginnen. »Sobald Ihr soweit seid, Lord Kimball.«

Er begab sich zum Sofa und legte noch im Gehen seinen Rock und seine Krawatte ab. »Mein Name ist immer Kenneth«, sagte er, seinen Kragen aufknöpfend.

Aber er war auch ein Vicomte. Da kam ihr ein Gedanke, wie sich seine finanziellen Probleme vermutlich lösen ließen. Sich fragend, wie er wohl darauf reagieren würde, sagte sie: »Wenn Ihr Sutterton retten wollt, dann heiratet doch eine reiche Erbin. Ihr habt einen Titel und«, sie musterte ihn nun freimütig und mit offenkundigem Wohlwollen, »seid präsentabel. Es muß doch eine Menge wohlhabender Kaufleute geben, die bereit wären, Euch eine ihrer mit einer reichen Mitgift gesegneten Töchter zu überlassen, um einen Vicomte als Schwiegersohn zu bekommen.«

Er starrte sie mit einem ehrlich entsetzten Gesicht an. »Ob Ihr es glaubt oder nicht – so eine Idee ist mir noch nie gekommen. Vielleicht, weil es ein so abscheulicher Gedanke ist.«

»Solche Ehen sind eine seit Jahrhunderten geübte und geheiligte Tradition.«

»Und da sagt man immer, Männer wären kaltblütig«,

murmelte er. »Ginger, konzentriert Euch jetzt lieber auf Euer Bild.«

Dieser Spitzname begann ihr zu gefallen, er hatte etwas Intimes und Verspieltes. Ihr Blick ging nun zu ihrer Leinwand. Bisher waren die Figuren und Gegenstände nur in groben Umrissen skizziert, aber die Komposition und die Verhältnisse zwischen Masse und Raum schienen zu stimmen. Heute würde sie die Verteilung von Licht und Schatten stärker herausarbeiten. Sie tauchte ihre Pinsel in einen der Näpfe auf ihrer Palette und begann die Fläche am Rand seines Gesichts mit einer dunklen Farbschicht abzudecken, als sich ihr plötzlich die logische Konsequenz ihres vorhin nicht ganz ernst gemeinten Vorschlags aufdrängte.

Sie war doch selbst eine Erbin. Sie war nicht nur das einzige Kind ihres Vaters, sondern hatte auch schon ein beträchtliches Vermögen von ihrer Mutter geerbt, über das sie frei verfügen konnte.

Kenneth haßte offenbar den Gedanken, eine ihm im Grunde fremde oder gleichgültige Frau ihres Vermögens wegen zu heiraten. Wäre er aber vielleicht zu einer Ehe mit ihr bereit? Und wenn dem so wäre, würde sie sich eine Ehe mit ihm wünschen? Diese Aussicht erfüllte sie mit einer schwindelerregenden Mischung aus Erregung und Schrecken. Tatsächlich wollte sie ihre Freiheit nicht aufgeben. Aber ihr war auch der Gedanke verhaßt, daß Kenneth eines blind verliebten, verantwortungslosen Vaters und einer habsüchtigen Stiefmutter wegen zur Armut verdammt war.

»Stimmt etwas nicht?« fragte Kenneth da.

Da wurde sie sich plötzlich bewußt, daß sie ihre Palette hatte sinken lassen und nun Löcher in ihn hineinstarrte. Froh, daß er ihre Gedanken nicht lesen konnte, lenkte sie den Blick wieder auf ihre Leinwand zurück.

»Ich habe nur das Licht im Studio studiert«, sagte sie im mürrischen Ton.

Sie mußte wohl mal ernsthaft über Kenneth, die Ehe und was sie sich eigentlich für sich selbst wünschte, nachdenken. Aber nicht jetzt.

Jetzt mußte sie ihn malen.

Die Stille, die nun in dem Studio eingekehrt war, nachdem Kenneth wieder die von Rebecca gewünschte Pose eingenommen hatte, erlaubte ihm, sich wieder einigermaßen zu sammeln. Rebeccas unheimliches Talent, in ihm lesen zu können wie in einem Buch, machte ihm schwer zu schaffen. Zum Glück schien sie sein so sorgsam formuliertes Bekenntnis zu akzeptieren, daß er geschworen habe, niemals mehr einem Unschuldigen wehzutun. Er hoffte zu Gott, daß Sir Anthony zu den Unschuldigen gehörte.

Ihre offene und von jeder Prüderie freie Sinnlichkeit war genauso entnervend wie ihre rasiermesserscharfe Beobachtungsgabe. Sie war eine überaus einnehmende Mischung aus Schüchternheit und Wagemut, und er verdiente einen verdammten Orden dafür, daß er sich noch im letzten Moment beherrscht hatte, ehe es zu spät dazu war.

Er dachte an ihren Vorschlag, daß er eine Erbin heiraten sollte. Es war nicht einfach, ihr seine in ihm tief verwurzelte Abneigung gegen eine in der Gesellschaft weit verbreitete Praxis zu erklären. Offenbar gefiel ihm die Rolle eines Spions besser als die eines Mitgiftjägers.

Die Minuten vergingen, und aus der friedlichen Stille wurde Langeweile. Er amüsierte sich nun damit, zu beobachten, wie dieser Knoten, zu dem Rebecca ihre seidig rotgoldenen Haare aufgesteckt hatte, sich langsam wieder in eine Lawine zu verwandeln drohte. Jedesmal, wenn sie den Kopf hob, bewegte er sich ein paar Zentimeter weiter auf ihren Nacken zu, bis er sich schließlich wieder aus seinen Spangen befreite, ihre Haare in einer breiten schimmernden Flut bis zu ihrer Taille hinunterrollten und sich wie ein Mantel um sie ausbreiteten, der selbst einer Prinzessin gut zu Gesicht gestanden hätte.

Da stand er auf und rieb sich stöhnend den steifen Hals. »Genug, Ginger. Es ist fast Dinnerzeit. Ihr kennt kein Erbarmen, wie?«

Sie blinzelte, als seine Worte sie aus ihrer kreativen Versunkenheit herausrissen. »Es steht Euch jederzeit frei, eine Pause zu machen, wenn Euch das Stillsitzen zu sehr anstrengt.« Sie legte nun auch ihre Palette zur Seite und streckte sich wie eine Katze. »War der Gentleman, mit dem Ihr unten in der Halle gesprochen habt, ein Freund aus Eurer Armeezeit? Er hatte ein soldatisches Aussehen.«

»Michael war der Offizier, der mich für ein Offizierspatent vorgeschlagen hat. Er hat mich nie nach meiner Herkunft gefragt, und deshalb war er auch der einzige, dem ich die Wahrheit erzählte.« Kenneth lachte leise. »Als alter Etonianer hörte er es zwar nicht gern, daß ich in Harrow zur Schule gegangen war, aber er war bereit, mir selbst diesen Makel zu verzeihen.«

»Und er schien ebenso tolerant über die Tatsache hinweggesehen zu haben, daß Ihr jetzt den bescheidenen Posten eines Sekretärs angenommen habt«, sagte sie, ihre Haare wieder zu einem Knoten aufsteckend. »Wer ist diese Amy, die er erwähnte?«

Obwohl sie das ganz beiläufig sagte, schwang doch ein erheiternder leiser Ton von Eifersucht in ihrer Stimme mit. »Amy ist Catherines dreizehn Jahre alte Tochter. Ich habe ihr früher Zeichenunterricht gegeben.«

Er durchquerte den Raum und nahm sich eines von den Mandeltörtchen, die auf einer Platte auf dem Teetisch lagen. Dann wanderte sein Blick zu Rebecca zurück. »Da Michael ja, was meinen Titel betrifft, die Katze aus dem Sack gelassen hat, sollten wir jetzt auch Kapital daraus schlagen.«

»In welcher Hinsicht?« fragte sie vorsichtig.

»Indem wir Eure Reputation wiederherstellen. Michael Kenyon ist ein Kriegsheld, der Bruder eines Herzogs, und genießt einen makellosen Ruf in der Gesellschaft. Ich bin sicher, daß er und Catherine sich freuen würden, Euch bei sich zu empfangen und Euch ihren Freunden weiterempfehlen zu können. Das würde Euch im Nu in den höchsten Kreisen wieder gesellschaftsfähig machen.«

Sie biß sich auf die Lippen und schien von dieser Aussicht keineswegs begeistert zu sein. »Warum wären Eure Freunde bereit, eine fremde Person bei sich zu empfangen, die obendrein noch einen schlechten Ruf genießt?«

»Sie würden es beim erstenmal tun, weil ich sie darum bitte.« Er wischte sich ein paar Kuchenkrümel vom Mund ab. »Und wenn sie Euch erst einmal kennengelernt haben, werden sie Euch in Zukunft empfangen, weil sie Gefallen an Euch gefunden haben. Und Ihr werdet die beiden ebenfalls mögen, denke ich.«

Sie blickte auf ihre Hände hinunter und begann dann mit einem Lappen ihre Pinsel von Farbresten zu reinigen. »Wie könnte eine Frau wohl ein weibliches Wesen mögen, das so schön ist wie Catherine Kenyon?«

»Weil sie die wärmste, liebenswürdigste und großzügigste Frau ist, die Ihr jemals in Eurem Leben kennenlernen werdet«, sagte er mit milder Stimme. »In der Armee wurde sie wegen ihrer Pflege der Verwundeten auf dem Schlachtfeld die heilige Katharina genannt.«

»Ein Muster an Tugend also«, Rebecca tunkte stirnrunzelnd ihre Pinsel in einen Becher mit Terpentinöl. »Sie würde mich schon auf den ersten Blick verachten.«

»Würde es Euch helfen, wenn ich Euch erzähle, daß sie schamlos Bundhosen trug, weil sie diese bequemer fand als Kleider, und sie den seltsamsten und schmutzigsten Straßenköter adoptierte und diesen ›Ludwig, den Faulen‹ taufte?«

»Das hört sich recht interessant an«, räumte Rebecca mit einem zaghaften Lächeln ein. »Aber ich weiß nicht, ob ich wirklich wieder am Gesellschaftsleben teilnehmen möchte. Das kann so schrecklich langweilig sein.«

»Stimmt.« Er nahm sich noch ein Mandeltörtchen vom Teller. »Doch es ist sicherlich auch kein Vergnügen, von allen gesellschaftlichen Ereignissen ausgeschlossen zu werden. Denkt doch mal, was für eine Genugtuung es Euch bereiten muß, wenn Lord und Lady Michael Kenyon Euch als Ehrengast einigen von Euren ehemaligen Schuldfreundinnen vorstellen werden.«

»Ihr versucht, an meine niedrigen Instinkte zu appellieren.«

»Ich glaube, daß es keiner besser versteht als Ihr, an niedrige Instinkte zu appellieren«, bemerkte er mit trokkenem Humor.

Sie errötete und widmete sich wieder der Reinigung ihrer Pinsel. »Ich werde über Euren Vorschlag nachdenken.«

Er hoffte, daß sie ihn annehmen würde. Sie brauchte Freunde, und wenn er ihr dabei behilflich sein konnte, diese zu finden, würde das sein Gewissen etwas erleichtern.

Aber nur ein wenig. Viel zu wenig, dachte er.

Kapitel 14

Rebecca begann den nächsten Tag damit, daß sie sich das Frühstück wieder aufs Zimmer bringen ließ. Sie wollte Kenneth nicht noch einmal am Frühstückstisch gegenübersitzen. Morgens war sie willensschwach. Durchaus möglich, daß sie in die Versuchung kommen konnte, sich ihm im Frühstückszimmer an den Hals zu werfen.

Sie stieg dann zu einer Zeit, wo ihr Vater seine morgendliche Sitzung mit seinem Sekretär im Büro beendet haben mußte, hinunter in sein Studio. Sie hatte schon sehr früh gelernt, daß ihr Vater für persönliche Dinge nur ansprechbar war, solange er noch nicht mit dem Malen begonnen hatte.

Er studierte gerade sein Wellington-Gemälde, als sie in sein Studio kam. Er blickte von der Leinwand hoch und fragte: »Was hältst du davon?«

Sie betrachtete das Gemälde mit kritischem Blick.

»Es ist so, als könnte ich den Pulverrauch riechen und den Donner der Kanonen hören. Und der Herzog sieht aus wie ein Mann, der durch die Hölle gegangen ist, die ihn zu einem unbesiegbaren Menschenführer gemacht hat.«

»Das habe ich alles Kenneths Empfehlung zu verdanken. Bevor er mich beraten hatte, war es ein gutes Bild. Doch jetzt ist es großartig.« Sir Anthony betrachtete stolz das Gemälde. »Mein Waterloo-Zyklus wird die Sensation der diesjährigen Akademieausstellung sein.«

»Zweifellos«, erklärte Rebecca mit einem Lächeln. Zuweilen war ihr Vater wie ein Kind in seiner naiven Arroganz. »Übrigens hat sich gestern herausgestellt, daß Kenneth ein Vicomte ist.«

»Oh?« Zunächst registrierte ihr Vater diese Neuigkeit

gar nicht richtig. Dann runzelte er die Stirn. »Wilding. Ist er etwa Vicomte Kimball?«

Sie nickte. »Du hast ein Porträt von seiner Stiefmutter gemalt.«

»Ich erinnere mich«, erwiderte Sir Anthony trocken. »Herrliche Gliedmaßen und ein verblüffendes Maß an Eigenliebe.«

Da Rebecca fand, daß es jetzt an der Zeit sei, den wahren Grund ihres Besuchs in seinem Studio zu nennen, sagte sie: »Kenneth hat mir vorgeschlagen, daß er seine Verbindung dazu benützen will, mich wieder gesellschaftsfähig zu machen. Was haltet Ihr davon?«

Ihr Vater sah sie ein wenig ratlos an. »Ist das denn nötig?«

»Da ich meinen guten Ruf verloren habe, wie Ihr Euch sicherlich erinnert, bin ich seit meinem achtzehnten Lebensjahr in keinem respektablen Salon mehr willkommen gewesen.«

Ihr Vater öffnete den Mund, um etwas zu sagen, und schloß ihn dann wieder, während sein Gesicht sich langsam rot färbte. »Willst du damit etwa andeuten, daß du dich nur deshalb von allen gesellschaftlichen Ereignissen ferngehalten hast, weil du an ihnen nicht teilnehmen konntest?«

Sie blickte ihn überrascht an. »Richtig. Hast du denn mein skandalöses Benehmen von damals vergessen?«

»Nicht vergessen, doch ich habe dessen Folgen wohl nie so richtig bedacht. Solche Dinge habe ich stets deiner Mutter überlassen. Vermutlich nahm ich an, daß du lieber zu Hause bleiben wolltest, als irgendwelche Veranstaltungen zu besuchen, nachdem sich die Aufregung über diesen Skandal ein wenig gelegt hatte.« Seine Lippen zuckten. »Ich weiß, daß ich kein besonders guter

Vater bin, aber es ist peinlich, daran erinnert zu werden.«

Gerührt erwiderte sie: »Ihr seid genau der richtige Vater für mich. Wer hätte mir denn sonst beibringen können, wie man Künstler wird, und mir die Freiheiten gegeben, zu tun und zu lassen, was mir gefällt?«

»Du bist schon als Künstler geboren worden – das habe ich dir nicht beigebracht.« Er seufzte. »Ihr beide, du und Helen, habt es mir leicht gemacht, egoistisch zu sein. Und es gibt eine sehr feine Trennungslinie zwischen Freiheit und Vernachlässigung, die ich zu oft überschritten habe. Ich hätte besser auf dich aufpassen sollen, dir sagen müssen, was dir erlaubt ist und was nicht.«

»Ihr werdet doch jetzt nicht damit anfangen wollen, mir Vorschriften zu machen«, sagte sie erschrocken. »Ich bin zu alt dafür, mich jetzt noch zum Gehorsam erziehen zu lassen.«

Er lächelte ein wenig traurig. »Dazu besteht kein Anlaß. Du hast dich zu einem recht guten Menschen entwickelt, was du mir wohl am wenigsten zu verdanken hast.

»Macht Euch jetzt bitte meinetwegen keine Vorwürfe, Vater«, sagte sie im energischen Ton. »Wenn das Gesellschaftsleben wichtig für mich wäre, hätte ich schon vor Jahren Mittel und Wege gefunden, um daran teilnehmen zu können. Ich denke nur jetzt daran, weil es Kenneths Wunsch ist, mich wieder in die Gesellschaft einzuführen. Ich habe aber, ehrlich gesagt, gar kein Verlangen danach.«

»Mach das, was Kenneth dir empfiehlt«, befahl ihr Vater. »Kraft deiner Geburt hast du das Recht dazu, in den besten Kreisen zu verkehren. Das ist ein Privileg, das man nicht ungenützt lassen sollte. Ich werde Kenneth fragen, ob ich ihm bei seinen Bemühungen behilflich sein soll. Aber ich kann mir vorstellen, daß er das schon alles im Griff hat. Er ist der beste Sekretär, den ich je hatte.«

Sie war sich nicht sicher, ob ihr die Antwort ihres Vaters gefiel. Insgeheim hatte sie gehofft, er würde zu ihr sagen, sie sollte ihre Zeit nicht mit dem Besuch von Empfängen und Bällen vergeuden. War es Schüchternheit oder Angst, die ihr die Entscheidung so schwer machten?

Es war Angst. Die dunkle Seite einer künstlerischen Beobachtungsgabe ist eine schmerzhafte Empfindlichkeit. Ein Einsiedlerdasein war für sie leichter zu ertragen als ein Ausflug in eine ihr nicht wohlgesonnene Welt. Aber als Einsiedlerin lief sie Gefahr, sowohl in persönlicher wie kreativer Hinsicht zu verkümmern. Es wäre töricht von ihr, diese Chance, ihren Horizont zu erweitern, ungenützt zu lassen.

Nachdem sie zu einem Entschluß gekommen war, ging Rebecca zu einem anderen Gemälde, an dem ihr Vater gerade arbeitete, und schlug das Tuch zurück, mit dem es abgedeckt war. »Das ist also das Porträt der Zwillinge«, sagte sie. »Auf gutem Weg, wie ich sehe.«

»Was daran reizt, ist, den Unterschied in der Persönlichkeit zweier Frauen zu zeigen, die sich äußerlich zum Verwechseln ähnlich sehen«, erklärte ihr Vater, der nun neben sie trat. »Lady Strathmore ist die Dame auf der rechten, und Lady Markland die auf der linken Seite. Aber in welcher Hinsicht unterscheidet sich ihr Temperament?«

Rebecca betrachtete nun das Gemälde genauer. »Lady Markland ist kontaktfreudiger. Eine Frau, die mehr aus sich herausgeht. Man sieht es an dem lebhaften Ausdruck ihrer Augen. Lady Strathmore ist stiller, nachdenklicher. Und auch ein bißchen scheu.«

»Gut, gut«, murmelte ihr Vater. »Dann ist es mir also gelungen, das zu vermitteln.«

»Aber du solltest noch etwas an der männlichen Figur mit den dunklen Haaren arbeiten.« Sie deutete auf das Gemälde. »Die Proportion des linken Beins stimmt nicht ganz.«

»Hm, du hast recht. Ich werde das bei der nächsten Sitzung korrigieren.« Er deckte das Gemälde wieder zu. »Und wie kommst du mit deinem Porträt von Kenneth voran?«

»Recht gut.« Sie wollte nun etwas ausführlicher werden, begnügte sich dann aber mit dem Zusatz: »Er hat ein so interessantes Gesicht.«

Auch ihr Vater hatte die Beobachtungsgabe eines Künstlers. Sie wollte ihm nicht die Chance geben, Dinge zu sehen, die sie nicht einmal sich selbst eingestehen wollte.

Rebecca hatte ein flaues Gefühl im Magen, als sie aus der Kutsche stieg und sich anschickte, die breite Marmortreppe von Ashburn House hinaufzusteigen. Sie war froh, daß der Regen die Stufen so schlüpfrig gemacht hatte, daß sie sich an Kenneths Arm klammern konnte. »Ich werde das noch bedauern«, murmelte sie, als er den Türklopfer aus Messing mit dem Löwenkopf betätigte.

»Nein, das werdet Ihr nicht«, beruhigte er sie. »Es ist doch nur ein formloses Dinner mit zwei sehr netten Leuten.«

Möglich, doch ihr Herz klopfte trotzdem so heftig, als gingen sie zu einer Gerichtsverhandlung. Sie dachte an all diese hämischen Bemerkungen, diese entrüsteten oder lüsternen Blicke, diese hochgezogenen Brauen, mit denen man sie betrachtet hatte, wenn sie irgendwo aufgetaucht war, wo man sie kannte. Schon der Gedanke, daß sie nach dem Dinner, wenn die Ladies sich zurückzogen, mit Catherine, diesem Vorbild an Tugendhaftigkeit, allein sein würde, war so beängstigend, daß sie jetzt am liebsten umgekehrt und sich wieder in ihr Speicheratelier geflüchtet hätte.

Zu spät. Die Tür wurde ihnen von einem schrecklich würdevoll aussehenden Butler geöffnet. Nachdem ihnen die Mäntel abgenommen worden waren, wurden sie in einen eleganten Salon geleitet. Rebeccas Blick ging zu dem Mann und der Frau, die sich von ihren Plätzen erhoben und ihren Gästen entgegenkamen, um diese zu begrüßen. Obwohl die beiden sich nicht berührten, waren sie auf eine fast greifbare Weise zusammen. Ein überaus beeindruckendes Paar. Und Catherine Kenyon war, aus der Nähe betrachtet, sogar noch schöner als damals im Treppenhaus, wo sie diese Frau nur aus der Entfernung gesehen hatte.

Kenneth legte ihr eine Hand auf den Rücken und schob sie sacht nach vorn. »Michael, Catherine – das ist meine Freundin Miss Seaton.«

Catherine lächelte und griff nach Rebeccas Hand. »Ich freue mich sehr, Euch kennenzulernen.« Offenbar meinte sie das auch so, wie sie es sagte.

»Das Vergnügen ist ganz meinerseits, Lady Michael«, murmelte Rebecca.

»Bitte, nennt mich Catherine.«

Unmöglich, dieser Wärme zu widerstehen. »Mein Name ist Rebecca.«

Nun wurde sie von Lord Michael begrüßt, der eine Verbeugung vor ihr machte. Seine Augen waren ein klares, echtes Grün. Noch interessanter war, was sie auf dem Grund dieser Augen sah. Ihr Vater hatte gesagt, daß man in den Augen eines Soldaten erkennen könne, wieviele Schlachten er miterlebt habe, und das stimmte auch. Diese gleiche stählerne Kraft, die Kenneth auszeichnete, entdeckte sie jetzt auch in seinem Freund.

Ihre Gedanken laut aussprechend, sagte sie: »Ihr würdet ein wunderbares Modell für Alexander den Großen abgeben.« Dann errötete sie heftig, als ihr bewußt wurde, wie unschicklich ihre Bemerkung sein mußte.

Lord Michael grinste nur. »Kenneth hat mir erzählt, daß Ihr durch und durch Künstlerin seid. Er hat nicht übertrieben.«

Sie lächelte reumütig. »Wenn Kenneth damit meinte, daß ich nicht ›Guten Tag‹ sagen könnte wie ein normaler Mensch, hatte er recht, fürchte ich.«

»Ich glaube, daß die Normalität viel zu hoch bewertet wird«, sagte Catherine, als sie ihre Gäste zum Kamin führte. »Meint Ihr nicht auch?«

Rebecca lächelte und begann, sich zu entspannen. Und als es dann Zeit wurde, in das Speisezimmer hinüberzugehen, fühlte sie sich sogar wohl. Die Kenyons waren so reizend, wie Kenneth ihr das versprochen hatte. Sie fand sich sogleich und rückhaltlos in die Freude einbezogen, welche die beiden offensichtlich an Kenneths Gesellschaft hatten. Und als ihre Gastgeberin nach dem Dinner die Gentlemen ihrem Port überließ, hatte Rebecca keine Angst mehr bei dem Gedanken, mit Catherine allein zu sein.

»Es ist schrecklich unhöflich von mir«, sagte Catherine, nachdem die beiden das Speisezimmer verlassen hatten, »aber ich muß jetzt nach oben gehen, um meinen Sohn zu füttern.« Sie zog ihren indischen Schal vorne fester zusammen und berührte dabei unwillkürlich ihre Brüste. »Wäre es schlimm für Euch, wenn ich Euch für ein paar Minuten in der Bibliothek alleine ließe?«

Zu ihrer Überraschung hörte Rebecca sich da sagen:

»Wenn Sie das nicht als Zumutung empfinden, würde ich gern mitkommen und mir Euer Baby anschauen.«

Ihre Gastgeberin strahlte. »Es ist unmöglich, eine Mutter damit zu beleidigen, daß man ihre Kinder kennenlernen möchte. Ich bedaure nur, daß ich Euch nicht mit meiner Tochter bekanntmachen kann, weil sie heute abend bei Freunden weilt.«

Sie gingen hinauf in das Kinderzimmer, wo eine Schwester in mittleren Jahren das Baby am Feuer auf ihren Armen wiegte. »Ihr kommt gerade zur rechten Zeit, Mylady«, sagte die Schwester gemütlich. »Der junge Master wird mir jetzt richtiggehend impertinent.«

Nachdem sie Catherine das Baby überreicht hatte, ging sie nach unten, um dort eine Tasse Tee zu trinken.

Kaum hatte die Mutter ihren Sohn auf den Armen, als dieser auch schon hungrig ihre Brust zu suchen begann. Rebecca betrachtete fasziniert das Wickelkind und versuchte sich zu erinnern, ob sie schon jemals in ihrem Leben einem Baby so nahe gewesen war wie jetzt. Offenbar nicht. So winzige Hände, so seidig feine Haare. »Er ist wunderschön. Wie heißt er?«

»Nicholas, nach einem von Michaels ältesten Freunden. Er sieht seinem Vater sehr ähnlich, meint Ihr nicht auch?« sagte Catherine mit zärtlicher Stimme, als sie sich nun in den Schaukelstuhl beim Feuer setzte.

Unter den Falten ihres Schals knöpfte sie nun mit einer Hand das eigens für stillende Mütter entworfene Kleid auf. Dann legte sie sich den Säugling an ihre rechte Brust. Sofort schlossen sich die weichen kleinen Lippen des Babys um die Brustwarze der Mutter, und es begann mit einer geradezu wilden Intensität daran zu saugen, wobei es seine winzigen Hände zu Fäustchen ballte.

Nachdem Catherine das laut schmatzende Baby in eine Lage gebracht hatte, in der es am bequemsten an ihrer Brust saugen konnte, sagte Catherine zu ihrem Gast: »Aber setzt Euch doch bitte. Das wird noch einige Zeit dauern.«

Rebecca gehorchte und bewegte sich dabei so leise, wie ihr das in einem Zimmer, in dem ein Säugling untergebracht war, geboten zu sein schien. »Ich bin schrecklich unwissend, was Babies anlangt, aber ist es nicht eine Seltenheit, daß Frauen Eures Standes ihre Kinder selbst stillen?«

Catherine lachte leise. »Ich mag jetzt zwar Lady Michael sein, aber als meine Tochter geboren wurde, war ich nur eine Soldatenfrau, die ständig auf der Suche danach war, wie sie ihr Kind am besten versorgen konnte. Und nachdem ich Amy gestillt hatte, fand ich, daß nur eine Närrin einer Amme so eine Wonne überlassen würde.«

Der Anblick von Mutter und Kind erfüllte Rebecca mit einer fast schmerzhaften Zärtlichkeit. Kenneth hatte gesagt, daß er ihrem Leben mehr Inhalt geben wollte, und das war ihm bereits an einem einzigen Abend gelungen. Zum erstenmal erkannte sie, was sie damit verlor, wenn sie dem Ehestand und der Chance, Kinder zu bekommen, den Rücken zukehrte.

Die beiden Frauen plauderten nun eine Weile auf eine etwas planlose, flüchtige Weise miteinander, bis Nicholas sich satt getrunken hatte. Dann knöpfte Catherine geschickt wieder das Kleid zu, legte sich den Säugling an die Schulter und schlug ihn sacht mit der Hand auf den Rücken.

»Ihr und Euer Sohn würden ein großartiges Gemälde von der Madonna mit dem Kind abgeben«, bemerkte Rebecca.

»Ich denke, daß es wohl zum Wesen eines Künstlers gehört, die Welt in Gestalt möglicher Bilder zu betrachten«, sagte Catherine nachdenklich. »Ich beneide Euch um Euer Talent. Ich besitze keine besonderen Fähigkeiten – außer vielleicht zur Pflege von Kranken und Verwundeten.«

Sie irrt sich, dachte Rebecca da. Sie besitzt das kostbarste aller Talente: den Mut, freizügig und offen Liebe zu geben und zu empfangen. Das war eine Gabe, die sogar noch größer war als ihre Schönheit.

Sich aus dem Schaukelstuhl erhebend, fragte Catherine: »Würdet Ihr Nicholas mal gern nehmen wollen?«

»Ich?« erwiderte Rebecca schrill. »Was ist, wenn ich ihn fallenlasse?«

Catherine legte Rebecca, die sie ganz nervös ansah, den Säugling in den Arm. »Das werdet Ihr nicht tun.«

Der Kleine öffnete die Augen und blinzelte schläfrig. Er sah seinem Vater ähnlich, aber auch seiner Mutter. Seine Haut zeigte die schönsten Wasserfarben in den feinsten Abstufungen.

Was wäre das wohl für ein Gefühl, wenn sie ein eigenes Kind so auf dem Arm halten würde wie dieses?

Dieser Gedanke rührte an etwas schrecklich Verletzbares in ihr. Wenn sie und Kenneth zusammen ein Kind hätten, würde es vermutlich nicht so schön sein wie dieses; aber das würde sie nicht stören. Nein, das würde sie keinesfalls stören.

Unendlich behutsam reichte sie der Mutter das Kind zurück. »Das wird einmal ein Herzensbrecher werden, wenn er groß ist.«

»Das ist er schon heute.« Catherine legte ihren Sohn jetzt in eine Wiege, die an den Seiten mit dem vergoldeten Wappen von Ashburton verziert war. Ehe sie sich wieder aufrichtete, gab sie dem Säugling noch einen federleichten Kuß auf die Wange. »Die ganze Familie vergöttert ihn. Und ganz besonders meine Tochter.«

Rebecca blickte sich im Kinderzimmer um. »Hat Nicholas denn auch Vettern und Kusinen?«

»Nein, bis jetzt nicht. Stephen, Michaels älterer Bruder, war zwar viele Jahre verheiratet, doch er und seine Frau bekamen keine Kinder.«

Eine Falte bildete sich nun auf Catherines Stirn.

»Stephen weilt zur Zeit auf dem Land. Er trauert noch um seine Frau, die im vergangenen Jahr gestorben ist. Ich hoffe, daß er wieder heiraten und dann mehr Glück haben wird, was Kinder betrifft. Sonst würde nämlich Nicholas eines Tages das Herzogtum erben, und es wäre mir lieber, daß dieser Fall niemals einträte. Stephen hat die Herzogswürde bisher nicht viel Segen gebracht.«

Die Kinderschwester kam nun vom Tee zurück und übernahm wieder die Nachtwache beim Baby. Als Rebecca das Kinderzimmer verließ, warf sie noch einen letzten Blick auf den schlafenden Säugling und dachte dabei an Kenneth.

Was war nur los mit ihr?

Nachdem die Damen sich zurückgezogen hatten, deutete Michael Kenyon auf die beiden Karaffen, die der Butler vorbereitet hatte. »Was soll es sein – meines Bruders ausgezeichneter Port oder ein ordinärer Rachenputzer von einem Schottischen Whisky?«

Kenneth grinste. »Ein ordentlicher Schluck von dem Whisky natürlich. Der alten Zeiten wegen.«

Nachdem Michael die Gläser eingeschenkt hatte, sagte er: »Deine junge Lady ist ganz reizend. Sie läßt mich an ein schüchternes Schwert denken, wenn es so etwas überhaupt gibt.«

»Das ist keine schlechte Beschreibung, aber sie ist nicht meine junge Lady.«

Michael zog skeptisch eine Braue in die Höhe, verfolgte dieses Thema jedoch nicht weiter. »In welchem Bereich ist sie denn als Malerin tätig?«

»Sie malt vor allem Porträts, in der Regel von Frauen. Auf einem gewissen Niveau sind sie herrlich individuell, aber sie besitzen gleichzeitig eine mythische, transzendentale Qualität, die einzigartig und für ihren Stil charakteristisch ist. Ich habe ihr vorgeschlagen, ihre Bilder der Royal Academy zur Prüfung vorzulegen, aber sie will nichts davon hören.«

»Es muß hart für sie sein, zu wissen, daß sie nicht vermeiden kann, als Tochter ihres Vaters beurteilt zu werden«, sagte Michael nachdenklich. »Du hattest auch die Notwendigkeit einer sozialen Rehabilitation erwähnt. Was ist passiert?«

»Sie ist mit achtzehn mit einem jungen Mann von zu Hause durchgebrannt, war aber glücklicherweise vernünftig genug, einen Rückzieher zu machen, bevor es zu spät dafür war. Aber es hat natürlich einen Skandal gegeben.« Kenneth runzelte die Stirn. »Ihre Eltern hätten zwei oder drei Jahre abwarten und sie dann in aller Stille wieder bei ihren eigenen Freunden einführen sollen. Und wenn sie erst einmal in Künstlerkreisen verkehrt hätte, hätte sie auch Zugang zu anderen Gesellschaftskreisen gefunden. Aber statt dessen ließen sie es zu, daß sie sich in ihrem Speicherstudio vergrub und sich von der Außenwelt abkapselte. Obwohl auch du und Catherine nicht sonderlich viel Wert darauf legt, in der Grand Society zu verkehren, hoffe ich doch, daß du Freunde hast, die bereit sind, sie zu empfangen. Sie muß einfach mehr und öfter unter Menschen sein.«

Michael dachte kurz nach. »Mein Freund Rafe – der

Herzog von Candover, weißt du? – gibt in der nächsten Woche einen Ball. Ich werde ihn bitten, dir und Rebecca eine Einladung zu schicken.«

Kenneth schüttelte beeindruckt den Kopf. »Es ist alles so einfach, wenn man die richtigen Leute kennt. Wenn sie auf dem Ball der Candovers gesehen wird, werden sich ihr fast alle Türen öffnen. Zwar bezweifle ich, daß sie jemals ein sozialer Schmetterling sein wird, aber zumindest wird sie immer unter mehreren Möglichkeiten wählen können.« Er schnitt eine Grimasse. »Unglücklicherweise werde auch ich den Ball besuchen müssen.«

»So ein Ball wird dir guttun«, erklärte Michael ungerührt. »Aber jetzt erzähle mir mal etwas mehr von deiner Arbeit. Irgendwie glaube ich nicht daran, daß du nur Sir Anthonys Sekretär geworden bist, um mit Künstlern zusammentreffen zu können.«

Kenneth zögerte nur einen Moment, bevor er sich dazu entschied, seine Diskretion aufzugeben. »Du hast recht. Ich wurde in das Haus geschickt, um einen mysteriösen Todesfall zu untersuchen. Aber es ist der verdammt unangenehmste Auftrag, der mir jemals erteilt wurde.« Mit dürren Worten und düsterer Miene erzählte er Michael nun von dem Angebot, das Lord Bowden ihm unterbreitet hatte, und den Schwierigkeiten, die man ihm machte, als er versuchte, die Begleitumstände von Helen Seatons Tod zu erfahren. Es war eine immense Erleichterung für ihn, sich einem vertrauenswürdigen Freund offenbaren und damit seiner Frustration ein wenig Luft machen zu können.«

Nachdem Michael ihm schweigend zugehört hatte, sagte er: »Ich kann Bowdens Wunsch, die Wahrheit zu erfahren, verstehen, aber für dich muß es eine verflixt heikle Situation sein. Offensichtlich magst du Rebecca, und Sir Anthony scheinst du ebenfalls zu mögen, wie ich deiner Erzählung entnehme.«

Kenneth dachte nun an all diese Ungewißheiten, die er in Sir Anthonys Haus entdeckt hatte. »Heikel ist noch ein gelinder Ausdruck dafür. Ich habe schon daran gedacht, den Auftrag zurückzugeben, aber das ist mir einfach nicht möglich. Ich habe Bowden mein Wort gegeben. Und es ist auch eine Frage der Gerechtigkeit.«

»Ich kann mir vorstellen, wie angenehm es wäre, wenn du dort für Sir Anthony entlastende Beweise entdecken würdest, aber es ist eher wahrscheinlich, daß du dort nichts Schlüssiges finden wirst. Enervierend für dich und für Lord Bowden.«

»Zumindest würde ich in finanzieller Hinsicht profitieren.« Und auch in anderer Beziehung. Aber Kenneth vermochte sich nicht von der abergläubischen Angst zu befreien, daß er einen hohen Preis für das bezahlen mußte, was er bekam.

»Wenn wir gerade von Gerechtigkeit reden, hätte ich auch noch gern etwas mehr über deine böse Stiefmutter erfahren. Da es, wie ich hörte, keine Dokumente gibt, die darüber entscheiden, wem der Familienschmuck gehören soll, ist der einzige Anspruch, den sie darauf hat, die Tatsache, daß sie die augenblickliche Besitzerin dieses Schmucks ist, nicht wahr?«

»Richtig, aber in diesem Fall ist der Besitzer des Schmucks dem Recht nach auch dessen Eigentümer.« Kenneth lächelte schief. »Gott weiß, daß ich die Juwelen nicht hergeben würde, wenn ich sie besäße.«

»Interessant«, sagte Michael, einen nachdenklichen Ausdruck in den Augen.

»Eher deprimierend als interessant.« Kenneth füllte sein Glas noch einmal bis zum Rand mit Whisky. »Jetzt bist du aber an der Reihe. Erzähle mir etwas über deine Freuden als Ehemann und Vater.«

Michael brauchte keine Ermunterung dazu. Das einzige, was Kenneth an dem Bericht seines Freundes störte, war die Tatsache, daß er ihm den Zustand der Ehe in einem zu rosigen Licht darzustellen schien. Rebecca mit ihrer scharfen Zunge und ihrem wütenden Schaffensdrang, dachte Kenneth, würde eine ganz andere Ehefrau abgeben als seine so heitere und liebevolle Catherine. Vorausgesetzt natürlich, daß Rebecca überhaupt daran denken würde, die Ehefrau eines Mannes zu werden.

Ein Jammer, daß er Rebeccas leidenschaftlichen Schaffensdrang so überaus verlockend fand.

Als Rebecca und Catherine in den Salon zurückkehrten, stellten sie fest, daß die Männer sich noch nicht dort eingefunden hatten, worauf Catherine philosophisch erklärte: »Kenneth und Michael werden heute abend etwas länger für ihren Port brauchen, weil sie sich so viel zu erzählen haben.«

Was Rebecca keineswegs störte. Sie konnte sich nicht erinnern, wann sie sich zuletzt in der Gesellschaft einer Frau so wohl gefühlt hatte wie heute.

Sie nahmen beide beim Kaminfeuer Platz. Kurz darauf kam ein Hund mit so kurzen Beinen, als hätte man diese zur Hälfte abgeschnitten, hinter einem Möbelstück hervor, ließ sich vor Rebeccas Sessel auf den Boden fallen und legte seine Schnauze auf ihre in Pantoffeln steckenden Füße.

Catherine verdrehte die Augen. »Entschuldigung. Aber unser Hund mag Euch. Wenn Ihr es nicht leiden mögt, wie er Euch seine Zuneigung zeigt, werde ich ihn aus dem Zimmer entfernen.«

Rebecca beugte sich vor und kraulte dem Hund die langen Ohren. »Es würde mir nicht einmal im Traum einfallen, ihn von meinen Füßen zu verscheuchen. Ich nehme an, daß das der Hund ist, den Ihr ›Ludwig der Faule‹ getauft habt?«

Ihre Gastgeberin lachte. »Wie ich sehe, ist ihm sein Ruf bereits vorausgegangen. Meine Tochter liebt die Skizze über alles, die Kenneth von Ludwig in dem Winter angefertigt hatte, als wir mit ihm das Quartier in Toulouse teilten.«

Rebecca lehnte sich in ihrem Sessel zurück. »Ich war ungemein beeindruckt, als Kenneth mir erzählte, daß Ihr der Trommel durch Portugal und Spanien gefolgt seid. Ich kann mir nicht vorstellen, was für eine Strapaze das für Euch gewesen sein muß, unter solchen Umständen einen Haushalt zu führen und ein Kind aufzuziehen.«

»Es war oft schwierig, aber meine Tochter Amy gedieh unter Bedingungen, über die sogar ein Muli sich beschwert hätte.« Catherine beschrieb nun im drolligen Ton ein paar Vorfälle, die sie vielleicht im Rückblick erheiternd finden mochte, die aber in dem Augenblick, wo sie passierten, für sie schrecklich gewesen sein mußten.

Rebecca fiel auf, daß Catherine ihren ersten Ehemann dabei nur selten erwähnte. Der Bursche schien nie in der Nähe gewesen zu sein, wenn sie ihn gerade brauchte. Lord Michael, vermutete sie, würde so einen Fehler niemals machen. Kenneth ebenfalls nicht.

Der Gedanke an ihn veranlaßte sie nun zu der Frage: »Wie seid Ihr denn Kenneth zum erstenmal begegnet?«

»Wir waren gerade mit dem Troß unterwegs, als wir von einer Abteilung französischer Kavallerie angegriffen wurden. Amy und ich wurden dabei vom Gros der

Nachhut getrennt und von französischen Soldaten bedrängt. Ich überlegte gerade verzweifelt, ob es ratsam wäre, die Pistole aus meiner Satteltasche herauszuholen, als Kenneth mit ein paar seiner Männer auf dem Plan erschien und die Franzosen in die Flucht trieb. Er tat die Sache als eine seiner täglichen Routineaufgaben ab. Aber wie Ihr Euch wahrscheinlich denken könnt, habe ich diesen Vorfall nie mehr vergessen.« Sie blickte geistesabwesend ins Feuer. »Es war nicht das einzigemal, daß er uns aus solchen Gefahren rettete.«

Wieder tauchte da ein Bild vor Rebeccas innerem Auge auf: die unerschrockene Schönheit, die von einem edlen Krieger gerettet wurde. Sehr dramatisch. Viel romantischer, als diese Spitzmaus von Malerin, die ätzende Bemerkungen über einen im Ruhestand befindlichen Helden machte. Einen Seufzer unterdrückend, sagte sie: »Ich habt ein aufregendes Leben geführt. Ich weiß nicht, ob ich nun neidisch sein oder auf die Knie fallen soll vor Dankbarkeit, daß mir solche Freuden erspart geblieben sind.«

»Natürlich Gott dankbar dafür sein«, erwiderte Catherine, an den Fransen ihres Schals zupfend. »Habt Ihr schon mal eine von Kenneths Zeichnungen gesehen?«

»Ja, wenngleich nur aus Zufall. Er hat mir nichts davon erzählen wollen, daß er zeichnet.«

Catherine warf ihr einen schrägen Blick zu. »Seine Arbeiten schienen mir sehr, sehr gut zu sein, aber ich bin nur ein Laie, der nicht viel von Kunst versteht.« Es war eine Frage, die in ihrer Erklärung mitschwang.

»Er ist ein großes Talent und sehr originell«, erwiderte Rebecca. »Ich habe angefangen, ihm Malunterricht zu geben. Obwohl er erst sehr spät damit beginnt, hat er das Zeug dazu, ein wirklich guter Künstler zu werden.«

Ein Lächeln erhellte nun Catherines liebliche Züge. »Ich bin so froh, daß Ihr das sagt. Er tat immer so, als wäre das Zeichnen für ihn nur eine Freizeitbeschäftigung. Aber ich hatte immer schon den Verdacht, daß ihm die Kunst zu viel bedeutete, um nur beiläufig mit mir über sie reden zu wollen.«

Catherine war genauso scharfsinnig wie schön, dachte Rebecca. Wenn Kenneth nicht in diese Frau verliebt war, hatte er weniger Verstand, als Rebecca ihm eigentlich zutraute.

Sich daran erinnernd, daß sie Kenneths Lehrerin und nicht seine Geliebte war, fragte sie nun ihre Gastgeberin danach, wie hektisch es denn in Brüssel in den Tagen vor der Schlacht bei Waterloo zugegangen wäre.

Der Krieg war ein viel sichereres Thema als die Liebe.

Kapitel 15

Rebecca schlief am nächsten Morgen länger als sonst. Nachdem sie beschlossen hatte, ihr Frühstück heute wieder unten im Frühstückszimmer einzunehmen, war sie enttäuscht, als sie erfuhr, daß Kenneth bereits ausgegangen wäre. Trotzdem würde sie ihn ja noch später am Tage sehen. Diese Gewißheit brachte sie zum Lächeln.

Sie schenkte sich gerade den Tee ein, als Lavinia ins Zimmer kam und ungewöhnlich strahlend aussah für so eine frühe Tageszeit. Ihre Gegenwart bedeutete, daß sie die Nacht mit Sir Anthony verbracht hatte. Das war nicht das erste Mal, obwohl über solche Vorkommnisse im Haus natürlich nie gesprochen wurde.

Rebecca goß eine zweite Tasse Tee ein. »Guten Morgen, Lavinia. Ihr tut doch immer zwei Löffel Zucker in Euren Tee, nicht wahr?«

»Ja, danke.« Lavinia nahm ihr die Tasse ab. »Ihr seht heute ja ungemein aufgeräumt aus, meine Liebe. Ist das ein Zeichen dafür, daß Ihr mit Eurer Arbeit gut vorankommt?«

»Ja, aber das ist nicht der Grund, weshalb ich heute morgen so mild gestimmt bin. Kenneth hat beschlossen, daß ich öfter ausgehen sollte, und mich deshalb zu einem Dinner mit Freunden aus seiner Armeezeit mitgenommen.« Sie lächelte ironisch. »Obwohl er mich fast an den Haaren dorthin schleppen mußte, muß ich gestehen, daß ich einen recht angenehmen Abend verbracht habe.«

»Als ich Kenneth zum erstenmal sah, wußte ich gleich, daß das ein sehr vernünftiger junger Mann ist.« Lavinia bediente sich am Büfett mit einem weich gekochten Ei und Toast und nahm dann am Tisch Platz. »Ihr seid viel zu oft allein.«

Rebecca blickte sie groß an. »Ich bin überrascht, daß Ihr das bemerkt habt.«

»Natürlich habe ich das bemerkt – Ihr seid schließlich die Tochter von zweien meiner besten Freunde. Ich habe mir Euretwegen schon immer Sorgen gemacht und ganz besonders nach Helens Tod. Ihr habt hier ja so zurückgezogen gelebt wie ein Eremit.« Lavinia schlug die Spitze ihres Eis ab. »Es stand mir jedoch nicht zu, Euch daraufhin anzusprechen. Ihr hättet mir den Kopf heruntergerissen, wenn ich das getan hätte.«

Einer von den Lakaien kam in diesem Moment ins Zimmer und legte ein mit einem großen, kunstvollen Siegel versehenes Kuvert neben Rebeccas Teller.

»Oh!« sagte Rebecca, nachdem sie neugierig mit dem

Messer das versiegelte Kuvert aufgeschnitten und das darin enthaltene Kärtchen gelesen hatte.

»Ist etwas nicht in Ordnung?« fragte Lavinia und schaute von ihrem Ei auf.

Rebecca schluckte. »Doch, oder nein. Das ist eine Einladung zu einem Ball, den der Herzog und die Herzogin von Candover geben werden.«

Lavinias Brauen gingen in die Höhe. »Euer Gesellschaftsleben scheint ja in einem geradezu schwindelerregendem Tempo zuzunehmen.«

»Das Ehepaar, mit dem wir gestern abend dinierten, ist mit den Candovers eng befreundet. Sie müssen dem Herzog schon in aller Herrgottsfrühe einen Brief geschrieben haben.«

Rebecca biß sich auf die Lippen, als sie noch einmal das Kärtchen las. Ein formloses Essen zu viert war eine Sache – aber ein Ball, der in einem der elegantesten Häuser von London gegeben wurde?

Rebeccas Gesichtsausdruck richtig interpretierend, sagte Lavinia: »Aber, aber, nur keine Panik, meine Liebe. Ihr könntet Euch gar keine bessere Gelegenheit wünschen, der Welt vorgestellt zu werden. Die Candovers geben die herrlichsten Gesellschaften. Und sie laden niemals so viele Leute zu ihren Bällen ein, daß diese sich gegenseitig auf die Füße treten. Ihr werdet also viel Platz zum Tanzen haben.«

»Ich habe in den letzten neun Jahren kein einziges Mal getanzt. Ich weiß gar nicht mehr, wie das geht.« Da kam ihr eine willkommene Idee. »Auch trauere ich noch immer um meine Mutter. Ich werde dem Herzog also absagen müssen.«

»Unsinn«, erwiderte Lavinia mit energischer Stimme. »Es sind sechs Monate seither vergangen, und länger muß man um einen Elternteil nicht trauern. Auch bedeutet ein Ball nicht, daß Ihr dort unbedingt tanzen müßt. Ich werde jedenfalls mindestens die Hälfte der Zeit mit Plaudern verbringen.«

»Ihr geht ebenfalls zu diesem Ball?«

»Ich habe noch nie eine von Rafes Einladungen abgelehnt.« Lavinia lächelte, sich an frühere Zeiten erinnernd. »Ich kenne Rafe seit vielen Jahren. Er hatte schon immer eine Schwäche für etwas verrufene Damen. Ich fürchtete jedoch, nach seiner Verheiratung von der Gästeliste der Candovers gestrichen zu werden. Ich hätte natürlich wissen müssen, daß er kein prüdes Gänschen heiraten würde. Euch wird seine Frau Margot gefallen.«

Es wurde Rebecca jetzt zum ersten Mal bewußt, daß da eine gewisse Ähnlichkeit zwischen ihrer und Lavinias Situation bestand. »Es ist furchtbar unhöflich von mir, Euch danach zu fragen, aber wie ist es Euch gelungen, überall akzeptiert zu werden, wo Ihr doch in dem Rufe standet, eine ...«, sie suchte nach einer taktvollen Bezeichnung ..., »eine leichtlebige Dame zu sein?«

Lavinia lachte. »Ihr meint, wie ich es geschafft habe, mich aus einem ordinären Flittchen beim Theater in eine halbwegs respektable Lady zu verwandeln?«

Rebecca nickte verlegen.

»Zunächst sollte ich der Wahrheit halber sagen, daß ich keineswegs überall empfangen werde. Wenn ich zum Beispiel versuchen würde, mir bei Almack's Zutritt zu verschaffen, würden sie mich dort vermutlich die Treppe hinunterwerfen. Aber das ficht mich nicht an. Almack's ist ein schrecklich langweiliger Laden.« Sie verzehrte mit großem Appetit ihr Ei. »Ich konnte den schlechten Ruf, den ich meiner Vergangenheit wegen genoß, überwinden, weil ich schön und amüsant war und eine gute Partie gemacht habe.«

»Ich bin weder schön noch amüsant und habe kein

Verlangen danach, jemanden zu heiraten«, erklärte Rebecca düster. »Also wird man mir meinen Sündenfall von damals nie mehr verzeihen.«

»Ah, aber Ihr seid Sir Anthonys Tochter und besitzt ein seltenes Talent. Das wird genügen, besonders dann, wenn Ihr Eure Arbeiten bei der Akademie einreicht. Guten Künstlern sieht man solche kleinen Verstöße gegen die Schicklichkeit gerne nach.«

Rebecca sah sie mißtrauisch an: »Habt Ihr und Kenneth etwa hinter meinem Rücken über mich gesprochen? Ihr redet schon genauso wie er.«

Lavinia lachte. »Nein, wir beide haben uns nie über Euch unterhalten. Es ist nur ein simpler Fall von zwei großen Geistern, die zu dem gleichen Schluß kommen. Wenn Ihr in der Akademie ausstellt, werdet Ihr über Nacht zu einer Berühmtheit. Der Prinzregent wird Euch nach Carlton House einladen. Man kann über Prinny sagen, was man will, aber für die Kunst hat dieser Mann ein Herz.«

»Ihr werdet mich nicht dazu überreden können, in der Akademie auszustellen. Ganz im Gegenteil.« Da fiel ihr noch etwas ein: »Ich habe ja auch gar nichts, was ich zu dieser Gelegenheit anziehen könnte. Ich weiß nicht einmal, was für ein Stil gerade in Mode ist. Also werde ich dem Herzog absagen müssen.« Rebecca legte die Einladung erleichtert beiseite.«

»Ihr werdet nichts dergleichen tun«, sagte Lavinia im bestimmten Ton. »Drei Tage sind zwar schwierig, aber nicht unmöglich. Tatsächlich ...«, Lavinia zögerte. »Ich habe da eine Idee. Ob sie Euch nun behagt oder nicht – die Chancen stehen sich ungefähr gleich.«

Als Rebecca sie fragend ansah, fuhr Lavinia fort: »Ihr könntet eines von den Kleidern Eurer Mutter ändern lassen. Helen hatte einen wunderbaren Geschmack. Und da Ihr die gleiche Augen- und Haarfarbe habt wie sie, müßten Euch auch ihre Sachen genauso gut stehen ...« Ihre Stimme verebbte. »Es sei denn, daß es Euch widerstrebt, etwas zu tragen, was Eurer Mutter gehört hat.«

Rebeccas erste Reaktion war, Lavinias Vorschlag leidenschaftlich zurückzuweisen. Aber als sie einen Moment lang unentschlossen dasaß, nützte Lavinia diese Gelegenheit dazu, mit leiser Stimme hinzuzusetzen: »Es wäre doch keine üble Sache, wenn der Gedanke an Helen wieder ein Teil Eures Lebens und nicht mehr eine schwärende Wunde wäre, an die nicht gerührt werden darf.«

Rebecca biß sich auf die Lippen, erstaunt über das Einfühlungsvermögen dieser Frau. Sie versuchte jetzt, über Lavinias Vorschlag ernsthaft nachzudenken und sich darüber klar zu werden, was sie dabei empfand. Und da erkannte sie, daß der Gedanke daran, ein Kleid ihrer Mutter zu tragen, etwas Tröstliches für sie hatte. Daß sie das Gefühl haben würde, als würde ihre Mutter ihr auf dem Ball schützend und behütend zur Seite stehen. »Ich ... ich glaube, Euer Vorschlag könnte mir gefallen. Sollen wir uns ihre Sachen mal anschauen? Sie liegen in Koffern verpackt oben auf dem Speicher.« Sie erhob sich vom Tisch. »Ich habe nicht die leiseste Ahnung, wie ich mich elegant anziehen könnte. Ich werde da Eure Hilfe brauchen.«

»Wenn Ihr mich schon fragt«, sagte Lavinia listig, trank ihren Tee aus und erhob sich nun ebenfalls vom Tisch, »dann dürft Ihr nicht den Fehler machen, in den Spiegel zu schauen und Euch zu sagen, ich bin diese schüchterne Miss Seaton, die nicht weiß, wie sie sich vorteilhaft anziehen muß. Ihr müßt vielmehr an Eure Erscheinung genauso herangehen wie an Eure Porträts. Betrachtet Euch also im Spiegel wie eine Person, die Ihr malen wollt, und überlegt Euch, wie Ihr sie anziehen würdet, damit sie auf Eurem Porträt so reizend und elegant wie möglich aussehen wird.«

Rebecca sah die andere Frau nun mit einem ganz neuen Respekt an. »Lavinia, Ihr seid ein Gottesgeschenk.«

»Helen hatte ein bernsteinfarbenes Kleid aus Seide, das Euch großartig stehen müßte. Wollen mir mal nachsehen, ob wir es finden können?«

Als die beiden Frauen sich nun auf den Speicher hinaufbegaben, erkannte Rebecca, daß ihre Beziehung zu Lavinia soeben eine Wasserscheide passiert hatte. Sie waren jetzt nicht mehr nur zwei freundschaftlich miteinander verkehrende Bekannte, sondern zu echten Freunden geworden.

Wie gewöhnlich hatte Kenneth auf dem Rückweg zu Sir Anthonys Haus bei dem Laden Station gemacht, zu dem er sich die Post nachschicken ließ, nachdem er zudem einige Botengänge für Seaton erledigt hatte. Der einzige Brief, der ihn dort erwartet, stammte von Lord Bowden. Er runzelte die Stirn, als er ihn las. Bowden wurde ungeduldig und verlangte von ihm einen Bericht. Statt ein persönliches Treffen mit ihm zu arrangieren, beschloß Kenneth, ihm zu schreiben. Und während er den Brief in der Innentasche seines Rocks verwahrte und sich dann wieder auf den Weg machte, überlegte er sich einen schriftlichen Bericht, der mehr Substanz enthalten würde, als er seinem Auftraggeber tatsächlich hätte vorweisen können.

Es war weitaus angenehmer, an Rebecca zu denken. Am Ende des vergangenen Abends hatte sie sogar gelacht und einen für sie typischen beißenden Humor entwickelt. Bei ihrer nächsten Einladung würde sie schon viel selbstbewußter auftreten.

Er konnte jetzt selbst etwas mehr Selbstbewußtsein gebrauchen, denn der Ball würde sein erster Auftritt in der Londoner Gesellschaft sein. Er hatte sich freiwillig zur Armee gemeldet, ehe er wie die meisten jungen Gentlemen seines Standes die Gelegenheit dazu bekommen hatte, in die besseren Kreise der Hauptstadt eingeführt zu werden. Wenn da nicht Hermione gewesen wäre ...

Er unterdrückte diesen Gedanken. Obwohl seine Stiefmutter die Schlange im Paradies gewesen war, war es doch seine eigene Schwäche gewesen, die eine schwierige in eine unmögliche Situation verwandelt hatte. Er hatte nur bekommen, was er verdiente.

Es war schon fast Mittag, als er in Sir Anthonys Haus zurückkam. Auf einem Seitentisch in der Halle erwartete ihn dort eine Einladung der Candovers zu deren Ball. Michael und dessen Freunde hatten ganze Arbeit geleistet.

Er ging hinauf in das Büro und traf dort Sir Anthony im Gespräch mit George Hampton an. »Ah«, sagte sein Arbeitgeber, »Ihr kommt gerade zur rechten Zeit, um George bei der Suche nach einem Gemälde im Gewölbe zu helfen.«

»Im Gewölbe, Sir?

»Da ist ein Lagerraum im Erdgeschoß, der so eingerichtet wurde, daß er sich zur Aufbewahrung von Gemälden eignet. George wird Euch das Gewölbe zeigen. Ich würde das ja selbst machen, wenn nicht soeben ein Kunde zu einer Sitzung hier eingetroffen wäre.« Er gab Kenneth einen Schlüssel und verließ dann das Büro.

Hampton nahm eine brennende Öllampe vom Tisch und erklärte: »Ich brauche eines von Anthonys Originalgemälden, damit ich einen Stich davon anfertigen kann.«

Hier bot sich ihm endlich die Gelegenheit, mit Hampton einmal unter vier Augen reden zu können, dachte Kenneth, und fragte, als sie gemeinsam die Treppe hinunterstiegen: »Gehört das Bild, von dem Ihr einen Stich anfertigen wollt, zu Sir Anthonys Waterloo-Zyklus?«

»Ja, es ist das Château-de-Hougoumont-Gemälde. Die ersten beiden Bilder des Zyklus habe ich bereits in Kupfer gestochen, und das Wellington-Gemälde werde ich mir vornehmen, sobald er damit fertig ist. Wenn alle vier Bilder der Waterloo-Serie gleichzeitig ausgestellt werden, werden sie großes Aufsehen erregen, und wir wollen deshalb die Drucke zum Verkauf fertig haben, sobald die Ausstellung eröffnet wird.«

»Das hört sich recht geschäftstüchtig an.«

»Als Sohn eines kentischen Ladenbesitzers bin ich dazu geboren, Handel zu treiben«, erwiderte Hampton mit einer unmißverständlichen Trockenheit in der Stimme. »Was sicherlich keine Schande ist. Denn wenn die Gentlemen die Geschäfte dieser Welt führen würden, würde die Menschheit heute noch in Höhlen leben.«

»Meine Bemerkung sollte keine Beleidigung sein. Ganz im Gegenteil.«

»Dann verzeiht, daß ich das eben gesagt habe«, erwiderte Hampton im entschuldigenden Ton. »Ich bin in diesem Punkt überempfindlich, seit ich von Kent nach London gezogen bin, um die Kunstschulen der Royal Academy zu besuchen. Dort wurde ich häufig darauf hingewiesen, daß ich kein Gentleman wäre und auch nie einer werden würde.«

»Sicherlich waren doch nur wenige Studenten auf der Akademie kraft ihrer Geburt Gentlemen. Ist Mr. Turners Vater nicht Barbier gewesen?«

»Ja«, antwortete Hampton wieder im trockenen Ton, »aber ich glaube nicht, daß er den Fehler machte, sich mit seinen aristokratischeren Klassenkameraden anzufreunden.«

Neidete Hampton Sir Anthony etwa dessen aristokratische Abkunft? Kenneth bezweifelte, daß sein Arbeitgeber einen Mann absichtlich damit beleidigen würde, daß er auf dessen geringeren Stand anspielte. Aber er besaß eine natürliche Arroganz, die nicht jeder vertragen konnte. In der Hoffnung, Hampton noch mehr Informationen entlocken zu können, sagte Kenneth: »Man hätte Euch doch niemals an der Akademie studieren lassen, wenn Ihr kein Talent und nicht den nötigen Ehrgeiz gehabt hättet.«

Hampton breites Gesicht entspannte sich ein wenig, als er sich nun in nostalgische Erinnerungen erging: »Der Tag, als ich in der Akademie aufgenommen wurde, war der schönste meines Lebens. Ich hatte schon immer leidenschaftlich gern gezeichnet. Selbst mein Vater gab zu, daß ich das gut könnte. Ich kam mit großen Erwartungen nach London. Ich würde der größte Maler werden, den England je gekannt hatte – besser als Reynolds und Gainsborough zusammengenommen.« Er seufzte. »Törichte Jugendträume.«

Hamptons Worte kamen Kenneth seltsam vertraut vor, denn als Junge hatte er nicht weniger ehrgeizige Träume gehabt. Selbst jetzt noch konnte er nicht davon lassen, sich insgeheim Hoffnungen zu machen, daß er eine natürliche überragende Begabung für die Ölmalerei habe. Daß er Werke schaffen könnte, die unsterblich sein würden. Statt dessen konnte er nicht einmal ein Stilleben malen, das diesen Namen auch verdiente.

Sie gelangten ins Erdgeschoß und gingen an der Küche und dem Speiseraum der Dienstboten vorbei zur Rückseite des Hauses. Kenneth war die Tür dort schon früher aufgefallen, hatte sich dabei jedoch gedacht, daß sie zu einem ganz gewöhnlichen Lagerraum gehören würde. Als er nun den Schlüssel im Schloß drehte, sagte er: »Wenn Ihr vielleicht auch Eure frühesten Ziele nicht erreicht habt, so seid Ihr doch der beste Graveur Englands geworden. Das muß Euch doch eine große Genugtuung sein.«

»Ich bin nicht unglücklich darüber«, räumte Hampton ein, »und verdiene auch recht gut damit. Aber es war ein bitterer Schlag für mich, als ich mit dem Studium an der Akademieschule begann und mich dort zum erstenmal unter Menschen befand, deren Begabungen meine übertrafen. Schon mit sechzehn war Anthonys Talent so groß, daß geringere Sterbliche den Mut verlieren mußten. Als ich seine Arbeiten sah, wußte ich, daß ich ihm niemals ebenbürtig sein würde.«

»Und dennoch wurdet Ihr Freunde.«

»Wenn sich auch unsere Talente nicht gleichen, so gilt das doch für unsere Liebe zur Kunst«, erwiderte Hampton versonnen. »Und das trifft auch für Malcolm Frazier zu. Hinter seiner kalten aristokratischen Arroganz verbirgt sich eine brennende Leidenschaft für die Kunst. Diese gemeinsame Leidenschaft hat uns trotz all unserer Differenzen und Verschiedenheiten mehr als dreißig Jahre lang in Freundschaft verbunden gehalten.«

Und diese auf einer gemeinsamen Leidenschaft beruhende Freundschaft hatte sogar Hamptons Affäre mit Helen Seaton nicht zerstören können. Kenneth wäre nicht so tolerant gewesen, wenn die fragliche Person seine Frau gewesen wäre. Er fragte sich, ob der Graveur wohl eine geheime Befriedigung darin gefunden hatte, daß er seinem erfolgreicheren Freund Hörner aufgesetzt hatte. Eifersucht vermochte viele Formen anzunehmen.

Kenneth sah sich nun in dem Gewölbe um. Es war ein

kühler und trockener Raum mit hohen, schmalen Fenstern, der mit offenbar eigens für die Aufbewahrung von Gemälden angefertigten Gestellen ausgefüllt war. Er zog das ihm am nächsten befindliche Gemälde aus dem Halterahmen. Es war ein zugleich reizendes wie beunruhigendes Bild von einer verführerisch aussehenden Wassernymphe, die einen eitlen jungen Mann in einem Tümpel im Wald in sein Verderben lockte. »Das kann nur aus Rebeccas und nicht aus Sir Anthonys Werkstatt stammen.«

Hampton blickte ihn mit milder Überraschung an. »Sie hat Euch ihre Werke gezeigt? Ein seltener Gunstbeweis von ihr. Ja, das ist eines von ihren Gemälden. Es stammt aus der Zeit, als sie von zu Hause durchbrannte, und ist kurz danach entstanden.« Ein amüsierter Funke zeigte sich in Hamptons Augen. »Der Bursche, der auf dem Bild ins Wasser gezogen wird, hat eine große Ähnlichkeit mit dem jungen Schwein, der sie verführte.«

Kenneth schob das Gemälde in das Gestell zurück, froh darüber, daß Rebecca ein Mittel gefunden hatte, sich für den ihr angetanen Schimpf auf eine bescheidene, aber ihr gemäße Weise zu rächen. »Hat das Château-de-Hougoumont-Gemälde das gleiche Format wie die anderen Bilder des Waterloo-Zyklus?«

»Ja, was bedeutet, daß es sich in diesem Gestell hier befinden muß.« Hampton zog ein großformatiges Bild aus seinem Halterahmen und hielt dann den Atem an, während sich sein Gesicht schmerzlich verzerrte.

Kenneth verstand diese Reaktion, als er das Gemälde sah. Es war eine rasch ausgeführte Ölskizze von Helen Seaton – aber nicht von der lachenden Helen, wie sie auf dem Porträt im Büro dargestellt war. Sie trug hier ein antikes griechisches Gewand und hatte die Hände klagend zum Himmel erhoben, während die rotbraunen

Haare ihr wie altes Blut über die Schulter hinunterflossen. »Gütiger Gott«, sagte Kenneth unwillkürlich. »Was soll das darstellen – eine trojanische Frau nach der Zerstörung ihrer Stadt?«

»Vielleicht. Oder vielleicht war es ... einfach Helen.« Mit düsterem Gesicht schob Hampton nun das Bild in das Gestell zurück und griff nach einem anderen Gemälde.

Sich fragend, was, zum Teufel, das nun wieder bedeuten sollte, sagte Kenneth: »Wie ich hörte, seid Ihr es gewesen, der nach dem Unfall ihre Leiche entdeckte.«

Hampton nickte ernst. »Ich machte an jenem Tag zu Pferd einen Ausflug in die Hügel und folgte einer meiner üblichen Wanderrouten, ohne an etwas Besonderes zu denken, als ich plötzlich aus den Augenwinkeln eine Bewegung bemerkte, die sich nicht mit der friedlichen Szenerie vertrug. Ich drehte mich um, um diese Bewegung genauer in Augenschein zu nehmen – gerade noch rechtzeitig, um eine grün gekleidete Gestalt vom Skelwith Crag herunterfallen zu sehen.«

»Ihr habt sie tatsächlich fallen sehen?« fragte Kenneth betroffen. Als der Graveur nickte, fuhr er fort: »War da etwas Seltsames an dieser Szene?«

Hampton runzelte die Stirn. »Was meint Ihr damit?«

»Stand da noch jemand dort oben bei ihr auf dieser Klippe?«

»Natürlich nicht«, erwiderte Hampton. »Obwohl ich so kurzsichtig bin, daß vermutlich auch eine Kutsche mit vier Pferden dort oben auf der Klippe hätten stehen können, ohne daß ich diese bemerkt hätte. Ich sah nur dieses schreckliche Bild von einer menschlichen Gestalt, die in die Tiefe stürzt, und galoppierte dann so rasch wie möglich nach Ravensbeck, zu dem mir am nächsten befindlichen Haus, wider alle Hoffnung insgeheim betend, daß Helen mich dort empfangen und über meine Angst lachen würde. Aber ... aber es überraschte mich nicht, als ich sie dort nicht antraf.«

Wie schade, daß Hampton so schlechte Augen hatte. »Warum hat Euch das nicht überrascht?«

»Warum stellt Ihr mir eigentlich so viele Fragen?« erwiderte Hampton, Kenneth nun mit einem fast feindseligen Blick musternd.

Sich bemühend, seinem Gesicht einen ernsten, aber auch unbefangenen Ausdruck zu verleihen, erwiderte Kenneth: »Jeder benimmt sich so seltsam, wenn die Rede auf Lady Seatons Unfall kommt. Und das hat mich ein wenig bedrückt, weil ich weiß, wie sehr Rebecca noch immer unter ihrem Tod leidet.«

Der feindselige Ausdruck in Hamptons Gesicht verlor sich wieder, aber desgleichen seine Bereitschaft, mit ihm über Lady Seatons Unfall zu reden. »Für jeden von uns ist Helens Tod ein Schock gewesen, Captain. Zieht mal das Gemälde dort am Ende aus dem Gestell. Ich glaube, das ist das Bild, das wir suchen.«

Schweigend kam Kenneth den Anweisungen des Graveurs nach. Man hatte ihm wieder ein Stück von dem Puzzle gegeben – das genauso wertlos war wie all die anderen bisher.

Kenneth half Hampton noch, das Gemälde für den Transport in seine Werkstatt in einer Lattenkiste zu verpakken und begab sich dann wieder nach oben. Auf dem Flur im ersten Stock begegnete er Rebecca und Lavinia, die mit Bergen aus bunten Stoffen beladen zu sein schienen.

»Ihr zwei seht aus, als ob ihr sehr mit Euch zufrieden wärt«, bemerkte er. »Was habt Ihr denn angestellt?«

»Wir haben nur etwas gesucht, was ich zu dem Ball

tragen könnte«, erklärte Rebecca. »Lavinia hat mir vorgeschlagen, eines von den Kleidern meiner Mutter für mich ändern zu lassen.« Sie fuhr mit der Hand liebkosend über einen schimmernden bernsteinfarbenen Seidenstoff hin, der ganz oben auf dem Bündel lag. »Das wird es wohl werden.«

Kenneth hob den Saum des Kleides, der ihr über den Arm herunterhing, hoch und hielt ihn an ihr Gesicht. »Perfekt. Der Stoff scheint mir die gleiche goldbraune Farbtönung zu haben wie Eure Augen.«

Ihre Lider flatterten ein wenig, als er unwillkürlich mit der Seide über ihre Wangen hinstreifte. Sie blickte rasch zur Seite, während eine Ader an ihrem Hals sichtlich zu pulsieren begann. »Ich nehme an, daß Ihr ebenfalls eine Einladung zu diesem Ball erhalten habt?«

Er nickte. »Glücklicherweise habe ich mir eine Abendgarderobe schneidern lassen, als ich noch in Paris stationiert war. Aber ich warne Euch, es besteht nicht die geringste Chance, daß ich damit neben Euch glänzen werde.«

»Es ist nicht meine Absicht, auf diesem Ball durch eine glanzvolle Garderobe aufzufallen«, erwiderte Rebecca trocken. »Aber Lavinia versicherte mir, daß ich mich darin auch nicht zu schämen bräuchte.«

»Werdet Ihr heute nachmittag zu beschäftigt damit sein, um malen zu können?«

Rebecca sah Lavinia an. »Bin ich damit zu beschäftigt?«

»Ich fürchte, ja«, erwiderte Lavinia und lächelte Rebecca dabei an wie eine liebevolle Tante. »Wir werden mit den Sachen zu mir nach Hause fahren müssen, damit meine Zofe sogleich mit den Änderungen beginnen kann. Und dann müssen wir auch noch die dazu passenden Accessoires für Euch besorgen. Aber das können wir alles an einem Tag erledigen. Demnach werdet Ihr morgen wieder in Eurem Studio arbeiten können.«

Als Kenneth die beiden Frauen beobachtete, fiel ihm auf, wie sehr Lavinia ihre neue Rolle als Modeberaterin genoß. Es machte ihr sichtlich Freude, jemandem helfen zu können. Zu schade, daß sie keine Kinder hatte, dachte Kenneth und sagte: »Es scheint sich da ja um eine Menge Kleider zu handeln.«

»Lavinia meint, ich sollte auch auf den unwahrscheinlichen Fall vorbereitet sein, daß ich noch mehr Einladungen bekomme, wenn ich mich auf dem Ball gut benehmen würde«, erwiderte Rebecca, bevor die beiden Frauen sich wieder auf den Weg machten.

Als er ihnen nachblickte und die anmutigen Bewegungen von Rebeccas Gestalt betrachtete, dachte er an ein kleines Geschenk, daß er ihr zum Andenken an ihren ersten Ball machen könnte. Etwas, das er im Gegensatz zu seinen Ölgemälden auch zuwege bringen konnte, wie er wußte.

Bei all diesen Widrigkeiten und Enttäuschungen, die ihm seine Ermittlungen und seine ersten Gehversuche als Maler bereiteten, würde er ein Projekt begrüßen, das einen guten Verlauf nehmen müßte.

Kapitel 16

Lavinias Zofe, Emma, nahm noch ein paar kleine Korrekturen an Rebeccas Frisur vor, ehe sie das Tuch entfernte, mit dem sie das bernsteinfarbene Gewand geschützt hatte. Dann studierten Emma und Lavinia gemeinsam ihr Werk.

»Ihr werdet eine gute Figur darin machen«, verkündete Lavinia schließlich. »Ihr dürft Euch jetzt im Spiegel betrachten.«

Rebecca gehorchte und holte vor Überraschung so rasch und tief Luft, daß die Kristallperlen an ihrem Leibchen im Licht der Kerzen zu funkeln begannen. Emma hatte das Kleid so geändert, daß es ihr wie angegossen saß, und diese Flechten und Locken ihrer kunstvollen Frisur verliehen ihr diese so dringend benötigte Aura einer welterfahrenen Frau. »Ich glaube, ihr beiden habt das Kunststück fertiggebracht, aus dem Ohr einer Sau eine Handtasche aus Seide zu fabrizieren.«

Während Emma zu kichern begann, sagte Lavinia streng: »Unsinn, meine Liebe. Ihr habt schon immer gut ausgesehen, wenngleich Ihr Euch nach Kräften bemüht habt, das zu verschleiern. Alles, was Ihr jetzt noch braucht, sind ein paar Juwelen.«

Rebecca öffnete das lackierte Schmuckkästchen, das ihrer Mutter gehört hatte und nun ihr Eigentum war. Sie schluckte den Kloß, der sich in ihrem Hals bildete, hinunter und wählte ein paar nur aus Gold bestehende Preziosen aus: eine Halskette, ein aus vielen kleinen Kettengliedern zusammengesetztes Armband, ein Paar an dünnen Kettchen pendelnde Ohrringe und einen Kamm aus Goldfiligran.

Lavinia runzelte die Stirn. »Sind das nicht ein bißchen zu schlichte Sachen?«

»Nein.« Rebecca schob den Kamm in den in ihrem Nacken aufgesteckten Haarkranz und legte dann auch die übrigen Schmuckstücke an. Denn drehte sie den Kopf hin und her, um die Wirkung im Spiegel zu studieren. Das Gold rundete auf eine überaus effektvolle Weise die schimmernden Bernsteinfarben ihres Kleides und das Rotbraun ihrer Haare ab.

»Großartig«, sagte Emma mit einem zufriedenen Seufzer.

»Es ist doch stets ein Vergnügen, mit einem Künstler zu arbeiten«, pflichtete Lavinia ihrer Zofe bei. »Ihr seht wunderbar aus, meine Liebe. Nun wird es Zeit, daß Emma auch mich in eine halbwegs präsentable Person verwandelt. Eine viel schwierigere Aufgabe bei einer Frau meines Alters, fürchte ich.«

Rebecca lachte. »Ich kann diesen Euer Alter betreffenden Unsinn nicht mehr hören! Ihr seht mindestens zehn Jahre jünger aus, als Ihr tatsächlich seid, und habt eine Figur, um die eine Königin Euch beneiden würde.«

»Keine Königin würde sich wünschen, so auszusehen wie ich, aber eine wirklich erfolgreiche Kurtisane möglicherweise schon«, erwiderte Lavinia im lebhaften Ton. »*Au revoir*. Wir sehen uns also dann auf dem Ball.«

Nachdem Lavinia und deren Zofe Rebecca alleingelassen hatten, studierte sie ihre Erscheinung nun mit dem kritischen Blick einer Malerin, die ihre Gemälde begutachtet, vermochte aber keinen Fehler an sich zu entdecken. Sie sah so gut aus, wie sie ihren Möglichkeiten nach überhaupt aussehen konnte. Und nachdem sie noch ein schokoladenbraunes Samtcape aus ihrem Schrank herausgesucht hatte, verließ sie den Raum und klopfte an der Zimmertür ihres Vaters an.

»Vater? Ich gehe jetzt nach unten.«

Als Sir Anthony seine Zimmertür öffnete, wurde er erst ganz blaß im Gesicht, ehe er geräuschvoll einatmete »Himmel, du siehst Helen fast unheimlich ähnlich.«

»Ich bin kleiner und lange nicht so schön wie sie.« Rebecca drehte sich im Kreis, damit ihr Vater sie von allen Seiten betrachten konnte.

»Eine Idee kleiner vielleicht.« Der Blick seiner scharfen Künstleraugen wanderte nun über sie hin. »Diese

Farben stehen dir viel besser als dieses weiße Musselin, das du bei deinem Einführungsball hattest tragen müssen. Ich bedaure sehr, daß ich deinen Triumph nicht miterleben kann.«

»Du hast doch auch eine Einladungskarte zu diesem Ball bekommen, nicht wahr? Du könntest also deine Meinung immer noch ändern und mitkommen.«

Er schüttelte den Kopf. »Ich habe den Geschmack an solchen Festveranstaltungen verloren. Zudem bist du bei Kenneth ja in sicheren Händen.«

»Das möchte ich auch hoffen. Schließlich ist das alles ja seine Idee gewesen«, erwiderte sie mit dunkler Stimme. Dann drehte sie sich um und stieg die Treppe in das Erdgeschoß hinunter, wo sie im Salon darauf warten würde, von Michael und Catherine Kenyon mit deren geräumiger Ashburton-Kutsche abgeholt zu werden.

Kenneth befand sich bereits im Salon, und er drehte sich zu ihr um, als sie über dessen Schwelle trat. Sie war überrascht, wie gut ihm diese formelle Kleidung stand. Da er zu breit gebaut war für die herrschende Mode, hatte er klugerweise einen betont schlichten Anzug gewählt. Die cremefarbenen Hosen, die braungelbe Weste und der dunkelblaue Rock wiesen ihn Zoll für Zoll als Gentleman aus, ohne seine körperliche Kraft und seine natürliche Autorität zu verschleiern. Alles in allem war er eine überaus beeindruckende Erscheinung. Aber diesmal wollte sie ihn nicht malen, sondern hatte das Verlangen, ihn zu küssen.

Er ging auf sie zu, um ihre Hand zu ergreifen. »Ihr seht großartig aus, Rebecca. Ihr werdet, was Eure Erscheinung betrifft, mit jeder Lady mithalten können, die diesen Ball besuchen wird.«

Die Bewunderung, die sich in seinen Augen spiegelte, jagte ihr kleine wohlige Schauer über den Rücken. Sie dachte nun sehr ernsthaft daran, ihn zu küssen. Aber der Himmel wußte, wo das hinführen würde.

»Ich gebe mich gern damit zufrieden, so unauffällig wie möglich zu sein.« Sie drückte leicht seine Hand, ehe sie diese wieder freigab. »Aber eigentlich würde ich doch lieber zu Hause bleiben und malen.«

Er lachte. »Ihr werdet einen großartigen und denkwürdigen Abend erleben. Das verspreche ich Euch.« Er durchquerte den Raum, nahm etwas von einem Tisch und drehte sich dann zögerlich wieder zu ihr um.

»Ich habe ein kleines Geschenk für Euch. Ein Andenken an Euren ersten Ball.«

Er überreichte ihr einen Fächer. Sie breitete ihn auseinander und brach dann in ein entzücktes Lachen aus. Das Seidenfutter zwischen den Elfenbeinstäben war mit einem reizenden, sie orientalisch anmutenden Muster von Blättern und Blumen bemalt – und unter einer dieser Blumen lag ein gingerfarbenes, also gelbbraunes Kätzchen auf der Lauer.

»Ihr habt den Fächer selbst bemalt, nicht wahr? Kein anderer würde so ein Muster kreieren.« Sie hielt den ausgebreiteten Fächer an ihr Kleid. »Und er hat genau die richtigen Farben.«

»Das war nicht schwierig, da ich Euer Kleid ja schon vorher gesehen hatte.« Er sprach im beiläufigen Ton, aber sie konnte ihm ansehen, wie sehr er sich über ihre Reaktion freute.

Diesmal küßte sie ihn nun doch, stellte sich dabei auf die Zehenspitzen und berührte seine Lippen rasch mit ihren, worauf sie sich noch schneller wieder einen Schritt von ihm entfernte. Sie legte den Fächer, den sie vor zwei Tagen gekauft hatte, auf einen Tisch zurück und studierte Kenneths Geschenk dann genauer. Obwohl von Hand bemalte Fächer keine Seltenheit waren und zum

Sortiment eines jeden guten Modegeschäfts gehörten, war dieser Fächer doch etwas Außergewöhnliches. »Eure Wasserfarbentechnik ist wirklich hervorragend. Ihr versteht es, die Farben so zu vermischen und ineinander verlaufen zu lassen, daß die Transparenz dieses Mediums voll zur Geltung kommt.«

»Das Bemalen des Fächers war für mich eine willkommene Ablenkung von den Problemen, die ich mit den Ölfarben habe«, sagte er ein wenig kleinlaut.

»Wenn Ihr zu dem Entschluß kommen solltet, die Ölmalerei aufzugeben, weil sie Euch nicht liegt, könntet Ihr Euch als Aquarellmaler einen Namen machen. Denn auch Aquarelle können bei der Akademie für die jährlich stattfindenden Ausstellungen eingereicht werden.«

Er sah überrascht aus. »Das wußte ich nicht. Ich habe noch nie eine von diesen Ausstellungen besucht.«

Sie klappte den Fächer wieder zusammen und schob die Schlaufe der daran befestigten Schnur über das Handgelenk. »Ihr solltet ein paar von Euren Aquarellen einschicken, damit sie ausgestellt werden.«

»Ich kann doch unmöglich etwas von meinen Sachen der Royal Academy vorstellen!«

»Aber ganz bestimmt könnt Ihr das«, gab sie energisch zur Antwort.

Er blickte sie noch immer ganz verdattert an, als das Geräusch von klappernden Hufen und rasselnden Rädern von der Straße her zu ihnen drang. Sichtlich erleichtert trat er ans Fenster und zog dort einen der Vorhänge zurück. »Die Kenyons sind hier. Es wird Zeit, daß wir gehen.«

Er nahm ihren Umhang und hielt ihn ihr hin, so daß sie sich nur umzudrehen brauchte und er ihn ihr um die Schultern legen konnte. Sie sehnte sich in diesem Moment, als sie seinen warmen, festen Körper hinter sich spürte, danach, sich zurückzulehnen. Dann würde er seine Arme um sie legen und ihr vielleicht sogar einen Kuß auf den Nacken geben ...

Ein wenig atemlos sagte sie: »Es muß sehr bequem sein, einen Herzog zum Bruder zu haben. Michael und Catherine können alle Annehmlichkeiten von Ashburton House genießen, ohne etwas dafür bezahlen zu müssen.«

»Es ist nicht nur bequem – in diesem Fall ist es sogar ein kleines Wunder.« Kenneth legte sich seinen Mantel um und hielt ihr dann die Salontür auf. »Solange ich Michael kenne, war er seiner Familie genauso entfremdet wie ich meiner – sogar noch schlimmer, da ich regelmäßig mit meiner Schwester korrespondiert habe. Es ist seinem Bruder Stephen hoch anzurechnen, daß er sofort Schritte unternahm, diesen Bruch zu kitten, als er im letzten Jahr den Herzogtitel erbte.«

Sie fand diese Geschichte interessant. Bestand vielleicht auch eine Chance, daß die Fehde zwischen ihrem Vater und dessen älterem Bruder ebenfalls beendet werden konnte? Vermutlich nicht. Lord Bowden würde da den ersten Zug machen müssen, und er gehörte offensichtlich nicht zu jener Sorte von Menschen, die verzeihen konnten. Mit einem Seufzer trat sie hinaus auf die Straße, wo die Kutsche sie bereits erwartete. Es gab zu viele Fehden auf der Welt.

So ein Ball war ein prachtvolles visuelles Ereignis. Diese sich im glänzenden Lack der Kutschen spiegelnden Lichter, diese unzähligen, die Nacht erhellenden Fackeln, dieser Schimmer auf den reichen, kostbaren Stoffen. Unglücklicherweise war der Drang, zu flüchten, in Rebecca genauso groß wie das Staunen, mit dem sie das alles in sich aufnahm. Sie fühlte sich von den Geräuschen und Bildern, die sie umgaben, überwältigt. Sie war zwar nüchtern genug, sich zu sagen, daß nur wenige Leute hier ihre Gegenwart bemerken oder dieser Tatsache Beachtung schenken würden, aber trotzdem krampfte sich ihre Hand um Kenneths Arm, als sie sich zur Begrüßung der Gastgeber in die Schlange der Gäste einreihten. Sie hatte eine Aversion gegen Menschenmassen. Sie haßte sie.

Vor ihr begrüßten Michael und Catherine gerade die beiden Candovers. Rebecca erkannte den Gastgeber und die Gastgeberin sofort, als sie die beiden sah, da ihr Vater erst vor kurzem ein Porträt von ihnen gemalt hatte: der Herzog groß, dunkel und achtunggebietend; und neben ihm seine reizende blonde Gemahlin, die es fertigbrachte, Lebhaftigkeit mit standesgemäßer Würde zu verbinden.

Als die Herzogin und Catherine sich umarmten, sagte Michael: »Ich würde Euch gern zwei ganz besondere Freunde von mir vorstellen – Lord Kimball, einen Offizierskollegen von den 95ern, und Miss Seaton.«

Rebecca wäre in diesem Moment am liebsten im Erdboden versunken. Aber die Blicke, die sich nun auf sie richteten, verrieten nur ein freundliches Interesse. Da war keine Spur von der Verachtung darin zu lesen, die sie nach ihrem jugendlichen »Sündenfall« eigentlich erwartet hatte.

Der Herzog schüttelte Kenneth warm die Hand. »Willkommen. Michael hat schon oft von Euch gesprochen.« Dann verbeugte er sich vor Rebecca, während sich ein Funken von Übermut in seinen Augen spiegelte. »Es ist mir ein Vergnügen, Sir Anthony Seatons schönste Kreation auf unserem Ball begrüßen zu dürfen.«

Während Rebecca bis unter die Haarwurzeln errötete, sagte die Herzogin: »Ich bin so froh, daß ich Euch endlich kennenlerne, Miss Seaton. Ich kann es Euch nicht verdenken, daß Ihr das Studio Eures Vaters gemieden habt, als er dieses Porträt von uns malte – mein Sohn war die ganze Zeit hindurch unausstehlich.«

Sich daran erinnernd, wie gern Catherine ein Kompliment über ihr Baby gehört hatte, erwiderte Rebecca schüchtern: »Es ist eine große Last für so ein junges Kind, so lange stillsitzen zu müssen, aber ich glaube, daß das Bild von Eurem Sohn sehr gut gelungen ist. Er ist ein schöner kleiner Junge.«

Die Herzogin strahlte. »Danke. Ich denke das auch. Er sieht seinem Vater sehr ähnlich, nicht wahr?«

Rebecca fragte sich, ob das die Antwort war, die ihr wohl alle stolzen Mütter geben würden. Vielleicht aber nur jene, die ihre Ehemänner vergötterten. Denn sie bemerkte, daß zwischen dem Herzog und der Herzogin das gleiche innige Verhältnis bestand, das auch Michael und Catherine miteinander verband. Wenn diese guten Leute nicht aufpaßten, würden sie noch Werbung für den Ehestand machen.

Als die Gesellschaft sich nun in den Ballsaal hineinbewegte, murmelte Kenneth: »Wie fühlt Ihr Euch?«

Sie schnitt eine Grimasse. »Überwältigt.«

Er tätschelte ihre Hand auf seinem Arm. »Das überrascht mich nicht. Für jemanden, der so empfänglich für Farben, Formen und Bewegungen ist wie Ihr, muß so eine Szene, wie wir sie hier erleben, fast die Grenze seines Fassungsvermögen überschreiten. Es ist so, als würde er in einer Flut visueller Reize ertrinken.«

»Gütiger Gott«, murmelte sie, nun sichtlich überrascht, »glaubt Ihr, das wäre der wahre Grund für meine Abneigung gegen Menschenansammlungen?«

»Das hat vermutlich großen Anteil daran. Und wenn man noch Eure natürliche Scheu und –«, er zwinkerte ihr schalkhaft zu, »Eure verruchte Vergangenheit hinzurechnet, wird es niemanden verwundern, daß Ihr bisher alle gesellschaftlichen Veranstaltungen gemieden habt.«

»Aber wenn ich einen Ball überwältigend finde, weil ich eine Künstlerin bin, muß dieses Ereignis doch eine ähnliche Wirkung auf Euch haben!«

»Deshalb vermeide ich es auch tunlichst, solche Veranstaltungen zu besuchen«, gab er zu. »Obgleich ich im Gegensatz zu Euch in dieser Hinsicht abgehärtet bin. So ein Ball ist ein fast pastorales Ereignis im Vergleich zu dem, was normalerweise auf einen Soldaten auf dem Schlachtfeld einstürmt.«

Sie lächelte. »Eine einleuchtende Erklärung. Sie macht Euch zu einem abgebrühten Ballbesucher.«

Das Orchester begann einen Walzer zu spielen.

»Darf ich Euch um diesen Tanz bitten, Miss Seaton?« fragte er förmlich.

»Es ist mir ein Vergnügen, dieser Bitte nachzukommen, Lord Kimball.«

Sie war froh, einen Vorwand dafür zu haben, sich in die Sicherheit von Kenneths Armen flüchten zu können. Selbst durch den Stoff ihrer Handschuhe hindurch spürte sie nur zu deutlich seine Berührung und die verführerische Wirkung seiner Hand, die auf ihrer Taille lag. Sie seufzte vor Vergnügen, als sie im Takt der Musik durch den Saal schwebten.

»Soll dieser Seufzer etwa bedeuten, daß ich Euch bereits auf den Fuß getreten bin?«, fragte er besorgt.

»Keineswegs.« Sie sah ihn mit einem innigen Lächeln an. »Er bedeutet, daß mir dieser Ball tatsächlich Spaß machen könnte, wenn Ihr Euch den Rest des Abends über nie weiter als einen Meter von mir entfernen würdet.«

Er gab ihr Lächeln zurück. Seine Ruhe übertrug sich nun auf sie, verdrängte ihre Ängste und entfachte eine sanfte Glut des Verlangens in ihr. Eine Nachmittagsstunde mit ihrem ehemaligen Tanzlehrer hatte ihr Vertrauen gegeben. Ihr Körper erinnerte sich nun nicht nur an die Schritte, die sie vor Jahren gelernt hatte, sondern hatte auch ein unausgesprochenes Vergnügen an dem Rhythmus und an den Bewegungen des Tanzes. Auch fand sie, daß Kenneth für jemanden, der erklärtermaßen eine große Aversion gegen Bälle hatte, ungewöhnlich gut tanzen konnte. Ja, dieses Ereignis würde ein Erfolg werden.

Ihre Ecke des Ballsaals entwickelte sich nun zu einer Versammlungsstätte. Die Kenyons kamen mit ihren Freunden dorthin, um diese ihr und Kenneth vorzustellen. Sie lernte nun die beiden identisch aussehenden gräflichen Zwillingsschwestern und deren gutaussehende Ehemänner kennen; eine kleine, exotisch aussehende Amerikanerin, die mit einem geradezu unverschämt charmanten blonden Mann verheiratet war, den Kenneth auf der iberischen Halbinsel kennengelernt hatte; einen dunkelhaarigen, zigeunerartigen Grafen und dessen heitere, flachsfarbene Gattin und viele andere Gäste, die ihren Vater kannten und seine Arbeiten sehr schätzten.

Sie tanzte mit den Männern und lachte mit den Frauen, sich nur zu deutlich bewußt, daß deren Wärme sie gleichsam mit einem schützenden Kokon umgaben. Und daß sie das alles Kenneth und dessen Bitte an Michael zu verdanken hatte, ihm ihretwegen zu helfen. Sie hatte nicht geahnt, wie groß das Geschenk sein würde, das er ihr damit machte.

Nach einem Reel, den sie mit Michael getanzt hatte, fächelte sie sich mit ihrem Fächer Kühlung zu und plauderte mit ihrem Partner, während sie darauf wartete, daß Kenneth von seinem Tanz mit Catherine an seinen Platz zurückkam. In diesem Moment näherte sich Lord Strathmore, einer von Michaels Freunden, mit einem jungen Mann im Schlepptau. »Ich wurde gebeten, eine Vorstellung zu machen«, erklärte er.

Sie lächelte ermunternd und fragte sich, ob sie vielleicht eine Eroberung gemacht hatte. Nicht, daß es etwa ihre Absicht gewesen wäre, sich hier einen Mann zu angeln – und schon gar nicht einen, der offensichtlich viel jünger war als sie, obwohl er einen sehr angenehmen Eindruck auf sie machte.

»Miss Rebecca Seaton«, fuhr Strathmore fort, »darf ich Euch mit dem ehrenwerten Henry Seaton bekannt machen?«

»Gütiger Himmel«, rief sie, »sind wir beide etwa miteinander verwandt?«

»Ich bin Euer Vetter Hal«, erwiderte der junge Mann mit einem gewinnenden Lächeln. »Lord Bowdens Erbe. Nur weil unsere Väter seit undenklichen Zeiten kein Wort mehr miteinander gesprochen haben, sehe ich keinen Grund, weshalb auch wir beide verfeindet sein sollten.«

»Ich auch nicht.« Sie schenkte ihm ein strahlendes Lächeln, erstaunt über ihre Freude, einen neuen Verwandten kennenzulernen. Seine kompakte Gestalt und der Schnitt seiner Züge erinnerten sie sehr an ihren Vater. »Erst heute abend hatte ich wieder daran gedacht, wie tragisch doch Fehden zwischen blutsverwandten Familien sind.«

»Besonders eine, die so begann wie die Seaton-Fehde«, sagte er, ihr amüsiert zublinzelnd. »Ich kann zwar verstehen, daß mein Vater sich darüber aufregte, weil ihm sein jüngerer Bruder die Verlobte abspenstig machte, aber ich bin überaus zufrieden mit der Mutter, die er sich für mich ausgesucht hat. Übrigens scheint der alte Knabe sie ebenfalls sehr zu mögen.«

Sie wußte, daß Lord Bowden verheiratet war und zwei Söhne hatte, und nach den Worten ihres Vetters zu schließen, schien es sich dabei sogar um eine sehr erfolgreiche Ehe zu handeln. Wie schade, daß das nicht ausgereicht hatte, den verletzten Stolz ihres Onkels zu heilen und ihn mit dem »Verrat« seines Bruders zu versöhnen.

»Ich glaube nicht, daß mein Onkel sich wünschen könnte, mich kennenzulernen«, sagte sie in bedauerndem Ton, »aber vielleicht wird es mir eines Tages vergönnt sein, die Bekanntschaft von Lady Bowden zu machen.«

»Nichts leichter als das. Sie ist es nämlich gewesen, die mich losgeschickt hatte, um Euch zu suchen.« Er bot ihr seinen Arm an. »Soll ich Euch zu ihr bringen?«

Sie bat Michael, Kenneth zu sagen, wo sie hingegangen sei. Dann nahm sie den Arm ihres Vetters und begleitete ihn durch den Ballsaal. Lady Bowden saß bei einer Gruppe von älteren Frauen, stand aber sogleich auf, als sie ihren Sohn und Rebecca sich ihrem Platz nähern sah, um den beiden entgegenzukommen. Sie war sogar noch kleiner als Rebecca und man konnte sie auch nicht als Schönheit bezeichnen, wenngleich sie eine elegante Erscheinung mit feinen, ebenmäßigen Zügen und herrlichen silberweißen Haaren war.

»Mutter, darf ich dir meine Kusine Rebecca vorstellen?« sagte Hal.

»Ist mir ein Vergnügen, Euch kennenzulernen, meine Liebe.« Sie blickte ihren Sohn an. »Und du machst dich jetzt wieder auf den Weg und besorgst uns eine Limonade oder dergleichen, Hal.« Er entfernte sich kichernd, um ihrer Aufforderung nachzukommen.

Lady Bowden wandte sich dann wieder Rebecca zu und sagte, während ihre sanften blauen Augen die Nichte ihres Mannes mit unverhüllter Neugier musterten: »Ich wußte gleich, daß Ihr Helens Tochter sein mußtet, als Ihr in den Ballsaal kamt.«

»Ihr habt meine Mutter gekannt?«

»Oh, ja. Das Anwesen meines Vaters grenzte an den Besitz der Bowdens. Marcus, Anthony und ich sind zusammen aufgewachsen. Unsere Väter hatten die vage Idee, unsere beiden Familien durch eine Heirat miteinander zu verbinden. Dann lernte Marcus Helen kennen und verliebte sich Hals über Kopf in sie.« Lady Bowden lächelte ein wenig traurig. »Ich konnte ihm das nicht verdenken. Sie war das schönste Geschöpf, das ich mir vorstellen konnte. Alle jungen Männer waren in sie verliebt. Aber Ihr wißt natürlich, wie sie gewesen ist. Ich möchte Euch mein herzliches Beleid zu ihrem Verlust aussprechen.«

»Vielen Dank. Sie fehlt uns sehr«, erwiderte Rebecca leise. »Es ist überaus freundlich von Euch, mit mir zu reden, wo doch seit Jahrzehnten eine solche Zwietracht zwischen unseren Familien besteht.«

»Ich habe nichts gegen Euch, Kind«, sagte Lady Bowden. »Im Gegenteil«, setzte sie im launigen Ton hinzu. »Ich habe Helen viel zu verdanken. Denn wenn sie nicht mit Anthony durchgebrannt wäre, hätte ich Marcus niemals heiraten können.«

Rebecca erkannte in diesem Moment blitzartig die Zusammenhänge: Lady Bowden, die schon als Kind in Marcus verliebt war und in dem Glauben aufwuchs, eines Tages seine Braut zu sein. Die dann schweigend ihren Schmerz erduldete, als er sein Herz an eine andere Frau verlor, und dann seine Qualen, als Helen mit seinem jüngeren Bruder Anthony durchbrannte. Und als Marcus sich am Ende doch wieder der Tochter seines Nachbarn zuwandte, mußte sie im Innersten ihres Herzens die traurige Gewißheit mit sich herumtragen, daß sie nur seine zweitbeste Wahl gewesen war.

Instinktiv ihr Wissen vor Lady Bowden versteckend, fragte Rebecca: »Befindet sich Lord Bowden ebenfalls auf dem Ball?«

»Nein, wenn er hier wäre, hätte ich Euch nicht kennenlernen können.« Ein Lächeln huschte nun über Lady Bowdens Züge. »Ich würde niemals etwas tun, das mein Gatte mir verbietet. Aber was er nicht weiß, macht ihn nicht heiß.«

Rebecca lachte. »Ich wünschte, wir könnten uns noch besser kennenlernen, Lady Bowden. Aber ich fürchte, daß das nicht möglich sein wird.«

»Bitte, nennt mich Tante Margaret.« Ihre Ladyschaft stülpte nun nachdenklich die Lippen auf. »Wir können uns natürlich nicht gegenseitig besuchen. Aber vielleicht kann ich Euch zuweilen eine Botschaft zukommen lassen, in der ich Euch eine für das allgemeine Publikum unmögliche Zeit nennen würde, zu der ich einen Spaziergang im Park unternehmen werde.«

»Das würde mir gefallen.« Sie nahm die Hand der älteren Frau einen Moment lang in ihre. »Dann bis zum nächsten Mal, Tante Margaret.«

Lächelnd machte dann Rebecca die Runde am Rande des Ballsaals entlang. Wenn die Quadrille, zu der das Orchester gerade aufspielte, zu Ende war, würde die Kapelle zum letzten Tanz vor dem Souper auffordern. Dann würde Kenneth wieder ihr Partner. Sie freute sich schon darauf, ihm von ihrer Tante und ihrem Neffen erzählen zu können.

Doch dann, von einem Schritt zum anderen, war es plötzlich mit ihrer Freude vorbei, als sie sich den beiden Schwestern gegenübersah, die in diesem einzigen, schrecklich langen und elenden Jahr, das sie in einem Internat für junge Ladies verbracht hatte, ihre schlimmsten Peiniger gewesen waren. Charlotte und Beatrice hatten sich vor zehn Jahren zu Richtern über Rebeccas Lebenswandel berufen gefühlt, und offenbar hatte sich inzwischen, wie sie den Mienen der beiden entnehmen konnte, nichts an deren Einstellung ihr gegenüber geändert.

Während Rebecca die beiden mit einem flauen Gefühl im Magen anstarrte, sagte Charlotte mit gehässiger Stimme: »Gütiger Himmel, du hattest recht gehabt, Beatrice! Es ist doch tatsächlich Rebecca Seaton. Wer hätte geglaubt, daß sie die Dreistigkeit besitzen würde, zu versuchen, sich wieder in den anständigen Kreisen der Gesellschaft einzuschleichen?«

»Offenbar wissen unser guter Herzog und die teure Herzogin gar nichts von ihrer Vergangenheit«, erwiderte Beatrice und rümpfte dabei die Nase, als würde sie einen verdorbenen Fisch riechen. »Es ist unsere Pflicht, ihn sogleich davon zu unterrichten.«

Damit kehrten ihr die beiden den Rücken zu – eine auffällige Geste der Verachtung, die man als »cut direct« bezeichnete –, während Rebecca, am ganzen Körper zitternd, dastand. Obwohl sie wußte, daß sie nun den Ballsaal so rasch wie möglich verlassen sollte, war sie unfähig, sich von der Stelle zu rühren. Dieser Affront wirkte sich nun besonders schlimm auf sie aus, weil sie inzwischen geglaubt hatte, auf solche Bosheiten nicht mehr gefaßt sein zu müssen.

Da hörte sie eine tiefe Stimme sagen: »Da seid Ihr ja, Miss Seaton! Ich habe hier jemand, der Euch gern kennenlernen möchte.«

Es war der Herzog von Candover selbst, der sie angesprochen hatte und sich nun an Charlotte und Beatrice vorbeischob, als wären sie Luft für ihn. Dann nahm er Rebeccas Hand und schob sie unter seinen Ellenbogen. »Margot und ich haben uns sehr darüber gefreut, daß Ihr Euch endlich dazu bereitgefunden habt, einen von unseren Bällen zu besuchen. Ich hoffe doch, daß es Euch hier bei uns gefällt!«

Rebecca nickte, da auch ihre Stimmbänder gelähmt zu sein schienen. Ihre ehemaligen Schulkameradinnen blickten den Herzog mit vor Schock geweiteten Augen an, während Candover nun auf eine offensichtlich berechnete kühle Weise den beiden den Kopf zudrehte und sie von oben bis unten musterte. Und obwohl Rebecca das Gesicht ihres Gastgebers in diesem Augenblick nicht sehen konnte, mußte etwas darin zu lesen sein, das die beiden Schwestern erbleichen ließ. Dann führte er Rebecca von den beiden fort, während Rebecca sich dankbar für diese Stütze an seinen Arm klammerte.

Als sie außer Hörweite ihrer beiden Plagegeister waren, fragte Rebecca mit einer etwas unsicheren Stimme: »Was habt Ihr denn da soeben gemacht, Euer Gnaden – sie zu Stein verwandelt?«

Er lachte leise. »Meine Frau nennt das meinen Medusa-Blick. Es ist ein bescheidenes, aber recht wirkungsvolles Talent.«

»Ich bin Euch sehr dankbar, daß Ihr mich gerettet habt. Aber warum macht Ihr das für eine Frau, die Ihr eben erst kennengelernt habt?«

Er betrachtete sie nun mit nachdenklichen grauen Augen. »Zunächst aus dem allgemeinen Grund, daß ich

Intoleranz nicht leiden kann. Vielleicht deswegen, weil sie bisher zu meinen schlimmsten Fehlern gehörte. Und dann aus dem besonderen Grund, weil Kimball möchte, daß man Euch in der Gesellschaft akzeptiert. Da er das Leben meines Freundes Michael gerettet hat, werde ich mich stets bemühen, ihm jeden seiner Wünsche zu erfüllen.«

»Das wußte ich nicht«, sagte sie überrascht. »Ist das auch der Grund, weshalb Ihr Euch auch so viel Zeit dafür genommen habt, Kenneth und mich zu begrüßen?«

»Zunächst ja.« Er lächelte und betrachtete sie nun mit dem Blick eines Mannes, der ihrer Erscheinung Anerkennung zollte. »Aber das war ja nun wirklich keine Bürde für mich, solltet Ihr wissen.«

Als sie wieder die Ecke des Ballsaals erreichten, wo ihre neuen Freunde versammelt waren, sagte Candover: »Ich hoffe doch, daß dieser Affront Euch nicht den Abend verdorben hat.«

»Er macht mir klar, wie glücklich ich mich schätzen darf, Eurer Einladung Folge geleistet zu haben«, erwiderte sie lächelnd. »Und noch einmal vielen Dank, Euer Gnaden.«

Kenneth hatte sich soeben mit einer Gruppe von anderen Männern unterhalten, von der er sich nun trennte, um sich zu ihr zu gesellen. »Ihr seht ein bißchen blaß aus um die Nase.« Er schob ihre Hand unter seinen Arm und führte sie dann in eine Wandelhalle am Rande des Ballsaals. »Ist etwas passiert?«

Sie beschrieb ihm nun mit kurzen, raschen Worten das Zusammentreffen mit ihren Verwandten und diesen peinlichen Zwischenfall mit ihren ehemaligen Schulkameradinnen. »Wie gut, daß Candover sich in diesem Moment in Eurer Nähe befunden hat«, sagte Kenneth. »Da er Euch auf eine für alle Gäste überzeugende Weise unter seine Fittiche genommen hat, sollte es in dieser Hinsicht keine Probleme mehr für Euch geben.«

Sie benützte nun ihre freie Hand dazu, um sich mit Hilfe ihres Fächers das erhitzte Gesicht zu kühlen.

»Der Herzog erzählte mir, daß Ihr Michael das Leben gerettet habt.«

»Vielleicht habe ich das.« Seine Miene verdüsterte sich ein wenig. »Aber Michael hat meinen Verstand gerettet, was eine weitaus schwierigere Aufgabe war.«

Sie machte sich im Geist eine Notiz, ihn zu einem späteren Zeitpunkt danach zu fragen, was er damit meinte.

»Ich hätte Euch eigentlich schon viel früher danach fragen sollen«, fuhr Kenneth fort. »Besteht vielleicht die Möglichkeit, hier diesem verabscheuungswürdigen Poeten zu begegnen, der damals Euren Ruf ruiniert hat?«

»Keinesfalls. Ein Jahr oder so nach unserer unglückseligen Affäre brannte er mit einer verheirateten Frau nach Italien durch. Dort ist er dann auf eine überaus poetische Weise an einem Fieber gestorben«, sagte sie trocken.

»Was wieder einmal beweist, daß es eine poetische Gerechtigkeit auf der Welt gibt.«

Sie lächelte. Sie hatte keine Träne Fredericks wegen vergossen, dessen Eigenliebe sein Talent bei weitem überstiegen hatte.

Sich ein wenig müde fühlend, fragte sie nun: »Wie lange werden wir hier auf dem Ball bleiben?«

»Michael hat angeordnet, daß die Kutsche nach dem Souper zur Abfahrt bereitstehen soll. Catherine muß zu ihrem Baby zurück, und ich könnte mir vorstellen, daß dann auch für Euch der Zeitpunkt gekommen ist, wo Ihr meint, das Gesellschaftsleben fürs erste mehr als reichlich genossen zu haben.«

»Ihr seid ein Genie. Das wäre genau der richtige Moment, den Ball wieder zu verlassen.« Sie stellte sich auf die Zehenspitzen, um sich im Ballsaal umzuschauen. »Habt Ihr Lavinia gesehen? Sie muß längst hier sein, aber bisher habe ich sie noch nicht in der Menge gefunden.«

»Ich habe sie vorhin aus der Ferne in einer Ecke des Saals eine Reihe von Kabinettsministern mit ihrem Charme betören sehen.« Er blickte Rebecca schelmisch an. »Euer Problem ist, daß Ihr eine Elle zu kurz geraten seid.«

Er suchte nun die Menge immer wieder mit den Augen ab, als sie langsam am Rand des Saals durch die Wandelhalle promenierten. Rebecca hängte sich wieder in seinem Arm ein und überließ es ihm, Ausschau nach Lavinia zu halten, während sie sich im Geist damit beschäftigte, eine Pastellskizze von ihrer Umgebung anzufertigen. Dann wurden sie von einem Strudel von Leuten erfaßt, der sie in die unmittelbare Nachbarschaft einer Frau brachte, deren blonde Schönheit und üppiger Schmuck Kenneth vertraut vorkamen.

Die Frau blieb stehen, während sich langsam ein boshaftes Lächeln auf ihrem Gesicht ausbreitete. »Kenneth, Darling. Wie schön, dich nach so vielen Jahren wiederzusehen.«

Sein Kopf ruckte herum, und dann starrte er sie an, während ihm das Blut aus den Wangen wich. »Ich kann nicht behaupten, daß dieses Wiedersehen ein unerwartetes Vergnügen für mich wäre«, sagte er mit einer Stimme, die so brüchig war wie Glas, »also werde ich mich damit begnügen, zu sagen, daß es unerwartet ist.«

Ihre Augen wurden schmal. »Du bist schlagfertiger geworden, Darling. Das steht dir.« Sie legte eine Hand auf ihr prächtiges Diamanthalsband. »Fast so gut, wie mir das da steht.«

Mit einem jähen, tiefen Gefühl des Unbehagens wurde sich Rebecca bewußt, daß diese Frau Hermione sein mußte – Lady Kimball.

Kapitel 17

Nachdem sie ihren ersten Schock überwunden hatte, begann Rebecca Kenneths Stiefmutter mit einem leidenschaftslosen, fast klinischen Interesse zu studieren. Wenngleich die meisten Menschen diese Frau als eine Schönheit bezeichnet hätten, entdeckte sie doch eine unmißverständliche Härte in ihren Zügen, die diesem Urteil abträglich war.

»Ich hatte nicht erwartet, Euch heute abend hier anzutreffen«, sagte Kenneth kühl, während sich seine Hand beschützend um Rebeccas Arm spannte. »Wenn mein Gedächtnis mich nicht trügt, ist es immer noch Sitte, das Andenken eines toten Ehepartners mit einem Trauerjahr zu ehren.«

»Wie du siehst, trage ich Schwarz, Darling, und auch keine bunten Steine, sondern nur Diamanten«, erwiderte Hermione, während sie mit der Hand über den tiefen Ausschnitt ihres hautengen Kleides hinfuhr und diese funkelnde Pracht kostbarer Steine, der den Blick eines jeden Mannes auf die reizvollen Kurven ihres Körpers lenken mußte. »Und ich tanze natürlich auch nicht. Doch ich weiß, daß dein Vater es nicht gewünscht hätte, wenn ich ein ganzes Jahr in totaler Isolation verbracht hätte. Er war der großzügigste und nachsichtigste Ehemann, den man sich nur wünschen konnte.«

Kenneth musterte verächtlich ihren Aufzug. »Mag

sein, doch sein Traditionsbewußtsein war mindestens so groß wie seine Freigebigkeit.«

Seine Bemerkung ignorierend, sagte Lady Kimball nun zu Rebecca: »Ihr seid Anthonys Mädchen, nicht wahr? Ich sah Euch zuweilen durch die Räume von Seaton House huschen. Ihr seht ganz reizend aus in den abgelegten Kleidern Eurer Mutter.«

»Das reicht, Hermione«, sagte Kenneth mit scharfer Stimme. »Spart Euch Eure Unverschämtheiten für mich auf und verschont unschuldige Zuschauer mit Euren Beleidigungen.«

»Wenn du glaubst, daß diese kleine Miss Seaton noch unschuldig wäre, hast du dich offenbar noch nicht genügend in der Stadt umgehört. Aber lassen wir das.« Sie musterte ihn jetzt kritisch. »Ein Jammer, diese Narbe. Aber es ist ja nicht so, als wärst du jemals ein gutaussehender Mann gewesen. Zumindest hast du überlebt. Ich war recht froh, als ich das hörte – aus sentimentalen Gründen.«

Einen Moment lang fürchtete Rebecca, daß Kenneth sich auf diese Frau stürzen und sie erwürgen könnte, aber es gelang ihm dann doch, die Fassung zu bewahren. »Lebt wohl, Hermione«, schnaubte er, »wir haben einander nichts mehr zu sagen.«

Doch ehe er sich mit Rebecca entfernen konnte, hob Hermione die Hand und legte diese mit einer herausfordernden Intimität auf seine Wange. »Ah, Kenneth, Darling. Plagt dich noch immer dein langweiliges schlechtes Gewissen? Ich hatte gehofft, daß du deine Skrupel inzwischen überwunden haben würdest.« Und mit einem boshaften Seitenblick auf Rebecca, um sich davon zu vergewissern, daß diese ihr auch zuhörte, fügte sie hinzu: »Wenn du das hättest, hätten wir jetzt wieder dort anknüpfen können, wo wir vor Jahren aufgehört haben.«

Es war nicht schwer, zu erraten, worauf sie mit ihren Worten anspielte. Doch als Rebecca Kenneth schockiert anstarrte, entdeckte sie in seinen Augen keinen Widerspruch, sondern nur das sprachlose Entsetzen eines Menschen, dem man soeben einen tödlichen Schlag versetzt hatte. In dem Bewußtsein, daß sie ihn nun unbedingt von dieser Frau weglotsen mußte, packte sie seinen Arm und zerrte daran. Doch ehe er sich von seiner Stiefmutter wegdrehte, musterte er sie noch mit einem letzten Blick und sagte mit einer eiskalten Wut in der Stimme: »Nehmt Euch in acht, Lady Kimball. Euer Gesicht beginnt bereits zum Spiegelbild Eurer häßlichen Seele zu werden.«

Als Hermione daraufhin geräuschvoll Luft holte, drehte Rebecca sich um und tauchte mit ihrem Begleiter rasch in der Menge unter. Ein Dutzend Schritte brachten sie zum anderen Ende des Ballsaals und zu ein paar offenen Doppeltüren, die auf einen Korridor hinausgingen. Sie zog Kenneth mit sich durch eine dieser Türen, und er folgte ihr widerstandslos, während sich noch immer ein namenloses Entsetzen in seinen Augen spiegelte.

Ein halbes Dutzend schwach erleuchteter Alkoven gingen von diesem Korridor ab, die alle mit Stühlen und Lampen ausgestattet waren, so daß sich die Gäste hier in relativer Ruhe miteinander unterhalten konnten. Die meisten davon waren besetzt, aber der letzte war, wie sie erleichtert feststellte, noch leer. Sie zog Kenneth mit sich in diesen hinein und drückte ihn dort auf einen Stuhl nieder.

Sie blieb vor ihm stehen, legte ihm eine Hand auf die Schulter und studierte sein Gesicht. Seine noch von der Sonne des Südens gebräunte Haut war so straff, daß sich die Schädelknochen darunter abzeichneten, und seine Narbe war so weiß wie frischgefallener Schnee.

Leise sagte sie: »Ihr beide seid also ein Liebespaar gewesen.«

Er schloß die Augen und holte erschauernd Luft.

»Was ... was damals passiert ist, hat mit Liebe nicht das geringste zu tun. Mein Vater hat Hermione geheiratet, als ich mein letztes Schuljahr in Harrow verbrachte. Als ich dann aus dem Internat nach Sutterton zurückkehrte, bemühte ich mich sehr, sie so höflich und respektvoll wie möglich zu behandeln, obwohl ich argwöhnte, daß sich hinter dieser Fassade einer braven jungen Ehefrau ein freches, leichtfertiges Wesen versteckte. Doch obwohl ich sie nicht leiden mochte, fühlte ich mich zu ihr hingezogen. Sie hatte eine erotische Ausstrahlung, die kein Mann übersehen konnte.«

Rebecca nickte. Auch sie hatte diese sexuelle Ausstrahlung, von der er sprach, an dieser Hermione bemerkt und konnte sich unschwer vorstellen, wie sie auf einen vitalen, leicht beeindruckbaren jungen Mann gewirkt haben mußte.

Er holte wieder tief Luft. »Den Sommer über ging noch alles gut. Obwohl Hermione erkannt haben mußte, daß ich sie nicht sonderlich schätzte, kam es doch nicht zu offenen Reibereien zwischen uns. Mein Vater fing an, den Besitz zu vernachlässigen, aber ich bemühte mich – und es gelang mir auch –, mich um alles zu kümmern, was getan werden mußte. Dann erfuhr ich, daß mein Vater Sutterton mit Hypotheken belasten wollte, damit er sich in London ein Haus kaufen konnte. Das machte mir große Sorgen. Ich beschloß, ihn deswegen nicht zur Rede zu stellen, sondern ihm zu sagen, daß ich nicht nach Cambridge gehen, sondern statt dessen in Bedfordshire bleiben und mich als sein Verwalter um den Besitz kümmern wollte.

Ich glaubte, er würde sich darüber freuen – er hatte

schließlich viele Jahre lang darauf verwandt, mich in der Verwaltung des Besitzes einzuarbeiten. Aber er glaubte wohl, daß ich dieses Angebot nur gemacht hatte, weil ich mit seinen Plänen nicht einverstanden war. Er wurde wütend und sagte, daß es respektlos und unverschämt von mir sei, mich in seine Privatangelegenheiten einzumischen. Daraufhin kam es zu einem Krach zwischen uns – den schlimmsten Krach, den ich jemals erlebt habe. Nachdem er wütend aus dem Haus gestampft war, dachte ich, daß ich mich zum erstenmal in meinem Leben sinnlos betrinken sollte. Ich holte mir also eine Flasche Brandy aus dem Barschrank und ging damit hinauf in mein Zimmer. Als ich die Flasche fast leergetrunken hatte, kam Hermione weinend zu mir herein und sagte, daß sie es nicht ertragen könnte, wenn Vater und Sohn sich ihretwegen zerstritten.«

Seine Stimme riß ab. Als das Schweigen sich fast unerträglich lang ausdehnte, erklärte Rebecca im nüchternen Ton: »Und dann fiel sie Euch weinend in die Arme, und die Natur nahm ihren Lauf.«

»Ich kann nichts Natürliches daran finden, wenn man mit der Frau seines Vaters schläft.« Sein Mund verzog sich. »Ich tat es aus einer unheilvollen Kombination von Zorn, Begehrlichkeit und Trunkenheit heraus, die mit dem Wunsch gekoppelt war, mir zu beweisen, daß Hermione genauso niederträchtig sei, wie ich sie eingeschätzt hatte. Doch indem ich mir das bewies, benahm ich mich genauso niederträchtig wie sie.«

Die Augen wieder öffnend, in deren rauchgrauen Tiefe der Schmerz nistete, fuhr er fort: »Danach konnte ich natürlich nicht länger in Sutterton bleiben. Ich nahm das bißchen Geld, das ich mir zusammengespart hatte, sagte meiner Schwester Beth Lebewohl und verließ das Haus. Zwei Tage später trat ich als Rekrut in der Armee ein. Zum einen, weil ich darin eine praktische Möglichkeit erkannte, mir meinen Lebensunterhalt selbst zu verdienen, und zum anderen, weil ich das als eine Art von Selbstbestrafung für mein schändliches Verhalten betrachtete. Gott weiß, daß es nie mein Wunsch gewesen ist, Soldat zu werden.«

»Ihr hättet nicht so hart gegen Euch selbst sein dürfen.« Rebeccas Hand spannte sich fester um seine Schulter. »Denn Hermione hat Euch doch nur etwas vorgespielt, müßt Ihr wissen. Ihr Verhalten war Absicht und kalte Berechnung. Sie wußte, daß Ihr nach einem solchen Fehltritt unter schweren Gewissenbissen leiden würdet. Dieses Flittchen hoffte wohl, daß Ihr Euch hinterher aufhängen oder erschießen würdet. Aber daß Ihr den Besitz Eures Vaters verlassen habt, war ihr ebenso willkommen. Denn nachdem sie Euch auf diese Weise aus dem Haus geräumt hatte, gab es niemand mehr, der sich ihren Plänen und Wünschen widersetzt hätte.«

»Gütiger Gott«, sagte Kenneth erschrocken. »Ihr meint, sie wäre kaltblütig an die Sache herangegangen?«

»Davon bin ich überzeugt. Man konnte doch förmlich riechen, wie sehr sie ihren Triumph über Euch genoß.«

»Und das zu recht«, erklärte er verbittert. »Denn wenn ich nicht schwach geworden wäre, hätte sie Sutterton niemals das Herz herausreißen, die Existenz von Dutzenden von Leuten ruinieren und meine Schwester um die ihr zustehende Mitgift bringen können. Wenn ich meinen Zorn und meine Triebe beherrscht hätte, hätte ich in Sutterton bleiben können. Ich hatte immer noch einen gewissen Einfluß auf meinen Vater. Ich hätte das Schlimmste verhüten können.«

»Dessen wäre ich mir an Eurer Stelle nicht so sicher«, sagte Rebecca leise. »Ich glaube, daß Hermione alles getan hätte, um ihr Ziel zu erreichen. Wäret Ihr damals nicht schwach geworden, hätte sie auf eine andere Weise versucht, Euch loszuwerden. Vielleicht hätte sie eine kleine Szene arrangiert, wenn Euer Vater Euch mit ihr zusammen angetroffen hätte – sich die Haare zerzaust, das Kleid zerrissen und um Hilfe geschrien, weil Ihr sie angeblich vergewaltigen wolltet.«

»Du meine Güte«, erklärte Kenneth erschüttert. »Daran hätte ich niemals gedacht, aber das scheint mir auf eine schreckliche Weise plausibel zu sein.«

»Wegen dieser Frau habt Ihr ein Dutzend Jahre in der Hölle verbracht, gekämpft und getötet, obwohl das das Letzte gewesen ist, was Ihr Euch auf Erden wünschtet.« Rebecca schlang die Arme um seinen Hals und legte ihre Wange an seine. »Himmel, was für ein grausames Schicksal«, klagte sie leise.«

»Rebecca, Gott, Rebecca.« Er zog sie hinunter auf seinen Schoß und preßte sie, heftig atmend, an sich. »Es tut mir leid, daß ich jetzt aus den Fugen gerate. Die meiste Zeit hindurch habe ich das, was damals passierte, in einem dunklen Winkel meines Geistes vergraben können. Doch jetzt, wo ich so unerwartet mit ihr zusammentreffe ... Das ruft mir alles mit einem Schlag wieder ins Gedächtnis zurück ...«

»Sie wußte, daß Ihr ein durch und durch ehrenhafter Mensch seid, und sie hat das gegen Euch verwendet.« Rebecca barg ihr Gesicht an seinem Hals und spürte den harten Rhythmus seines Pulses. Es war ein absoluter Wahnsinn, sich auf seinen Schoß zu setzen, wenn jeder der Ballgäste, die den Korridor herunterkamen und in ihre Nische blickte, das sehen konnte. Aber sie vermochte sich nicht zu bewegen.

Er hielt sie ein Dutzend Herzschläge lang, seine Wange an ihre gelegt, fest umschlungen. Dann drehte er ihr das Gesicht zu und fing ihre Lippen mit einem Kuß ein, der wohl mehr dem Bedürfnis entsprang, diese schrecklichen Erinnerungen zu verdrängen, als einem leidenschaftlichen Verlangen. Doch das folgte diesem rasch und heiß auf dem Fuße, und sie erwiderte nun seinen Kuß, nach dem Geschmack seines Mundes hungernd, diesem Dahinschmelzen und heftigen Entzücken ihres Körpers, das sie schon früher bei ihm verspürt hatte.

Das war alles da und noch mehr. Ein sinnliches, lebendiges Feuer. Seine Hand glitt zu ihrer Hüfte hinunter und zerdrückte die bernsteinfarbene Seide, als er sie noch fester an sich preßte. Unter ihr spannten sich auf eine sachte, erotische Weise die Muskeln seiner Schenkel an, als sie sich auf seinem Schoß herumschob, um sich ihm noch näher zu bringen. Als sie nun so Brust an Brust aneinandergepreßt waren, schob sie die Arme unter seinen Rock, den Stoff verfluchend, der sie voneinander trennte.

Da rief eine keuchende weibliche Stimme hinter ihr: »Schamlos! Absolut schamlos.«

Rebecca erstarrte, und Kenneth murmelte einen leisen Fluch an ihren Lippen. Sie drehte sich auf seinem Schoß herum und sah eine ganze Gruppe von Leuten, die in ihren Alkoven hineinstarrte. Zu ihrem Schrecken wurde ihr nun bewußt, daß das Orchester zu spielen aufgehört hatte und die Gäste nun durch den Korridor zum Speisesaal hinunterströmten. Der Schrei war aus dem Mund einer ältlichen begüterten Witwe gekommen, die nun, die Hände entsetzt gegen die Lippen pressend, dastand. Sie wurde von dem Herzog und der Herzogin von Candover, Michael und Catherine Kenyon und ein Dutzend anderer Gäste flankiert, die nun alle bei dem skandalösen Anblick von Rebecca auf Kenneths Schoß zu Salzsäulen erstarrt zu sein schienen.

Rebecca begann zu zittern. Nachdem sie sich drei Stunden lang ihrer wiedergewonnenen Respektabilität hatte erfreuen können, hatte sie abermals ihren Ruf ruiniert, und diesmal für immer. Schlimmer noch, sie würde Leuten wie Catherine und Michael, die ihr trotz ihrer Vergangenheit geholfen hatten, sich wieder einen Platz in der Gesellschaft zu erobern, das Gefühl geben, daß sie ihr Vertrauen mißbraucht hätte. Sie wünschte sich, daß der Fußboden sich unter ihr öffnen und sie verschlingen würde.

Dann schob sich Lavinia in den Vordergrund der Gruppe. »Nun, ihr beiden verliebten Turteltäubchen«, sagte sie mit nachsichtigem Humor, »ihr werdet nun wohl eure Verlobung nicht mehr länger geheimhalten können, wie ich sehe!«

Kenneth fing Rebecca jetzt rasch in seinen Armen auf, erhob sich von seinem Stuhl, stellte Rebecca neben sich ab und schlang den linken Arm um ihre Hüften, um sie zu stützen. »Ich bitte um Vergebung«, sagte er mit entwaffnender Liebenswürdigkeit, »seit Rebecca sich damit einverstanden erklärt hat, meine Frau zu werden, benehme ich mich wie ein Mondkalb, weil ich mein Glück noch immer nicht zu begreifen vermag.« Und dabei sah er Rebecca mit einem schmachtenden Lächeln ins Gesicht und raunte ihr dann mit leiser Stimme ins Ohr: »Spiel das Theater mit, Ginger, und wir werden dieses Scharmützel lebend überstehen.«

Von seinen geflüsterten Worten aus ihrer Betäubung herausgerissen, legte sie den Kopf ein wenig auf die Seite, sah ihn mit einem etwas verunsicherten Lächeln an und stammelte: »Ich bin es doch, der sein Glück noch gar nicht richtig fassen kann.«

Da trat Catherine einen Schritt vor, und Michael folgte ihr auf dem Fuß. Und während Michael Kenneth die

Hand schüttelte, rief Catherine: »Großartig! Ich glaube, ich darf Euch jetzt auch verraten, daß ich sofort eine Verlobung zwischen Euch vermutet habe, als ich Euch beide das erstemal zusammen sah!« Sie küßte Rebecca auf die Wange. »Und Ihr seid die einzige Frau aus meinem Bekanntenkreis, die auch gut genug für Kenneth ist!«

Einen Moment später gratulierten auch der Herzog und die Herzogin den beiden zur Verlobung, worauf sich die übrigen Gäste beeilten, deren Beispiel zu folgen. Sogar die begüterte ältliche Witwe, die sich so lautstark über das skandalöse Benehmen der beiden empört hatte, wünschte ihnen nun lächelnd alles Gute.

Ein bißchen hysterisch erkannte Rebecca, daß es nur Lavinias Geistesgegenwart zu verdanken war, wenn sie sich binnen weniger Sekunden aus zwei verdammenswerten Sündern in ein bezauberndes romantisches Brautpaar verwandelt hatten. Ihr Ruf war gerettet – aber, gütiger Gott, zu welchem Preis!

Obwohl die nächsten Stunden mit einer geradezu grausamen Langsamkeit dahinschlichen, gelang es Kenneth doch, die Fassade eines stolzen, frisch verlobten Mannes aufrechtzuerhalten, während Rebecca sich nie aus seiner Nähe entfernte und schüchtern lächelnd Glückwünsche entgegennahm. Aber ihm gefiel dieser etwas geistesabwesende Ausdruck in ihren Augen nicht. Er mußte mit ihr reden, bevor sie ihm zusammenbrach.

Zum Glück hatten sie bereits zu Beginn des Balls vereinbart, diesen gleich nach dem Souper wieder zu verlassen. Doch Michaels und Catherines Anwesenheit in der Kutsche verhinderte, daß er ein vertrauliches Gespräch mit Rebecca führen konnte. Vermutlich hatten seine beiden besten und ältesten Freunde längst erraten, daß er und Rebecca gar nicht wirklich miteinander verlobt waren, es jedoch aus einem feinen Taktgefühl heraus vermieden, sie danach zu fragen.

Kenneth atmete erleichtert auf, als sie endlich vor Sir Anthonys Haus abgeladen wurden. Rebecca klammerte sich an seinen Arm, als sie die Vortreppe hinaufstiegen und er die Vordertür aufsperrte. Sie winkte den Kenyons zum Abschied sogar noch zu, riß sich jedoch, sobald sie in der schwach erleuchteten Vorhalle standen, sogleich von Kenneth los. Unter ihren leuchtend kastanienroten Haaren war ihr Gesicht schneeweiß.

Um sie von dieser Verstörtheit, die er in ihren Augen las, zu befreien, sagte er: »Wir sind doch recht glimpflich davongekommen, würde ich meinen. Wir müssen jetzt nur ein paar Monate lang nach außen hin so tun, als wären wir tatsächlich verlobt, und dann in aller Stille verlautbaren lassen, daß wir zu der Einsicht gekommen wären, daß wir nicht zueinander passen.«

»Um mir dann nachsagen zu lassen, daß ich nicht nur eine gefallene Jungfrau, sondern obendrein auch noch ein ihr Heiratsversprechen brechende Kokotte wäre.« Sie riß sich ihren Umhang von den Schultern und schleuderte ihn auf einen Stuhl. »Großartig.«

»Eine aufgelöste Verlobung wird nur ein leichtes, rasch vorübergehendes Beben in der Gesellschaft auslösen im Vergleich zu dem verheerenden Vulkanausbruch, den wir heute erlebt hätten, falls Lavinia nicht so geistesgegenwärtig gehandelt hätte.« Er seufzte, als er seinen Hut abnahm und ihn auf den Tisch in der Halle legte. »Es tut mir leid, Rebecca. Ich schwöre, daß Ihr mich eines so dummen Zufalls wegen nicht heiraten müßt.«

»War es wirklich nur ein Zufall, Captain?« Sie streifte ihre Handschuhe ab und setzte mit leicht bebender Stimme hinzu: »Ihr habt zu fast allen Papieren meines Vaters Zugang. Sollte es Euch etwa entgangen sein, daß der Tod meiner Mutter mich zu einer recht vermögenden Erbin gemacht hat? Ich denke, daß Ihr mit meiner Mitgift nicht nur Euren kostbaren Landsitz retten könntet, sondern danach noch genügend Mittel für die Einrichtung einer eigenen Gemäldesammlung übrig blieben.«

»Himmel, glaubt Ihr etwa, ich hätte diese elende Szene inszeniert, um Euch in eine Heiratsfalle zu locken?« fragte er ungläubig.

Sie starrte ihn mit düsteren Augen an. »Nein, das nehme ich nicht an. Dennoch habe ich gefragt, warum Ihr Euch leidenschaftlich gegen eine Geldheirat ausgesprochen habt. Ihr schient mir ein wenig zu heftig gegen etwas zu protestieren, was für einen Mann in Eurer Lage doch der einzig logische Ausweg gewesen wäre.«

Er drehte sich von ihr weg und fühlte sich so ausgelaugt, als hätte er den ganzen Abend unter schwerem feindlichen Artilleriefeuer verbracht. Und nun würde er ihr auch noch die elende Wahrheit enthüllen müssen, weshalb er eine so starke Aversion gegen Mitgiftjäger hatte.

»Ich wuchs in der Annahme auf, daß Reichtum, Titel und Privilegien mir zu Recht zustünden«, sagte er mit einem schmerzlichen Ton in der Stimme. »Unglückliche Umstände und ein schlechtes Urteilsvermögen sorgten dann dafür, daß diese Annahme aus mir herausgeprügelt wurden. Während andere junge Gentlemen ihre Zeit damit verbrachten, zu Pferderennen zu gehen und Operntänzerinnen nachzustellen, mußte ich erfahren, daß die Welt keine Rechte garantiert – außer der Chance, um sein Überleben kämpfen zu dürfen.«

Er verzog den Mund. »In der Armee wurde ich ausgepeitscht, habe Lumpen getragen und wäre ein paarmal beinahe verhungert. Ich wurde dazu gezwungen, mich mit allen Fehlern und Schwächen meines Charakters auseinanderzusetzen und die harte Lektion zu erlernen, daß Männer, die Huren zu Müttern hatten und in der Gosse aufgewachsen waren, stärker, tapferer und ehrenhafter sein konnten als ich.«

Sie immer noch nicht anschauend, legte er seinen Umhang ab und faltetet ihn sorgfältig zusammen. »Nun habe ich den Titel geerbt, von dem ich einmal geglaubt habe, daß er mir zu Recht zustehen würde. Doch ich bin auch auf die sehr realistische Möglichkeit gefaßt, daß ich den Rest meinen Lebens immer vom Hand in den Mund leben und stets nur einen Schritt von einer Katastrophe entfernt sein werde. Vieles davon habe ich mir selbst zuzuschreiben. Aber obwohl das Überleben von mir verlangte, meinen Stolz, meine Hoffnung und den größten Teil meiner Jugend zu opfern, gibt es doch eines, das aufzugeben ich nicht bereit bin. Und das ist der Glaube, daß ich das Recht habe, eine Frau zu wählen, die ich mag, falls ich jemals heiraten sollte.«

Er dachte schon, daß er in der darauffolgenden Stille ersticken müsse, als Rebecca mit kaum vernehmbarer Stimme sagte: »Ihr könnt sehr eloquent sein, wenn Ihr wollt. Ich bedaure, was ich vorhin gesagt habe. Denn ich hatte ebenso viel Schuld daran wie ihr, daß wir in dieser verfänglichen Situation ertappt wurden. Mehr Schuld als Ihr vermutlich, weil ich viel weniger Grund dazu gehabt habe als Ihr, den Kopf zu verlieren. Aber ...«, sie holte zitternd Luft, »... alles lief so gut. Und dann war das alles in einer einzigen Sekunde zerstört. Ich ... ich hätte in meiner Dachstube bleiben sollen, statt mich aus dieser herauslocken zu lassen«. Sie drehte sich von ihm weg und stieg mit steifem Rücken die Treppe hinauf.

Er sank auf einen unbequemen vergoldeten Stuhl hinunter und vergrub das Gesicht in den Händen. Sie hatte recht, sie hätten beide zu Hause bleiben sollen. Er hatte ihr ein abwechslungsreicheres, erfüllteres Leben verschaffen wollen und sie statt dessen in eine noch schlimmere Lage als vorher hineinmanövriert. Wie oft mußte er denn noch die Lektion lernen, daß gute Absichten verheerende Folgen haben konnten?

Er vermochte ihr auch ihr Mißtrauen nicht zu verübeln. Sie wußte ja bereits, daß er nicht ganz ehrlich zu ihr war. Das hatte er ihr ja selbst erzählt. Von einem unaufrichtigen Charakter konnte man auch erwarten, daß er ein Mitgiftjäger sein müsse, besonders, wenn er so verrückt war, sie an einem Ort zu küssen, wo Dutzende von Menschen ihnen jederzeit dabei zuschauen konnten.

Natürlich war er in diesem Moment auch nicht ganz klar im Kopf gewesen. Diese verdammte Hermione! Obwohl er gewußt hatte, daß sich ihre Wege hier irgendwann mal kreuzen mußten, war er doch nicht darauf vorbereitet gewesen, ihr schon bei seinem ersten Ausflug in die Londoner Gesellschaft zu begegnen. Er hätte allerdings vermuten können, daß sie sich an die Anstandsregeln, die einer trauernden Witwe auferlegt waren, nicht halten würde.

Obwohl er seine Stiefmutter schon immer verabscheut hatte, hatte er doch ihre Gemeinheit unterschätzt. Der beste Beweis dafür, daß sie ihn absichtlich verführt hatte, war diese dreiste Unbekümmertheit, mit der sie Rebecca von diesem Vorfall in Kenntnis gesetzt hatte. Ob sie es auch seinem Vater erzählt hatte? Ihm wurde ganz schlecht bei diesem Gedanken.

Rebecca hatte diese Enthüllung überraschend gut weggesteckt. Statt sich entrüstet von ihm abzuwenden, hatte sie ihm sogar Trost gespendet und Verständnis dafür gezeigt. Er konnte Gott dafür danken, daß sie so einen klaren, unkonventionellen Verstand besaß.

Doch dank seiner kriminellen Sorglosigkeit waren sie nun beide offiziell verlobt. Und das Vertrackte an dieser Sache war, daß er sie unter anderen Umständen sehr wohl gefragt haben würde, ob sie ihn heiraten wollte. Er war noch nie einer ihm so geistig verwandten Frau wie Rebecca begegnet, und hatte auch noch nie so starkes körperliches Verlangen nach einer anderen Frau verspürt. Es würde ihm nicht schwerfallen, sich in sie zu verlieben. Statt dessen verpflichtete ihn sein Ehrgefühl dazu, diese Verlobung so rasch wie möglich wieder aufzulösen. Er befand sich nicht in einer Position, die ihm erlaubte, sie zu heiraten. Selbst wenn es ihm gelingen sollte, das Geheimnis von Helen Seatons Tod zu lösen, ohne daß Rebecca etwas von seiner Doppelrolle erfuhr, würde ein ernsthafter Heiratsantrag sogleich wieder den Verdacht in ihr wecken, daß er sie nur ihres Geldes wegen ehelichen wollte.

Mit einem leisen Stöhnen erhob er sich nun von dem Stuhl und begab sich hinauf in sein Zimmer. Er wollte sich den Abendanzug ausziehen und sich dann in sein kleines Studio begeben, um dort ein furioses Aquarell von einer Schlachtszene zu malen. Vielleicht würde ihn das ein wenig von dem Aufruhr seiner Gefühle befreien.

Sobald Rebecca in ihr Schlafzimmer kam, verlor sie ihre bisher nur mühsam aufrecht erhaltene Fassung. Nachdem sie die Tür verriegelt hatte – hatte sie etwa Angst, daß Kenneth ihr aufs Zimmer folgen könnte? Und würde sie etwas dagegen eingewendet haben, wenn er es tat? –, warf sie sich auf ihr Bett. Was für eine Närrin sie doch war! Hätte sie sich nicht von diesem Druck, unter dem sie seit ihrer »Entdeckung« gestanden hatte, dadurch befreit, daß sie ihm blödsinnigerweise unlautere Absichten unterstellte, hätte Kenneth ihr nicht mit dieser Deutlichkeit klar machen müssen, daß sie nicht eine Frau war, an die er sein Herz verlieren würde.

Oh, ja, er mochte sie zwar auf eine freundschaftliche Weise und fand sie auch in mancherlei Hinsicht attraktiv, aber das waren nur oberflächliche Empfindungen. Es war dieses schöne, zu einem frühen Tod verurteilte Guerilla-Mädchen gewesen, das er geliebt hatte. Sie, Rebecca, war für ihn jedoch nicht heiratswürdig, selbst dann nicht, wenn sie seinen Besitz und seine Schwester vor dem Ruin retten würde.

Nicht, daß sie ihn etwa oder irgendeinen anderen Mann hätte heiraten wollen. Aber sie mochte ihn. Und – Nun gib es schon zu! – begehrte ihn. Und wünschte sich, daß auch er sie begehrte. Daß er »brannte« vor Verlangen, das nur sie zu stillen vermochte.

Was wäre nun die ideale Beziehung zu ihm gewesen? Rebecca rollte sich auf den Rücken und dachte darüber nach. Eine Liebschaft. Das wäre perfekt. Sie würden in getrennten Wohnungen leben, und wenn ihr der Sinn danach stand, würde sie ihn zu sich einladen. Sie würden sich leidenschaftlich lieben, ohne daß das mit schmerzlichen Konsequenzen verbunden war.

Was für ein Jammer, daß das Leben nicht so einfach war.

Kapitel 18

Rebeccas erster Gedanke, als sie aufwachte, war, daß sie ihrem Vater erzählen mußte, was sich da gestern abend auf dem Ball abgespielt hatte. Er würde ihr vermutlich halb amüsiert und halb irritiert zuhören. Mit einem lauten Stöhnen rollte sie sich aus dem Bett, wusch sich und zog sich dann ein überaus züchtig aussehendes graues Gewand an.

Zum Glück befand sich Sir Anthony allein im Frühstückszimmer. Er blickte von seiner Zeitung auf, als sie hereinkam. »Guten Morgen. Du bist schon zeitig auf für jemand, der gestern einen Ball besucht hat. Hat es dir dort gut gefallen?«

»Ja und nein.« Sie goß sich eine Tasse Kaffee ein und setzte sich an den Tisch. »Ich habe mich anfangs ganz gut amüsiert. Aber dann passierte so etwas wie ein Unfall.«

»Jemand ist dir beim Tanzen auf den Saum deines Kleides gestiegen?« erkundigte er sich lachend.

Ihre kalten Hände um die heiße Tasse legend, bekannte sie frei heraus: »Kenneth und ich wurden dabei ertappt, wie wir uns küßten.«

Ehe sie mit ihrem Bericht fortfahren konnte, verschwand das Lächeln aus dem Gesicht ihres Vaters. »Was, zum Teufel, sagst du da? Es war doch seine erklärte Absicht, dich wieder gesellschaftsfähig zu machen, und nicht, deinen Ruf noch mehr zu ruinieren.«

»Es war ... ein Unfall.«

Er funkelte sie wütend an. »Du bist gestolpert und Kenneth zufällig in die Arme gefallen?«

Sie gab seinen Blick ärgerlich zurück. »Natürlich nicht. Er hatte etwas auf diesem Ball erlebt, was ihn innerlich sehr aufgewühlt hat. Ich bemühte mich dann, ihn wieder ein wenig zu beruhigen, und dabei haben wir einen ... einen freundschaftlichen Kuß getauscht.«

Der Kuß war weitaus mehr gewesen als nur freundschaftlich. Doch sie vermutete, daß selbst ihr sehr liberal eingestellter Vater nicht alle diskriminierenden Einzelheiten hören wollte.

»Wir befanden uns in einem Alkoven, und ein Dutzend Gäste oder mehr kamen dort auf ihrem Weg zum Speisesaal vorbei. So eine alte Schnepfe sah uns und erboste sich lautstark über unser unsittliches Betragen. Lavinia gehörte ebenfalls zu dieser Gruppe von Leuten, in der sich diese alte Schnepfe befand, und rettete den Tag damit, daß sie behauptete, Kenneth und ich wären verlobt. Da Lavinia als gute Freundin unserer Familie bekannt ist, zweifelte niemand ihre Behauptung an.«

»Dem Himmel sei Dank, daß sie zugegen war und einen klaren Kopf bewies«, sagte ihr Vater grimmig. »Etwas, das Kenneth und dir offensichtlich fehlte. Ich hätte von Euch etwas Besseres erwartet.«

Eindeutig überwog bei ihm nun der Zorn über das ihr anfänglich bekundete Vergnügen. »Es war ein unglückseliger, im Grunde jedoch harmloser Vorfall«, sagte sie nun in dem Bemühen, sich zu rechtfertigen. »Jeder nahm es als Tatsache hin, daß wir Verlobte seien. Wir werden das Verlöbnis in ein paar Monaten wieder für aufgelöst erklären, müssen es jetzt aber in den Zeitungen offiziell bekanntmachen, um den Schein zu wahren.«

»Den Schein zu wahren?« wiederholte ihr Vater. »Was meinst du damit?« Er faltete seine Zeitung zusammen und schlug damit neben seinem Teller auf den Tisch. »Ich war bereit, großzügig über die Tatsache hinwegzuschauen, daß du mit diesem blödsinnigen Dichter durchgebrannt bist. Aber was genug ist, ist genug. Du wirst diesen Kenneth natürlich heiraten müssen!«

Sie verschluckte sich nun fast an ihrem brühend heißen Kaffee. »Werdet jetzt bitte nicht absurd, Vater. Daß ich wegen so einer Lappalie, so einer unbedeutenden Indiskretion heiraten soll, gehört genau zu dieser Sorte von törichten sozialen Konventionen, gegen die Ihr ständig zu wettern pflegt. Natürlich denken wir gar nicht daran, zu heiraten.«

Sir Anthony blickte sie nun finster über den Tisch hinweg an. »Ich bin all die Jahre über viel zu nachsichtig mit dir gewesen. Es wird Zeit, das zu ändern. Du bist eine erwachsene Frau und solltest respektabel heiraten. Kenneth wird eine absolut passende Partie für dich sein. Zumindest vermag er ein gutes Gemälde von einem schlechten zu unterscheiden, wenn er eines sieht. Was dein Poet übrigens niemals konnte.«

Da sie nicht glauben konnte, was sie da hörte, fragte sie, wobei sie sich über den Tisch beugte: »Was bringt Euch eigentlich auf die Idee, daß Ihr jetzt bei mir im achtundzwanzigsten Jahr nach meiner Geburt anfangen könntet, über mein Leben zu bestimmen?«

»Besser spät als nie!« Seine Augen verengten sich. »Ich bin dein Vater und es ist meine Pflicht, dir Wegweiser und Stütze zu sein. Du wirst deshalb tun, was ich dir sage. Und ich sage dir, daß du Kenneth heiraten mußt.«

Da explodierte Rebecca nun förmlich vor Wut. Sie sprang von ihrem Stuhl auf, beugte sich vor und stemmte die zu Fäusten geballten Hände auf die polierte Mahagoniholzplatte. »Wie könnt Ihr Euch erdreisten, so mit mir zu reden! Ihr habt mit jeder attraktiven Frau, die Euer Interesse erregte, Ehebruch begangen! Ihr habt es sogar zugelassen, daß einer Eurer besten Freunde der Liebhaber Eurer Frau wurdet. Und Ihr wollt jetzt das Recht in Anspruch nehmen, mir Wegweiser und moralisches Vorbild zu sein? Ihr seid ein ... ein verdammter Heuchler!«

Erschrocken stammelte ihr Vater: »Das – hat nichts mit deiner Situation zu tun.«

»So, das hat nichts mit meiner Situation zu tun?« Sie knüllte ihre Serviette zu einem Ball zusammen und warf sie über den Tisch. »Nach dem Beispiel, das Ihr mir als Ehemann gegeben habt, würde ich lieber in der Hölle schmoren als mit einem Mann zum Traualtar zu gehen. Wenn Euch das nicht paßt, auch gut. Dann werde ich Euch eben verlassen und meinen eigenen Hausstand gründen. Ich kann mir das ohne weiteres leisten, wie Ihr sehr wohl wißt.«

»Ich habe Helen oft gesagt, daß es ein Fehler wäre, dir unumschränkte Verfügungsgewalt über ihr Vermögen zu geben, wenn du es mal erben solltest. Aber sie ist ja genauso starrköpfig gewesen wie du.«

Er sprang nun ebenfalls mit wütendem Gesicht vom Tisch auf und rief: »Wenn du deinen eigenen Hausstand gründest, werde ich mich von dir lossagen und meine Hände in Unschuld waschen. Dann bist du nicht mehr länger meine Tochter! Dann kannst du meinetwegen alleine leben – als Ausgestoßene!«

So zornig, daß sie nicht mehr recht wußte, was sie sagte, fauchte sie: »Großartig, dann muß ich nicht ständig um deine Freunde herumscharwenzeln, die sogar zu faul sind, sich die Schuhe abzustreifen, wenn sie dich besuchen kommen. Und du kannst in Zukunft deine Leinwand selbst auf die Holzrahmen spannen, dir auch deine Pastellfarben und Spezialöle alleine anrühren. Und wenn du glaubst, daß ich dir das Rezept für meine Fleischfarbentöne verraten werde, bist du sogar noch schiefer gewickelt, als ich glaubte!«

»Du arrogantes kleines Biest!« schnaubte Sir Anthony. »Ich habe mir schon meine Spezialöle angemischt, als deine Mutter noch mit dir im Wochenbett lag.« Er schlug mit der Faust so heftig auf den Tisch, daß Teller und Tassen klirrend in die Höhe sprangen. »Nur zu! Wenn du aus dem Haus bist, brauche ich mich nicht mehr länger über dich zu ärgern!«

Ihr lag gerade eine ebenso scharfe Erwiderung auf der Zunge, als eine tiefe Stimme sagte: »Genug! Hört jetzt beide damit auf, bevor einer etwas sagt, was er nicht mehr zurücknehmen kann!«

Rebecca und ihr Vater drehten sich gleichzeitig um und sahen Kenneth unter der Tür am entfernten Ende des Frühstückszimmers stehen. Rebecca errötete, während sie sich fragte, wieviel er wohl von ihrem Gespräch gehört haben mochte. Nach der Hitze kam nun ein kaltes Erschauern, als ihr bewußt wurde, wie nahe sie und ihr Vater einem nicht mehr zu kittenden Bruch gewesen waren. Wenn sie ihn verloren hätte, wäre sie ganz allein auf der Welt gewesen.

Ihr Vater, der nicht so nachdenklich wie sie geworden war, schnaubte: »Mischt Euch nicht in Sachen ein, die Euch nichts angehen! Das ist eine Familienangelegenheit!«

Kenneth zog die Brauen in die Höhe. »Deshalb mische ich mich ja ein. Weil ich fast schon zur Familie gehöre.«

»Wenn dem so ist, solltet Ihr meiner Tochter auch etwas Vernunft eintrichtern können«, erwiderte Sir Anthony erbittert, mit der Hand auf Rebecca weisend. »Sie ist stur wie ein Muli. Nachdem sie sich mit Euch in einer kompromittierenden Lage ertappen ließ, sollte sie doch begreifen können, daß sie heiraten muß. Und zwar bald.«

»Nicht notwendigerweise«, erwiderte Kenneth im ruhigen Ton. »Die Folgen einer aufgelösten Verlobung sind harmlos im Vergleich zu jenen eines schlecht beratenen Ehebundes.«

Da kochte erneut der Zorn in Sir Anthony hoch, der Kenneth nun anbrüllte: »Verdammt! Ich dachte, Ihr seid ein Gentleman, obwohl Ihr Euch aus dem Mannschaftsstand hochgedient habt. Ich hätte Euch niemals anstellen dürfen.«

Rebecca, die anfing, sich ein bißchen schwindlig zu fühlen, kam Kenneth nun mit der Bemerkung zu Hilfe: »Ihr vergeßt wohl, daß er ein Vicomte ist und Harrow besucht hat. Und habt Ihr mir nicht erst neulich erzählt, er wäre der beste Sekretär, den Ihr jemals gehabt hättet?«

»Um so mehr ein Grund für ihn, das Richtige zu tun«, wetterte ihr Vater und blickte Kenneth durchbohrend an. »Glaubt ja nicht, daß Ihr Euch in diesem Fall davor drücken könntet, Eure Pflicht zu erfüllen! Ihr habt meine Tochter kompromittiert, und bei Gott, Ihr werdet Sie heiraten, oder Ihr bekommt meine Reitpeitsche zu spüren!«

Rebecca bemühte sich nun, ein Kichern zu unterdrükken, als sie sich vorzustellen versuchte, wie ihr Vater einen Mann auspeitschte, der zwei Köpfe größer und fünfzig Pfund schwerer war als er und überdies noch ein schlachtenerprobter Kämpfer. Die Situation geriet allmählich zur Farce.

Immer noch ruhig und beherrscht erwiderte Kenneth: »Die Entscheidung, ob sie heiratet oder nicht heiratet, liegt ganz allein bei Rebecca. Wenn sie die Verlobung aufrechtzuerhalten wünscht, wird das für mich natürlich bindend sein. Aber ich werde sie nicht dazu zwingen, mit mir zum Traualtar zu gehen. Weder Ihr noch ich haben das Recht oder die Macht dazu.« Und mit nun trockenem Ton schloß er: »Ich bin keine großartige Partie. Und deshalb könnte ich es ihr nicht verargen, wenn sie lieber in der Hölle schmoren als mich zum Ehemann nehmen würde.«

Rebecca zuckte zusammen und bedauerte nun, daß sie das gesagt hatte, da er ihr Gespräch mitangehört haben mußte.

»Ihr seid ein absolut zu ihr passender Ehepartner«,

erwiderte Sir Anthony. »Und je länger ich über diese Verbindung nachdenke, um so mehr gefällt sie mir. In diesem Haus ist genug Platz für Euch beide als Ehepaar, so daß Ihr hier wohnen bleiben könntet. Eine allseits zufriedenstellende Lösung, würde ich meinen.«

»Um Himmels willen, Papa! Ich werde ihn doch wohl nicht heiraten müssen, damit du deinen Lieblingssekretär behalten kannst!« rief Rebecca da.

Ehe ihr Vater darauf eine Antwort geben konnte, meinte Kenneth beschwichtigend: »Diese Sache kann jetzt nicht entschieden werden. Sie ist nichts für erhitzte Gemüter, sondern verlangt einen kühlen und klaren Kopf.«

»Vielleicht habt Ihr recht.« Sir Anthony marschierte zur Tür. »Aber ob sie jetzt oder später entschieden wird, sie kann nur zu einem einzigen, für mich annehmbaren Ergebnis führen: Kenneth, Ihr werdet heute als erstes die Verlobungsanzeigen für die Zeitungen entwerfen.« Damit verließ er das Frühstückszimmer und warf die Tür hinter sich zu.

Rebecca brachte ihren zitternden Körper in einem Sessel unter und bedeckte das Gesicht mit den Händen. Sie hörte, wie Kenneth sich mit leisen Schritten ihr näherte, und spürte dann die Wärme seines Körpers, als er sich neben ihr niederkniete.

»Seid Ihr in Ordnung?« fragte er behutsam.

»Macht Euch meinetwegen keine Sorgen. Ich bin dem Lachen näher als den Tränen.« Sie hob den Kopf und blickte ihn mit einem etwas unsicheren Lächeln an. »Ausgerechnet jetzt glaubt mir Sir Anthony ein strengerer Vater sein zu müssen. Die ganze Situation ist absurd.«

Kenneth erhob sich wieder von den Knien und trat an den Tisch, um ihre Tasse mit Kaffee nachzufüllen, ehe er sich diesen selbst einschenkte. »Sir Anthony war nicht gerade entzückt über diese Geschichte«, räumte er ein. »Ob er mich jetzt wohl entlassen wird?«

»Das glaube ich nicht. Seine Wutanfälle dauern nie lange.«

»Und wie steht es mit Euch?« Er nahm die Deckel von den Schüsseln auf dem Büfett, um sich daraus zu bedienen, ehe er sich mit seinem Teller an den Tisch setzte. »Werdet Ihr tatsächlich ausziehen und einen eigenen Hausstand gründen?«

»Ich bezweifle, daß es dazu kommen wird.«

»Ich hoffe, daß Ihr recht behaltet. Es wäre schlimm für mich, wenn ich die Ursache eines Zerwürfnisses zwischen Vater und Tochter wäre.«

Während sie dankbar einen Schluck Kaffee aus ihrer Tasse nahm, wurde ihr bewußt, daß ihr anfängliches Unbehagen nach der wütenden Auseinandersetzung mit ihrem Vater verflogen war. Sie spürte keine Befangenheit mehr in Kenneths Gegenwart. »Wenn es tatsächlich zu einem Zerwürfnis käme, wäre das allein unsere und nicht Eure Schuld.« Sie betrachtete ihn nachdenklich. »Habt Ihr das tatsächlich so gemeint, als Ihr sagtet, die Entscheidung, ob ich heiraten oder nicht heiraten werde, läge ganz allein bei mir?«

»Natürlich.« Er zerschnitt seinen Schinken zu kleinen sauberen Quadraten. »Es steht einem Gentleman nicht zu, ein Verlöbnis aufzulösen. Das gehört zu den Grundregeln sozialen Verhaltens.«

»Ich sollte Euch zur Strafe dafür, daß Ihr mich zu dem Besuch dieses Balles überredet habt, an dieses Verlöbnis binden«, schnaubte sie.

Er blickte sie an und lächelte versonnen: »Ich habe schon schlimmere Strafen erlebt.«

Das intime Licht, das sie nun in seinen Augen entdeckte, jagte ihr kleine wohlige Schauer über den Rükken. Himmel, wenn sie nicht aufpaßte, würde sie ihn vielleicht wirklich dazu zwingen, sein Eheversprechen einzulösen! Der Gedanke daran war auf eine sündhafte Weise verlockend. Aber sie wollte ihn nicht als Freund verlieren. Und nichts würde für eine Freundschaft fataler sein als eine Ehe, die er sich nicht wünschte.

Und deshalb sagte sie leichthin: »Was müssen wir denn sonst noch machen, um den Schein unseres angeblichen Verlöbnisses zu wahren, abgesehen von den Verlobungsanzeigen in den Zeitungen, meine ich?«

»Nun, es wäre ratsam, ein paar Einladungen anzunehmen. Aber das wäre auch schon alles.« Er spießte ein Stück Schinken mit seiner Gabel auf. »Nach ein paar Wochen wird das Leben dann wieder in den alten gewohnten Bahnen verlaufen.«

Das mochte er zwar glauben, aber sie bezweifelte das. Die Ereignisse des gestrigen Abends hatten die Qualität ihrer Beziehung verändert. Sie empfand nun eine seltsame Kombination von Vertrautheit und Wachsamkeit und entdeckte die gleiche Mischung in ihm. Nur die Zeit würde ihnen sagen können, wie nachhaltig diese Veränderung sein würde.

Eine Stunde später blickte Kenneth ein wenig besorgt von seinem Schreibtisch auf, als Sir Anthony zu ihrer gewohnten morgendlichen Geschäftsbesprechung in das Büro kam. Doch sein Arbeitgeber machte einen absolut ruhigen und ausgeglichenen Eindruck und spielte auch mit keinem Wort auf die Szene am Frühstückstisch an.

Nachdem er Kenneth einige Briefe diktiert und mit diesem über die anstehenden Haushaltsprobleme gesprochen hatte, legte Kenneth ihm schweigend seine Entwürfe für die Verlobungsanzeigen vor.

Sir Anthony las den kurzen, förmlichen Text der Anzeigen durch und reichte ihm dann das Blatt Papier zurück. »In Ordnung. Aber Ihr solltet nicht nur Euren militärischen Rang, sondern auch Euren Titel in der Anzeige anführen.« Seine Stimme troff nun vor Ironie. »Ich möchte, daß die Welt erfährt, was für eine gute Partie mein Mädchen mit Euch macht.«

Kenneth legte mit einem Gefühl tiefen Unbehagens das Blatt auf den Schreibtisch zurück. »Ich bedaure unendlich, was gestern passiert ist, Sir.«

»Wollt Ihr damit sagen, daß Ihr bedauert, meine Tochter geküßt zu haben?« erkundigte sich Sir Anthony im kalten Ton. »Oder daß man Euch dabei erwischte?«

Sein Arbeitgeber war offenbar auf sein Blut aus, dachte Kenneth, und sagte, sich für die Ehrlichkeit entscheidend: »Tatsächlich bereue ich es nicht, daß ich sie geküßt habe – Rebecca ist eine überaus attraktive junge Dame. Aber daß ich es tat, war verkehrt. Und daß ich sie in eine kompromittierende Lage gebracht habe, verdammenswert.«

»Und was für Absichten verfolgt Ihr nun mit ihr?« Als Kenneth mit der Antwort zögerte, sagte der ältere Mann gereizt: »Kommt, Captain, ich habe doch sicherlich ein Recht darauf, das zu erfahren.«

»Das leugne ich nicht, Sir.« Mit dem Gedanken, daß er sich lieber vor einem Militärgericht als vor Sir Anthony verantwortet hätte, erwiderte Kenneth behutsam: »Vor dem gestrigen Abend hatte ich keinerlei Absichten. Ich habe nicht das Recht dazu, ans Heiraten zu denken, wenn der Besitz, den ich geerbt habe, so gut wie bankrott ist.«

»Rebecca verfügt bereits über ein ansehnliches Vermögen. Wenn ich einmal das Zeitliche segnen sollte, wird sie sogar eine sehr reiche Erbin sein.«

Kenneth spürte, wie nun der Zorn in ihm hochkochte. »Versucht Ihr etwa, mich dazu zu überreden, sie ihres Geldes wegen zu heiraten? Wenn das der Fall wäre, würde das eine schwere Beleidigung sowohl für Rebecca wie für mich sein. Eure Tochter braucht kein Vermögen dazu, damit ein Mann sich wünscht, sie zur Frau zu nehmen. Und ich lasse mich nicht kaufen.«

Da lehnte sich Sir Anthony mit einem zufriedenen Lächeln zurück und sagte: »Ihr müßt Euch doch nicht gleich so ereifern, Captain! Es war nicht meine Absicht, Euch zu beleidigen. Ich wollte Euch lediglich darauf hinweisen, daß es töricht von Euch wäre, Euch von Eurem Ehrgefühl davon abhalten zu lassen, meine Tochter zu heiraten, wenn Ihr sie wirklich zu heiraten wünscht. Mit ihrem Vermögen könnt Ihr Euren Besitz schuldenfrei machen.«

»Anscheinend liegt Euch wirklich daran, diese Verbindung zu forcieren«, erwiderte Kenneth, seinen Arbeitgeber scharf ansehend. »Aber warum? Wie ich bereits am Frühstückstisch sagte, bin ich ja nun wirklich kein großer Fisch, den sie mit mir fängt. Ich bin ein Sekretär, Menschenskind! Es gibt zahllose Männer, die reicher, gebildeter und ansehnlicher sind als ich.«

»Mag sein. Aber Ihr seid der einzige Mann, für den Rebecca bisher nach diesem verdammten Poeten ein Interesse gezeigt hat«, erwiderte Sir Anthony trocken. »Und das ist eine sehr wesentliche Qualifikation.«

»Aber Ihr wißt doch nichts über mich. Ich bin lediglich eines Tages in Eurem Haus erschienen und habe Euch um Arbeit gebeten. Das ist alles. Ihr besitzt keinen Nachweis meines Charakters.«

»Ich brauche keinen Haufen schriftlicher Referenzen, um zu wissen, was Ihr seid. Der Charakter eines Mannes ist ihm ins Gesicht geschrieben.« Sir Anthony nahm eine Schreibfeder vom Tisch und zog den Federbart durch seine langen schlanken Finger. »Ich werde nicht ewig hier sein. Meine Tochter hat bisher ein ungewöhnlich behütetes Leben geführt. Sie braucht einen guten, ehrlichen und tüchtigen Mann. Einen Mann, der ihre Kunst zu schätzen weiß und ihr Talent respektiert. Solche Männer sind nicht leicht zu finden. Ihr würdet gut zu ihr passen, falls Ihr das für sie empfindet, was ein Ehemann für sie empfinden sollte.«

Angesichts der Wertschätzung, welche dieser Mann ihm entgegenbrachte, den zu vernichten er hierhergekommen war, fühlte sich Kenneth so tief gedemütigt, daß ihm in diesem Moment nichts anderes einfiel, als zu sagen: »Rebecca würde Eurer Meinung, daß sie einen Ehemann bräuchte, nicht zustimmen, Sir. Ich denke, daß sie ihre eigene Wahl treffen wird.«

Sir Anthony betrachtete ihn daraufhin mit schmalen Augen. »Ihr seid nicht unerfahren mit Frauen. Wenn Ihr glaubt, Euch anstrengen zu müssen, könnt Ihr sehr ... überzeugend sein.«

»Überzeugend«, wiederholte Kenneth ungläubig. »Wollt Ihr damit andeuten, daß ich versuchen sollte, Eure Tochter zu einer Heirat zu verführen?«

»Eine recht harte Formulierung, aber im Grunde korrekt«, erwiderte der ältere Mann gelassen. »Ich würde es sehr bedauerlich finden, wenn eine gute Verbindung an Rebeccas Sturköpfigkeit und Eurem Ehrgefühl scheitern sollte.«

Kenneth holte tief Luft. »Sind denn alle Gespräche zwischen Brautvätern und potentiellen Schwiegersöhnen so heikel wie dieses?«

Sir Anthony kicherte. »Das vermag ich nicht zu beurteilen. Schließlich bin ich ja mit der Braut eines anderen Mannes durchgebrannt. Als ich dann mit Helen aus Gretna Green zurückkam, setzte mich ihr Vater davon in Kenntnis, daß ihr Vermögen für ihre Kinder treuhänderisch verwaltet würde, damit ich es mir nicht unter den Nagel reißen könnte. Ich glaube, es muß für ihn damals eine arge Enttäuschung gewesen sein, als ich ihm erklärte, das würde mich nicht kratzen.« Und dann fuhr er wieder im nüchternen Ton fort: »Ein guter Soldat ist eine Mischung aus Ehrgefühl und Pragmatismus. Ein Mensch ist ohne Ehre nichts. Aber es ist oft besser, aus einem Gefühl für das Praktische heraus zu handeln. Rebecca ist keine siebzehnjährige Jungfrau mehr. Es besteht also keine Veranlassung dazu, Euch so zu verhalten, als ob sie das noch wäre.«

Nach dieser über alle Maßen erstaunlichen Erklärung erhob sich Sir Anthony von seinem Schreibtisch und ging zur Tür. »Ich bin so offen zu Euch, weil ich das Gefühl habe, daß Ihr meine Tochter mögt. Aber falls Ihr ihr wehtun solltet, dann könnt Ihr Euch darauf verlassen, daß ich Euch mit der Reitpeitsche das Fell gerben werde, auch wenn Ihr doppelt so groß und nur halb so alt seid wie ich.«

»Ich verstehe. Aber ich würde Euch empfehlen, nicht in so einem Ton mit Eurer Tochter zu reden«, erwiderte Kenneth trocken. »Sie würde darauf vermutlich mit ihrem Auszug reagieren und uns beide zur Hölle wünschen.«

»Wie ich höre, kennt Ihr sie schon recht gut«, erwiderte Sir Anthony mit einem schwachen Lächeln und verließ das Büro.

Kenneth atmete langsam die angehaltene Luft aus und massierte sich die Schläfen. Zwar litt er nicht an Kopfschmerzen, hatte jedoch das Gefühl, diese jetzt haben zu müssen. Künstler waren tatsächlich ein verrücktes Völkchen. Das war die einzige Erklärung für dieses Gespräch.

Doch im Grunde seines Herzens wußte er, daß er, wenn er nicht unter Vortäuschung falscher Tatsachen in dieses Haus gekommen wäre, Sir Anthonys Vorschlag, dessen Tochter zu verführen, überaus verlockend gefunden hätte.

Kapitel 19

Im Verlauf des Vormittags kamen alle Augenblicke Boten mit Glückwünschen zu der bevorstehenden Vermählung ins Haus, was Rebecca überaus entnervend fand. Diese verdammte Verlobung begann bereits ein Eigenleben zu entwickeln.

Am Mittag kam dann auch Lavinia auf einen Sprung vorbei und lud sich selbst in Rebeccas Studio ein, die stirnrunzelnd von ihrem Gemälde der stürzenden Frau aufblickte und sagte: »Ich hoffe doch, daß Ihr mit Euch zufrieden seid. Wenn Ihr Euch nicht eingemischt hättet, wäre mein Ruf nun endgültig ruiniert, und wir könnten auf all diesen Blödsinn, ihn wiederzubeleben, verzichten.«

Lavinia lachte und ließ sich mit einem lauten Rascheln ihrer Röcke auf dem Sofa nieder. »Zieht Eure Krallen wieder ein, Darling. Denn Ihr seid gestern abend recht froh darüber gewesen, daß ich Euch noch rechtzeitig gerettet habe. Ich fürchtete schon, daß Ihr jeden Moment in Ohnmacht fallen würdet, als man Euch mit ihm ertappte.« Sie strich, die Perserbrücke auf der Sofalehne bewundernd, sacht mit der Hand über dessen Seidenflor hin. »Aber ich hätte mir an Eurer Stelle wirklich einen geschützteren Ort dafür ausgesucht, Kenneth zu vernaschen.«

Mit hochrotem Gesicht deckte Rebecca nun das Gemälde mit einem Tuch zu, hob Gray Ghost von einem Stuhl herunter, um selbst darauf Platz zu nehmen, hob den Kater dann wieder auf ihren Schoß und begann ihm das Fell zu kraulen. »Da es nicht meine Absicht gewesen ist, Kenneth zu ›vernaschen‹, wie Ihr das nennt, konnte ich mir auch keinen dafür geeigneten Platz suchen. Was da passiert ist, geschah einfach. Auch habe ich Kenneth gar nicht vernascht.«

»Tatsächlich nicht?« erwiderte Lavinia skeptisch. »Was ich da gesehen habe, war aber kein höflicher kleiner Schmatz. Das war eine leidenschaftliche, jeden Augenblick zum sich gegenseitig die Kleider vom Leib zu reißen bereite Umarmung, Kindchen. Und ich spreche hier zu Euch als jemand, der in solchen Dingen Erfahrung hat.«

»Lavinia!« Rebecca neigte den Kopf und konzentrierte sich jetzt darauf, den Kater zu streicheln. »Ihr habt mich in eine arge Verlegenheit gebracht.«

Mitleidig fuhr Lavinia nun im etwas milderen Ton fort: »Ihr könnt das Verlöbnis später natürlich wieder auflösen, aber ich würde mir das an Eurer Stelle erst gründlich überlegen. Wenn Ihr mich fragt, hättet Ihr eine weitaus schlimmere Wahl treffen können. Kenneth ist nicht nur ein wahnsinnig attraktiver Mann, sondern obendrein auch noch ein Vicomte, der eine Schwäche für Euch hat. Und ich muß Euch auch ein Kompliment machen. Nur wenige Frauen würden an einem einzigen Abend so viel erreicht haben wie Ihr.« Sie ließ ein gurgelndes Lachen hören. »Wenn Ihr Kenneth heiraten würdet, wäre Hermione nur noch eine gräfliche Witwe. Das würde sie arg fuchsen.«

Rebecca blickte von ihrer Katze hoch. »Ihr kennt Lady Kimball?«

»Ja. Ich weiß, was für ein Biest sie sein kann. Ich habe auch bemerkt, wie ihr beiden fluchtartig den Ballsaal verlassen habt, nachdem sie ein paar Worte mit Kenneth gewechselt hatte. Sie muß sich mal wieder schrecklich aufgeführt haben.«

»Schlimmer als schrecklich. Boshaft.« Und mit dem Gedanken, daß Kenneth das vielleicht gerne wissen wollte, fuhr Rebecca fort: »Wie ist sie denn als Ehefrau gewesen? Hat sie Lord Kimball unglücklich gemacht?«

Lavinia dachte kurz nach. »Ich glaube nicht. Hermione hatte schon immer ein feines Gespür dafür, welche Seite ihres Brotes mit Butter beschmiert ist. Ich meine, sie wußte, daß sie ihren Ehemann bei Laune halten und sehr diskret vorgehen mußte, wenn sie ihn mit ihren Liebhabern betrog.« Lavinia legte den Kopf ein wenig auf die Seite. »Wie hat Euer Vater die Nachricht von Eurer Verlobung aufgenommen?«

»Nicht sonderlich gut«, gab Rebecca zu. »Er tobte und sagte, daß Kenneth mich heiraten müsse.«

»Wenn das so ist, möchte ich mich nicht weiter zu diesem Thema äußern.« Lavinia erhob sich graziös vom Sofa. »Denn nichts kann einen Menschen nämlich mehr davon abhalten, das zu tun, was am besten für ihn wäre, als ihm zu befehlen, es zu tun«, sagte sie und verließ mit einem Lächeln und einem Flattern ihrer Finger das Studio.

Rebecca kehrte nun wieder an ihre Staffelei zurück, hatte jedoch Mühe, sich auf das Gemälde zu konzentrieren. Sie kaute statt dessen an dem Stiel ihres Pinsels und fragte sich, wie groß wohl die Schwäche sein mochte, die Kenneth angeblich für sie hatte.

Als Kenneth dann nachmittags zu der gewohnten Stunde in ihrem Studio erschien, um ihr Modell zu sitzen, hatte sie ihre aufrührerischen Gedanken wieder unter Kontrolle. Auch war es hilfreich, daß er ihr gemeinsames Dilemma mit keinem Wort erwähnte. Er hob einfach Gray Ghost vom Boden hoch, nahm seine übliche Position mit dem Kater neben sich auf dem Sofa ein und fragte: »Wie kommt Ihr mit dem Bild voran?«

»Recht gut«, erwiderte sie. »Alle Figuren, Gegenstände, Lichter und Schatten sind in ihren Grundfarben ausgeführt. Ich kann jetzt daran gehen, die Details herauszuarbeiten. In einer oder spätestens zwei Wochen werdet Ihr wieder ein freier Mann sein.«

Sie würde die Sitzungen vermissen, aber dann blieben ja immer noch die Stunden, in denen sie ihn im Malen unterrichten würde. Sie nahm die Palette in die linke Hand. »Setzt jetzt bitte Eure Piratenmiene auf!«

»Ich werde mich nie an so etwas gewöhnen können«, sagte er seufzend. Dann schloß er die Augen, öffnete sie wieder und blickte sie mit einer finsteren Eindringlichkeit an. Die Wirkung war eher bezwingend als bedrohlich. Zutiefst maskulin. Wenn er Lavinia mit diesem Gesichtsausdruck angeschaut hätte, wäre sie vermutlich auf der Stelle ohnmächtig geworden.

Rebecca holte tief Luft und begann dann mit ihrer Feinarbeit am Gesicht des Korsaren. Sie würde die geheimen Skrupel, die den Piraten seiner Taten wegen plagten, vermittels dessen sich im dunklen Marmor spiegelnden Profil zum Ausdruck bringen, doch das blieb einer späteren Sitzung vorbehalten. Heute würde sie sich auf diesen übersättigten Mann konzentrieren, der mit gleicher Unbekümmertheit lieben und töten konnte. Nur war es jetzt, wo Kenneth zu ihrem Freund geworden war, viel schwerer für sie, die bedrohliche Seite seines Wesens zu sehen.

Sie konturierte, diese mit einem dünnen Schatten unterlegend, die Wange und markierte dann mit einem feinen Pinselstrich die blasse Narbe darauf, die auf eine stumme und dennoch beredte Weise Zeugnis ablegte für ein gefahrvolles Leben. Es war weitaus schwieriger, diese leuchtende Klarheit seiner grauen Augen einzufangen – diese der Welt überdrüssigen Augen, die alles gesehen und niemandem vertraut hatten. Ein paar sparsame, perlweiße Glanzlichter in den Pupillen. Dann eine kohlschwarze Umrandung, um ihnen diesen durchbohrenden Blick zu geben, den sie im wirklichen Leben auch hatten.

Sie setzte den Pinsel zu einem letzten Strich an und hielt dann mitten in der Bewegung inne. Es machte zur Hälfte den Künstler aus, daß er immer wußte, wann er aufhören mußte.

Sie steckte den Pinsel in den mit Terpentinöl gefüllten Krug und wählte nun einen anderen aus, um die feinen Linien am Rand der Augen zu markieren. Sie gaben dem Gesicht Reife und waren zugleich ein Beleg für ein Leben im Freien. Dann eine feine Schattierung der Jochbeine, bis sie wie gemeißelt aussahen.

Und nun der Mund. Hier befand sie sich sogleich in Schwierigkeiten. Während sie die Umrandungslinie zog, hatte sie eine lebhafte Erinnerung daran, wie seine Lippen sich auf ihren angefühlt hatten. Eine heiße Flut schien ihren Körper zu überschwemmen, und im gleichen Moment rutschte ihr der Pinsel weg, so daß sie einen kleinen erschrockenen Laut von sich gab.

»Stimmt etwas nicht?« fragte Kenneth sie.

»Nur ... nur ein falscher Pinselstrich.« Seinem Blick ausweichend, trocknete sie sich die feuchten Handflächen an einem Tuch ab und ging dann daran, die zuletzt aufgetragene Farbe von der Leinwand zu schaben. Dann versuchte sie abermals, den Mund zu malen, der ihr Ohrläppchen geküßt und auf eine ihr wohlige Schauer durch den Körper jagende Weise an ihrem Hals geknabbert hatte ...

Wieder machte sie einen Fehler. Zu ihrem Verdruß stellte sie nun fest, daß ihre Hände zitterten.

Worauf sie beschloß, die letzte Feinarbeit an seinem Gesicht auf einen Tag zu verschieben, wo die Erinnerungen an seine Küsse weniger lebhaft sein würden, und sich statt dessen dem Arm zuzuwenden, der auf der Rückenlehne des Sofas lag. Das weiße Leinen spannte sich an der Schulter, was auf die Kraft des Köpers hinwies, der unter dem Stoff verborgen war. Hier mußte nur der Schatten etwas härter gemacht werden. Sie tat das und studierte dann den Faltenwurf des Hemdes um seinen Torso.

Sie hatte sich schamlos an seinen Körper gepreßt – mit schmerzenden, an seinen harten Muskeln breitgedrückten Brüsten.

Sie schlug die Augen nieder und schluckte, um ihren trockenen Mund anzufeuchten. Mit einem Mann allein zu sein und sich mit seinen Gedanken ganz auf seinen Körper zu konzentrieren, war ein überaus erotisches Erlebnis. Er mußte sie wohl auch spüren – diese dunkle, pulsierende Energie, mit der die Luft zwischen ihnen geladen war. Doch sie wagte nicht, ihm ins Gesicht zu sehen, um das herauszufinden. Sie wußte, daß ihre Augen ihm zu viel verraten würden.

Ihre Augen wanderten nun zu seinen Beinen hinunter, um sich der Betrachtung hinzugeben, wie sich die dunkle, hautenge Hose um seine Schenkel spannte. Doch im gleichen Moment blickten sie wieder von diesen weg.

Unmöglich, auch nur daran zu denken, daß sie nun an seinem Unterkörper arbeiten könnte! Also dann lieber die Hand, die auf dem Rücken von Gray Ghost ruhte.

Sich einredend, daß sie nicht als Frau, sondern nur als Malerin an ihr Modell denken sollte, nahm sie ihre Arbeit wieder auf, während sie immer wieder von dem Gegenstand, mit dem sie gerade befaßt war, zu der Leinwand hin- und herblickte. Hände waren fast so kritisch und schwierig zu malen wie Gesichter. Die kräftigen, sein Handgelenk beherrschenden Knochen, gelangen ihr recht gut, und sie fing nun an, die Hand selbst zu malen.

Der Mittelfinger streichelte den Kopf der Katze, sacht und auf eine sinnlich erregende Weise. Sogleich mußte sie wieder daran denken, wie diese kräftige Hand sie selbst liebkost hatte. Rief ihr deren Wärme ins Gedächtnis zurück, das Gefühl seiner Handfläche, als sie sich über ihre Brust legte ...

Hölle und Verdammnis, das war absurd! Aber sie vermochte nicht ihr Bewußtstein von ihm als Mann von ihrer professionellen Betrachtungsweise zu trennen.

Ihr Gesicht mußte ihr Dilemma verraten haben, weil Kenneth fragte: »Gibt es noch mehr Probleme?«

In der Hoffnung, daß sie jetzt nicht errötete, überlegte Rebecca rasch und sagte: »Bitte, bewegt Eure linke Hand auf der Lehne ungefähr einen Zoll weit nach unten! Ja, so ist es gut.«

Sich ihre spröden Lippen mit der Zunge anfeuchtend, begann sie nun an der anderen Hand zu arbeiten, die zu dem auf der Sofalehne ausgestreckten Arm gehörte. Die Hand, die sich um ihre Taille gelegt und sie so fest an ihn herangezogen hatte, daß bei dieser Bewegung ein flüssiges Feuer durch die intimsten und verborgensten Teile ihres Körpers zu rinnen ...

Mit einem Fluch warf sie die Palette nun auf ihren Arbeitstisch. »Für heute ist es genug«, sagte sie rauh. »Lassen Sie uns eine Teepause machen und dann mit Eurer Malstunde beginnen.«

»Fein. Ich bin sowieso schon steif geworden vom Stillsitzen«, erklärte Kenneth nun mit einer verdächtigen Munterkeit, erhob sich vom Sofa und streckte sich. Wie gebannt beobachte Rebecca nun dieses feine, sie an Raubkatzen erinnernde Spiel seiner Muskeln. Offiziell war sie mit diesem Mann verlobt. Morgen würde in allen Zeitungen eine Anzeige erscheinen, daß sie dazu bereit war, das Bett bis zum Ende ihres Lebens mit ihm zu teilen.

Sie riß ihren Blick wieder von ihm los und nahm einen Lumpen, um ihren Pinsel damit zu reinigen. Wie gut, daß dieses Porträt fast beendet war, dachte sie erbittert. Sonst würde sie ein neues Ausrüstungsstück für ihr Studio benötigen: einen Kübel mit eiskaltem Wasser, um den Künstler abzukühlen.

Kenneth war froh, daß er das Posieren endlich aufgeben konnte. Noch erfreuter war er darüber, daß Rebecca sich so lange am anderen Ende des Studios aufhielt, bis das Wasser gekocht und der Tee aufgebrüht war. Es war schon immer schwierig für ihn gewesen, stundenlang stillsitzen zu müssen und dabei nichts anderes machen zu können, als Rebecca zu bewundern. Heute wäre das für ihn fast ein Ding der Unmöglichkeit gewesen. Denn seine Gedanken waren zwischen der Erinnerung daran, wie reizend sie in ihrem bernsteinfarbenen Seidenkleid ausgesehen hatte, und der weitaus gefährlicheren Vorstellung davon, wie sie wohl ohne dieses ausgesehen haben mochte, hin- und hergependelt.

Nach dem Tee bereitete er sich nur widerwillig auf eine weitere Malstunde vor. Da er so gar keine Fortschritte in der Öltechnik machte, waren ihm diese Stunden inzwischen sogar verhaßt. Er malte in Öl noch immer so stümperhaft wie am ersten Tag, wenn nicht sogar schlechter.

Daran war nicht etwa Rebeccas Unterricht schuld. Ihre Bemerkungen waren ruhig, sachlich und trafen stets ins Schwarze. Sie äußerte sich auch niemals abfällig über seine Bemühungen, so schlimm diese auch ausfallen mochten. Nein, er mußte den Fehler ganz allein bei sich selbst suchen.

Der Blickfang seines Stillebens war der Abdruck vom Kopf einer griechischen Statue. Zeus mit einem Gesicht voller Weisheit und Reife. Er hatte sich dieses Stück ausgesucht, weil es ihn gereizt hatte, die Mimik und zugleich die leicht verwitterte Struktur des Marmors einzufangen. Inzwischen wünschte er das verdammte Ding zur Hölle.

Er mischte zuerst gewissenhaft die Farbtöne an, die er brauchen würde, und begann dann mit verkniffenem Gesicht zu malen.

Während er mit seiner Leinwand kämpfte, saß Rebecca still an ihrem Arbeitstisch und stellte Farbmischungen für ihre Pastellkreiden her. Nachdem sie die Pigmente im Mörser zerstampft, das Bindemittel hinzugefügt und das Ganze mit einem Palettenmesser gut vermischt hatte, stand sie von ihrem Tisch auf und kam zu ihm hinüber, um sich anzusehen, was er bisher gemacht hatte.

»Die Schatten auf der Schüssel sollten stärker betont werden, damit man erkennt, daß es sich um ein reflektierendes Material handelt«, sagte sie nach einem kurzen prüfenden Blick auf das Gemälde. »Und damit man sieht, daß es sich um Messing handelt, müssen die Glanzlichter einen wärmeren Farbton bekommen.«

Sie hatte natürlich recht. Er verstand diese Dinge, hatte ähnliche Gegenstände schon mit Pastell- und Wasserfarben auf Karton gemalt. Und warum wollte ihm das nicht mit Ölfarben gelingen?

Als Rebecca seine verkniffene Miene sah, sagte sie: »Es braucht Zeit, Kenneth. Geht nicht so hart mit Euch selbst ins Gericht.«

Ihr Mitleid war das letzte, was ihm noch gefehlt hatte. In einem jähen Wutausbruch fuhr er mit dem Pinsel quer über die Leinwand hin, die schweren Ölfarben ineinander verschmierend. »So viel Zeit kann es auf der Welt gar nicht für mich geben, daß ich das noch lernen könnte«, sagte er verbittert.

Sie runzelte die Stirn. »Eure Arbeit ist doch gar nicht so schlecht.«

»Aber sie ist auch nicht gut. Sie wird niemals gut sein.« Er warf die Palette und den Pinsel auf das Tischchen neben sich, drehte sich von ihr weg und marschierte in einem Anfall wütender Enttäuschung im Speicher auf und ab. Die Emotionen, die in diesem Moment in ihm brodelten, bildeten eine explosive Mischung, die zu gewaltig war, als daß ein menschlicher Körper sie noch zusammenzuhalten vermochte. Nur Rebeccas Gegenwart hielt Kenneth davon ab, alle Gegenstände in seiner Reichweite zu zerschmettern.

»Ich kann das nicht, Rebecca. Die Öle wollen nicht dorthin fließen, wo ich sie haben möchte. Es ist so, als versuchte ich eine Herde von Schweinen zu hüten. Selbst wenn ich weiß, was getan werden muß, bekomme ich es nicht hin.« Er drehte sich um und deutete auf das ruinierte Gemälde. »Das ist eine Verschwendung von guten Farben und teurer Leinwand. Es ist flach, fade, tot.

Himmel, ich hätte niemals versuchen sollen, diese Technik zu erlernen!«

Als er auf die Studiotür zumarschierte, hörte er sie mit energischer Stimme sagen: »Die Stunde ist noch nicht vorbei, Kenneth.«

»Doch, das ist sie, und es wird keine weiteren mehr geben.« Mühsam um Fassung ringend, stand er da, die Hand auf den Türknauf gelegt. »Tut mir leid, Rebecca. Es war sehr nett von Euch, daß Ihr mir das Angebot gemacht habt, mir das Malen in Öl beizubringen. Aber Ihr vergeudet damit nur Eure Zeit.«

»Kommt hierher zurück, Captain«, sagte sie, und diesmal war ihre Stimme so scharf wie ein Peitschenhieb. »Ich habe Euch den Gefallen getan, auf diesen verflixten Ball zu gehen, und nun werdet Ihr mir den Gefallen tun, nicht eher aufzugeben, bis wir wenigstens versucht haben, einen anderen Ansatz zu finden, der Eurer Arbeitsweise besser entspricht.«

Das war ein Argument, das er nicht so einfach ignorieren konnte. Er starrte die Studiotür an, und zwang sich dabei, langsam ein- und auszuatmen. Als er sich dann wieder einigermaßen gefangen und seine Emotionen auf einen sicheren Pegelstand gebracht hatte, kehrte er an seine Staffelei zurück. Doch statt dort seine Leinwand anzuschauen, sah er lieber zu Rebecca hin, die mit ihrem angespannten Gesichtsausdruck und ihren zerzausten Haaren einen weitaus besseren Anblick bot als diese Travestie eines Gemäldes. »Hattet Ihr auch solche Schwierigkeiten, als Ihr das Malen in Öl erlerntet?« fragte er mit gepreßter Stimme.

»Hatte ich. Und zuweilen habe ich sie noch immer.«

»Tatsächlich?« erwiderte er überrascht. »Ich dachte, daß Ihr mit solchen Problemen nicht mehr zu kämpfen hättet.«

»Ich glaube nicht, daß ein Künstler jemals ganz von ihnen verschont bleiben wird«, erwiderte sie trocken. »Weshalb, glaubt Ihr wohl, bekommt mein Vater manchmal in seinem Atelier einen Wutanfall und wirft mit Gegenständen um sich?«

Er grinste schief. »Ich muß gestehen, daß ich, seit Ihr mir Malunterricht gebt, ein viel größeres Verständnis für solche Ausbrüche habe als vorher.«

Sie balancierte auf dem Rand eines Hockers und trommelte mit den Fingern auf die Tischplatte, während sie laut nachdachte: »Ölfarben sind ein Medium und nicht ein Zweck an sich. Sie sind lediglich ein Material, das Ideen und Vorstellungen in sichtbare Bilder umsetzt. Das heißt, praktisch gesprochen, daß Ihr mit Ölfarben Eure Gefühle ausdrückt. Weil es Euch jedoch so sehr danach verlangt, diese Technik zu beherrschen, sind auch Eure Bemühungen dementsprechend groß. Ihr verkrampft Euch, werdet so starr wie eine Marmorstatue, und das übertragt Ihr dann auf die Leinwand. Obwohl die dem Gemälde zugrundeliegende Zeichnung gut ist, wird sie, in Öl ausgefertigt, steif und leblos. Ihr verkrüppelt Euch und Eure Arbeit ...«

Er hatte bisher noch nicht in solchen Kategorien gedacht. »Das ist sicherlich richtig«, stimmte er ihr bei. »Nur weiß ich nicht, wie ich das abstellen könnte, verdammt noch mal«, polterte er los.

»Die kreative Kraft ist wie ein ...«, sie suchte nach den passenden Worten, »... ein Fluß aus Feuer. Wenn sie einen erfaßt, erfüllt sie den Geist mit einer machtvollen Erregung. Es gibt transzendente Momente, in denen ein Künstler nichts falsch machen kann. Jeder Pinselstrich, jede Farbe ist perfekt. Die Bilder auf der Leinwand stimmen mit den Vorstellungen in Eurem Geist weitgehend überein oder kommen diesen doch sehr nahe. Ihr müßt doch solche erregenden Momente kreativen Schaffens schon selbst erlebt haben, wenn Ihr gezeichnet habt.«

»Zuweilen«, gab er zu, an frühere Zeiten zurückdenkend. »Ist es das, was Ihr empfindet, wenn Ihr malt?«

»Ja, obwohl bei weitem nicht immer. Ich denke, daß diese Empfindungen allen Akten kreativen Schaffens zugrundeliegen, ob man sich nun als Maler, Schriftsteller, Komponist oder auch als Lehrer betätigt. Selbst das Aufziehen eines Kindes ist vermutlich von solchen Gefühlen begleitet.« Ihre bisher so nachdenkliche Stimme nahm nun wieder einen energischen Ton an: »Wenn es diesen Strom nicht gibt, diese kreative Begeisterung fehlt, spiegelt sich das in den Ölfarben wider. Sie fließen nicht, werden vielmehr zu einem Widerstand, der sich dem Schaffensprozeß in den Weg stellt. Die Farben werden matschig, die Formen verschwommen. Es kommt keine Harmonie zustande.«

Er verzog das Gesicht. »Das habe ich bemerkt.«

Sie studierte ihn nun eingehend. »Ihr habt das Talent. Der Trick besteht darin, eine Möglichkeit zu finden, es auch freizusetzen. Langeweile ist ein Teil Eures Problems. Es war ein Fehler, zu versuchen, Euch wie einen Anfänger zu unterrichten, wo Ihr doch in vielerlei Hinsicht bereits ein Meister in Eurem Fach seid. Ihr habt einfach kein Interesse daran, ein Stilleben zu malen. Ihr müßtet ein Thema wählen, das Euch am Herzen liegt – etwas, das Euch so ergreift und erregt, daß Ihr Eure Probleme mit dem Medium vergessen könntet und von der feurigen Flut Eurer Kreativität mitgerissen werdet.«

»Tatsächlich würde ich bei so einer Flut diese verdammte Büste von Zeus nicht vermissen«, gab Kenneth zu. »Aber ich kann mir überhaupt nicht vorstellen, jemals von einer kreativen Begeisterung mitgerissen zu werden, wenn ich bei jedem Pinselstrich mit Öl das Gefühl habe, mit einer ganzen Kompanie französischer Grenadiere kämpfen zu müssen.«

Sie lächelte ein wenig verschmitzt. »Richtig. Und deshalb müssen wir jetzt die Ölfarben in ein Medium verwandeln, das Ihr bereits beherrscht.«

Sie drehte sich um und drückte einen Klumpen Azurblau aus einem Farbbeutel auf eine leere Palette. Dann mischte sie langsam Terpentinöl darunter und fügte immer mehr von dieser Flüssigkeit hinzu, bis die Mischung wie Sirup verlief. Als sie mit der Konsistenz der Farbe zufrieden war, nahm sie einen Karton zur Hand und benützte einen breiten Pinsel, um dessen Oberfläche mit einer deckenden blauen Farbschicht zu überziehen.

»Verdünntes Öl kann man fast so wie Wasserfarben verwenden. Ihr könnt damit viel rascher und freier arbeiten als mit dicken Ölfarben. Versucht es doch mal.«

Kenneth nahm ihr nun mit skeptischer Miene den Pinsel ab, den sie ihm zureichte, und tauchte ihn in die verdünnte blaue Farbe ein. Obwohl sie noch immer dikker war als Wasserfarbe, floß sie doch mit einer ihn überraschenden, sinnlichen Leichtigkeit über die Leinwand. Ohne nachzudenken, was er da tat, tunkte er den Pinsel abermals in die Farbe und erzeugte nun ein abgestuftes, mit reichen Schattierungen versehenes Blau, wie er es für den Himmel einer Aquarellandschaft verwenden würde.

Dann legte er den Pinsel weg und knetete überrascht seine Finger. »Interessant. Meine Hand reagierte ganz instinktiv, als würde ich mit Wasserfarben malen.« Einen Moment lang war ihm gar nicht bewußt geworden, daß er überhaupt eine Ölfarbe verwendete. Seine über viele Jahre ausgebildete und zur Meisterschaft gebrachte manuelle Geschicklichkeit hatte plötzlich das Kommando über sein Malen übernommen.

Fasziniert drückte er nun einen Klumpen hellgelben Ockers auf die Palette und verdünnte diesen mit Terpentinöl. Dann erschuf er mit ein paar raschen Pinselstrichen eine Silhouette von Rebecca mit den sich über ihre Schultern hinabringelnden Haaren.

Sie lachte. »Seht Ihr jetzt, welchen Vorteil das hat?«

Er blickte den Karton jetzt stirnrunzelnd an. »Das geht mir zu leicht von der Hand. Es muß doch einen Grund dafür geben, daß Ölmaler nicht mit solchen verdünnten Farben arbeiten.«

»Weil die Farben dann nicht so satt werden«, erklärte sie ihm, »und auch rascher verblassen als Ölfarben, die dicker angerührt sind«

»Egal.« Er fügte nun einen Klumpen Bleiweiß dem Okker hinzu und verdünnte es ebenfalls. »Ich versuche, die Technik zu erlernen, und nicht Meisterwerke für die Ewigkeit zu erschaffen.«

Er benützte nun einen dünnen Pinsel dazu, eine schlafende Katze auf den Karton zu malen, die er dann mit Schattierungen in dunklerer Farbe versah.

Sie sah ihm mit einem anerkennenden Nicken bei der Arbeit zu. »Eine verdünnte Ölfarbe hat noch den Vorteil, daß sie rascher trocknet und schneller überarbeitet werden kann. Ich würde Euch empfehlen, mehrere Techniken miteinander zu kombinieren. Verdünnte Ölfarben für den Hintergrund und die Umrisse der Formen zu verwenden, um dann die Details mit dickeren Farben auszuarbeiten. Auf diese Weise könnt Ihr wunderbare Ölskizzen anfertigen. Diese Technik eignet sich auch für formlose Porträts und Landschaften.«

Er merkte, wie sich eine freudige Erregung seiner bemächtigte. So etwas konnte er. Und wenn es auch nicht die klassische Technik war, die er da verwendete, würde er damit doch einen großen Schritt in die richtige Richtung machen. »Ihr seid großartig, Ginger.«

Ohne erst zu überlegen, was er tat, beugte er sich zu ihr hinunter, um ihr einen raschen, dankbaren Kuß zu geben. Aber kaum hatten seine Lippen ihre berührt, wurde dieses körperliche Bewußtsein, das sie schon den ganzen Nachmittag hindurch zwischen ihnen wie ein pulsierendes Kraftfeld aufgebaut hatte, mit einem Schlag lebendig. Es war ihm genauso unmöglich, diesen Kuß zu beenden, wie er zum Mond hätte fliegen können. Ihre Lippen öffneten und ihre Zungen suchten sich, um auf eine überaus sinnliche Weise einander zu berühren.

Ihr Geruch war berauschend – eine Mischung aus Rosenwasser, Ölen und Frauenduft, der so einzigartig war wie Rebecca selbst. Er war hungrig, erfüllt von einem sehnsüchtigen Verlangen nach weiblicher Wärme, Kraft und ihrem segensreichen Mysterium. Sie ernährte ihn mit ihrem Mund, und ihre Fingerspitzen gruben sich dabei in seinen Rücken wie die Krallen eines kleinen Kätzchens.

Er schlang einen Arm um ihre schmale Taille und drückte sie fest an sich. Seine andere Hand tastete sich am Saum ihres Leibchens entlang, legte sich über die sanfte Rundung ihrer Brust und fing dann an, sich langsam im Kreis zu bewegen. Sie stöhnte leise, wölbte den Rücken und schmiegte sich an ihn – weich, geschmeidig, verführerisch.

Ihre Münder bewegten sich sacht aufeinander, reich an feinen Nuancen. Seine Hände glitten über ihren Körper hin wie ein in Ton schwelgender Bildhauer, erkundeten die fruchtbaren Schwellungen ihrer Hüften und die Schlankheit ihrer Taille. Die feine Biegung ihres

Nackens und die Kraft ihrer graziösen Arme. Die glatte Rundung ihres Bauches. Sie schrie leise auf, als seine Hand weiter nach unten glitt und ihre hinter mehreren Schichten Stoffes verborgene weibliche Scham streichelte. Und dann war es wie ein kalter Guß, als er in seinem Geist die Stimme von Sir Anthony sagen hörte: *Ich bin sicher, daß Ihr sehr überzeugend sein könnt.*

Verdammt, er war gefährlich nahe daran, sie zu verführen, wie Sir Anthony ihm das empfohlen hatte. Und die Tatsache, daß er das nicht vorsätzlich und auf eine kaltblütige Weise tat, würde die Konsequenzen nicht weniger schwerwiegend machen.

Kenneth hob den Kopf und richtete sich auf, seine leidenschaftliche Umarmung in eine beschützende verwandelnd. Einen Moment lang spürte er den Protest in Rebeccas Körper. Dann wurde sie still und legte ihren Kopf unter sein Kinn. Sie war so klein. Zerbrechlich fast. Sie verdiente diesen starken, aufrichtigen Mann, den Sir Anthony in ihm zu erkennen glaubte, nicht diesen ihr Vertrauen mißbrauchenden Betrüger, der er in Wirklichkeit war.

»Wenn wir nicht aufpassen«, sagte er heiser, »könnten wir beide tatsächlich noch vor dem Traualtar enden.«

»Der Himmel verhüte, daß wir alle an uns gestellten Erwartungen erfüllen!« Obwohl sie das in einem ätzenden Ton sagte, hatte sie doch einen seltsam hilflosen Gesichtsausdruck, als er sie von sich schob. Ihre Haare hatten sich wieder aus ihren Spangen gelöst, und er konnte es nicht lassen, mit den Fingern in diesen dikken Flechten zu wühlen. Rotbraune Seide, kühles Feuer. »Wenn ich Euch noch einmal küssen sollte, Rebecca, müßt Ihr mich treten. Meine Willenskraft scheint mir in Eurer Nähe abhanden zu kommen.«

Da stahl sich ein freudiges Lächeln auf ihr Gesicht.

Es fehlten nur ein paar Federn in ihrem Mund, und sie hätte so ausgesehen wie Gray Ghost nach einer erfolgreichen Jagd. »Meine Willenskraft ist auch nicht sonderlich groß. Ihr dürft nicht vergessen, daß ich die letzten zehn Jahre als ruinierte Frau verbracht habe.«

Sie hob eine Hand, um seinen Kopf wieder zu sich herunterzuziehen. Er fing sie rasch ab, drückte einen Kuß darauf und hielt sie dann fest, sie auf eine sachte Weise immobilisierend. »Wir haben Euren guten Ruf inzwischen wieder hergestellt. Versucht Euch daran zu erinnern, daß Ihr jetzt wieder respektabel seid.«

Sie lachte und schüttelte den Kopf, so daß die Haare ihr nun in einer entfesselten seidigen Flut den Rücken hinunterrollten. Die Sinnlichkeit, die er schon in ihr gespürt hatte, als sie sich zum erstenmal sahen, war jetzt keine verborgene Kraft mehr, sondern eine sichtbare heiße Flamme. Sie war schließlich keine siebzehnjährige Jungfrau mehr, wie ihr Vater zu ihm gesagt hatte.

»Sehe ich etwa respektabel aus, Captain?« fragte sie mit leisem Spott.

Sein Blick wanderte verlangend über sie hin. Jedesmal, wenn sie sich geküßt hatten, hatte er etwas mehr über ihren Körper unter dem Musselinkleid erfahren. Seine rechte Hand, die ihre Brust liebkost hatte, rollte sich unwillkürlich zu einer Faust zusammen. »Ihr seht aus wie Lilith – diese Dämonin, die ausgeschickt wurde, um den Männern die Seele zu stehlen. Durchtrieben und unwiderstehlich.« Sein Mund wurde zu einer Kurve des Bedauerns. »Ich bin sicher, daß sie rote Haare hatte.«

Rebecca legte nun auf eine bewußt herausfordernde Weise den Kopf ein wenig schief. »Dann solltet Ihr wohl besser gehen, bevor ich Euch die Seele stehle.«

Er drückte noch einen Kuß auf ihre Hand, bevor er

diese freigab. Als er zur Tür ging, sagte sie: »Nehmt das da lieber mit. Ihr werdet mehr davon brauchen«. Sie nahm den Krug mit Terpentinöl von ihrem Arbeitstisch und hielt ihm diesen hin.

Er nahm ihn ihr mit einem dankbaren Nicken ab. Doch bevor er das Atelier verließ, blieb er noch einmal auf dessen Schwelle stehen, um sie ein letztes Mal zu betrachten. Sie stand an ihren Arbeitstisch gelehnt, die Hände auf dessen Rand gestützt und musterte ihn mit schwülen Augen. Halb Künstlerin, halb Frau. Und dabei kam ihm plötzlich der entnervende Gedanke, daß sie bereits seine Seele gestohlen haben mochte.

Er drehte sich um, ging durch den Flur und stieg langsam die Treppe hinunter. Eines wußte er jetzt genau. Er hatte das Thema für sein nächstes Gemälde gefunden. Ein Sujet, das ihn reizte und ihn in die brennende Tiefe eines Flusses aus Feuer hinunterziehen konnte.

Noch lange, nachdem Kenneth sie verlassen hatte, stand Rebecca regungslos an ihren Arbeitstisch gelehnt. Sie hatte gewollt, daß er sie begehren sollte, und das war ihr auch gelungen. Sie traute weder der Liebe noch der Ehe und sah für Kenneth und sich keine gemeinsame Zukunft. Er würde nicht ewig der Sekretär ihres Vaters bleiben. Und sobald es ihm gelungen war, seinen Besitz zu retten, würde für sie im Leben eines begüterten Landedelmannes kein Platz mehr sein.

Aber eine kleine Weile lang, bevor Kenneth Seaton House wieder verließ, konnte sie vielleicht von den verbotenen Früchten der Leidenschaft naschen. Sie wollte ihn haben, und der Gedanke, daß sie dabei vielleicht ein Kind der Liebe empfangen könnte, schreckte sie nicht. Tatsächlich würde sie es sogar begrüßen, jemand zu haben, den sie lieben konnte und der ihre Liebe erwidern würde.

Und selbst wenn sie kein Kind von ihm empfangen würde, würde sie wenigstens Erinnerungen haben, die sie nachts warmhalten konnten.

Kapitel 20

Kenneth verbrachte den Abend und fast die ganze Nacht damit, in seinem kleinen Studio mit verdünnten Ölfarben zu experimentieren und dabei ein kleines Vermögen an Kerzen zu verbrennen. Als er schließlich in sein Zimmer zurückkehrte, um ein paar Stunden zu schlafen, hatte er einen guten Anfang zu dem Bild gemacht, das in seinem Geist Gestalt annahm, als er mit Rebecca geredet – und sie geküßt hatte.

Er hatte zunächst die Figur und die Gegenstände des Bildes skizziert und sich dann an die farbige Ausgestaltung der Figur und des Hintergrunds gemacht. Doch die eigentliche Herausforderung kam erst noch. Er wollte sich keine übertriebenen Hoffnungen machen, doch er begann einen vorsichtigen Optimismus zu spüren, was seine Fähigkeit zu einem echten Maler betraf.

An diesem Morgen fiel es ihm schwer, sich auf seine Büroarbeit zu konzentrieren, weil ihm ständig neue Ideen und Vorstellungen von Bildern durch den Kopf schwirrten. Während er am frühen Nachmittag an seinem Schreibtisch gerade mit der Buchführung beschäftigt war, kam Sir Anthonys Freund, Lord Frazier, ins Zimmer hereingeschlendert.

»Guten Tag«, sagte er mit affektierter Stimme, »wie ich heute den Zeitungen entnehmen konnte, sind jetzt wohl Glückwünsche angebracht.« Er hob sein Lorgnon ans Auge und betrachtete Kenneth mit übertriebener Sorgfalt. »Ihr seid also ein Vicomte. Ich bitte um Vergebung, falls ich Euch jemals den Vortritt genommen haben sollte. Ich hatte ja keine Ahnung, daß Ihr einen Titel besitzt, der höher ist als meiner.«

Obwohl diese Bemerkung offensichtlich scherzhaft gemeint war, konnte man doch so etwas wie gekränkte Eitelkeit und Mißgunst aus Fraziers Stimme heraushören. Kenneth unterdrückte einen Seufzer: Er hatte gewußt, daß die Erwähnung seines Titels solche Reaktionen zur Folge haben mußte. Es war das erstemal, daß Frazier ihn wie einen Ebenbürtigen und nicht wie einen Dienstboten behandelte. Kenneth wäre es lieber gewesen, wenn er in den Augen des älteren Mannes eine Unperson geblieben wäre. »Der Titel gehört mir noch nicht lange«, sagte er friedfertig. »Wie bei einem neuen Paar Stiefel dauert es eine Weile, bis man sich an ihn gewöhnt hat.«

Frazier pochte mit dem Lorgnon an sein linkes Handgelenk. »Aus unserer kleinen Rebecca wird jetzt also eine Lady Kimbal werden. Habt Ihr sie bereits ihrer zukünftigen Schwiegermutter vorgestellt?«

Kenneth zuckte innerlich ein wenig zusammen. »Wir sind Hermione vorgestern abend zufällig auf dem Ball der Candovers begegnet. Ihr kennt meine Stiefmutter?«

»Oh, ja.« Fraziers wissendes Lächeln schien anzudeuten, daß er sie sogar außergewöhnlich gut kannte. »Sie hat einen herrlich boshaften Humor. Aber damit sage ich Euch wohl nichts Neues.«

»Nein«, erwiderte Kenneth trocken. »Jedesmal, wenn ich an Hermione denke, fällt mir ihr wunderbarer boshafter Humor ein.«

Frazier lehnte sich gemütlich an den Türpfosten. »Ihr

vertragt Euch wohl nicht so recht mit Eurer Stiefmutter, wie?«

Kenneth zuckte mit den Achseln. »Nach so vielen Jahren in der Armee kenne ich sie eigentlich kaum. Sie sah mir recht gut aus auf dem Ball.«

»Die Witwenschaft bekommt ihr.« Fraziers Augen verengten sich. »Ihr seid gut beraten gewesen, daß Ihr Rebecca für Euch gewonnen habt. Sie ist ein beachtlicher Gewinn für einen Mann, der nicht gerade auf Rosen gebettet ist. Was für ein glücklicher Zufall, daß gerade eine Stelle hier im Haus frei wurde, um die Ihr Euch beworben habt. Oder war das gar kein Zufall? Ihr habt mir nie verraten, wer Euch hierhergeschickt hat.«

Kenneth erwiderte kühl: »Wenn mir noch einmal jemand mit der Andeutung kommen sollte, daß ich Rebecca ihres Geldes wegen heiraten würde, werde ich ihm alle Knochen im Leib brechen.«

Frazier blinzelte, als sei er überrascht darüber, zu entdecken, daß der getigerte Kater, den er am Schwanz gezupft hatte, ein echter Tiger war. »Pardon. Ich wollte Euch nicht beleidigen. Rebecca lebte bisher so still und zurückgezogen, daß ich sie eigentlich gar nicht wirklich kenne, obwohl sie mir schon als Wickelkind vorgestellt wurde. Könnt Ihr mir deshalb vielleicht verraten, wie sie ist?«

Etwas unschlüssig, wie er diese Frage beantworten sollte, sagte Kenneth: »Scheu, aber entschlossen. Intelligent und talentiert.« Weil Frazier möglicherweise gar nicht wußte, daß Rebecca malte, wollte er diesen auch nicht mit der Nase darauf stoßen. »Eine ausgezeichnete Studioassistentin und Kunstkritikerin. Ihre Fertigkeiten und Kommentare scheinen Sir Anthony sehr viel zu bedeuten, glaube ich.«

»Ich hatte gar keine Ahnung, daß sie einen so großen

Anteil an seiner Arbeit nimmt«, sagte Frazier nun ehrlich überrascht.

»Wie Ihr ja vorhin bereits sagtet, ist sie ein stiller und zurückgezogen lebender Mensch.« Kenneth lächelte unwillkürlich. »Und so reizend wie eine Waldfee.«

»Da scheint mir die Liebe aus Euch zu sprechen«, meinte Frazier nachdenklich. »Und das hört sich so an, als würde ihre Heirat für Sir Anthony ein großer Verlust sein.« Er blickte auf die Kaminuhr. »Höchste Zeit, daß ich mich wieder empfehle. Richtet Rebecca doch bitte von mir die besten Glückwünsche zu ihrer Verlobung aus.« Damit schlenderte er aus dem Büro.

Mit einem Achselzucken nahm Kenneth nun wieder seine Büroarbeit auf. Er hatte Rebecca gebeten, ihm heute nachmittag das Modellsitzen zu erlassen. Denn sobald er Sir Anthonys Kontobücher auf den letzten Stand gebracht haben würde, wollte er hinaufgehen in sein Studio und an seinem neuen Gemälde arbeiten.

Was scherten ihn da groß die boshaften Bemerkungen aristokratischer Maler.

Als Rebecca Kenneth am Morgen ins Frühstückszimmer kommen sah, sah sie sofort, daß er mit dem Neuansatz, den er als Maler gemacht hatte, offenbar Erfolg hatte. Er vibrierte förmlich vor Aufregung. Da sie wußte, wie ihm zumute sein mußte, war sie natürlich gerne bereit, ihn heute von seiner Verpflichtung, ihr Modell sitzen zu müssen, zu entbinden.

Seine Abwesenheit bedeutete nicht, daß sie die Arbeit an seinem Porträt unterbrechen mußte. Sie benützte diesen Tag dazu, die Kulisse im Hintergrund mit kostbar aussehenden orientalischen Wandteppichen anzureichern, um die exotische Atmosphäre des Bildes zu verstärken. Sie nahm sich dann auch Ghost noch einmal vor und verwandelte ihn in eine überlebensgroße asiatische Jagdkatze mit langem Schweif und Pinselohren. Sie mußte kichern, als sie das Ergebnis dieser Metamorphose betrachtete, und fragte sich dann, was Kenneth wohl von dem Gemälde halten würde, wenn sie es ihm schließlich zeigte. Er würde sicherlich ein wenig rot werden vor Verlegenheit, wenn er sah, was sie aus ihm gemacht hatte. Aber das Gemälde war gut – die beste Arbeit, die sie bisher in ihrem Leben gemacht hatte.

Am Abend dinierte sie allein. Ihr Vater mußte irgendeine Funktion an der Royal Academy wahrnehmen, und Kenneth ließ sich zur festgelegten Zeit nicht im Speisezimmer blicken. Sie überlegte, ob sie nicht in den Speicher hinaufgehen sollte, um ihn daran zu erinnern, daß nach der geltenden Hausordnung sich jeder zum Dinner im Speisezimmer einzufinden habe, entschied sich dann aber dagegen. Wenn Kenneth sich im Schaffensrausch seines ersten ihm zu gelingen scheinenden Gemäldes befand, sollte man ihn dabei nicht stören.

Nachdem sie gegessen hatte, kehrte sie in ihr Studio zurück, um jetzt an ihrem Bild von der stürzenden Frau zu arbeiten. Obwohl dieses Thema sie in emotionaler Hinsicht sehr mitnahm, fühlte sie sich dazu gedrängt, es möglichst bald fertigzustellen. Vielleicht würde ihr dann, wenn sie es gemalt hatte, eine dunkle, schwere Last von der Seele genommen.

Ihr Atelier und Kenneths Studio hatten eine Wand gemeinsam, hinter der sie zuweilen schwache Geräusche hörte. Doch kein einziges Mal das Klappen einer Tür. Der Mann mußte besessen sein von seinem Thema. Unsicher, ob sie sich seinetwegen Sorgen machte oder nur infermalisch neugierig war, beschloß sie schließlich, ihm etwas in sein Studio hinaufzubringen. Obwohl sein Geist offenbar jedes Zeitgefühl verloren hatte, würde sein Magen sicherlich eine Stärkung willkommen heißen.

Sie ging in die Küche hinunter, belegte einen großen Holzteller mit Roastbeef- und Käsescheiben, fügte einen halben Laib Brot, eine Flasche Wein und zwei Gläser hinzu und machte sich dann daran, mit ihrer Last die vier Treppen zum Speicher hinaufzusteigen.

Das Tablett auf einer Hand balancierend, klopfte sie an seine Studiotür. Nichts. Sich nun ernsthaft beunruhigt fühlend, drehte sie am Türknauf.

Sie hätte sich keine Sorgen zu machen brauchen. Das Licht von einem halben Dutzend Kerzen zeigte Kenneth, der an seiner Staffelei stand und dort mit äußerster Konzentration arbeitete. Da er und seine Leinwand sich im rechten Winkel zur Tür befanden, bemerkte er sie gar nicht, als sie ins Zimmer kam. Die Haare hingen ihm strähnig in die gefurchte Stirn, während er mit seiner breiten, kräftigen Hand einen kleinen Pinsel schwang, der in seiner Pranke so lächerlich winzig wirkte wie ein Zündholz.

Sie lächelte, als sie den Farbfleck auf seiner Wange sah. Roter Ocker, wie es schien. Er hatte seine Stiefel ausgezogen – vermutlich, weil er die am anderen Ende des Speichers schlafenden Dienstboten nicht in ihrer Nachtruhe stören wollte. Er hatte auch den Rock und seine Krawatte abgelegt, und das oben aufgeknöpfte Hemd lud zu einem Blick auf seine breite behaarte Brust ein. Sie studierte ihn mit unverhohlenem Vergnügen. Sein muskulöser Körper und seine athletische Grazie machten ihn zu einem feinen Piraten oder Krieger. Doch der echte Kenneth war weitaus komplexer und interessanter als ein Byronscher Held. »Ich dachte, daß Ihr vielleicht Hunger haben würdet«, sagte sie laut.

Er schwang mit den schnellen Reflexen eines kampferprobten Soldaten zu ihr herum und lächelte dann reumütig. »Entschuldigung. Ihr habt mich erschreckt.« Er blickte zu dem Fenster hin, hinter dem sich der Nachthimmel ausbreitete. »Ich habe wohl das Dinner versäumt, wie?«

»Das ist noch milde ausgedrückt. In einer halben Stunde schlägt es Mitternacht.« Sie stellte ihr Tablett ab. »Ich schätze, daß Ihr mit Eurem Bild gut vorankommt.«

»Ihr hattet recht. Ich brauchte ein neues Verfahren für das Arbeiten mit Ölfarben, und ein Thema, das mich reizt.« Er legte nun die Palette und den Pinsel auf dem Tischchen neben der Staffelei ab und begann in dem Raum auf- und abzumarschieren, der viel zu klein zu sein schien für diese vor Energie förmlich berstende Gestalt. »Anfangs ging es mir zwar noch recht zäh von der Hand. Aber als ich mich erst einmal in mein Thema hineingefunden hatte, erging es mir genauso, wie Ihr mir das prophezeit hattet: Ich wurde gleichsam von einem feurigen Strom mitgerissen. So etwas Ähnliches habe ich bisher noch nie erlebt – selbst in meinen besten Momenten als Zeichner nicht. Ich liebe diese Tiefe und Sattheit der Ölfarben, ihren Reichtum und die Effekte, die man mit ihnen zu erzielen vermag. Ich liebe dieses Vibrieren der Leinwand unter dem Pinsel, dieses klatschende Geräusch der Farben beim Auftragen.«

Rebecca warf eine Schaufel voll Kohlen auf das niedergebrannte Feuer. »Ich male nun schon so lange, daß ich solche Dinge für selbstverständlich halte. Doch Eure Worte erinnern mich nun wieder daran, wie sinnlich das Malen eigentlich ist.«

Er lachte übermütig. »Es ist alles das, wovon ich schon immer geträumt habe. Und ich kann heute gar nicht mehr glauben, daß ich das gewesen sein soll, der gestern noch sagte, er würde diese Technik niemals beherrschen!«

Er war wie ein Soldat nach einer harten, aber siegreich beendeten Schlacht, und sie lachte mit ihm, als seine Begeisterung sie ansteckte. Dann ging sie, von ihrer Neugierde getrieben, auf seine Staffelei zu, um zu sehen, was er denn gemalt hatte.

Da stellte er sich, als er das bemerkte, ihr rasch in den Weg und rief: »Himmel, nein, Rebecca, das dürft Ihr Euch nicht anschauen!«

»Das Privileg des Lehrers«, gab sie ihm kühn zur Antwort, ging um ihn herum und hielt mitten im Schritt inne, als sie sich der Leinwand gegenüber befand.

Das Gemälde war ein Aktbild von ihr.

Sie starrte es entgeistert an. Er hatte die Technik der verdünnten Ölfarben dazu verwendet, um in allen möglichen Grünschattierungen eine Lichtung in einem verwunschenen Wald zu entwerfen. Im Vordergrund war die nackte Gestalt einer Frau in voller Länge dargestellt, die sich mit einer Hand an einem Baum einhielt, während sie in der ausgestreckten anderen Hand dem Betrachter einladend einen Apfel hinhielt.

Der schlanke, nackte Körper der Figur war mit großer Liebe zum Detail ausgearbeitet. Ihre pfirsichfarbene Haut schien förmlich danach zu schreien, von einem Mann berührt zu werden, und die Flut ihrer rotbraunen Haare ringelte sich wie dunkle züngelnde Flammen bis zum Waldboden hinunter. Da waren ein paar kleine, hauchzarte Haarbüschel, die auf eine neckisch ironische Art eine Konzession an das Schamgefühl darstellten und Rebecca an Botticellis Venus erinnerte, wie sie gerade als unschuldige neugeborene Göttin dem Meer entstieg.

Aber da war nichts Unschuldiges an der Vision von

Kenneth. Seine nackte Lady war der Inbegriff von Sinnlichkeit. Ihre Lippen waren voll und auf eine wollüstige Weise leicht geöffnet. Und ihre mit Gold gesprenkelten haselnußbraunen Augen versprachen jedem Mann, der es wagte, ihr die verbotene Frucht aus der Hand zu nehmen, geheimnisvolle und gefährliche Wonnen. Und diese Frau war auf eine unmißverständliche Weise ihr nachgebildet.

Dann gelang es Rebecca endlich, den Blick von dem Aktbild zu lösen und auf Kenneth zu richten, dessen Gesicht so aussah, als erwartete er jeden Augenblick, daß sie schreien, in Ohnmacht sinken oder wütend über ihn herfallen würde. Doch hinter dieser ihm in diesem Moment ganz offenkundig in das Gesicht geschriebenen Angst entdeckte sie auch das verzweifelte Verlangen eines frisch geschlüpften Malers nach einem Wort der Anerkennung.

Sie mußte erst schlucken, bevor sie etwas sagen konnte. »Es ist ein ... sehr gutes Bild. Es ist Euch auf hervorragende Weise gelungen, verdünnte und unverdünnte Farbschichten miteinander zu kombinieren. Ich nehme an, daß diese Frau Eva darstellt?«

»Lilith«, erwiderte eine Stimme, und seine Stimme war fast nur ein Krächzen. »Die erste Frau, die Gott noch vor Eva erschaffen hat.«

»Ach, ja, natürlich. Ihr habt ja gesagt, daß Lilith rote Haare gehabt hatte. Aber ich sehe in ihr keine Dämonin, sondern die erste unabhängige Frau, die als ebenbürtiger Gegenpol des Mannes erschaffen wurde und nicht als seine Sklavin. Kein Wunder, daß Adam damit nicht einverstanden war.«

Sie blickte wieder das Gemälde an und bemühte sich, ihrer Stimme einen gleichmütigen Ton zu geben. »Als idealisierte, mythische Gestalt macht sich diese Frau recht gut, aber als Porträt würde ich sie nicht gelten lassen. Eure Lilith ist viel schöner als ich.«

»Nein«, erwiderte er mit eindringlicher Stimme. »Sie sieht genauso aus wie Ihr. Schön. Sinnlich. Furchtgebietend.«

In seinen Augen loderte die gleiche Leidenschaft, die dieses Bild erschaffen hatte. Sie wußte mit absoluter Gewißheit, daß er sie haben wollte – nicht beiläufig, sondern aus einem wilden, ihn verzehrenden Verlangen heraus.

Sein Verlangen entzündete nun diese unbändige Sehnsucht in ihr, die sie die ganze Zeit zu unterdrücken versucht hatte. Zum Henker mit der Schicklichkeit. In seinen Augen war sie schön, und die Zeit war gekommen, sich von diesem Feuerstrom der Leidenschaft mitreißen zu lassen in einen ekstatischen Taumel und ein brennendes Entzücken.

Rebecca warf ihren Schal auf den einzigen Stuhl, den es in diesem Zimmer gab. Ihr Gewand wurde vorne von einer Reihe halbkugelförmiger Elfenbeinknöpfe oben am Leibchen zusammengehalten. Erstaunt über ihren eigenen Wagemut, begann sie nun den ersten Knopf aus seiner Schlaufe zu lösen, während sie sagte: »Ihr werdet doch sicherlich sehen wollen, ob Eure Vorstellungen und die Wirklichkeit auch übereinstimmen.«

Er erstarrte, als sie den nächsten Knopf aus der Schlaufe löste. »Meine Phantasie ist recht gut, Rebecca«, sagte er mit gepreßter Stimme. »Ich brauche Euch nicht als Modell für dieses Bild.«

»Nein?« Sie lächelte und befreite den nächsten Knopf aus der Schlaufe. »Ich glaube, daß da einige Proportionen auf Eurem Bild nicht so ganz stimmen.« Wieder öffnete sie einen Knopf. Sein Blick schien sich nun an ihren Fingern festzusaugen.

Als sie den letzten Knopf von seiner Schlaufe befreit hatte, teilte sie oben das Kleid und streifte es mit einer provozierenden Langsamkeit von den Armen herunter, ehe es mit einem flüsternden Laut zu Boden sank und sich dort um ihre Füße bauschte. Sie hatte schon immer komplizierte Kleider gehaßt, und so trug sie auch unter diesem nur Strümpfe und einen Unterrock aus einem feinen, transparenten Batist, der auf die darunter verborgenen Dinge auf verlockende Weise hindeutete.

Nachdem sie nun aus dem am Boden sich um ihre Füße ausbreitenden Wollkleid gestiegen war, schleuderte sie die Pantoffeln von sich und löste die Nadeln, mit denen sie ihre Haare aufgesteckt hatte. »Ein guter Künstler arbeitet stets nach der Natur, wann immer das möglich ist, Kenneth.«

Seine Narbe war ein knochenbleicher schräger Strich auf seiner Wange, als er sagte: »Wenn ihr Euch nicht sofort wieder anzieht, werde ich die Reitpeitsche und wir die Reise zum Altar wohl nicht mehr vermeiden können.«

Sie lachte und fuhr sich mit den Fingern durch die Haare, daß sich die Flechten auflösten und in einer reizenden lockigen Flut um ihre Hüften legten. »Wer hat hier denn etwas vom Auspeitschen und Heiraten gesagt? Für Lilith und den Korsaren ist es doch nur das Verlangen, das zählt.«

»Das sind alles Hirngespinste«, sagte er heiser, während sich Schweißperlen auf seiner Stirn bildeten. »Es ist falsch, was wir da machen, Rebecca – auf eine Weise, die Ihr nicht versteht.«

»Ihr habt recht, ich verstehe sie nicht.« Sie setzte sich auf den Rand des Stuhls, um die Strumpfbänder zu lösen – ein Vorgang, bei dem sie ihren Unterrock bis über ihre Knie hinaufschieben mußte. Sie hatte immer geglaubt, daß sie hübsche, wohlgeformte Beine habe, und so, wie Kenneth diese jetzt anstarrte, mußte er wohl der gleichen Meinung sein.

»Ihr müßt mich nicht beschützen, mein lieber Korsar. Ich weiß, was ich tue.« Sie rollte ihre Strümpfe herunter, drückte sie zu einem Ball zusammen und warf sie dann mit leichter Hand in die Richtung, wo Kenneth stand – wobei sie auf diese maskuline Aufbauschung zielte, die sich jetzt deutlich an seiner Bundhose abzeichnete. »Und wenn das so ist, dann nennt mir nur einen einzigen guten Grund, warum wir das unterlassen sollen, was wir beide doch so offenkundig tun möchten.«

Reflexartig fing er die Strümpfe auf und preßte dann das dünne Gewebe so fest zusammen, daß die Sehnen an seinen Händen deutlich hervortraten. Sie sah in seinen Augen, wie der Korsar mit dem Gentleman kämpfte. Ja, er begehrte sie, aber sein verdammtes Ehrgefühl drohte wieder einmal den Sieg davonzutragen.

Unfähig, diesen Gedanken zu ertragen, stand sie vom Stuhl auf und bewegte sich auf ihn zu, die Hände zu einer fast flehenden Geste erhoben. »Bitte, Kenneth«, sagte sie mit dunkler, bewegter Stimme. »Ich verlange so sehr nach Euch.«

Sie liebkoste sein Gesicht, und sein Widerstand zerbrach wie Marmor unter einem Hammerschlag. Er legte seine Hände über ihre und hielt sie an seinen Wangen fest. Sie war sich der Kraft seiner Finger überdeutlich bewußt und der verführerischen maskulinen Rauheit seiner Bartstoppeln an ihren Handflächen.

»Gott helfe mir«, sagte er, heftig atmend, »Lilith, du gewinnst.«

Er zog nun ihre Hände zusammen und hielt sie an seine Brust. Sie spürte nun das wilde Klopfen seines Herzens, als er seinen Mund auf ihren hinuntersenkte.

Sie fühlte sich unendlich erleichtert, daß es nun kein Zurück mehr für ihn geben würde. Sie wußte, daß sie nun beide in dem erbarmungslosen Strudel des Feuerstroms gefangen waren und von dessen reißender Flut fortgetragen würden, bis sie irgendwo zerschellten.

Es war der Kuß eines Piraten. Meisterlich. Verzehrend. Sie lehnte sich in ihn hinein, ihre Arme um seine Hüften legend, während seine Hände zu ihrem Gesäß gingen. Es war, als würden seine Finger das dünne Gewebe ihres Unterrocks verbrennen, als er sie heftig an sich zog. Ihre Lenden preßten sich nun mit einer süßen Verheißung aufeinander, und sie spürte das Verlangen wie einen heißen Springquell in sich hochschießen.

Als er den Kuß beendete, sog sie protestierend die Luft ein, bis seine Lippen ihr Ohrläppchen berührten und ihren Widerspruch in einen entzückten Seufzer verwandelten. Ihr Kopf fiel zurück, und sie schwankte in seinen Armen, als würde sie jeden Moment den Boden unter den Füßen verlieren.

»Lilith«, murmelte er, »mit den Haaren und der Seele aus Feuer.« Er legte nun eine Spur von Küssen von ihrem Kinn bis zu dem zarten Fleisch ihrer Kehle, seinen Mund fest auf ihren jagenden Puls legend.

Blindlings schob sie nun die Hände in sein Hemd, danach hungernd, sein nacktes Fleisch zu spüren. Sein Hals und seine Schultern schienen aus einem dichten Geflecht von Muskeln zu bestehen. Sie gab einen ungeduldigen Laut von sich, als das Hemd sich nicht weiter öffnen ließ. Mit den Händen an seinen Rippen hinuntergleitend, zog sie es aus seinem Hosenbund.

Sie hatte gerade die straffe Wärme seines Torsos mit den Fingerspitzen berührt, als sein Mund sich über ihre Brust legte. Mit der Zunge daran leckend, um das dünne Gewebe des Unterrocks zu durchfeuchten, umkreiste er dann mit der Zungenspitze ihre Brustwarze, ehe er sacht mit den Zähnen daran knabberte. Sie erstarrte, förmlich gelähmt von einer Erregung, die wie eine Stichflamme ihren Körper durchzuckte.

Die Lähmung löste sich nun in einem Fieber auf, das nach Befreiung verlangte. Sie packte mit beiden Händen die zwei oben auseinanderklaffenden Hälften seines Hemds und zerrte heftig daran, so daß das Leinen mit einem berstenden Laut bis zum Saum hinunter zerriß. Seine Arme dann von dem zerstörten Gewebe befreiend, sagte sie voller Genugtuung: »Das habe ich schon von dem Moment an tun wollen, wo ich Euch zum erstenmal sah, mein teurer Korsar.«

Sein nackter Oberkörper war eine Augenweide. Er erschauerte, als sie die harten Flächen seiner Muskeln mit beiden Händen zu kneten begann, den Knochen unter dem Fleisch nachspürte, über die dunklen glatten Haare hintastete und dann an dem sich verjüngenden Torso hinglitt, um dann seine Hüften und seine schmale Taille zu erkunden. Er hätte ein großartiges Modell für einen griechischen Bildhauer abgegeben, der ein Standbild eines olympischen Athleten oder eines Gottes anfertigen wollte.

Sie drückte ihre Lippen in die Höhlung über seinem Schlüsselbein. Salz prickelte auf ihrer Zunge, als sie mit dem Mund, an seiner Haut leckend und knabbernd, zu dem flachen samtenen Ring seiner Brustwarze hinunterwanderte. Sie küßte diese, wie er ihre geküßt hatte, sie mit der Zungenspitze umspielend und dann mit den Zähnen sacht daran knabbernd.

Er vergrub seine Hände in der üppigen Fülle ihrer Haare, wobei sich seine Finger öffneten und dann wieder hilflos schlossen. »Mein Gott, Rebecca«, sagte er, schwer atmend, »du machst mich verrückt.«

Sie lachte entzückt, richtete sich wieder auf und barg ihr Gesicht in der Höhlung zwischen seinem Hals und seiner Schulter, um seinen moschusartigen und aufreizend männlichen Körpergeruch einzuatmen.

Dann sog sie geräuschvoll die Luft ein, als er eine Handvoll von ihrem Unterrock packte und ihr das Gewand über den Kopf streifte. Ihre Arme wurden senkrecht in die Höhe gezogen, als das Material über ihre Ellenbogen und ihre Handgelenke hinglitt, und dann tauchte sie aus den mit Spitzen besetzten Falten des Gewandes mit einem sich ihrer Nacktheit nur zu deutlich bewußten Körper auf. Einen Moment lang wollte sie sich mit irgend etwas bedecken, um ihre menschlichen Unvollkommenheiten zu verstecken.

Aber seine grauen Augen funkelten wie Wintersterne. »Du bist sogar noch schöner, als ich mir das in meiner Phantasie vorgestellt habe«, sagte er heiser, als er nun wieder seine Hände über ihre Brüste legte, diese in der Höhlung seiner breiten Handflächen barg und mit den Daumen ihre Brustwarzen streichelte, bis diese senkrecht in die Höhe standen. Dann wanderten seine Hände, ihr Fleisch massierend, langsam nach unten, jede Kurve und Höhlung ihres Körpers mit einer überaus sinnlichen Liebkosung erkundend. Alle Fibern ihres Seins schienen nun von einem heißen pulsierenden Rhythmus ergriffen zu werden, und sie meinte nun, dahinzuschmelzen in dem Verlangen, sich von ihm in jede Form gießen zu lassen, die ihm am besten gefiel.

Da hob er sie auf seine Arme und zögerte dann, als sie überrascht den Atem anhielt. »Du bist so leicht«, sagte er, ein wenig verunsichert. »So zierlich.«

»Aber kein bißchen zerbrechlich.« Bevor sein Gewissen wieder die Oberhand gewinnen konnte, zog sie seinen Kopf zu sich herunter zu einem weiteren Kuß und ließ dabei ihre Hände in fliegender Hast über alle Teile seines Körpers hingleiten, die sie zu erreichen vermochte. Sie war sich nun mit allen Fasern ihres Seins der Berührung ihres unbekleideten Körpers mit seiner nackten Brust bewußt, und der Weise, wie die Muskeln seiner kräftigen Arme sich unter ihrem nackten Rücken und ihren bloßen Beinen anspannten, als ihre Küsse immer inniger wurden und dieses heiße Verlangen in ihr immer heftiger sprudelte.

Die halben Dutzend Schritte zu dem schmalen Dienstbotenbett in der Ecke des Raumes wurden zu einem Zickzack-Kurs, der damit endete, daß seine Arme sie sacht auf der Decke ablegten, die dort über der mit Stroh gefüllten Matratze ausgebreitet war. Das Kratzen des groben Wollgewebes auf ihrem Rücken und ihren Schenkeln war nur ein Gefühl mehr in einer Welt, die nur noch aus Gefühlen bestand.

»Ich möchte jetzt auch den Rest von dir sehen«, flüsterte sie, »bitte.«

Ein bißchen tapsig in seiner Hast, knöpfte er nun seine Hose auf und zog sie aus. Sich dann seiner Unterhose entledigend, bot er sich nun gänzlich ihren Blicken dar. Sie starrte auf seine muskulösen Schenkel und seine strotzende Männlichkeit und mußte dabei wieder an griechische Götter denken. Einen nervösen Zweifel unterdrückend, ob ihr Körper ihn denn auch aufnehmen könnte, wanderten ihre Augen nun wieder über seinen prächtigen Torso hin.

Er saß auf dem Bettrand und beugte sich über sie. Die zerklüfteten Flächen seines Gesichts nahmen im Licht der Kerzen sanfte Konturen an, und die Narbe auf seiner Wange war kaum noch zu sehen. Sie hob die Hände und strich mit ihnen leicht über seine Arme und Schultern hin, bezaubert von der Weise, wie seine breiten Schultern ihr Blickfeld ausfüllten. Sie blinzelte, als sie vor ihren Augen zu verschwimmen drohten.

Als er die Tränen in ihren Augen blinken sah, fragte er leise: »Bereust du jetzt, was du so kühn begonnen hast?«

Sie schüttelte den Kopf. »Es ist nur, weil du so schön bist«, sagte sie leise. »So schön«, wiederholte sie mit einem Leuchten in ihren haselnußbraunen Augen.

Kenneth hatte schon so manches in sich gesehen. Doch der Gedanke, daß er schön sein könnte, war ihm noch nie gekommen. Und daß er Rebeccas schlanker, zierlicher Gestalt seinen grobschlächtigen Körper aufzwingen wollte, kam ihm jetzt fast wie ein Verbrechen vor. »Ich dachte, du hättest einen untrüglichen Sinn für Ästhetik«, murmelte er. »Der muß dir doch gesagt haben, daß du es bist, die schön ist.«

Da blickte sie ihn mit diesem betörenden Lächeln in Liliths Augen an. Obwohl er stolz war auf dieses Gemälde, reichte es doch unmöglich an die verlockende Wirklichkeit und Pracht ihres lebendigen Körpers heran. »Du bist für die Liebe erschaffen«, flüsterte er. »Ein Fest für die Augen, die Hände und den Mund.«

Er nahm eine Handvoll von ihren Haaren und rieb seine Wange an der schimmernden Masse. »Außergewöhnliche Haare, wie gesponnen aus Rot, Bronze und Gold in tausendfachen Schattierungen.«

Er breitete nun einige dieser glänzenden Flechten auf ihrer Schulter aus und weidete sich an dem Kontrast zwischen Haut und Haaren. »Der blasse, exquisite Teint einer Rothaarigen mit einem feinen, leicht hindurchschimmernden Adergeflecht.« Dann, mit den Handflächen an ihren Armen hinunterwandernd: »Makellose Brüste. Nicht zu groß, nicht zu klein, und gekrönt von schattigen Rosenknospen.« Er neigte den Kopf zu ihr hinunter und saugte an ihrer linken Brustwarze, die sich bei der Berührung seiner Zunge sofort steil aufrichtete. Sie schloß die Augen, und ihr Atem wurde schneller, so daß ihre Brüste sich nun merklich hoben und senkten.

Nachdem er ihnen beiden seine Verehrung gezollt hatte, bewegte er den Kopf weiter nach unten und zog mit der Zunge einen Kreis um ihren Bauchnabel. Dann schob er die Hände zwischen ihre Knie, damit er die samtige Haut an der Innenseite ihrer Schenkel liebkosen konnte. Sie erbebte unter seiner Berührung, ballte die kleinen Hände zu Fäusten, und ihre Hüften hoben sich seinem Mund entgegen.

Das federgleiche Gekräusel zwischen ihren Schenkeln hatte eine etwas dunklere Schattierung als ihr prächtiges Haupthaar. Er legte die Hand auf ihren schwellenden Venusberg, darüber staunend, daß sich das Pochen ihres Blutes seinetwegen beschleunigte. Dann streckte er sich neben ihr aus, hielt sie mit einem Arm an sich gedrückt, während er mit der anderen Hand die feuchten sich kringelnden Haare ihrer Scham teilte und dann in die köstliche Flut der darunter verborgenen Grotte eintauchte.

Sie stöhnte wortlos, mit den Hüften kleine kreisende Bewegungen auf der Decke vollführend, während er immer tiefer in diese intime Hitze eindrang. Ehe er sie auf diese Weise zum Höhepunkt bringen konnte, griff sie blindlings nach ihm und tastete sich an seinem Körper hinunter, bis sie den harten, pulsierenden Schaft seines Penis erreichte. Ihre Finger darum legend, liebkoste sie mit dem Daumen die überempfindliche Eichel.

Was für eine unglaubliche Wonne und kaum noch erträgliche Süße. Den Rücken in einer krampfhaft zuckenden Bewegung wölbend, stöhnte er: »Oh, Gott, Gott – nein, noch nicht!«

Mit einer fast kopflosen Hast entzog er sich nun ihrer Hand und schob seinen Körper über ihren. Mit zitternden Armen stemmte er sich in die Höhe, brachte sein Becken in die richtige Lage und spürte ihre flüssige Bereitschaft, als er sie mit seinen Fingern für sein Eindringen vorbereitete. Dann tauchte er mit seinem Glied in die feuchte Wärme dieser segenspendenden Grotte ein, die ihn von seinem Wahnsinn heilen würde.

Da spürte er einen Moment lang einen heftigen Widerstand und merkte, wie sie sich im gleichen Augenblick versteifte. Er verfluchte sich nun dafür, daß er vergessen hatte, wie eng sie dort gebaut sein mußte. Sein ganzer Körper schien nun zu erbeben unter der gewaltigen Anstrengung, mit der er sich dazu zwang, innezuhalten, damit sie sich ihm anpassen konnte, beugte sich wieder zu ihr hinunter und küßte sie, seinen Mund und seine Zunge dazu benützend, sie zu beruhigen und ihre Verkrampfung zu lösen.

Da begann sie sich zu entspannen, und ihre Küsse wurden heißer und fordernder, als würde sie versuchen, sein ganzes Wesen in sich aufzunehmen. Da begann er sich wieder in ihr zu bewegen, wobei er anfangs jedoch darauf achtete, daß er immer nur den Bruchteil eines Zolls tiefer in sie eindrang. Erst als er merkte, daß sie sich nun nicht mehr versteifte, wurden seine Bewegungen heftiger, und sein Glied stieß immer schneller und tiefer in sie hinein.

Sie fing an, den Kopf auf der Decke hin und her zu schleudern. Ihr Atem wurde heftiger, kam nun in rasselnden Stößen, während ihre Handflächen kreisende Bewegungen auf seinem Rücken vollführten. »Bitte, Kenneth, bitte ...«, keuchte sie.

Als er kurz davor war, sich in ihr zu entladen, schob er rasch die Hand zwischen seinen Penis und ihre

Schamlippen, um die empfindlichste Stelle am Scheitelpunkt ihrer Grotte zu berühren. Sie stieß einen heiseren, fast tierischen Schrei aus, und ihre Hände wurden zu Klauen, die sich in seine Gesäßbacken gruben, während sie ihre Lenden mit einem fast verzweifelten Verlangen an seinem Schambein rieb.

Ihr Orgasmus löste auch bei ihm den Höhepunkt aus. Stöhnend fuhr er in sie hinein, während ein Fluß aus Feuer, der heftiger war als alles, was er bisher erlebt hatte, sie beide zu überfluten schien. Und als die Flammen wieder abebbten, erkannte er staunend und verzweifelt zugleich, daß sie ihm nun seine Seele unwiderruflich versengt hatte.

Kapitel 21

Das Bett war schmal; aber da blieb noch genügend Platz, als Kenneth sich nun wieder auf die Seite legte und ihren Körper an sich heranzog. Rebecca zitterte an allen Gliedern, als hätte man sie in tausend Stücke zerbrochen, die man dann zu einem anderen Wesen wieder zusammengesetzt hatte. Sie barg ihr Gesicht an seiner schweißnassen Schulter, sich nun dessen bewußt, daß sie niemals würde genug bekommen können von seiner Nähe. Oder, Gott möge ihr helfen, von dieser Lust, die ihren durch harte Disziplin erworbenen Panzer durchschlagen hatte, bevor sie ihr Herz mit einer wohligen Wärme erfüllte.

Draußen regnete es jetzt. Es hatte etwas wundervoll Intimes, so warm und sicher in Kenneths Armen zu liegen, nur ein paar Fuß von den an die Scheibe trommelnden Regentropfen entfernt. Sie döste ein bißchen und wurde dann wieder wach, als er sich auf einen Ellenbogen stützte und ihre Schläfe küßte.

Sie öffnete die Augen und studierte sein Gesicht, wobei ihr der Gedanke kam, daß sein zerklüftetes Gesicht reizvoller war, als Apollos perfekte Züge das jemals sein konnten.

Als er sah, daß sie wach war, schob er ihr sacht ein paar Haarsträhnen aus der feuchten Stirn. »Ich sollte mein Gemälde wohl besser verbrennen. Keine Ölfarbe oder Leinwand könnte dir jemals gerecht werden.«

»Wage das ja nicht«, erwiderte sie mit einem trägen Lächeln. »Es ist ein recht gutes Bild. Nur darfst du es keinem zeigen. Vor allem nicht meinem Vater.« Sie hätte das nicht sagen dürfen, weil nun ein Schatten seine Augen verdüsterte. In dem Verlangen, ihre zärtliche Stimmung wieder herzustellen, fuhr sie fort: »Auf dem Tablett, das ich dir heraufgebracht habe, stehen zwei Gläser und eine Flasche Wein.«

»Eine ausgezeichnete Idee«, erwiderte er, sich in die Höhe stemmend. Doch dann hielt er plötzlich mitten in der Bewegung inne und starrte auf sie hinunter. Sie folgte mit den Augen seinem Blick und sah, daß sie beide mit Blut besudelt waren.

Sein Kopf ruckte in die Höhe, und dann starrte er sie mit einem Ausdruck an, den man fast als Entsetzen bezeichnen konnte. »Mein Gott, du warst noch Jungfrau! Deshalb war es am Anfang auch so schwierig ...«

Ihr Blick glitt von ihm weg. »Und wenn schon.«

Da faßte er sie unter das Kinn und drehte ihr Gesicht wieder seinem zu. Und mit einer Stimme, die rauh war von mühsam gebändigten Emotionen, fragte er sie: »Oder stimmt es etwa gar nicht, daß du damals mit diesem jungen Poeten durchgebrannt bist? Oder daß dein guter Ruf als Frau seither ruiniert ist?«

Sie befreite mit einem energischen Ruck ihr Kinn wieder aus seinem Griff.

»Man kann doch auch gesellschaftlich ruiniert sein, ohne seine sogenannte Unschuld verloren zu haben. Frederick war damals dazu bereit, mir erst die Unschuld zu nehmen, wenn wir ein rechtmäßig verheiratetes Paar waren. Als wir beide dann ein paar Tage später Leeds erreichten, wußte ich, daß es ein schrecklicher Fehler von mir gewesen ist, mit ihm durchzubrennen. Er liebte mich nämlich gar nicht, sondern nur seine Vorstellung von einem unwiderstehlichen Liebhaber, der die Frauenherzen im Sturm erobert. Und er hatte dabei natürlich auch an meine materiellen Zukunftsaussichten gedacht.« Sie lachte ein wenig spröde. »Das schlimmste war jedoch meine Entdeckung, daß er langweilig war. Da erkannte ich, daß ich unmöglich den Rest meines Lebens mit ihm verbringen konnte, und stieg deshalb in Leeds in eine Postkutsche, die mich nach London zurückbrachte. Aber da ich inzwischen ein paar Nächte von zu Hause fort gewesen war, war mein Ruf natürlich ruiniert.«

Kenneth holte tief Luft. »Wußten deine Eltern, daß du nicht mit ihm geschlafen hast?«

»Es schien mir nicht von Bedeutung zu sein, ihnen das zu sagen, da mein Ruf ohnehin schon ruiniert war.«

»Hölle und Verdammnis!« Er legte die Stirn an ihre Schultern, und sein rauher Atem wärmte ihr die Brust. »Du sagtest, du wüßtest, was du tust. Aber du wußtest es natürlich nicht. Du konntest es gar nicht wissen.«

Ein Dutzend Herzschläge lang herrschte Schweigen im Zimmer. Dann hob er den Kopf, und sein Gesicht sah so grimmig aus, als habe man ihn soeben dazu verurteilt, von einem Hinrichtungskommando füsiliert zu werden.

»Wenn das nicht ein schlimmer Fehler von dir wäre, mich zu heiraten, würde ich sagen, daß unser angebliches Verlöbnis sich soeben in eine echte Verlobung verwandelt hat.«

Sich aus einer unvorteilhaften Rückenlage in eine sitzende Stellung erhebend, sagte sie: »Da ich in einer dekadenten Künstlerfamilie groß geworden bin, hatte ich schon immer Mühe damit, die Jungfrauenschaft ernst zu nehmen. Sie hat wirklich nicht viel zu bedeuten.«

Er zog ausdrucksvoll die Brauen in die Höhe und stieg dann aus dem Bett, um das Handtuch von dem kleinen Waschständer in der anderen Ecke des Zimmers zu holen. »Glaube mir, Rebecca, so etwas zählt.«

Nachdem er sie mit dem Handtuch gesäubert hatte, wickelte er sie behutsam in die Decke ein, ehe er sich nachlässig wieder mit seiner Hose und seinem zerrissenen Hemd bekleidete. Dann goß er ihr und sich etwas von dem Wein in die Gläser, setzte sich neben sie auf das Bett und lehnte sich mit einem zutiefst bekümmerten Gesicht an die Wand zurück. »Ich verdiene es, erschossen zu werden. Ich wußte doch, daß es falsch war, mit dir zu schlafen, und habe es trotzdem getan.«

Sie blickte ihn mit einem verunsicherten Lächeln an. »Da ich dich um ein Haar vergewaltigt hätte, hättest du schon eine sich für einen Gentleman kaum schickende Menge von Gewalt anwenden müssen, um mich daran zu hindern.«

Er starrte in sein Glas. »In meinem Alter sollte ich eigentlich in der Lage sein, mich zu beherrschen – sogar dann, wenn ich von einem hinreißend schönen weiblichen Geschöpf attackiert werde.«

Hinreißend? Ihr gefiel der Klang dieses Wortes. »Ich

bin froh, daß du dich nicht beherrschen konntest, und mit dem Ergebnis überaus zufrieden. Ich finde jedenfalls, daß mir die Rolle als Lilith recht gut steht.«

Er lächelte ein bißchen, schüttelte dann aber den Kopf. »Ich gebe zwar zu, daß du nicht ein naives, eben erst der Schule entwachsenes Mädchen bist. Aber mein Verlangen, dich zu besitzen war so groß, daß ich nicht einmal daran gedacht habe, Vorsorge gegen eine Schwangerschaft zu treffen. Falls du nun schwanger werden solltest ...« Seine Stimme verebbte.

»Das ist nach einem Mal doch recht unwahrscheinlich, nicht wahr? Und ich hätte nichts dagegen, ein Baby zu bekommen.« Sie zog die Decke ein wenig fester um die Schultern. »Wenn mein Vater den Skandal nicht ertragen könnte, würde ich mir in einer Stadt in der Provinz einen eigenen Hausstand gründen. Vielleicht behaupten, daß ich eine Witwe sei. Schließlich bin ich eine finanziell unabhängige Frau.«

Seine Hand krampfte sich so fest um den Stiel des Weinglases, daß sie schon fürchtete, es würde zerbrechen.

»Glaubst du im Ernst daran, daß ich dir das erlauben würde? Es wäre doch auch mein Kind! Es ist eine Sache, wenn die Umstände eine Mutter dazu zwingen, ihr Kind allein aufzuziehen, aber eine ganz andere, der Mutter aus egoistischen Gründen ein Baby zu machen, um diesem dann vorsätzlich den Vater zu nehmen. Falls du ein Kind empfangen haben solltest, hast du dir mit mir einen Ehemann eingehandelt.« Er holte tief Luft. »Und wenn das tatsächlich so sein sollte, dann möge Gott uns helfen.«

Sie biß sich auf die Lippen und begann, mit den Fingern ihre Haare zu kämmen, um sie von etwaigen Kletten zu befreien. Sie *war* schrecklich egoistisch gewesen und hatte nur an ihre eigenen Wünsche und nicht an die Interessen eines Kindes gedacht, zu dessen Herstellung die Sache naturgemäß ja eigentlich diente. Sie war auch kriminell leichtfertig mit Kenneths Gefühlen umgegangen. Nachdem sie doch selbst die Sensibilität und das Ehrgefühl erkannt hatte, die sich hinter der Erscheinung eines Piraten versteckten, hätte sie wissen müssen, daß er nicht einfach mit ihr schlafen würde, ohne dafür die Verantwortung zu übernehmen.

Hatte sie nicht vielleicht unbewußt damit die Hoffnung verbunden, ihn zu einer Ehe mit ihr zwingen zu können? Nein, sie hatte noch immer schwere Bedenken, ob sie sich jemals an einen Mann dauerhaft binden sollte oder könnte. Aber sie hatte ein so wildes Verlangen nach ihm gehabt, daß sie nicht die Folgen ihres Verhaltens bedacht hatte. Sie hatte vergessen, daß Konsequenzen möglicherweise für Kenneth schwerer zu ertragen waren als für sie. Vielleicht würde sein Pflichtgefühl ihn nun dazu zwingen, eine Frau zu heiraten, die er gar nicht haben wollte. Wenn sie ehrlich war, würde sie einen Feind nicht so schlimm behandelt haben, wie sie das nun bei dem besten Mann getan hatte, den sie jemals in ihrem Leben gekannt hatte.

Aber damit, daß sie nun die reuige Sünderin spielte, war ihm auch nicht geholfen. Die Haare wieder über die Schultern werfend, sagte sie mit erzwungener Ruhe: »Vermutlich habe ich gar kein Kind empfangen, so daß wir uns jetzt grundlos Sorgen machen.« Sie spürte, wie sich nun ein Knoten in ihrem Magen bildete. Und obwohl sie wußte, daß sie das nicht fragen sollte, fuhr sie fort: »Aber falls doch, warum ist dann die Aussicht, mich heiraten zu müssen, so schrecklich für dich? Ich weiß zwar, daß du mich nicht so liebst, wie du eine Ehefrau lieben würdest, aber du scheinst mich doch ein bißchen zu mögen. Gibt es denn da noch eine andere Frau? Wenn nicht, würden wir beide doch ganz gut miteinander zurechtkommen. Ich schwöre dir, daß ich dich nicht quälen werde und ....«

Leise in sich hineinfluchend, legte er einen Arm um ihre Schultern und zog sie an sich heran. »Es ist doch nicht so, daß ich dich nicht mögen oder es eine andere Frau neben dir geben würde«, sagte er leise. »Das Problem einer Heirat mit dir besteht darin ...«

Er brach ab. Nach einer langen Pause sagte er vorsichtig: »Ich habe eine Verpflichtung zu erfüllen. Wenn das geschehen ist, besteht eine reelle Chance, daß du mich nicht mehr sehen möchtest.« Und mit bitterem Sarkasmus setzte er hinzu: »Höchstens vielleicht das Tablett, auf dem dir mein Kopf serviert wird.«

Sie hatte eine kurze, grauenhafte Vorstellung von einem silbernen Tablett, auf dem sein blutiges abgeschlagenes Haupt sie mit leeren Augen anstarrte. Die Phantasie eines Künstlers war nicht immer eine begrüßenswerte Sache. »Ich verstehe nicht, was du meinst.«

Er legte seine Wange auf ihren Kopf. »Ich hoffe sehr, daß du es nicht verstehst. Weil es etwas ist, über das ich mit dir nicht reden kann.«

Unter ihrem Ohr konnte sie nun den stetigen Rhythmus seines Herzens hören. Sie fragte sich nun, was diese geheimnisvolle Verpflichtung denn enthalten oder von ihm verlangen könnte. Wahrscheinlich hatte sie etwas mit den schrecklichen finanziellen Problemen zu tun, die er geerbt hatte.

»Was auch immer passiert, es ist nicht dein Fehler. Ich war es, der dich zu dem angestiftet hat, was zwischen uns geschehen ist«, sagte sie leise. »Und wenn das von mir auch ein tadelnswertes Verhalten gewesen ist, bedauere ich es nicht.«

»Ich auch nicht, Ginger«, sagte er mit einem reuigen Seufzen. »Ich auch nicht.«

Rebecca fand, daß es leicht war, mit einem Mann zu sündigen, der mit ihr unter einem Dach lebte – zumal in einem Haushalt voller verrückter Künstler, die sich nicht an eine Hausordnung oder einen Zeitplan hielten. Niemand im Haus hatte etwas von ihrem nächtlichen Treiben bemerkt.

Natürlich wußten sie und Kenneth davon, und am nächsten Morgen spürten sie die Spannung, die zwischen ihnen herrschte – so vernehmbar für sie wie das Summen eines Bienenschwarms. Sie fühlte sich zwischen dem Bedürfnis, sich bei ihm zu entschuldigen, und dem Verlangen, ihm abermals die Kleider vom Leib zu reißen, hin- und hergezerrt.

Es war schwer zu sagen, was in Kenneths Kopf vorging. Doch er wirkte keineswegs entspannt, als er sich zu ihr an den Frühstückstisch setzte. In dem Wissen, daß die Intimität einer Sitzung jetzt für ihn wohl eine Qual sein müsse, erklärte sie ihm mit heiterer Stimme, daß sie in den nächsten paar Tagen mit dem Hintergrund und den Kleidern auf dem Gemälde des Korsaren beschäftigt sein würde, so daß sie ihn nicht als Modell benötigte. Er nahm das mit einer sichtbaren Erleichterung auf.

Eingedenk der Einsicht, daß es immer noch besser war, etwas zu spät als gar nicht zu wissen, lud sie Lavinia am Nachmittag in ihr Studio zum Tee und einem Gespräch unter Frauen ein, in dem es vor allem um die Empfängnisverhütung ging.

Lavinia, die es für eine ganz natürliche Sache hielt,

wenn eine Verlobte kurz vor der Heirat über solche Dinge Bescheid wissen wollte, beschrieb ihr daraufhin im sachlichen Ton mehrere dafür geeignete Methoden. Sie versprach sogar, Rebecca einige der Größe und Form nach geeignete Schwämme zu schicken, die sie mit Essig tränken und in die Scheide einführen könnte (»Was nicht bedeutet, daß ich Euren zukünftigen Gatten nicht für einen überaus gewissenhaften Mann halten würde, meine Liebe. Aber wenn Männer erregt sind, vergessen sie zuweilen, sich rechtzeitig daraus zurückzuziehen, bevor sie kommen. Es ist also viel ratsamer für eine Frau, diese Sache selbst in die Hand zu nehmen.«)

Rebecca verriet Lavinia allerdings nicht, daß die Ehe mit Kenneth keineswegs eine beschlossene Sache war. Diese Frage ging nur sie und Kenneth etwas an. Doch die Tatsache, daß sie nun ein paar Empfängnisverhütungsmittel empfohlen bekam, gab ihr jetzt ein wunderbares Gefühl der Freiheit. Wenn sie nun mit Kenneth abermals schlafen würde, würde das sein Gewissen nicht noch schlimmer belasten, als es ohnehin schon belastet war, und sie konnte möglicherweise, wenn die Gelegenheit dazu günstig war, versuchen, ihn abermals zu verführen.

Weil Kenneth – Verdammt sei dieser Mann! – recht gehabt hatte, als er sagte, sie wisse nicht, was sie täte. Sie hatte nicht den Unterschied zwischen einer im noch jungfräulichen Zustand befindlichen Frau und jener gekannt, die bereits von Evas Apfel gekostet hatte. Zuvor hatte sie sich nach Kenneth gesehnt, ohne genau zu wissen, was sie eigentlich von ihm haben wollte. Nun erinnerte sich ihr Körper an sein Gewicht, seinen Geruch und an die Gefühle, die seine Berührung in ihm auslösten, mit einer geradezu atemberaubenden Präzision. Nun verstand sie, daß die Leidenschaft einen Körper und einen Geist so sehr berauschen konnte, so daß für diese nichts anderes mehr existierte als der Liebhaber. Sie begriff, wie das Verlangen die Leere in ihr ausfüllen und die Berührung durch die Hand eines Mannes ihr Blut zum Tanzen bringen konnte.

Ja, nun wußte sie, was sie von ihm haben wollte, und sie verlangte danach mit einer sie geradezu erschütternden Intensität.

Doch was sie am meisten entnervte, war die Erkenntnis, daß es keine abstrakte sexuelle Befriedigung war, nach der sie verlangte, sondern die durch Kenneth. Nur die von Kenneth.

Drei Tage, nachdem ihre Verlobungsanzeige in den Zeitungen erschienen waren, stellte Rebecca fest, daß sie ohne ihr Modell an ihrem Korsaren-Bild nicht weitermalen konnte. Sie würde sich also am nächsten Morgen dazu gezwungen sehen, Kenneth zu bitten, ihr wieder Modell zu sitzen – und nur hoffen, daß sie dabei die Hände von ihm lassen konnte. Es war schon schlimm genug für sie, an seinem Bildnis arbeiten zu müssen. Die warme, solide physische Realität seiner Gegenwärtigkeit mochte für sie so verlockend sein, daß sie die Selbstbeherrschung verlor.

Sie betrachtete gerade die Leinwand mit dem Bild des Korsaren und machte sich dabei allerlei unkünstlerisch warme Gedanken, als an ihre Studiotür geklopft wurde. Doch es war nicht Kenneth, sondern Minton, der Butler, der mit einer Karte auf einem Tablett hereinkam.

Sie blickte ihn stirnrunzelnd an. »Warum habt Ihr mir das heraufgebracht? Ihr wißt doch, daß ich für einen unangemeldeten Besucher niemals zu Hause bin.«

Er räusperte sich vielsagend. »Ich dachte mir aber,

daß Ihr in diesem Fall vielleicht eine Ausnahme machen wollt, Miss.«

Sie nahm die Karte vom Tablett, und ihre Brauen schossen in die Höhe. *Die ehrenwerte Elizabeth Wilding.*

»Ist das eine junge Dame, Milton?«

»Ja, Miss. Und sie befindet sich in der Begleitung eines militärisch aussehenden Gentleman.«

Das mußte Kenneths Schwester sein, die der zukünftigen Gattin ihres Bruders einen Höflichkeitsbesuch abstatten wollte. Rebecca hatte nicht gewußt, daß sich das Mädchen in London befand. Und Kenneth konnte offensichtlich von seinen Botengängen noch nicht nach Hause zurückgekommen sein. Zum Henker mit ihm! Sie war also dazu gezwungen, die Last, so zu tun, als wäre sie eine glückliche Braut, ganz allein zu tragen.

»Richtet dieser Miss Wilding aus, daß ich in ein paar Minuten unten sein werde«, sagte sie zu dem Butler.

Sie machte vorher noch einen Abstecher in ihr Zimmer, um sich dort die Haare ein wenig zu richten und einen prächtigen indischen Schal um die Schultern zu legen, der ihrem eintönigen Arbeitskittel ein wenig Farbe gab. Nachdem sie Minton angewiesen hatte, Kenneth sogleich in den Salon zu schicken, wenn er zurückkam, betrat sie diesen selbst mit etwas gemischten Gefühlen.

Ihre Gäste standen an der Wand und bewunderten dort eines von Sir Anthonys Gemälden. Sie drehten sich nun gleichzeitig um, als sie in den Salon kam. Der junge Mann war blond und attraktiv, – mit Augen, die mehr gesehen hatten, als man gemeinhin in diesem Alter erlebte. Seine aufrechte Haltung und sein verkrüppelter linker Arm bestätigten ihr Mintons Vermutung, daß der junge Mann wohl in der Armee gedient haben müsse.

Das Mädchen neben ihm war schlank und hübsch und hatte ein liebliches Gesicht mit Kenneths bemerkenswert grauen Augen. Sie bewegte sich nun mit Hilfe eines Krückstocks auf ihre Gastgeberin zu. »Miss Seaton?« fragte sie etwas unsicher. »Ich bin Beth Wilding, Kenneths Schwester.«

Rebecca, die in dem Mädchen eine mit ihrer Scheu verwandte Schüchternheit erkannte, traf mit ihrem Gast in der Mitte des Raumes zusammen. »Ich freue mich, daß ich die Gelegenheit bekomme, Euch kennenzulernen, Miss Wilding«, sagte sie, lächelnd die Hand des Mädchens ergreifend. »Nach allem, was Kenneth mir von Euch erzählte, nahm ich an, daß Ihr Euch in Bedfordshire aufhalten würdet.«

»Bitte, nennt mich Beth, da wir ja nun bald Schwägerinnen sein werden. Als ich Eure Verlobungsanzeige in der Zeitung las, beschloß ich, nach London zu fahren, um Euch in der Familie willkommen zu heißen.« Sie warf einen schrägen Blick auf ihren Begleiter. »Und wir ... wir wollten Kenneth auch noch wegen einer anderen Angelegenheit sprechen. Das ist mein Freund, Leutnant Jack Davidson. Er hat in Kenneths Regiment gedient.«

Davidson verbeugte sich. »Es ist mir ein Vergnügen, Euch kennenzulernen. Bitte, nehmt meine herzlichsten Glückwünsche zu Eurer Verlobung entgegen.«

Rebecca gefielen das Aussehen und Benehmen des jungen Mannes, obwohl er so angespannt wirkte, als würde er wie eine Alarmglocke schrillen, wenn man ihn mit dem Finger anstieß. Und aus der Weise, wie Beth und der junge Mann sich anschauten, schloß Rebecca, daß die beiden mehr waren als nur Freunde.

»Ihr müßt mich beide Rebecca nennen«, sagte sie, und statt Davidsons Verletzung zu ignorieren, blickte sie nun auf dessen verkrüppelten linken Arm und sagte im sachlichen Ton: »Waterloo?«

Er nickte. »Kenneth – Lord Kimball – rettete mir an

jenem Tag das Leben. Wenn er damals meinen Arm nicht abgebunden hätte, wäre ich wohl verblutet.« Die Erinnerung daran schien ihn noch nervöser zu machen.

Um ihren Gästen nun ihre Befangenheit zu nehmen, lud Rebecca sie zum Sitzen ein und läutete nach Erfrischungen. Nachdem die beiden Platz genommen hatten, sagte sie zu Beth: »Ich habe erst vor ein paar Tagen Eure Stiefmutter kennengelernt.«

»Und habt das überlebt?« erwiderte Beth prompt. Dann schlug sie sich rasch mit der Hand auf den Mund und klagte: »O weh, das hätte ich wohl nicht sagen dürfen. Schließlich hatte ich mir geschworen, mich anständig zu benehmen, als ich nach London fuhr.«

Rebecca grinste. Sie wußte nun, daß Beth und sie sich recht gut verstehen würden.

»Hermione ist ein absolutes Ekel, nicht wahr? Ihr müßt eine sehr tapfere Person sein, daß Ihr sie so lange habt ertragen können.«

»Zum Glück war ich in ihren Augen viel zu unbedeutend, als daß sie mir viel Aufmerksamkeit geschenkt hätte. Nein, ich konnte die meiste Zeit hindurch ziemlich ruhig und von ihr unbehelligt mit einer wunderbaren Gouvernante in Sutterton leben.«

In diesem Moment wurde ein Tablett mit Tee und Kuchen ins Zimmer gebracht. Rebecca bemerkte, wie geschickt Beth Tasse und Kuchenteller arrangierte, so daß Davidson alles bequem mit einer Hand erreichen und sich ohne fremde Hilfe mit Tee und Gebäck bedienen konnte. Die beiden waren so perfekt aufeinander abgestimmt und griffen so reibungslos ineinander wie die Zahnräder eines Uhrwerks. Nicht so wie sie und Kenneth, die umeinander herumschlichen wie Katzen um den heißen Brei.

Nachdem sie ein paar Minuten lang Konversation

gemacht hatten, fragte Beth: »Wißt Ihr, wo wir Kenneth finden könnten?«

»Er müßte jetzt jeden Moment zurück sein. Er ist nur in die Stadt gegangen, um dort ein paar Sachen zu erledigen.«

»Er wohnt hier?«, fragte Beth überrascht.

»Ja. Er ist der Sekretär meines Vaters.« Rebecca blickte ihren Gast neugierig an. »Habt Ihr das denn nicht gewußt?«

»Er hat in seinen Briefen nie erwähnt, wo er wohnt. Wir mußten ihm die Post an eine Nachsendeadresse schicken.«

Das wurde immer kurioser. Rebecca fragte sich nun, ob diese Geheimniskrämerei vielleicht etwas mit seiner mysteriösen »Verpflichtung« zu tun haben könnte. Von einem dunklen Verlangen getrieben, sich schützend vor ihn zu stellen, sagte Rebecca: »Er hatte vermutlich Angst, daß Ihr Eure Briefe an Lord Kimball adressieren würdet. Ich bin noch keinem Peer begegnet, der ein so geringes Gewese von seinem Titel gemacht hat wie Kenneth. Weder ich noch mein Vater wußten etwas davon, bis seine Freunde, Lord und Lady Michael Kenyon, ihm zufällig hier im Haus begegnet sind und uns die schreckliche Wahrheit enthüllten.«

Nachdem ihre beide Gäste herzlich darüber gelacht hatten, fragte Jack: »Wißt Ihr vielleicht, ob Kenyon sich noch immer in London aufhält? Ich würde ihn gern mal besuchen. Er hat ebenfalls in meinem Regiment gedient.« Er lächelte, sich jetzt offensichtlich hier schon viel wohler fühlend. »Wir kleinen Leutnants haben damals zu ihm und Lord Kimball aufgesehen und sie sehr bewundert.«

»Sie hatten die gleiche Wirkung auf mich«, sagte Rebecca.

Während das Gespräch leicht und munter zwischen den dreien dahinfloß, horchte Rebecca immer mit einem Ohr zur Tür hin, ob Kenneth nicht endlich von seinen Botengängen zurückkam. Ihr Korsar würde ihr jetzt nämlich ein paar Fragen beantworten müssen.

Kapitel 22

Wie gewöhnlich, wenn Kenneth auf dem Weg zurück nach Seaton House war, machte er Zwischenstation in dem Laden, zu dem er sich seine Post nachschicken ließ. Dort fand er nur eine scharf formulierte Botschaft von Lord Bowden vor, die ihn davon unterrichtete, daß Bowden im Begriff stand, seinen Landsitz aufzusuchen, sich jedoch sogleich nach seiner Rückkehr mit ihm, Kenneth, treffen wolle, um sich von ihm berichten zu lassen, welche Fortschritte er mit seinen Ermittlungen gemacht habe.

Kenneth runzelte die Stirn, als er Lord Bowdens Schreiben einsteckte. Er hatte nicht damit aufgehört, sich diskret bei allen Personen umzuhören, die Kenntnis von Lady Seatons Tod gehabt hatten. Er besaß inzwischen eine umfangreiche Akte mit Notizen. Doch bisher hatte er nichts entdecken können, was ein neues Licht auf die damaligen Ereignisse hätte werfen können. Vielleicht würde er im Seenbezirk auf etwas stoßen, das ihn weiterbrachte. Aber wenn nicht, dann gab es keine anderen Spuren mehr, die er weiterverfolgen konnte, und damit wäre er am Ende seiner Ermittlungen angelangt. Bowden würde das zwar nicht gefallen, aber er, Kenneth, mußte sich schuldbewußt eingestehen, daß er erleichtert sein würde.

Er wanderte nun im Nieselregen durch die Straßen, während er im Geiste noch einmal alles durchging, was er bisher herausgefunden hatte. Er konnte mit Fug und Recht behaupten, daß er in dieser Sache sein Möglichstes getan hatte. Und die Tatsache, daß er bisher nichts gefunden hatte, was Sir Anthony belastete, bedeutete mit einer fast an Sicherheit grenzenden Wahrscheinlichkeit, daß es da auch nichts zu finden gab.

Wenn das so war, würde er seine Verpflichtung, die er Bowden gegenüber eingegangen war, schon bald erfüllt haben, und zwar auf eine Weise, die es nicht erforderlich machte, Rebecca über seine Doppelrolle als Sekretär und Spion aufzuklären. Es war eine offene Frage, ob Bowden auch seinen Teil ihrer Vereinbarung einhalten würde. Es konnte durchaus sein, daß Bowden meinte, er habe nicht bekommen, was sein Geld wert gewesen wäre.

Er, Kenneth, würde natürlich arg in Verlegenheit sein, falls Bowden sich weigerte, ihm die Pfandbriefe, mit denen Sutterton belastet war, zurückzugeben. Obwohl sie beide darüber einen schriftlichen Vertrag aufgesetzt und diesen auch beide unterschrieben hatten, konnte er, Kenneth, sich nicht vorstellen, daß er Bowden wegen Vertragsbruch verklagen und damit aller Welt – also auch Rebecca und Sir Anthony – bekannt machen würde, was dieser enthielt. Und obwohl er, Kenneth, sein Bestes tat, die Umstände von Helen Seatons Tod aufzuklären, war es doch richtig, daß er diesen Auftrag immer widerwärtiger fand. Und das machte es ihm auch irgendwie zunehmend schwerer, Geld dafür zu verlangen.

Falls Bowden ihm nicht die auf Sutterton ruhende Hypothekenschuld erlassen wollte, würde er sich vielleicht auf einen Kompromiß einigen, der Kenneth erlaubte, ihm die Schuldsumme abzustottern. Wie auch immer dieses Problem gelöst werden würde, jedenfalls war jetzt das Ende seiner Ermittlungen und damit auch seiner Verpflichtung in Sicht. Und sobald er von dieser befreit war, konnte er auch über eine mögliche Zukunft mit Rebecca nachdenken.

Im gegenwärtigen Zeitpunkt dachte er zumeist daran, wie sie sich oben im Speicher geliebt hatten, und daß er sich wünschte – und das ziemlich verzweifelt –, diese Sache zu wiederholen.

Er sperrte die Eingangstür von Seaton House auf, und als er in der Halle die Regentropfen von seinem Umhang schüttelte, trat der Butler zu ihm und sagte: »Ich soll Euch von Miss Seaton ausrichten, daß Ihr doch bitte gleich zu ihr in den Salon kommen sollt.«

In der Annahme, daß die Kenyons ihnen einen Besuch abstatten wollten, beeilte er sich, Rebeccas Aufforderung nachzukommen und blieb dann beim Anblick von seiner Schwester Beth und Jack Davidson verdattert unter der Salontür stehen.

Mit einem herben Ausdruck der Belustigung in den Augen, sagte Rebecca: »Schau mal, wer da gekommen ist, um uns zu unserer Verlobung zu gratulieren, mein Lieber.«

Beth erhob sich von ihrem Platz und ging auf Kenneth zu. »Hallo, Kenneth«, sagte sie, ihn etwas bang anschauend. »Tut es dir leid, uns hier zu sehen?«

»Natürlich nicht. Wir haben immer noch viele Jahre der Trennung aufzuholen«, erwiderte er, sie umarmend. »Obwohl ich darüber überrascht bin, daß du dir die Mühe gemacht hast, nach London zu fahren. Wie in aller Welt hast du mich überhaupt gefunden?«

Sich aus seiner Umarmung lösend, sagte sie: »Unsere Kusine Olivia las die Verlobungsanzeige und sagte, daß wir der Verlobten einen Besuch abstatten sollten. Sie ist einer Erkältung wegen in Sutterton geblieben. Aber Jack und ich hatten keine Mühe, herauszufinden, wo Sir Anthony Seaton wohnt, als wir hier in London ankamen.« Und mit einer Spur von Trockenheit in der Stimme fuhr sie fort: »Daß wir auch dich hier in London gefunden haben, war ein glücklicher Zufall.«

Sie hätte jeden Grund dazu gehabt, ihn nun zu fragen, warum er ihr seine Adresse in London verheimlicht hatte. Er war ihr dafür dankbar, daß sie das nicht tat. Den Arm um die Schultern seiner Schwester legend, bewegte er sich nun in den Raum hinein und nahm die Hand seines Freundes. »Ihr seht viel besser aus als bei unserer letzten Begegnung hier in London, Jack.«

»Bedfordshire und Beth haben Wunder bewirkt, Sir.«

Als Kenneth ihm die Hand schüttelte, merkte er, daß Jack so nervös wirkte wie eine Maus auf einer heißen Herdplatte. Er hatte auch mit ungewöhnlich förmlichen Worten auf seine Begrüßung reagiert. Vielleicht waren in Sutterton so schwerwiegende Probleme aufgetreten, daß Jack ihm in seiner Eigenschaft als Verwalter damit andeuten wollte, daß sie ein Gespräch unter vier Augen führen müßten.

Rebecca sagte, seine Vermutung bestätigend: »Jack möchte mit dir allein sprechen. Ich denke, daß der kleine Salon jetzt leer sein sollte.«

Sich nun ernsthaft Sorgen machend, ging Kenneth mit Jack in den kleinen Salon hinüber und fragte, sobald er die Tür hinter ihnen zugemacht hatte: »Gibt es neue Probleme in Sutterton?«

»Nein«, erwiderte Jack, der nervös das Zimmer durchquerte. »Jedenfalls keine mit dem Besitz. In diesem Bereich ist soweit alles in Ordnung.«

»Warum seht Ihr dann so aus, als säße Euch ein Gespenst im Nacken?«

Jack rieb sich den verkrüppelten linken Arm, als litte er unter Phantomschmerzen. »Ich ... ich bin gekommen, um Euch um die Erlaubnis zu bitten, Beth zu heiraten.«

»Wenn es so weit ist, werde ich Euch beide gern den Segen dazu geben«, erwiderte Kenneth überrascht. »Aber als Ihr mir damals in Eurem Brief Eure Absicht, um die Hand meiner Schwester anzuhalten, mitgeteilt habt, habt Ihr mir darin auch geschrieben, daß es dafür noch zu früh sei. Und ich teilte Eure Meinung. Ihr beiden kennt Euch dafür noch nicht lange genug, und wir wissen auch noch nicht, was aus Sutterton werden wird.«

»Ich fürchte, daß ich nicht so lange warten kann.« Jack schluckte schwer. »Oder vielleicht wäre es zutreffender, zu sagen, daß wir nicht so lange gewartet haben.«

Die darauffolgende Stille war so dräuend wie eine Gewitterwolke. Dann erkundigte sich Kenneth in einem gefährlich leisen Ton: »Wollt Ihr mir damit etwa sagen, daß Beth schwanger ist?«

Zerknirscht, aber mit fester Stimme, gab der junge Mann zur Antwort: »Wir nehmen es an.« Er hielt Kenneths Blick stand. »Es tut mir leid, Sir. Ihr werdet jetzt vielleicht Genugtuung von mir fordern wollen, und Ihr hättet jedes Recht dazu. Es ... es ist nun einmal passiert, und es geschah auch gänzlich unbeabsichtigt; aber das entschuldigt mich nicht.« Er biß sich auf die Lippen. »Ihr habt mir das Leben gerettet, und ich lohne Euch das damit, daß ich Eure Schwester verführe. Alles, was ich nun tun kann, ist, Euch zu sagen, daß ich Beth von ganzem Herzen liebe. Ich schwöre, daß sie immer von mir geliebt und versorgt werden wird, auch wenn Sutterton verkauft werden und ich mir woanders eine Stellung suchen müßte.«

Der Aufwallung von Kenneths brüderlichem Zorn folgte jetzt rasch die ironische Einsicht, daß er sich unmöglich in moralischer Hinsicht auf das hohe Roß setzen konnte, wo doch die Möglichkeit bestand, daß er selbst ein wenig überhastet mit Rebecca die Reise zum Traualtar würde antreten müssen. Und der Himmel wußte, wie gut er verstand, daß ein Mann, der so viele Jahre in dem mörderischen Strudel des Krieges verbracht und täglich dem Tod ins Auge gesehen hatte, sich so sehr nach der heilenden Wärme von Frauenarmen sehnen konnte, daß sein Verlangen größer war als seine Vernunft.

Er holte also tief Luft und sagte: »Es ist zwar nicht so, wie ich es mir gewünscht hätte, aber ich denke, daß es wohl keinem weiter schadet. Vermutlich ist es auch eine wechselseitige Verführung gewesen. Denn so wie ich Beth kenne, hat sie in allen sie betreffenden Dingen ihren eigenen Kopf.«

Jacks schiefes Lächeln war für Kenneth der Beweis, daß er mit seiner Vermutung ins Schwarze getroffen hatte. Offenbar gab es da zwischen Beth und Rebecca gewisse Ähnlichkeiten, wenn Kenneth auch bezweifelte, daß seine Schwester so herrlich unverblümt sein konnte wie Rebecca. Und nach einer flüchtigen, aber schwindelerregenden Erinnerung an seine Lilith, die ihre flammend roten Haare mit einer kurzen, aufreizenden Bewegung über die nackten Schultern warf, sagte er. »Sollen wir jetzt wieder hinübergehen in den großen Salon, um den Ladies die Neuigkeit mitzuteilen?«

Enorm erleichtert aussehend, sagte Jack: »Ihr nehmt das ungewöhnlich gut auf, Sir. Viel besser, als ich es verdiene.«

»Wir beide haben ein gerütteltes Maß vom Leid und Elend dieser Welt gesehen. Ich denke, im Vergleich dazu ist die Ungestümheit der Liebe wirklich ein zu vernachlässigendes Problem.« Kenneth schickte dem jüngeren Mann nun einen strengen Blick zu. »Aber hört, um Gottes willen, endlich damit auf, mich mit ›Sir‹ anzureden.«

Jack lächelte schüchtern. »Unter den gegebenen Umständen hielt ich es nicht für angebracht, Euch mit Eurem Vornamen anzureden. Das schien mir nach dem Schimpf, den ich Euch angetan habe, fast eine Beleidigung zu sein.«

»Da wir nun bald Schwäger sein werden, solltet Ihr jetzt besser zu der früheren Gewohnheit zurückkehren, mich mit ›Kenneth‹ anzureden.«

Als sie zusammen zur Tür gingen, fragte er: »Was hättet Ihr denn gemacht, wenn ich Euch nicht die Erlaubnis zum Heiraten gegeben hätte?«

»Sie trotzdem geheiratet. Beth ist schließlich volljährig.« Jack hielt Kenneth die Tür auf. »Aber wir wollten beide unser gemeinsames Leben nicht damit beginnen, daß wir uns mit Euch überwarfen.«

Ein vernünftiger und auch sehr praktischer Entschluß, dachte Kenneth, während sie über den Flur gingen, und fand jetzt, daß seine Freude über die Heirat seiner Schwester größer war als sein Verdruß über deren unpassendes Timing. Beth und Jack waren beide innerlich gefestigte Menschen und schienen sich sehr zu lieben. Er hoffte nur, daß er seiner Schwester bald die Mitgift zukommen lassen konnte, auf die sie einen Anspruch hatte. Er wollte nicht mitansehen müssen, wie das junge Paar vielleicht jahrelang von der Hand in den Mund lebte, zumal die beiden ja auch schon Nachwuchs erwarteten.

Sie betraten nun wieder den großen Salon, und Kenneth sagte lächelnd zu seiner Schwester: »Jack hat soeben bei mir um deine Hand angehalten, und deshalb bin ich entschlossen, Euch beide möglichst rasch unter die Haube zu bringen, bevor er entdeckt, was für ein Quälgeist du sein kannst. Wie wäre es, wenn ihr beide euch mit einer Sondererlaubnis in den nächsten paar Tagen trauen ließet, da wir uns gerade alle drei hier in London befinden?«

»Oh, Kenneth!« Strahlend vor Erleichterung, warf Beth sich in seine Arme. »Du bist der Beste aller Brüder.«

»Bin ich nicht, wie du weißt. Jack wird sich viel besser um dich kümmern, als ich das getan habe.« Und während er ihr die Arme um die Schultern legte, überlegte er fieberhaft, wie er trotz der Eile, mit der die Sache nun über die Bühne gehen sollte, und seines Mangels an Geld ihre Heirat zu einem denkwürdigen Ereignis machen konnte. Es wurde Zeit, daß er ein paar Leute um einen Gefallen bat.

Seine Schwester wieder freigebend, sagte er: »Michael und Catherine Kenyon bewohnen zur Zeit das Ashburton House, und Michael hat mir gegenüber mehrmals erwähnt, wie groß und leer doch dieses Palais sei. Ich glaube, sie wären froh, euch ein paar Tage lang als Gäste aufnehmen zu können.«

»Wenn sie dazu bereit wären, wäre das natürlich viel bequemer als der Aufenthalt in einem Gasthof«, sagte Jack und lächelte erfreut.

Rebecca sagte zögerlich: »Natürlich kennt Ihr mich kaum, Beth. Aber wenn Ihr keine Bekannten oder Freunde in London habt, die Euch als Brautjungfer dienen können, würde ich mich geehrt fühlen, wenn Ihr mich dazu auserwählen würdet.«

Beth nahm dieses Angebot natürlich sofort an. Während die beiden mit der Planung der Hochzeit beschäftigt waren, schickte Kenneth einen Boten zu Michael und Catherine mit der schriftlichen Anfrage, ob sie bereit wären, zwei Gäste bei sich aufzunehmen. Noch in der gleichen Stunde traf von Michael die Antwort ein, daß ein Offizier der 95er und eine Schwester von Kenneth jederzeit unter seinem Dach willkommen seien. Der Überbringer dieser Antwort hatte auch gleich eine hübsche, mit zwei Pferden bespannte Kutsche mitgebracht, die draußen vor dem Haus auf die Befehle der beiden Gäste wartete.

Und inmitten all diesen Trubels passierte es dann, daß die Spannung, die seit dem Morgen zwischen ihm und Rebecca geherrscht hatte, plötzlich irgendwie verpufft war. Worauf sich dann, als Kenneth der Gedanke kam, wie Rebecca eines Tages wohl als Braut ausschauen mochte, eine neue und gänzlich anders geartete Spannung seiner bemächtigte. Und während er beobachtete, wie Beth und Jack in die wartende Kutsche stiegen, fragte er sich, ob Hochzeiten vielleicht ansteckend sein könnten.

Am nächsten Tag kam George Hampton mit einem Probestich von Sir Anthonys drittem Waterloo-Gemälde ins Haus, und die beiden befreundeten Männer führten daraufhin eine sehr lebhafte und lautstarke Diskussion, ehe sie sich darauf einigen konnten, was noch überarbeitet und woran noch gefeilt werden mußte. Als Sir Anthony sich daraufhin wieder in sein Studio zurückzog und Hampton sich zum Gehen anschickte, trat Kenneth zu ihm und sagte: »Ich hätte gern einmal mit Euch geredet, Sir. Wann würde Euch das denn passen?«

»Ich habe noch ein paar Minuten Zeit«, erwiderte Hampton, schlug dem jüngeren Mann mit der Hand auf die Schulter und sagte: »Übrigens, meine Gratulation zu Eurer Verlobung. Ich glaube, daß Ihr und Rebecca recht gut zusammenpassen werdet.« Er kicherte. »Habe mich köstlich amüsiert, als ich in der Zeitung las, daß ich einen Vicomte herumkommandiert habe. Aber ich denke, das hätte ich auch getan, wenn ich gewußt hätte, daß Ihr ein Vicomte seid.«

Sich nervöser fühlend als einst vor einer französischen Kavallerieattacke, sagte Kenneth: »Ich ... ich habe da etwas, das ich Euch gern zeigen möchte.«

Er bat den Graveur, mit ihm ins Büro zu kommen, und holte dort eine Mappe aus seinem Schreibtisch, die eine Auswahl von seinen Zeichnungen mit Motiven von der iberischen Halbinsel enthielt. Hamptons buschige Brauen schossen in die Höhe, als er das Bildnis von dem tödlich verwundeten Soldaten sah, das Rebecca so sehr beeindruckt hatte.

Der Graveur studierte es lange und blätterte dann wortlos die ganze Mappe durch. Als er damit fertig war, blickte er hoch und sah Kenneth scharf an. »Woher habt Ihr diese Sachen?«

In dem Gefühl, daß er nun einen entscheidenden Schritt machen würde, holte Kenneth tief Luft und sagte: »Ich habe sie gezeichnet.«

»Tatsächlich? Ich wußte ja gar nicht, daß Ihr auch ein Künstler seid.«

»Ich habe mein ganzes Leben lang gezeichnet«, erklärte Kenneth schlicht.

»Habt Ihr Anthony schon Eure Arbeiten gezeigt?«

»Es gab keinen Grund, weshalb er sie sehen sollte. Rebecca meinte jedoch, daß sie gelungen wären.«

»Damit hat sie allerdings recht. Ihr beide werdet sogar noch besser zusammenpassen, als ich glaubte.« Hampton schlug die Mappe wieder zu und legte die Hand auf den mit Leder überzogenen Deckel. »Würdet Ihr mir gestatten, von all den Zeichnungen, die diese Mappe enthält, Stiche anzufertigen? Obwohl der Krieg vorbei ist, besteht noch ein erhebliches Interesse an militärischen Themen.«

»Ich hoffte, daß Ihr mich das fragen würdet.« Kenneth zögerte und versuchte die richtigen Worte zu finden, um dem Graveur klar zu machen, daß er nicht nur die Ehre, daß seine Werke veröffentlicht wurden, zu schätzen wußte, sondern auch an dem Geld interessiert war. »Obwohl ich Sir Anthonys Konten führe, habe ich keine Vorstellung davon, was für eine finanzielle Vereinbarung man für die Bilder eines Unbekannten treffen sollte.«

»Hm, eine gute Frage.« Die Stirn nachdenklich in Falten legend, holte Hampton eine Zigarre aus der Tasche und zündete diese an. »Eigentlich sollte ich jetzt Eure Ignoranz ausnützen und Euch zehn Pfund für die ganze Mappe bieten, die Ihr dann annehmen oder den Handel vergessen könnt. Aber ich möchte den zukünftigen Ehemann meines Patenkindes nicht so schäbig behandeln.«

Seine Gewissensbisse unterdrückend, die ihn bei dem Gedanken daran, daß es nur eine vorgetäusche Verlobung war, befielen, sagte Kenneth: »Tatsächlich ist mir zu Ohren gekommen, daß Ihr Künstler, deren Arbeiten Ihr für Eure Stiche benützt, mit einer geradezu notorischen Großzügigkeit bezahlt.«

»Nur ein gutes Geschäftsgebaren. Das gibt mir die Gewähr, daß sie mit ihren besten Arbeiten immer zuerst zu mir kommen«, erwiderte Hampton mit einer so bitteren Miene, als hätte man ihn soeben des Diebstahls bezichtigt.

»Ihr habt einen sehr ausgeprägten, eigenwilligen Stil. Wie könnte man daraus wohl am besten Kapital schlagen?« Er trommelte nachdenklich mit den Fingern auf die Schreibtischplatte. »Vielleicht damit, daß wir eine Serie mit dem Titel ›Ansichten eines Offiziers vom letzten Krieg‹ herausbringen. Wir könnten die meisten Stiche von dieser Serie einzeln verkaufen und sie dann mit ein paar zusätzlichen neuen Bildern als Buch herausbringen. Auf diese Weise wären die Leute dazu gezwungen, sich das Buch zu kaufen, wenn sie auch die neuen Stiche erwerben wollen.«

Eine Serie. Ein ganzes Buch! Sich bemühend, dem anderen Mann seine Aufregung nicht zu offen zu zeigen, sagte Kenneth: »Dann werdet Ihr also noch mehr Bilder brauchen. Welcher Art?«

Der Graveur blies einen dünnen Rauchfaden durch die Nase. »Ganz bestimmt noch mehr Kampfszenen, von den wichtigsten Gefechten so viel wie möglich. Und nicht nur Bilder von den militärischen Ereignissen, sondern daneben auch noch Ansichten von den Leuten, den Städten und den Landschaften der Kriegsschauplätze. Könnt Ihr das machen?«

»Ich war an fast allen wichtigen militärischen Operationen damals beteiligt und habe ein gutes Gedächtnis für Details.« Ein zu gutes, hatte Kenneth oft gedacht. Nun schien es so, als würde diese Fähigkeit ihm nun auf eine lukrative Weise zugutekommen. Ihm gefiel der Gedanke von einer Serie. Seine ersten Versuche, sich von seinen dunkelsten Erinnerungen zu befreien, indem er sie als Bilder zu Papier brachte, hatten in ihm den Wunsch geweckt, diese Arbeit fortzusetzen – sich in einer Chronik von Bildern seine Alpträume von der Seele zu malen, um dann hoffentlich für immer von ihnen befreit zu sein.

Noch mehr Rauch ringelte sich nun an die Decke, als Hampton laut überlegte: »Wie wäre es mit zweihundert Pfund als Anzahlung für eine Beteiligung am Erlös aller in Zukunft verkauften Bilder? Wenn ich recht habe – und in der Regal habe ich recht –, könntet Ihr Euch mit diesem Projekt in den nächsten paar Jahren ein hübsches kleines Einkommen verdienen.«

Das war weitaus mehr, als Kenneth sich erhofft hatte – genug, um Beth und Jack ein anständiges Hochzeitsgeschenk machen zu können. »Einverstanden«, sagte er, dem Graveur die Hand reichend, »und vielen Dank.«

»Wir werden uns beide etwas Gutes antun«, sagte der Graveur, als sie sich die Hände schüttelten. Dann stand er vom Schreibtisch auf und klemmte sich die Mappe unter den Arm. »Macht mir eine Liste von den Szenen, die Ihr anfertigen wollt. Ich werde inzwischen einen Vertrag aufsetzen und Euch einen Scheck über die zweihundert Pfund schicken.« Er musterte nun Kenneths breite, muskulöse Gestalt und sagte mit einem Lächeln im Mundwinkel: »Ihr seht mir so gar nicht wie ein Künstler aus, aber von mir kann man das ja auch nicht gerade behaupten. Da sieht man mal wieder, wie sehr der Schein trügen kann.« Sprach's, setzte seinen Hut auf und ging.

Nun hielt es auch Kenneth nicht mehr an seinem Platz. Wie betäubt vor Aufregung, wanderte Kenneth durch das Haus, ohne recht zu wissen, wohin er ging, und fand sich nach einiger Zeit vor Rebeccas Studio wieder. Natürlich hatte ihn sein Weg hierhergeführt, dachte er bei sich, als er dort an die Tür klopfte – wer sonst würde wohl verstehen, was Hamptons Angebot für ihn bedeutete?

Rebecca gab ihm mit lauter Stimme die Erlaubnis, einzutreten, und als er über die Schwelle trat, blickte sie von ihrer Staffelei auf und sagte: »Du siehst aus wie eine Katze, die soeben ein Menü aus frischen Kanarienvögeln verspeist hat.«

Er lachte. »Ich habe mich soeben von einem Amateur in einen Profi verwandelt. George Hampton bezahlt mir zweihundert Pfund dafür, daß er eine Reihe von meinen Zeichnungen in Kupfer stechen darf. Es soll eine Bilderchronik des letzten Krieges werden, und später möchte er die Sachen vielleicht sogar als Buch herausbringen.«

»Das ist wunderbar!« Sie legte ihre Palette beiseite und kam nun auf ihn zu, während ihre haselnußbraunen Augen glänzten wie frischgeprägte Goldmünzen. »Aber nicht mehr, als du verdienst.«

Sie war unwiderstehlich in ihrer gönnerhaften Freude. Er hob sie auf seine Arme und tanzte mit ihr übermütig im Studio herum.

Sie zog den Kopf ein, da sie nicht riskieren wollte, sich an der niedrigen Decke mit den schrägen Wänden einen Schädelbruch zu holen. »Ihr seid wahnsinnig, Captain«, rief sie lachend.

»Aber ein glücklicher Wahnsinniger«, rief er. Sie war wie eine Flamme in seinen Armen, überaus lebendig. Als er damit aufhörte, sie im Kreis herumzuwirbeln, stellte er fest, daß er sie nicht loszulassen vermochte. Er ließ sie nur ganz langsam wieder zu Boden sinken, während ihr Körper an seinem entlangglitt – weich, feminin, erotisch.

Die wenigen Tage, die vergangen waren, seit sie sich in seinem kleinen Studio nebenan geliebt hatten, kamen ihm nun wie eine Ewigkeit vor. Er beugte den Kopf zu ihr hinunter und küßte sie. Ihre Arme legten sich fest um ihn, und ihre Lippen hefteten sich auf seine. Ihr Mund schmeckte so süß wie die ersten Erdbeeren im Frühling.

Er wollte sie schon zum Sofa in der Mitte des Raumes tragen, als sich die Vernunft mit leiser, jedoch energischer Stimme in seinem Kopf zu Wort meldete. Widerstrebend beendete er den Kuß. »Ach, ich vergesse doch ständig, daß wir so etwas nicht tun dürfen.«

»Ich ebenfalls«, sagte sie, schwer atmend, sich aus seiner Umarmung lösend. Ihre Hüften hatten eine reife, frisch geküßte Fülle.

In dem Bemühen, seine Beherrschung wiederzugewinnen, blickte er sich in dem ihm inzwischen so vertrauten Studio um. Es war so ganz ein Spiegelbild ihres Wesens. Er hatte es vermißt. »Hampton begrüßt unsere Verlobung. Ich zucke jedesmal zusammen, wenn mich jemand dazu beglückwünscht. Sie scheinen sich alle so sehr darüber zu freuen, daß wir uns die Ehe versprochen haben.«

»Vermutlich deswegen, weil sie alle glaubten, ich wäre wild dazu entschlossen, mein Leben als alte Jungfer zu beschließen«, sagte sie, sich selbst verspottend. »Du wirst sehr für deinen Mut bewundert, dich mit mir eingelassen zu haben.«

»Rebecca«, sagte er leise. Als sie ihn ansah, fuhr er fort: »Wenn ein Juwel in einem Speicher versteckt wird, hat die Welt keine Chance, es zu bewundern und seinen Wert zu erkennen. Ich glaube, man beneidet mich als den glücklichen Mann, der einen verborgenen Schatz entdeckt hat.«

Da trat ein Schimmer in ihre Augen, der ihm verdächtig nach einer Träne aussah. »Was für eine reizende, romantische Weise, so etwas zu sagen. Purer Unsinn natürlich, aber schön anzuhören.« Sie bewegte sich nun wieder auf ihre Staffelei zu. »Das ist heute wirklich dein Glückstag. Ich weiß jetzt, daß ich kein Kind bekommen werde.«

Die Erleichterung, die bei ihren Worten in ihm aufbrandete, war von einer ihn überraschenden starken

Welle des Bedauerns begleitet. Einem kleinen Teil in ihm, der nur aus Gefühlen bestand und nicht auf die Stimme der Vernunft hörte, wäre eine Situation willkommen gewesen, die ihm keine andere Wahl gelassen hätte, als sie zu heiraten.

Aber doch keine Heirat, bei der er Gefahr lief, sich Rebeccas Abscheu zuzuziehen, wenn er etwas erfahren sollte, das ihrem Vater schadete! Und so fragte er nun, sich seine Gefühle nicht anmerken lassend, im geschäftsmäßigen Ton: »Wie sieht es denn mit der Sitzung heute nachmittag aus – zu der üblichen Zeit?«

Ihn nicht anschauend, nahm sie einen Pinsel vom Tisch und fuhr mit dessen Spitze über ihren Handteller hin, um die Elastizität der Borsten zu prüfen. »Zu der üblichen Zeit.«

Da verließ er das Studio wieder, sich fragend, ob der Tag wohl jemals kommen würde, an dem er offen mit ihr reden konnte. Und was er zu ihr sagen würde, wenn dieser Tag tatsächlich kommen sollte. Oder was noch viel wichtiger war – was für eine Antwort sie ihm dann wohl darauf geben würde.

Kapitel 23

Als sie im Salon von Ashburton House auf die Kutsche warteten, die sie zur Trauung in die Kirche bringen sollte, ging Rebecca noch einmal langsam um die Braut herum, um einen letzten prüfenden Blick auf deren Kleid und Kranz zu werfen. Kenneths Schwester sah in dem cremefarbenen Hochzeitskleid bezaubernd aus. Es war ein Geschenk von Lavinia, die schon immer ein Faible für Hochzeiten hatte. Rebecca hielt einen Moment in ihrem Rundgang inne, um eine Kleinigkeit an der Schleppe zu richten.

»Du bist ja noch nervöser als ich«, bemerkte Beth mit einem Lächeln.

»Wahrscheinlich deswegen, weil ich bisher noch nie an einer Hochzeit teilgenommen habe«, gab ihr Rebecca zur Antwort, welche diese Kombination aus gespannter Erwartung und Hysterie sehr genoß, die zu solch einem Ereignis offenbar gehörte. Da sie sich so lange vor der Welt versteckt hatte, waren ihr so manche Freuden und vergnügliche Dinge, die diese zu bieten hatte, entgangen.

Doch nun wartete sie ungeduldig auf die Kutsche. Kenneth und Catherine waren in die Küche gegangen, um dort mit dem Koch das Hochzeitsfrühstück zu besprechen, das die Kenyons den Gästen in Ashburton House geben wollten. Michael und Catherine waren beide wundervoll gewesen. Wenn Kenneth auch nicht sonderlich mit weltlichen Gütern gesegnet sein mochte, so hatte er doch in seinem Leben eine Menge unbezahlbarer Freunde erworben.

»Du wirst ja jetzt auch bald diesen Schritt machen«, bemerkte Beth. »Wenn auch nicht so überstürzt wie ich. Habt ihr beide euch denn schon auf einen Termin geeinigt?«

Rebecca blickte zur Seite. »Noch nicht. Es besteht kein Grund zur Eile.«

»Also nicht so wie bei Jack und mir«, gab Beth zur Antwort und strich sich dabei mit einem leisen, versonnenen Lächeln über den Leib. »Wenn es auch ungehörig von mir war, bereue ich es keine Sekunde.«

Rebecca starrte sie an, sich fragend, ob sie diese Geste vielleicht falsch interpretierte. »Willst du damit sagen, daß du ...du ...«

»Daß ich schwanger bin?« gab ihr Beth heiter zur

Antwort. »Ich dachte, Kenneth würde es dir inzwischen erzählt haben, weil du doch seine Verlobte bist. Ich schätze, er war schon immer ein sehr verschwiegener großer Bruder. Aber das ist keine Sache, die man lange geheimhalten kann. Wenn das Baby zur Welt kommt, wird sich so mancher, der rechnen kann, wundern, wenngleich die beiden Daten nicht gänzlich unmöglich sein werden, denke ich.«

Deshalb hatte Kenneth also seine Einwilligung zu einer sofortigen Heirat der beiden gegeben, dachte Rebecca. Es überraschte sie auch nicht, daß Kenneth ihr nichts von der Schwangerschaft seiner Schwester erzählt hatte. Obwohl er sich am Nachmittag, wie vereinbart, zu einer weiteren Sitzung in ihrem Studio eingefunden hatte, hatten sie sich strikt an die Regeln des guten Benehmens gehalten. Es gehörte ja auch so wenig dazu, die Leidenschaft zwischen ihnen aufflammen zu lassen. Selbst ein kurzes, freundliches Gespräch zwischen ihnen war schon gefahrenträchtig.

Da ging die Tür auf, und Kenneth und Catherine traten ins Zimmer. Kenneth, der ein ziemlich großes Paket unter dem Arm trug, sagte: »Beth, das ist vor ein paar Minuten hier abgeliefert worden und ist an uns beide adressiert.« Er stellte das Paket auf dem Tisch neben ihr ab. »Vermutlich ein Hochzeitsgeschenk für dich, obwohl ich mich wundere, daß dann auch mein Name daraufsteht.«

Das Paket, das Beth nun auswickelte, enthielt eine reich verzierte, vergoldete Kassette. Und als sie deren Riegel öffnete und den Deckel zurückschlug, gab sie einen erstaunten, keuchenden Laut von sich.

Die Kassette war mit schimmernden Juwelen und Geschmeide gefüllt, und obenauf lag ein versiegelter Brief.

»Gütiger Gott!« rief Kenneth. »Der Familienschmuck der Wildings! Ich fasse es nicht! Ich kann es nicht glauben!«

Er griff nach dem Brief und riß ihn auf. Während Rebecca und Catherine an den Tisch herandrängten, las er laut vor: »An Beth und Kenneth: Ich bin zu der Einsicht gekommen, daß der Familienschmuck der Wildings Euch beiden gehört. Meine besten Wünsche zu Deiner Vermählung, Beth. Hermione Kimball.«

Mit großen, geweiteten Augen nahm Beth nun ein Paar mit Saphiren besetzte Ohrringe aus der Kassette und ließ sie sacht auf der Handfläche hin- und herrollen. »Ich hätte nicht gedacht, daß ich diese Sachen in meinem Leben noch einmal sehen würde. Wie wunderbar großzügig von Hermione!«

»Ich glaube es nicht«, sagte Kenneth im nüchternen Ton. »Diese Frau hat in ihrem ganzen Leben noch nie eine Anwandlung von Selbstlosigkeit gehabt.«

»Trotzdem liegt der Beweis dafür jetzt hier vor uns auf dem Tisch«, erwiderte Beth stirnrunzelnd und legte die Ohrringe wieder in ihr mit Samt ausgeschlagenes Behältnis zurück. »Und ich habe sie nicht einmal zu meiner Hochzeit eingeladen.« Sie blickte zu ihrer Gastgeberin hoch. »Sie wird zwar nicht mehr rechtzeitig zur Trauung kommen können, aber dürfte ich ihr eine Einladung zum Hochzeitsfrühstück schikken?«

»Aber natürlich«, erwiderte Catherine. »In dem Schreibtisch dort drüben in der Ecke findet Ihr Papier und Tinte. Ich werde dann, wenn Ihr den Brief geschrieben habt, sogleich einen Lakaien losschicken, der ihr die Einladung zustellt.«

Während Catherine und Beth zum Schreibtisch gingen, faltete Kenneth den Brief, der sich in der Kassette befunden hatte, wieder zusammen und steckte ihn in seine Rocktasche.

»Ich kann es immer noch nicht glauben«, meinte er kopfschüttelnd.

»Ich auch nicht«, sagte Rebecca still. »Diese Frau ist eine Schlange. Schlangen mögen sich zwar häuten, verändern aber nie ihre Muster. Sie muß damit irgendeinen höheren Zweck verfolgen.«

»Ich wünschte, ich wüßte, was es ist. Aber ich kann mir beim besten Willen nicht vorstellen, was für einen Vorteil sie sich davon versprechen könnte, daß sie uns den Familienschmuck zurückgibt«, sagte Kenneth stirnrunzelnd.

Rebecca berührte mit den Fingerspitzen das mit glitzernden Diamanten besetzte prächtige Halsband, das Hermione auf dem Ball der Candors getragen hatte. Eines Tages würde Kenneths Frau sich mit diesen Juwelen schmücken. »Ist der Familienschmuck vollzählig?« fragte sie.

»Ich weiß nicht.« Kenneth untersuchte nun den Inhalt der Kassette genauer. »Ich denke schon. Es sind allerdings ein paar Stücke darunter, an die ich mich nicht erinnern kann.«

»Vielleicht hat sie ein paar von ihren persönlichen Schmuckstücken hinzugetan. In einem Anfall von Reue, weil sie deine Familie ausgeplündert hat«, meinte Rebecca. Als Kenneth ungläubig schnaubte, fuhr sie mit einem leisen Lachen fort: »Oder Hermione hat sich gestern abend sinnlos betrunken und in einem Anfall geistiger Umnachtung die Kassette an dich adressiert. Was auch immer der Grund gewesen sein mag, einem geschenkten Gaul schaut man nicht ins Maul. Da sich die Juwelen nun in deinen Händen befinden, gehören sie auch dir.«

Als Rebecca das sagte, nahm das Gesicht ihres Begleiters einen Moment lang einen entrückten Ausdruck an. Ehe Rebecca ihn fragen konnte, was er gerade dachte, erhob Beth sich vom Schreibtisch und läutete Catherine nach einem Diener.

Kurz darauf kam ein Lakai ins Zimmer, nahm Bethens Brief entgegen und sagte zu Catherine: »Die Kutsche für das Brautpaar steht bereit, Mylady.«

Catherine drehte sich zu den anderen um: »Sind wir alle soweit, daß wir losfahren können? Ich werde den Butler bitten, die Kassette solange an einem sicheren Ort zu verwahren, bis wir wieder zurück sind.«

»Einen Moment noch«, sagte Kenneth und nahm ein herrliches, aus mehreren Schnüren bestehendes Perlenhalsband aus der Kassette. »Nun kannst du dich mit Mutters Perlen trauen lassen, Beth. Sie sagte immer, daß sie eines Tages dir gehören sollten.«

»Was für ein wunderbarer Segen, der mir an diesem Tag zuteil wird«, sagte Beth gerührt, als ihr Bruder ihr das Halsband umlegte. »Jetzt bereue ich all die häßlichen Sachen, die ich Hermione nachgesagt habe. Unter ihrer schillernden Oberfläche muß sie ein gutes Herz versteckt haben.«

Rebecca war sich dessen nicht so sicher. Kenneths Stiefmutter hatte zweifellos eine schillernde Oberfläche, doch die bestand aus Reptilienschuppen, und ein gutes Herz konnte man darunter wohl kaum vermuten. Es war zweifellos eine interessante Geschichte, wie es zu der Rückgabe der Juwelen gekommen war; und sie hoffte, diese eines Tages noch zu erfahren.

Sie hatten es nicht weit bis zu der kleinen Kirche, wo die Trauung stattfinden sollte. Kenneth half den drei Damen beim Aussteigen, als sie dort anlangten, und nahm dann den Arm seiner Schwester, um sie als Brautführer zur Kirche zu geleiten, wo sie von festlich brausenden Orgelklängen empfangen wurden, die an den alten Wänden des Gotteshauses einen jubelnden Widerhall fanden.

Catherine umarmte Beth noch ein letztesmal, ehe sie zum Chorgestühl im Altarraum ging, um dort mit einer Handvoll anderer Gäste Platz zu nehmen. Während Kenneth im Vorraum darauf wartete, daß die Trauungszeremonie beginnen sollte, studierte er seine Schwester mit einem Gefühl des Bedauerns, daß er sie schon wieder verlor, bevor er die Gelegenheit dazu bekam, sie wirklich kennenzulernen. Der große Altersunterschied zwischen ihnen und dann die jahrelange Trennung während des Krieges hatten verhindert, daß sie so miteinander vertraut geworden waren, wie es sich eigentlich für Geschwister gehörte.

Offenbar spiegelten sich seine Gefühle in seinem Gesicht wider, weil Rebecca im energischen Ton sagte: »Sei guten Muts, Kenneth. Du hast keinen Grund, traurig zu sein. Du verlierst keine Schwester, sondern gewinnst einen Verwalter.« Dann spähte sie durch die Doppeltür, um den Fortschritt der Ereignisse im Kirchenschiff zu verfolgen. »Gleich ist es soweit, Beth. Jack sieht wunderschön aus. Und so blaß, als würde er jeden Moment den Geist aufgeben. Aber keine Angst, Michael ist sich seiner Pflicht als rechte Hand des Bräutigams bewußt und macht sich nun darauf gefaßt, Jack aufzufangen, falls er in Ohnmacht fallen sollte. Ah, Jack lächelt jetzt. Er weiß, daß du hier bist, Beth. Ich glaube, du darfst dir Hoffnungen machen, daß er die Trauung überlebt.«

In diesem Moment begann die Orgel die Einzugshymne zu spielen, und Rebecca hielt nun ihre Blumen vor sich hin und bewegte sich langsam und graziös durch den Mittelgang auf den Altar zu. Sie trug wieder dieses bernsteinfarbene Kleid und sah fast so strahlend aus wie die Braut.

Beth lehnte ihren Krückstock an die Wand und nahm dann Kenneths Arm. Als er die Brauen in die Höhe zog, sagte sie im entschiedenen Ton: »Ich geh' doch nicht mit einem Krückstock zum Traualtar.« Dann sah sie lächelnd zu ihm hoch, und ihre Augen leuchteten vor Liebe und Gewißheit. »Ich brauche ihn auch nicht mehr. Ich habe dich ja jetzt als Stütze, und später Jack.«

Kenneth gab ihr Lächeln zurück. »Du sieht wunderschön aus, Beth.« Und dann war da plötzlich wieder dieses Gefühl des Bedauerns und der Trauer, so daß er bekümmert sagte: »Ich wünschte, Mutter wäre hier und könnte dich jetzt sehen.«

Beth deutete mit ihrem Brautbukett auf das Deckengewölbe und die strahlend bunten Kirchenfenster. »Ich bin sicher, daß sie hier ist und uns sieht, Kenneth.«

Dann schloß sich ihre Hand fest um seinen Ellenbogen, und so gingen sie beide gemeinsam nebeneinander dem Altar und Bethens Zukunft entgegen.

Nach der Trauung fuhren das frisch verheiratete Paar und die Hochzeitsgäste zum Hochzeitsfrühstück nach Ashburton House zurück, wobei sich alle Frauen bis auf Rebecca die Freudentränen aus den Augen wischten. Eine Weile lang herrschte dann eine ausgelassene, ja, fast übermütige Konfusion in dem riesigen Foyer, und daß »Ludwig der Faule«, der Hund der Kenyons, sich dazu entschloß, auf Bethens Schleppe ein Nickerchen zu machen, war auch nicht gerade dazu angetan, den Prozeß des Ablegens der Hüte und Mäntel zu beschleunigen. Aber nach und nach fand sich die Hochzeitsgesellschaft dann doch im Speisezimmer ein.

Kenneth war bis zuletzt mit Michael, der die Gäste in der Halle begrüßt hatte, im Foyer geblieben, und sagte zu ihm: »Meinen herzlichen Dank an dich und Catherine, daß ihr diesen Tag für Beth und mich zu etwas ganz Besonderen gemacht habt.«

Sein Freund machte eine wegwerfende Geste. »Gibt es jemand, der keine Hochzeiten mag? Auch hatte ich schon immer eine hohe Meinung von Jack Davidson, und deine Schwester ist ein Schatz. Daß du sie nun sicher unter der Haube weißt, muß dir eine große Last von der Seele genommen haben.«

»Ich denke, daß das für dich eine gute Übung für den Tag sein könnte, an dem Amy heiraten wird.«

Michael stöhnte. »Rede mir bloß nicht davon. Ich fürchte, ich werde jedem jungen Mann den Hals brechen, der es wagt, sie zu fragen, ob sie mit ihm einen Spaziergang im Garten machen möchte.«

Kenneth lächelte und dachte, daß sein Freund von seiner Rolle als Stiefvater offenbar sehr angetan war. Sie bewegten sich gerade auf den Korridor zu, der zum Speisezimmer führte, als der Klopfer an der Eingangstür so heftig betätigt wurde wie ein Schmiedehammer, so daß Michael mitten im Schritte innehielt und betroffen sagte: »Nanu, ein verspäteter Gast? Oder einer, den wir aus Versehen ausgesperrt haben?« Worauf er zur Eingangstür eilte, um diese zu öffnen.

Als diese aufschwang, lief Hermione in die Halle hinein. Michael ignorierend, als wäre er ein Lakai, schoß sie geradewegs auf Kenneth zu. »Wie kannst du dich erdreisten«, schrie sie, »erst in mein Haus einzubrechen, mir meinen Schmuck zu stehlen und dann auch noch die Unverschämtheit zu besitzen, Beth einen Brief schreiben zu lassen, in der sie sich für die ›Rückgabe‹

der Juwelen bedankt! Du ... Biest! Du verabscheuungswerter Schuft!«

Das war die Stiefmutter, wie er sie kannte. Als sie jetzt versuchte, ihm mit ihren zu Krallen gebogenen Fingern das Gesicht zu zerkratzen, packte er ihr Handgelenk und hielt es fest wie ein Schraubstock. »Es ist zu spät dazu, jetzt noch Eure Meinung zu ändern, Hermione«, erklärte er kühl. »Ich habe den Beweis dafür, daß Ihr den Schmuck freiwillig zurückgegeben habt. Also werden Euch Eure wilden Anschuldigungen wenig nützen.«

»Lügner! Ich habe so etwas niemals getan.« Sie riß sich von ihm los. »Ich werde dich vom Magistrat wegen Diebstahls verhaften lassen!«

»So?« Kenneth holte nun das Schreiben aus seiner Rocktasche, das sich in der Schmuckkassette befunden hatte. »Das hier sieht mir aber ganz nach Eurer Handschrift aus.«

Hermione faltete mit bebenden Händen das Blatt Papier auseinander.

»Das ist eine Fälschung!« keuchte sie. »Ich habe so etwas niemals geschrieben!«

»Vielleicht in einem Anfall von Geistesabwesenheit, so daß Ihr Euch jetzt nicht mehr daran erinnern könnt, diese Zeilen geschrieben zu haben?«

Da er das Schreiben behalten wollte, falls er es als Beweisstück brauchen sollte, nahm er es ihr jetzt wieder rasch aus der Hand.

Als Hermione zu einer neuen Explosion Luft holte, sagte eine musikalische, arglose Stimme: »Lady Kimball! Wie reizend, daß Ihr der Einladung zum Hochzeitsfrühstück gefolgt seid! Beth wird sich sehr darüber freuen.«

Ganz die liebenswürdige Gastgeberin, segelte Catherine nun in das Foyer und sagte: »Ich bin Lady Michael Kenyon. Wir sind einander noch nicht vorgestellt worden. Doch ich erkenne Euch daran, daß man Euch nachsagt, eine der größten Schönheiten der Londoner Gesellschaft zu sein.« Sie schenkte Hermione ein Tausend-Kerzen-Lächeln. »Ich war zutiefst gerührt, als heute morgen das Paket mit den Juwelen hier abgegeben wurde. Es gereicht Euch zu großer Ehre, daß Ihr die Rechte und ungeschriebenen Gesetze der Familientradition für wichtiger haltet als Euren persönlichen Gewinn.«

Hermione starrte sie an, überwältigt von so viel geballtem Charme. Bevor sie einen Ton sagen konnte, fuhr Catherine fort:

»Und deshalb habe ich auch sogleich, nachdem die Juwelen hier eingetroffen waren, meinen Schwager Ashburton von Eurer selbstlosen Geste unterrichtet. Ihr werdet meinen Schwager doch sicherlich kennen.«

Da zeigte sich ein berechnendes Funkeln in Hermiones blaßblauen Augen. »Nein, ich hatte bisher noch nicht die Ehre, den Herzog kennenzulernen.«

»Dann werde ich Euch zu uns zum Dinner einladen, sobald er nach London zurückkommt. Nur zu einem Essen im privaten Kreis natürlich, da er noch immer um seine verstorbene Gattin trauert. Aber ich möchte gern, daß Ihr ihn möglichst bald kennenlernt. Es ist so wichtig, daß er die richtige Wahl trifft, wenn er sich wieder verheiratet.«

Es folgte nun ein langes, vielsagendes Schweigen, während die beiden Frauen einander in die Augen sahen. Dann kräuselten sich Hermiones Lippen zu einem räuberischen Lächeln. »Da auch ich erst vor kurzem meinen Gatten verloren habe, bin ich mir sicher, daß der Herzog und ich vieles gemein haben.«

Catherine strahlte. »Aber jetzt macht uns doch bitte die Freude, an dem Hochzeitsfrühstück teilzunehmen. Beth möchte sich bestimmt bei Euch dafür bedanken, daß Ihr es ihr ermöglicht habt, die Perlen ihrer Mutter an ihrem Hochzeitstag zu tragen.«

»Ich kann leider nicht bleiben, aber ich möchte doch nicht versäumen, der guten Beth meine Glückwünsche zur Vermählung auszusprechen.« Hermione ließ ein glokkenreines Lachen hören. »Es ist so absurd, eine Stieftochter zu haben, die höchstens zwei Jahre jünger ist als ich. Aber ich bin ja selbst noch ein Kind gewesen, als ich Kimball heiratete, müßt Ihr wissen.«

Nachdem die beiden Frauen das Foyer verlassen hatten, sagte Kenneth tief beeindruckt: »Respekt, Respekt. Korrigiere mich, wenn ich mich täusche. Aber ich glaube, ich habe soeben miterlebt, wie deine so überaus tugendsame Ehefrau soeben einer Schlange die Giftzähne gezogen hat, indem sie dieser versprach, sie mit dem reichsten und begehrtesten Witwer zu verkuppeln, der auf dem Heiratsmarkt zu haben ist.«

Michael lachte leise. »Catherine ist eine gefährliche Frau, nicht wahr? Ich danke Gott jeden Tag dafür, daß ich sie an meiner Seite habe.«

»Sie könnte sogar noch Wellington Lektionen in der taktischen Kriegsführung geben. Aber ich dachte, daß sie deinen Bruder sehr gern hat. Es wäre doch grausam, ihn in Hermiones Krakenarme zu treiben.«

»Stephen ist viel zu vernünftig, um sich von so einer Harpyie zum Traualtar schleppen zu lassen«, beruhigte Michael ihn. »Und wenn sie dann eines Tages einsehen muß, daß sie keine Chance hat, die nächste Herzogin von Ashburton zu werden, wird es zu spät für sie sein, dich auf die Herausgabe der Juwelen zu verklagen.«

Da kam es Kenneth erst so richtig zu Bewußtsein, wie perfekt Catherines Intervention sowohl in zeitlicher wie auch in inhaltlicher Hinsicht gewesen war, und fragte nun mißtrauisch: »Du bist doch wohl nicht selbst in Hermiones Haus eingebrochen – oder doch?«

Michael zeigte ihm auf eine aristokratische Weise seine Mißbilligung, indem er die Brauen wölbte und fragte: »Wie käme ich wohl dazu, etwas von Einbrüchen zu verstehen?«

»Mag sein, daß du darin keine Übung hast. Aber ist nicht einer von deinen ›Fallen-Angel‹-Freunden so etwas wie ein Meisterspion der Regierung gewesen? So ein Mann könnte ein paar interessante Fähigkeiten auf diesem Gebiet besitzen.«

Ein belustigter Funke zeigte sich da in Michaels Augen. »Möglich, daß ich Lucien gegenüber etwas von dem schändlichen Verhalten deiner Stiefmutter erwähnt habe. Und da Lucien ein ausgeprägtes Gerechtigkeitsgefühl besitzt, könnte es sein, daß er in seiner Entrüstung mit seinen etwas weniger respektablen Bekannten darüber sprach.«

»Zu denen vermutlich nicht nur Einbrecher, sondern auch Fälscher gehörten.«

»Zweifellos«, erklärte Michael lakonisch.

Kenneth grinste. »Ich glaube nicht, daß ich jetzt noch mehr darüber wissen möchte. Würdest du bitte allen, die es betreffen könnte, meinen innigsten Dank aussprechen?«

»Wofür sind Freunde denn sonst gut?« erwiderte Michael und legte Kenneth die Hand auf die Schulter. »Aber jetzt komm mit in das Speisezimmer. Wir müssen jetzt doch beide mit den übrigen Gästen auf das Wohl des frisch verheirateten Paares anstoßen.«

Wie alle guten Hochzeitsfrühstücke dauerte auch

das von Beth und Jack bis zum späten Nachmittag. Schließlich löste sich die Feier in ein vergnügtes und von zahllosen Umarmungen und Küssen begleitetes Geschnatter von Lebewohls und Dankeschöns auf, mit dem die Gäste sich von ihren Gastgebern, dem Hochzeitspaar und untereinander verabschiedeten. Lavinia sagte, als sie sich die Handschuhe anzog: »Ich fahre in Eure Richtung. Soll ich Euch in meiner Kutsche mitnehmen?«

Kenneth schüttelte den Kopf. »Bringt Rebecca nach Hause. Ich gehe lieber zu Fuß und genieße das schöne Wetter.«

»Darf ich mitkommen?« fragte Rebecca. »Ich müßte meinen Kopf ein wenig auslüften nach dem vielen Champagner.«

»Ich freue mich, wenn du mir Gesellschaft leistest«, erwiderte er lächelnd und bot ihr seinen Arm an.

Sie nahm ihn und dachte, daß er heute sehr elegant aussah. Wie ein für eine Hochzeit auf Hochglanz gebrachter Pirat.

Sie seufzte erleichtert, als sie die Vorhalle von Ashburton House verließen und auf die Straße hinaustraten. »Es war ein schöner Tag. Aber nach so viel Trubel sehnt man sich nach Frieden. Ich denke, daß ich jetzt ein halbes Jahr lang genug habe von gesellschaftlichen Ereignissen.«

»Dann ist das jetzt wohl nicht der richtige Zeitpunkt dafür, dich daran zu erinnern, daß wir in der nächsten Woche wieder zu einem Ball gehen müssen?«

»Ach, ja, zum Ball der Strathmores. Den hatte ich ganz vergessen.« Sie verzog das Gesicht. »Nun gut. Ich glaube, ich werde mich bis dahin soweit erholt haben, daß ich nicht gleich davonlaufe, wenn ich eine Menschenansammlung vor mir sehe.«

Während sie durch die Straßen von Mayfair wanderten, studierte sie Kenneths Gesicht aus den Augenwinkeln. Obwohl sie nun schon ein paar Wochen lang an seinem Porträt gearbeitet hatte, wurde sie nicht müde, ihn anzuschauen. In solchen Momenten wie diesen wünschte sie sich sogar, ihn behalten zu können.

Diesen gefährlichen Gedanken beiseite schiebend, sagte sie: »Was ist nur mit Hermione passiert? Seit sie, lächelnd wie ein tollwütiger Hund, an der Hochzeitstafel erschien, sterbe ich vor Neugier, das zu erfahren.«

Mit einem amüsierten Funkeln in den Augen erzählte Kenneth ihr nun, wie seine Stiefmutter wütend ins Haus gestürmt kam und dann von Catherine auf eine raffinierte Weise gezähmt worden war.

Als er mit seinem Bericht zu Ende war, brach Rebecca in ein lautes Lachen aus. »Großartig! Da Hermione käuflich ist, dachte sie, daß Catherine das ebenfalls wäre.«

»Catherine käuflich?« erwiderte er. »Interessant. Ich hatte nämlich gleich den Eindruck, als wäre mir bei dem Gespräch, das die beiden Damen miteinander führten, etwas entgangen. Aber was?«

»Als Catherine zu deiner Stiefmutter sagte, sie wünschte sich, daß Ashburton die richtige Wahl treffen würde, wenn er sich wieder verheiratete, deutete sie Hermione damit an, daß ihr Schwager eine Frau nehmen sollte, die ihm keinen Erben schenken würde«, erklärte Rebecca. »In diesem Fall würde dann ihr eigener Sohn der nächste in der Erbfolge und eines Tages den Besitz und Titel seines Onkels übernehmen.«

»Ah«, sagte Kenneth da, sich mit der Hand vor die Stirn schlagend. »Da Hermione in der mehr als zehnjährigen Ehe mit meinem Vater kinderlos geblieben ist, kann man wohl von der Annahme ausgehen, daß sie unfruchtbar ist. Andrerseits ist sie aber auch schön genug, um dem Herzog den Kopf zu verdrehen und ihn dazu bewegen zu können, sie zu heiraten. Damit wäre sie das ideale Werkzeug für Catherines angebliche Pläne.«

»Genau. Und die Krönung des Ganzen ist, daß Catherine mir selbst gestanden hat, sie würde es gar nicht gern sehen, wenn der junge Nicholas einmal Herzog von Ashburton würde.« Rebecca lachte abermals. »Natürlich kann Hermione sich nicht vorstellen, daß es jemand gibt, der auf so viel Reichtum und Macht verzichten würde.«

»Das war also der Hintergedanke, den die beiden Frauen verfolgten, als sie so süß miteinander im Foyer parlierten. Catherine ist sogar noch gerissener, als ich glaubte.«

Rebecca warf ihm einen schrägen Blick zu. »Und nichts kann mich davon überzeugen, daß deine Stiefmutter freiwillig auf den Familienschmuck verzichtet hat. Hat ihr vielleicht jemand, der es gut mit dir meint, eine Botschaft zukommen lassen, daß er sie umbringen würde, wenn sie den besagten Schmuck nicht schleunigst herausrückt?«

Er grinste. »Ich denke, daß Michael einen Freund mit Beziehungen zu anrüchigen Kreisen darum gebeten hat, dafür zu sorgen, daß man die Juwelen aus ihrem Haus stiehlt und das Begleitschreiben fälscht. Ich habe ihn allerdings nicht darum gebeten, mir diese Vermutung zu bestätigen.«

»Ein Sieg der Gerechtigkeit über das Gesetz. Das gefällt mir.« Sie hob das Bukett, das sie aus dem Ashburton-Palais mitgenommen hatte, an die Nase, um den süßen Duft der Blumen einzuatmen, die aus den Gewächshäusern des Herzogs stammten. »Könntest du, wenn du den Familienschmuck verkaufen würdest, mit dem Erlös deine Schulden bezahlen?«

»Vermutlich nicht alle. Aber wenn Gott will, würde ich so viel dafür bekommen, daß ich einen Teil der Hypotheken, mit denen Sutterton belastet ist, ablösen und die anderen verlängern könnte.«

»Dann wärst du also vor dem Bankrott gerettet. Das ist wunderbar!«

»Es ist noch zu früh, so etwas zu sagen«, erwiderte er vorsichtig. »Ich würde meinen, die Chancen stehen fünfzig zu fünfzig.« Er blieb stehen, um eine Kutsche vorbeizulassen, ehe er mit Rebecca die Straße überquerte. »Aber eines kann ich ganz gewiß tun. Zu Lebzeiten meines Großvaters wurde ein Landsitz namens Ramsey Grange, der an unseren Besitz grenzte, käuflich erworben. Das Haus, das recht hübsch ist, wurde daraufhin vermietet, während die dazugehörigen Weiden und Äkker mit unserem Besitz zusammengelegt und von uns bewirtschaftet wurden. Da Ramsey Grange jedoch mit eigenen Hypotheken belastet ist, könnte ich diese jetzt ganz ablösen und den Besitz Beth und Jack überschreiben.«

»Dann wären die beiden auch versorgt, wenn Sutterton unter den Hammer käme«, sagte sie leise. »Ihr seid überaus großzügig, Captain.«

Er zuckte mit den Achseln. »Ich würde den beiden nur die Mitgift zukommen lassen, auf die meine Schwester Anspruch hat.«

Das mochte so sein. Aber nicht alle Brüder würden so viel für ihre Schwester tun, wenn sie selbst in einer finanziellen Klemme steckten. Was für ein durch und durch anständiger Mann ihr Pirat doch war. Sie steckte noch einmal die Nase in ihre Blumen, sich dabei vagen romantischen Gedanken hingebend, an denen vermutlich der Champagner schuld hatte.

»Ist das nicht das Brautbukett von Beth, das du da trägst?« fragte er.

»Nun, ja ... deine Schwester meinte, da ich sowieso die nächste wäre, die heiraten würde, könnte sie mir den Strauß auch gleich in die Hand drücken, statt ihn mit verbundenen Augen in den Saal zu werfen.«

Er zeigte ihr ein verständnisvolles und zugleich reuiges Lächeln. »Was für Wellen doch so eine falsche Verlobung schlägt.«

»Sie ist nicht falsch, sondern sehr offiziell. Wir haben uns lediglich darauf verständigt, sie aufzulösen, bevor wir das Eheversprechen einlösen müssen.«

»Womit es noch Zeit hat.« Er blieb stehen und grub etwas aus seiner Rocktasche. »Zieh doch bitte mal deinen linken Handschuh aus.«

Sie gehorchte, und als sie das weiße Ziegenleder heruntergestreift hatte, hob er ihre Hand an und schob ihr einen herrlichen, mit einem großen Diamanten besetzten antiken Ring an den Finger.

Rebecca starrte auf ihre Hand hinunter. Sie wußte, daß man traditionsgemäß sorgfältig darauf achtete, daß der Ring auch die richtige Größe hatte, weil man das als ein Omen für eine harmonische Verbindung betrachtete. Und dieser saß perfekt. Sie schluckte und wollte weinen, obwohl sie nicht wußte, warum. »Er ist ... ist sehr hübsch.«

»Der Ring ist seit vielen Generationen im Besitz der Familie Wilding gewesen«, sagte er rauh. »Ich habe ihn in Hermiones Schmuckkassette entdeckt und dachte, er könnte uns dabei helfen, den Schein unserer Verlobung aufrechtzuerhalten.«

Sie faltete die Finger zu einer Faust zusammen. »Ich werde gut auf ihn aufpassen, bis der Tag kommt, wo ich ihn wieder zurückgeben muß.« Sie hob den Kopf und sah, daß sich in seinen Augen etwas von ihren eigenen Gefühlen widerspiegelte. So ein Ring hatte nicht nur Symbolcharakter, er war mehr als nur ein Versprechen.

Rebecca zog den Handschuh wieder an – keine leichte Aufgabe, da der Diamant fast das dünne Leder sprengte –, und nachdem sie sich bei Kenneth eingehängt hatte, setzten sie ihren Weg fort. Sie fand es jetzt besser, nicht mehr über ihre persönlichen Angelegenheiten, sondern über geschäftliche Dinge zu reden.

»In drei Wochen ist Einsendeschluß«, sagte sie.

»Einsendeschluß? Wofür?«

»Für die Arbeiten, die man der Royal Academy für die diesjährige Ausstellung zur Prüfung vorlegen muß.« Sie zupfte nachdenklich an ihrem Blumenstrauß. »Am zehnten April Punkt zwölf Uhr nachts. Bis dahin hast du noch genügend Zeit, ein Gemälde für die Ausstellung vorzubereiten. Natürlich nicht das von Lilith.«

»Wie bitte?« Er hielt mitten im Schritt an. »Ich soll der Akademie ein Bild von mir vorstellen? Das ist absurd.«

»Das ist es ganz bestimmt nicht«, gab sie zurück. »Vielleicht fällt es Euch schwer, das zu akzeptieren, Captain, aber Ihr seid jetzt ein professioneller Künstler. Der beste Graveur Englands will Eure Zeichnungen in Kupfer stechen. In der Akademie ausgestellt zu werden, ist nun der nächste Schritt. Das ist die beste Methode, um Eure zukünftigen Kunden auf Eure Arbeiten aufmerksam zu machen.«

Kenneth, der sie so entgeistert anstarrte, als hätte sie ihn soeben mit einer Zaunlatte auf den Kopf geschlagen, sagte mit schwacher Stimme: »Selbst wenn ich schon gut genug malen würde, wäre das, was ich malen möchte, vermutlich zu radikal für die Jury der Akademie.«

»Wie mein Vater zu sagen pflegt – ein Künstler muß das machen, was ein Künstler machen muß«, erwiderte sie, keinen Zoll nachgebend. »Hunderte von Malern stellen jedes Jahr ihre Bilder in der Akademie aus, und viele davon sind nur mittelmäßig. Mit deinem Talent hast du große Chancen, für die Ausstellung ausgewählt zu werden. Und wenn deine Bilder zu radikal sind ... nun, dann sind sie es eben. Dann malst du weiter und legst deine Arbeiten im nächsten Jahr abermals vor.«

Er starrte sie lange an, bis sein verzerrtes Gesicht sich plötzlich entspannte. »In Ordnung«, sagte er, »ich werde ein Gemälde von mir der Akademie vorstellen, wenn du das auch tust.«

»Ich!« Ihre Stimme war fast ein Quietschen. »Unsinn. Ich habe keine Veranlassung dazu, meine Bilder auszustellen.«

»Aha. Es schmeckt dir wohl nicht, wenn du dir den Schuh selbst anziehen sollst, wie? Obwohl du es nicht nötig hast, deine Arbeiten zu verkaufen, ist es meiner Meinung nach doch wichtig für dich, deine Bilder auszustellen.« Und mit einem boshaften Funkeln in den Augen setzte er hinzu: »Ein Talent ist ein Geschenk Gottes, das man pflegen und in Ehren halten muß.«

Ihre Worte kamen jetzt wie ein Bumerang zu ihr zurück. »Ich pflege es ja«, verteidigte sie sich. »Ich probiere immer neue Techniken aus und versuche mich ständig zu verbessern.«

Er faßte sie bei den Schultern und blickte ihr ins Gesicht. »Das ist nicht genug«, sagte er im beschwörenden Ton. »Erinnerst du dich an das Gleichnis in der Bibel von dem Mann, der sein Talent im Boden vergrub, statt es zu nützen? Das ist es, was du auch tust. Du bist eine unglaublich talentierte Künstlerin, und deshalb hast du auch die moralische Verpflichtung, diese Gabe mit anderen zu teilen – anderen Menschen die Möglichkeit zu geben, sich von deinen Arbeiten inspirieren, bewegen, begeistern oder auch ärgern zu lassen.«

Rebecca versuchte, von ihm wegzuschauen, aber der durchbohrende Blick seiner grauen Augen hielt ihre gefangen.

»Wovor fürchtest du dich?«, fragte er leise. »Bestimmt nicht vor einem Mißerfolg. Deine Gemälde sind großartig, und das weißt du auch.«

Ihre Arbeiten hatten zwar unter einer geistigen und seelischen Erschöpfung gelitten, die sie nach dem Tod ihrer Mutter befallen hatte, doch diese Schwächeperiode hatte sie inzwischen überwunden. Weshalb war ihr dann so bange bei dem Gedanken, ihre Gemälde auszustellen, daß ihr Herz so heftig klopfte wie bei einem aufgeschreckten Hasen?

Warum?

Und dann so stockend, als würden die Worte aus dem tiefsten Grund ihres Wesens langsam an die Oberfläche steigen, sagte sie: »Ich ... ich habe Angst davor, einem Fremden zu viel von mir selbst zu verraten.«

»Das verstehe ich. Aber das gibt sich«, sagte er unbeeindruckt. »Du wirst diese Scheu überwinden. Jeder Künstler entblößt in gewisser Weise sein Ich. Jeder Schriftsteller, jeder Musiker. Zumindest jene, die gut sind. Oder glaubst du etwa, daß mir so wohl wäre bei dem Gedanken, daß sich jeder, der ein paar Schillinge übrig hat, meine privaten Alpträume auf dem Markt kaufen kann? Aber wenn ich nicht etwas von mir selbst in meine Zeichnungen hineinlege, haben sie nichts zu sagen. Das gleiche gilt für dich. Wenn du damit fortfährst, dein Talent vor der Außenwelt zu verstecken, wird es mit der Zeit verkümmern und vielleicht sogar absterben. Oh, du wirst zwar immer hübsche Bilder malen können, aber du läufst Gefahr, daß du die Fähigkeit verlierst, die Seele eines Menschen anzurühren.«

Auf einer in der Tiefe ihres Wesens verborgenen, intuitiven Ebene erkannte sie die Wahrheit, die in seinen Worten steckte. »Ihr versteht es, Eure Lanze auf meine verwundbarste Stelle zu setzen, Captain.« Sie holte tief Luft. »Nun gut«, sagte sie dann, »ich werde etwas einreichen, wenn du das ebenfalls tust.«

»Hallelujah!« Er beugte sich zu ihr hinunter, um ihr einen hauchzarten Kuß auf den Mund zu geben. »Auf unseren gemeinsamen Erfolg.«

Sie erschauerte bei seiner Berührung. Was hatte dieser Kenneth nur an sich, daß er ihren Geist immer so in Unordnung brachte? Bevor er in das Haus ihres Vaters gekommen war, hatte sie sich fest vorgenommen, niemals eines von ihren Werken auszustellen. Aber als sie nun wieder seinen Arm nahm, um die letzten paar hundert Yards zu Sir Anthonys Haus zurückzulegen, spürte sie, wie sich bei dem Gedanken an das, was sie sich jetzt vorgenommen hatte, eine Erregung ihrer bemächtigte, die weniger einen ängstlichen sondern eher einen erwartungsvollen Charakter besaß. Kenneth hatte recht. Es wurde Zeit, daß sie dieses Wagnis einging.

Als sich Kenneth nach dem Dinner in sein Studio begab, verbrachte er dort erst ein paar Minuten damit, das Lilith-Gemälde zu studieren. Er mußte es nur noch mit einer Schicht Klarlack überziehen, und dann war es fertig. Nur schade, daß er es niemandem zeigen konnte. Es würde immer einen besonderen Platz in seinem Herzen einnehmen, und das nicht nur deswegen, weil es ihn von seiner geistigen Lähmung befreit hatte, was die Ölmalerei betraf. Sondern weil es, was noch wichtiger war – und dabei ging sein Blick kurz zu dem Bett an der Hinterwand des Raumes hin –, Rebecca in all ihrer verführerischen Macht zeigte.

Er deckte das Bild mit einem Tuch zu und lehnte es an die Wand. Dann stellte er einen anderen Rahmen mit einer darauf gespannten Leinwand auf die Staffelei. Er hatte sie mit einer roten Grundierung versehen, um sie für das Bild vorzubereiten, das er jetzt malen mußte. Das war kein Projekt, für das er erst langwierige Vorstudien machen, Skizzen anfertigen und mit dem Bildaufbau experimentieren mußte, weil sich dieses Tableau schon vor Jahren in allen Einzelheiten seinem Geist eingebrannt hatte.

Um dem Sujet jedoch gerecht zu werden, mußte er wohl noch einmal diese seelischen Qualen, die er damals durchlitten hatte, in sich aufleben lassen. Die Technik würde kühn sein – ein einziger, leidenschaftlicher Aufschrei –, und die rote Grundierung würde diese sich an den Himmel richtende Klage mit einem zornigen Unterton versehen. Das Ergebnis würde allerdings himmelweit von diesen kühlen, in Details schwelgenden historischen Themen entfernt sein, die die Akademie so sehr schätzte. Und jeder, der dieses Bild sehen würde – Rebecca vielleicht ausgenommen –, würde sich mit Grausen davon abwenden.

Doch es war das Bild, das er malen mußte.

Er beschwor es nun wieder vor seinem inneren Auge herauf, und zugleich das Entsetzen, mit dem es ihn erfüllt hatte. Zwar hatte er den Schock, den es ihm damals versetzt hatte, überwunden, doch die seelische Wunde, die er dabei davongetragen hatte, war nie ganz verheilt.

Tränen blinkten nun in seinen Augen, als er den Kohlestift zur Hand nahm und die Figuren zu skizzieren begann.

Kapitel 24

Rebecca nahm einen besonders feinen Pinsel zur Hand und vertiefte nun die Schatten in den Augenwinkeln des Korsaren. Sie betrachtete das Resultat, wollte sie mit einem Pinselstrich noch mehr betonen, unterließ das dann aber und trat mit einem reuigen Lächeln von der Leinwand zurück. Es war leichter, ein Gemälde anzufangen, als es zu beenden. Da juckte es einen doch immer in den Fingern, noch etwas zu verbessern – war die Versuchung groß, immer weiter zu malen, bis die Perfektion, die einem vorschwebte, erreicht war. Es fiel ihr schwer, sich an den Gedanken zu gewöhnen, daß es unmöglich war, dieses Ziel zu erreichen, und daß man vielmehr alles, was einem bisher gelungen war, damit verderben konnte, indem man das Unmögliche versuchte.

Sie spürte jedesmal eine Leere in sich, wenn sie eine Arbeit beendete, die sie so vollkommen in Beschlag genommen hatte wie dieses Bild. Aber zumindest bedeutete die Fertigstellung dieses Gemäldes, daß sie jetzt nicht mehr ständig mit einer sie bis an den Rand des Wahnsinns treibenden Eindringlichkeit an Kenneth und dessen großartigen Körper denken mußte. Statt dessen würde sie jetzt höchstens noch – nun – so ungefähr zehn- oder zwölfmal am Tage an ihn denken.

Die Studiotür öffnete sich hinter ihr mit einem lauten Quietschen, und Lavinia stürmte herein.

Rebecca wirbelte herum und seufzte: »Ihr solltet Euch wirklich angewöhnen, erst anzuklopfen.«

»Das habe ich getan. Dreimal sogar. Aber Ihr habt es offenbar nicht gehört.«

»Oh, tut mir leid.« Rebecca sah zum Fenster hin. Später Nachmittag. Sie schien den Lunch versäumt zu haben. »Hättet Ihr gern eine Tasse Tee?«

»Danke, aber so lange kann ich nicht bleiben. Ich bin nur kurz vorbeigekommen, um Euch das Kleid zu bringen, das meine Zofe für den Ball bei den Strathmores geändert hat. Ich habe es Eurem Zimmermädchen, dieser Betsy, gegeben. Sie scheint mir die Veranlagung zu einer echten Kammerzofe zu haben. Jedenfalls hat sie ein größeres Verständnis für Kleidermoden als Ihr, Rebecca.«

»Oh, ich bitte nochmals um Entschuldigung, aber so kurz vor Einsendeschluß geht es bei uns immer ein bißchen chaotisch zu.«

»Das habe ich bemerkt. Mit den vier großen historischen Gemälden, die Anthony bis dahin fertiggestellt haben muß, ist er nicht mehr zu genießen.« Lavinia legte den Kopf auf die Seite. »Aber warum seid Ihr denn so beschäftigt? Sagt bloß, daß Ihr Euch endlich dazu entschlossen hättet, ebenfalls etwas von Euren Arbeiten einzureichen!«

Rebecca nickte verschämt.

»Wie? Hallelujah, das wird ja auch Zeit! Was wollt Ihr der Jury denn vorstellen?«

»Vermutlich das Bild dort, das ich soeben fertiggestellt habe, und noch ein zweites Gemälde.« Sie deutete mit dem Kopf zur Staffelei hin. »Wollt Ihr Euch meinen Korsaren einmal anschauen?«

»Aber mit dem größten Vergnügen!« Lavinia trat vor die Staffelei und ließ einen leisen anerkennenden Pfiff hören. »Gütiger Gott, was sagt Kenneth denn dazu?«

»Ich habe es ihm noch nicht gezeigt. Ich werde es natürlich nicht einreichen, wenn er nicht will, daß es ausgestellt wird.«

»Falls er Bedenken haben sollte, ignoriert sie einfach und stellt es trotzdem aus. Alle Frauen, die die Kunst lieben, und selbstredend auch die Männer werden es Euch danken.«

»Was meint Ihr damit?« sagte Rebecca stirnrunzelnd.

»Ihr habt mit dem Bild eine Apotheose der Männlichkeit erschaffen«, erwiderte Lavinia mit einem verschmitzten Lächeln. »Euer Korsar ist der Traum einer jeden Frau von einem Liebhaber, mit dem sie eine Sünde begehen würde. Dunkel. Gefährlich. Unwiderstehlich. Doch wenn sie ihm in die Augen schaut, weiß sie, daß sie der Grund ist, weshalb er auf die Welt gekommen ist.« Lavinia begann sich mit ihrem Ridikül Luft zuzufächeln. »Kurz gesagt, das Bild ist die Leidenschaft in Reinkultur.«

Rebecca zuckte zusammen. »Sagt, daß das ein Scherz war.«

»Ein bißchen übertrieben vielleicht, aber kein Scherz.« Lavinia stülpte die Lippen auf, während sie das Bild erneut studierte. »Ihr werdet diesen Mann tatsächlich heiraten müssen, wenn Ihr ihn so seht.«

»Lavinia, das ist ein Gemälde! Öl auf Leinwand! Es

ist keine Liebeserklärung, sondern nur ein romantisiertes Porträt von einem ehemaligen Armeeoffizier!«

»Hm, das ist, was Ihr denkt. Aber ich habe nicht mein halbes Leben in der Umgebung von Künstlern verbracht, ohne etwas über ihren Charakter zu erfahren. Die meisten von Euch Künstlern kennen ihre eigenen Gefühle nicht, bevor sie nicht einen Stift in die Hand nehmen.« Sie fächelte noch schneller. »Bitte, bitte, kann ich ihn haben, wenn Ihr ihn nicht haben wollt?«

Rebecca lachte. »Kenneth ist kein Schal, den ich ausleihen oder verschenken könnte. Und selbst auf die Gefahr hin, daß Ihr mich für taktlos haltet – Ihr habt ihm doch schon Avancen gemacht, auf die er nicht eingegangen ist.«

»Das hatte ich auch nicht von ihm erwartet. Aber er war so ernsthaft, daß ich der Versuchung nicht widerstehen konnte, ein wenig mit ihm zu kokettieren.« Lavinia grinste. »Was nicht heißen soll, daß ich gezögert haben würde, die Sache weiterzuverfolgen, wenn er ja gesagt hätte.«

Rebecca schüttelte den Kopf. »Ihr seid doch unverbesserlich.«

»Möglich.« Lavinia studierte abermals das Bild. »Aber Scherz beiseite – das Gemälde ist großartig. Die beste Arbeit, die Ihr bisher gemacht habt. Was wollt ihr noch einreichen?«

Rebecca zögerte, da sie nicht mit ihr über das Bild von der Frau sprechen wollte, die von einem Felsen herabstürzt. »Ich bin mir da noch nicht sicher.«

»Solange Ihr überhaupt etwas einreicht. Die Akademie kann nur profitieren, wenn sie noch mehr Bilder von weiblichen Künstlern ausstellt. Eines Tages wird sie sogar wieder Frauen als Mitglieder aufnehmen müssen. Wenn sie das tut, müßt Ihr dafür bereitstehen, Rebecca.« Sich von der Staffelei wegwendend, sagte sie: »Wenn Ihr zu dem Ball der Strathmores geht, laßt Euch bitte nicht wieder in so einer kompromittierenden Situation ertappen wie bei den Candovers. Ich würde nämlich diesmal nicht da sein, um Euch zu retten.«

»Da ich ja bereits meinen Ruf ruiniert habe und obendrein auch noch verlobt bin, kann ich mir nicht vorstellen, was für einen Schaden ich mir noch zufügen könnte.«

Lavinia schniefte. »Für eine Frau mit Euren kreativen Fähigkeiten wäre es ein Kinderspiel, eine neue Methode zu entdecken, wie Ihr Schande über Euch bringen könnt. Also versucht Euch zu beherrschen.«

»Ich kann Euch das aber nicht versprechen«, erwiderte Rebecca lachend.

Nachdem Lavinia gegangen war, betrachtete Rebecca abermals ihr Gemälde. Leidenschaft pur? Es war nicht so ganz verkehrt, was Lavinia da gesagt hatte, dachte Rebecca unbehaglich. Und wie sie Kenneth erklärt hatte, war Farbe ein Medium, das in diesem Fall die in ihr versteckte Leidenschaft zu ihrem Modell getreulich in ein Bild übersetzt hatte. Zum Glück würden nur wenige Leute ein so scharfes Auge dafür haben wie Lavinia.

Rebecca dachte an die Nacht zurück, in der Kenneth und sie sich geliebt hatten, und spürte, wie sich wieder dieses flüssige Feuer tief in ihrem Inneren zu regen begann. Und als ihr nun wieder das Bild seines Körpers vor Augen stand, der sich über ihren schob, drehte sie sich, die Lippen zusammenpressend, von der Staffelei weg. Sie hätte nur zu gern die Vollendung dieses Gemäldes mit dem Mann gefeiert, der sie dazu inspiriert hatte. Doch sie wagte nicht, ihrem Verlangen nachzugeben, egal, wie gern sie beide die Wonnen, die sie ihnen spenden würden, genossen hätten. Dieses eine Mal, wo sie ihrer Leidenschaft gefrönt hatte, hatte ihr nicht genügt.

Aber wie leicht konnte sie süchtig werden von der Wollust, sich mit ihm zu vereinigen. Sie trübte bereits ihr Urteilsvermögen. Und wenn sie nun ein Liebespaar wurden, würde sie bald nur noch ein Spielball ihrer Gefühle sein. Und wenn sie darüber keine Kontrolle mehr hatte, würde sie selbst aufgegeben.

Nein, es war besser, wenn sie Freunde blieben. Und als seine Freundin konnte sie jetzt auch hinübergehen in sein Studio, um nachzusehen, welche Fortschritte er inzwischen mit seinem Bild gemacht hatte. Denn schließlich war morgen der letzte Tag, an dem sie ihre Bilder noch einreichen konnten. Sie durften diese Frist nicht versäumen. Nichts war jetzt wichtiger als das.

Das Klopfen an seiner Studiotür war begleitet von Rebecca Seatons Stimme, die sagte: »Ich bin es. Darf ich hineinkommen?«

»Natürlich.« Kenneth legte seine Palette beiseite und rieb sich die schmerzenden Muskeln an den Schultern, als sie in das Zimmer trat. Sie sah zum Anbeißen aus in ihrem marineblauen Kleid und dem scharlachroten Band, mit dem sie ihre Haare im Nacken zusammengebunden hatte. Rot vertrug sich eigentlich nicht so recht mit Kastanienbraun, aber sie hatte genau die richtige Schattierung dafür ausgesucht. Er studierte die lockigen Strähnen, die sich um ihr Gesicht ringelten und die schlanke Linie ihres Halses betonten, und zwang sich nun dazu, davon fortzusehen.

»Dein Anblick tut meinen entzündeten Augen gut«, sagte er.

Sie schaute sich im Zimmer um. »Interessant, wie sehr doch unsere Studios von den Persönlichkeiten ihrer Benützer geprägt sind. Vaters Studio ist elegant. Meines ist gemütlich. Und in deinem herrscht eine militärische Ordnung, die man zwar selten bei einem Künstler findet, die jedoch sehr nützlich ist in einem so winzigen Studio.« Ihr amüsierter Blick kehrte nun zu ihm zurück. »Nur du siehst aus, als hättest du seit einer Woche gar nicht oder nur in deinen Kleidern geschlafen. Wie kommst du mit deinem Bild voran?«

Er dachte an die vielen anstrengenden, ihn seelisch zermürbenden Stunden, die er seit der Hochzeit seiner Schwester mit dem Malen dieser Bilder verbracht hatte. An die Alpträume, die wieder in ihm lebendig geworden waren und kaum vernarbte Wunden wieder aufrissen. Sich dazu entschließend, seine Bilder für sich selbst sprechen zu lassen, wenn die Zeit dafür gekommen war, sagte er: »Versäumten Schlaf kann ich nachholen, aber nicht einen geplatzten Termin. Ich bin deinem Vater unendlich dankbar dafür, daß er mit seiner eigenen Präsentation so sehr beschäftigt war, daß er meine Dienste kaum benötigte. Sonst hätte ich meine Bilder unmöglich rechtzeitig fertigstellen können.«

Sie sah zu der Staffelei hin, versuchte jedoch nicht vor diese hinzutreten, um seine Arbeit zu begutachten. Seit dem Lilith-Gemälde behandelte sie ihn eher wie einen Kollegen denn als Schüler, was ihm sicherlich gut bekam, weil es sein Selbstvertrauen stärken mußte.

»Wenn ich dich richtig verstehe, willst du also nicht nur ein, sondern gleich mehrere Gemälde einreichen?«

»Zwei – ein thematisch verwandtes Paar.« Er seufzte. »Das erste davon ist für die Akademie sicherlich inakzeptabel, und ich weiß nicht, ob das zweite so viel besser ist. Trotzdem sagen sie beide das aus, was ich mit ihnen sagen möchte.«

»Hin und wieder überrascht uns die Akademie damit, indem sie etwas Machtvolles und Neues anerkennt. Vielleicht sind es diesmal deine Bilder, bei dem sie beides finden.« Sie zögerte einen Moment. »Laß uns doch nach dem Dinner meinen Vater bitten, sich unsere Gemälde anzuschauen. Er weiß noch immer nicht von unserer Absicht, daß wir beide vorhaben, Bilder für die diesjährige Ausstellung einzureichen.«

»Wir könnten ihm das auch nicht länger verheimlichen«, sagte er und setzte mit einem fragenden Blick hinzu: »Bekomme ich jetzt auch endlich deinen Korsaren zu sehen?«

»Sofort, wenn du willst.« Sie sah nun ein zweitesmal zu seiner Staffelei hin. »Darf ich mir auch deine Arbeit anschauen?«

Kenneth schüttelte den Kopf. »Ich möchte damit lieber warten, bis ich sie dir und deinem Vater gleichzeitig zeigen kann. Es könnte sein, daß du mit deinem Urteil zu nachsichtig bist.«

»Du überschätzt meine wohltätige Ader«, erwiderte Rebecca lachend und begab sich zum Fenster an der Rückseite des Studios. »Ich habe bisher noch nie etwas über deine Arbeiten gesagt, wovon ich nicht ehrlich überzeugt gewesen wäre.«

Er betrachtete sie verstohlen, während er sein Gemälde mit einem Tuch abdeckte. Der Stoff ihres Gewandes floß ihr um den Leib, als trüge sie kaum etwas darunter. Wie viele ihrer Kleider wurde es vorn von einer Reihe von Knöpfen zusammengehalten. Bequem für sie, aber auch eine große Versuchung für ihn. Sie hatte so herrlich kleine Brüste ...

Sein Körper versteifte sich, und er blickte rasch hinunter auf seine Palette. Wie gut, daß er in den letzten Tagen so sehr beschäftigt gewesen war. Weiß Gott, was sonst alles passiert wäre. »Um auf dein Bild zurückzukommen – meinst du, daß es mir vielleicht nicht gefallen könnte?«

»Ich weiß es nicht.« Sie ging zurück zur Tür und sagte beim Hinausgehen über die Schulter: »Lavinia ist vorhin in meinem Studio gewesen und hat es gesehen. Ihre Reaktion darauf war ein wenig alarmierend, aber es gefiel ihr.«

Als sie nun beide in Rebeccas Studio hinüberwechselten, deutete sie stumm auf die Staffelei, die vor dem Nordfenster stand. Sie hatte es so weit von der Tür weggedreht, bis das durch das Fenster flutende Licht das Gemälde ganz ausleuchten konnte. Begierig, zu sehen, was sie aus ihm gemacht hatte, ging er um die Staffelei herum und hielt dann mitten im Schritt an.

Als das Schweigen nicht enden wollte, fragte sie mit einer etwas belegten Stimme. »Du magst es nicht, wie?«

In dem Versuch, eine so objektive Haltung einzunehmen wie sie, als sie sich von ihm als nackte Dämonin porträtiert sah, sagte er: »Doch. Es ist großartig. Ich finde es nur ein wenig ... entnervend, mich auf eine so dramatische Weise dargestellt zu sehen.«

Er mußte sein Urteil von der Tatsache trennen, daß es seine eigenen Augen waren, die ihn aus dem Bild anstarrten. Er fing nun an, das Gemälde Stück für Stück zu analysieren.

Die farbenprächtigen orientalischen Wandbehänge im Hintergrund und der über die Rückenlehne des

Sofas geworfene Perserteppich schufen eine exotische Atmosphäre, jedoch auf eine unaufdringliche, nicht von der Thematik des Bildes ablenkende Weise. Er bewunderte die Pinselführung. Rebecca war eine Meisterin darin, mit nur wenigen flüssigen Strichen den Eindruck eines reich gemusterten Gewebes zu vermitteln.

Gray Ghost war auf dem Bild als eine wunderbar hochmütige Jagdkatze dargestellt. Wenngleich doppelt so groß, als er in Wirklichkeit war, und mit Streifen und Pinselohren versehen, erkannte man den Kater doch sogleich an seiner überheblichen feinen Mimik wieder.

Sich nun schon objektiver fühlend, wanderte Kenneths Blick zu dem das Bild beherrschenden Korsaren zurück – eine machtvolle, arrogante Gestalt, die sich wie ein auf Beute wartender Tiger in das Polster zurücklehnte und den Betrachter aus kohlschwarz umrandeten Augen herausfordernd ansah. Den Piraten jetzt als eine von ihm gänzlich losgelöste, fremde Person betrachtend, sagte er: »Du hast mit deinem Korsaren das Wesen eines Mannes eingefangen, der von der Gewalttätigkeit lebt. Ein harter, wenn nicht sogar brutaler Mann ohne Illusionen, der töten mußte, um nicht selbst getötet zu werden. Eine fürwahr beeindruckende Figur.

Was dieses Bild jedoch zu einem bedeutenden Gemälde macht, ist das da«, fuhr er fort, auf das Profil des Korsaren deutend, das sich in der im schrägen Winkel zum Sofa verlaufenden Wand spiegelte, die so glatt und schwarz war wie polierter Obsidian. »Ein genialer Trick, mit dem es dir gelingt, auch den Preis zu zeigen, den die Seele des Piraten für seine Gewalttaten bezahlen mußte. Er hat viel von dem verloren, was das Leben erst lebenswert macht. Und er scheint sich nun zu fragen, ob dieser Preis nicht zu hoch gewesen ist und der Tod vielleicht nicht die bessere Wahl gewesen wäre.«

»Ist das so, wie du dich siehst, Kenneth?« fragte sie leise.

Er dachte an die Nachwirkungen der Schlachten, an denen er teilgenommen hatte, und an Maria.

»Es gab Momente, wo ich mich so fühlte. Doch das bin in Wirklichkeit nicht ich. Du hast vielmehr eine in mir verborgene Facette meiner Natur entdeckt und daraus etwas Universales, uns alle Bewegendes gemacht. Wirst du das Gemälde morgen bei der Akademie einreichen?«

»Du hättest nichts dagegen?«

»Es würde mich zwar nicht begeistern, meine zerrissene Seele vor den Augen der eleganten Londoner Gesellschaft ausgebreitet zu sehen, aber das werde ich überleben. Auf alle, die den Rang eines Kunstwerkes zu erkennen vermögen, wird das Gemälde zweifellos einen tiefen Eindruck machen.« Er blickte von dem Gemälde zu Rebecca hin. »Wie hat Lavinia darauf reagiert?«

Sie lachte. »Du kennst sie doch. Sie sagte, das Bild wäre Leidenschaft pur. Und wenn ich das empfinden würde, was ich in diesem Bild darstellte, würde ich dich heiraten müssen. Absoluter Blödsinn natürlich.«

Er unterdrückte einen Seufzer. Wie schade, daß Rebecca sich so sehr gegen eine Heirat sträubte. Denn je länger er darüber nachdachte, um so besser gefiel ihm diese Idee.

Als das Dinner an diesem Abend schon fast vorüber war, sagte Kenneth: »Ich möchte Euch um einen Gefallen bitten, Sir Anthony.«

Ihr Vater blickte Kenneth überrascht an. Offenbar war

es das erstemal, dachte Rebecca, daß sein Sekretär ihn um etwas gebeten hatte.

»Ich weiß nicht, ob Rebecca Euch jemals etwas davon erzählt hat«, fuhr Kenneth fort. »Aber ich ... ich bin selbst so etwas wie ein Künstler.«

Rebecca war entzückt darüber, daß sein Selbstvertrauen inzwischen so gewachsen war, daß er so etwas sagen konnte. Sir Anthonys Gesicht nahm jedoch den etwas verdrossenen Ausdruck eines Mannes an, der schon viel zu oft von Amateuren mit einer viel zu hohen Meinung von ihrem Talent um ein Urteil gebeten worden war.

Um ihn zu beruhigen, sagte sie: »Er ist sehr gut, Vater. Ich habe ihm vorgeschlagen, eines von unseren leeren Zimmern im Dachgeschoß als Studio zu benützen.«

Sir Anthonys Brauen schossen in die Höhe. »Mir scheint, daß in letzter Zeit offenbar eine Menge in diesem Haus hinter meinem Rücken passiert. Kein Wunder, daß Ihr ein einfühlsamer und sachverständiger Kritiker von Gemälden seid, Kenneth. Um was für einen Gefallen wollt Ihr mich denn bitten?«

»Ich möchte morgen zwei von mir gemalte Bilder bei der Royal Academy einreichen.« Kenneth spielte mit einer bei ihm ungewohnten Nervosität mit seiner Gabel. »Ich halte es zwar für unwahrscheinlich, daß sie angenommen werden, aber wäret ... wäret Ihr vielleicht dazu bereit, sie Euch anzusehen, um mir zu sagen, ob ich mich bei diesem Versuch zu sehr damit blamieren würde?«

Sir Anthony legte seine Serviette auf den Tisch und erhob sich von seinem Stuhl. »Wenn Ihr das wünscht? Aber ich warne Euch! Ich bin ein unbarmherziger Kritiker.«

»Selbst von seiner Tochter«, sagte Rebecca mit Nachdruck, als sie an die Malstunden dachte, die sie früher einmal bei ihm genommen hatte. Für ihren Vater waren immer nur ihre besten Sachen gerade noch gut gewesen.

Sie stand nun ebenfalls vom Tisch auf. »Und wenn wir schon mal oben im Speicher sind, könntest du dir dann auch gleich die beiden Gemälde anschauen, die ich morgen der Akademie vorstellen möchte, Vater?«

»Hast du dich also endlich doch dazu entschlossen? Wurde ja auch Zeit!« Sir Anthony blickte Kenneth an. »Das haben wir wohl Eurem Einfluß zu verdanken, wie? Die Verlobung scheint Euch beiden zu bekommen!«

Sie hätte jetzt eigentlich wiederholen müssen, daß sie keineswegs die Absicht hatte, zu heiraten. Aber das sollte sie wohl lieber auf einen anderen Tag verschieben.

»Wir haben uns gegenseitig dazu ermutigt, diesen Versuch zu wagen.«

»Gut. Also laßt uns jetzt die Sachen betrachten, damit ich wieder an meine Staffelei zurückkehren kann«, sagte ihr Vater, verließ das Zimmer und wandte sich der Treppe zu.

Kenneth verneigte sich höflich, um Rebecca den Vortritt zu lassen. Seine Miene war undurchsichtig, aber sie merkte ihm an, daß seine Nerven zum Zerreißen angespannt waren. Kein Wunder, wenn sie bedachte, wieviel das Malen ihm bedeutete und er sich nun dem Urteil eines der größten Maler Britanniens stellen wollte, der nur die höchsten Maßstäbe an ein Werk anlegte. Wie sehr inzwischen Kenneths Selbstvertrauen auch gewachsen sein mochte – es konnte mit einem Schlag vernichtet werden, wenn ihr Vater zu kritisch mit ihm war.

Selbst sie sah ja seinem Urteil nicht ohne Bangen

entgegen. Sie hatte ihren Vater bisher noch nie um diese Art von professioneller Kritik gebeten. Schon gar nicht bei zwei Gemälden von einem so überaus intimen Charakter, was ihre Thematik betraf.

Sie gingen zuerst in Rebeccas Studio. Sie deutete auf das Porträt von Kenneth, das auf der Staffelei vor dem Fenster stand.

»Voilà, ›Der Korsar‹.«

Sir Anthony betrachtete es eingehend. »Exzellent. Das Gemälde ist heroisch und menschlich zugleich. Ihr werdet nie besser aussehen als auf diesem Bild, Kenneth. Es wird zweifellos ausgestellt und ein großer Publikumserfolg werden.«

Ein amüsiertes Funkeln in den Augen ihres Vaters sagte ihr, daß er darin die gleiche Sinnlichkeit erkannte, die Lavinia in diesem Bild gesehen hatte. Zum Glück gab er keinen Kommentar dazu ab.

Er blickte sich im Studio um. »Was willst du noch einreichen?«

Sich erheblich nervöser fühlend als bei dem ersten Bild, führte sie ihn nun zu dem Gemälde von der stürzenden Frau, das auf einer anderen Staffelei an der Längsseite des Raumes stand.

»Ich denke, daß ich es ›Transfiguration‹ nennen werde«, sagte sie.

Beide Männer starrten nun auf die Leinwand, und in der Wange ihres Vaters begann ein Muskel zu zucken.

Die meisten Betrachter würden das Gemälde wohl als eine romantische Beschreibung eines exotischen Kultes gehalten haben. Der Schauplatz des Geschehens war offensichtlich das Innere eines Vulkans auf einer pazifischen Insel. Die untere Hälfte des Bildes war eine brodelnde Hölle aus geschmolzener Lava und giftigen Dämpfen.

Am Rand des Kraters hoch darüber war eine Gruppe von in leuchtend bunte Gewänder gekleideten Eingeborenen versammelt, die zusahen, wie eine junge Frau sich den heidnischen Göttern des Vulkans opferte. Sie fiel mit ausgebreiteten Armen diesem kochenden Inferno entgegen, und ihre schwarzen Haare und der um die Hüften geschlungene farbige Sarong flatterten um ihren schlanken Leib. Das Gesicht des Mädchens hatte einen verzückten Ausdruck von äußerster Hingabe, die zugleich die unbesiegbare Kraft eines Wesens war, das sich jenseits aller menschlichen Bosheiten und Begierden befand.

Dieses Gemälde war zweifellos von Kenneths Bemerkung inspiriert worden, daß ein Mensch keine Angst mehr empfand, wenn der Tod unausweichlich zu sein schien. Rebecca hatte die unbezwingbare Kraft des Geistes im Angesicht des Todes porträtieren wollen – die seelische Heiterkeit im Herzen der Tragödie. Irgendeine geheimnisvolle Alchemie hatte die Trauer um ihre Mutter in diese heidnische Prinzessin verwandelt. Aber obwohl ihr das in künstlerischer Hinsicht perfekt gelungen war, hatte sie mit dem Bild nicht den Seelenfrieden gefunden, nach dem sie so sehr verlangte.

Sir Anthony schluckte schwer. »Man wird es nicht ganz verstehen, aber dennoch sehr bewundern. Du hast dich selbst übertroffen. Kenneth, nun seid Ihr an der Reihe.«

Als ihr Vater sich umdrehte und auf die Tür zubewegte, sah sie Tränen in seinen Augen blinken. Sie hätte wissen müssen, daß er verstand, was sie damit sagen wollte.

Kenneth sagte leise: »Es ist überragend«, bevor er Sir Anthony folgte.

Sie warf noch einmal einen Blick auf ihr Porträt

des Korsaren. Heroisch und doch menschlich. Keine so üble Beschreibung von Kenneth. Dann eilte sie den beiden Männern nach, die sich inzwischen in das kleine Studio am Ende des Speichers begeben hatten. Sie traf dort in dem Moment an, wo Kenneth die letzte von einer Reihe von Kerzen anzündete. Mit einem raschen Rundblick überzeugte sie sich davon, daß das Gemälde von Lilith nirgendwo zu sehen war. Sie fragte sich, wie die Reaktion ihres Vaters wohl ausfallen würde, wenn er es jemals zu Gesicht bekam. Wahrscheinlich würde dann in Mayfair ein neuer Vulkan entstehen.

Kenneth hob eine mit der Vorderseite gegen die Wand gelehnte Leinwand hoch und stellte sie auf das Bett, sie nun mit dem Rahmen gegen die Wand lehnend. Einen Moment lang erinnerte sie sich daran, daß sie ihm auf diesem Bett ihre Unschuld geopfert hatte. Dann blickte sie auf das Bild, und alle ihre persönlichen Gedanken waren verschwunden.

Er hatte eine Hinrichtung gemalt. Es war eine Nachtszene, so daß weite Bereiche der Leinwand in einem ungewissen Dunkel blieben, während ein halbes Dutzend spanischer Guerillas, die vom französischen Hinrichtungskommando hingemetzelt wurden, in ein unheimliches Licht getaucht waren. Sie vermutete, daß das Gemälde in sehr kurzer Zeit entstanden sein mußte, denn der Stil war so frei wie bei einem Aquarell und hatte diese leicht verschleierte Atmosphäre eines Alptraums. Aber es besaß eine unglaublich dramatische Wucht und eine dem Betrachter an die Nieren gehende Aussagekraft.

Die mit ihren angelegten Gewehren so bedrohlich wirkende Schar französischer Soldaten war eine anonyme Masse in blauen Uniformen, deren Gesichter im

Schatten der Tschakos, die sie trugen, unkenntlich blieben. Die spanischen Guerillas hingegen waren so deutlich herausgearbeitete Individuen, daß man sie sogleich in einer Menge wiedererkannt hätte. Einige von ihnen lagen sterbend auf dem Boden – unter ihnen ein spanischer Priester, der mit einer Hand ein Kruzifix umklammerte. Die zentrale Figur des Gemäldes oder dessen Blickfang war jedoch ein junger Mann, der die Arme nach außen warf, als die Kugeln aus den französischen Gewehren in seinem Körper einschlugen und dem das Blut aus den Löchern, die sie in seinen Leib rissen, auf das weiße Hemd tropfte. Wer dieses Bild betrachtete, würde es mit den Augen eines Menschen sehen, der sich über die Schrecknisse und Grausamkeiten des Krieges empörte.

»Ich verstehe Eure Bedenken, ob man es für die Ausstellung annehmen wird«, sagte Sir Anthony. »Die Akademie hat in der Regel etwas gegen Bilder von einer derartig exzessiven Emotionalität. Wie nennt Ihr es?«

»Navarra, fünfter November, 1811«, erwiderte Kenneth düster.

»Nun zeigt mir noch das andere«, sagte Sir Anthony knapp.

Rebecca blickte ihren Vater überrascht an. Obwohl er ein Vertreter der klassischen Stilrichtung war, mußte er doch die künstlerische Qualität von Kenneths Arbeit erkannt haben.

»Es sind zwei miteinander verwandte Szenen«, erklärte Kenneth, als er nun das andere Bild von der Staffelei nahm und es neben die Hinrichtungsszene auf das Bett stellte. »Ich habe es ›Spanische Pietà‹ getauft.«

Es war noch beeindruckender als das erste. ›Pietà‹ war das italienische Wort für Barmherzigkeit und zugleich die Bezeichnung eines der klassischen Motive der christlichen Kunst: Die Heilige Jungfrau Maria, die den Leichnam ihres Sohnes auf dem Schoß hält. Rebecca sah, daß Kenneth auf seinem Bild die Pose der berühmten Pietà-Skulptur kopiert hatte, die Michelangelo für den Petersdom angefertigt hatte. Nur hatte seine Version mit der klassischen Zurückhaltung, die sein Modell auszeichnete, nicht das geringste gemein.

Vielmehr war auf diesem Bild das, was ihr Vater als eine überbordende Emotionalität der Aussage betrachtete, auf eine noch ergreifendere und prägnantere Weise dargestellt. Kenneths Pietà war eine spanische Frau in mittleren Jahren, die den Leichnam ihres Jungen – die Zentralfigur des anderen Bildes – auf ihren Armen wiegte und mit dem in den Nacken geworfenen Kopf und dem zu einem Schrei geöffneten Mund sich bei ihrem Schöpfer über die Ermordung ihres Kindes beklagte.

Das Bild war zeitlos und seine Wirkung so stark, daß sie alle Mauern, die sie seit dem Tod ihrer Mutter zu ihrem Selbstschutz errichtet hatte, durchschlug und sie im Kern ihres eigenen Kummers traf. Sie starrte, förmlich gelähmt von ihrer Reaktion, auf das Bild und fürchtete, daß sie nun jeden Moment in Tränen ausbrechen und vielleicht nie mehr aufhören könnte, zu weinen.

Da zwang sie sich dazu, von dem Bild wegzublicken und ihren Vater anzusehen, der das Gemälde mit ausdrucksloser Miene studierte. Am liebsten hätte sie ihn nun geschlagen, weil er nichts sagte. Spürte er denn nicht, wie verzweifelt Kenneth auf sein Urteil wartete?

Endlich brach Sir Anthony das lastende Schweigen mit den Worten: »Ihr müßt noch viel lernen, ehe Ihr ein großer Maler seid. Doch ein großer Künstler seid Ihr schon jetzt.« Damit drehte er sich um und verließ das Studio.

Kenneth blickte ihm verwirrt nach, weil er nicht wußte, wie er Sir Anthonys Worte auslegen sollte. Als Rebecca sich so weit gefangen hatte, daß sie wieder mit normaler Stimme sprechen konnte, sagte sie: »Mein Glückwunsch, Captain. Ihr habt soeben ein seltenes Lob bekommen.«

Er ließ die angehaltene Luft langsam entweichen und rieb sich den schmerzenden Nacken. »Und was hältst du von den Bildern, Rebecca?«

»Sie sind außerordentlich«, sagte sie ehrlich. »Sie werden sowohl Liebe wie Haß inspirieren. Deine Pietà ist so stark, daß ich es kaum ertragen kann, sie zu betrachten. Aber es sind Bilder, die man gesehen haben muß. Ich hoffe, daß die Jury der Akademie so vernünftig ist, sie für die Ausstellung anzunehmen.«

»Selbst wenn sie es nicht täte, würde ich mit diesen Bildern zu Hampton gehen und ihn bitten, sie für die Iberische-Halbinsel-Serie in Kupfer zu stechen. Sie werden also auf jeden Fall gesehen.«

Ihr Blick ging wieder zu den Bildern hin, glitt rasch über die Pietà hinweg und verweilte auf der Hinrichtungsszene. »Du hast das selbst gesehen.« Es war keine Frage.

»Es sind zwei meiner wichtigsten Bilder aus der Galerie meiner Alpträume.« Die Narbe auf seiner Wange färbte sich weiß. »Als Nachrichtenoffizier verbrachte ich viel Zeit damit, quer durch Spanien zu reiten, wobei ich jedoch immer meine Uniform trug, damit ich nicht als Spion erschossen werden würde, falls ich in die Hände der Franzosen fiel. Und das sollte sich auch auszahlen.« Er deutete mit dem Kopf auf das Bild mit dem Hinrichtungskommando. »Zu meinen Aufgaben gehörte es damals, Kontakt zu Banden von Partisanen aufzunehmen, um mir von ihnen Informationen über feindliche Truppenbewegungen zu besorgen. Am häufigsten arbeitete ich mit dieser Gruppe von Partisanen zusammen, und wurde mit dieser zusammen gefangen, als wir von französischen Truppen umzingelt wurden. Als britischer Offizier wurde ich von den Franzosen mit großem Respekt behandelt. Sie gaben mir Wein zu trinken und sagten, sie würden mich darum beneiden, daß man mich nach Paris schicken würde, falls man mich nicht gegen einen anderen Gefangenen austauschen könnte.« Er hielt inne, und seine Augen wurden so dunkel, daß sie fast schwarz aussahen.

»Und sie haben dich dann dazu gezwungen, zuzusehen, wie deine Freunde starben«, sagte sie leise.

»Man zwang mich nicht dazu. Aber wenn ich es nicht mit angesehen hätte, wäre das ...«, er suchte nach Worten, »... unehrenhaft von mir gewesen. Feige. Ich mußte Zeuge ihrer Courage und ihres Opfermuts werden.«

»Und seitdem haben dich diese Bilder in deinen Träumen immer wieder heimgesucht.« Sie deutete auf die beiden Gemälde. »Es ist ein nobles Denkmal, das du ihnen setzt, Kenneth.«

»Sie würden es vorgezogen haben, am Leben zu bleiben«, sagte er düster.

Widerstrebend wanderte ihr Blick nun zu der Pietà zurück. Sie hatte inzwischen die zu ihrem Selbstschutz errichteten Mauern wieder einigermaßen ausgebessert, so daß sie meinte, das Bild nun mit einem gewissen inneren Abstand betrachten zu können. Aber selbst jetzt konnte sie ihr Herz vor dem Kummer und der Trauer, die aus diesem Bild sprachen, nicht so verschließen, daß sie es leidenschaftslos zu betrachten vermochte. Vielleicht deswegen nicht, weil sie eine Frau war. Die fragte sich, wie es sein würde, wenn man ein Kind unter dem Herzen trug, es unter Schmerzen gebar, es mit Liebe großzog – und dann mitansehen mußte, wie es ermordet wurde. Selbst wenn sie das alles nur in ihrer Phantasie nachvollzog, war es fast nicht zu ertragen.

Mit gepreßter Stimme fragte sie: »Warst du mit diesem jungen Mann besonders eng befreundet?«

»Eduardo war Marias jüngster Bruder«, erwiderte er leise. »Er war erst siebzehn, als er starb.«

Rebecca betrachtete das Gesicht des Jungen jetzt genauer und erkannte darin nun eine Ähnlichkeit mit einer Pastellskizze, die Kenneth von seiner Geliebten angefertigt hatte.

»Du sagtest, daß Maria von den Franzosen umgebracht wurde. Hat man sie auch erschossen?«

»Nein.« Er schloß die Augen, und sie sah, wie ein Schatten über sein Gesicht wanderte und seine Mundwinkel krampfhaft zuckten. »Eines Tages werde ich auch diese Szene malen. Vielleicht werde ich dann für immer von meinen Alpträumen befreit sein.« Er öffnete die Augen wieder. »Du bist es ja gewesen, die mir beibrachte, daß man sich möglicherweise von einem Kummer befreien könnte, indem man ihn in Bilder verwandelt. Das ist noch so eine Schuld, die ich niemals zurückzahlen kann.«

Sie drehte sich von ihm weg. Es waren zu viele Emotionen in diesem Raum, eine viel zu gefährliche Wärme auf seinem Gesicht.

»Du schuldest mir nichts, Kenneth. Ich habe auch von deiner Freundschaft profitiert.«

Vielleicht wollte auch er sich von dieser Intensität der

Gefühle befreien, als er jetzt sagte: »Soviel ich weiß, müssen alle Bilder, die man in der Akademie ausstellen möchte, morgen bis spätestens Mitternacht eingereicht sein. Was passiert dann?«

»Das ›Aufhänge-Komitee‹, wie es auf eine makabre, jedoch zutreffende Weise bezeichnet wird, besteht aus mehreren Mitgliedern der Akademie. Diese entscheiden, was für die Ausstellung angenommen wird – in der Regel so um die tausend Bilder. Alle Maler müssen ihre Bilder erst einer Jury zur Begutachtung vorlegen – nur Akademiemitglieder wie Vater, Onkel George und Lord Frazier sind von dieser Regelung ausgenommen. Deren Bilder werden in jedem Fall ausgestellt.«

»Sie sind alle drei Mitglieder der Akademie? Das wußte ich nicht.«

»Onkel George ist einer von den beiden Graveuren, die in die Akademie aufgenommen wurden. Frazier ist nur ein assoziiertes Mitglied. Ich glaube, er hegt einen geheimen Groll gegen diese erlauchte Institution, da man ihn bereits mehrmals übergangen hat, als Stellen für eine Vollmitgliedschaft in der Akademie frei wurden. Aber er ist viel zu stolz dazu, um mit jemandem darüber zu reden.«

»Wie schade, daß Fraziers Talent und Disziplin nicht mit seinem Stolz übereinstimmen«, erklärte Kenneth trocken. »Wie stellen wir denn fest, ob unsere Arbeiten angenommen worden sind? Hängen sie eine Liste der akzeptierten Bilder aus?«

»Nein, so zivilisiert machen sie es leider nicht«, erwiderte sie reumütig. »Nachdem die zur Ausstellung zugelassenen Bilder ausgewählt wurden, müssen sich die Künstler in die Akademie begeben und den Hausmeister dort nach dem Schicksal ihrer Werke befragen. Es gibt also eine lange Warteschlange von Leuten an jenem Tag, und der Hausmeister macht sich ein Vergnügen daraus, ein lautes ›Nein‹ bei allen Bildern zu brüllen, die nicht angenommen wurden. Eine für die abgelehnten Kandidaten fürwahr sehr peinliche Prozedur.«

Kenneth schnitt eine Grimasse. »Ich schätze, daß mir so etwas passieren wird.«

Sie blickte ihm fest in die Augen. »Eine Zurückweisung würde doch nicht bedeuten, daß deine Bilder keinen künstlerischen Wert haben.«

Er lächelte. »Nachdem ihr beide, dein Vater und du, meine Bilder positiv bewertet haben, werde ich vermutlich einen Mangel an Wertschätzung von Seiten der Akademie überleben können.«

Abermals sah sie diese sie beunruhigende Wärme in seinen Augen, die sie zu sehr an den Tag erinnerte, als sie sich dort hinten auf dem Bett geliebt hatten. Sie durchquerte das kleine Zimmer. »Du siehst dann am Tag der Eröffnung, wo sie deine Bilder aufgehängt haben und kannst dann auch noch in letzter Minute Verbesserungen an ihnen vornehmen.« Sie lächelte. »Mr. Turner soll einmal bei einer Vernissage ein wundervolles Bild gänzlich umgemalt und daraus ein noch wundervolleres gemacht haben.«

»Wie hängen sie denn dort fast tausend Bilder auf?« wunderte sich Kenneth.

»So dicht beieinander, daß sie sich fast berühren. Zudem besitzt der große Ausstellungssaal gewaltige Dimensionen. Ein Gemälde, das dort fast unter der Decke aufgehängt wird, ist praktisch unsichtbar. Man bezeichnet das als ›Bilder verstecken‹. Aber das ist immer noch besser, als gar nicht ausgestellt zu werden, nehme ich an. Die Karriere eines Künstlers wird jedoch nicht gerade dadurch gefördert, daß man seine Bilder unter der Saaldecke versteckt.«

»Offenbar ist die Annahme eines Gemäldes erst die erste Hürde eines langen Hindernislaufs«, erklärte Kenneth und machte dann ein nachdenkliches Gesicht. »Es ist schon ein seltsames Gefühl, wenn man so über das Malen und das Ausstellen von Bildern reden kann, als wäre das die natürlichste Sache der Welt. Ich wurde dazu erzogen, ein Landbesitzer zu werden, und das Schicksal hat mich zu einem Soldaten gemacht. Ich hätte es mir vor drei Monaten noch nicht träumen lassen, daß ich einmal das Leben eines Künstlers führen werde.«

Sie betrachtete seine kräftige Statur und seine zerklüfteten Züge und dachte an ihren Korsaren. Vielleicht war er nicht für jede Frau der Mann ihrer Träume, aber ganz bestimmt für sie. Im Bewußtsein, daß sie ihn nun alleinlassen mußte, legte sie die Hand auf den Türknauf. »Vielleicht war es deine Bestimmung, auf Umwegen zur Kunst zu kommen, Kenneth. Du hattest das Talent, auch ohne einen methodischen Kunstunterricht das Zeichnen und Malen zu erlernen, und der Krieg hat dir dann das Material für bedeutende Kunstwerke geliefert. Das Ergebnis ist eine einzigartige Vision.«

Dann drehte sie sich um und verließ rasch das Zimmer, bevor sie der Versuchung nachgeben konnte, in seine Arme zu fallen.

Kapitel 25

Kenneth ließ einen leisen Pfiff hören, als er mit Rebecca die Vorhalle von Somerset House betrat. »Du hast wahrlich nicht übertrieben, als du mir erzählt hast, wie lange die Warteschlange von Leuten sei, die erfahren möchten, ob ihre Werke zur Ausstellung angenommen wurden.«

Rebecca rückte etwas dichter an ihn heran. »Bedenke doch, daß es hier noch viel schlimmer zugegangen wäre, wenn wir bereits am frühen Morgen hergekommen wären.«

»Es ist auch jetzt noch schlimm genug. Es müssen doch mindestens fünfzig oder sogar sechzig Männer hier auf ihr Urteil warten.« Er lächelte sie an. »Und ungefähr drei Frauen.«

Noch mehr Künstler betraten jetzt die Vorhalle. Es schien ein nicht abreißender Strom von Leuten zu sein, der hinter ihnen durch die Türen drängte. Viele von ihnen konnten vor lauter Nervosität nicht stillstehen. Da Kenneth wußte, wie sehr Rebecca Menschenansammlungen haßte, musterte er jeden, der ihnen zu nahe zu kommen drohte, mit seinem strengsten Offiziersblick. Und so gelang es ihm, sich und Rebecca einen größeren Freiraum zu verschaffen, als es anderen vergönnt war.

Der Hausmeister blickte bei jedem, der ihn nach dem Urteil der Jury befragte, in seine Liste. Er machte gerade ein großes Gewese daraus, dem Mann, der sich im Augenblick an der Spitze der Warteschlange befand, mit laut hallender Stimme sein ›Nein‹ zu verkünden, nachdem er in der Liste dessen Namen gefunden hatte.

»Armer Teufel«, murmelte Kenneth, als sich der Mann umdrehte und mit kalkweißem Gesicht die Vorhalle wieder verließ.

Rebecca hielt sich an seinem Arm fest. »Das kann einem die Sache wirklich verleiden«, sagte sie leise.

Er tätschelte ihre Hand, die auf seinem Unterarm ruhte, und merkte, daß sie kalt war wie Eis. »Ich würde dir zwar nur die Wahrheit damit sagen, wenn ich dir jetzt erklärte, daß du angenommen bist – aber deshalb würdest du dich auch nicht besser fühlen, nicht wahr?«

Sie sah ihn mit einem kläglichen Lächeln an. »Du mußt dich genauso fühlen wie ich.«

»Schlimmer«, erklärte er mit Nachdruck. »Meine Chancen stehen ja auch viel schlechter als deine.«

»Ich habe zwar die bessere Technik, aber deine Bilder haben mehr Substanz.«

»Deine Arbeiten haben in jeder Hinsicht genauso viel Substanz wie meine. Sie sind nur nicht so melodramatisch.«

Sie sahen einander an und brachen dann gleichzeitig in ein Gelächter aus. »Wir befinden uns in einer schrecklichen Verfassung, nicht wahr?« sagte Rebecca.

Er hatte sich ihr noch nie so nahe gefühlt wie jetzt. Offenbar stellten geteilte Sorgen eine ebenso feste Bindung zwischen Mann und Frau her wie die Leidenschaft, die sie teilten. Er hoffte von ganzen Herzen, daß ihre Arbeiten angenommen worden waren. Er hingegen hatte sich bereits insgeheim mit der Tatsache abgefunden, daß seine Bilder zurückgewiesen wurden. Sie hingegen würde eine Zurückweisung, so unwahrscheinlich sie auch sein mochte, viel schlimmer treffen als ihn. Schließlich war sie keine Unbekannte, sondern Sir Anthonys Tochter.

»Wir sollten jetzt schleunigst das Thema wechseln«, sagte er, »bevor wir in eine tiefe Melancholie verfallen.« Er versuchte einen unverfänglichen Gesprächsstoff für sie zu finden. »Laß uns über Gray Ghost reden. Er befindet sich in einer großartigen Verfassung für einen Kater, der deiner Schätzung nach bereits zehn oder sogar zwölf Jahre alt sein muß.«

Und sie darauf mit dem Anflug eines Lächelns: »Das sollte einen aber nicht wundern, da er höchstens zwei von diesen zwölf Jahren wach gewesen ist.«

Er kicherte. Es gelang ihnen, in einem scheinbar unbefangenen Plauderton miteinander zu reden, während sie sich langsam mit der Schlange voranbewegten: Aber Kenneth bezweifelte, daß sie beide sich später auch nur an ein Wort erinnern würden, das sie jetzt miteinander redeten. Obwohl sie so sehr in ihr Gespräch vertieft waren, entging ihm nicht, daß im Schnitt drei von vier Künstlern von der Jury abgelehnt worden waren, und er war überzeugt, daß Rebecca das ebenfalls bemerkt hatte.

Eine Ewigkeit später, wie es ihnen vorkam, hatten sie dann nur noch einen Mann vor sich in der Warteschlange, der nun mit heiserer Stimme dem Hausmeister seinen Namen nannte: »Frederick Marshall.«

Der Hausmeister fuhr nun, lautlos die Lippen bewegend, mit dem Finger an den Kolonnen von Namen in seiner bereits recht mitgenommen Liste entlang. Dann schielte er über seine halbmondförmigen Brillengläser hinweg auf den Künstler: »Marshall. Nein.«

Marshall schlug seine rechte zur Faust geballte Hand auf seinen linken Handteller. »Zum Henker mit der Akademie! Was wissen diese alten Narren schon von der wahren Kunst?« Dann schwang er wütend auf den Absätzen herum und stakte aus der Vorhalle.

Nun war Rebecca an der Reihe. Kenneth legte ihr beruhigend die Hände auf die Schultern, während sie mit bebender Stimme sagte: »R. A. Seaton.«

Der Hausmeister schickte ihr einen mißbilligenden

Blick zu, bevor er sich wieder über seine Liste beugte und langsam mit dem Finger über die auf den Seiten verzeichneten Namen hinstrich. »Seaton. *The Corsair.* Aye. *Transfiguration.* Aye.«

Rebecca schien wie eine Kerze unter Kenneths Händen aufzuleuchten. Sie wirbelte mit blitzenden Augen zu ihm herum. Er hätte ihr jetzt gern einen Kuß gegeben, begnügte sich jedoch damit, mit warmer Stimme zu sagen: »Wundervoll und mehr als verdient.«

»Jetzt bist du dran«, sagte sie, und er las in ihren Augen, wie sehr sie sich wünschte, daß er ebenfalls eine Zusage bekommen hatte.

Er trat vor und sagte: »Kimball.«

Der Hausmeister schien mit jedem Künstler, den er abfertigte, langsamer zu werden. Er ging wieder seine Liste durch und schüttelte den Kopf. »Kimball. Nein.«

Kenneth schien einen Moment lang das Herz stehenzubleiben. Obwohl er sich schon vorher gesagt hatte, daß er abgewiesen werden würde, tat es doch weh, als seine Vermutung nun bestätigt wurde. Höllisch weh sogar. Rebeccas Hand suchte seine Rechte und drückte sie fest.

Dann murmelte der Hausmeister: »Nein, das war Kimbrough. Lassen Sie mich noch mal nachsehen. Ihr heißt Kimball?« erkundigte er sich, zu Kenneth hinaufschielend, der nur nicken konnte, weil sein Mund so trocken war, daß er kein Wort über die Lippen brachte.

Der Hausmeister blickte abermals in seine Liste. »*Navarre, the Fifth of November, 1811.* Aye. *Spanisch Pietà.* Aye.«

In einem Anfall purer Freude stemmte Kenneth Rebecca mit beiden Armen in die Höhe und schwang sie im Kreis herum. Und sie schlang ihm die Arme um den Hals und lachte, seine Begeisterung teilend.

Der Mann hinter ihnen drängte nun ungeduldig an ihnen vorbei und nannte dem Hausmeister seinen Namen. Mit einem Schlag zur Besinnung kommend, setzte Kenneth Rebecca wieder behutsam auf dem Boden ab. Ihre Blicke kreuzten sich und blieben mit einer gefährlichen Eindringlichkeit aneinander haften.

Er hätte es besser wissen müssen und sie in einem so gefühlsseligen Zustand nicht anfassen sollen. Das hatte sie ja schon einmal in Schwierigkeiten gebracht. Und wenn sie jetzt nicht von so vielen Leuten umgeben gewesen wären, hätte er für die Folgen nicht einstehen können.

Er schob ihren Arm unter seinen Ellenbogen und führte sie aus der Vorhalle. »Wir haben es geschafft, Ginger. Wir haben es geschafft!«

Sie tanzten förmlich die Vortreppe hinunter. »Selbst wenn sie unsere Bilder auf dem Dachboden aufhängen sollten, können wir immer noch sagen, daß wir in der Royal Academy ausgestellt haben.«

Sie lächelte über seinen Übermut. Zumindest heute teilten sie die Kameradschaft von Soldaten, die Seite an Seite in der Schlacht gekämpft und diese gewonnen hatten.

Der Tag, an dem die Vernissage stattfand, war chaotisch. Im Ausstellungssaal drängten sich nicht nur die Künstler, die noch in letzter Minute etwas an ihren Arbeiten ändern wollten, sondern auch eine Menge Schaulustige, die genügend Einfluß bei den für die Ausstellung verantwortlichen Leuten besaßen oder hatten geltend machen können, daß sie bereits vor dem eigentlichen Eröffnungstermin die Ausstellung besuchen und sich dort vielleicht schon ein paar Rosinen herauspikken konnten. Rebecca rückte instinktiv etwas näher an

Kenneth heran. Er war ein so beruhigender Pol in der Menge.

Mit geweiteten Augen blickten sie sich in der riesigen Halle um. »Du hast mir erzählt, daß jede Wand vom Fußboden bis hinauf zur Decke mit Gemälden vollgehängt sein würde, aber die Realität ist noch immer ein Schock für mich. Ich fühle mich überwältigt von so viel Kunst an einem Fleck.«

»Mir geht es genauso wie dir. Ich habe nun schon von Kindheit an regelmäßig Ausstellungen besucht, jedoch noch nie unter einer solchen Menge von Bildern meine eigenen heraussuchen müssen.«

»Wir sollten dabei möglichst methodisch vorgehen. Laß uns bei der Ecke dort drüben anfangen und dann langsam an den Wänden entlanggehen, bis wir sie gefunden haben.«

»Während wir die ganze Zeit über beten sollten, daß wir möglichst nahe bei der Augenlinie aufgehängt wurden«, setzte Rebecca hinzu. Als er sie fragend ansah, sagte sie: »Die Augenlinie ist dieser kleine Sims oder Absatz dort, der sich über alle Wände hinzieht, und sich ungefähr zweieinhalb Meter über dem Boden befindet, so daß man die Bilder, die dort hängen, am besten sehen kann. Die Augenlinie ist in der Regel den Werken der Akademiemitglieder vorbehalten. Aber wenn dort noch Plätze frei sein sollten, werden sie an die besten Arbeiten der sogenannten ›Außenseiter‹ vergeben.«

Sie nahm nun seinen Arm, und sie begannen, langsam an den Wänden entlangzugehen, wobei sie zuweilen mit Leitern und Malgeräten bewaffneten Künstlern ausweichen oder um diese herumgehen mußten. Obwohl Kenneth einen Handkoffer voller Farben und Pinsel mitgebracht hatte, hatten sie beide beschlossen, keine

Veränderungen an ihren Bildern vorzunehmen, solange sie nicht einen wirklich entsetzlichen Patzer darauf entdecken sollten.

»Schau nur!« rief Rebecca da, mitten im Schritt anhaltend und Kenneth am Arm ziehend, daß er ebenfalls stehenbleiben mußte. »Dort! Vaters Waterloo-Zyklus! Sieht er nicht großartig aus?«

Die vier Gemälde hingen nebeneinander in Höhe der Augenlinie und beherrschten eine ganze Wand. Eine Gruppe von Leuten war dort im ehrfürchtigen Schweigen versammelt, um die Bilder zu bewundern.

»Sir Anthony hat das Ziel erreicht, das er sich steckte«, sagte Kenneth leise. »Viele Generation werden von jetzt an diese Gemälde betrachten und wissen, was es bedeutete, bei Waterloo dabeigewesen zu sein.«

Sie deutete auf das Gemälde, wo die englische Armee, den Angriff der Franzosen erwartend, am Rand eines Hügels in Stellung ging. »Dort befindest du dich mit deinem Regiment – gleich links vom Zentrum.«

»Wahrhaftig. Ich stehe dort.« Er zeigte mit dem Finger auf einen narbenbedeckten Veteranen, der im Vordergrund die Regimentsfahne bewachte. »Da hat Sir Anthony doch tatsächlich den Sergeanten neu gemalt und ihm meine Züge gegeben, wie er mir das angedroht hat!«

»Du wirst nach dieser Ausstellung eine Londoner Berühmtheit sein«, sagte sie mit einem durchtriebenen Lächeln.

Er stöhnte. »Meine Identität ist nicht nur auf dem Schlachtenbild deines Vaters augenfällig. Was den Korsaren betrifft – verzeih mir, wenn ich hoffe, daß man ihn möglichst nahe der Decke aufgehängt hat.«

»Das zu entscheiden, lag nicht in meiner Hand«, erwiderte sie schelmisch. »Ein Jammer, daß keine Frau dem

›Hänge-Komitee‹ angehört. Das wäre eine Garantie dafür gewesen, daß das Bild einen guten Platz bekommen hätte.«

Lachend und sich gegenseitig neckend, setzten sie ihre Wanderung durch den Saal fort. Es gab dort so viel zu sehen und zu diskutieren. Viel zu viel, wie Rebecca aus Erfahrung wußte, so daß sie immer wieder hierherkommen mußten, um die Arbeiten, die hier ausgestellt waren, auch richtig würdigen zu können.

Nachdem sie zwei Wände abgesucht hatten und dabei nur mit knapper Not dem Schicksal entronnen waren, von einer Palette erschlagen zu werden, die ein nervöser junger Künstler fallen ließ, der hoch über ihren Köpfen auf einer Leiter stand, um noch etwas an seinem Bild zu verbessern, rief Kenneth, der nur mühsam sein Aufregung bändigen konnte: »Schau! Dort!«

Da hingen doch tatsächlich ihre Gemälde Seite an Seite direkt über der ›Augenlinie‹, wo man sie gut sehen konnte – Kenneths Bilder links und die beiden Gemälde von Rebecca gleich rechts daneben.

»Gott sei Dank«, rief Rebecca im inbrünstigen Ton. »Deine Karriere ist gemacht, Kenneth! Für wieviel Guineen willst du deine Bilder verkaufen?«

Er blickte sie überrascht an. »Darüber habe ich mir noch keine Gedanken gemacht. Ich hatte ja nicht einmal damit gerechnet, daß man sie ausstellen würde.«

»Nun, dann wird es Zeit, darüber nachzudenken. Schließlich stellt man seine Bilder ja zu dem Zweck aus, sie auch an den Mann zu bringen.«

»Hast du denn bereits Preisvorstellungen von deinen Bildern?« wollte er wissen.

Ihr Blick ging nun zu ihrem ›Korsaren‹ und der ›Stürzenden Frau‹ hinüber. »Diese beiden Gemälde sind nicht verkäuflich. Wenngleich ich nichts dagegen hätte, wenn sie mir ein paar Porträtaufträge verschaffen würden.«

Ein offensichtlich der besten Gesellschaft Londons angehörendes Paar hielt nun vor ihren Gemälden an, um diese zu betrachten. Der Mann rief: »Schau dir diese beiden spanischen Bilder an – was für eine Kraft! Was für ein Realismus!«

Die elegant gekleidete Lady an seinem Arm erschauerte. »Ich finde sie scheußlich. Die Kunst sollte dem Schönen und nicht der Häßlichkeit gewidmet sein.« Sie deutete nun auf die zwei von Rebecca erschaffenen Gemälde. »Diese beiden sind wirklich schön. Schau dir mal diese Verzückung auf dem Gesicht des Mädchens an, das sich für sein Volk opfert. Wie rührend.« Ihr Blick wanderte nun zu dem Korsaren weiter. »Und dieser Pirat. Er ist sicher skandalös, aber auch ungemein ausdrucksvoll.« Sie fuhr sich mit der Zungenspitze über die Lippen. »Ich frage mich, wer wohl das Modell gewesen sein mag.«

Rebecca schlug die Hand vor den Mund, um ein Lachen zu ersticken, während sie mit der anderen Hand Kenneth mit sich fortzog. »Das war eine Kostprobe von dem, was wir nun alles über unsere Bilder zu hören bekommen. Und Ihr, mein Lord Korsar, werdet, wenn Ihr am Morgen nach dem Eröffnungstag aufwacht, feststellen, daß Ihr ein berühmter Mann geworden seid.«

Kenneth zuckte zusammen. »Dann werde ich noch vor dem Frühstück meine Sachen packen und London so rasch wie möglich verlassen.«

Als sie wieder zu lachen anfing, meinte er vorwurfsvoll: »Ich glaube, du genießt das alles viel zu sehr. Ich hätte wohl besser mein Lilith-Bild einschicken sollen.

Dann wären jetzt die Männer hinter dir her, und ich wäre vor den Nachstellungen der Frauen sicher, die sich angeblich um mich reißen werden.«

»Unsinn« erwiderte sie, züchtig die Wimpern über ihre Augen senkend. »Wenn du das Lilith-Bild ausgestellt hättest, würde dir kein Mann geglaubt haben, daß ich graue Maus dir zu dieser sinnlichen Dämonin Modell gestanden hätte.«

»Du unterschätzt deinen Charme gewaltig, Ginger.« Sein Blick ging nun über ihren Kopf hinweg zu etwas, das sich hinter ihrem Rücken befand. »Guten Tag, Frazier«, sagte er laut, das Stimmengewirr in ihrer Nähe übertönend.

»Oh, guten Tag, Kimball und Rebecca«, erwiderte Frazier im leutseligen Ton, als Rebecca sich umdrehte. »Anthony erzählte mir soeben, daß man Arbeiten von Euch beiden für die Ausstellung angenommen hätte.«

»Diese vier dort.« Rebecca deutete auf die Gemälde neben ihnen an der Wand. »Wir hatten das Glück, einen guten Platz für sie zugewiesen zu bekommen.«

»Da wird Anthony wohl seinen Einfluß geltend gemacht haben«, erwiderte Frazier und stand dann einen Moment lang, Rebeccas ›Transfiguration‹ betrachtend, mit einem absolut regungslosen, fast versteinerten Gesicht da.

Dann wanderte sein Blick über die anderen Gemälde hin, um kurz auf Kenneths Pietà zu verweilen. »Interessant, obwohl ein bißchen zu modern für meinen Geschmack. Wie schade, daß Ihr keine richtige Ausbildung genossen habt, Kimball. Ihr müßt Euch historischen Themen zuwenden, wenn Ihr die Malerei ernsthaft betreiben und auch als Künstler ernst genommen werden wollt. Das kann man ohne die Kenntnis der Antike und das Malen im ›Großartigen Stil‹, wie ihn Reynolds so vorzüglich beschreibt, niemals erreichen.«

Rebecca wunderte sich nicht, daß Frazier sich mit keinem Wort zu ihren Bildern äußerte. Frazier gehörte zu jener Sorte von Malern, die glaubten, daß eine Frau auf künstlerischem Gebiet einem Mann niemals das Wasser reichen könnte.

Kenneth fragte höflich: »Habt Ihr in diesem Jahr auch ein Gemälde eingereicht?«

»Ja, aber ich habe es bisher noch nicht entdecken können.« Fraziers Blick wanderte über die vom Boden bis zur Decke mit Gemälden behängten Wände hin. »Ich habe für die diesjährige Ausstellung ein Porträt von Leonidas bei den Thermopylen ausgesucht. Ich betrachte den Sieg der Griechen über die Perser als einen der fruchtbarsten Momente für die westliche Zivilisation.«

»Ein nobles Thema – da habt Ihr recht. Ich glaube, ich habe ein Bild, das Leonidas darstellen könnte, dort drüben an der Wand gesehen. Nur bezweifle ich, daß es Eures sein könnte – der Weise wegen, wie es aufgehängt ist.« Kenneth deutete auf ein Gemälde an der ihren Bildern gegenüberliegenden Wand, das dort ungefähr in der Mitte zwischen der ›Augenlinie‹ und der Saaldecke hing. Wenngleich es nicht gänzlich unmöglich war, es vom Boden aus zu sehen, war jedoch der Platz, den es erhalten hatte, keineswegs ein guter.

Frazier sah zu dem Bild hin, auf das Kenneth deutete, und erstarrte. »Das ist mein Bild«, sagte er mit gepreßter Stimme.

Rebecca erschrak, als sie nun Fraziers Gesicht sah. Sie hatte das Gefühl, ihn könnte jeden Moment der Schlag treffen. Deshalb sagte sie rasch: »Es muß wohl ein Versehen sein, daß man es dort hingehängt hat. Könnt Ihr Euch noch daran erinnern, daß meinem Vater vor ein paar Jahren dasselbe passiert ist?« Dabei trat sie Kenneth unauffällig auf den Fuß. »Man hat sich dann bei ihm entschuldigt und den Fehler korrigiert.«

Kenneth befolgte Rebeccas stumme Aufforderung und sagte: »Solche Fehler sollte man bei einem Akademiker ja nun wirklich nicht machen.« Er schaute zu dem Gemälde hinauf. »Eine unglaublich komplizierte Komposition, Frazier. Ihr müßt viel Arbeit und Zeit darauf verwandt haben.«

Fraziers Gesicht entspannte sich ein wenig. »Mehr als zwei Jahre. Es ist eines meiner besten Arbeiten.«

»Ihr müßt mit der Ausstellungsleitung sprechen und dafür sorgen, daß es an der Stelle aufgehängt wird, die diesem Werk angemessen ist«, sagte Rebecca teilnahmsvoll.

»Ja, ich werde das sogleich in die Wege leiten. Diese Idioten.« Und damit entfernte sich Frazier, ohne sich von den beiden zu verabschieden.

»War das wirklich ein Versehen?« fragte Kenneth mit leiser Stimme.

Rebecca zuckte mit den Achseln. »Als assoziiertes Mitglied der Akademie hätte er eigentlich an der ›Augenlinie‹ aufgehängt werden müssen. Er ist aber bei seinen Kollegen in der Akademie nicht sonderlich beliebt. Zu arrogant. Künstler tolerieren aber die Anmaßung eines Kollegen nur, wenn er auch Überragendes leistet. Vielleicht hatte jemand von dem ›Hänge-Komitee‹ noch eine alte Rechnung mit ihm zu begleichen.«

»Entweder das, oder das Komitee beschloß, sein Bild dort aufzuhängen, wo es seiner Qualität nach hingehört.«

Ein Lächeln unterdrückend, sagte Rebecca: »Das ist

unfair. In technischer Hinsicht gibt es daran nichts zu beanstanden.«

»Aber in künstlerischer Hinsicht ist es vergessenswert.« Kenneth studierte die zehn Dutzend nackten Gestalten, die Schwerter schwangen und Schilde vor die Brust hielten. »Und zudem unlogisch. Alle Soldaten, die ich kenne, ziehen es vor, Kleider zu tragen, wenn sie in die Schlacht ziehen.«

»Nicht so laut«, warnte ihn Rebecca mit einem leisen Lachen. »Es ist ein Bild im klassischen und nicht im modernen realistischen Stil.«

»Aber selbst vor zweitausend Jahren müssen die Soldaten doch daran gedacht haben, ihre edelsten Körperteile vor Verletzungen zu schützen.«

Lächelnd nahm sie Kenneths Arm, um mit ihm den Rundgang durch den Saal fortzusetzen. Erst als sie sich von der Wand fortbewegte, bemerkte sie, daß Lord Frazier von jemand aufgehalten worden war, der nur wenige Schritte von ihnen entfernt gestanden hatte. Sie sah zwar jetzt nur Fraziers steifen Rücken; doch es war durchaus möglich, daß er Kenneths kritische Worte gehört hatte, was Rebecca jedoch nicht hoffte.

Schließlich machte die Tatsache, daß ein Künstler nur mittelmäßig war, ihn für Kritik nicht weniger empfindlich.

Kapitel 26

An dem Tag, wo der Ball bei den Strathmores stattfinden sollte, nahmen Kenneth und Rebecca im Salon nur einen kleinen Imbiß ein, da am Abend ein opulentes Souper auf sie warten würde.

»Ich freue mich nun sogar auf den Ball«, erklärte Kenneth, sich mit einem Stück Kuchen bedienend. »Jetzt, wo die Ausstellung eröffnet ist und wir uns beide als erfolgreiche Maler bestätigt sehen dürfen, denke ich, daß wir beide eine rauschende Ballnacht verdient haben.«

Rebecca lächelte nachsichtig. Während sie den Rest Tee, der sich noch in der Kanne befand, gleichmäßig auf ihre beiden Tassen verteilte, sagte sie: »Ich muß gestehen, daß ich mich diesmal ebenfalls auf den Ball freue.«

Er betrachtete sie liebevoll, wobei er seinen Tee schlürfte und dabei dachte, daß sie so appetitlich aussah wie das Tortenstück auf ihrem Teller. Jetzt, wo er nicht mehr schuften mußte bis zum Umfallen, war sein Verlangen danach, mit ihr zu schlafen, kaum noch zu bezähmen. Er sollte wohl besser mit der Arbeit an der Peninsula-Serie für die Kupferstiche beginnen, um wenigstens einen Teil seiner überschüssigen Energie nutzbringend zu verwenden.

Er wurde in seinem Gedankengang unterbrochen, als Sir Anthony im Abendanzug und Mantel in den Salon kam.

Rebecca blickte von ihrer Tasse auf. »Hallo, Vater! Ich dachte, du wärst schon unterwegs zu deinem Dinner.«

»George und Malcolm werden jeden Moment mit der Kutsche kommen, um mich einzusammeln; aber ich wollte Euch vorher noch ein paar Neuigkeiten bekanntgeben«, antwortete er. »Rebecca, mich fragten heute zwei Besucher der Ausstellung, ob du Porträtaufträge annehmen würdest. Ich erwarte, daß dir diese Leute in den nächsten Tagen ein konkretes Angebot machen werden. Auch wurden heute unglaubliche Summen für deinen ›Korsaren‹ geboten – durchwegs von Frauen.

Aber das Gemälde ist wohl nicht verkäuflich, nehme ich an.«

»Du vermutest richtig, Vater. Dennoch, wie unglaublich waren diese Summen?«

»Fünfhundert Guineen.«

Sie verschüttete etwas von ihrem Tee. »Das ist ein Vermögen!«

»Das waren die höchsten der gesicherten Angebote. Eine ältliche Herzogin, deren Namen ich nicht nennen möchte, sagte mir, daß sie dafür sogar tausend Guineen bezahlen würde; aber ich glaube, sie machte nur Spaß.«

Rebecca sah grinsend zu Kenneth hinüber. »Ihr seid jetzt eine Berühmtheit, Captain!«

Er schaute mißmutig in seine Tasse. »Vielleicht sollte ich mir einen Bart wachsen lassen, damit mich niemand erkennt.«

»Man hatte auch ein erhebliches Interesse an Euren beiden Bildern, Kenneth. Ich würde Euch empfehlen, keines der beiden Gemälde unter dreihundert Guineen abzugeben. Es ist durchaus möglich, daß Ihr sogar einen weitaus höheren Betrag dafür bekämt.«

»Ihr meint, sie wären so viel wert?« erklärte Kenneth verblüfft.

»Ein Gemälde ist immer so viel wert, wie jemand dafür bezahlen möchte. Also unterschätzt Euch nicht.« Als Sir Anthony die Salontür öffnete, um den Raum wieder zu verlassen, sagte er voller Bedauern: »Ich werde mir wohl bald einen neuen Sekretär suchen müssen.«

Kenneth dachte an seine noch nicht abgeschlossenen Ermittlungen. »Sicherlich, aber nicht schon jetzt.«

In diesem Moment betraten Hampton und Frazier die Vorhalle im Haus. Da die Salontüre offenstand, kamen sie beide herein, um Hallo zu sagen.

»Ihr zwei jungen Leute habt ja mit euren Ausstellungsstücken ein geradezu sensationelles Aufsehen erregt!« begrüßte Hampton die beiden am Tisch. »Rebecca, deine beiden Bilder sind großartig.« Sein Blick ging zu Kenneth. »Ich bin überaus zufrieden mit mir, daß ich Euch vertraglich dazu verpflichtet habe, für mich diese Peninsula-Serie anzufertigen. Bestünde vielleicht die Aussicht, Rebecca, daß ich mir von dir deinen ›Korsaren‹ ausleihen und das Bild in mein Schaufenster hängen könnte? Das würde den Umsatz meiner Stiche enorm erhöhen.«

Während Kenneth laut stöhnte und Sir Anthony lachte, erklärte Rebecca mit fester Stimme: »Ich glaube nicht, daß du diese Chance bekommst, Onkel George.«

»Wie schade«, erwiderte Hampton augenzwinkernd. »Das hätte das Kunstgeschäft ungemein belebt.«

Lord Frazier verfolgte dieses scherzhafte Wortgeplänkel mit einem mißbilligenden Stirnrunzeln. Dieser Mann hat keinen Sinn für Humor, dachte Kenneth bei sich.

»Höchste Zeit, daß wir uns jetzt auf den Weg machen. Wir dinieren heute bei Benjamin West.« Sir Anthony legte eine Pause ein, und seine Miene verriet, daß er sich die ungeteilte Aufmerksamkeit der im Raum Versammelten erbat, ehe er fortfuhr: »West will nämlich mit mir darüber reden, ob ich sein Nachfolger als Präsident der Royal Academy werden möchte.«

Einen Moment lang war es ganz still im Zimmer. Hampton schien diese Neuigkeit zu überraschen, bemerkte Kenneth, während Frazier offenbar davon regelrecht schockiert war.

Dann rief Rebecca: »Das ist ja wunderbar!« und sprang vom Tisch auf, um ihren Vater zu umarmen. »Wenn du die Unterstützung des jetzigen Präsidenten hast, ist deine Wahl so gut wie sicher!«

»Aber ich hoffe doch, daß bis zu einer Neuwahl des Akademiepräsidenten noch ein paar Jahre vergehen werden. Ich schätze West sehr und habe es wirklich nicht eilig, ihn das Zeitliche segnen zu sehen«, erklärte Sir Anthony lächelnd. »Aber wenn eines Tages ein neuer Präsident gebraucht werden sollte, würde ich mich natürlich geehrt fühlen, wenn ich mich für diesen Posten zur Verfügung stellen soll.«

»Vielleicht wird Tom Lawrence in dieser Sache auch noch ein Wort mitzureden haben«, warf Frazier hier mit näselnder Stimme ein. »Aber deine Chancen, gewählt zu werden, sind natürlich günstig, wenn West deine Kandidatur für seinen Posten öffentlich befürwortet.«

»Anthony wäre bei weitem die beste Wahl«, sagte Hampton voller Wärme, während er seinem Freund die Hand schüttelte. Er sah zu Rebecca hin. »Wer weiß? Vielleicht wird eines Tages Kimball seine Nachfolge antreten und an der Spitze der Akademie stehen. Man redet schon jetzt davon, ihn zum assoziierten Mitglied der Akademie zu machen, sobald eine Stelle dafür vakant wird. Dann wirst du die Ehre haben, sowohl die Tochter wie die Frau eines Akademiepräsidenten zu sein.«

Das war ein überaus schmeichelhafter Gedanke, aber Kenneth entdeckte jetzt in den Augen von Frazier sogar blankes Entsetzen und Zorn. Und deshalb sagte er jetzt abwertend: »Von so etwas zu reden, nur weil ich zwei Bilder ausgestellt habe, halte ich wirklich für verfrüht. Zumal meine künstlerische Ausbildung in vielen Bereichen mangelhaft ist.«

»Ich bin froh, daß ihr Euch dessen bewußt seid«, erklärte Frazier im ätzenden Ton. »Es wäre schade, wenn Euch ein momentaner Erfolg so sehr zu Kopfe stiege, daß Ihr vergessen würdet, was für ein blutiger Anfänger Ihr doch noch in vielen Belangen auf diesem Gebiet seid.«

Hampton warf Frazier einen ärgerlichen Blick zu, sagte aber nur: »Ja, höchste Zeit, daß wir jetzt gehen. Gute Nacht, Rebecca. Gute Nacht, Kimball.«

Nachdem die Tür sich hinter den drei Männern geschlossen hatte, sagte Rebecca: »Armer Frazier, es macht ihn wohl ganz fuchsig, mitansehen zu müssen, daß sein Stern im Untergehen begriffen ist, während deiner so strahlend am Himmel aufgeht.« Sie tanzte nun zu Kenneth hinüber, der gerade wieder seinen Platz am Tisch eingenommen hatte, und schlang ihm so ungestüm die Arme um den Hals, daß er fast die Teetasse hätte fallen lassen, die er gerade zum Mund führen wollte. »Und daß auch wir anderen so wunderbar erfolgreich sind, ist etwas, das ich immer noch nicht recht fassen kann.«

Als er sich nun dazu genötigt sah, sich entweder für einen Schluck lauwarmen Tees oder für einen Armvoll warmer Weiblichkeit zu entscheiden, fiel ihm die Wahl nicht schwer. Er stellte die Tasse auf den Tisch zurück und zog Rebecca auf seinen Schoß hinunter. »Das verdanke ich alles nur dir. Hättest du mich nicht so hartnäckig dazu ermuntert, mit der Ölmalerei zu beginnen, würde ich das nie versucht haben.«

Er gab ihr daraufhin einen Kuß, der ihr lediglich seine Dankbarkeit bezeugen sollte, jedoch rasch leidenschaftliche Formen annahm, als sie ihre Arme um seinen Oberkörper legte und ihren Mund unter seinem öffnete. Sie schmeckte nach Gewürzkuchen und purer Lust – eine ihm zu Kopf steigende, berauschende Mischung, die sogleich eine spontane Reaktion in seinen Lenden auslöste.

Er drehte den Kopf zur Seite und tat so, als würde ihn

ihre Umarmung kalt lassen. »So etwas sollten wir ja nun wirklich nicht im Wohnzimmer machen. Auch nirgendwo sonst, wenn du mich fragst.«

Da sah er einen Moment lang Unschlüssigkeit in ihren Augen. Doch dann verwandelte sich ihr Übermut in ein ungestümes, leidenschaftliches Verlangen. »Du hast recht. Mein Studio ist dafür viel besser geeignet.«

Sie hob die Hand und begann seine Wange auf eine sinnlich verheißungsvolle Weise zu streicheln. »Lavinia sagt, mein ›Korsar‹ wäre der Liebhaber, von der jede Frau träumen würde – dunkel, gefährlich und unwiderstehlich. Er wäre die Leidenschaft in Person, sagt sie.«

Ihm fiel jetzt sogar das Atmen schwer. Er stellte sie rasch auf die Füße und erhob sich vom Tisch.

»Lavinia besitzt ein blühende Phantasie.«

»Sie ist eine sehr kluge und scharfsinnige Frau.« Statt sich von ihm fortzubewegen, trat Rebecca so dicht an ihn heran, daß ihre Brüste ihn fast berührten. Als er diese wie hypnotisiert anstarrte, fuhr sie fort: »Lavinia meint, das Gemälde würde dich so zeigen, wie ich dich sehen würde, und damit hat sie recht.«

Er sollte sich jetzt aus ihrer Nähe entfernen, was er jedoch nicht tat.

»Wie siehst du mich denn?«

»Dunkel.«

Sie legte eine Hand auf seinen Nacken und begann diesen zu streicheln, während sie mit ihren Fingerspitzen in seinen dunklen Haaren wühlte und ihre Brüste warm und beharrlich gegen seine Brust drückte.

Er spürte, wie das Blut bei ihrer Berührung vor Verlangen und Schrecken in seinen Schläfen zu hämmern begann.

»Gefährlich.«

Sich auf die Zehenspitzen stellend, begann sie sacht an seinem rechten Ohrläppchen zu knabbern, so daß ein heißer Strom seinen Körper zu durchrieseln schien, der seine Glieder zum Kribbeln brachte und sich in seinen Lenden sammelte.

»Unwiderstehlich«, murmelte sie mit ihren Lippen an seinem Hals, die dann federgleich über seine Wangen hinstrichen und sich schließlich fest auf seinen Mund legten.

Die angehaltene Luft ausstoßend, zog er sie nun heftig in seine Arme, nach dem Geschmack ihres Mundes dürstend. Sie war wie Ingwerwein – erlabend und aufregend zugleich. Lilith, die Dämonin der Sinnlichkeit. Seine Hände glitten an ihrem Rückgrat hinunter und legten sich dann über die weichen Rundungen ihrer Hüften. Er zog sie fest an sich und spürte nun alle ihre reizvollen weiblichen Kurven an seinem Körper.

Es war schon schwer genug für ihn gewesen, sich zu beherrschen, als er nur ahnen konnte, was sich da unter ihrem Kleid verbarg. Doch jetzt, wo er es wußte, war dieses Wissen für ihn eine körperliche Qual. Er wollte ihre herrlichen Glieder seinem hungrigen Blick entblößen. Er wollte ihre Wildheit und Zärtlichkeit zugleich spüren. Er wollte sich in ihren ihn willkommen heißenden Körper versenken. Dieses brennende Verlangen in ihren Augen sehen und diese satte Zufriedenheit, die danach kam.

Nein.

»Lilith, die Dämonin, die ausgeschickt wurde, mir meine Seele zu rauben, und der das auf bewundernswerte Weise gelang«, sagte er heiser, sie mit einem so heftigen Bedauern von sich wegschiebend, daß es fast wehtat. »Eine Dummheit kann man vielleicht noch verzeihen, aber eine zweite nicht mehr.«

»Was ist denn so töricht daran, daß man sich liebt?« Sie griff nun mit einer Hand in den Nacken und riß dort das Band von ihren Haaren, daß sie sich wie ein von der Sonne vergoldeter rotbrauner Schleier über ihre Schultern legten. »Und komme mir jetzt nicht mit dem Unsinn, daß du nur ein kleiner, unbedeutender Sekretär wärst. Du bist ein Vicomte und ein aufstrebender junger Künstler.«

Er überlegte nun rasch, was für ein Hindernis er jetzt noch zwischen ihnen aufrichten konnte, ohne ihr die Wahrheit von seiner Doppelrolle beichten zu müssen. »Wenn uns das Glück schon einmal davor bewahrt hatte, eine ungewollte Ehe eingehen zu müssen, sollten wir nicht so dumm sein, unser Schicksal zum zweitenmal herauszufordern. Ich kann dir nicht garantieren, daß ich mich aus dir zurückziehen werde, wenn der Moment kommt, wo ich das tun sollte.« Er streichelte mit dem Handrücken ihre feingemeißelte Wange. »Du bist zu berauschend.«

Sie griff nach seiner Hand und legte sie auf ihre Brust. Er stand wie erstarrt da und vermochte sie nicht mehr von dort zu entfernen.

»Wenn das deine ganze Sorge ist, kann ich dich beruhigen. Lavinia hat mir erklärt, wie man sich als Frau vor ... unerwünschten Folgen schützen kann.« Das Blut stieg Rebecca jetzt in die Wangen, doch sie schlug die Augen nicht nieder. »Ich habe das, was ich zu ... unserem Schutz brauche, oben in meinem Zimmer.«

Da brach sein bereits bedenklich ins Wanken gekommener Widerstand in sich zusammen wie ein Kartenhaus. Warum sollten sie sich etwas versagen, wonach sie doch beide so sehr verlangten? Er war jetzt nicht mehr länger für Beth verantwortlich, und auch die Verpflichtungen, die er Bowden gegenüber eingegangen war, hatte er so gut wie erfüllt. Er hatte keinerlei Beweise dafür gefunden, daß Sir Anthony seine Frau ermordet haben könnte.

Binnen weniger Wochen, wenn nicht sogar Tage, würde sein Leben ihm wieder ganz allein gehören. Der Familienschmuck, der sich inzwischen wieder in seinem Besitz befand, würde ihn vor dem Bankrott bewahren – egal, was Bowden mit den Pfandbriefen zu tun gedachte. Obwohl er auch dann noch nicht schuldenfrei sein würde, wenn er die Hypotheken ablöste, würde er doch als Lord Kimball von Sutterton nicht mehr nur der Erbe eines bloßen Titels sein.

Sobald er dieser Verpflichtung ledig war und er offen mit ihr reden konnte ...

Nun, er war dazu bereit, seine Einstellung, was reiche Erbinnen betraf, noch einmal zu überdenken, falls auch Rebecca willens war, ihre Abneigung gegen den Ehestand aufzugeben.

Was den Augenblick betraf, so brannten sie beide lichterloh, und es gab nur ein Mittel, diese Flammen zu löschen.

Doch diesmal würde er nicht dem raschen Taumel ihrer ersten Vereinigung erliegen. Sie wußte, wie sie Wonnen spenden konnte. Er mußte ihr nun beibringen, wie sie diese auch empfangen konnte.

Er nahm ihr Gesicht in seine Hände: »Wenn dein Korsar, wie du sagst, der Liebhaber ist, von dem jede Frau träumt, dann bist du die Frau, die sich jeder Mann als Liebhaberin wünschen würde. Leidenschaftlich, ehrlich in ihren Gefühlen und eine Wonne ohnegleichen.«

Er gab ihr einen langen, innigen, sie bis auf den Grund ihrer Seele erschütternden Kuß. Als sie ihre Lippen wieder voneinander lösten, um Luft zu holen, flüsterte er: »Mache dich bereit, Lilith, denn kein Mann könnte dir widerstehen.«

»Gut«, sagte sie mit rauchiger Stimme. »Dann geh hinauf in mein Studio. Ich komme etwas später nach.«

Sie verließen nun nacheinander den Salon, einen schicklichen Abstand von einem Meter einhaltend, obwohl jeder, der sie in diesem Moment beobachtet hätte, sogleich erraten haben würde, was sie vorhatten. Das hätte er an ihren leuchtenden Augen und ihren aufgelösten Haaren erkennen können und sicherlich auch in seinem Gesicht gelesen.

Zum Glück sah sie jedoch keiner. Er begab sich auf dem direktesten Weg zu ihrem Studio, nahm dort die Decke vom Sofa und breitete sie auf dem Teppich vor dem Kamin aus. Dann schürte er das Feuer auf, weil sie vielleicht frieren könnte, wenn er ihren nackten Körper von Kopf bis Fuß mit Küssen bedeckte und sich an dem Geschmack ihrer Haut berauschte.

Als er seinen Stiefel, seinen Rock und seine Krawatte ausgezogen hatte, betrat sie das Studio. Er kam ihr auf halbem Weg entgegen, schlang die Arme um sie und gab ihr wieder einen von diesen Küssen, der alle ihre Sinne in einen Taumel versetzte. Sie griff nach seinem Hemd, zog es ihm aus der Hose und legte ihre Hände auf seinen Brustkorb, die sich kühl anfühlten auf seiner fiebrig heißen Haut. »Ich habe mich so sehr danach gesehnt«, hauchte sie an seinem Mund.

»Ich auch. Gütiger Himmel, ich auch«, murmelte er, während er mit ungeschickter Hast die Knöpfe ihres Leibchens aus ihren Schlaufen löste. Die obere Hälfte ihres Kleides fiel auseinander und enthüllte die cremigen Schwellungen ihrer Brüste. Diese kleine Hexe hatte doch die Zeit, in der er hier auf sie wartete, auch dazu benützt, sich ihrer Unterwäsche zu entledigen. Sie hatte unter dem Kleid nichts an. Und diese Dreistigkeit hatte eine schockierend erotisierende Wirkung auf ihn. Er kniete sich vor ihr nieder, nahm einen dieser dunklen Warzenhöfe in den Mund und begann daran zu saugen. Mit einem leisen Wimmern legte sie nun die Arme um seinen Kopf. Ihr Duft war der von reifen, unter der heißen Sonne sich zu voller Blüte öffnenden Rosen.

Als sich ihre Brustwarzen bei der Berührung seiner Zunge steil aufrichteten, hob er den Saum ihres Kleides an und streichelte ihre nackten Beine. Ihr Atem kam nun in rauhen Stößen, als seine Hand sich über das feste Fleisch ihrer Waden zu der weichen Haut hinter ihren Knien hinaufbewegte und dann sacht an der samtartigen Innenfläche ihrer Schenkel hinstrich.

Es hatte nur ein Vorspiel sein sollen – ein Vorgeschmack von dem, was da kommen sollte. Aber als seine Fingerspitzen die feuchte Wärme zwischen ihren Beinen berührten, war es um sie geschehen. Er schob die Finger besitzergreifend zwischen die seidigen gelockten Haare ihrer Scham, suchte in den sich ihm öffnenden Spalten ihrer Grotte nach deren empfindlichsten Stellen.

»Oh, ja, ja!« stöhnte sie, sich ihm entgegenwölbend.

Da erhob er sich wieder von den Knien und zog ihr das Kleid aus, während sie ihm mit leicht glasigen, vor Erregung fast schwarzen Augen dabei zusah.

Und als er sich danach wieder aufrichtete, sagte sie heiser: »Und jetzt laß mich dich anschauen.«

Er erfüllte ihr diesen Wunsch, jedoch mit solcher Heftigkeit, daß sich zwei Knöpfe an seinem Hosenbund von ihren Fäden lösten und über den Boden hinhüpften. Bei diesem sich vor Leidenschaft fast verzehrenden Blick, mit dem sie ihn anschaute, hatte er tatsächlich das Gefühl, dieser unwiderstehliche Liebhaber zu sein, als den sie ihn porträtiert hatte.

Doch nun sagte sie mit einem Anflug von Lachen in der Stimme: »Du bist großartig in deiner Nacktheit. Ich fühle mich zwischen dem Wunsch, dich als Akt zu malen, und dem Verlangen, dich zu küssen, hin- und hergerissen.«

»Das Malen kann warten«, sagte er und hob sie hoch. Was für eine Wonne das schon war, sie nur auf den Armen zu halten! Ihre Haare rollten ihm in einer seidigen Flut über die Arme bis fast zu den Knien hinunter und ringelten sich sacht um seine nackten Beine. Er legte sein Gesicht in die Höhlung zwischen ihrem Hals und ihrer Schulter und flüsterte: »Wir haben jetzt etwas Besseres zu tun.«

Seine Nähe ausnützend, begann sie auf eine aufreizende Weise an seinem Ohrläppchen zu knabbern. Er hatte das Gefühl, daß sich alle Nervenenden in seinem Körper in flammende Dochte verwandeln würden, und ließ sich ächzend auf ein Knie nieder, um sie auf der Decke vor dem Kaminfeuer abzulegen. Sie war eine Flamme aus Elfenbein – ein Fest für alle Sinne. Er streckte sich neben ihr aus und begann ihren Hals, ihre Brüste und ihren Bauch mit heißen Küssen zu bedecken, während er sie wieder an ihren empfindlichsten Stellen streichelte. Sie öffnete ihre Beine für ihn, wölbte den Rücken und schien dem Beben, das durch ihren schlanken Leib hinlief, hilflos ausgeliefert zu sein.

»Jetzt, Kenneth«, bettelte sie.

Ihre suchende Hand fand sein steifes, pulsierendes Glied, legte die Finger darum und begann sacht mit den weichen Ballen ihres Daumens das ungemein empfindliche Fleisch seiner Eichel zu massieren, so daß seine Hüften sich ebenso unkontrollierbar hin- und herbewegten.

Da rollte er sich wie von Sinnen zwischen ihre Beine und begrub sein Glied in der seidigen, heißen Grotte ihres Leibes. Er war verloren, verloren – dem wilden Rhythmus der Besitznahme und des sich Ergebens hingegeben. Sie waren jetzt beide diesem mächtigen Strom des Feuers hilflos ausgeliefert, der sie mit sich fortriß, bis sie gemeinsam den Höhepunkt erreichten, der sie einen Moment lang zu einem Körper und einer Seele miteinander verschmolz.

Das Bewußtsein kehrte danach nur allmählich und stückweise mit den langsam verebbenden krampfartigen Zuckungen ihres Leibes zurück. Mit ineinander verhakten Gliedern sanken sie erschöpft auf die Decke zurück. Als er keuchend nach Luft rang, suchte sie rasch wieder seine Nähe und schmiegte sich an ihn. Ihr Körper schien viel zu zierlich und zerbrechlich zu sein für diese gewaltige Leidenschaft, die in ihr steckte. Und wie mächtig ihre Vereinigung gewesen war, konnte er an dem noch lange anhaltenden Beben seines eigenen Körpers spüren.

Nur das Ticken der Uhr, das schwache Knistern der brennenden Kohlen und ihre schnellen, rauhen Atemzüge waren jetzt zu hören. Er schob die Finger zwischen die üppigen feuchten Flechten ihrer rotbraunen Haare. Lilith. Ginger. Rebecca. Sie war eine Sammlung von Paradoxien – so sanft wie wild, so schroff wie zärtlich, so hart wie nachgiebig.

Er hoffte zu Gott, daß sie ihn haben wollte, wenn der Zeitpunkt kam, wo er sie danach fragen konnte. Denn er bezweifelte, daß er die Kraft haben würde, sie gehen zu lassen.

Rebecca döste ein bißchen an Kenneths mächtigen Körper geschmiegt. Unmöglich, daß es noch größere Zufriedenheit gab, wie sie diese jetzt genoß. Aber die Zeit stand nicht still. Als sie spürte, wie er sein Gewicht verlagerte, murmelte sie: »Müssen wir denn wirklich zu diesem Ball gehen?«

»Ich fürchte, ja«, erwiderte Kenneth, während er sacht ihren Körper von den Schultern bis zu den Hüften hinunter streichelte. »Ich bin mir nämlich ziemlich sicher, daß Strathmore der Mann ist, der dafür sorgte, daß die Wilding-Juwelen wieder in meinen Besitz gelangten. Ich würde mich deshalb gern bei ihm dafür bedanken, daß er mir wieder zu meinem Eigentum verhalf und mich vor dem Bankrott rettete, wenn ich das auch nur auf eine indirekte Weise tun kann.«

»Fürwahr ein guter Grund für dich, diesen Ball zu besuchen.« Sie rollte sich auf den Rücken, um ihn zu bewundern. Ihr Korsar, alles, was Lavinia auf dem Gemälde in ihm gesehen hatte, und noch mehr. »Für einen Soldaten hast du eigentlich überraschend wenig Narben«, sagte sie.

»Zum Glück habe ich in keiner Schlacht eine schwere Verwundung davongetragen. Wenn das der Fall gewesen wäre, würde ich jetzt nicht neben dir liegen. Schwere Verwundungen in einer Schlacht führen fast immer zum Tod oder zumindest zu einer Amputation.« Er lächelte. »Außer bei Michael. Der ist unverwüstlich.«

Sie setzte sich jetzt auf und fuhr langsam mit der Hand

über seinen Rücken hin. »Ich spüre da so etwas wie ein unregelmäßiges Wellenmuster unter der Haut. Sollten das etwa Striemen sein? Hast du mir nicht einmal erzählt, daß man dich ausgepeitscht hätte?«

Er nickte.

»Am Anfang meiner Karriere bei der Armee, gemeine Soldaten können aus einer Vielzahl von Gründen ausgepeitscht werden, im meinem Fall war das ein unverschämtes Benehmen gegenüber einem Vorgesetzten. Man hatte mich dafür zu hundert Peitschenhieben verurteilt.«

»Und warst du schuldig?«

»Absolut.« Er blickte ins Feuer. »Obwohl ich nur ein gemeiner Soldat war, besaß ich doch noch die Arroganz, zu der ich als zukünftiger Lord erzogen worden war. Ich ließ den Offizier, der meine Einheit befehligte, spüren, daß ich ihn für einen Esel hielt. Er wußte nicht – oder es kümmerte ihn nicht –, daß ich der ehrenwerte Kenneth Wilding war, Erbe des Vizegrafen Kimball. Ich wurde an zwei gekreuzte Lanzen gebunden, und ein Profos stand über mir und bearbeitete mit der Peitsche meinen Rücken.« Sein Gesicht wurde nachdenklich. »Ich muß das auch noch für die Serie zeichnen, die George Hampton herausbringen möchte. Die Leute, die das Auspeitschen übernahmen, waren die Trommler des Regiments. Sie haben sehr kräftige Arme, mußt du wissen. Und ein anderer Trommler gibt den Takt dazu an – einen Trommelschlag für jeden Peitschenhieb.«

Sie erschauerte bei diesem so anschaulichen Bild, das er von dieser Szene entworfen hatte. »Sie hätten dich töten können.«

»Nein. Es war immer der Feldscher des Regiments zugegen, der die Sache unterbrach, wenn er merkte, daß der Soldat die Prozedur offenbar nicht überleben würde«, sagte er trocken. »Und sobald sich der arme Teufel einigermaßen erholt hatte, mußte er den Rest seiner Strafe verbüßen.«

»Das ist barbarisch.«

»Möglich. Aber wirksam.« Er sah sie mit einem schwachen Lächeln an. »Auf diese Weise lernte ich, daß eine noble Geburt nicht zählt, wenn man sich außerhalb der Gesellschaftskreise stellt, zu denen man gehörte. Für mich war diese Erfahrung der erste Schritt auf dem Weg zu einem brauchbaren Soldaten.«

Sie studierte seine zerklüfteten Züge und dachte, daß es wohl diese vielgestaltigen und breitgefächerten Erfahrungen waren, welche diesen Mann von allen anderen Männern unterschied, die sie bisher gekannt hatte. Das Leben hatte ihm Privilegien und harte Unterdrückung, Brutalität, Gefahren und einem tiefen und reinen Sinn für das Schöne beschert. Dieser Schatz vielseitiger und gegensätzlicher Erfahrungen konnte ihn zu einem bedeutenden Künstler machen. Er hatte ihn auch zu einem unvergleichlichen Liebhaber gemacht. Sie mußte nicht erst mit anderen Männern geschlafen haben, um das zu wissen.

»Hast du auch die Prügelstrafe verhängt, nachdem du zum Offizier befördert worden warst?«

»Falls nötig, ja. Wenn man es mit harten Männern zu tun hat, sind zuweilen auch harte Maßnahmen erforderlich.« Er sprang nun elastisch vom Boden auf. »Es wird Zeit, daß wir nun wieder in die nüchterne Alltagswelt zurückkehren, Ginger.«

Mehr seinem nackten Körper als seinen Worten Interesse schenkend, nahm sie einen Skizzenblock und einen Kohlestift von einem Tisch in ihrer Nähe und begann ihn zu zeichnen. »Wenn du glaubst, daß ich dich als Piraten zu dramatisch dargestellt habe, dann warte mal ab, bis ich dich als Herkules porträtiert habe! Deine körperlichen Proportionen und dein Muskeltonus sind superb! Ich werde doch mal Onkel George fragen, ob er denn keine Lust hätte, eine von mir gezeichnete Serie von überaus appetitlich aussehenden klassischen Männerakten in Kupfer zu stechen und unter die Leute zu bringen.«

Als er sah, daß sie ihren Zeichenblock in der Hand hielt, begann er auf eine bedrohliche Weise auf sie zuzugehen. »Wenn du das tust, wird mein Lilith-Gemälde im nächsten Jahr der Publikumsmagnet der Ausstellung werden.«

»Kein Gentleman würde dieses Bild ausstellen«, erklärte sie hochmütig.

»Wer redet denn hier von einem Gentleman? Du hast dir doch einen Piraten gewünscht, und den hast du auch bekommen. Ein gefährlicher Korsar, der davon lebt, daß er unschuldige Mädchen überfällt.«

Sie kicherte. »Dann sollte ich vor ihm ja sicher sein.«

»Niemand ist vor dem Korsaren sicher«, erwiderte er und lief nun mit ausgestreckten Armen auf sie zu, um sie zu packen.

Mit einem lauten Quietschen versuchte sie – natürlich vergeblich – vor ihm zu flüchten. Er schleuderte ihre Zeichensachen beiseite, drückte sie nach einem kurzen Ringkampf auf die Decke hinunter und begann nun ihren Körper überall mit Küssen zu attackieren, während sie sich kichernd unter ihm wand.

»Niemand ist auch vor Lilith sicher«, sagte sie keuchend und ging dann zum Gegenangriff über, mit den Zähnen an seinen Schultern knabbernd und ihn dann an den empfindlichsten Stellen auf eine Weise berührend, die ihn, wie sie wußte, wahnsinnig machen mußte.

Sie hatte ihr Lektion gut gelernt. Er stöhnte laut, packte ihre Handgelenke und hielt sie auf der Decke fest. Dann schob er mit den Knien ihre Beine auseinander und drang mit einem einzigen, mächtigen Stoß tief in sie ein.

Sie starrten sich gegenseitig in die Augen und lachten beide. Ihr Herz krampfte sich zusammen. Wie gern sie das hatte, wenn er so vergnügt war wie jetzt! Sie hatte nicht gewußt, daß das Verlangen und die Fröhlichkeit nebeneinander existieren könnten.

Als er sich mit einer provozierenden Langsamkeit in ihr zu bewegen begann, wünschte sie sich insgeheim, daß sie doch immer so beisammenbleiben könnten wie jetzt – sicher vor den harten Forderungen, die die Welt an sie stellte.

Aber bevor sie nun von einem ekstatischen Taumel des Entzückens erfaßt wurde, wußte sie in einem frostigen Moment der Vorahnung, daß ihr Wunsch nicht in Erfüllung gehen würde.

Kapitel 27

Trotz ihrer doch recht ausgedehnten amourösen Auseinandersetzung in Rebeccas Studio kamen Kenneth und sie dann doch noch mit einer sich in Grenzen haltenden Verspätung zu dem Ball der Strathmores. Kenneth amüsierte sich im stillen über das gesetzte Wesen und das artige Gesicht, mit dem Rebecca ihre Gastgeber begrüßte. Jeder, der sie nicht kannte, würde sie wohl für ein unterwürfiges Geschöpf ohne eine eigene Meinung gehalten haben. Er wußte es besser.

Als sie auf die Türen des Ballsaals zugingen, sah sie zu ihm hoch, und ihre Blicke begegneten sich. Er empfand dabei ein wundersames Gefühl von Nähe, als würden sie beide in der Haut des anderen stekken.

Sie fragte mit einem schelmischen Lächeln: »Woran denkst du denn gerade?«

Sich den Umstand zunutze machend, daß bei dem Lärm, der hier herrschte, kein Mithörer verstehen konnte, was er sagte, wenn er nur leise genug sprach, erwiderte er: »Daß du dich mit bemerkenswerter Schnelligkeit aus einer nackten Dämonin in eine elegante Lady verwandelt hast. Daß ich jetzt am liebsten mit dir hier in ein leeres Zimmer ginge, um dich dort zu verführen. Und daß ich zu gern eine ganze Nacht mit dir verbringen würde.«

Eine bezaubernde Röte zeigte sich nun auf ihrem eben noch so braven Gesicht: »Hast du vor, deine Gedanken auch in die Tat umzusetzen?«

»Leider werde ich mich darauf beschränken müssen, ein bißchen öfter mit dir zu tanzen, als das schicklich ist.« Das Orchester stimmte gerade einen Walzer an, und er führte sie auf die Tanzfläche. Wenn er sie schon nicht verführen konnte, war ein Walzer das Nächstbeste.

Als die Musik wieder zu spielen aufhörte, schlenderten sie am Rand des Saals entlang, um ihre neuen Freunde und Bekannten zu begrüßen. Rebeccas Benehmen war diesmal weitaus ungezwungener als bei ihrem ersten Ball, und jeder wollte von ihr das Versprechen für einen der nächsten Tänze haben. Bei dem vorhergehenden Ball hatten sie sich um einen Tanz bei ihr beworben, weil

Michael seine Freunde darum gebeten hatte, dafür zu sorgen, daß sie sich nicht wie eine aus ihren Gesellschaftskreisen Verbannte vorkommen sollte. Doch diesmal mußten die Männer nicht erst dazu aufgefordert werden. Sie kamen zu ihr, weil sie mit ihr plaudern und tanzen wollten.

Als Kenneth sah, daß Rebecca sich unter Freunden befand, entschuldigte er sich bei ihr, um mit ihrem Gastgeber, Lord Strathmore, ein paar Worte unter vier Augen reden zu können. Nachdem sie ein paar Liebenswürdigkeiten ausgetauscht hatten, kam Kenneth auf den wundersamen, den Familienschmuck der Wildings betreffenden Gesinnungswandel seiner Stiefmutter zu sprechen, und wie unendlich dankbar er doch für das Ergebnis ihrer Einsichtigkeit sei. Strathmore grinste schadenfroh bei diesen Worten, und das boshafte Funkeln in seinen Augen bestätigte Kenneths Vermutung, daß sein Gastgeber tatkräftig an dem sogenannten Gesinnungswechsel seiner Stiefmutter mitgewirkt hatte.

In der Hoffnung, daß er sich eines Tages für diese »Gefälligkeit« bei seinem Gastgeber revanchieren konnte, schlenderte Kenneth nun wieder im Saal umher, um sich mit Freunden zu unterhalten und zuweilen auch das Tanzbein zu schwingen. Da er Rebecca gebeten hatte, den letzten Tanz vor dem Souper für ihn zu reservieren, wollte er bis dahin seine Saalrunde beendet haben. Ein paarmal sah er ihre schlanke und überaus reizvolle Gestalt an sich vorbeitanzen. Er gönnte den anderen Männer die Chance, mit ihr tanzen zu können. Schließlich war er ja der glückliche Teufel, der den halben Nachmittag in ihren Armen verbracht hatte.

Michael Kenyon rief ihm etwas zu, und nachdem er

zu ihm getreten und sie sich begrüßt hatten, sagte Michael: »Catherine und ich sind heute in Somerset House gewesen. Du hast aber einen langen Weg seit deinen Kohleskizzen von ›Ludwig dem Faulen‹ zurückgelegt.«

Kenneth grinste. »Ein Hund, der sich niemals bewegt, ist nicht schwer zu zeichnen.«

»Ich hoffe, daß du deine Gemälde noch keinem versprochen hast«, fuhr Michael fort. »Würdest du für deine zwei Bilder einen Preis von tausend Guineen akzeptieren?«

Kenneth klappte die Kinnlade herunter. »Das ist absurd! Oder soll das etwa ein Akt der Wohltätigkeit sein?«

»Ich hatte gewußt, daß du so etwas sagen würdest«, erwiderte sein Freund ungerührt. »Im Gegenteil, ich möchte, daß meine Enkelkinder sich für meine weise Voraussicht bedanken, die mich dazu brachte, zwei großartige frühe Wildings zu kaufen. Der Preis, den ich dir dafür biete, wird mir in ein paar Jahren wie ein Diebstahl vorkommen.«

Kenneth lächelte, hatte aber noch immer seine Zweifel. »Bist du dir sicher, daß du sie tatsächlich gern haben möchtest?«

»Vergiß nicht, daß Catherine und ich ebenfalls in Spanien gewesen sind«, sagte Michael leise. »Die beiden Bilder sprechen uns beide auf eine ganz besondere Weise an.«

»In diesem Fall gehören die Bilder dir.« Kenneth streckte seinem Freund die Hand hin. »Und ich werde dann sogar die Möglichkeit haben, sie hin und wieder besuchen zu können.«

»Das hoffe ich doch. Und das muß ich auch gleich Catherine erzählen. Sie hatte nämlich Angst, du könntest sie inzwischen schon an jemand anderen verkauft haben.« Worauf Michael sich mit einem kurzen Nicken von ihm verabschiedete, um sich auf die Suche nach seiner Frau zu machen.

Kenneth, der sein Glück noch gar nicht recht fassen konnte, wollte nun auch nach Rebecca Ausschau halten, um ihr diese gute Nachricht mitzuteilen. Aber als er sich umdrehte, wäre er fast mit Lord Bowden zusammengestoßen.

Obwohl Lord Bowden kein Mann von großer Statur war, machte ihn jetzt seine an Gewitterwolken erinnernde Miene doch zu einer furchtgebietenden Gestalt. »Ich hoffte Euch hier zu finden, Kimball«, schnauzte er Kenneth an. »Ihr habt Euch mehrmals geweigert, Euch mit mir zu treffen oder meine Briefe zu beantworten, aber jetzt werdet Ihr ja wohl mit mir reden müssen.«

Kenneth zuckte innerlich zusammen. Er hatte das Datum vergessen, an dem Bowden wieder in London sein wollte. Tatsächlich hatte er in den letzten vierzehn Tagen kaum noch an etwas anderes gedacht als an das Malen und Rebecca.

»Tut mir leid, Bowden. Ich habe wirklich nicht versucht, Euch aus dem Weg zu gehen. In den letzten Tagen war ich nur zu beschäftigt, um meine Briefe abholen zu können. Ich gebe Euch recht, wenn ihr meint, daß es Zeit wäre, uns zu treffen. An welchem Tag würde Euch das denn passen?«

»Ihr werdet jetzt mit mir reden«, antwortete Bowden ihm mit hörbarem Zähneknirschen. »Und zwar mitten im Ballsaal, falls das nötig sein sollte.«

Der Mann stand offenbar kurz vor einem Wutausbruch, was Kenneth ihm auch nicht verdenken konnte. Zum Glück tanzte Rebecca gerade und würde deshalb gar nicht merken, wenn er jetzt den Ballsaal verließ.

»Ich glaube, wir würden es beide vorziehen, keine Zeugen bei unserem Gespräch dabeizuhaben. Also lassen Sie uns nach einem leeren Zimmer suchen.«

Bowden erklärte sich mit einem grimmigen Nicken mit seinem Vorschlag einverstanden, und sie bewegten sich nun Seite an Seite durch die lachende und vergnügt miteinander plaudernde Menge. Kenneths Geist arbeitete auf Hochtouren, aber ohne fruchtbares Ergebnis. Er hatte nichts zu sagen, was einen Mann, der Sir Anthony vernichten wollte, zufriedenstellen konnte.

Die Quadrille endete, und Rebecca bedankte sich, noch ganz außer Atem, bei ihrem Tanzpartner. Dann schaute sie sich nach Kenneth um, der sich für den nächsten Tanz hatte vormerken lassen. Doch zu ihrer Überraschung verließ er in diesem Moment mit einem anderen Mann, der ihr irgendwie bekannt vorkam, den Ballsaal. Sie ging den beiden nach, sich mit dem Fächer, den Kenneth bemalt hatte, Kühlung zuwedelnd. Er war ihr teurer als der Wilding-Diamantring, den sie eines Tages ja wieder würde zurückgeben müssen. Doch dieser Fächer gehörte ihr wirklich.

Als sie den Ballsaal verließ, sah sie gerade noch, wie die beiden Männer am Ende des Korridors in einem angrenzenden Raum verschwanden. Neugierig folgte sie ihnen nun auch dorthin. Die Tür schwang lautlos nach innen, und sie fand sich dort in einem langen, schmalen Schlauch von einer Bibliothek wieder, der von einem Bogen in zwei Hälften geteilt wurde. Ihr Bereich lag im tiefen Schatten, während am anderen Ende des Raumes eine Lampe brannte und ein Feuer im Kamin flackerte. Von dort drang auch das Gemurmel von Männerstimmen an ihr Ohr.

Sie verhielt nun unschlüssig bei der Tür. Kenneth war zweifellos aus geschäftlichen Gründen mit diesem Mann zusammen. Vermutlich ging es dabei um den Verkauf seiner Gemälde. Sie sollte so ein Gespräch nicht stören. Da sie hier bei der Tür von den Männern nicht gesehen werden konnte, würde es ein leichtes für sie sein, sich wieder unbemerkt entfernen zu können, um dann im Ballsaal auf Kenneths Rückkehr zu warten.

Sie drehte sich wieder zur Tür um und legte die Hand auf den Knauf. Da wurde eine ihr unbekannte Stimme plötzlich sehr laut und rief: »Zum Henker mit Euch, Kimball! Ich habe Euch nicht dazu engagiert, Anthonys Tochter zu heiraten, sondern um Beweise für seine Verbrechen zu finden! Hat er Euch etwa mit dem Mädchen und deren Vermögen bestochen?«

Rebecca erstarrte. Sie mußte sich da ganz bestimmt verhört haben. Sie drehte sich nun, ihr Gehör anstrengend, wieder von der Tür weg.

Kenneths tiefe Stimme antwortete dem anderen Mann in diesem Moment: »Die Verlobung war so etwas wie ein Unfall. Sie hat nicht das geringste mit Sir Anthony zu tun.«

Sie wußte zwar, daß ihr Verlöbnis nur vorgetäuscht war. Trotzdem waren sie beide ein Liebespaar, und daß Kenneth ihre Beziehung wie eine unwichtige Nebensache behandelte, tat ihr weh. Sie bewegte sich nun auf den Mauerbogen zu, hinter dem sie von den beiden Männern nicht gesehen werden konnte, diesen jedoch nahe genug war, um jedes Wort ihres Gesprächs verstehen zu können.

Der andere, kleinere Mann schnaubte jetzt verächtlich: »Dann treibt Ihr also Euer eigenes Doppelspiel. Als ich nach London zurückkam und von meiner Frau erfuhr, daß meine mir bisher unbekannte Nichte sich verlobt habe, stellte ich Erkundigungen an. Die Umstände der Verlobung mußten einen argwöhnischen Geist ja auf die Idee bringen, daß Ihr mit diesem Flittchen, dieser Lavinia Claxton, verabredet habt, Euch von ihr in einer verfänglichen Situation mit meiner Nichte ertappen zu lassen. Schließlich ist diese ja die Erbin von Helens Vermögen. Ich hätte es wissen müssen, daß eine bereits in die Jahre kommende Erbin für einen Mann mit Euren finanziellen Problemen unwiderstehlich sein würde.«

»Lord Bowden, Ihr beleidigt damit nicht nur Lady Claxton, sondern auch Eure Nichte, Miss Seaton«, sagte Kenneth da mit scharfer Stimme. »Macht das nicht noch einmal. Ihr habt zudem die Neigung, hinter allen Dingen gleich eine Verschwörung zu wittern, wo gar keine existiert. Ich wiederhole – meine Beziehung zu Miss Seaton hat mit meinen Ermittlungen nicht das geringste zu tun.«

Bowden?

Gütiger Gott, der Gesprächspartner von Kenneth dort war der Bruder ihres Vaters! Er hatte die gleiche Statur wie dieser, und auch eine ähnliche Weise, sich zu bewegen. Aber warum wollte er jetzt, nach einer jahrzehntelangen Entfremdung, gegen seinen jüngeren Bruder Ermittlungen anstellen lassen?

Der Mann mußte wahnsinnig sein. Und wenn er verrückt war, war Kenneth sein Werkzeug. Bis auf den Grund ihrer Seele erbebend, legte sie nun die Stirn gegen die kalte, mit Brokat überzogene Wand.

»Hattet Ihr mit Euren Ermittlungen einen ebenso

großen Erfolg wie mit Euren galanten Bemühungen?« erkundigte sich ihr Onkel nun mit kalter Stimme.

»Nicht jene Art von Erfolg, die Ihr Euch erhofft habt. Ich werde Euch noch einen schriftlichen Bericht zukommen lassen. Aber ich habe mit jedem gesprochen, von dem ich annehmen konnte, daß er entweder ein Zeuge des Geschehens damals gewesen ist oder zumindest Kenntnis von diesem hatte, und es gibt nicht den geringsten Beweis für irgendwelche verbrecherische Machenschaften. Vielleicht werde ich im Seenbezirk noch etwas erfahren, das die Sache in einem anderen Licht erscheinen ließe. Aber versprechen kann ich Euch das nicht.«

»Es muß aber einen Beweis geben, Kimball«, erwiderte Bowden mit grollender Stimme. »Findet ihn!«

Leichte, nicht zu Kenneth gehörende Schritte durchquerten nun den Raum. Dann öffnete sich eine Tür und wurde heftig wieder zugeworfen. Rebecca schloß einen Moment lang die Augen, sich fragend, was, zum Kukkuck, Kenneth denn hier ermitteln wollte. Der Gedanke, daß ihr Vater kriminell sein könnte, war absurd. Er war ein berühmter Maler, der so viel Geld besaß, daß er es gar nicht alles verbrauchen konnte – nicht ein Dieb oder korrupter Regierungsbeamter. Kein Wunder, daß Kenneth keine Beweise für irgendwelche Missetaten finden konnte.

Doch das war keine Entschuldigung für den von Kenneth begangenen Betrug. Er hatte sich unter Vortäuschung falscher Tatsachen in ihr Haus eingeschlichen. Seine vage Erklärung, daß ein anonymer Freund ihn geschickt habe, mochte damals ja noch amüsant gewesen sein, aber jetzt nicht mehr. Er hatte das Vertrauen ihres Vaters skrupellos dafür mißbraucht, sich Zugang zu seinem Haus und allen seinen privaten Papieren zu verschaffen.

Sie hatte plötzlich wieder eine lebhafte Erinnerung an ihren ersten Eindruck von ihm, als sie ihn unten auf der Straße vor ihrem Haus gesehen hatte. Eine raubtierartige Intelligenz. Gewaltsam, wenn nicht sogar brutal. Ein Pirat in Mayfair. Kein Wunder, daß er ihr nicht so ausgesehen hatte wie ein Sekretär. Er war tatsächlich ein Spion. Wie oft hatte er ihr doch mit einer scheinbaren Beiläufigkeit Fragen gestellt! Und sie hatte ihm immer eine Antwort darauf gegeben. Der Magen drehte sich ihr jetzt um, als ihr bewußt wurde, daß er sie als Werkzeug benützt hatte in der Absicht, Informationen über ihren Vater zu sammeln.

Ein Dutzend Herzschläge lang lehnte sie zitternd an der Wand. Dann verlieh der Zorn ihr neue Kraft.

Sie trat hinter dem Mauerbogen hervor. Kenneth stand beim Kamin, blickte in die Flammen des Kohlenfeuers. Ihr Korsar. Mächtig, zwingend. Sie hatte ihn sogar für heroisch gehalten.

Was für eine vermaledeite Närrin sie doch war.

Mit einer Stimme, die eher ein Zischen war, sagte sie: »Ihr seid verabscheuungswert.«

Sein Kopf ruckte in die Höhe, und er starrte sie an, während sein Gesicht weiß wurde wie ein Laken. »Du hast das Gespräch belauscht?«

»Ja, ich habe es mitgehört.« Ihr Mund verzog sich bitter. »Wenn ich ein Mann wäre, würde ich Euch jetzt töten. Aber ich werde mich vermutlich darauf beschränken müssen, Euer Porträt zu verbrennen und meinem Vater zu sagen, daß sein Lieblingssekretär ihn hinterhangen hat – und mich ebenso.«

»Rebecca ...«, er hob die Hand und machte einen Schritt auf sie zu.

Sie hatte plötzlich den schrecklichen Gedanken, daß

sie sich in ein gedankenloses, ihn anhimmelndes weibliches Wesen verwandeln und ihm jede auch noch so haarsträubende und verlogene Erklärung, die er für sein Verhalten hatte, glauben würde, wenn er sie jetzt anfaßte.

»Kommt mir ja nicht zu nahe!« rief sie zornig. »Ich möchte Euch nie wieder sehen!«

Damit drehte sie sich um und stürmte aus dem Raum, bevor er noch einen weiteren Schritt auf sie zu machen konnte. Er rief abermals ihren Namen, aber sie ignorierte ihn und floh den Korridor hinunter. Sie mußte dieses Haus so rasch wie möglich verlassen.

Da sie kein unnötiges Aufsehen erregen wollte, hörte sie nun auf zu rennen und versuchte, ein gleichgültiges Gesicht zu machen, als sie in den Ballsaal zurückkehrte. Es war schwierig, hier voranzukommen, da sich die meisten Ballgäste, die den Speisesaal aufsuchen wollten, sich nun in die entgegengesetzte Richtung bewegten. Zum Glück war sie nur eine schmächtige, zierliche Person, die immer eine Lücke fand, die groß genug war, daß sie hindurchschlüpfen konnte. Eine Reihe von Gästen riefen ihren Namen, aber sie hörte nicht hin. Sie war ja nur hier, weil Kenneth von ihr verlangt hatte, daß sie wieder gesellschaftsfähig sein müsse. Um ihren Wert als Ehefrau zu erhöhen? Zur Hölle mit ihnen allen. Sie hatte jedes Interesse daran verloren, sich in seinen Gesellschaftskreisen zu bewegen.

Als sie sich der Vorhalle näherte, fiel ihr ein, daß sich ihre Kutsche erst gegen Mitternacht hier einfinden würde, um sie abzuholen. Auch hatte sie kein Geld bei sich, um sich eine Pferdedroschke oder Sänfte mieten zu können. Sie würde also zu Fuß gehen müssen. Seaton House konnte höchstens eine Meile von hier entfernt sein, und in Mayfair sollte sie eigentlich vor Dieben und Meuchelmördern sicher sein.

Sie wollte gerade ihren Schal aus der Garderobe holen, als sie über die Schulter blickte und Kenneth sich mit grimmigem Gesicht einen Weg durch die Menschenmenge bahnen sah. Mit in die Höhe schnellendem Puls änderte sie nun ihren Entschluß und begab sich rasch zur Vordertür, die der Portier, der diese bewachte, nun für sie öffnete.

Auf die sich ihr rasch nähernde Gestalt von Kenneth deutend, sagte sie im gestrengen Ton zu dem Bediensteten: »Dieser sogenannte Gentleman hat mich belästigt. Laßt nicht zu, daß er mir zu meiner Kutsche folgt.«

Der Lakai verneigte sich. »Jawohl, Miss.«

Wenngleich der Türsteher der Strathmores nicht gerade ein schmales Handtuch war, hatte sie doch ihre Zweifel, daß er Kenneth lange würde aufhalten können. Aber sie hoffte, daß die Zeit, die Kenneth benötigen würde, um dessen Widerstand zu brechen, für sie ausreichte.

Sie hob ihre Röcke an und rannte die Vortreppe hinunter. Zu ihrer Rechten wartete eine lange Reihe von Kutschen auf die Ballgäste der Strathmores, deren Fuhrmänner miteinander redeten oder würfelten. Sich nach links wendend, bewegte sie sich im Laufschritt bis zur Hausecke, egal, was die Kutscher oder Passanten, die ihr nachschauten, von ihrem Verhalten auch denken mochten.

Dann an der Längsseite des Hauses entlang bis zur nächsten Straßenecke. Dort wieder nach links und dann weiter an einer langen Häuserzeile entlang bis zur übernächsten. Sie rannte, bis sie Seitenstechen bekam, das sie einen Moment lang dazu zwang, bei einem rostigen Eisengitter anzuhalten, sich mit einer Hand an diesem festzuhalten, während sie die andere Hand gegen ihren Leib preßte und keuchend Luft holte. Mit ihrem bloßen Hals und ihren nackten Armen fing sie in der feuchtkalten Nachtluft nun bitterlich zu frieren an.

Sie hätte es besser wissen müssen. Statt Kenneth zur Rede zu stellen, der natürlich sofort versuchen würde, sie mit seiner verräterischen Zunge davon zu überzeugen, daß schwarz weiß sei und weiß schwarz, hätte sie in aller Ruhe in den Ballsaal zurückkehren und einen ihrer neuen Bekannten fragen sollen, ob sie mit seiner Kutsche nach Hause fahren dürfte. Aber wen hätte sie darum bitten können? Es waren doch alle Kenneths und nicht ihre Freunde.

Einen Moment lang dachte sie an Catherine und Michael und an all die anderen Leute, deren Bekanntschaft Kenneth ihr vermittelt hatte. Und ihr Herz setzte einen Moment lang bei dem Gedanken aus, daß sie alle diese Bekannten zusammen mit Kenneth wieder verlieren würde.

Wütend kämpfte sie gegen die Trauer an, die sie bei diesem Gedanken befallen wollte. Sie brauchte Kenneths Freunde nicht, und die Erfahrungen, die sie bei ihren beiden Bällen gemacht hatte, waren ausgesprochen katastrophal. Allein war sie da doch viel besser daran.

Aber würde sie in Zukunft ihr Studio jemals wieder benützen können, ohne dabei jedesmal an ihn denken zu müssen? Ohne ihn dort auf dem Sofa in dieser lässigen und sinnlich aufreizenden Pose des Korsaren sich in die Polster zurücklehnen zu sehen? Oder an der Herdstelle beim Aufbrühen des Tees, bei dem sie sich dann in einer zwanglosen und angeregten Unterhaltung ergingen? Vor ein paar Stunden erst hatten sie sich dort auf dem Teppich vor dem Kaminfeuer leidenschaftlich geliebt, und er hatte dabei so getan, als ob sie die begehrenswerteste Frau der Welt wäre.

So getan, als ob ... Das war der Schlüsselbegriff für sein ganzes Verhalten.

Sie war verfügbar gewesen – oh, Gott, wie sehr sie verfügbar gewesen war! Und deshalb hatte er so getan, als ob sie begehrenswert sei, und mit ihr geschlafen. Offenbar war er also doch der Mitgiftjäger, als den Bowden ihn bezeichnet hatte. Denn gab es wohl eine bessere Methode, sie von der Lauterkeit seiner Absichten zu überzeugen, als lauthals zu bekunden, daß er allein schon die Vorstellung, daß er eine Frau ihres Geldes wegen heiratete, widerlich fand.

Um vor ihren Gedanken zu fliehen, setzte sie sich jetzt wieder in Bewegung. Aber wo, zum Kuckuck, befand sie sich hier eigentlich? Nachts sah alles so anders aus als am Tag, und während der Fahrt zum Stadthaus der Strathmores hatte sie auch nicht sonderlich auf ihre Umgebung geachtet. Jedenfalls war die Gegend, in der sie sich jetzt befand, viel rauher und ungepflegter, als sie das ihrer Erwartung nach sein durfte. Sie erinnerte sich nun vage daran, daß Hanover Square sich am Rande der vornehmeren Stadtbezirke befand. Sie mußte, als sie das Palais der Strathmores verlassen hatte, in die falsche Richtung gegangen sein.

An der nächsten Kreuzung blickte sie auf das Straßenschild am Eckhaus, doch der Name dieser Straße war ihr gänzlich unbekannt. Sie spürte, wie sie nun nervös wurde, blieb stehen und versuchte sich darüber klar zu werden, in welche Richtung sie nun gehen mußte. Die

Umgebung wurde zusehends schlechter, und die Straße vor ihr machte einen geradezu unheilvollen Eindruck auf sie.

Ihr Entschluß war gefaßt, als sie ein paar Männer auf sich zukommen sah, die vermutlich angetrunken waren, wie sie dem lauten Ton ihrer Stimmen entnehmen konnte. Da schwang sie, sich nur zu sehr ihres leichtgeschürzten Kleides und ihres teuren Schmucks bewußt, auf den Absätzen herum und ging nun in der Richtung weiter, aus der sie soeben gekommen war.

Einer der Männer hinter ihr rief mit lallender Zunge: »He, mein Püppchen! Wir sind zu dritt! Da brauchst du nicht den ganzen Weg bis Covent Garden zurückzulaufen, um Kundschaft zu suchen!«

Bei den Worten des Mannes begann ihr Herz wie wild zu klopfen, und sie beschleunigte ihre Schritte. Hielt sich denn um diese Zeit nur noch das Gesindel auf den Straßen auf? Sie barg sich nun tiefer im Schatten der Häuserfassaden zu ihrer Linken in der Hoffnung, daß die Männer nun an ihr vorbeigingen.

Die Schritte hinter ihr wurden lauter. Plötzlich wurde sie von einer schweren Hand am Arm gepackt und herumgeschwungen. Der Mann, der ihren Arm festhielt, war ein grobschlächtiger Typ in schmuddeligen Kleidern, der nach Gin stank. »Du bist ja ein niedliches kleines Ding«, sagte er mit lallender Stimme und schielte dabei lüstern in den Ausschnitt ihres Kleides. »Wir geben dir alle drei eine Guinee, ja? Ich denke, daß das ein recht ordentlicher Preis für die Sache wäre.«

»Nur irrt Ihr Euch gewaltig, was meine Person betrifft«, erwiderte sie in ihrem kühlsten Ton und mit ihrer damenhaftesten Stimme. »Ich gehöre nicht zu jener Sorte von Frauen, nach der es Euch dreien verlangt.«

Der Mann, der sie am Arm gepackt hielt, sah sie nun einen Moment lang verdutzt an. Da sagte einer seiner beiden Begleiter mit einem rohen Lachen: »Ach, jetzt will das Püppchen plötzlich eine kleine Lady sein, wie? Aber wie mein alter Herr immer zu sagen pflegte: ›Geht sie so wie eine Hure und zieht sie sich so an wie eine Hure, dann ist sie auch eine Hure!‹«

Ermutigt von diesem Kommentar einer seiner Kumpanen, zog der Betrunkene, der Rebecca am Arm gepackt hielt, sie nun ganz dicht an sich heran und gab ihr einen ekelerregenden, nach Gin schmeckenden Schmatz auf den Mund, während er ihr mit der anderen Hand an der Brust herumfummelte. Von den Gindämpfen einem Brechreiz nahe, bot sie nun ihre ganze Kraft auf, um diesen zudringlichen Burschen von sich wegzuschieben. Doch alle ihre Bemühungen, sich aus seinem Griff zu befreien, waren vergeblich. Einer Panik nahe, hob sie beide Hände und zog ihm ihre Fingernägel wie Krallen durch das Gesicht, wobei sie ihm um ein Haar ein Auge ausgekratzt hätte.

Der Mann warf heulend den Kopf in den Nacken, um sein Gesicht vor ihren Krallen in Sicherheit zu bringen und schrie dann wütend:

»Verdammte kleine Schlampe! Ich werde dir Manieren beibringen!«

Er drückte sie nun mit aller Macht gegen die Hauswand und hielt sie dort mit seinem Körper gefangen, während er an ihrem Kleid zerrte. Sie versuchte zu schreien, aber er beugte sich vor und erstickte ihren Schrei mit seinem Rock. So eine Angst, wie sie in diesem Moment empfand, hatte sie bisher in ihrem Leben noch nicht gekannt. Sie, Sir Anthony Seatons Tochter, konnte von solchen Bestien offenbar ungestört und in aller Gemächlichkeit auf offener Straße vergewaltigt werden, und sie war ihnen hilflos ausgeliefert und konnte sie nicht daran hindern.

Und dann war dieser übelriechende und sie fast verschlingende Mund plötzlich weg, und der Mann, der über sie hergefallen war, segelte plötzlich durch die Luft. Als er mit einem lauten Plumps wieder auf dem Pflaster landete, rutschte er an der Hauswand nach Luft japsend hinunter auf den Boden. Über ihr ragte die mächtige, unverwechselbare Gestalt von Kenneth dunkel vor dem Nachthimmel auf.

»Haltet Euch da raus«, rief er ihr zu und wirbelte dann herum, um sich der beiden Männer zu erwehren, die nun auf ihn einstürmten, um ihren Freund zu rächen.

Es sah so lachhaft einfach aus, wie Kenneth den einen von ihnen mit einem Faustschlag gegen das Kinn und den anderen mit einem Tritt gegen den Bauch zu Boden schickte. Doch unbeeindruckt davon sprang nun der erste Mann, den er durch die Luft geschleudert hatte, mit einem wütenden Schrei wieder auf die Beine und griff Kenneth erneut an. Kenneth gab dem betrunkenen Mann einen Fasthieb mitten in das Gesicht, der diesem das Nasenbein brach, so daß der Mann abermals zu Boden stürzte und ihm das Blut aus der Nase über das Hemd floß.

Kenneth drehte sich nun abermals zu ihr um. »Kommt. Wir müssen uns rasch entfernen, bevor einer von den dreien auf die Idee kommt, ein Messer oder eine Pistole aus der Tasche zu ziehen.«

»Danke, daß Ihr mich vor diesen Bestien gerettet habt.« Rebecca starrte ihn, am ganzen Körper zitternd, an. »Aber ich verabscheue Euch trotzdem noch immer.«

»Verstanden.« Er zog seinen Rock aus und legte ihn ihr um die Schultern, nahm dann ihren Arm und eilte mit ihr um die nächste Straßenecke. »Wir befinden uns hier in der Nähe der Oxford Street«, sagte er, »wo wir eine Droschke finden werden, wie ich hoffe.«

»Es muß etwas Tröstliches für Euch haben, zu wissen, daß ihr stärker seid als jedes Gesindel, das nachts auf der Suche nach Beute durch die Straßen streicht.«

»Das hat es«, erklärte er ungerührt. »Und ich denke doch, daß Ihr jetzt auch begriffen habt, daß es kein Vergnügen ist, die Rolle des Opfers übernehmen zu müssen.«

Daß sie ihm da recht geben mußte, machte sie noch wütender. Am liebsten hätte sie ihm jetzt wieder den Rock zurückgeben. Aber sie brauchte ihn, weil ihr dieser Kerl, der sie an die Hauswand gedrückt hatte, das Kleid zerrissen hatte, und sie erbärmlich fror. Sie zog den Rock fest um ihre Schultern und es war für sie jetzt auch ein recht zweifelhaftes Vergnügen, von seinem Körpergeruch und seiner Körperwärme, die dem Kleidungsstück noch anhafteten, eingehüllt zu werden. Wobei sie jedoch nicht leugnen konnte, daß beides eine beruhigende Wirkung auf sie ausübte.

Doch am bittersten war für sie die Erkenntnis, daß sie diesem Mann, dem Feind ihres Vaters, gestattet hatte, fast alle Mauern, die sie zu ihrem Selbstschutz aufgerichtet hatte, niederzureißen.

Sie würde einen hohen Preis für ihre Schwäche bezahlen müssen.

Rebecca sagte kein Wort, als Kenneth eine Droschke für sie fand und dem Kutscher befahl, mit ihnen zum Haus ihres Vaters zu fahren. Ihr Gesicht sah aus, als wäre es aus einem Eisblock herausgemeißelt worden. Und er saß in der Droschke so weit von ihr entfernt, wie das in der kleinen Fahrgastzelle überhaupt möglich war.

Gott sei Dank, daß er sie noch gefunden hatte, bevor diese Kerle ihr etwas hatten antun können.

Aber wenn er nicht in ihr Leben getreten wäre, wäre sie niemals in so eine Gefahr geraten.

Düster starrte er durch das Kutschfenster auf die leeren Straßen hinaus. Es war alles bisher viel zu glatt gelaufen, dachte er. Und wie hatte er so töricht sein können, zu glauben, daß er unbeschadet davonkommen und sich schmerzlos aus diesem Dilemma befreien könnte? Nichts war ihm bisher in seinem Leben in den Schoß gefallen. Und jetzt war er binnen weniger Minuten vom Gipfel des Glücks und der schönsten Hoffnungen in den Abgrund einer verheerenden Katastrophe hinuntergestürzt.

Er versuchte sich nun an den exakten Wortlaut seines Gesprächs mit Bowden zu erinnern. Was Bowden zu ihm gesagt hatte, hatte offenbar genügt, ihn in den Augen von Rebecca zu einem für alle Zeiten verdammenswerten Mann zu machen.

Als sie vor dem Haus der Seatons angelangt waren, bezahlte Kenneth den Kutscher und folgte ihr die Vortreppe bis zur Haustür hinauf. Sie hieb mit dem Klopfer so heftig gegen die Tür, daß man Tote damit hätte aufwecken können.

Während sie darauf warteten, daß ein Bediensteter sie einließ, drehte sie sich zu ihm um und schnaubte: »Ihr packt Eure Sachen zusammen und geht. Und wenn Ihr nicht binnen einer Viertelstunde das Haus verlassen habt, werde ich Euch von den Dienstboten hinauswerfen lassen.«

»Da gibt es aber niemand unter dem Personal, der in der Lage wäre, mich hinauszuwerfen«, antwortete er mit milder Stimme. »Zudem sind die Dienstboten seit Monaten daran gewöhnt, ihre Anweisungen von mir zu bekommen. Also bringt sie nicht in die Lage, entscheiden zu müssen, wem von uns beiden sie nun gehorchen sollen.«

Einen Moment lang dachte er, daß sie ihm jetzt eine Ohrfeige verpassen würde.

»Ich wurde von Eurem Vater engagiert, und deshalb ist auch er nur derjenige, der mich wieder entlassen kann«, fuhr er im versöhnlicheren Ton fort. »Ich habe die Absicht, ihm ein volles Geständnis abzulegen, und wenn er mir dann sagt, daß ich das Haus verlassen soll, werde ich das auch ohne Widerrede und in aller Ruhe tun. Doch zuerst muß ich mit Euch reden.«

Ehe sie ihm darauf eine Antwort geben konnte, öffnete der Butler ihnen die Tür. Rebecca rauschte an ihm vorbei in die Halle, als wäre es die natürlichste Sache der Welt, daß sie ein zerrissenes Kleid und darüber einen Männerrock trug.

»Ist mein Vater zu Hause, Minton?« fragte sie.

»Noch nicht, Miss Rebecca.«

Die Augen des Butlers weiteten sich, als er sah, in welchem Aufzug die beiden von dem Ball bei Lord Strathmore zurückkehrten. Aber er stellte keine Fragen.

Sie drehte sich von ihm weg und stieg mit einem Rükken, der so steif und gerade war wie ein Ladestock, die Treppe in die oberen Stockwerke hinauf. Kenneth folgte ihr. Als sie außer Hörweite des Butlers waren, sagte er zu ihr: »Ich denke, Euer Studio wäre der beste Platz für unser Gespräch.«

»Nein!«

Sie nahm seinen Rock von den Schultern und warf ihm diesen an den Kopf. Als er instinktiv den Arm hob, um diesen noch vor seinem Gesicht abzufangen, zog sie ihren linken Handschuh aus, streifte sich den Diamantring der Wildings vom Finger und warf ihm diesen ebenfalls an den Kopf. Doch diesmal war es nicht seiner Geschicklichkeit, sondern eher einem glücklichen Zufall zu verdanken, daß dieser ihn nur an der Brust traf und ihm von dort in die Hand hinuntersprang.

Gegen seinen Schmerz ankämpfend, sagte er: »Es kommen dafür nur Euer Studio, meines oder eines unserer Schlafzimmer in Frage. Aber wir werden jetzt ganz bestimmt miteinander reden.«

Als sie erkannte, daß ihn nichts von diesem Entschluß abbringen konnte, schwang sie auf den Absätzen herum und marschierte die Treppe zum Speicher hinauf, wobei sie im Vorbeigehen eine brennende Kerze aus einem Wandhalter nahm. Als sie ihr Studio erreicht hatten, machte er dort Feuer im Kamin, während sie die Lampen anzündete. Er vergeudete keine Zeit damit, sich erst zu überlegen, was er ihr sagen wollte. Er hatte schon auf der Treppe beschlossen, daß ihn in diesem Fall nur die reine Wahrheit weiterbringen konnte.

Als Kenneth mit dem Anschüren des Feuers fertig war, stand er auf und sah, daß sie inzwischen einen schon etwas abgewetzten Schal gefunden und sich diesen um die Schultern gelegt hatte. Sie sah nun aus wie ein kleines, aber sehr gefährliches Kind.

»Glaubt Ihr, daß etwas Euren Verrat mildern oder gar entschuldigen könnte?« sagte sie mit leiser, wütender Stimme.

»Vermutlich nicht, doch ich muß es wenigstens versuchen.«

Im stillen darum betend, daß er sie zur Einsicht bringen konnte, fuhr er fort:

»Ich möchte, daß Ihr mir glaubt, wenn ich Euch sage, daß es mir gar nicht gefallen hat, mir unter Vortäuschung falscher Tatsachen eine Anstellung in diesem Haus zu besorgen, aber mir blieb kaum eine andere Wahl. Entweder übernahm ich diesen Ermittlungsauftrag, oder ich war ruiniert. Und ich habe diesen Betrug mit jedem Tag, den ich in diesem Haus verbrachte, mehr gehaßt.«

»Weshalb Ihr mich dann auch verführt habt – weil Ihr so ungern den Betrüger spielen wolltet«, erklärte sie im bitteren Ton.

Er hielt ihren Blick fest. »Ich und Euch verführt? Wenn Ihr daran zurückdenkt, wie es passiert ist, werdet Ihr das nicht mit reinem Gewissen behaupten können.«

Ihr Gesicht überzog sich nun mit einer tiefen, von ihr als demütigend empfundenen Röte. »Nun gut«, sagte sie, »ich habe Euch verführt. Aber kein Mann von Ehre würde mit mir geschlafen haben, wenn er mit der Absicht ins Haus gekommen ist, das Leben meines Vaters zu zerstören.«

»Das habe ich mir selbst immer wieder gesagt«, erwiderte er leise. »Die schlichte Wahrheit ist, Rebecca, daß ich nicht anders konnte.«

Ihre Lippen ironisch aufstülpend, sagte sie: »Was für eine bequeme Ausrede von einem Mann, der ein so guter Schauspieler war, daß er monatelang Tag und Nacht gut mit einer Lüge leben konnte, aber dann nicht genügend Selbstbeherrschung zu besitzen meint, um den Avancen einer ältlichen Jungfer widerstehen zu können?«

»Es ist Bowden gewesen, der diese dumme Bemerkung machte, daß Ihr eine in die Jahre gekommene Erbin seid, der man leicht den Kopf verdrehen könne. Glaubt mir«, fuhr er fort, »daß Ihr keineswegs eine so leicht zu erobernde Beute für einen Mann seid. Ganz im Gegenteil.

Ich bin in meinem Leben noch keiner Frau begegnet, die einem Mann so das Fürchten lehren kann wie Ihr. Und auch noch keiner begehrenswerteren Frau als Euch.«

Wieder schaute sie ihn so an, als würde ihr jetzt jeden Moment die Hand ausrutschen. »Versucht ja nicht, Euch mit irgendwelchen Schmeicheleien aus dieser Klemme herauszuwinden! Der Verstand, der die Kontrolle über Euren Körper besitzt, sagte Euch, daß ich eine reiche Erbin und verfügbar bin.«

Da spürte er, wie ein Zorn in ihm aufflammte, der ihrem durchaus ebenbürtig war. Mit einem Schritt war er bei ihr, packte sie bei den Schultern und küßte sie heftig auf den Mund. Sie preßte die Lippen zusammen und leistete ihm einen Moment lang heftigen Widerstand.

Dann gewann die Leidenschaft, der Zwillingsbruder des Zorns, die Oberhand über sie beide. Sie keuchte, und ihre Lippen öffneten sich seinem Mund und seiner Zunge. Als ihr Körper weich und willig wurde, spürte er ein fast übermächtiges Verlangen, mit der Sache fortzufahren – sie jetzt tatsächlich zu verführen und von der Leidenschaft die Kluft, die sich zwischen ihnen aufgetan hatte, überbrücken zu lassen. Wenn er mit ihr geschlafen hatte, würde sie für seine Argumente sicherlich empfänglicher sein.

Dann erkannte er den Wahnwitz seines Vorhabens. Rebeccas Körper mochte vielleicht willig sein. Aber wenn er mit ihr schlief, obwohl sie ihn verachtete, wäre das eine emotionale Vergewaltigung. Das würde sie ihm niemals verzeihen und ihn dafür noch mehr verabscheuen als bisher.

Er gab sie frei und trat einen Schritt zurück. »Glaubt Ihr jetzt noch immer, daß der Verstand stets die Macht über den Körper besitzt?« fragte er sie mit heiserer Stimme.

Sie preßte den rechten Handrücken gegen ihren Mund und schaute ihn mit großen, dunklen Augen an. »Ihr habt mich überzeugt, Captain.«

Sie setzte sich auf den Stuhl beim Feuer und wickelte sich fest in ihren Schal ein.

»Was, zum Henker, solltet Ihr hier denn ermitteln? Mein Vater ist kein Verbrecher. Er hat es nicht nötig und auch kein Interesse daran, Geld zu stehlen!«

Demnach hatte sie nicht alles gehört, was Bowden mit ihm besprochen hatte.

»Bowden glaubt, daß Euer Vater Eure Mutter ermordet hat«, sagte er ihr jetzt ungeschminkt die Wahrheit.

Sie blickte ihn entsetzt an, als habe er ihr einen Schlag ins Gesicht gegeben. »Das ist Irrsinn. Entweder ist Bowden verrückt, oder Ihr seid ein Lügner. Vermutlich beides.«

»Bowden ist besessen, aber für verrückt halte ich ihn nicht.« Mit knappen, grimmigen Worten erzählte Kenneth ihr nun, was für ein finanzielles Angebot ihm Bowden gemacht und welche Bedingungen er daran geknüpft hatte.

Als er geendet hatte, sagte sie: »Aber Ihr habt nichts gefunden, weil es da nichts zu finden gab. Es ist unvorstellbar, daß mein Vater jemandem etwas zuleide tun könnte.«

Kenneth zog die Brauen in die Höhe. »Habt Ihr seine Wutanfälle vergessen? Und seine Neigung, mit Gegenständen um sich zu werfen, wenn er wütend ist?«

Sie biß sich auf die Unterlippe. »Das hat nichts zu bedeuten. Er würde sich niemals an einer Frau vergreifen und an meiner Mutter schon gar nicht.«

»Wäret Ihr Euch da ganz sicher?« Er ließ sich auf

das ihm so vertraute Sofa in der Mitte des Studios hinuntersinken und verfluchte Bowden und sich dafür, daß er mit ihr über solche Dinge reden mußte. »Ich bin auch der Meinung, daß Sir Anthony nicht der Mann ist, der kaltblütig einen Mord begehen würde. Aber deswegen hätte er trotzdem, wenn auch unbeabsichtigt, den Tod Eurer Mutter herbeiführen können. Sie besaßen beide, wie mir alle befragten Personen bestätigten, ein hitziges Temperament. Ein Streit, ein kurzer, ärgerlicher Schubs, ein falscher Schritt, als sie versuchte, sich aus seiner Nähe zu entfernen – das würde vieles erklären.«

»Nein!« verteidigte sie ihren Vater leidenschaftlich, »so etwas würde und kann nicht passiert sein. Es stimmt zwar, daß sie sich manchmal gestritten haben, aber nie auf eine gewaltsame Weise. Warum wollt oder könnt Ihr nicht die Tatsache akzeptieren, daß der Tod meiner Mutter ein Unfall gewesen ist?«

»Ein Unfall ist nach wie vor die wahrscheinlichste Erklärung«, stimmte er ihr zu. »Aber niemand kann mir einen guten Grund dafür nennen, warum sie am hellen Tag und bei schönem Wetter von einer Bergwand herunterstürzte, die sie gut kannte und seit vielen Jahren als Aussichtspunkt benützt hatte. Ich finde es auch überaus verdächtig, daß jeder, der Eurer Mutter nahestand, immer nur ausweichende Antworten gibt, wenn man auf ihren Tod zu sprechen kommt. Ihr, Lavinia, Frazier, Hampton, Tom Morley – jeder einzelne von Euch preßt auf eine Weise die Lippen zusammen, die mir nicht nur eine Bekundung von Trauer oder Kummer zu sein scheint. Das weckt in mir den Verdacht, daß es da etwas zu verbergen gibt. Fürchtet ihr denn alle, daß Sir Anthony etwas mit ihrem Tod zu tun haben könnte?«

»Nein!«

»Wenn nicht das, was ist es dann?« fragte er beharrlich.

Rebecca stand von ihrem Stuhl auf und wanderte aufgeregt im Studio auf und ab. Dann, als habe sie sich zu einer Entscheidung durchgerungen, hielt sie plötzlich mitten im Schritt an und schwang zu ihm herum.

»Also gut, wenn Ihr es unbedingt wissen müßt«, sagte sie heftig. »Was uns umtreibt und worüber wir nicht sprechen möchten, ist nicht die geheime Angst, daß sie umgebracht wurde, sondern sich selbst umgebracht hat. Wenn es nicht ein unglücklicher Zufall war, daß meine Mutter von dieser Bergwand herunterstürzte, dann muß sie sich selbst getötet haben. Und wenn das bekannt geworden wäre, hätte die Kirche sie verdammt und ihr ein christliches Begräbnis und ein Grab in geweihter Erde verweigert.«

Sie schloß die Augen und sagte im rauhen Flüsterton: »Macht Ihr uns jetzt immer noch zum Vorwurf, daß wir nicht über ihren Tod reden wollten?«

Kapitel 28

Selbstmord!« Kenneth starrte sie schockiert an. »Man erzählte mir zwar, daß Helen eine gefühlsbetonte Frau gewesen sei. Doch daß sie dazu geneigt haben soll, sich selbst zu zerstören, höre ich jetzt zum erstenmal.«

Eine grimmige Genugtuung darin findend, daß es ihr zum erstenmal gelungen war, ihn zu überraschen, setzte Rebecca ihre Wanderung durch das Studio fort.

»Mutter war immer so lebhaft und munter, daß die meisten Leute so etwas nie von ihr angenommen hätten. Nur eng mit ihr verbundene Personen wußten, daß sie zuweilen unter schlimmen Depressionen litt. Besonders in den dunkelsten Monaten des Winters pflegte sie manchmal tagelang im Bett zu liegen und zu weinen. Papa und ich wußten uns dann nie zu helfen. Wir fürchteten, daß sie sich lieber umbringen als diese Anfälle von Melancholie noch länger ertragen würde, wenn sie zu schlimm wurden. Nur die Zeit schien sie davon wieder befreien zu können. Wenn die Tage wieder länger wurden, besserte sich auch ihre Stimmung. Der Sommer war da immer eine Wohltat für uns alle.«

»Aber sie ist doch im Hochsommer gestorben.« Er runzelte die Stirn. »Hatte sie denn schon einmal versucht, sich selbst zu töten?«

»Ich ... ich bin mir dessen nicht sicher. Es gab da mal einen Vorfall, der mich und Papa sehr nachdenklich stimmte.« Sie holte erschaudernd Luft.

»Und einmal in Ravensbeck, als wir drei eine Gratwanderung machten, bekam sie plötzlich einen seltsamen Gesichtsausdruck, schaute in das Tal hinunter und sagte, es wäre so leicht – man bräuchte nur einen Schritt über den Rand der Felswand hinauszutreten.«

Er dachte über ihre Worte nach. »Ihr könntet da ein bißchen zu viel in eine beiläufige Bemerkung hineingelesen haben. Auch ich hatte schon solche Gedanken, wenn ich am Rand einer Schlucht oder auf dem Dach eines hohen Gebäudes stand, und ich habe nicht die geringste Veranlagung zum Selbstmord.«

»Ich würde dieser Bemerkung auch keine größere Bedeutung beigemessen haben, wenn sie nicht auf eben diese Weise ums Leben gekommen wäre«, erwiderte Rebecca im schroffen Ton.

»Aber nicht notwendigerweise durch einen Selbstmord. Litt sie denn zu der Zeit, als sie starb, unter Depressionen?«

»Sie machte mir an jenem Tag einen recht munteren Eindruck. Aber das besagt nichts. Ihre Launen konnten sehr rasch wechseln.« Rebecca fror es plötzlich wieder, so daß sie ihre Wanderung unterbrach und sich vor das Kaminfeuer stellte. »In einem jähen Anfall von Melancholie konnte sie einem Impuls gefolgt sein, dem ... allen ein Ende zu machen.«

»Möglich«, stimmte er ihr bei. »Aber das ist reine Spekulation. Ihr habt doch eben gesagt, daß es zu der Zeit, wo sie von der Bergwand herunterstürzte, keinerlei Hinweise darauf gab, daß sie sich mit Selbstmordgedanken getragen hätte.«

Rebecca zögerte. Über den Tod ihrer Mutter zu reden, war zwar für sie eine fast unerträglich schmerzvolle Prozedur, aber sie mußte Kenneth davon überzeugen, daß er sich irrte, wenn er ihren Vater für den Tod seiner Frau verantwortlich machte. Dann würde er endlich fortgehen und ihren Vater und sie in Ruhe lassen.

»Es gibt dafür einen Beweis, von dem ich jedoch noch keinem – nicht einmal Papa – etwas erzählt habe.«

Sie ging zu ihrem Arbeitstisch und holte dort den goldenen Ring aus der Schublade, wo sie ihn seit dem Tod ihrer Mutter aufbewahrt hatte.

»Seid Ihr vertraut mit diesen sogenannten Freundschaftsringen? Sie werden auch Steckringe genannt, weil sie eigentlich aus zwei oder sogar noch mehr genau aufeinanderpassenden Teilen bestehen, die dann zu einem einzigen Ring zusammengesteckt oder -geschoben werden. Ich habe gelesen, daß im Mittelalter ein Mann und eine Frau, die einander versprochen waren, jeweils einen Teil von so einem Steckring am Finger trugen, welche sie dann am Tag ihrer Hochzeit zu einem Ehering vereinigten.«

Sie gab Kenneth nun den Ring.

»Dieser Freundschaftsring ist so ein antiker Steckring, den Papa irgendwo entdeckt hat und als Kuriosität kaufte. Er schenkte ihn meiner Mutter, als er mit ihr durchbrannte. Später hat er ihr dann einen richtigen Ehering besorgt. Meine Mutter hat diesen Ring auch weiterhin aus sentimentalen Gründen getragen. Er hat mich schon als Kind fasziniert.«

Er untersuchte nun den Ring, der aus zwei Teilen bestand und zwei Hände – eine größere und eine kleinere, feminin aussehende Hand – zeigte, die miteinander verschlungen waren. Sie sah ihm dabei zu und fragte sich, ob er wohl erkennen würde, was damit nicht stimmte.

Er blickte hoch.

»Die beiden Ringe passen nicht so recht zueinander. Sie scheinen mir zu locker aufeinander zu sitzen.«

Er war ein sehr guter Beobachter. Vermutlich war das eine der wichtigsten Eigenschaften für einen Spion, überlegte sie.

»Dieser Freundschaftsring bestand tatsächlich aus drei Teilen«, erklärte sie. »Wenn diese miteinander verschlungenen Hände voneinander getrennt wurden, kam darunter ein Herz zum Vorschein.« Sie trennte nun die beiden ineinandergeschobenen Ringe voneinander und gab sie ihm dann zurück. »Als man die Leiche meiner Mutter am Fuß der Felswand fand, trug sie diesen Ring nicht am Finger, sondern in der zur Faust geballten Hand. Man mußte ... mußte Gewalt anwenden, um ihn daraus zu befreien. Seither ist dieser Ring in meinem Besitz; aber es ist mir erst später bewußt geworden, daß der Teil mit dem eingravierten Herzen darauf fehlte.«

Er blickte nun auf die beiden voneinander getrennten Goldreifen hinunter. »Und Ihr habt dann daraus den Schluß gezogen, daß das eine Botschaft Eurer Mutter gewesen ist – daß sie den Mut zum Weiterleben verloren habe.«

Abermals mußte sie, wenn auch widerstrebend, seine rasche Kombinationsgabe bewundern.

»Richtig. Sie hat diesen Ring nämlich immer getragen. Sie konnte demnach diesen Ring mit dem eingravierten Herzen nicht zufällig verlegt oder verloren, sondern ihn nur absichtlich selbst entfernt haben.«

Er rollte nun die beiden Ringe mit geistesabwesendem Gesichtsausdruck auf dem Handteller hin und her. »Es war meine Aufgabe als Nachrichtenoffizier im Krieg, Informationen zu sammeln und dann zu versuchen, das ihnen zugrundeliegende Muster zu finden. Was Ihr mir da gerade erzählt habt, ergibt kein Selbstmordmuster.«

Ihr Mund verzerrte sich. »Vielleicht nicht, aber es fiel mir noch schwerer, zu glauben, daß ihr Tod nur ein unglücklicher Zufall gewesen sein könnte.«

»Wie ich hörte, hat man keinen Abschiedsbrief von Eurer Mutter gefunden. Das würde zwar einen Sinn machen, wenn sie es unterlassen hat, so einen Brief zu schreiben. Weil sie den Menschen, die sie liebten, damit nicht noch mehr Kummer bereiten wollte. Aber warum sie ihnen dann doch einen Hinweis darauf geben sollte, daß sie sich selbst getötet hat, wäre dann wiederum eine sich mit dieser Absicht nicht vertragende Verhaltensweise. Hat man denn später noch dieses fehlende Teil mit dem eingravierten Herzen gefunden?«

»Nein, obwohl ich überall danach suchte.«

Rebecca versuchte nicht daran zu denken, wie nahe sie einem Nervenzusammenbruch gewesen war, als sie in der Schmuckkassette ihrer Mutter und an allen dafür in Frage kommenden Plätzen nach dem fehlenden Teil gesucht hatte.

»Ich wollte, daß der Ring intakt war, falls mein Vater mich einmal darum bitten sollte, ihm diesen zu zeigen oder zu überlassen. Wenn er gesehen hätte, daß das Teil mit dem Herz fehlte, hätte er das gleiche gedacht wie ich. Ich wollte ihn vor diesem zusätzlichen Kummer bewahren. Aber er hat mich nie nach dem Ring gefragt.«

Kenneth steckte die beiden Goldreifen wieder zusammen. »Nehmen wir einmal an, daß sie sich nicht selbst getötet hat und ihr Tod auch kein Unfall gewesen ist. Das würde bedeuten, daß noch jemand in die Sache verwickelt ist.«

Rebeccas Augen wurden schmal. »Nicht mein Vater!«

»Ich bin geneigt, Euch da zuzustimmen.« Seine Finger spannten sich um den Freundschaftsring. »Es gehört schon eine große Portion menschenverachtender Gefühlskälte dazu, eine so ironische und perverse Botschaft zu hinterlassen. Ich kann mir zwar vorstellen, daß Sir Anthony jemand in einem Wutanfall verletzen könnte, aber nicht, daß er kaltblütig einen Ring zerlegt und dann seine Frau mit einem Schubs über den Rand einer Steilwand hinausbefördert.«

Sie erschauerte und wünschte, er hätte ihr diesen Vorgang nicht auf eine so drastische Weise geschildert.

»Ihr versucht, eine in sich widersprüchliche Situation durch Logik zu erklären. Ihr habt keine Beweise, die einen Mord wahrscheinlicher machen als einen Selbstmord oder Unfall.«

»Aber Hinweise. Zum Beispiel diese Kampfspuren, die man oben am Rand der Steilwand entdeckt hat. Diese scheinen mir die Möglichkeit eines Selbstmords auszuschließen. Und das fehlende Herz paßt nicht zu einer Unfalltheorie.«

Sie biß sich wieder auf die Lippen. »Vielleicht war der Reif mit dem Herzen schon so dünn und abgewetzt, daß er bei dem Sturz von der Felswand zerbrach und verlorenging.«

»Man darf doch annehmen, daß der mittlere von drei übereinandergesteckten Ringen am wenigsten beansprucht wird.« Er hielt die beiden noch übriggebliebene Teile des Rings hoch. »Und selbst an diesen hier kann ich keine nennenswerten Spuren einer Abnützung entdecken.«

Was er von den Ringen sagte, stimmte; aber sie war noch immer nicht überzeugt.

»Wer hätte meine Mutter denn töten wollen? Jeder, der sie kannte, mochte sie.«

»Vielleicht doch nicht jeder. Ich habe in den letzten Wochen oft und lange über diese Möglichkeit nachgedacht. Vielleicht hatte Eure Mutter beschlossen, ihre Affäre mit Hampton zu beenden, und er wollte seine intime Beziehung zu ihr nicht aufgeben und wurde gewalttätig.«

»Doch nicht Onkel George!« protestierte sie. »Ich glaube, daß Mutter ihn seiner gütigen und gleichbleibend sanften Gemütsart wegen liebte. Er wäre wohl der letzte, der aus Wut darüber, daß er als Liebhaber abgehalftert wurde, einen Mord begehen würde.«

»Lady Seaton hat aber offenbar bei den Männern, die sie gekannt hatte, sehr starke Gefühle ausgelöst«, wandte Kenneth hier ein. »Wenn ich bedenke, daß Bowden nach fast dreißig Jahren, die seit dem Bruch ihres Verlöbnisses ergangen waren, noch immer so sehr an seiner ehemaligen Verlobten hängt, daß er ein Vermögen für den Versuch ausgibt, die wahren Umstände ihres Todes aufzuklären. Der letzte Sekretär Eures Vaters, dieser Morley, liebte sie, obwohl sie alt genug war, um seine Mutter sein zu können. Nachdem ich das Porträt von Helen im Büro gesehen habe, kann ich auch verstehen, warum. Wer weiß, ob nicht noch andere Männer so sehr von ihr besessen gewesen waren wie Bowden und Morley?«

Sie rieb sich die Schläfe. »Ich habe mich ein paarmal gefragt, ob sie nicht der Grund war, weshalb Lord Frazier nicht geheiratet hat. Mr. Turner und Sir Thomas Lawrence sind weitere Maler, die vielleicht nicht ganz so ernsthaft behaupteten, daß sie sich niemals verehelichen würden, weil ihre ›schöne Helen‹ nicht mehr zu haben sei. Ich kann Euch mit Leichtigkeit noch ein weiteres Dutzend Männer aufzählen, die sie überaus heftig verehrten. Aber ich kann mir nicht vorstellen, daß einer von ihnen sie aus verschmähter Liebe oder Eifersucht umgebracht hätte.«

Er zuckte mit den Achseln. »Ein Armeeoffizier ist oft ein De-Facto-Richter über das, was unter seinen Männern so alles geschieht. Ich habe in den Jahren, die ich bei der Armee war, gelernt, daß die meisten Verbrechen entweder aus Leidenschaft oder Habsucht begangen werden. Im Falle Eurer Mutter ist Leidenschaft das wahrscheinlichste Motiv, denn die einzige Person, die von ihrem Tod in materieller Hinsicht profitierte, seid Ihr.«

Worauf Rebecca ihn mit dem empörten Ausruf unterbrach: »Ihr werdet doch wohl nicht annehmen, daß ich sie getötet haben könnte?«

»Natürlich nicht«, erwiderte er trocken. »Versteht Ihr jetzt, warum ich die Leidenschaft der Gewinnsucht als Motiv vorziehe? Obwohl eine Kombination dieser beiden Motive durchaus im Bereich des Möglichen läge, falls die Mätresse, die Euer Vater zu jener Zeit hatte, Helen beseitigen wollte, um den Weg freizumachen für eine zweite Ehefrau. Wißt Ihr vielleicht, mit wem er damals schlief?«

Sie schüttelte den Kopf. »Ich wollte so etwas niemals wissen. Obwohl ich denke, daß immer die Frauen, die er gerade porträtierte, seine Mätressen waren. Ich hatte auch stets den Verdacht, daß in der Regel nicht er es war, der ihnen nachstellte, sondern vielmehr sie es waren, die sich ihm anboten.«

»Er verliebte sich in ihre Schönheit, und sie waren berauscht von der Tatsache, daß er so viel Schönheit in ihnen sah«, sagte Kenneth nachdenklich. »Diese Wechselbeziehung zwischen Künstler und Modell ist schon recht interessant, nicht wahr?«

Unter anderen Umständen hätte sie sich wohl gern mit ihm über seine Theorie unterhalten, aber jetzt meinte sie nur: »Ich kann zwar wenig zu den philosophischen Aspekten seiner Porträtmalerei sagen, wüßte jedoch eine gute Methode, wie man die Mätresse, die er möglicherweise zu jener Zeit hatte, identifizieren könnte. Indem man in seinem Journal nachschaut, wer sich in jenem Frühjahr von ihm malen ließ.«

»Das dafür in Frage kommende Journal ist in der Aufregung, die nach dem Tod Eurer Mutter herrschte, und bei der sich daran anschließenden überstürzten Rückreise nach London leider in Ravensbeck geblieben.«

Er dachte wieder eine Weile nach. »Würde Lavinia vielleicht wissen, mit wem er damals schlief?«

»Fragt sie doch danach, wenn Ihr das wollt. Ich jedenfalls möchte es nicht tun.« Sie zögerte einen Moment und fügte dann hinzu: »Obwohl man ihr nachsagt, eine flatterhafte und leichtfertige Person zu sein, glaube ich nicht, daß sie jemals mit meinem Vater geschlafen hat, solange meine Mutter noch lebte. Sie erwähnte einmal mir gegenüber, daß sie nichts davon hält, ihre Freundinnen mit deren Ehegatten zu betrügen.«

»Diese Lavinia ist schon eine interessante Frau.«

»Und ganz bestimmt keine Mörderin«, rief sie heftig, als sie sah, mit was für einem Gesicht er das sagte. »Die Idee, daß jemand meine Mutter ermordet haben könnte, ist bizarr. Warum können wir sie nicht alle in Frieden ruhen lassen?«

»Ich bin sicher, daß sie jetzt in Frieden ruht«, sagte er leise. »Aber wenn jemand sie ermordet hat, läuft diese Person jetzt frei herum. Gefällt Euch dieser Gedanke?«

Sie holte tief Luft, um sich wieder zu beruhigen. »Natürlich möchte ich, daß Gerechtigkeit geschieht – falls sie ermordet worden sein sollte, was ich nicht glaube.«

»Die Gerechtigkeit war zum Teil der Grund, weshalb ich Bowdens Vorschlag angenommen habe«, sagte Kenneth leidenschaftslos. »Natürlich wollte ich mich vor einem Bankrott retten. Aber daß ich es für ehrenhaft hielt, der Gerechtigkeit zum Sieg zu verhelfen, ist ebenfalls richtig.«

Sie drehte sich von ihm weg, wollte sich nicht von seinen Worten beirren lassen in ihrem Zorn.

»Nur scheint Ihr damit wenig Erfolg gehabt zu haben.«

»Das ist wahr. Doch bis heute abend hatte ich auch nie ernsthaft an einen Mord geglaubt.« Er stand auf, um noch mehr Kohlen auf den Kaminrost zu schütten. »Ihr habt vorhin etwas gesagt, das mich interessiert – nämlich daß es einen Vorfall gegeben habe, der in Euch und Eurem Vater die Angst weckte, daß Lady Seaton zum Selbstmord neigen würde. Was ist passiert?«

Rebecca seufzte. »Zum Ende des Winters hin – ein paar Wochen vor ihrem Tod – fiel sie in eine Art von Koma. Der Arzt sagte, sie habe eine übergroße Dosis Laudanum eingenommen. Als sie schließlich aus ihrer Bewußtlosigkeit erwachte, konnte sie sich nicht mehr genau daran erinnern, was geschehen war. Sie glaubte, sie habe ein Schlafmittel falsch angemischt. Sie wirkte sehr überzeugend, als sie sagte, es wäre ein Unfall gewesen; aber ... Papa und ich hatten da unsere Zweifel.«

Aber die hatten sie natürlich für sich behalten. Nein – die stumme Übereinkunft, niemals offen über Helens Probleme zu reden, hatte zu diesen bisher das Leben von Rebecca bestimmenden Maximen gehört.

Kenneths Augen verengten sich. »Interessant. Wie dieser Sturz von der Bergwand, der sie das Leben kostete, könnte auch die Überdosis eines Betäubungsmittels ein Unfall, ein versuchter Selbstmord oder ein mißlungener Mordanschlag gewesen sein.«

Sie starrte ihn erschaudernd an. »Aber wenn jemand tatsächlich versucht hatte, sie mit Laudanum zu vergiften, muß diese Person doch zu unserem Haushalt gehören!«

»Viele Leute wandern in diesem Haus ein und aus«, erwiderte er. »Für jemand, der wußte, wo hier die Medikamente aufbewahrt wurden, wäre es ein leichtes gewesen, Mixturen oder Medizinflaschen zu vertauschen. Und wie man mir erzählte, verbringt auch ein großer Teil der Freunde Eures Vaters mit ihm den Sommer im Seenbezirk. Ein Mörder, der im Winter sein Ziel nicht erreicht hatte, konnte es im Sommer noch einmal versucht haben.«

»Vielleicht ... vielleicht habt Ihr recht«, räumte sie widerstrebend ein. Sie ging zum Fenster und blickte auf die dunkle Straße hinunter. Diese Vorstellung von einem Mord hatte für sie etwas Fernliegendes, Schattenhaftes im Vergleich zu der grausamen Wirklichkeit, daß ihre Mutter nicht mehr unter ihnen weilte. Eine Mutter war der Leim, der eine Familie zusammenhielt. Ohne Helen waren Rebecca und ihr Vater keine Familie mehr, sondern isolierte Einzelwesen, die zwar unter einem Dach lebten, aber durch ihren Kummer voneinander getrennt.

Ein häßlicher Gedanke drängte sich da ihrem Bewußtsein auf. War es möglich, daß ihr Vater, in einem Anfall von Jähzorn, ihre Mutter tatsächlich ...

Nein! Sie wies diesen Gedanken leidenschaftlich von sich. Ihr Vater hätte seine Schuld unmöglich vor ihr geheimhalten können. Was sie in ihm spürte, war ein schreckliches Bedauern, die Überzeugung, daß er als Ehemann versagt hatte, weil er den Selbstmord seiner Frau nicht hatte verhindern können. Sie erkannte dieses Schuldgefühl in ihm, weil es das Echo ihres eigenen war.

In die Stille fiel das Rasseln von Rädern und das Klappern von Hufen hinein. Eine Kutsche hielt kurz darauf vor dem Haus. Ihr Vater war heimgekommen.

»Soll ich jetzt hinuntergehen und Sir Anthony alles beichten?«

Sie drehte sich vom Fenster weg und betrachtete Kenneth mit ernsten Augen. Ihr Vater würde sich schrecklich aufregen, wenn er erfuhr, daß ein Mann, den er mochte, sein Vertrauen so schändlich mißbraucht hatte. Und noch mehr würde ihn das Ansinnen empören, daß er seine eigene Frau umgebracht haben könnte. Ihr war der Gedanke verhaßt, daß ihm die Freude über die Aussicht, der nächste Präsident der Royal Academy zu werden, schon so rasch wieder vergällt werden sollte.

Als hätte er ihre Gedanken gelesen, sagte Kenneth in diesem Moment: »Wenn Ihr meint, daß ihn das nur unnötig aufregen würde, könnte ich ihm auch einfach sagen, daß meine finanzielle Situation sich inzwischen verändert habe und ich dringend auf meinem Landsitz gebraucht würde.«

In wenigen Minuten würde er für immer aus ihrem Leben verschwunden sein. Das war es doch, was sie sich wünschte. Oder etwa nicht?

Mit ausgedörrten Lippen sagte sie: »Das wäre wohl die beste Lösung.«

»Und wenn Eure Mutter nun tatsächlich ermordet wurde?«

Sie rieb sich wieder die Schläfen, deren schmerzhaftes Pochen ihr eine Migräne ankündigten. »Vielleicht werde ich einen ›Bow Street Runner‹, einen Polizisten, engagieren, der die Ermittlungen weiterführen soll.«

»Bowden hatte das bereits getan. Doch der ›Runner‹ hat nichts herausgefunden. Das war ja auch der Grund, weshalb er mich damit beauftragte, weil ich als Sekretär einen besseren Zugang zum Haushalt haben würde als ein Außenstehender.«

Sie blickte ihn stirnrunzelnd an. »Euch scheint da etwas vorzuschweben. Was?«

»Wenn es Beweise gibt für das, was damals wirklich

geschehen ist, wird man sie vermutlich im Seenbezirk finden, wo sie starb«, erwiderte Kenneth im nüchternen Ton. »Vielleicht eine Eintragung im Journal Eures Vaters oder etwas, das ein Ortsansässiger gesehen hat. Da man damals an einen Unfall glaubte, wurden auch keine Ermittlungen angestellt.«

»Das heißt, Ihr wollt so weitermachen, wie bisher, und so tun, als wäre nichts geschehen?« sagte sie mit tonloser Stimme.

Er kräuselte die Lippen zu einem humorlosen Lächeln. »So zu tun, als wäre nichts geschehen, ist unmöglich, aber der Rest ist richtig. Ich würde meine Ermittlungen gern zu Ende führen.«

»Um der Gerechtigkeit und Eurer Pfandbriefe willen?« erwiderte sie mit einer vor Sarkasmus triefenden Stimme.

»Genau.« Er zögerte. »Und vielleicht auch deswegen, weil ich Euch und Eurem Vater dabei behilflich sein möchte, die Wahrheit zu erfahren. Das bin ich Euch und Eurem Vater schuldig. Als ich in dieses Haus kam, merkte ich sofort, daß hier etwas nicht stimmte. Der Tod Eurer Mutter unter ungewissen Umständen hatte alle verletzt, die ihr nahestanden. Die Wahrheit, egal, wie schmerzhaft sie auch sein mag, könnte für alle Betroffenen eine Erleichterung sein.«

Es hörte sich so verdammt vernünftig an. So gütig und teilnahmsvoll. Sie lehnte sich an die Wand zurück und schloß die Augen. Da war ein Teil in ihr, der es bedauern würde, wenn er das Haus verließ, doch ein anderer, größerer Teil von ihr schreckte vor dem Gedanken zurück, daß sie auch weiterhin mit ihm und dem Schatten des Verrats zwischen ihnen unter einem Dach leben sollte. Es würde besser sein, wenn er ging.

Doch wenn jemand das Rätsel, das den Tod ihrer Mutter umgab, lösen konnte, dann Kenneth. An diesem Abend hatte er sich als ein Meister auf einem Gebiet des deduktiven Denkvermögens erwiesen, das ihr fremd war. Und sie war es wohl auch Helens Andenken schuldig, daß sie ihn seine Ermittlungen zu Ende führen ließ.

Während sie noch das Für und Wider gegeneinander abwog, sagte er leise: »Ich habe Euch zwar den wahren Grund, der mich hierherbrachte, verschwiegen; doch das ist meine einzige Täuschung gewesen. Alles, was ich Euch über meine Vergangenheit erzählt habe, entspricht den Tatsachen. Alles, was zwischen uns geschah, war ehrlich und aufrichtig. Alles.«

Ihr stockte der Atem, als der Schmerz sie wie eine Lanze zu durchbohren schien. Sie wollte ihm so gern glauben, doch er hatte ihre Gefühle zu sehr verletzt. Ihr Blick ging zu dem Teppich vor dem Kamin. Vor ein paar Stunden erst hatte sie dort ein ungetrübtes Glück genossen. Aber dann hatte er in dem gleichen aufrichtigen und glaubwürdigen Ton zu Bowden gesprochen wie zuvor und jetzt eben zu ihr.

»Ihr habt zu viel vor mir geheimgehalten, Captain«, erklärte sie ihm mit gepreßter Stimme. »Eure wahre Stellung im Leben, Euren Titel, Eure künstlerischen Fähigkeiten und der Auftrag, der Euch hierherbrachte. Mein Vertrauen ist erschöpft.«

Die Narbe auf seiner Wange färbte sich weiß.

»Wenn Ihr mir gestattet, hierzubleiben, werde ich Euch, sooft und insofern das möglich ist, aus dem Weg gehen.«

»Ja, tut das.«

Das war eine Erlaubnis und zugleich das Signal zu einem vorläufigen Waffenstillstand. Kenneth nickte und verließ das Studio.

Als er gegangen war, legte sie sich auf das Sofa, kuschelte sich dort mit dem Rücken an den persischen Seidenteppich und wickelte sich in ihren Schal ein wie in einen Kokon. Zu viel war an diesem verhängisvollen Abend passiert. Leidenschaft. Verrat, eine Beinahe-Vergewaltigung, die Möglichkeit eines Mordes. Sie war so erschöpft und ausgelaugt, daß sie nicht einmal mehr die Kraft dazu hatte, ihr Schlafzimmer aufzusuchen.

Wo endete die Täuschung und wo begann die Wahrheit?

Kenneths Talent war echt. Seine militärische Vergangenheit und seine Schwester waren echt. Seine Freunde waren echt und loyal, und die Qualität dieser Leute sprach für ihn.

Doch das bewies noch lange nicht, daß er kein Mitgiftjäger war. Es besagte auch nicht, daß er mehr empfunden hätte als Wollust, als er mit ihr schlief. Es besagte nicht, daß sie ihm vertrauen konnte.

Mit weit geöffneten, dunklen Augen beobachtete Rebecca die verglühenden Kohlen, bis sie zu Asche zerfallen waren.

Erschöpft und müde entledigte sich Kenneth seiner Kleider und ging zu Bett, sobald er sein Zimmer erreicht hatte. Zwar hatte sich der erste Sturm von Rebeccas Zorn inzwischen ein wenig gelegt, doch die Kluft zwischen ihnen war noch so katastrophal tief, daß er sie vielleicht nie mehr würde überbrücken können.

Sie war ein Geschöpf voller Widersprüche. Ihre unkonventionelle Erziehung hatte ihr einen falschen Anstrich von Welterfahrenheit und Abgeklärtheit gegeben. Sie hatte so getan, als wäre die Jungfernschaft ein eher lästiges Gut, das man gerne los wurde, und sich darauf versteift, daß sie kein Interesse daran habe, zu heiraten.

Doch er argwöhnte, daß sie im Grunde ihres Herzens eine Romantikerin war, die sich nach dem Glauben an Liebe und Treue sehnte. Sonst würde sie die Seitensprünge ihrer Eltern nicht so sehr mißbilligt haben.

Sonst würde sie auch nicht bis zu ihrem siebenundzwanzigsten Lebensjahr damit gewartet haben, einem Mann ihren Körper anzuvertrauen und zumindest einen kleinen Teil ihres Herzens. Sie hatte sich ihm allmählich geöffnet, und er hatte gehofft, daß sie, sobald er seine finanziellen Angelegenheiten geregelt haben würde, vielleicht auch dazu bereit wäre, ihm ihre Hand anzuvertrauen. Doch heute abend hatte sie sich wieder in ihr Schneckenhaus verkrochen, und das möglicherweise für immer.

Ironischerweise hatte dieser für ihn so verheerend verlaufende Abend endlich etwas Berichtenswertes für seinen Auftraggeber zutage gefördert. So klein und unscheinbar dieses fehlende Zwischenstück eines Freundschaftsringes auch sein mochte, so hatte es doch aus vagen Vermutungen, daß Helen Seaton ermordet worden sein könnte, eine Gewißheit gemacht. Er konnte zwar noch keine Beweise für seine Überzeugung liefern, aber jetzt, wo er sich sicher war, daß Helen Seaton einem Verbrechen zum Opfer gefallen war, hatten sich auch seine Chancen, ihren Mörder zu finden, erheblich verbessert.

Bevor Kenneth dann in einen ruhelosen Schlaf hinüberglitt, stand ihm auch noch einmal die Ironie seiner eigenen Situation vor Augen: Wenn ihn diese geheime Mission nicht in Sir Anthonys Haus gebracht hätte, hätte er Rebecca niemals kennengelernt. Doch eben weil sie geheim war und das auch sein mußte, wenn sie Erfolg haben sollte, hatte er sich damit vermutlich jede Chance verdorben, mit Rebecca eine gemeinsame Zukunft aufzubauen.

Kapitel 29

Zwei Tage nach dem Ball bei Lord Strathmore, erhielt Rebecca von Lady Bowden eine schriftliche Botschaft, in der ihr ihre erst vor kurzem gefundene Tante mitteilte, daß sie an diesem Vormittag bei der Serpentine im Hyde Park spazierengehen würde. Rebecca schob das Kärtchen unschlüssig hin und her. Sie hatte seit ihrer ersten Begegnung mit Lady Bowden öfter an diese gedacht. Und vor vierundzwanzig Stunden würde sie diese diskrete Einladung, ihre Bekanntschaft zu vertiefen, noch freudig begrüßt und nicht einen Moment gezögert haben, ihr Folge zu leisten.

Aber nachdem sie heimlich Zeugin von Lord Bowdens Verlangen geworden war, ihren Vater als Mörder zu entlarven, hatte sie so ihre Zweifel. Es würde ihr schwerfallen, ihre Empörung darüber vor Lady Bowden zu verstecken. Aber andererseits bot sich ihr hier auch die Gelegenheit, mehr über den Bruder ihres Vaters zu erfahren.

Der Pragmatismus siegte, und nach zwei Stunden machte sich Rebecca mit ihrer Zofe Betsy auf den Weg in den Park. Nur wenige Leute befanden sich zu dieser für das Lustwandeln der besseren Kreise unpassenden Zeit in den Anlagen, und deshalb dauerte es nur wenige Minuten, bis sie die elegant gekleidete zierliche Gestalt ihrer Tante entdeckt hatte.

»Guten Tag, Lady Bowden«, sagte Rebecca, als sie aufeinander zugingen. »Es freut mich, Euch wiederzusehen.«

Ihre Ladyschaft warf ihrer eigenen Zofe einen Blick zu. Die Frau fiel zurück und hielt dann mit Betsy einen genügend großen Abstand zu den beiden Ladys ein, daß sie nicht hören konnten, was diese miteinander besprachen. Lady Bowden lächelte und sagte: »Ich bin froh, daß Ihr meiner Einladung gefolgt seid, obwohl ich sie Euch erst vor wenigen Stunden zugeschickt habe, Rebecca. Wir werden morgen auf unseren Landsitz reisen. Obwohl dieser nur wenige Meilen vom Sommerhaus Eures Vaters entfernt ist, glaube ich nicht, daß wir uns dort treffen können.«

»Jemand würde das sicherlich bemerken«, stimmte Rebecca ihr zu. »Ich freue mich, daß mir Eure Botschaft die Gelegenheit verschaffte, an einem so schönen Tag das Haus verlassen zu können. Ich bin so beschäftigt gewesen, daß ich kaum auf das Wetter geachtet habe.«

Die beiden Frauen redeten über Belanglosigkeiten, während sie sich dem schmalen Ende des Sees näherten, wo eine große Schar Wasservögel im Wasser schwammen. Als sie das Seeufer erreicht hatten, öffnete Lady Bowden ihr großes Ridikül und entnahm diesem zwei halbe Brotlaibe.

Nachdem sie einen davon Rebecca gegeben hatte, brach sie ein Stück von ihrem Brot ab und warf es ins Wasser. Wildenten und Gänse eilten aus allen Richtungen mit großem Geschnatter herbei.

Rebecca lächelte und warf ebenfalls ein paar Stücke Brot ins Wasser. »Warum hat das Füttern von Wasservögeln nur so eine beruhigende Wirkung?«

»Sie sind so viel direkter als Menschen«, erwiderte

ihre Tante. »Übrigens möchte ich nicht versäumen, Euch meine Glückwünsche zu Eurer Verlobung auszusprechen. Ich nehme an, daß dieses prächtige männliche Exemplar, das in Eurer Begleitung war, als wir uns zum erstenmal trafen, Lord Kimball gewesen ist.«

Der Ball bei den Candovers schien schon eine Ewigkeit zurückzuliegen. »Ihr meint den Gentleman, mit dem zusammen ich in einer kompromittierenden Situation angetroffen wurde? Um ehrlich zu sein, Tante Margaret, haben wir das Verlöbnis nur vorgetäuscht, um einen Skandal zu vermeiden. Wir wollen die Verlobung nach einer uns schicklich erscheinenden Frist wieder stillschweigend auflösen.«

Ihre Tante schickte ihr einen neugierigen Blick zu. »Aber der Art, wie Ihr darüber redet, entnehme ich, daß Ihr wohl lieber eine echte Verlobung daraus machen würdet. Auch ist es in der Regel doch so, daß man den Mann auch mag, mit dem man sich in einer verfänglichen Situation hatte ertappen lassen.«

»Inzwischen hat sich die Lage jedoch verändert. Vielleicht sollte ich es Euch gar nicht sagen, weil ich Euch nicht wehtun möchte, Tante Margaret. Aber es ist eine Sache, die uns beide betrifft.«

Sie warf ein Stück Brot so weit auf den See hinaus, wie sie das konnte, und ein großer Höckerschwan glitt majestätisch ins Wasser und schnappte einer Gans den Bissen weg.

»Ich habe vor kurzem erfahren, daß Euer Gatte Lord Kimball dazu angeheuert hat, sich in unserem Haushalt als Sekretär anstellen zu lassen, um dort Beweise dafür zu finden, daß mein Vater meine Mutter ermordet hat.«

»Oh, mein Gott! Ich verstehe jetzt, warum Ihr gezögert habt, mit mir darüber zu sprechen.« Lady Bowdens Augen weiteten sich vor Schreck. »Ich nehme an, daß Ihr jetzt sehr um Euren Vater besorgt und außerordentlich wütend auf Euren jungen Mann seid.«

»Er ist nicht mein junger Mann. Ganz besonders nicht jetzt.«

»Männer sind unvollkommene Geschöpfe, nicht wahr? Aber sie sind das einzige andere Geschlecht, das wir haben: Also müssen wir das beste aus ihnen machen.« Ihre Tante seufzte. »Seltsam, daß mein Mann nach fast dreißig Jahren Helen noch immer nicht vergessen kann.«

»Es tut mir leid, Tante Margaret. Ich wußte ja, wie sehr Euch das schmerzen mußte.«

»Nur ein bißchen, Rebecca. Er liebt mich nämlich, müßt Ihr wissen, obwohl mir das deutlicher bewußt ist als ihm.« Sie warf nun mit trauriger Miene gleich eine ganze Handvoll Brotstücke auf einmal ins Wasser. »Wir beide haben bisher eine gute Ehe geführt. Unsere beiden Söhne machen uns viel Freude. Aber weil er Helen als junger Mann geliebt hat, stellte sie so etwas wie die verlorenen Träume seiner Jugend dar. Er möchte offenbar nicht von ihnen lassen.«

»Ich kann ihm das zwar nachempfinden, habe aber absolut kein Verständnis dafür, wenn sein Bedauern über diesen Verlust so weit geht, daß er falsche Anschuldigungen gegen meinen Vater erhebt.« Rebecca schleuderte ein Stück Brot über den Rücken einer fetten kanadische Wildgans hinweg, so daß eine kleine Ente, die hinter dieser schwamm, den Brocken auffangen konnte. »Verzeiht mir, wenn ich Euch so etwas frage, aber ... wäre es möglich, daß der Haß Eures Mannes auf meinen Vater so groß ist, daß er notfalls auch Beweise fälschen würde, um seinen Glauben an die Bösartigkeit meines Vaters untermauern zu können?«

»Auf keinen Fall. Marcus kann sich zwar in einer Meinung verrennen, ist jedoch ein grundehrlicher Charakter.« Ihre Tante blickte sie nun prüfend von der Seite an. »Wie habt Ihr denn von den Machenschaften meines Mannes erfahren?«

»Ich habe ein Gespräch belauscht, das er auf dem Ball bei den Strathmores mit Kenneth führte.«

Lady Bowden schnitt eine Grimasse.

»Vielleicht hätte ich Marcus dorthin begleiten sollen, statt mit einer vorgeschützten Migräne zu Hause zu bleiben. Habt Ihr Lord Kimball daraufhin zur Rede gestellt?«

»Ja. Wenn ich eine Pistole gehabt hätte, hätte ich ihn vielleicht erschossen.«

»Hat er versucht, sich herauszureden oder es gar abzustreiten?«

»Nicht eigentlich. Er sagt nur, daß er seine Doppelrolle zutiefst bedauert.« Ihr Mund wurde hart. »Aber das ändert nichts an der Tatsache, daß er meinen Vater und mich hintergangen hat.«

»Aber wenn er sich nun schon einmal dazu verpflichtet hatte, Nachforschungen anzustellen, konnte man doch wohl schwerlich von ihm verlangen, daß er sich Euch offenbarte«, resümierte Lady Bowden. »Er befand sich da in einer echten Zwickmühle.«

»In einer selbsterschaffenen Zwickmühle«, erklärte Rebecca mit bitterer Stimme.

Da war ein jähes Flackern in der Luft über dem See, gefolgt von einem kurzen Schmerzensschrei eines Vogels, bevor eine Taube in einer Wolke aus Federn und Knochen explodierte. Ein Falke war vom Himmel heruntergestoßen und hatte seine unglückselige Beute geschlachtet, ehe er sie zu seinem Forst trug. Rebecca hatte, erschüttert von der Plötzlichkeit, mit der dieser Anschlag erfolgte, die Luft angehalten.

Lady Bowdens Blick folgte den Federn, die nun langsam auf den See hinunterflatterten. »Ihr seid wütend, und das zu Recht.« Sie warf ihr letztes Stück Brot ins Wasser und wischte sich dann die Krümel von den Handschuhen. »Aber wenn Ihr diesen jungen Mann mögt, mein Kind, dann würde ich Euch empfehlen, die Möglichkeit einer Vergebung nicht ganz auszuschließen.«

»Wie soll man denn ein Vertrauen, das man einmal verloren hat, wieder herstellen können?« fragte Rebecca mit gequälter Stimme.

»Die Liebe kann ein gebrochenes Vertrauen heilen. Die Liebe vermag eine Menge Dinge zu heilen. Wenn das nicht so wäre, würde die menschliche Rasse schon längst ausgestorben sein.«

Lady Bowden nahm den Arm ihrer Nichte. »Wir sollten uns jetzt ein Eis kaufen. Ich habe herausgefunden, daß Eis ein gutes Mittel gegen Enttäuschungen ist.«

Als Rebecca sich gehorsam von ihrer Tante fortführen ließ, fragte sie sich, ob sie wohl jemals deren Seelenruhe haben würde. Vermutlich nicht. Aber sie begrüßte es sehr, sich in ihrer Nähe aufhalten zu können.

Für Kenneth vergingen die beiden Tage, die Rebeccas Entdeckung seiner Doppelrolle folgten, geradezu höllisch langsam. Wie er es ihr versprochen hatte, ging er ihr tunlichst aus dem Weg. Und wenn eine Begegnung unvermeidlich war, schaute sie ihn kaum an. Sein eigenes Elend wurde noch verstärkt von den Seelenqualen, die er in ihr spürte. Aber er konnte nichts tun, um diese zu vermindern. Und so flüchtete er sich in die

Arbeit, suchte sich mit den Zeichnungen, die er für die Kupferstich-Serie anfertigen mußte, von seinem Elend abzulenken.

Das einzige positive Ereignis in diesen beiden Tagen war Lord Bowdens Reaktion auf das fehlende Stück des Freundschaftsrings gewesen. Er hatte sofort verstanden, was diese Tatsache zu bedeuten hatte. Natürlich war er noch immer davon überzeugt, daß Sir Anthony der Mörder seiner Frau sein mußte, aber zumindest war er jetzt zufrieden, daß Kenneth mit seinen Ermittlungen vorankam.

Kenneth verbrachte den zweiten Abend damit, in seinem Studio Skizzen für die Iberische-Halbinsel-Serie anzufertigen, was den Vorteil hatte, daß er nicht mitanhören mußte, wie Rebecca sich in ihrem Zimmer auf das Zubettgehen vorbereitete. Vielleicht sollte er sogar hier oben in seinem Studio in diesem schmalen Bett schlafen. Am Abend zuvor hatte ihn das Wissen, daß sie nur ein paar Fuß von ihm entfernt im Bett lag, um die Nachtruhe gebracht.

Mitternacht war längst vorüber, als er endlich den Stift beiseite legte und beschloß, zu Bett zu gehen. Nachdem er seinen Skizzenblock in die Schublade seines Arbeitstisches verstaut hatte, trat er ans Fenster. Es hatte früher am Abend geregnet, und ein zunehmender Mond lugte hin und wieder durch eine Lücke zwischen den am Himmel dahinjagenden Wolken. Vielleicht sollte er ein Bild von einem nächtlichen Scharmützel malen, bei dem das Mondlicht sich kalt in den Gewehrläufen und dem Klingen niedersausender Säbel spiegelte. Damit konnte er der Szene etwas Gespenstisches verleihen.

Sir Anthonys Stadtpalais war ein Eckhaus, und durch sein Speicherfenster konnte Kenneth unten einen Mann in der Seitenstraße sehen, der sich auf die Gartenmauer zubewegte. Kenneths Blick wurde schärfer, als der Mann dort anhielt. Sein Verhalten hatte etwas seltsam Zielstrebiges.

Dann machte der Mann plötzlich eine schleudernde Bewegung mit dem rechten Arm. Ein heller Funke flog auf das Haus zu und zog eine Leuchtspur hinter sich her, die in dem Augenblick endete, wo irgendwo unterhalb des Speicherfensters eine Scheibe zerbarst. Ein paar Sekunden später erschütterte eine Explosion das Gebäude.

»Gütiger Himmel!« rief Kenneth und rannte aus dem Studio.

Während er den schmalen Korridor hinunterlief, hämmerte er mit der Faust gegen die Türen der Dienstbotenquartiere. Dann raste er, immer drei Stufen auf einmal nehmend, die Treppe in den zweiten Stock hinunter. Als er dort anlangte, kamen gerade Sir Anthony und Rebecca in ihren Nachtgewändern aus ihren Schlafzimmern. Sir Anthony war von Lavinia begleitet, die offenbar hier die Nacht mit ihrem Liebhaber verbrachte.

»Mein Gott, was ist passiert?« keuchte Sir Anthony.

»Es brennt!« rief Kenneth über die Schulter, während er die Treppe zum nächst tieferen Stockwerk hinunterlief. »In Eurem Studio, glaube ich. Sorgt bitte dafür, daß alle Dienstboten geweckt werden. Wir müssen vielleicht das Haus räumen!«

Lavinia eilte daraufhin in das Dachgeschoß hinauf, während Rebecca und ihr Vater Kenneth in das untere Stockwerk folgten. Beide waren nur wenige Schritte hinter ihm, als Kenneth die Tür von Sir Anthonys elegantem Studio aufriß.

Schwarzer Rauch quoll ihm entgegen. Ein großes

Feuer, das man kaum noch unter Kontrolle bringen konnte, fauchte und zischte ihn an, während kleinere Brandherde gerade in den Teppichen und den Möbeln im Entstehen begriffen waren. Kenneth fluchte, als ein Krug mit Leinsamenöl explodierte und noch mehr brennende Fragmente im Raum umherschleuderte. Ein Haus voller unbezahlbarer Kunstschätze stand im Begriff, von einem Feuer vernichtet zu werden.

»Oh, gütiger Gott, meine Gemälde!« rief Sir Anthony mit entsetzter Stimme und lief zu der Stelle, wo unter einem reiche Falten werfenden Baldachin die Staffelei mit dem Porträt der beiden gräflichen Zwillingsschwestern und deren Ehemänner stand.

Der Stoffhimmel, der lichterloh brannte, begann sich im gleichen Moment von der Decke zu lösen, so daß Rebecca entsetzt »Vater!« schrie.

Kenneth konnte Sir Anthony gerade noch zur Seite reißen, als die brennenden Stoffbahnen auf das Porträt hinunterfielen. »Um Himmels willen, versucht die Gemälde zu retten, die weiter vom Brandherd entfernt sind!« rief Kenneth ihm zu, ehe er einen kleinen Teppich vom Boden aufhob und damit wütend auf die züngelnden Flammen einschlug, um sie zu ersticken.

Sir Anthony riß zwei Gemälde von ihren Haken an der Wand und eilte mit ihnen aus dem Studio. Ein paar Sekunden später kehrte er mit Rebecca in den Raum zurück, um weitere Gemälde von den Wänden und Staffeleien zu entfernen. Wenn Kenneth nicht Mühe gehabt hätte, noch genügend Luft zu bekommen, hätte er wohl laut gelacht. Künstler dachten in einer Gefahr immer erst an ihre Werke, bevor sie versuchten, die eigene Haut zu retten.

Nun kamen die zwei jungen Lakaien von Sir Anthony hereingestürzt, beide mit Kannen bewaffnet, die sie von diversen Waschständen im Dachgeschoß mitgenommen hatten. Kenneth riß sich die Krawatte vom Hals, tränkte sie mit Wasser und band sie sich dann vor Mund und Nase, ehe er mit den beiden Lakaien daranging, den größten Brandherd im Raum mit dem Wasser aus den Kannen zu bekämpfen.

Beißender Qualm stieg an den Stellen auf, wo das Wasser in den prasselnden Flammen einschlug. Doch es gelang ihnen, den größten Brandherd zu isolieren und in kleinere Teile zu zerlegen, deren Flammen sie nun wieder mit Hilfe von Teppichen und Tüchern erstickten.

Aber es gab noch immer zahlreiche kleinere über den ganzen Raum verteilte Brandherde, die das Studio und den angrenzenden Salon mit einem höllischen orangefarbenen und gelben Licht erfüllten. Aus den Augenwinkeln sah Kenneth, wie Rebecca und ihr Vater gerade dabei waren, das Gemälde von Horatius an der Brücke aus dem Salon zu tragen. Nur ein paar kleine Feuerzungen waren bisher bis in diesen Raum vorgedrungen, die Kenneth rasch mit dem Teppich erstickte, ehe er die Doppeltüren zum Salon schloß.

Der Butler, Minton, kam nun mit einer langen, mit einem Haken bewehrten Stange ins Studio, die gewöhnlich dazu benützt wurde, die vom Boden aus nicht erreichbaren Fenster zu schließen. Er verwendete den Haken nun dazu, ein paar Scheiben einzuschlagen, sich dann damit einige noch brennende oder glimmende Möbelstücke zu angeln und diese dann auf den mit Regenwasser getränkten Rasen des Vorgartens hinunterzuwerfen.

Mehrere weibliche Dienstboten erschienen jetzt mit

Kübeln voller Wasser, die sie von der Küche heraufgeschleppt hatten. »Bringt die Eimer zu mir!« befahl Kenneth den Mägden und ging dann so dicht an einen Brandherd heran, wie ihm das möglich war, ohne sich die Haut oder die Kleider zu verbrennen, um einen vollen Eimer, den ihm die Mägde zureichten, über den Flammen auszukippen. Ohne sich umzuschauen, wartete er dann darauf, daß die Mägde den leeren Eimer wieder gegen einen vollen austauschten, um diesen abermals über dem Feuer auszukippen. Wieder und immer wieder ...

Aber langsam gewannen sie so die Oberhand über das Feuer. Sobald Kenneth einen mit Wasser gefüllten Eimer zugereicht bekam, schüttete er diesen nun mit einem gewaltigen Schwung gegen ein brennendes Wandpaneel oder Möbelstück und auf Stellen, die er der sengenden Hitze wegen nur schwer erreichen konnte. Und wenn er kein Wasser zur Verfügung hatte, bekämpfte er das Feuer mit dem bereits an vielen Stellen verschmorten Teppich. Der Geschmack von Holzkohle erfüllte seinen Mund, und er war halb blind von dem Rauch und den Tränen, die ihm der beißende Qualm in die Augen trieb. Doch es gelang ihm nun, auch die letzten, bisher unzugänglichen Brandherde nacheinander zu löschen oder zu ersticken.

Nachdem er sich durch eine ihm endlos erscheinende Hölle aus Rauch und Feuer hindurchgekämpft hatte, konnte er endlich die letzten Flammen im hintersten Winkel des Studios löschen. Dann wankte er auf den Korridor hinaus, sank dort auf dem Boden nieder und suchte seine Lungen mit kalter Luft zu füllen.

Fast unkenntlich in seinem rußgeschwärzten Nachtgewand, sagte Sir Anthony mit keuchender Stimme:

»Wir haben es geschafft. Oder vielmehr haben wir es Euch zum größten Teil zu verdanken, daß wir es geschafft haben.«

Kenneth, dessen Rachen ganz wund war von dem vielen Qualm, den er hatte schlucken müssen, sagte hustend: »Es muß noch mehr Wasser auf die Stellen geschüttet werden, die noch glimmen.«

Lavinia gab den Mägden mit ruhiger Stimme Anweisung, noch mehr Wasser aus der Küche heraufzubringen, obwohl sie sich dafür jetzt ein bißchen mehr Zeit lassen konnten als bisher. Rebecca kniete mit einer Schüssel voller Wasser neben Kenneth nieder. Ihr mit feinen Stickereien versehenes Nachthemd war voller Rußflecken, und ihre Füße waren ganz schwarz.

»Habt Ihr Euch bei den Löscharbeiten verletzt, Captain?« fragte sie. »Eure Hände sehen gar nicht gut aus.«

Er blickte auf seine Hände hinunter und sah dort Ruß, rote Haut und Blasen. Bei dem Anblick dieser Gliedmaßen wurde ihm plötzlich bewußt, daß sie höllisch schmerzten. Die Zähne zusammenbeißend, spreizte er die Finger. »Ich glaube nicht, daß ich mich ernsthaft verletzt habe«, sagte er.

Sie nahm ein nasses Tuch aus der Schüssel und tupfte ihm damit die rechte Hand ab. Dann strich sie, ohne ihn auch nur einmal anzusehen, eine Salbe auf die mit Blasen bedeckten Teile seiner Hand.

Ihr Nachtgewand aus Musselin löste sich dabei etwas von ihrem Körper und enthüllte die weiche Rundung ihrer Brüste. Die Haut dort war cremig weiß und bildete einen scharfen Kontrast zu ihren mit einem ölig dunklen Rußschleier bedeckten Körperteilen, die dem Rauch ausgesetzt gewesen waren. Seine Reaktion auf diesen Anblick lieferte ihm den klaren Beweis, daß er nicht ernsthaft verletzt war.

Er blickte von ihren Brüsten fort. Nachdem sie seine rechte Hand verarztet hatte, fing sie an, mit der gleichen kühlen und unpersönlichen Kompetenz seine linke zu behandeln.

Sir Anthony kehrte in diesem Moment von einem kurzen Rundgang durch sein Studio zurück. »Die Möbel sind total ruiniert, und fünf von meinen Bildern bestehen nur noch aus verkohlten Rahmen. Trivial im Vergleich zu dem, was hätte passieren können. Aber wie ist das Feuer entstanden? Keine Kerze brannte und der Kamin war kalt, als ich gestern abend noch einmal im Salon nachgeschaut habe. Leinsaatöl kann sich doch wohl nicht von selbst entzünden, oder?«

»Es war Brandstiftung«, erwiderte Kenneth grimmig. »Ich arbeitete noch oben in meinem Studio, und als ich dort zufällig aus dem Fenster schaute, sah ich unten einen Mann auf der Straße, der einen Brandsatz über die Mauer schleuderte. Vermutlich war es eine mit Schwarzpulver gefüllte Flasche, die mit einem Pfropfen aus Wachs verschlossen und mit irgendeiner Lunte versehen war, die ein paar Sekunden lang brannte, ehe sie das Pulver zur Explosion brachte. Es ist nicht schwierig, so einen Brandsatz zu basteln.«

»Aber warum macht jemand so etwas?« fragte Sir Anthony bestürzt.

»Wer weiß? Vielleicht ein Kunstkritiker, ein eifersüchtiger Kollege oder ein wütender Ehemann. Möglicherweise sogar ein Bonapartist, dem Eure Waterloo-Gemälde nicht gefallen.« Kenneth rappelte sich müde vom Boden auf. »Ich würde Euch empfehlen, zwei Wächter zu engagieren, die von jetzt an bis in eine unbestimmte Zukunft jede Nacht um das Haus herum patrouillieren.«

»Eine ausgezeichnete Idee«, sagte Lavinia. »Aber für den Rest der Nacht würde ich einen Brandy für jeden vorschlagen. Und dann einen Abmarsch in die Federn.«

Kenneths Blick wanderte über die Dienstboten hin, die jetzt alle in der Halle versammelt waren und deren Gesichter die gleiche Mischung aus Triumph und Erschöpfung widerspiegelten, die er selbst empfand. »Wenn nicht alle, die wir hier stehen, sich so mächtig ins Zeug gelegt hätten, um das Feuer zu löschen, wäre Seaton House jetzt abgebrannt und vermutlich auch noch eine Reihe von Nachbarhäusern in dieser Straße. Als Anerkennung für diese Leistung werdet ihr alle einen Bonus bekommen.«

Sir Anthony gab nickend seine Zustimmung, als ein freudiges Summen durch die Reihen der versammelten Dienstboten ging. Dann stieg er, einem Arm um Lavinias Taille gelegt, mit dieser die Treppe in das obere Stockwerk hinauf. Rebecca folgte den beiden, noch immer seinen Blick meidend.

Kenneth entließ daraufhin die Dienstboten und behielt nur den Butler und die beiden Lakaien bei sich, mit denen er das Studio noch einmal inspizierte, um sicherzugehen, daß nicht noch irgendwo etwas glimmte, das einen neuen Brand entfachen konnte. Dann sagte er zu den dreien, daß sie nun zu Bett gehen könnten, während er bis zum Morgen hier Wache halten wollte.

»Ich werde diesen Auftrag übernehmen, Mylord«, sagte Minton. »Ihr habt mehr getan als wir übrigen alle zusammen, und Ihr könnt Euch vor Müdigkeit ja kaum noch auf den Beinen halten.«

Als Kenneth zu protestieren versuchte, sagte der Butler im entschiedenen Ton: »Ihr geht jetzt schlafen!«

Kenneth lächelte schief. »In der Armee wäre das eine Insubordination.«

»Wir sind hier aber nicht bei der Armee, Mylord, und Ihr könntet mich höchstens entlassen.«

»Daran ist überhaupt nicht zu denken«, erwiderte Kenneth und legte dem Butler einen Moment lang die Hand auf die Schulter. »Danke, Minton.«

Dann schleppte er sich müde die Treppe hinauf zu seinem Quartier. Als er die Tür seines Zimmers öffnete, wurde er dort von Rebecca erwartet. Zu seinem Bedauern hatte sie eine Robe angelegt, die ihren Körper vom Hals bis zu den Zehenspitzen hinunter verhüllte.

Ihr kühler Gesichtsausdruck machte ihm klar, daß sie mit ihrem Besuch keine romantischen Absichten verband. Sie erhob sich von ihrem Platz und reichte ihm ein mit einer braunen Flüssigkeit gefülltes Glas. »Ich dachte mir, daß Ihr jetzt einen Brandy gut gebrauchen könntet.«

»Da habt Ihr richtig gedacht.« Er nahm einen kräftigen Schluck aus dem Glas. Der Brandy brannte ihm erst im Hals, ehe er eine betäubende Wirkung auf ihn ausübte. Die Kanne auf dem Waschständer war inzwischen wieder mit Wasser gefüllt worden, und so reinigte er erst sein Gesicht und seine Hände vom Ruß, ehe er sich wieder zu seiner Besucherin umdrehte: »Die Ereignisse haben nun den Bereich der vagen Möglichkeiten verlassen und sich in unbestreitbare Gewalttätigkeiten verwandelt.«

Sie biß sich auf die Unterlippe.

»Demnach glaubt Ihr, daß zwischen diesem Brandanschlag und dem Tod meiner Mutter eine Verbindung besteht?«

»Vielleicht auch nicht. Aber die Wahrscheinlichkeit

so einer Verbindung ist größer als die Möglichkeit, daß es zwei Todfeinde Eurer Familie geben würde.«

Er schob die Kissen gegen den Kopfteil seiner Bettstatt und streckte sich dann, ohne erst die Tagesdecke wegzunehmen, auf seinem Bett aus, um seine schmerzenden Bein- und Armmuskeln zu entlasten.

»Bisher hat es drei tragische Vorfälle gegeben: die von Eurer Mutter eingenommene Überdosis Laudanum, ihr Sturz von der Felswand und dieser Brandsatz heute. Und dabei nehmen diese Vorfälle von Mal zu Mal immer dramatischere und tödlichere Formen an.«

Ihre Augen wurden dunkel. »Jeder, der es riskiert, einer Privatfehde wegen ein Dutzend unschuldiger Menschen zu töten, muß ein überaus bösartiger Mensch sein. Ihr habt da eben von einem Feind unserer Familie gesprochen; aber offenbar ist es mein Vater, auf den dieser Attentäter es abgesehen hat. Niemand kennt mich gut genug, um mir den Tod zu wünschen.« Ihr Mund verzerrte sich. »Abgesehen von Euch vielleicht.«

»Ihr dürft mir glauben, Rebecca, daß ich niemals den Wunsch hatte, Euch etwa zuleide zu tun«, erwiderte er im nüchternen Ton.

Sie blickte zur Seite. »Vielleicht sollten wir meinem Vater von unserer Theorie erzählen, daß dieses Feuer nur ein Teil eines größeren sich gegen unsere Familie richtenden Komplotts ist ...«

Er dachte über ihren Vorschlag nach und schüttelte dann den Kopf. »Davon verspreche ich mir keinerlei Vorteile. Nach diesem Brandanschlag heute sollte es nicht schwierig sein, Euren Vater davon zu überzeugen, daß er sich mehr in acht nehmen muß, selbst wenn er von meinem Verdacht keine Kenntnis hat.«

»Wie ihr meint.« Sie erhob sich von ihrem Platz. »Dann gute Nacht, Captain.«

Er hatte ein fast unerträgliches Verlangen danach, sie in die Arme zu nehmen und sie auf sein Bett hinunterzuziehen. Nicht in der Absicht, mit ihr zu schlafen, sondern nur, um ihre Nähe zu spüren. Um wieder im Einklang mit ihr zu sein.

Diese Chance war wohl für immer vertan. Mit einem Seufzer stellte er sein leeres Glas auf den Nachttisch. »Haben meine Bemühungen heute nacht Euch jetzt etwas gnädiger stimmen können, was mein Verhalten in der Vergangenheit betrifft?«

Sie hielt bei der Tür noch einmal an. »Ich habe niemals Euren Mut bezweifelt, Captain. Nur Eure Ehrlichkeit.« Damit ging sie aus dem Zimmer.

Sie war so unglücklich, daß er sich fragen mußte, ob es da nicht neben dem Groll, den sie gegen ihn hegte, noch andere Ursachen für ihren Seelenschmerz gab. Vielleicht hatte die Doppelrolle, die er in diesem Haus gespielt hatte, noch tiefere Leidensquellen in ihr aufbrechen lassen. Schließlich hatte ja auch ihre erste Jugendliebe mit einer Katastrophe geendet. Und der so sehr von ihr geliebte Vater war auch nicht gerade ein Musterbild elterlicher Fürsorge und charakterlicher Standfestigkeit gewesen. Kein Wunder also, wenn sie nun alle Männer eher für unzuverlässige als vertrauenswürdige Wesen halten würde.

Wenn das der Fall war, würde er vielleicht vergeblich darauf warten, daß sie ihm verzieh. Schließlich hatte er sich ja auch nicht gerade als charakterfester Tugendbold entpuppt.

Keine sehr ermutigenden Aussichten, überlegte er, und zwang sich nun dazu, sich in Gedanken mit dem Brandstifter zu beschäftigen. Wie hatte dieser Mann ausgesehen? Besondere Merkmale hatte er in der Dunkelheit nicht erkennen können. Er war von mittlerer Statur gewesen, etwas größer als der Durchschnitt.

Er wollte sich gerade zum Schlafen niederlegen, als leise an seine Tür geklopft wurde. »Herein«, sagte er müde.

Lavinia trat ins Zimmer. Er wollte sich vom Bett erheben, aber sie hielt ihn mit einer kurzen Handbewegung davon ab.

»Entschuldigung, daß ich Euch noch so spät störe«, sagte sie. »Aber da Ihr und Rebecca noch immer in Fehde liegt, dachte ich mir, daß es Euch nichts ausmachen würde, wenn ich Euch jetzt noch aufsuche.«

»Ihr bemerkt zu viel«, sagte er verdrossen.

»Jemand in diesem Haus muß doch noch normal bleiben.«

»Würde sich Sir Anthony denn nicht wundern, wo Ihr abgeblieben seid?«

»Er schläft ganz fest.« Sie machte die Tür hinter sich zu und fragte ihn dann unverblümt: »Ist Anthony in Gefahr?«

»Ich denke, daß das der Fall sein könnte.«

Sie setzte sich auf den Rand des einzigen Stuhls, der sich in seinem Zimmer befand. »Was kann ich dagegen tun?«

Sich überlegend, daß Lavinia mit ihrer scharfen Beobachtungsgabe und ihrem großen Bekanntenkreis möglicherweise hilfreich sein konnte, fragte Kenneth: »Fällt Euch vielleicht jemand ein, der Sir Anthony so gram ist, daß er ihm einen körperlichen Schaden zufügen würde?«

Sie erschauerte und zog ihren Morgenmantel fester um ihre an körperlichen Reizen nicht gerade dürftige

Gestalt. Aber man konnte ihr jetzt ihr wahres Alter ansehen, als sie ihm nun mit einer für sie ganz ungewöhnlich ernsten Miene antwortete: »Ein so erfolgreicher Mann wie Anthony wird immer Neider haben; aber ich kenne niemand, der ihn samt allen Mitgliedern seines Hausstands bei lebendigem Leibe verbrennen möchte.«

»Ihr liebt ihn, nicht wahr?«, sagte Kenneth im nüchternen Ton.

»Seit dem Tag, als ich ihn kennenlernte«, erwiderte sie schlicht. »Ich war siebzehn, als ich ihm zum erstenmal Modell stand. Ich war damals versucht, ihn zu verführen, wollte aber nicht nur eine von seinen flüchtigen Affären sein. Ich dachte mir, daß eine Freundschaft länger halten würde, und ich habe mich in dieser Hinsicht auch nicht getäuscht.« Sie seufzte und lehnte sich in ihrem Stuhl zurück. »Helen hat mich einmal darum gebeten, mich um ihn zu kümmern, falls ihr etwas zustoßen sollte. Sie wollte nicht, daß er einer schrecklichen Harpyie in die Hände fiel, die nur an seinem Ruhm und seinem Geld interessiert sein würde.«

Da er nun den richtigen Moment dafür gekommen sah, auch noch die Lösung für ein anderes Rätsel zu bekommen, fragte er sie: »Wer ist denn eigentlich zum Zeitpunkt von Lady Seatons Tod Sir Anthonys Mätresse gewesen? Ich habe da ein Gerücht gehört, daß er an dieser Dame sehr gehangen haben soll – vielleicht so sehr, daß er möglicherweise seine Ehe beenden wollte. Er hätte sich ja auch wegen Helens Affäre mit Hampton von ihr scheiden lassen können, würde ich meinen.«

»Das hätte er nie, niemals getan«, erklärte ihm Lavinia mit fester Stimme. »Und ganz gewiß nicht wegen dieser Kreatur, mit der er damals schlief. Sie hat dieses Gerücht vermutlich aus Eitelkeit selbst in die Welt gesetzt, da sie ja bereits einen Ehegatten hatte und Anthony deshalb gar nicht hätte heiraten können, selbst wenn er sich von Helen hätte scheiden lassen.«

»Und diese Frau war?« drängte Kenneth.

Lavinia zögerte einen Moment und sagte dann achselzuckend: »Eure Stiefmutter.«

Er war von ihrer Antwort nicht sonderlich überrascht. Zu jener Zeit hatte Sir Anthony ein Porträt von Hermione gemalt, und sie war schön und sittenlos. Er konnte nur hoffen, daß sein Vater nichts von dieser Affäre gewußt hatte.

»Aber trägt sie sich denn jetzt, wo sie Witwe ist, noch immer mit der Absicht, Sir Anthony zu heiraten?«

»Anthony hat die Affäre mit ihr sofort beendet, als Helen starb, und seither mit Hermione nichts mehr zu tun gehabt«, antwortete Lavinia mit offensichtlicher Befriedigung. »Helen hätte sich sehr darüber gefreut, wenn sie das noch erlebt hätte. Eure Stiefmutter ist exakt jener Typ von Frau, vor dem sie Anthony bewahren wollte.« Sie grinste. »Zudem ist Hermione gerade im Begriff, einen Edelfisch an Land zu ziehen. Ich habe aus sicherer Quelle erfahren, daß sie demnächst Lord Frydon heiraten wird – in aller Stille natürlich, da ihre Trauerzeit noch nicht abgelaufen ist. Er ist sündhaft reich und ein absolutes Ekel. Sie wird diesen Schritt bereuen.«

Demnach schien Hermione beschlossen zu haben, ihre Hoffnungen gar nicht erst auf den Herzog von Ashburton zu setzen, überlegte Kenneth. Schließlich war ein reicher Graf in der Hand immer noch besser als zwei Herzöge auf dem Dach. »Hoffentlich ist Eure

Quelle auch zuverlässig. Ich bin nämlich von der Annahme ausgegangen, daß Hermione sich nie mehr verheiraten würde, weil der Preis einer zweiten Ehe für sie zu hoch wäre. Nach dem Testament meines Vaters fällt nämlich das ganze Vermögen bis auf ihr Wittum wieder an den gesetzlichen Erben zurück, falls sie sich wieder verheiraten sollte. Das würde bedeuten, daß das Londoner Haus und etliche als Treuhandvermögen angelegte Apanagen in meinen Besitz übergingen.«

»Oh, keine Bange, sie wird Frydon heiraten. Er ist nicht nur ein sehr, sehr reicher Mann, sondern ihm gehören auch die berühmten Frydon-Juwelen, und Hermione ist eine Frau, die im Augenblick einen Schmuck dringend nötig braucht.« Und mit einem Augenzwinkern fügte Lavinia hinzu: »Ich weiß zwar nicht, wie Ihr das angestellt habt, aber ich kann Euch nur dazu beglückwünschen.«

»Ich hatte damit nichts zu tun«, versicherte er ihr, bevor er zu ihrem eigentlichen Thema zurückkehrte. »Gibt es vielleicht eine Frau, die Sir Anthony gefährlich werden könnte, weil er ihre Liebe nicht erwidert hat?«

Lavinia schüttelte den Kopf. »Seine Affären waren stets nur leichter und freundlicher Natur, und ich spreche hier als jemand, der ihn seit vielen Jahren sehr genau beobachtet hat. Es hat nie eine unerfüllte oder gar verschmähte Liebschaft in seinem Leben gegeben.«

»Vielleicht könnten uns da die Tagebücher in Ravensbeck noch irgendwelche Hinweise geben«, sagte Kenneth in einem nicht sonderlich zuversichtlichen Ton.

»Dafür scheinen mir Helens Tagebücher allerdings besser geeignet zu sein.«

Er setzte sich kerzengerade auf. »Lady Seaton hat ein Tagebuch geführt? Das höre ich jetzt zum erstenmal!«

»Ich bin mir nicht sicher, ob Anthony und Rebecca das wußten. Helen hatte in ihren Journalen weniger die täglichen Ereignisse sondern vielmehr ihre Gefühle und Impressionen festhalten wollen.«

»Und wo sind diese Tagebücher?«

»Ich habe sie«, erwiderte Lavinia gelassen. »Als Helen mich damals bat, für Anthonys Wohl zu sorgen, hatte sie auch zu mir gesagt, daß ich ihre Tagebücher verbrennen müßte, wenn ihr etwas zustoßen sollte. Ich frage mich jetzt, ob sie ihren Tod vorausgeahnt hat.«

»Aber Ihr habt sie nicht verbrannt?« fragte Kenneth hoffnungsvoll.

»Nein.« Und nach einigem Zögern fuhr sie fort: »Ihre Tagebücher sind so etwas wie eine Verbindung zu ihr. Wenn ich sie verbrennen würde, ginge dieses Band verloren. Aber ich habe auch nicht den Mut, sie zu lesen. Das wäre zu qualvoll für mich.«

»Dann überlaßt sie mir für eine Weile. Vielleicht kann ich darin einen Hinweis auf den Täter finden, der heute nacht den Brandsatz in Sir Anthonys Studio geschleudert hat.«

»Es ist einen Versuch wert.« Lavinia erhob sich nun von ihrem Stuhl. »Ich bin überzeugt, daß Ihr ein ausgezeichneter Ermittler seid, wenngleich die Umstände Euch die Arbeit nicht gerade erleichtern.«

Kenneth blickte sie scharf an und fragte sich, wieviel sie wohl inzwischen erraten haben mochte. »Ihr seid eine beängstigende Frau, Lavinia«, sagte er.

Sie schenkte ihm ein engelgleiches Lächeln. »Ich beobachte nur, was denn in der Welt, die mich umgibt, so alles vor sich geht. Gute Nacht, Captain.« Damit schlüpfte sie aus dem Zimmer.

Kenneth schwirrte der Kopf, als er nun seine rußverschmierten Kleider auszog. Wenn Hermione tatsächlich zum zweitenmal heiraten sollte, war er in materieller Hinsicht saniert und konnte es sich endlich leisten, eine Frau fürs Leben zu nehmen.

Aber zuerst mußte er noch den Schurken finden, der möglicherweise Helen umgebracht hatte und nun Sir Anthonys Leben bedrohte. Er sprach im stillen ein Gebet, daß Helens Tagebücher ihm die dazu notwendigen Hinweise liefern mochten. Vielleicht würde die Rettung ihres Vaters Rebeccas Zorn besänftigen.

Doch er wußte im Grunde seines Herzens, daß dies nicht genug sein würde. Es war leichter, einen Mörder zu finden, als ein gebrochenes Vertrauen zu heilen.

Kapitel 30

Im frühen Licht des Morgens sah das Studio sogar noch schlimmer aus als in der Nacht zuvor, wo die Flammen es erleuchtet hatten. Kenneth blieb auf dem Weg zum Frühstückszimmer an der Tür des Ateliers stehen und fand dort Sir Anthony vor, der sich offenbar einen genauen Überblick über die Schäden verschaffen wollte, den das Feuer hier angerichtet hatte.

»Mir stockt das Blut in den Adern«, murmelte der ältere Mann, »wenn ich daran denke, was wohl aus meinem Waterloo-Zyklus geworden wäre, hätten sich diese Bilder heute nacht noch in diesem Raum befunden. Ich hätte meine besten Werke verlieren können, die ich jemals in meinem Leben erschaffen habe.«

»Aber das ist ja nun, gottlob, nicht passiert.« Kenneth blickte sich prüfend in dem Raum um. Außer einem neuen Verputz, einem neuen Anstrich und neuer Möbel mußten auch die meisten Dielenbretter ersetzt werden. »Es hätte noch viel schlimmer kommen können. Wenn der Brandsatz nicht in Eurem Studio, sondern statt dessen in Eurem Schlafzimmer gelandet wäre, hättet Ihr und Lady Claxton leicht in den Flammen umkommen können.«

»Glaubt mir, an diese Möglichkeit habe ich auch schon gedacht«, erwiderte Sir Anthony grimmig. »Wie können wir nun den Schurken finden, der das angerichtet hat?«

»Ich weiß es nicht. Ihr könntet ja einen Bow Street Runner engagieren, um das herauszufinden. Aber so ein Verbrechen hinterläßt kaum Spuren. Es wäre für den Bow Street Runner so gut wie unmöglich, den Schuldigen zu ermitteln, wenn er nicht weiß, wo er nach ihm suchen soll. Kennt Ihr jemanden, der Euch den Tod wünscht?«

»Natürlich nicht«, erwiderte Sir Anthony gereizt. »Das ist ja das Vertrackte an dieser Geschichte, daß ich nicht weiß, wer für so etwas in Frage käme. Ein Mann in meiner Position kann sich leicht jemanden unbeabsichtigt zum Feind machen. Vielleicht habe ich mal auf der Ausstellung eine abfällige Bemerkung über ein schlechtes Gemälde gemacht, die jemand dem betreffenden Künstler erzählte, und der Mann wollte sich nun dafür an mir rächen. Maler sind ein ziemlich labiles Völkchen.«

»Ich verstehe. Wenn Euch da vielleicht noch andere möglichen Motive oder Personen einfallen sollten, laßt es mich wissen.« Kenneths Blick wanderte über die verkohlten Rahmen an den Wänden und auf dem Boden hin. »Welche Bilder sind nun verbrannt?«

»Alles Porträts, an denen ich gerade gearbeitet habe. Das wohl bedeutendste von diesen ist das zweite Strathmore und Markland Gemälde gewesen. Die Markland-Version ist dem Auftraggeber bereits zugestellt worden. Ich werde demnach das für die Strathmores bestimmte Porträt noch einmal malen müssen.« Dann zählte er rasch nacheinander noch die Namen von vier anderen Auftraggebern auf. »Schickt einen Brief an jeden dieser Leute, in denen Ihr ihnen den Grund für die Verzögerung der Lieferung erklärt. Sie werden sich zudem zu weiteren Sitzungen bei mir einfinden müssen. Offensichtlich kann ich hier nicht arbeiten. Ich denke, daß ich den Salon als Studio benützen werde.«

Kenneth öffnete nun die vom Feuer angesengten Türen zum Salon. »Hier hat der Rauch einen beträchtlichen Schaden angerichtet, und als ich heute nacht das unter diesem Salon befindliche Wohnzimmer aufsuchte, entdeckte ich dort Wasserschäden.« Da kam ihm plötzlich ein Gedanke, der vielleicht dazu angetan war, Sir Anthony aus der Gefahrenzone zu entfernen. »Warum begebt Ihr Euch nicht schon gleich in Euer Landhaus im Seenbezirk, statt den üblichen Reisetermin abzuwarten? Dann könnt Ihr dort arbeiten und hier die Schäden, die das Feuer angerichtet hat, in aller Ruhe reparieren lassen.«

Sehr Anthonys Miene hellte sich auf. »Eine ausgezeichnete Idee. Ihr könnt ja noch so lange hier in London bleiben, um die Aufträge für die nötigen Reparaturarbeiten zu erteilen, und dann nachkommen.«

Kenneth zögerte, weil ihm die Vorstellung, daß Sir Anthony dann ohne seinen Schutz nach Schottland reisen würde, nicht gefiel. Andrerseits befand sich der Mann, der für diesen Brandanschlag verantwortlich war, offensichtlich hier in London und würde auch noch eine Weile lang in dieser Stadt bleiben. Er, Kenneth, würde nur ein paar Tage dazu brauchen, um die Handwerker zu bestellen und die Instandsetzungsarbeiten in Gang zu bringen, so daß er spätestens in einer Woche schon auf dem Weg nach Schottland sein konnte.

»Sehr wohl, Sir. Wenn Ihr gleich mit dem Packen beginnt, könnt Ihr schon übermorgen abreisen.«

»Gebt dem Personal die dazu nötigen Anweisungen.«

Kenneth nickte und ging hinunter ins Erdgeschoß. Dort traf er im Foyer Lord Frazier, George Hampton und andere Freunde von Sir Anthony an, die von dem Brand gehört hatten. Er studierte ihre Gesichter, suchte darin nach Zeichen einer inneren Befriedigung oder Enttäuschung, entdeckte jedoch nur Neugierde und Anteilnahme in ihren Mienen. Als er sich einige Minuten später in das Frühstückszimmer begab, fragte er sich, ob wohl einer von diesen Freunden sich in diesem Sommer früher in den Seenbezirk begeben würde, als er das eigentlich geplant hatte.

In den nächsten anderthalb Tagen befand sich Seaton House im Umzugsfieber. Als dann endlich die Kutschen und der Frachtwagen mit dem Gepäck vom Hof rollten, hatte Kenneth das Gefühl, als hätte er die gesamte im Krieg auf der iberischen Halbinsel stationierte Armee von der Süd- zur Nordküste in Marsch gesetzt.

Als die Kutsche, in der sich die Seaton-Familie befand, aus der Einfahrt rollte, hatte Kenneth plötzlich diese schreckliche Erinnerung an den Moment, an dem er Maria zum letztenmal lebend gesehen hatte. Er hatte damals unter schlimmen Vorahnungen gelitten, aber sie hatte nur über seine Ängste gelacht und war aus dem Lager geritten.

Natürlich sagte ihm die Logik, daß man die beiden Abreisen nicht miteinander vergleichen konnte. Maria war damals eine bekannte Partisanin gewesen, die durch ein vom Krieg schwer geprüftes Land gereist war. Rebecca hingegen reiste mit ihrer Familie auf modernen Straßen. Zudem würde Rebecca sich in größerer Sicherheit befinden, wenn sie sich aus London und damit von dem Feind ihres Vaters entfernte. Doch obwohl er das alles wußte, löste ihre Abreise jetzt irrationale Ängste in ihm aus. Vielleicht wollte er sie nicht gern aus den Augen lassen, weil er und Rebecca sich inzwischen emotional entfremdet hatten.«

»Pardon, Mylord, aber ist Euch etwa nicht gut?«

Es war Minton, der ihn das mit gefurchter Stirn fragte. Der Butler würde den ganzen Sommer hindurch in der Stadt bleiben, um die Reparaturarbeiten zu überwachen und die kleine Schar von Bediensteten, die das Stadthaus und dessen Kunstschätze bewachen sollten.

Kenneth holte tief Luft. »Es tut mir nur leid, Miss Seaton scheiden zu sehen.«

Mintons Miene entspannte sich. »Die Ungeduld der jungen Liebe. Seid unbesorgt, Mylord. Ihr werdet in ein paar Tagen wieder mit ihr vereint sein.«

Als Kenneth nun ins Haus zurückging, sagte er sich, daß er sich nicht unnötig bange machen sollte. Rebecca würde schon nichts zustoßen. Wenn er Glück hatte, würde sich die Trennung sogar als heilsam erweisen, ihr Herz erweichen und den Bruch zwischen ihnen kitten.

Doch seine schlimmen Vorahnungen wollten ihm keine Ruhe lassen, als er nun die bedeutendsten Londoner Tuch- und Möbelhäuser aufsuchte. Das war ein ermüdendes Geschäft; doch er fand Stoffe und Möbelstücke, die sicherlich Sir Anthonys Gefallen finden würden.

Abends saß er dann noch stundenlang über Sir Anthonys Korrespondenz, und es war schon sehr spät, als er sich endlich an die Lektüre der Tagebücher machen konnte, die Lavinia ihm am Morgen heimlich zugesteckt hatte. Er zögerte lange, bevor er den ersten der dicken, in Leder gebundenen Journale aufschlug. Helen Seaton hatte offenbar nicht gewollt, daß fremde Augen lasen, was sie diesen Büchern anvertraut hatte. Doch noch viel weniger würde sie gewollt haben, daß ihr Gatte getötet wurde oder ihr eigener Tod ungesühnt blieb.

Er überflog die Eintragungen ihres frühesten Tagebuchs, um ein Gefühl dafür zu bekommen, was sie für aufzeichnenswert gehalten hatte. Wie ihm Lavinia bereits gesagt hatte, waren es zumeist Reflexionen und Meinungen, die sie oft ohne Datumsangabe in ihren Tagebüchern festgehalten hatte. Doch aus allem konnte er Helen Seatons Stimme heraushören, die mit Wärme und Witz zu ihm sprach.

Die Tagebucheintragungen begannen mit ihrem siebzehnten Lebensjahr, nachdem sie wenige Wochen zuvor beide Eltern bei einer Fieberepidemie verloren hatte. Als die Trauerzeit vorbei war, hatte ihr Vormund sie nach London geschickt, um sie in der Gesellschaft einzuführen. Ihr Debütantenball war ein großer Erfolg gewesen – »trotz meiner schrecklichen roten Haare«.

An dieser Stelle stieß er zum erstenmal auf Lord Bowdens Namen. Auf den folgenden paar Seiten hatte sie dann die Geschichte ihrer Verlobung und ihres Durchbrennens skizziert.

»Marcus Seaton, Lord Bowdens Erbe, hat mir die Ehe angetragen. Ich habe sein Angebot angenommen, denn er gefällt mir besser als alle meine anderen Verehrer. Tatsächlich denke ich, daß ich ihn liebe, obwohl ich mir da nicht ganz sicher sein kann, weil ich diesen Zustand bisher noch nicht kannte. Aber Marcus ist charmant, intelligent und verehrt mich. Ich mag es, wenn ich verehrt werde. Ich glaube, daß wir gut miteinander auskommen werden. In der nächsten Woche wollen wir zu seinem Familiensitz im Seenbezirk reisen, damit ich dort noch andere Verwandte von ihm kennenlernen und mein zukünftiges Heim besichtigen kann.«

Die nächste Seite begann folgendermaßen:

»Seaton Manor ist ein sehr hübscher Landsitz in einer wunderschönen Umgebung. Es wird mir sehr gefallen, die Herrin dieses Landsitzes zu sein. Heute lernte ich ein Mädchen namens Margaret Williard aus der Nachbarschaft kennen. Keine schöne, aber hübsche Person mit ausdrucksvollen Augen und von sehr angenehmen Wesen. Ich glaube, daß sie in Marcus verliebt ist, weil sie so still wird in seiner Nähe. Er beachtet sie überhaupt nicht. So typisch Mann! Obwohl Margaret mich sicherlich hassen muß, ist ihr Benehmen mir gegenüber stets freundlich. Ich hoffe, daß wir auch Freunde sein können. Vielleicht wird sie den jüngeren Bruder von Marcus heiraten – Anthony, den verrückten Maler. Er soll mit zwei Freunden morgen hier eintreffen. Ich freue mich schon darauf, seine Bekanntschaft zu machen ...
Die verrückten Künstler sind inzwischen hier eingetroffen. Der junge Lord Frazier ist sehr hübsch und

überaus galant, wenn auch ein bißchen zu sehr von sich überzeugt. Er hat mich als Aphrodite skizziert. George Hampton ist von gemeiner Geburt und ein bißchen schüchtern, wenn er sich in einer Gesellschaft von Leuten befindet, die alle einem höheren Stand angehören. Aber er ist ein Schatz mit einer natürlichen Würde, die ihm wohl sehr zustatten kommen wird. Was Anthony, den Bruder von Marcus, betrifft ... Gütiger Gott, ich weiß nicht, was ich von Anthony sagen soll.

Die nächste, eine Woche später datierte Eintragung redete dafür eine um so deutlichere Sprache:

Anthony hatte mich gebeten, mit ihm durchzubrennen. Schon der Gedanke daran ist überaus verwerflich, aber wie könnte ich es ertragen, seine Schwägerin zu sein? Und wäre es fair, jetzt noch Marcus zu heiraten, wo ich nun weiß, daß ich ihn gar nicht liebe? Was für eine Närrin ich doch gewesen bin, ihm zu sagen, daß ich ihn wohl lieben würde. Wenn man erst einmal überlegt, ob man jemanden liebt, ist das sicherlich nicht der Fall.

Einen Tag später hatte sie dann geschrieben:

Anthony und ich werden durchbrennen. Wir können in einem Tag in Gretna Green sein. Der Skandal stört mich nicht und auch nicht die Tatsache, daß ich nun keine Lady Bowden und nicht die Herrin von Seaton Manor sein werde. Wir werden ein Dach über dem Kopf haben und uns. Alles andere zählt nicht. Mögen Gott und Marcus mir meine Schlechtigkeit verzeihen.

Gefesselt von der Geschichte ihres Lebens als Ehefrau und Mutter, las er weiter. Er lächelte, als er zu der folgenden Stelle kam:

Ich glaube, daß Anthony zuerst ein bißchen enttäuscht war, weil ich ihm keinen Sohn geboren habe. Doch jetzt ist er ganz bezaubert von seiner kleinen Tochter mit den roten Locken. Er hat bereits einen halben Skizzenblock voller Zeichnungen von ihr, wie sie schläft, nuckelt und sabbert und was so kleine Kinder eben sonst so alles machen. Man könnte meinen, sie ist das erste Baby, das bisher auf die Welt gekommen ist.

Hier endete der erste Band von Helens Tagebüchern, so daß er nun vom Tisch aufstand, um sich zu strecken und eine Pause einzulegen. Zu seiner Überraschung stellte er fest, daß es schon nach Mitternacht war. Höchste Zeit, zu Bett zu gehen.

Aber bevor er sich auszog, verbrachte er noch paar Minuten damit, mit seinen Pastellkreiden ein Bild von einem Baby mit hellroten Locken und ernsten haselnußbraunen Augen zu zeichnen.

Wohl schon zum fünfzigsten Male dachte Rebecca verdrossen daran, daß die schlimmste Eigenschaft des Seenbezirks seine Entfernung von London war. Ihr Vater bezahlte Unsummen für Postpferde, welche die Reisezeit auf ein Minimum von vier Tagen beschränkten. Auf vier lange, strapaziöse Tage, an denen sie nichts anderes machen konnte, als sich an einer Lederschlaufe einzuhalten und nachzudenken.

Wahrlich keine angenehme Beschäftigung, wenn ihre Gedanken ständig zwischen Kenneth und der Gefahr, in der ihr Vater schwebte, hin- und herpendelten. Und die Aussicht, an den Ort zurückzukehren, wo ihre Mutter gestorben war, fand sie ebensowenig erfreulich. Würde es ihr möglich sein, in Ravensbeck zu wohnen, ohne Helen in jedem Zimmer und an jeder Biegung eines Weges zu sehen? Sie konnte nur hoffen, daß nach ein paar Tagen der Schmerz etwas nachlassen würde. Es wäre grausam unfair, wenn ihr der Aufenthalt im Seenbezirk für immer verleidet würde.

Die Kutsche rollte durch ein besonders tiefes Schlagloch, so daß sie nach vorne geschleudert wurde und fast auf Lavinias Schoß gelandet wäre. Ein rascher Griff nach der Lederschlaufe verhütete jedoch im letzten Moment einen Zusammenstoß mit der älteren Frau.

Sir Anthony, der ihr schräg gegenübersaß, sagte: »Bilde ich mir das nur ein, oder sind die Straßen heuer noch schlechter als sonst?«

Da mußte Rebecca lächeln. »Ihr sagt das jedes Jahr, Vater. Ihr habt eben das Glück, ein Gedächtnis zu besitzen, das Euch barmherzigerweise die Unannehmlichkeiten dieser Reise von einem Jahr zum anderen vergessen läßt.«

»Wobei mir gerade einfällt, daß du mir das ebenfalls jedes Jahr zu sagen pflegst.«

Darauf Lavinia im versöhnlichen Ton: »Zumindest bringt uns das Tempo, mit dem wir reisen, um so rascher ans Ziel.«

»Das hat Helen immer gesagt«, bemerkte Sir Anthony.

Es folgte ein kurzes, unbehagliches Schweigen. Rebecca blickte zwischen ihrem Vater und Lavinia hin und her. Früher hatte sie einmal geglaubt, daß deren Beziehung nur oberflächlicher Natur sei, aber jetzt nicht mehr. Sie waren nun schon seit einigen Jahrzehnten miteinander befreundet, und das Vertrauen und die Kameradschaft, die die beiden schon immer miteinander verbunden hatten, waren neuerdings, wie Rebecca vermutete, von einer überaus zufriedenstellenden körperlichen Beziehung ergänzt worden. Seit sie selbst die Leidenschaft entdeckt hatte, hatte sie auch gelernt, die Zeichen dafür zu entdecken.

Aber die Schuldgefühle, die ihren Vater hinsichtlich der ungeklärten Umstände, unter denen seine Frau zu Tode gekommen war, plagten, hinderten ihn vermutlich daran, nach dem Glück zu greifen. Da mußte nachgeholfen werden. Zudem wäre es nett, überlegte Rebecca, wenn wenigstens *einer* von der Familie glücklich würde.

»Die Trauerzeit um Mutter ist bald zu Ende«, sagte sie. »Warum heiratet ihr beide eigentlich nicht?«

Das Schweigen erstarrte nun wie ein sich abkühlender Reispudding, als das ältere Paar sie wie vom Donner gerührt anstarrte.

Nach einem langen Moment sagte Lavinia mit einer nicht ganz festen Stimme: »Er hat mich noch nicht gefragt, meine Liebe.«

Rebeccas Blick ging nun wieder zu ihrem Vater: »Warum habt Ihr sie noch nicht gefragt, ob sie Euch heiraten möchte? Ihr beiden lebt doch sowieso schon so gut wie zusammen. Ihr solltet eine ehrliche Frau aus ihr machen.«

Sir Anthony darauf im polternden Ton: »Ich kann nicht glauben, so etwas aus dem Mund meiner eigenen Tochter zu hören. Hast du denn gar keinen Respekt?«

»Ich habe unter dem Dach meines Vaters nichts anderes als zügelloses Benehmen gelernt«, erklärte Rebecca ungerührt. »Eine neue Ehe wäre kein Verrat an meiner Mutter. Sie würde nicht gewollt haben, daß Ihr jetzt allein bleibt. Es gibt verdammt wenig Frauen, die für einen exzentrischen Künstler wie Euch so viel Geduld aufbringen würden wie Lavinia. Sie wäre Euch auch eine gute Haushälterin, wenn Lord Kimball seine Stellung aufkündigt.«

Ihr Vater, dem offenbar jeden Moment der Kragen zu platzen drohte, im drohenden Ton: »Noch so eine Bemerkung, und du darfst den Rest der Strecke zu Fuß gehen.«

»Dann hätte ich wenigstens keinen wunden Hintern, wenn ich in Schottland ankäme«, erwiderte sie gleichmütig.

Ihr Vater drehte mit einem wütenden Schnauben den Kopf zur Seite und blickte durch das Wagenfenster auf die unspektakulären grünen Felder hinaus, an denen sie gerade vorbeikamen. Mindestens eine Weile später geschah es dann, daß Lavinia mit kleinlauter Stimme sagte: »Ich habe Rebecca nicht dazu angestiftet, Anthony.«

»Ich weiß«, gab er ihr gereizt zur Antwort. »Du würdest dich mit meinem Egoismus bis in alle Ewigkeit abfinden.«

Als wären sie beide allein in der Kutsche, sagte Lavinia leise: »Natürlich würde ich das. Denn ich habe dich schon immer geliebt, mußt du wissen.«

»Ich weiß. Denn ich habe dich auch schon immer geliebt, seit du mit siebzehn in mein Studio gekommen bist und mir für die reizendste Isabel, die ich jemals in meinem Leben gemalt habe, Modell gestanden hast.« Er schluckte schwer. »Aber ich verdiene die Liebe einer so großzügigen und selbstlosen Frau nicht. Ich habe auch Helen geliebt, bin ihr jedoch ein schlechter Ehemann gewesen.«

»Du bist der Ehemann gewesen, den sie haben wollte.

Und du bist der Ehemann, den ich haben möchte.« Lavinias Stimme nahm nun einen versonnenen Ton an. »Ich habe die Zügellosigkeit gewissermaßen zu meinem Beruf gemacht und über die Jahre hin mit vielen Männern geschlafen, weil ich nicht mit dem Mann ins Bett gehen konnte, den ich haben wollte. Wir sind beide nicht perfekt, Anthony. Es ist wohl besser so.«

Sie streckte ihm die Hand hin, um die sich nun seine eigene schloß wie um einen Rettungsring. Rebecca drehte ihren Kopf diskret zur Seite, die Geräusche ignorierend, als Lavinia nun ganz dicht an ihren Vater heranrückte und die beiden leise miteinander zu murmeln begannen. Das hörte sich so an, als würden sie nun alle noch offenen Fragen auf eine sie beide zufriedenstellende Weise regeln.

Die stets fröhliche Lavinia würde ihm eine problemlosere Partnerin sein als Helen mit ihren wechselnden Launen. Vielleicht, überlegte Rebecca, hatten ihre Eltern nur deswegen immer Affären mit anderen Männern und Frauen gehabt, weil sie beide so überaus gefühlsbetonte Menschen waren, daß sie zuweilen Erholungspausen von ihrer Ehe gebraucht hatten. Helen hatte ihren Ruhepol in dem stetigen George Hampton gefunden, und ihr Vater würde nun bei Lavinia seinen Frieden finden. Es würde eine andere Liebe sein als jene, die er in seiner stürmischen Verbindung mit Helen geteilt hatte, aber deshalb nicht weniger echt.

Sie freute sich für die beiden. Freute sich ehrlich für sie. Doch als sie auf die grünen Felder hinausblickte, wurde ihr diese innere Leere nun fast zur Qual. Das kurze Glück, das sie mit Kenneth genossen hatte, kam ihr wie eine Fata Morgana vor – etwas, das sie in ihrem Leben nie mehr sehen würde.

Kenneth verbrachte den Tag nach der Abreise der Seatons mit der Suche nach Zimmerleuten, Gipsern und Malern. Zum Glück konnte ihm ein Freund aus seiner Armeezeit, der nun für den Herzog von Candover arbeitete, die Adressen von zuverlässigen Handwerkern vermitteln. Kenneth stattete auch seinem Anwalt einen Besuch ab, um ihn von Hermiones mutmaßlicher Heiratsabsicht zu informieren. Da der Anwalt Lady Kimball von ganzem Herzen haßte, konnte Kenneth sich darauf verlassen, daß dieser alles tun würde, um die Familieninteressen der Wildings gegen Hermione zu verteidigen.

Nach dem Dinner verfaßte Kenneth dann eine Liste mit allen notwendigen Materialien und Spezifikationen für die Instandsetzung des Hauses, die Minton als Leitfaden bei der Überwachung der Reparaturarbeiten dienen sollte. Der Butler hatte sich inzwischen als sehr fähiger Manager erwiesen. Sein Nachfolger als Sir Anthonys Sekretär würde sich lange nicht so intensiv mit Haushaltsangelegenheiten befassen müssen wie er.

Nachdem er die Anweisungen für den Butler niedergeschrieben hatte, schlug er den nächsten Band von Helen Seatons Tagebüchern auf. Je näher diese der Gegenwart kamen, um so sorgfältiger suchte er in ihnen nach Hinweisen auf einen geheimen Feind der Familie. Sie erwähnte in ihren Journalen Vorfälle von Eifersucht, Verleumdungen und politischen Querelen. Doch er hatte bei der Lektüre dieser Anekdoten nicht den Eindruck, daß davon eine Gefahr für die Familie ausgegangen wäre.

Dennoch genoß er seine Lektüre. Helen war eine ausgezeichnete Schriftstellerin gewesen, überaus amüsant und mit der Gabe, Anmaßungen mit Witz und Ironie aufs

Korn zu nehmen. Sie hatte ein sehr lebendiges Porträt von fast drei Jahrzehnten englischer Malerei und Malern entworfen. Wenn er die Tagebücher zurückgab, würde er empfehlen, diese in fünfzig Jahren zu veröffentlichen, wenn die meisten darin erscheinenden Personen tot sein würden.

Aber es gab darin natürlich auch Partien, deren Veröffentlichung die Familie wohl nicht erlauben würde, weil sie zu persönlich waren. Zu diesen gehörte zweifellos die Beschreibung einer Fehlgeburt, die Helen Seaton erlitt, als Rebecca ungefähr zwei Jahre alt gewesen sein mußte.

> *»Das Baby wäre ein Sohn gewesen. Oh, Gott, warum kann ich nicht weinen? Ich vermisse jetzt meine Mutter sehr. Bei jedem wichtigen Ereignis in meinem Leben – meiner Verlobung, meiner Heirat, Rebeccas Geburt – fehlt sie mir so sehr, als wäre sie erst gestern gestorben. Und trotzdem kann ich nicht weinen. Vielleicht gibt es da auch eine Zeit für die Trauer, die ich noch nicht erreicht habe. Oder vielleicht habe ich auch nur den richtigen Zeitpunkt dafür versäumt, und ich bin nun dazu verurteilt, für immer in einem unvollkommenen Zustand der Trauer zu verharren. Mein Kummer gleicht einem wüsten, unendlich großen inneren Ozean, von dem ich mich nicht durch Tränen befreien kann.«*

Diese Worte rührten etwas tief in seinem Inneren Verborgenes an. Er legte mit starrem Gesicht das Tagebuch beiseite. Er hatte selbst ein gerütteltes Maß von diesem Kummer erfahren, von dem Helen hier erzählte, und wie bei Helen war dieser lange in seinem Herzen eingeschlossen gewesen – fast vergessen bis auf einen dumpfen, chronischen Schmerz. Da hatte erst Rebecca kommen und ihm beibringen müssen, wie er sich von seinen privaten Gespenstern befreien konnte.

Ironischerweise hatte sie ihm zwar den Schlüssel zu seiner inneren Befreiung geliefert, ohne jedoch selbst Erlösung von ihrem Kummer zu finden. Wie Helen trauerte sie um den Verlust ihrer Mutter, und er argwöhnte, daß sie wie Helen niemals geweint hatte. Jedenfalls hatte er in ihrem Gesicht nicht eine Spur von Tränen entdecken können, wenn sich ihr Leid in ihren Augen widerspiegelte.

Vielleicht würde er auch ihr helfen können, wenn er sie wiedersah, einen Trost zu finden für ihren Kummer. Doch jetzt, das spürte er, war der richtige Moment dafür gekommen, wo er sich durch ein Bild von seinem letzten ihn noch verfolgenden Alptraum befreien mußte.

Er stieg die Treppe zu seinem Studio hinauf. In diesem Fall würde er Aquarellfarben benützen, die es ihm gestatteten, rasch und flüssig zu arbeiten. Er betete im stillen darum, daß er, sobald er dieses Bild zu Papier gebracht hatte, endlich in der Lage sein würde, mit den Emotionen seiner Vergangenheit so umgehen zu können, wie er das wollte, statt ihnen zwanghaft und hilflos ausgeliefert zu sein.

Kenneth malte bis zum Morgengrauen, um seinen letzten Alptraum in einem Bild festzuhalten. Obwohl es noch nicht ganz fertiggestellt war, wurde ihm bei der Arbeit daran ein fast unheimliches Gefühl des Friedens zuteil. Es würde sicherlich ein kommerzieller Erfolg werden. Jedenfalls war es sehr dramatisch. George Hampton würde entzückt sein, wenn er es seinem Iberischen-Halbinsel-Zyklus einverleiben konnte.

Doch einige Dinge waren eben zu privat, um sie der Welt enthüllen zu können. Er vermochte sich nur eine Person vorzustellen, der er dieses Bild zeigen konnte, und das war Rebecca. Ihn fröstelte es bei dem Gedanken, daß sie vielleicht nie mehr einen vertraulichen Umgang miteinander haben würden.

Wieder war er fast den ganzen Tag mit den Vorbereitungen für die Instandsetzung von Seaton House beschäftigt. Er schonte sich nicht, weil er hoffte, diese in den nächsten beiden Tagen abgeschlossen zu haben, damit er am Ende der Woche ebenfalls die Reise nach Schottland antreten konnte.

Und obwohl er in der vergangenen Nacht nicht geschlafen hatte, setzte er sich nach dem Dinner hin, um den dritten und letzten Band von Helen Seatons Tagebüchern zu lesen. Schon auf den ersten Seiten verrieten ihm Helens Zeilen, daß sie nun unter einer gewissen, sich von Eintragung zu Eintragung steigernden Schwermut litt.

»Warum scheinen mir dieselben Dinge, die mich im Mai noch so glücklich gemacht hatten, im Januar so fahl und tot zu sein wie Asche? In der letzten Woche ist das Leben für mich ein solcher Horror gewesen, daß ich mich gefragt habe, ob es nicht besser gewesen wäre, einzuschlafen und nicht mehr aufzuwachen. Sicherlich würden Anthony, Rebecca und George viel besser ohne mich dran sein. Nur das Wissen – grau und ohne Hoffnung, aber unbestreitbar – daß die Dinge sich wieder bessern werden, halten mich davon ab, mir von meiner Feigheit mein Handeln diktieren zu lassen. Das und die Tatsache, daß mir selbst die Wil-

lenskraft dazu fehlt, meinem Leben ein Ende zu bereiten.«

Kenneth schüttelte den Kopf, als er diesen Absatz las. Kein Wunder, daß alle ihr nahestehenden Personen befürchtet hatten, sie könnte Selbstmord begehen.

In den darauffolgenden Jahren hatte sie dann in den Wintermonaten gar keine Eintragungen mehr gemacht. Kenneth vermutete, daß das Schreiben in dieser Zeit wohl über ihre Kräfte gegangen sein mußte. Entweder das, oder sie hatte es nicht ertragen können, ihr Elend in Worte zu kleiden.

Aber einen Hinweis auf eine Person, die möglicherweise ein Todfeind der Seatons sein konnte, hatte er bisher auch in ihrem letzten Tagebuch nicht gefunden. Es war jetzt nur noch sein Pflichtgefühl, das ihn dazu trieb, die Lektüre der Tagebücher fortzusetzen.

Dann stieß er nur wenige Seiten vor dem Ende aller Eintragungen auf einen Absatz, der ihn auf einen Schlag seine Müdigkeit vergessen ließ:

»Anthony hat das herrlichste Porträt von mir gemalt – lachend und mit einem schelmisch durchtriebenen Blick in den Augen auf dem Rasen von Ravensbeck. Er sagt, daß ich seine Muse sei. Er stellte das Porträt im Salon aus, damit es jeder heute abend nach dem Dinner bewundern konnte. Malcolm hatte einen sonderbaren Gesichtsausdruck, als er es betrachtete. Er machte dann die absurdeste Bemerkung der Welt – daß ich Anthonys Herz wäre. Und daß Anthony ohne mich nicht mehr länger ein großer Künstler sein würde.«

Kenneth starrte auf die letzten drei Zeilen hinunter,

während sich nun alle Bruchstücke grimmig zu einem Mosaik zusammenfügten. Das Teil mit dem eingravierten Herzen, das an dem Freundschaftsring fehlte – das war keine Botschaft von Helen, sondern vielmehr von Lord Frazier gewesen. Er hatte die Frau entfernt, die seiner Ansicht nach Sir Anthonys Herz und Inspiration war.

Man hatte sich große Dinge von Frazier versprochen, als er jung gewesen war; doch er hatte die Erwartungen, die man in ihn setzte, niemals erfüllt. Es lag wohl an seiner Borniertheit und seelischen Beschränktheit, daß er als Künstler nie über ein Mittelmaß hinausgekommen war, während er fast drei Jahrzehnte lang zusehen mußte, wie Sir Anthonys Stern am Kunsthimmel immer höher stieg.

Was zunächst als Freundschaft zweier junger ebenbürtiger Maler begonnen hatte, mußte im Lauf der Zeit durch Fraziers Eifersucht und Mißgunst zu einer perversen Heuchelei verkommen sein. Kenneth erinnerte sich nun wieder daran, wie Frazier ihm im bedauernden Ton anvertraut hatte, daß Sir Anthonys Arbeiten seit dem Tod seiner Frau nicht mehr die Qualität hatten wie noch zu deren Lebzeiten. Das war ein Wunschdenken von Frazier gewesen, und dieses Wunschdenken hatte den Ausstellungserfolg der Waterloo-Gemälde nicht überlebt.

Der letzte und größte Affront für Frazier war dann wohl Sir Anthonys Mitteilung gewesen, daß er Benjamin Wests Wunschkandidat als Nachfolger sei, wenn dieser demnächst seinen Posten als Präsident der Kunstakademie aufgeben würde. Das bedeutete, daß dann Sir Anthony der höchste Repräsentant aller schaffenden Künstler von Britannien sein würde, während man Frazier nicht einmal für würdig genug dafür befunden hatte, ihn als stimmberechtigtes Mitglied in die Akademie aufzunehmen.

Kenneth erinnerte sich jetzt auch wieder daran, wie geschockt und ungnädig Frazier gewesen war, als Sir Anthony seinen Freunden diese Neuigkeit verkündet hatte. Zwei Tage später war dann dieser Brandsatz in Sir Anthonys Atelier geschleudert worden. Stirnrunzelnd dachte Kenneth nun an diese schattenhafte Gestalt, die er einen Moment lang unten an der Hofmauer gesehen hatte. Der Statur nach konnte sie durchaus Frazier gewesen sein.

Er zog seine Uhr aus der Rocktasche. Noch nicht ganz Mitternacht. Spät, aber noch nicht zu spät dafür, einen Mörder mit den Beweisen seiner Tat zu konfrontieren.

Kenneth würde nichts dagegen haben, wenn Frazier sich ihm widersetzte. Es würde ihm ein Vergnügen sein, die Wahrheit aus einem Mann herauszuprügeln, der es fertiggebracht hatte, eine unschuldige und wehrlose Frau zu ermorden. Trotzdem lud er seine kleine, kurzläufige Pistole, die er in seinem Kleiderschrank aufbewahrte, und schob diese dann in die Innentasche seines Rocks. Frazier gehörte nicht zu der Sorte von Männern, die mit fairen Mitteln kämpften, wenn sich das vermeiden ließ.

Ein schneller Fußgänger brauchte nicht länger als eine Viertelstunde bis zu Fraziers Haus. Dort brannten keine Lichter. Aber Kenneth fand das nicht besorgniserregend, bis er die Vortreppe hinaufgestiegen war und nach dem Türklopfer greifen wollte.

Aber da war kein Türklopfer mehr.

Er hielt den Atem an, und die Vorahnungen und Ängste, gegen die er nun seit Tagen angekämpft hatte, brachen jetzt in voller Stärke wieder über ihn herein. Das

Entfernen eines Türklopfers war die übliche Methode, einem Besucher anzuzeigen, daß der Bewohner des Hauses verreist war.

Der Bastard hatte die Stadt verlassen.

Kapitel 31

Rebecca war froh, daß sie Ravensbeck erst nach Einbruch der Dunkelheit erreichten; denn ihre Müdigkeit sorgte nun dafür, daß der Schmerz, den sie bei der Rückkehr in ihr Sommerhaus empfand, nicht übermächtig werden konnte. Zum Glück hatte Kenneth ihnen auch noch rechtzeitig einen Boten vorausgeschickt, um dem Gesinde ihre Ankunft anzuzeigen, so daß die Schlafzimmer bereits für sie vorbereitet waren und auch eine heiße Mahlzeit.

Nachdem die Reisenden gegessen hatten, begaben sie sich sogleich zu Bett.

Es war ein tiefer, aber kurzer Schlaf der Erschöpfung, aus dem Rebecca schon bei Tagesanbruch wieder erwachte. Sie glitt aus dem Bett und trat ans Fenster. Soweit sie zurückdenken konnte, hatte sie jeden Sommer hier im Seenbezirk verbracht, und trotzdem war für sie nach einer monatelangen Abwesenheit der erste Blick aus dem Fenster immer wieder ein Erlebnis. Nebel lag über den Tälern, aus denen nur hier und dort die gezackten Gipfel steiler Berge wie Inseln aus einem wolkenverhangenen Meer herausragten.

Obwohl sie im Grunde ein Stadtkind war, das den größten Teil des Jahres über in London lebte, fühlte sie sich auf dem Land am wohlsten. Weniger Leute, weniger Probleme, sauberere Luft und weniger Lärm. Da kam ihr plötzlich der Gedanke, daß es für sie doch keinen Grund gab, nicht das ganze Jahr hindurch in Ravensbeck wohnen zu bleiben.

Sie überlegte das Für und Wider einer solchen Entscheidung. Ihr Vater und Lavinia würden das Londoner Haus für sich allein haben, wie es sich für ein frischvermähltes Ehepaar auch gehörte. Zudem würde sie sich hier nicht über einen Mangel an Themen zu beklagen haben. Sie konnte doch das Malen von Landschaften des Seenbezirks zu ihrem Lebenswerk machen, und die Leute, die diese bewohnten, hatten wundervolle, wettergegerbte Gesichter. Diese zu malen war eine ebenso interessante Aufgabe wie die Porträts, die man ihr in London in Auftrag geben würde.

Was ihr jedoch an dieser Idee besonders gut gefiel, war der Umstand, daß sie Kenneth hier nicht würde sehen müssen. Schließlich war Kenneth auf dem besten Weg dazu, ein renommierter Künstler zu werden. Und wenn sie in London wohnen blieb, würde es sich kaum vermeiden lassen, daß sich ihre Wege immer wieder kreuzten.

Mit einem nun nicht mehr so ganz beschwerten Herzen ging sie hinunter zu einem aus pochierten Eiern, geröstetem Brot und starkem Tee bestehenden Frühstück. Ihr Vater und Lavinia waren noch nicht aus ihrem Schlafzimmer heruntergekommen. Sie war froh darüber, denn sie wollte jetzt die erste ihrer beiden geheimen Pilgerreisen antreten.

Nachdem sie einen Strauß aus Frühlingsblumen zusammengestellt hatte, ritt sie auf einem Pony in das Dorf hinunter. Dort band sie das Tier in der Nähe der Kirche an und ging dann zum Grab ihrer Mutter. Das Gras hatte es in den letzten neun Monaten mit einer schönen grünen Grasdecke überzogen. Der Grabstein, den ihr Vater für ihre Mutter entworfen hatte, war inzwischen ebenfalls angebracht worden. *Helen Cosgrove Seaton. 1768-1816. Geliebte Ehefrau, Mutter und Muse* stand darauf.

Als sie die Worte las, gaben ihr diese einen so heftigen Stich ins Herz, daß sie den Schmerz kaum ertragen konnte. Sie legte die Blumen auf das Grab und stand dann lange mit gesenktem Kopf davor, in der Hoffnung, daß sie die Gegenwart ihrer Mutter spüren würde. Doch sie empfand nichts anderes als ihre Trauer.

»Keine Melancholie mehr, Mama«, flüsterte sie. Dann drehte sie sich um und ging davon.

Sobald sie wieder in die Sichtweite ihres Ponys gekommen war, sah sie dort zu ihrer Überraschung Lavinia mit einem anderen von Ravensbecks Reittieren stehen.

»Ich wollte Euch nicht stören«, sagte Lavinia leise.

Rebecca lächelte ein bißchen, als sie den Blumenstrauß in der Hand der anderen Frau sah. »Der Gärtner wird nicht gerade begeistert sein über unseren Besuch.«

»Wir können ihm ja sagen, daß wir hier Blumen anpflanzen werden, um sein Gewächshaus zu schonen«, sagte Lavinia. Und dann nach einigem Zögern: »Ihr habt wirklich nichts dagegen, wenn ich Anthony heirate?«

»Wirklich nicht«, beruhigte Rebecca sie. »Mein Vater braucht jemanden, der sich um ihn kümmert, wenn er sich zu sehr in seine Arbeit vertieft. Ich kann es nicht, weil ich auch nicht besser bin als er.«

»Und weil Ihr ja jetzt selbst bald heiraten werdet.«

Darauf Rebecca mit versteinertem Gesicht: »Das bezweifle ich.«

Die andere Frau zog die Brauen zu einem Strich zusammen. »Ist die Situation mit Kenneth so schlimm?«

»Ja«, erwiderte Rebecca knapp. Und da sie nicht über Kenneth reden wollte, blickte sie hinaus auf das mit frischem Grün überzogene Tal. »Es ist schon seltsam, wenn ich bedenke, daß der Familiensitz der Seatons keine zehn Meilen von hier entfernt ist und ich noch nie einen Fuß in dieses Haus gesetzt habe. Ich lernte Lady Bowden erst in diesem Frühjahr kennen. Trotz unserer Familienfehde hat sie mich sehr freundlich behandelt.«

»Ich habe Margaret noch nie anders erlebt. An dieser Fehde ist nur Bowden schuld. Ich glaube, Anthony wäre froh, wenn er sie beenden könnte.«

»Ihr kennt Lord Bowden?«

»Ein bißchen. Er verachtet mich.« Sie lächelte schwach. »Er wird seinen Bruder in Grund und Boden verdammen, wenn er erfährt, daß Anthony mich heiratet.«

»Wie dumm von ihm«, sagte Rebecca und verabschiedete sich dann mit einem kurzen Nicken von Lavinia, um ihr ebenfalls die Gelegenheit zu einem ungestörten Besuch von Helens Grabstelle zu geben. Auf ihr Pony steigend, ritt Rebecca dann nach Ravensbeck zurück. Sie hatte ihre erste Pilgerreise beendet. Morgen würde sie die zweite, etwas schwierigere unternehmen – zu der Steilwand, an deren Fuß ihre Mutter den Tod gefunden hatte.

Im Vergleich zu einer Fahrt in den schwarz und kastanienrot angestrichenen Kutschen der Royal Mail war die Prügelstrafe bei der Armee geradezu ein Honiglekken. Lediglich dafür gebaut, Postsäcke so rasch wie möglich von einem Ort zum anderen zu bringen, hatte man auf das Wohlbefinden irgendwelcher darin transportierter Lebewesen keinerlei Rücksicht genommen. Passagiere wurden in so einem Gefährt zusammengequetscht wie Salzheringe in einer Tonne, und Fahrtunterbrechungen zum Zwecke ihrer Verpflegung waren kurz oder fanden überhaupt nicht statt. Dennoch nahmen die mit der Royal Mail Reisenden all diese Mißhelligkeiten klaglos in Kauf, da die Postkutschen das bei weitem schnellste Transportmittel des Königreichs darstellten.

In einem Anfall von Extravaganz, den er sich dank seiner sich schlagartig verbessernden finanziellen Situation leisten zu können glaubte, hatte Kenneth gleich zwei Plätze für sich gekauft, weil sonst die einzige Möglichkeit für ihn, in einen der sechzehn Zoll breiten Postkutschensitze hineinzupassen, darin bestanden hätte, sich der Länge nach durchschneiden zu lassen. Zudem lohnte sich auch diese Extraausgabe, weil er mit der Postkutsche Kendal, die Ravensbeck zunächst gelegene Stadt, in lediglich zwei Tagen erreichen würde – also nur anderthalb Tage später als die Seatons.

Im Verlauf dieser strapaziösen Fahrt sagte er sich immer wieder, daß er vermutlich irgendwelchen Schimären nachjagen würde. Es gab keinen Grund für ihn, anzunehmen, daß Frazier in den Seenbezirk gereist war, um dort noch mehr Unheil anzurichten. Bisher waren seine Kampagnen, die er gegen Sir Anthony unternommen hatte, stets über größere Zeiträume verteilt gewesen.

Doch die Amateurbombe, mit der Frazier Sir Anthonys Haus hatte niederbrennen wollen, schien einer Kriegserklärung gleichzukommen. Das Risiko, daß Rebecca in das Kreuzfeuer zweier Komandanten geraten könne, war ihm zu groß.

Je weiter er nach Norden kam, um so größer wurde seine Angst. Im ersten Gasthof von Kendal nützte er dann seinen Titel und sein militärisches Gehabe schamlos dazu aus, sich das Pferd des Wirts auszuleihen. Es war ein kräftiges Tier, das Kenneth und dessen bescheidenes Gepäck mühelos bis an sein Reiseziel tragen würde. Er sattelte es sofort und war keine zehn Minuten, nachdem er in Kendal angelangt war, schon auf dem Weg nach Ravensbeck.

Er hatte bisher noch nie den Seenbezirk besucht und war fasziniert von der Einsamkeit und Majestät dieser Landschaft. Wenn er es nicht so eilig gehabt hätte, würde er vermutlich zwischendurch angehalten haben, um die Aussicht zu bewundern oder vielleicht auch eine Aquarellskizze von ihr anzufertigen. Doch er würde noch genügend Zeit dafür haben, die Szenerie zu genießen, sobald er wußte, daß Rebecca in Sicherheit war.

Lady Bowden trank ihren Tee aus und stellte die Tasse mit einem leisen Klirren auf den Tisch zurück. Dann hob sie den Kopf und musterte ihren Gatten mit ernstem Blick. »Wie ich hörte, sind Anthony und dessen Tochter bereits in Ravensbeck eingetroffen, um dort den Sommer zu verbringen.«

Bowden, der gerade seine Tasse zum Munde führen wollte, erstarrte mitten in der Bewegung und fragte mit barscher Stimme: »Und was kümmert dich das, Margaret?«

Lady Bowden verschränkte nun die Hände fest auf ihrem Schoß. »Es ist ein herrlicher Tag. Ich werde nach Ravensbeck fahren, um der Familie mein Beileid über Helens Tod auszusprechen, was ich bereits im vergangenen Sommer hätte tun sollen.«

Ihr Gatte stellte nun seine Tasse so heftig auf die Untertasse zurück, daß der Henkel abbrach. »Wir wollen mit keinem Mitglied dieses Hauses etwas zu schaffen haben!«

»Vielleicht gilt das für dich, aber nicht für mich«, erklärte sie mit stählerner Stimme. »In all den Jahren unserer Ehe habe ich deine Vernarrtheit in Helen und deinen Haß auf deinen Bruder stillschweigend erduldet; aber jetzt nicht mehr. Anthony und Helen haben sich ineinander verliebt und dann geheiratet. Damit haben sie zwar schlechte Manieren bewiesen, aber sich keineswegs eines Verbrechens schuldig gemacht. Es war pure Böswilligkeit von dir, diesen netten jungen Mann anzuheuern in dem Bemühen, deinem Bruder einen Mord anzuhängen.«

Sein Unterkiefer klappte herunter: »Woher weißt du denn das?«

»Deine eigene Ungeduld hat dich verraten.« Sie erhob sich vom Tisch. »Du hast Helen nie wirklich gekannt. Sie war eine Frau von stürmischem Charakter, die dich vermutlich sehr unglücklich gemacht hätte. Sie hatte Affären, wie du weißt. Würdest du dir so etwas als Ehefrau gewünscht haben? Wohl kaum. Es wird Zeit, daß du aufhörst, ihr wie ein Jüngling von siebzehn Jahren nachzutrauern.«

Er sprang nun ebenfalls von seinem Stuhl auf und schnaubte: »Ich verbiete dir, nach Ravensbeck zu fahren!«

»Wollt Ihr mich etwa hier gefangenhalten, mein Lord Ehemann?« erwiderte sie mit feinem Spott. »Gedenkt Ihr mir die Türen meines eigenen Hauses zu versperren, nachdem ich Euren Bruder besucht habe? Ich glaube nicht, daß Ihr das tun werdet, Mylord.«

»Hast du dich etwa all diese Jahre über nach Anthony

gesehnt?« rief er wütend. »Hast du ihn gar heimlich besucht wie all seine anderen Huren?«

Ihre Stimme wurde zu Eis. »Mach dich jetzt nicht lächerlich, Marcus. Du kannst mich ja begleiten, wenn du willst, oder es auch sein lassen, aber aufhalten wirst du mich nicht können.«

Damit drehte sie sich um und verließ mit bebenden Händen das Zimmer. In all den Jahren ihrer Ehe hatte sie niemals auszuprobieren gewagt, wie groß ihr Einfluß auf ihn war. Es war durchaus möglich, daß sie die Grenzen der bescheidenen Macht, die sie über ihn hatte, überschritten hatte. Aber nachdem sie achtundzwanzig Jahre im Schatten einer anderen Frau gelebt hatte, wurde es höchste Zeit, daß sie ihre Hoffnung darauf setzte, ihrer Ehe einen Platz an der Sonne zu verschaffen.

Lord Bowden sank mit dem Gefühl, daß der Fußboden plötzlich unter ihm eingebrochen war und er in einen Abgrund hinunterzustürzen drohte, wieder auf seinen Stuhl zurück. Wie konnte Margaret ihn nur auf eine solche Weise verraten?

Aber waren die Jahre, in denen er von einer anderen Frau besessen war, nicht auch eine Art von Verrat an seiner Gattin gewesen? Er hatte Helen in London zuweilen aus der Ferne gesehen, sie mit brennenden Augen angestarrt und sich gefragt, wie das Leben mit ihr wohl ausgesehen haben mochte, wenn Anthony nicht zwischen sie gekommen wäre. Doch wenn Margaret recht hatte mit ihrer Behauptung von Helens Temperament und Affären, mußte er Helen tatsächlich nicht wirklich gekannt haben.

Er dachte an Helen und ihre Schönheit und erkannte in diesem Moment, daß das, was er für sie empfand, nicht

Liebe war, sondern die Erinnerung an eine Liebe. Die Frau seiner Träume würde ihn nicht eines anderen Mannes wegen verlassen haben. Diese Frau existierte nur in seiner Phantasie.

›Anthony und Helen haben sich ineinander verliebt und dann geheiratet. Damit haben sie zwar schlechte Manieren bewiesen, aber sich keineswegs eines Verbrechens schuldig gemacht.‹

Wenn Anthony Helens Tod verschuldet hatte, war das natürlich ein Verbrechen. Aber mußte er da gleich an einen Mord denken? Er war einmal felsenfest davon überzeugt gewesen, daß Anthony Helen umgebracht hatte. Denn als Kimball ihm seine Entdeckung von dem fehlenden Teil des Freundschaftsringes mitgeteilt hatte, schien ihm das der schlüssige Beweis dafür zu sein. Doch nun mußte er sich fragen, welchen Anteil denn der Wunsch, Anthony dafür zu bestrafen, daß Helen sich für ihn entschieden hatte, an seiner Überzeugung hatte.

Einen viel zu großen Anteil, wie es schien.

Er spürte, wie sich sein Herz nun schmerzhaft zusammenkrampfte. Wer hatte ihm das größte Behagen und Glück seines Lebens verschafft? Margaret. Er hatte sie schon gekannt, als sie noch ein kleines, süßes, gutherziges Mädchen gewesen war. Und in all den Jahren ihrer Ehe hatte sie ihn dann in einen Kokon aus fürsorglicher Liebe und Behaglichkeit eingesponnen. Doch nun hatte sie ihm mit einer Handvoll Worte ihre Zuneigung und Loyalität entzogen, die er stets als Selbstverständlichkeit betrachtet hatte.

Zuweilen, resümierte Bowden, weiß man das Gute erst zu schätzen, wenn es einem wieder genommen wird.

Er ging in den Stall und befahl, sein Pferd zu satteln. Dann ritt er seiner Frau nach, ohne zu wissen, ob er versuchen würde, sie aufzuhalten, oder sich ihr anzuschließen.

Beim Frühstück verkündete Rebecca: »Ich werde erst ein Picknick im Freien veranstalten und dann den Tag mit Malen und Zeichnen verbringen.«

Sir Anthony blickte zerstreut von seinem Teller auf. »In welche Richtung müssen wir denn einen Suchtrupp ausschicken, falls du vergessen solltest, zum Dinner nach Hause zu kommen?«

»Nach Westen. Ich dachte daran, einen Spaziergang zum Skelwith Crag zu machen.«

Er nickte verständnisvoll. Sie vermutete, daß er selbst eine Pilgerreise dorthin unternehmen würde, sobald er sich dazu in der Lage fühlte.

Rebecca packte ihren Skizzenblock, Stifte, Malkasten, Brot, Käse und zwei kleine mit Korken versehene Krüge in einen Korb, von denen der eine mit Apfelwein und der andere mit Wasser für ihre Aquarellfarben gefüllt war. Dann verließ sie das Haus.

Es war im Seenbezirk kühler als in London, und auf den höchsten Erhebungen lag noch Schnee. Sie hatte sich deshalb vorsorglich auch mit einem Schal bewaffnet, wenngleich die kühle Luft ihr guttat und alle ihre Lebensgeister weckte. Sie fand jetzt immer mehr Gefallen an dem Gedanken, sich dauerhaft in Ravensbeck niederzulassen.

Da sie es nicht eilig damit hatte, das Ziel ihrer Pilgerreise zu erreichen, wanderte sie im gemächlichen Tempo dahin, pflückte unterwegs Wildblumen, bis sie schließlich mit einem bangen Gefühl im Herzen auf dem Skelwith Crag anlangte.

Trotz seines Namens war das kein steil in den Himmel aufragender kahler Berggipfel, sondern nur ein hoher, von Birken gekrönter Hügel, der mit seiner Westflanke steil in ein fruchtbares Flußtal hinunterfiel, so daß man auf dieser Seite einen herrlichen Rundblick auf das tiefer gelegene Gelände hatte.

Sie kam aus dem Birkenwäldchen heraus und stellte ihren Korb auf dem Boden ab. Und dann, während der Wind in ihren Haaren wühlte, suchte sie nun mit den Augen nach all den ihr seit vielen Jahren vertrauten Wahrzeichen,

Dazu gehörten die spiegelglatten Flächen von sechs größeren und kleineren Bergseen, und eine Reihe von über die Felsen herabstürzende Bäche, die das Schmelzwasser in reißende kleine Flüsse verwandelt hatte, und daneben noch unzählige rauhe, gezackte Hügelkämme mit wohlbestellten kleinen Tälern dazwischen. Das war fürwahr ein großartiges Panorama, das jemand in den letzten Sekunden seines Lebens noch in die Ewigkeit mit hinübernehmen konnte.

Dann zwang sie sich dazu, sich ihren Standort etwas genauer anzusehen, der sich keineswegs unmittelbar vor ihr in eine Steilwand verwandelte, sondern in eine zunächst nur sanft geneigte Böschung überging, deren Gefälle jedoch rasch zunahm, bis der Hang dann plötzlich abriß und lotrecht in die Tiefe stürzte. Es war durchaus möglich, daß jemand, der mit seinen Gedanken woanders weilte, sich hier ein paar Schritte zu weit vorwagte und dann auf dem steilen Stück der Böschung vergeblich versuchte, sich noch irgendwo einzuhalten.

Unfall? Selbstmord? Mord? Sie bezweifelte, daß sie das wohl jemals mit einer an Sicherheit grenzenden Wahrscheinlichkeit erfahren würde. Und zugleich fragte sie sich, ob es ihr wohl gelingen würde, Tränen über den Tod ihrer Mutter zu vergießen, der sie von diesem dumpfen, tiefen Schmerz befreien würde, der ihr das Herz abdrückte.

Sie warf nun nach und nach alle Blumen, die sie auf dem Weg hierher gepflückt hatte, über den Rand der Steilwand und sah zu, wie der Wind sie mit sich forttrug in das Tal, das dort tief unter ihr lag. Dann suchte sie sich eine vor der Sonne geschützte Stelle und ließ sich dort nieder, den Rücken an einen Felsbrocken lehnend. Ein religiöser Mensch hätte jetzt vermutlich um die Erlösung der Seele ihrer Mutter gebetet.

Sie öffnete den Kasten mit den Wasserfarben.

Helen Seaton würde das verstanden haben.

Frazier begab sich zu einem Speicherfenster des von ihm gemieteten Hauses und hob das Fernglas ans Auge, um damit das Flußtal abzusuchen. Sein Blick wanderte dabei auch automatisch zum Skelwith Crag hinauf. Zwar erwartete er nicht, dort etwas zu sehen, aber da bewegte sich etwas. Eine Frau in einem dunkelblauen Gewand, die sich auf dem Boden niederließ.

Er hielt, von einer jähen Erregung erfaßt, den Atem an, als er erkannte, daß das da oben Anthonys vermaledeite Tochter war, die etwas zeichnen oder malen wollte.

Perfekt.

Er ging in sein Schlafzimmer, um dort den goldenen Reif aus einer Schublade zu nehmen, und begab sich dann hinunter in den Stall. Er würde ungefähr eine Stunde dazu brauchen, um dort hinaufzureiten. Da sie gerade angefangen hatte, zu malen, würde sie immer noch dort oben sein, wenn er auf dem Gipfel von Skelwith Crag anlangte.

Aber nicht viel länger.

Kenneth traf auf seinem schaumbedeckten Pferd am späten Morgen in Ravensbeck ein. Den Charme des aus verwittertem grauem Kalkstein errichteten Hauses ignorierend, lief er, immer gleich drei Stufen auf einmal nehmend, die Vortreppe hinauf. Die Haustür war nicht verschlossen, so daß er in die Halle vordrang, wo ein Lakai, der Sir Anthony von London nach Schottland begleitet hatte, ihm entgegenkam.

»So rasch hatten wir mit Eurer Ankunft eigentlich nicht gerechnet, Lord Kimball«, rief der Mann erstaunt. »Offenbar hattet Ihr es kaum erwarten können, Miss Rebecca wiederzusehen.«

»Richtig. Wo ist sie?«

»Ich glaube, sie hat einen Spaziergang in die Hügel unternommen.«

Kenneth fluchte leise in sich hinein. »Und was ist mit Sir Anthony? Oder Lady Claxton?«

»Sie halten sich beide im Garten auf. Soll ich Euch zu ihnen bringen?«

»Bitte«, sagte Kenneth, der seine Ungeduld kaum beherrschen konnte.

Sir Anthony und Lavinia genossen den Schein der blassen Sonne, als Kenneth im Garten anlangte. »So rasch habt ihr schon die Vorbereitung für die Instandsetzungsarbeiten abschließen können?« begrüßte ihn sein Arbeitgeber erstaunt. »Wenn Ihr im Krieg eine Armee befehligt hättet, wäre Napoleon bereits nach sechs Monaten besiegt gewesen!«

Nachdem Kenneth den Lakaien wieder weggeschickt hatte, sagte er: »Ich bin so rasch hierhergekommen, weil ich für Euer Leben fürchte. Ist Frazier hier in der Nähe?«

»Nicht, daß ich wüßte.«

»Vielleicht ist er das«, bemerkte Lavinia. »Eine der hier ansässigen Dienstmädchen erzählte mir heute morgen, daß alle Londoner in diesem Jahr schon sehr zeitig ihre Sommerquartiere bezögen. Ich hatte mir da nichts weiter gedacht, aber Frazier hat ein Sommerhaus, das nur wenige Meilen von hier entfernt ist. Möglich, daß das Mädchen ihn meinte, als sie das sagte.«

Wieder fluchte Kenneth leise in sich hinein. »Ich glaube, daß er den Brandsatz in Sir Anthonys Haus geworfen und Lady Seaton im letzten Sommer ermordet hat.«

Einen Moment lang herrschte ein eisiges Schweigen, bevor Sir Anthony hervorsprudelte: »Das ist absurd! Helens Tod war ein Unfall. Es ist Wahnsinn, zu behaupten, daß sie von einem meiner ältesten Freunde umgebracht wurde.«

Kenneth schüttelte den Kopf. »Die Umstände sprechen gegen einen Unfall. Alle, die ihre nahestanden, hatten den Verdacht, daß sie Selbstmord begangen hätte. Deshalb wollte auch niemand, der sie näher gekannt hatte, über ihren Tod reden.«

Sir Anthony wurde ganz blaß. »Ihr habt mit Rebecca über Helens Tod gesprochen?«

Kenneth nickte. »Nach allem, was sie mir erzählte, würde sich Lady Seaton, wenn sie sich tatsächlich hätte umbringen wollen, dafür die Wintermonate ausgesucht haben, in denen sie unter Anfällen von Schwermut litt. Aber niemals den Sommer.«

Lavinia legte die Hand auf Sir Anthonys Arm. »Hör auf ihn, Anthony. Was er sagt, macht Sinn. Malcolm Frazier redet von dir immer nur im gereizten Ton oder mit einem heimlichen Groll in der Stimme. Es wäre durchaus möglich, daß Mißgunst und Neid seine Freundschaft in Feindschaft verwandelt haben, so daß er imstande war, das zu tun, was Kenneth von ihm behauptet.«

Während Anthony seine Mätresse anstarrte, sagte Kenneth ungeduldig: »Ich werde das später alles erklären, aber erst möchte ich Rebecca finden. Könnt Ihr mir sagen, wohin sie gegangen ist?«

»Sie wollte eine Wanderung zum Skelwith Crag unternehmen«, antwortete Sir Anthony. »Den Hügel, wo Helen den Tod gefunden hat.«

Lavinia runzelte die Stirn. »Ich glaube, daß man Skelwith Crag von Fraziers Haus aus sehen kann. Sollte Frazier tatsächlich dort schon Quartier genommen haben, würde er jetzt Rebecca auf dem Gipfel des Hügels sehen können. Aber er hätte doch keinen Grund, Rebecca etwas zuleide zu tun.«

»Was für einen Grund hatte er wohl dafür, Lady Seaton umzubringen?« konterte Kenneth. »Ich glaube, er ist mehr als nur ein bißchen verrückt, und ich möchte kein Risiko eingehen. Habt Ihr einen Diener, der mir den Weg zum Gipfel des Crag zeigen könnte?«

»Ich werde das selbst übernehmen«, sagte Sir Anthony, sich aus seinem Stuhl erhebend. »Eure Sorge ist ansteckend, wenngleich ich nicht glaube, was Ihr mir von Malcolm erzählt.«

»Dann laßt uns sofort aufbrechen. Und zwar zu Pferd.«

Zehn Minuten später, die Kenneth wie eine Ewigkeit vorgekommen waren, ritten sie im scharfen Trab in die Hügel hinein. Kenneth begann nun mit kurzen, abgehackten Sätzen seinem Begleiter die ihm versprochenen Erklärungen zu liefern. Als er ihm von Lord Bowdens Auftrag erzählte und der geheimen Rolle, die er dabei gespielt hatte, meinte Sir Anthony trocken: »Demnach war Marcus also der anonyme Freund, der mir zu einem neuen Sekretär verholfen hat. Ich denke, daß ich ihm ein Dankschreiben schikken sollte. Es wird ihn bestimmt ärgern, wenn er erfährt, daß er mir damit einen guten Dienst erwiesen hat.«

Kenneth erwiderte überrascht: »Ihr könnt mir meine Täuschung verzeihen?«

Sir Anthony warf ihm einen schlauen Blick zu. »Wenn Ihr mich getäuscht habt, um die Wahrheit zu finden, macht Euch das doch nicht zum Verräter.«

»Ich wünschte, Rebecca wäre ebenso tolerant.«

»Ah, deshalb also trägt sie Euren Ring nicht mehr.«

»Ihr habt das bemerkt? Das wußte ich nicht.«

»Mir entgeht selten etwas, wenn ich es manchmal auch für besser halte, mich nicht einzumischen.« Sie kamen jetzt zu einer Wegegabelung, und Sir Anthony bog dort in den linken Pfad ein. »Meine Tochter hat ein Vertrauensproblem, fürchte ich. Es ist für sie einfacher, stets das Schlimmste von jemandem zu denken.« Er seufzte. »Sie war so ein stilles kleines Mädchen. Sie schien sich niemals über die Unordnung oder Regellosigkeit aufzuregen, die in Künstlerkreisen herrschte; oder über die Launenhaftigkeit ihrer Mutter oder das egozentrische Verhalten ihres Vaters. Erst, als sie mit diesem idiotischen Poeten durchbrannte, wurde mir klar, daß wir als Eltern versäumt hatten, ihr diese Sicherheit zu geben, die ein Kind so nötig braucht. Zu dieser Zeit war es natürlich zu spät dafür, diesen Schaden zu beheben. Ich machte mir Sorgen um sie. Abgesehen von den Momenten, wo sie von ihrer Arbeit sprach, war sie zu einem verschlossenen, sich von der Außenwelt abkapselnden Menschen geworden. Deshalb dachte ich, daß Ihr ihr gut bekommen würdet. Sie brauchte einen in sich gefestigten Mann. Einen Mann, auf den sie sich verlassen kann – egal, was passiert.«

Sir Anthonys Charakteranalyse war sicherlich eine Erklärung dafür, warum Rebecca so heftig reagiert hatte, als sie erfuhr, daß Kenneth das Vertrauen ihrer Familie mißbraucht hatte. Es war leicht für sie gewesen, das Schlimmste von ihm anzunehmen, und seine eigenen Schuldgefühle und die seine Zukunft betreffenden Unsicherheiten hatten die Sache nur noch verschlimmert. Aber, bei Gott, Kenneth wußte jetzt genau, was er wollte.

Diesen Gedanken beiseiteschiebend, erklärte Kenneth nun, warum er glaubte, daß Frazier ein Mörder und Brandstifter war. Während Sir Anthony ihm zuhörte, verwandelte sich seine Skepsis in Schock, seine Ungläubigkeit in Entsetzen.

»Wenn Helen sich nicht selbst getötet hat ...«, sagte Sir Anthony, als Kenneth mit seinen Ausführungen zu Ende war. »Mein Gott, Ihr könnt ja gar nicht ermessen, was das für mich bedeutet ...« Seine Stimme brach. Trauer und Zorn spiegelten sich jetzt auf seinem Gesicht, aber auch eine Erleichterung darüber, daß eine schreckliche Bürde von ihm genommen war.

Sie ritten nun schweigend nebeneinander her, während Kenneth sein Pferd in dem rauhen Gelände zu einer immer schnelleren Gangart antrieb. Dieses bange Gefühl, das ihn beschlichen hatte, als Rebecca vor ein paar Tagen London verließ, hatte sich nun fast zu einer Panik ausgewachsen, wenngleich sein Verstand ihm immer wieder sagte, er würde sich unnötig Sorgen machen. Er würde Rebecca auf dem Gipfel des Skelwith Crag beim Malen einer Landschaft antreffen und sie ihm auf eine unmißverständliche Weise erklären, was für ein

Narr er doch sei, alle Leute ihretwegen so verrückt zu machen.

Er würde der glücklichste Mensch sein, wenn er sich täuschte ...

Kapitel 32

Guten Tag, Rebecca.«

Sie wäre vor Schreck fast aus der Haut gefahren, als sie plötzlich eine ihr vertraute Stimme so nahe bei sich hörte. Es mußte wohl an dem sausenden Wind liegen, der hier oben blies, und daß sie so sehr in ihre Arbeit vertieft gewesen war, daß sie sein Kommen nicht bemerkt hatte.

Sie blickte hoch, die rechte Hand etwas zur Seite drehend, damit die Farbe, mit dem sie ihren Pinsel getränkt hatte, nicht auf das Bild tropfte.

»Guten Tag, Lord Frazier«, sagte sie kühl. »Ich hatte gar nicht gewußt, daß Ihr vorhattet, schon so früh aufs Land zu ziehen.«

»Ein spontaner Entschluß«, erwiderte er, während er die Aussicht studierte, sich dabei leicht mit der Reitgerte gegen den Schenkel klopfend.

Ein Jammer, dachte sie trocken, daß er nicht in London geblieben war. Wie ermüdend, nun den ganzen Sommer über ihn zu stolpern – in den Hügeln oder in der Halle von Ravensbeck, wo er sich wahrscheinlich täglich zu einem Besuch ihres Vaters einfinden würde. Dieser Mann schien kein unabhängiges Leben führen zu können, war nichts anderes als der Trabant seines Vaters. Aber man mußte ihn trotzdem höflich behandeln. »Der Seenbezirk ist eine willkommene Abwechslung nach der Stadt, nicht wahr?«

Er griff in seine Westentasche. »Ich hatte hier eine Mission zu erfüllen, Euch ein kleines Präsent zu machen.«

Da sie nichts von ihm annehmen wollte, sagte sie: »Wenn es ein Verlobungsgeschenk ist, muß ich es ablehnen. Lord Kimball und ich sind zu der Ansicht gekommen, daß wir nicht zueinander passen.«

»Es ist kein Verlobungsgeschenk.« Seine Lippen kräuselten sich, aber nicht zu einem Lächeln. »Jedenfalls nicht zu Eurer Verlobung. Hier.«

Er streckte den Arm aus. Zögernd folgte sie seinem Beispiel, und er ließ einen kleinen Gegenstand auf ihre Handfläche hinunterfallen.

Es war das zu dem Freundschaftsring ihrer Mutter gehörende Mittelstück mit dem eingravierten Herzen.

Sie starrte auf den schmalen Reif aus Gold hinunter und spürte dabei eine Kälte bis in das Mark ihrer Knochen hinein. Kenneth hatte recht gehabt: Ihre Mutter war ermordet worden, und zwar von dem ältesten und besten Freund ihres Vaters.

Im Gefolge dieser Erkenntnis beschlich sie eine lähmende Angst, die ihr den Hals zuzuschnüren drohte. Stell dich dumm, flüsterte eine Stimme in ihr.

»Was für ein hübscher Ring, Lord Frazier. Vielen Dank.«

»Steckt ihn an«, befahl er.

Sie schob ihn mit bebender Hand auf den Ringfinger ihrer linken Hand. »Er ist mir ein bißchen zu weit«, sagte sie und wollte ihn wieder abziehen.

»Behaltet ihn an«, befahl er. »Helen war größer als Ihr, aber das spielt keine Rolle. Der Ring ist nötig.«

Sie hatte jetzt nur noch einen Gedanken – sich so rasch

wie möglich von hier zu entfernen. Und so sagte sie mit erzwungener Munterkeit: »Ich werde meinem Vater berichten, daß Ihr hier angekommen seid. Ich bin sicher, er wünscht, daß Ihr mit uns dinieren sollt. Ich sehe Euch also dann heute abend.«

Damit begann sie, ihre Malsachen in ihren Korb zu packen.

»Diese Mühe könnt Ihr Euch sparen«, sagte er im gelassenen Ton. »Ihr braucht Eure Wasserfarben nicht, wenn Ihr Euch zu Eurer Mutter gesellen werdet.«

Es war seine unglaubliche Ruhe, die sie am meisten erschreckte. Er hätte ebensogut mit ihr über das Wetter reden können.

Noch immer die Ahnungslose spielend, sagte sie: »Ich verstehe nicht, was Ihr damit meint.«

Er nahm die Reitgerte in beide Hände und drückte sie zu einem schlanken Bogen zusammen. »Ich denke, doch«, sagte er. »Ihr seid zwar ein mausiges kleines Ding, aber keineswegs auf den Kopf gefallen. Da ihr noch immer das traurige Ende von Helen beklagt, werdet Ihr Eurer Mutter jetzt in den Tod folgen. Niemand, der Eure ›Transfiguration‹, das Gemälde von der stürzenden Frau, in der Ausstellung gesehen hat, wird sich darüber wundern. Nur schade, daß man die Bedeutung des Rings nicht verstehen wird. Es sind schließlich die Details, auf die es bei einem Bild ankommt.«

Ihre Chancen, ihm jetzt noch entrinnen zu können, waren gleich Null. Er war groß und kräftig, und seine eiskalte Ruhe machten ihn noch gefährlicher. Wenn sie ihn irgendwie aus der Fassung bringen konnte, konnte das vielleicht ein kleiner Vorteil für sie sein. »Wenn Ihr mich tötet, wird Kenneth sofort wissen, daß ich ermordet wurde. Er weiß inzwischen auch, daß meine Mutter ermordet wurde. Er wird sofort erkennen, daß mir das gleiche passiert ist.«

Frazier zuckte nur mit den Achseln. »Kimball muß wohl schlauer sein, als er aussieht, aber das wird ihm nicht viel nützen. Ich habe bereits beschlossen, ihn zu beseitigen. Der Mann ist ein Ärgernis. Wie konnte er sich nur so aufplustern, weil ein paar Ignoranten seine häßlichen Bilder lobten.«

»Ihm werdet Ihr nichts anhaben können«, sagte sie wütend. »Er ist Soldat – ein Mann der Tat. Er könnte Euch mit bloßen Händen in Stücke reißen, wenn er das möchte.«

»Selbst Männer der Tat müssen sterben, wenn man sie mit einer Kugel mitten ins Herz trifft«, erklärte er ungerührt. »Wenn ich auch kein Soldat bin, kann ich doch ausgezeichnet mit einer Pistole umgehen.« Damit ging er auf sie los.

Ihr Herz krampfte sich vor Angst zusammen. »Warum tut Ihr das?« rief sie. »Mein Vater ist Euer Freund gewesen! Wie könnt Ihr Euch von Eurer Eifersucht dazu hinreißen lassen, zum Mörder zu werden?«

Frazier hielt jetzt mitten im Schritt inne.

»Anthony ist mein Freund«, belehrte er sie, »der teuerste Freund, den ich auf dieser Welt habe. Das einzige, was ich mehr liebe als ihn, ist die Kunst. Meine Aktionen richten sich nicht gegen Anthony, sondern gegen die schädlichen Einflüsse, die seine Werke verdorben haben.«

Sie starrte ihn an. »Seine Werke verdorben haben? Er ist der größte Maler Englands, und seine Porträts, seine Landschaften und Historienbilder sind alles brillante Meisterwerke.«

Fraziers Gesicht verzerrte sich, die erste Gefühlsregung, die er bisher gezeigt hatte. »Sie sind alle nur

Schund. Helen hat Anthony als Künstler verdorben. Als wir beide noch Akademieschüler waren, hatte er sich für die höchsten und edelsten Ideale der Kunst begeistert. Seine frühen Gemälde im Erhabenen Stil des Grand Manner waren großartig – voller Noblesse und Eleganz.«

»Sie waren zwar wunderbar in der Ausführung, aber nicht sonderlich bedeutend«, gab sie zurück. »Erst, als er von der Akademie abgegangen war, hatte er zu seinem eigenen Stil gefunden und diesen zur Meisterschaft entwickelt.«

Fraziers Knöchel färbten sich weiß, als seine Finger sich um seine Gerte krampften. »Helen hat ihn zerstört. Um das Geld für ihren Unterhalt zu verdienen, begann er, geschmacklose Porträts und vulgäre Bilder zu malen, die Hampton in Kupfer stechen und an jeden Fischhändler verkaufen konnte, der einen Schilling in der Tasche hatte. Anthony hätte ein genauso bedeutender Künstler werden können wie Reynolds. Statt dessen entweihte er sein Talent.«

Auf eine schreckliche Weise fasziniert von seinem verqueren Denken, fragte sie: »Haltet ihr etwa ›Horatius an der Brücke‹ auch für ein Schundwerk?«

Frazier spuckte auf den Boden. »Das Bild ist ein perfektes Beispiel für das, was falsch ist an seinem Schaffen. Ein großes klassisches Thema, superb ausgeführt. Es hätte tatsächlich brillant sein können, wenn es nicht so strotzen würde vor Sentimentalität. Er hat es mit seinem Emotionalismus verdorben. Wie schade, daß es bei dem Feuer in seinem Studio nicht verbrannt ist. Das Ideal des Grand Manner ist die Erhabenheit über die Natur, nicht das Schwelgen in Gefühlen.«

»Mein Vater hat den Stil des Grand Manner längst

hinter sich gelassen«, gab sie ihm trocken zur Antwort. »Er und andere wirkliche Künstler stellen die Welt auf eine erfrischend neue Weise dar. Sie sind nicht in den schablonenhaften Wiederholungen verstaubter Motive und Szenerien steckengeblieben.«

»Kimball hatte recht, als er sagte, daß Ihr einen großen Einfluß auf Anthonys Werk haben würdet.« Er schlug wütend mit seiner Gerte auf seine linke Handfläche. »Ich hatte gedacht, daß Helen das eigentliche Problem wäre – daß er nach ihrem Tod zurückkehren würde zu einer Malerei im Erhabenen Stil, die den idealen Vorstellungen von Kunst entspricht. Aber wie konnte er das, wenn er tagtäglich mit Euren törichten weiblichen Ansichten von Kunst konfrontiert wurde? Wie schade, daß dieser dumme Poet, den ich auf Euch angesetzt habe, mit seinen Bemühungen so wenig Erfolg hatte.«

Das war wieder so ein Schock, auf den sie nicht gefaßt gewesen war.

»Ihr habt Frederick dazu angeheuert, mich zu verführen?« fragte sie ungläubig.

»Nicht etwas so Formales. Ich machte ihn lediglich darauf aufmerksam, wie romantisch rote Haare doch wären und wie reich Ihr eines Tages sein würdet. Den Rest übernahm dann seine eigene glühende Phantasie.« Frazier schüttelte den Kopf. »Wenn Ihr ihn geheiratet und Euch eine eigene Wohnung genommen hättet, wäre das hier jetzt nicht nötig. Das ist ganz allein Eure Schuld.«

»Das ist wohl das Verrückteste, was Ihr bisher gesagt habt.« Rebecca legte die Hand auf den mit Wasser gefüllten Krug, den sie zum Säubern ihrer Pinsel benützt hatte, und spannte die Muskeln an. »Kein Wunder, daß Ihr ein so schlechter Maler seid. Euer Urteilsvermögen ist erbärmlich, und Ihr besitzt überhaupt keinen Sinn für die Wahrheit. Euer ›Leonidas‹ ist ein grausames Machwerk. Ich bin schon mit zehn ein besserer Künstler gewesen als Ihr.«

Nun war es um seine Beherrschung geschehen. Sie hatte mit ihren Worten das erreicht, was sie meinte, zu ihrem Vorteil ausnützen zu können: Er verlor die Fassung.

Als er wütend über sie herfallen wollte, schrie sie so laut, wie sie konnte, in der Hoffnung, daß sich vielleicht ein Schäfer oder ein Wanderer in ihrer Nähe befand, die ihren Schrei hörten. Zugleich hob sie den rechten Arm und schleuderte Frazier den Krug entgegen, der ihn im Gesicht traf, so daß ihm das Wasser in die Augen spritzte. Während er vor Schmerz aufheulte, schnellte sie vom Boden hoch und rannte nach rechts, weg von ihm, und nachdem sie von der kleinen Felsenterrasse, auf der sie gesessen hatte, heruntergesprungen war, lief sie auf das Birkenwäldchen zu.

Sie hatte gerade die ersten Bäume an dessen Rand erreicht, als er sich von seinem Schock erholte und ihr nachrannte. Es dauerte nur Sekunden, bis er sie mit raschen, langen Schritten eingeholt hatte, wieder nach ihr griff und ihren Schal zu fassen bekam. Sie ließ ihn von den Schultern heruntergleiten und rannte weiter, obwohl sie wußte, daß ein Entkommen für sie jetzt unmöglich war. Einen Moment später packte er sie beim Arm und schwang sie herum. Das Blut lief ihm aus einer Schnittwunde an der Stirn, und seine sonst so hübschen Züge waren nun eine vor Wut verzerrte Fratze. Sie schrie abermals und fuhr ihm mit ihren zu Klauen gespreizten Fingern ins Gesicht.

»Verdammtes Biest!« schnaubte er und gab ihr einen so wuchtigen Hieb mit der Faust in den Magen, daß sie zu Boden stürzte. Sie schlug mit dem Hinterkopf auf einen Stein auf, und der Hieb gegen den Bauch hatte ihr den Atem genommen, so daß sie nun halb betäubt und nach Luft ringend vor ihm auf der Erde lag.

Er ragte über ihr auf, und sie war nun erbärmlich hilflos, da sie zwar sehen und hören, aber keine Kraft zu einer Gegenwehr mehr hatte, solange sie nicht genügend Luft bekam. Sie war diesem Verrückten jetzt ausgeliefert, und in ein paar Sekunden würde sie zu dieser vom Felsen in den Abgrund hinunterstürzenden Frau werden, die sie schon seit vielen Monaten in ihren Alpträumen gewesen war.

Sir Anthony deutete nach vorn. »Das da ist Skelwith Hill. Skelwith Crag, also die Seite des Hügels, die der Fluß zu einer Steilwand abgeschliffen hat, befindet sich hinter dem Birkenwäldchen.«

In diesem Moment hörten sie den gellenden Schrei einer Frau und kurz darauf die bellende Stimme eines Mannes.

»Gütiger Himmel! Rebecca!« Kenneth hieb seinem Pferd die Sporen in die Seiten und sprengte im Galopp den Hügel hinauf. Er erreichte noch vor seinem Begleiter das Wäldchen und barg den Kopf am Hals des Pferdes, um nicht von einem Ast aus dem Sattel geworfen zu werden, während das Tier im halsbrecherischen Tempo zwischen den Bäumen hindurchjagte und Rebecca abermals schrie.

Er kam fast am Rand des Abgrunds wieder aus den Bäumen heraus. Während er das vor Entsetzen wiehernde Tier herumriß und zum Halten brachte, sah er eine Szene, die seinem Bewußtsein wieder wie mit einem glühenden Eisen eingeprägt wurde: ein blutender Frazier, der Rebecca halb tragend und sie halb hinter sich herzerrend auf den Abgrund zu bewegte. Sie hing mit schlaffem Körper wie eine Puppe in seinen Armen, während ihre roten Haare und ihr blaues Kleid im böigen Wind flatterten.

Es war ein Tableau des Todes.

Kenneth reagierte instinktiv, von seinem Pferd herunterspringend und einen lauten Wutschrei ausstoßend, um seinen Gegner zu verwirren und einzuschüchtern. Und während er auf Frazier losstürmte, zog er die Pistole aus der Innentasche seines Rocks und spannte sie.

Frazier machte zwei lange Schritte auf den Abgrund zu und hielt Rebecca dann vor sich hin wie einen Schild, hinter dem er sich versteckte. »Bleibt mir vom Leib, Kimball!«

Kenneth hielt mitten im Lauf an. Dann senkte er seine Pistole, während sein Herz vor Angst hämmerte. Wenn Frazier jetzt einen falschen Schritt machte, würde er samt seiner Gefangenen in die Tiefe stürzen. »Wenn Ihr Rebecca umbringt, seid Ihr ein toter Mann, Frazier«, rief er laut. »Überlaßt sie mir, und Ihr könnt gehen, wohin Ihr wollt.« Er machte einen vorsichtigen Schritt auf Frazier zu.

»Haltet an, oder ich werde Euch und sie mit in die Tiefe reißen«, rief Frazier wild. Seine Augen flackerten so irr wie die eines in die Enge getrieben Keilers.

Kenneth blieb abermals stehen, da er nicht so recht wußte, wie er mit einem Verrückten umgehen sollte. Fraziers Fassade der Normalität war nun gänzlich zusammengebrochen, und das erste Opfer seiner Panik würde Rebecca sein. Ihr Kleid und ihre Haare waren zerzaust, und sie schien noch betäubt zu sein von dem Kampf mit ihrem Peiniger. Aber Kenneth sah an ihren

Augen, daß sie bei Bewußtsein war. Sie wußte also, wie nahe sie dem Tod war.

In diesem Moment des angespannten Schweigens kam Sir Anthony aus dem Wäldchen heraus. Er zügelte sein Pferd, und sein Gesicht wurde schneeweiß vor Schreck, als er seine Tochter sah. Sich aus dem Sattel schwingend, sagte er mit erzwungener Ruhe: »Du bist mit deinem Scherz nun wirklich weit genug gegangen, Malcolm. Bring Rebecca zu mir.«

Ein Muskel begann in Fraziers Gesicht zu zucken.

»Das ist kein Scherz, Anthony. Ich hatte gehofft, dich dazu überreden zu können, zur wahren Kunst zurückzukehren. Ein wohl stümperhafter Versuch, weil er mir mißlang. Es wird also keine Rückkehr zu ihr geben.«

Er blickte mit unentschlossenem Gesicht auf Rebecca hinunter.

»Soll sie wenigstens den Preis für die Rolle bezahlen, die sie bei der Ruinierung deines Werks gespielt hat. Du hättest dich nicht so von Frauen beeinflussen lassen dürfen, Anthony. Die taugen doch nur fürs Bett und daß man sie danach wieder vergißt. Ihnen auch zuzuhören, ist Gift für einen ernsthaften Künstler ...«

Sie Anthony schüttelte den Kopf. »Keine Frau hat mein Werk vergiftet. Nicht Helen. Nicht Rebecca, nicht Lavinia. An Mängeln, die meinen Bildern anhaften, bin ich ganz allein schuld.«

»Hätte man dir erlaubt, dich auf eine natürliche Weise zu entwickeln – ohne den Zwang, eine Familie ernähren zu müssen –, hättest zu ein zweiter Raphael sein können«, erwiderte Frazier eigensinnig. »Statt einer Handvoll unvergänglicher Meisterwerke hast du einen Berg von Müll produziert.«

»Wir werden uns in diesem Punkt wohl niemals einig sein«, erwiderte Sir Anthony, der sich nun vorsichtig auf Frazier zuzubewegen begann. »Um Himmels willen, laß unsere Meinungsverschiedenheit doch nicht an meinem einzigen Kind aus! Wenn du schon jemand von dieser verdammten Steilwand hinunterwerfen mußt, dann laß mich das sein und nicht Rebecca.«

Da rief der andere Mann mit gramvoller Stimme: »Dir könnte ich niemals etwas zuleide tun. Du bist doch mein Freund. Mein bester Freund!«

In diesem Moment konnte man Fraziers Gesicht ansehen, wie in ihm das Bewußtsein aufkeimte, daß er bereits alles verloren hatte, was ihm im Leben teuer war: die Freundschaft mit Sir Anthony und seine Stellung in der Welt der Kunst. Frazier war ein Feigling und ein Renommist, und Kenneth wußte mit absoluter Gewißheit, daß er im nächsten Augenblick diesem für ihn unerträglichen Dilemma entrinnen würde, indem er hinuntersprang in die Tiefe und aus purer Rachsucht seine Gefangene mit sich in den Tod nahm.

Es war nun keine Zeit mehr zu verlieren. Während Fraziers Aufmerksamkeit noch auf Sir Anthony gerichtet war, hob Kenneth rasch wieder seine Pistole und zielte damit auf Fraziers Kopf. Obwohl er das Risiko, Rebecca zu treffen, nicht ausschließen konnte, bestand doch ihre beste Hoffnung auf Rettung darin, daß er ihren Peiniger erschoß.

Im gleichen Moment, als Kenneth den Abzug bediente, machte Frazier, offenbar nun zu dem Schritt entschlossen, den Kenneth soeben vorausgesehen hatte, eine halbe Drehung auf den Abgrund zu, wobei sich natürlich seine Position und die seiner Gefangenen veränderten. Kenneth sah voller Schrecken, wie die Kugel so nahe bei Rebeccas Kopf in Fraziers Schulter einschlug, daß er sie möglicherweise ebenfalls getroffen haben konnte.

Frazier stieß im gleichen Moment einen Schmerzensschrei aus und wirbelte, seine Gefangene loslassend, herum, die nun hart auf dem Boden aufschlug und dann langsam, aber unaufhaltsam die zum Rand der Steilwand hin immer steiler werdende Böschung hinunterrollte – dem Punkt entgegen, wo es keine Rettung mehr für sie geben würde.

Kapitel 33

Während Sir Anthony entsetzt aufschrie, und dieser Schrei wie die Klage eines todwunden Tieres von den Hügeln ringsum als Echo zurückkam, sprintete Kenneth auf den Rand der Klippe zu, machte einen Hechtsprung und landete dann, den rechten Arm weit nach vorn gestreckt, hart auf dem Bauch, ohne jedoch Rebeccas schlaffen Körper mit den Fingerspitzen erreichen zu können, der auf dem abschüssigen Boden unter ihm immer näher auf den Rand der Steilwand zurutschte.

Da schob er sich rasch auf dem Bauch noch weiter die Böschung hinunter, bis es ihm endlich gelang, ein Handgelenk von ihr zu packen. Der Ruck, mit dem er ihren Körper nun kurz vor dem Rand der Klippe abbremste, riß ihm fast den Arm aus dem Schultergelenk. Einen Moment lang lagen sie, flach wie zwei Flundern an den Boden gepreßt, regungslos da, ehe ihre Körper wieder ins Rutschen kamen, langsam, aber unerbittlich, von der Schwerkraft dem Abgrund entgegen.

Während er verzweifelt versuchte, sich mit den Zehen und den Fingern der linken Hand irgendwo festzukrallen, wirbelte ein Windstoß ihre Haare in die Höhe, und er sah voller Schrecken, daß die rotbraunen Flechten mit scharlachrotem Blut durchtränkt waren. Wenn die Kugel Rebecca getroffen hatte, bevor sie in Fraziers Schulter eingeschlagen war, mochte sie vielleicht jetzt schon tot sein.

Aber er würde sie trotzdem nicht loslassen. Er streckte den linken Arm aus und bewegte ihn rasch im Halbkreis über den Boden hin, mit den Fingern nach etwas tastend, an dem er sich einhalten konnte. Da war ein kleiner Strauch, an den er sich klammerte, der jedoch der Last ihrer beiden Körper nicht gewachsen war und sich schon nach wenigen Sekunden samt seinem Wurzelwerk aus dem Boden löste. Doch er hatte ihrem Gewicht immerhin so lange standgehalten, daß er sich nach einem größeren Strauch in seiner Reichweite hatte umsehen können, an dem er sich nun festhielt.

Damit war die Gefahr eines Absturzes zwar momentan gebannt, aber keineswegs abgewendet. Der Winkel der Böschung, auf der sie lagen, war hier schon so steil, daß sie sofort wieder ins Rutschen kommen würden, wenn er den Busch auch nur einen Moment losließ. Und schon begann sein linker Arm zu zittern unter der enormen Belastung, der er durch das Gewicht ihrer beiden Körper ausgesetzt war.

Er blickte nach links. Die nächste Stelle, an der er nun für seinen Fuß einen sicheren Tritt hätte finden können, war so weit von ihm entfernt, daß er sie nicht erreichen konnte. Ja, wenn er allein gewesen wäre, hätte er natürlich seinen rechten Arm dafür benützen können, sich an dem Gestrüpp darüber festzuhalten, bis er den

Fuß in die Felsspalte dort drüben setzen konnte. Mit dem Gewicht von Rebecca, das an ihm hing, war das jedoch unmöglich.

Obwohl er bezweifelte, daß sie ihn hören konnte, sagte er nun durch die zusammengebissenen Zähne: »Vertraue mir, Ginger, wir werden nicht hinunterstürzen.«

Doch das war offenbar geprahlt. Denn im gleichen Moment lief ein Zittern durch den Strauch, an den er sich klammerte, dessen Zweige sich plötzlich bedenklich durchbogen. Wenn sie abbrachen, würden sie beide die Böschung hinunterkollern und dann über den Rand der Steilwand hinausfliegen. Vielleicht konnte Sir Anthony ihnen helfen. Doch Rebeccas Vater war ein Leichtgewicht. Wenn er keinen sicheren Halt auf dieser Böschung fand, würde er mit ihnen zusammen in das tief unter ihnen gelegene Tal hinunterstürzen.

Da spürte er plötzlich einen kräftigen Windstoß, der sie beide fester an den Boden preßte. Was ihnen auch nichts nützte – oder vielmehr doch, weil Kenneth in diesem Moment spürte, daß die Bö ihm einen Augenblick lang das Gewicht von Rebecca fast gänzlich abnahm und so viel neue Energie in ihm freisetzte, daß er die Schuhkappen in des Erdreich bohrte, die bereits berstenden Zweige des Strauchs losließ und sich nach oben schnellte, bis seine tastenden Finger einen im Boden fest verankerten Stein zu fassen bekam, der mindestens zwei Fuß weiter vom Rand der Steilwand entfernt war,

Keuchend vor Anstrengung, zog er Rebecca nun zu sich herauf, bis er den rechten Arm um ihre Taille legen konnte. Und dann arbeitete er sich mit Zehen, Fingern, Knien und Ellenbogen immer weiter die Böschung hinauf, bis die Muskeln seines linken Arms höllisch zu schmerzen begannen, weil sie die Last zweier Körper nicht länger tragen wollten.

Doch da war er bereits an einer Stelle angekommen, wo es ihm möglich war, einen Moment lang auszuruhen, um keuchend wieder zu Atem zu kommen und neue Kräfte zu sammeln, weil der Boden jetzt nicht mehr so abschüssig war, daß die Schwerkraft sie sogleich wieder nach unten zog, wenn er auch nur einen Moment in seinen Anstrengungen nachließ.

Und so suchte er noch ein halbes Dutzend mal nach einem Busch, einer Felsspalte, einer Wurzel oder irgend einem anderen Gegenstand, an dem er sich einhalten und hochziehen konnte, bis er spürte, daß da keine Bleigewichte mehr waren, die ihm an den Füßen zu hängen schienen, und er sogar Rebecca loslassen konnte, ohne daß sie ins Rutschen kam, weil der Boden jetzt wieder eben war und ihre ganze Last trug.

Zu erschöpft, um aufstehen zu können, lag er, nach Luft ringend, neben ihr, ihr schlaffer Körper an seine Schulter gelehnt, als würde allein schon seine Nähe eine Gewähr dafür sein, daß ihr nichts mehr passieren könne. Aber, Himmel, was war mit ihrem Puls? Er legte die Hand an ihren Hals, konnte dort jedoch keinen Puls finden, so daß er sich, von einer jähen Panik erfaßt, aufsetzte, ihr die Hand auf die Brust legte und ihm dann fast schlecht wurde vor Erleichterung, als er dort den regelmäßigen Schlag ihres Herzens spürte.

Erst jetzt, wo ihm auch diese schlimmste Last von der Seele genommen war – die Angst, daß er Rebecca vielleicht mit seiner Kugel getroffen haben könnte –, blickte er hoch und stellte zu seinem Erstaunen fest, daß seit dem Moment, wo er seine Pistole abgefeuert hatte, nur wenige Sekunden verstrichen sein konnten, obwohl ihm diese wie eine Ewigkeit erschienen waren. Er sah, wie Sir Anthony auf ihn zulief, während Frazier, seine rechte Hand noch immer gegen seine blutende Schulter gepreßt, benommen hin- und hertaumelte, wobei Sir Anthony neben seiner Tochter auf die Knie fiel, nun schrie: »Dafür wirst du hängen, Malcolm. Bei Gott, das schwöre ich dir!«

Frazier zuckte bei diesen Worten zusammen, als hätte er einen Schlag ins Gesicht bekommen. Dann nahm sein Gesicht einen Ausdruck von kalter Arroganz an. »Ich habe im Stil des Grand Manner gelebt und gemalt«, sagte er mit affektierter Stimme. »Und so werde ich auch sterben.«

Damit drehte er sich um, richtete sich zu seiner vollen Größe auf, machte zwei rasche Schritte auf die Steilwand zu und war mit dem nächsten über deren Rand hinausgetreten.

Er stieß keinen Schrei aus, als er den Boden unter den Füßen verlor und in die Tiefe stürzte. Und wenn es da irgendein Geräusch gab, als er am Fuß der Klippe auf den Steinen aufschlug, so wurde es vom Wind davongetragen.

»Dieser Narr«, fluchte Sir Anthony. »Dieser gottverdammte Narr! Er hatte Talent, Geld und liebte die Kunst. Warum mußte er da zum Mörder werden?«

Kenneth, der gerade Rebeccas Wunde untersuchte, sagte trocken: »Es war nicht die Kunst, die er liebte, sondern seine Ideen von ihr und die Leidenschaft, sie anderen aufzuzwingen.«

Und er hatte auch Sir Anthony zu sehr und auf eine falsche Weise geliebt, setzte Kenneth in Gedanken hinzu, und so hatte sich seine uneingestandene Eifersucht in einem Haß gegen alle Frauen entladen, die Sir Anthony nahestanden.

Sir Anthony schloß jetzt seine Tochter so fest in die Arme, daß ihr Blut sein weißes Hemd vom Kragen bis zum Gürtel hinunter rot färbte. »Hat ... hat die Kugel auch sie getroffen?«, fragte er erschrocken.

»Nein. Es ist nur eine Platzwunde am Kopf, die sie vermutlich erlitten hat, als sie sich gegen Frazier wehrte. Verletzungen der Kopfhaut sehen immer schlimmer aus, als sie sind, weil sie so heftig bluten. Aber da ihr Puls kräftig ist und sie auch regelmäßig atmet, glaube ich, daß sie nur vorübergehend das Bewußtsein verloren hat und ihr weiter nichts passiert ist.« Er nahm sein Taschentuch aus der Rocktasche und faltete es zu einem kleinen Kissen zusammen, das er dann als Kompresse für die Platzwunde auf ihrem Kopf benützte, indem er es mit seiner Krawatte dort festband.

Dann stand er vom Boden auf, bückte sich und hob Rebecca auf seine Arme. Sie sah so ungemein zerbrechlich aus, und dabei hatte sie einem Mann, der mindestens zwei Köpfe größer und erheblich stärker gewesen war als sie, solange Widerstand geleistet, bis ihr jemand zu Hilfe kommen konnte. Es war ihre Unerschrockenheit gewesen, die ihr das Leben gerettet hatte. Seine unbezähmbare Ginger. Er gab ihr einen zärtlichen Kuß auf die Stirn und sagte: »Höchste Zeit, daß wir sie nach Hause bringen.«

Als sie in Ravensbeck anlangten, trug Kenneth sie gleich in das Wohnzimmer im Erdgeschoß und legte sie dort auf ein mit Brokat bezogenes Sofa, während Sir Anthony nach Verbandszeug, Jod und anderen Medikamenten rief und befahl, so rasch wie möglich einen Arzt herbeizuholen. Das hatte nun ein allgemeines Chaos zur Folge, als die Dienstboten sich erschrocken beeilten, seinen Befehlen nachzukommen, aber nicht wußten, wer nun was tun sollte, und wie eine aufgeschreckte Hühnerschar durch das Haus rannten und die erregbareren unter ihnen zu weinen begannen.

Da erschien Lavinia auf den Plan, sorgte wieder für Ordnung, wusch Rebeccas Kopfwunde aus und legte ihr dann geschickt einen neuen Verband an, während Kenneth, eine Hand auf Rebeccas Schulter gelegt, auf der Armlehne des Sofas saß und sich nicht von der Stelle rühren wollte, weil er es nicht hätte ertragen können, sich aus ihrer Reichweite zu entfernen.

Sir Anthony lief währenddessen nervös im Salon auf und ab, bis eine erschrockene Männerstimme von der Tür her fragte: »Gütiger Gott, was ist denn hier passiert? Hat man etwa auf dich geschossen, Anthony?«

Kenneth blickte hoch und sah Lord und Lady Bowden unter der Wohnzimmertür stehen. Vermutlich hatte er, als er Rebecca ins Haus getragen hatte, die Eingangstür offengelassen, und die beiden waren so ins Haus gekommen. Aber was suchten die beiden denn hier in Ravensbeck?

Während Sir Anthony seine Besucher anstarrte, als sähe er Gespenster, eilte Bowden auf ihn zu, mit schreckgeweiteten Augen sein blutdurchtränktes Hemd musternd.

Sir Anthony fuhr sich mit bebenden Fingern durch die zerzausten Haare. »Mit mir ist alles in Ordnung, Marcus«, sagte er. »Meine Tochter wurde verletzt. Aber Kenneth meint, es wäre nur eine harmlose Wunde, und es würde ihr bald wieder gutgehen.«

Bowden blickte nun zu dem Sofa hin, auf dem Rebecca lag, die noch nicht aus ihrer Ohnmacht erwacht war. »Was, zum Teufel, ist passiert?«

»Einer meiner ältesten Freunde ist wahnsinnig geworden und hat versucht, sie umzubringen«, sagte Sir Anthony grimmig. »So, wie er auch Helen im letzten Sommer umgebracht hat.«

Einen Moment lang herrschte ein schockiertes Schweigen im Raum, während Bowdens Blick nun zu Kenneth hinwanderte, der sagte. »Es stimmt. Lord Frazier ist der gesuchte Schurke gewesen.«

Seine Ironie wiederfindend, sagte Sir Anthony: »Wem oder was verdanke ich denn die Ehre dieses höchst unerwarteten Besuches, Marcus?«

Bowden erwiderte steif: »Margaret hat mir auf eine höchst unmißverständliche Weise erklärt, daß ich mich in allen dich und Helen betreffenden Belangen wie ein kompletter Narr benommen hätte und es höchste Zeit wäre, mich bei dir für mein idiotisches Verhalten zu entschuldigen.«

»Du weißt, daß ich niemals in einem so unflätigen Ton mit dir geredet hätte, Marcus«, sagte Lady Bowden da mit einem milden Tadel in der Stimme.

Sir Anthony lächelte. »Wie schön, dich wiederzusehen. Du hast dich überhaupt nicht verändert, Margaret.« Er nahm ihre Hand und drückte sie liebevoll, ehe er sich wieder an seinen Bruder wandte. »Du hättest gar keine bessere Frau haben können als Margaret, mußt du wissen. Helen war alles andere als ein zahmes Geschöpf. Sie würde dich um den Verstand gebracht haben.«

In Bowdens Gesicht arbeitete es. »Ich bin ein glücklicher Mann.« Er warf seiner Frau nun einen Blick zu, in dem sich Liebe mit der Bitte um Vergebung vermischte. »Und ich bin sogar ein doppelter, mit Blindheit geschlagener Narr gewesen, daß ich das nicht schon früher erkannt habe.«

»Solche Dinge passieren eben erst, wenn die Zeit reif dafür ist, mein Lieber. Bisher bist du eben niemals dazu bereit gewesen, dir anzuhören, was ich dir zu sagen hatte.« Lady Bowden berührte sacht seinen Arm, und man konnte ihrem Gesicht ansehen, daß sie mit der neuen Einstellung ihres Gatten überaus zufrieden war.

Bowden schluckte schwer. »Würdest du mir denn nach meinem Verhalten, das ich dir zeigte, noch erlauben, unter deinem Dach zu weilen, Anthony?«

Sein Bruder erwiderte leise: »Du wärest hier stets willkommen gewesen, Marcus. Immer.« Er streckte ihm seine Hand hin.

Bowden nahm sie erst vorsichtig in seine und drückte sie dann fest und innig.

Kenneth dachte, daß es nun an der Zeit sei, die Brüder allein zu lassen, damit sie sich nach der langen Zeit der Trennung wieder aneinander gewöhnen konnten, und sagte deshalb zu Lavinia: »Ich werde Rebecca auf ihr Zimmer bringen. Sie braucht jetzt dringend Ruhe und Erholung.«

Lavinia nickte zustimmend: »Ich werde Euch den Weg zu ihrem Zimmer zeigen.«

Kenneth hob Rebecca wieder vorsichtig vom Sofa hoch. Sie war noch immer ohne Besinnung und legte mit einem kleinen Seufzer ihren Kopf an seine Schulter.

Lord Bowden drehte sich zu ihr und studierte ihr blasses Gesicht. »Sie sieht Helen so ähnlich«, sagte er staunend.

»Helens Aussehen und mein Talent.« Sir Anthony nahm die Decke vom Sofa und steckte sie um seine Tochter fest. »Aber was ihr Temperament betrifft, ist sie dir viel ähnlicher als Helen oder mir. Seltsam, wie die Dinge sich zuweilen fügen.«

Bowden lächelte ein wenig schief. »Dafür ist mein jüngerer Sohn dir um so ähnlicher. Charmant, intelligent und unausstehlich. Aber ich versuche ihm mehr Verständnis entgegenzubringen, als Vater das bei dir getan hat.«

Sir Anthony blickte nun zu Lavinia hinüber und sagte mit einem herausfordernden Ton in der Stimme: »Ich glaube, Lady Claxton kennst du bereits. Wir beide gedenken zu heiraten, wenn meine Trauerzeit vorüber ist.«

Damit mutete er Lord Bowden wohl ein bißchen zu viel zu, dachte Kenneth bei sich, aber nicht dessen Frau.

Denn Lady Bowden nahm nun Lavinias Hand und sagte im herzlichen Ton: »Wie wunderbar! Helen hat mir einmal anvertraut, sie hoffe, daß Ihr Anthony heiraten würdet, falls ihr einmal etwas zustoßen sollte, weil Ihr ihre beste Freundin wäret und die einzige Frau, von der sie wüßte, daß Anthony gut bei ihr aufgehoben sei.«

Ihr Gatte sagte nun mit einer Art von entsetzter Faszination: »Du hast hinter meinem Rücken mit Helen verkehrt?«

Seine Frau senkte kurz die Wimpern über ihre sanften blauen Augen. »Nun, ich würde eher sagen, daß sich unsere Pfade in London gelegentlich gekreuzt haben.«

Bowden schüttelte den Kopf, gab sich dann einen Ruck und sagte im freundlichen Ton: »Dann darf ich Euch wohl zu Eurer Verlobung alles Gute wünschen, Lady Claxton.«

»Vielen Dank, Lord Bowden«, erwiderte sie liebenswürdig. »Und keine Angst, ich bin nicht einmal halb so liederlich, wie Ihr vielleicht geglaubt habt.«

Damit geleitete sie Kenneth aus dem Zimmer.

Als er Rebecca die Treppe hinauftrug, war er so guten Mutes wie seit Wochen nicht mehr. Hier war soeben eine

Entfremdung zwischen zwei Brüdern, die fast drei Jahrzehnte gedauert hatte, binnen weniger Minuten wieder geheilt worden.

Vielleicht ließ das auch für ihn und Rebecca hoffen.

Rebecca erwachte im Dunklen und mit einem pochenden Schädel. Als sie blinzelnd um sich blickte, erkannte sie, daß sie in ihrem Bett in einem Zimmer lag, das von einem kleinen Feuer und einer Lampe, die man mit einem Tuch abgeschirmt hatte, damit ihr das Licht nicht in die Augen stach, schwach erleuchtet wurde. Und von links her drangen die leisen, ihr überaus vertrauten kratzenden Geräusche einer stählernen Zeichenfeder an ihr Ohr.

Sie drehte den Kopf in diese Richtung und sah ein paar Fuß von ihrem Bett entfernt Kenneth in einem Polstersessel sitzen. Er hielt ein Zeichenbrett auf seinem Schoß und schien an einer Tuschezeichnung oder einem Aquarell zu arbeiten. Er sah müde aus, und seine zerklüfteten Züge schienen im trüben Licht der Lampe ein aus tiefen Furchen bestehendes Relief zu sein.

Sie wollte zu ihm gehen und ihm die Schatten unter den Augen wegküssen. Sie begnügte sich jedoch damit zu schlucken, damit ihr Hals nicht mehr so trokken war, und zu flüstern: »Wer könnte wohl von einem Künstler verlangen, daß er sich rettet, statt Rom in Flammen zu malen, wenn Nero die ewige Stadt anzündet?«

Er blickte mit einem Lächeln hoch, das sein Gesicht total verwandelte, und sagte: »Mir scheinen Eure Worte auf einen bemerkenswert klaren Verstand hinzudeuten.« Er legte sein Zeichenbrett beiseite. »Wie fühlt Ihr Euch?«

»Gebrechlich.« Sie fuhr mit der Zungenspitze über ihre trockenen Lippen hin. »Und durstig.«

Er goß ein Glas Wasser für sie ein. Als er es ihr brachte, setzte sie sich mit einiger Mühe im Bett auf und trank mit kleinen Schlucken, bis sich ihr Mund wieder normal anfühlte.

Sich nun schon viel besser fühlend, schob sie sich die Kissen als Stütze in den Rücken und fragte: »Wie lange bin ich bewußtlos gewesen?«

»Ungefähr zehn Stunden.«

»Was ... was ist passiert?«

Er nahm wieder in seinem Sessel Platz. »Woran könnt Ihr Euch denn zuletzt erinnern?« fragte er.«

Sie dachte nach. »An den Schlag, den Lord Frazier mir mit der Faust versetzte. Er war so heftig, daß ich keine Luft mehr bekam und mich nicht mehr zu bewegen vermochte. Eine sehr seltsame und unangenehme Empfindung. Er schleppte mich dann auf den Rand der Klippe zu, als Ihr, so laut brüllend wie ein ganzes Regiment Kavallerie, aus dem Wäldchen herausgaloppiert seid. Ihr könnt eine wahrhaft furchtgebietende Gestalt abgeben, Captain.«

»Ich habe eine Menge Übung darin«, erwiderte er bescheiden.

»Dann kam Papa, und ich hörte einen Knall. Ihr habt auf Frazier geschossen, nicht wahr? Aber an das, was danach kam, fehlt mir jede Erinnerung.« Sie begann nun, mit den Händen den Verband an ihrem Kopf zu betasten. »Bin ich von der Kugel getroffen worden?«

»Nein, aber Frazier ließ Euch dann fallen, und Ihr seid mit dem Kopf zuerst auf den Boden aufgeprallt.« Kenneth lächelte ein bißchen. »Glücklicherweise ist Euer Schädel so hart wie Stein. Wie der Arzt uns versicherte, habt Ihr keine ernsthaften Verletzungen davongetragen. Auch Fraziers Verwundung war nicht lebensgefährlich. Aber als er erkannte, daß seine Sünden ihn eingeholt hatten, machte er seinem Leben ein Ende, indem er sich von der Steilwand herunterstürzte.«

Das Bild von einem Mann im freien Fall tauchte nun flüchtig vor ihrem inneren Augen auf, und sie preßte kurz die Lippen zusammen.

»Wenn ich eine Heilige wäre, würde ich ihn seines Wahnsinns wegen bedauern. Statt dessen bin ich froh, daß er tot ist. Hätte ich eine Pistole gehabt und gewußt, wie man damit umgeht, würde ich ihn selbst erschossen haben.«

»Ich für meine Person hätte es lieber gesehen, wenn man ihn öffentlich aufgehängt hätte. Aber sein Freitod hat Euch und Eurem Vater einen nervenzermürbenden Prozeß erspart, und deshalb ist es wohl besser so.« Kenneth sah zum Feuer hin. »Ich habe einen Topf voll Suppe auf dem Herd warmgehalten. Hättet Ihr gern etwas davon?«

Sie nickte, und er ging zum Herd, um für sie beide einen Becher mit Suppe zu füllen. Erst in diesem Moment wurde sie sich wieder der Tatsache bewußt, daß ihre Mutter ermordet worden war. ›Ihr Tod ist kein Selbstmord gewesen.‹

Helen Seaton hatte sich nicht das Leben genommen, weil sie die Depressionen, unter denen sie litt, nicht mehr ertragen konnte. Rebecca und ihr Vater hatten sie also nicht in ihrer seelischen Not im Stich gelassen und somit in den Tod getrieben. Die Erleichterung, die Rebecca darob empfand, war so groß, daß sie am ganzen Leib zitterte.

Als Kenneth ihr den Becher mit warmer Suppe brachte, nahm sie ihn dankbar entgegen. Es war eine mit

Porree vermischte Kartoffelcremesuppe, die köstlich schmeckte. Wärme und Kraft kehrten in ihren Körper zurück.

Sich nun plötzlich der Ungereimtheit seiner Gegenwart bewußt werdend, fragte sie: »Wieso seid Ihr eigentlich hier?«

»Ich habe etwas in den Tagebüchern Eurer Mutter gelesen, das mich veranlaßte, so rasch wie möglich von London hierherzureisen.« Er erzählte ihr nun kurz, während er seinen Becher mit Suppe trank, was er in den Tagebüchern ihrer Mutter entdeckt hatte und von der sich daran anschließenden Reise nach Schottland. »Und daß ich mich jetzt in Eurem Schlafzimmer befinde«, fuhr er fort, »verdanke ich der Tatsache, daß ich Euren Vater, Lavinia und Lady Bowden so furchtbar und rücksichtslos eingeschüchtert habe, daß sie alle darauf verzichtet haben, an Eurem Bett zu sitzen, bis Ihr aus Eurer Ohnmacht wieder erwachen würdet, was sie alle drei schrecklich gern tun wollten. Denn zum Glück bin ich viel größer und stärker als sie«, setzte er lächelnd hinzu.

Sie blinzelte überrascht. »Lady Bowden?«

»Es ist das zweitwichtigste Ereignis dieses Tages gewesen, daß Lord Bowden und Euer Vater sich wieder versöhnt haben.«

»Wie bitte?«

Kenneth stellte nun ebenfalls seinen Becher ab und kicherte. »Vermutlich hat Lady Bowden ihrem Mann gesagt, es wäre höchste Zeit, daß er endlich erwachsen würde, und ihm vielleicht damit gedroht, ihn aus ihrem Bett zu verbannen, wenn er es nicht würde.«

Sie mußte lächeln, als sie daran dachte, daß ihre so gut erzogene Tante zu ihrem Mann sagte, er solle sich gefälligst aus ihrem Bett scheren. Zweifellos hatte

Lady Bowden die Sache etwas delikater angepackt. Aber nach so vielen Ehejahre würde sie natürlich gewußt haben, welche Töne sie bei ihm anschlagen mußte. »Das freut mich sehr. Ich glaube, daß Papa die Entfremdung immer bedauert hat. Er hatte stets etwas Sehnsüchtiges in der Stimme, wenn er von seinem Bruder sprach.«

»Ich frage mich, ob Bowden wirklich ernsthaft daran geglaubt hat, daß Euer Vater ein Mörder sein könnte«, sagte Kenneth nachdenklich. »Da er zu stolz war, die Entfremdung zu beenden, war sein Wunsch, Ermittlungen anzustellen, die einzige Möglichkeit für ihn, zu Helen und seinem Bruder Verbindung zu halten. Denn Gleichgültigkeit hätte bedeutet, daß er sie beide für immer verlieren würde.«

»Ein klassisches Beispiel dafür, daß Liebe und Haß nur die beiden Seiten einer Medaille sind.« Bilder begannen nun wieder durch ihr Bewußtsein zu flimmern. »Ich sehe da das Motiv für ein Gemälde.«

»Wer malt jetzt die Flammen, während Rom brennt?« sagte Kenneth amüsiert.

Sie trank ihre Suppe aus und stellte den Becher auf den Nachttisch. »Bowden muß sich über das Ergebnis Eurer Ermittlungen gefreut haben.«

Kenneth nickte. »Er hat mir die auf Sutterton ausgestellten Pfandbriefe zurückgegeben und damit die auf meinem Besitz lastenden Hypothekenschulden getilgt. Das schien mir eine viel zu große Bezahlung für das zu sein, was ich getan habe. Doch er bestand darauf, die ursprünglich getroffene Vereinbarung zu erfüllen.«

»Ihr habt den Mörder gefunden und damit Lord Bowden indirekt den Weg geebnet für eine Versöhnung mit Vater«, sagte sie. »Da hat er doch ein glänzendes Geschäft gemacht.«

»Aber ich habe es auch ihm zu verdanken, daß ich Euch kennenlernte, was sonst wohl nie geschehen wäre. Und das wäre mir Bezahlung genug gewesen.«

Kenneth stellte seinen Becher beiseite, beugte sich vor und sagte nun mit einer vor Leidenschaft bebenden Stimme: »Und da ich jetzt auch in der Lage bin, zu heiraten, muß ich Euch warnen. Ich werde alles tun, was in meinen Kräften steht, um Euch dazu zu bewegen, mir Euer Ja-Wort zu geben. Ich kann den Grund, weshalb ich nach Seaton House gekommen bin, jetzt nicht mehr ändern. Doch ich hoffe, daß meine fast an Verzweiflung grenzende Liebe zu Euch etwas zählt.« Seine Augen wurden schwarz. »Es ... es ist mir erst so richtig zu Bewußtsein gekommen, wie groß meine Liebe zu Euch eigentlich ist, als ich Euch fast für immer verloren hätte.«

Er griff in seine Rocktasche und holte den Freundschaftsring hervor. »Ich fand den Reif mit dem eingravierten Herzen an Eurem Finger und habe ihn mit den anderen beiden Teilen vereinigt. Der Ring ist wieder heil.«

Er gab ihn ihr, und sie starrte ihn an und erstickte fast an dem Chaos von Gefühlen, das seine Worte bei ihr auslösten. Erschrocken über deren Intensität, legte sie den Ring beiseite und sagte in dem verzweifelten Bemühen, das Thema zu wechseln: »Was habt Ihr denn da vorhin gezeichnet?«

Seine Narbe wurde schneeweiß, als sie ihm auf eine so drastische Weise einen Korb zu geben schien. Es dauerte einen Moment, ehe er antwortete: »Ich habe nur noch ein paar Einzelheiten an einem Aquarell herausgearbeitet, das man jedoch keiner Rekonvaleszentin zeigen sollte.«

»Das hört sich ja unwiderstehlich interessant an«, sagte sie leichthin.

Er zuckte mit den Achseln und hob das Zeichenbrett an. »Es ist das Bild von dem schlimmsten Alptraum meines Lebens«, sagte er, als er das Zeichenbrett auf ihrem Schoß absetzte. »Allerdings ist nun ein neuer Alptraum hinzugekommen – der Anblick eines Wahnsinnigen, der Euch zum Rand einer Steilwand schleppt.«

Auf seinem Aquarell war ein großer, kräftiger Baum dargestellt, der einsam in einer von der Sonne Spaniens ausgedörrten Ebene aufragte. Es war kurz nach Anbruch der Morgendämmerung, der klare Himmel war von zarten pastellfarbenen Streifen überzogen. An den Ästen dieses Baumes hingen die leblosen Körper eines Mannes und einer Frau, deren lange schwarze Haare im Wind flatterten und barmherzigerweise ihr Gesicht verhüllten.

Rebecca spürte einen Schock in ihren Eingeweiden, als sie begriff. »Marias Tod?«

Er nickte, während sein Gesicht sich versteinerte. »Ungefähr der einzige Trost, den ich hatte, als man mich gefangennahm und den Rest des Partisanentrupps exekutierte, war das Wissen, daß Maria weit entfernt war von dieser Stelle und von ihrem älteren Bruder Domingo begleitet wurde. Man legte mir Ketten an und schickte mich dann mit einer bewaffneten Eskorte quer durch das Land zum Hauptquartier der Franzosen. Wir ritten an diesem Tag sehr lange, und es war bereits stockdunkel, als wir unter einem Baum anhielten, um dort unser Nachtlager aufzuschlagen. Da es schon zu spät dafür war, um noch ein Feuer anzuzünden, nahmen wir nur Brot, Käse und etwas Wein zu uns, ehe wir uns in unsere Decken einrollten.

Aber ich ... ich konnte nicht schlafen. Ich spürte, daß da etwas Grauenhaftes im Dunklen lauerte, wußte aber nicht zu sagen, was das war. Schließlich weckte ich den Offizier, der für meinen Transport verantwortlich war, und konnte ihn dazu überreden, das Lager dreißig oder vierzig Schritt von dieser Stelle wegzuverlegen. Dort war es zwar nicht mehr ganz so schlimm wie an der vorherigen Lagerstelle, aber ich konnte trotzdem die ganze Nacht hindurch kein Auge zumachen. Dann ging die Sonne auf und ... und ich sah Maria und Domingo.«

»Wie schrecklich für Euch«, flüsterte sie, und der Hals war ihr so zugeschnürt, daß sie kaum sprechen konnte. »Ein Wunder, daß Ihr nicht den Verstand verloren habt.«

»Ich war eine Weile lang wie von Sinnen.« Er schloß die Augen, und eine Welle des Schmerzes rollte über sein Gesicht hin. »Zwei Tage später gelang es mir, zu fliehen. Ich kehrte zu meinem Regiment zurück und weigerte mich fortan, einen Aufklärungsauftrag zu übernehmen. Es war Michael, der mich davor bewahrte, den Verstand zu verlieren. Ich habe mit ihm nie über meine Erlebnisse gesprochen. Aber er erkannte, wie verzweifelt ich war, weil er wohl Ähnliches durchgemacht hatte wie ich. Er war in dieser kritischen Zeit immer für mich da und wußte genau, wann er reden oder schweigen mußte, bis dieser Anfall von Wahnsinn, unter dem ich litt, endlich überwunden war.«

Rebecca streckte den Arm aus und überbrückte dadurch die Distanz, die sie voneinander trennte, und nahm seine Hand in ihre. Diese Berührung ihrer Körper war wie ein elektrischer Schlag, der die im Raum pulsierenden Emotionen noch verstärkte.

»Maria ist für Spanien gestorben«, sagte sie leise. »Ihr Land ist jetzt frei, und ihr Bruder und sie haben sicherlich ihren Frieden gefunden.«

Seine Hand schloß sich krampfhaft um ihre. »Ich hoffe zu Gott, daß es so ist.«

Sie spürte das Leid in ihm, und entdeckte einen ähnlich großen Schmerz in sich, der die schwachen Barrieren, die sie vor einer unerträglichen Seelenpein schützen sollten, niederzureißen drohte. Sie war eine erwachsene Frau. Sie sollte dazu in der Lage sein, den Verlust ihrer Mutter zu akzeptieren und mit ihrem eigenen Leben fortzufahren. Doch da war ein unendlich großes Reservoir des Kummers in ihr, das wie heiße Lava brannte. Sie fragte ihn nun mit banger Stimme: »Glaubt Ihr an Gott? Und an einen Himmel?«

Er zögerte einen Moment, ehe er leise antwortete: »Ich glaube an eine kreative Macht, die unser Fassungsvermögen weit übersteigt, und an die Unzerstörbarkeit des Geistes. Maria und Eure Mutter haben nicht nur ihren Frieden gefunden, sie sind auch irgendwo so lebendig und wirklich wie Ihr und ich.«

Die Tränen, die sie seit dem Tod ihrer Mutter zurückgehalten hatte, brachen nun mit einer fast eruptiven, ihren ganzen Körper erschütternden Urgewalt aus ihr heraus. Sie hatte befürchtet, daß sie nie mehr aufhören würde zu weinen, wenn sie erst mal ihren Tränen freien Lauf ließe, und sie wußte nun, daß ihre Angst nicht unbegründet gewesen war. Sie fürchtete, daß niemand einen solchen Kummer lebend überstehen könne.

Das Bett sackte unter Kenneths Gewicht ein. Er schob das Zeichenbrett von ihrem Schoß herunter und zog sie in seine Arme, sie festhaltend in dem Sturm, der in ihr tobte. Sie begrub das Gesicht an seiner Brust, von einem unkontrollierbaren Schüttelkrampf erfaßt und nach Luft ringend – ihrem Schmerz genauso hilflos ausgeliefert wie Frazier, als er sie zum Rand der Steilwand geschleppt hatte, um sie dort dem Tod auszuliefern.

Aber in jenem Moment war sie ruhig und gefaßt gewesen und jenseits aller Angst. Doch jetzt durchlebte sie wieder jedes Leid, das sie in ihrem Leben erfahren hatte. Sie war wieder ein kleines Mädchen, das sich schweigend nach Aufmerksamkeit sehnte, und dann ein älteres, von den Treulosigkeiten ihrer Eltern verwirrtes Kind. Sie durchlitt erneut das Elend einer aus der Gesellschaft Verbannten, und diesen düsteren Glauben, daß sie für ihre Eltern unbedeutend war im Vergleich zu dem hohen Drama ihres eigenen Lebens.

Am meisten von allem jedoch spürte sie die Einsamkeit und diese bedrückende Gewißheit, daß sie niemals geliebt werden würde. Daß sie der Liebe nicht würdig sei.

Aber sie war ja gar nicht allein. Kenneths Arme umfingen sie und beschützten sie davor, auseinanderzubrechen, wie sie das befürchtet hatte. Sie spürte den festen Schlag seines Herzens unter ihrer Wange. Und obwohl ihre Beziehung unter Vortäuschung falscher Tatsachen begonnen hatte, war sein Verhalten ihr gegenüber doch immer tapfer, gütig und ehrenhaft gewesen. Liebevoll eben. Selbst der schrecklichste Verlust ihres Lebens wurde nun von der Wärme und dem Verständnis, die sie nur bei ihm gefunden hatte, aufgefangen.

Als sie sich zitternd an ihn klammerte, wurde ihr langsam das Ausmaß bewußt, in dem ihr Kummer all ihre anderen Emotionen gelähmt hatte. Jetzt, wo sie ihrem Kummer freien Lauf ließ, spürte sie, daß auch andere Gefühle wie vom Eis befreite Flüsse in ihr zu strömen begannen. Sie hatte bisher ihre eigene Fähigkeit zu lieben nicht gekannt, die so groß war, daß jede Fiber ihres Körpers unter der Macht ihrer Gefühle für Kenneth vibrierte.

Und dank seiner Liebe vermochte sie nun auch die Liebe anderer zu erkennen. Hatte ihr Vater nicht erst vor wenigen Stunden sein Leben angeboten, um ihres zu retten? Und auch ihre Mutter hatte sie geliebt. Nicht immer auf eine vollkommene Weise; aber nach dem besten Vermögen ihres so stürmischen und oft auch so depressiven Charakters.

Da stand ihr wieder ein Bild so lebhaft vor Augen, das sie bisher für ein Traumgesicht gehalten hatte. »Meine Mutter war heute dort, Kenneth«, flüsterte sie mit rauher Stimme. »Ich sah sie, als ich ohne Bewußtsein war. Ich glaube, sie war ganz Licht wie ein Engel, und versuchte mein Leben zu retten. Wäre das möglich?«

»In Momenten, in denen wir zwischen Leben und Tod schweben, kann der Schleier zwischen der sichtbaren und der unsichtbaren Welt dünn werden, Rebecca.« Er streichelte ihren Rücken mit einer unendlichen Zärtlichkeit. »Frazier ließ dich fallen, als meine Kugel ihn traf, und das Gefälle war an dieser Stelle schon so stark, daß du auf den Rand der Steilwand zugerutscht bist. Es gelang mir zwar, dich noch rechtzeitig festzuhalten, aber die Böschung war, wie ich eben sagte, dort schon so steil, daß es mir unmöglich war, wieder sicheren Boden zu erreichen.

Also lagen wir dort an den Hang gepreßt und drohten beide im nächsten Moment in die Tiefe zu stürzen, als eine heftige Bö uns erfaßte, die es mir irgendwie erlaubte, mich so lang zu machen, daß ich mich an einem Stein einhalten und uns beide wieder auf ebenen Boden hinaufziehen konnte. Eine so starke Bö genau im richtigen Augenblick ist mir nicht ganz natürlich vorgekommen. Und ich schwöre dir, daß sie in diesem Moment die Entscheidung brachte über Leben und Tod. Vielleicht ist es tatsächlich deine Mutter gewesen, die uns in diesem Augenblick ihre Kraft lieh, damit wir uns retten konnten.«

Ein Saatkorn der Wärme keimte nun in ihrem Herzen und entwickelte sich rasch zu einem Frieden, der sich über ihren ganzen Körper ausbreitete. Das war also der Glaube, stellte sie mit einer stillen Verwunderung fest. Liebe, Frieden und Unsterblichkeit gab es wirklich, und diese Erkenntnis verdankte sie einem Korsaren.

Sie hob das Gesicht zu ihm empor. »Ich liebe dich, Kenneth«, sagte sie mit heiserer, bewegter Stimme. »Daß du mich nie mehr verläßt!«

Ein langsames, intimes Lächeln erhellte nun sein Gesicht. »Ich kann dir zwar nicht versprechen, daß ich nicht sterben werde. Aber ich werde immer bei dir sein, Rebecca, mit meiner Seele und meinem Körper. Das schwöre ich dir.« Er neigte den Kopf zu ihr hinunter und legte seinen Mund auf ihren. »Immer«, murmelte er.

Sein Kuß war wie Nektar, der sie mit einer süßen Kraft erfüllte und auf eine wunderbare Weise alle Wunden ihrer Seele heilte.

Und nach diesem süßen Frieden kam das Feuer. Sie legte sich in die Kissen zurück und zog ihn auf ihr Bett hinunter.

»Liebe mich, Kenneth. Bitte.«

Er streichelte sie sacht; während nun eine steile Falte auf seiner Stirn erschien. »Das war ein heftiger Schlag, den du heute auf den Kopf bekommen hast.«

»Aber wenn du mich küßt, tut mir der Kopf überhaupt nicht mehr weh.« Sie preßte den Mund an seinen Hals und spürte dort den harten Schlag seines Pulses. Seine Haut schmeckte salzig, und seine lange Reise nach Norden hatte ihn mit erfreulich kratzigen Stoppeln bedeckt. Sie glitt mit einer Hand an seinem Körper hinunter. »Wenn der Arzt noch hier wäre, würde er mir sicherlich zustimmen, wenn ich zu ihm sagte, daß du die beste Medizin gegen Kopfschmerzen bist.«

Ihm stockte der Atem, als sie ihn an seiner empfindlichsten Stelle zu streicheln begann. »Du gewinnst, du schamloses Mädchen«, sagte er, nach dem Saum ihres Nachthemds fassend, das er ihr jetzt über den Kopf zog. »Ich sehe schon eine Ehe voraus, in der du immer alles bekommen wirst, was du willst.«

Sie lachte, als ihr Gesicht wieder aus den Falten ihres Musselingewandes auftauchte. »Das ist nicht schwierig, da alles, was ich mir als Ehefrau wünsche, du bist.«

Seine Kleidungsstücke gesellten sich nun in rascher Folge zu ihrem Nachthemd auf dem Boden. Dann berührte er sie überall so vorsichtig, als wäre sie aus gesponnenem Glas gemacht. Aber die glühenden Erwiderungen seiner Berührungen änderten das rasch. Zum erstenmal konnten sie sich der Leidenschaft, mit der sie sich stets vereinigt hatten, voll und ganz hingeben – ohne irgendwelche Zweifel oder Vorbehalte.

Es wurde nun rasch ihr eigener, privater Feuerstrom daraus, der sie mit Wärme, Zärtlichkeit und sogar Gelächter erfüllte. Mit all den unzähligen Facetten der Liebe. Auf dem Höhepunkt fing sie wieder an zu weinen, aber es waren diesmal Freudentränen, die sie vergoß. Denn sie hätte nie geglaubt, daß sie in der Hingabe eine solche Erfüllung finden würde.

Nachdem der Sturm vorüber war, ruhten sie beide friedlich in den Armen des anderen, nur von der warmen Glut des erlöschenden Feuers beleuchtet. Sein Kopf war ein warmes, sie mit Zuversicht erfüllendes Gewicht auf ihrer Brust.

Sie strich mit den Fingern durch seine dunklen Haare, deren seidige Strähnen sich um ihre Finger ringelten. »Ich werde dich als Vulkan, den Gott der Schmiede, malen«, murmelte sie. »Er war wie du – ein Musterbild von Kraft und körperlicher Meisterschaft.«

»Und er war mit Venus verheiratet.« Er setzte sich im Bett auf, staunend über ihre Schönheit, ihren Liebreiz und dieses vollkommene Glück, das sie ihm bescherte. »Du hättest das Modell für Botticellis Venus sein können – schlank und elegant und so überaus begehrenswert.«

Er gab ihr einen Kuß zwischen die Brüste, stieg aus dem Bett und suchte dann etwas in den Taschen seines zerknitterten Rocks.

Sie gab kleine protestierende Laute von sich, die erst verstummten, als er sich wieder zu ihr aufs Bett legte. Er nahm ihre Hände und schob den Verlobungsring der Wildings auf den dritten Finger ihrer linken Hand.

»Ich höre mit dem auf, was eigentlich an den Anfang gehört, mein Herz«, sagte er, küßte ihr die Hand und verschränkte dann seine Finger mit ihren. »Verlobungen sollten mit einem Ring beginnen und nicht damit, daß man miteinander schläft.«

Sie lächelte. »Künstler dürfen das auch andersherum machen.«

»Ich mag zwar ein Künstler sein, aber ich besitze sehr konventionelle Ansichten von Treue«, sagte er mit fester Stimme. »Keine Mätressen, keine Liebhaber. Nur ein Mann, eine Frau und ein Bett bis in alle Ewigkeit.«

Sie schenkte ihm ihr bezauberndes Lilith-Lächeln, als sie seinen Kopf zu sich herunterzog, um ihm wieder einen Kuß zu geben. »Ich würde es auch gar nicht anders haben wollen.«

Band 12665

Barbara Cartland

Ein verzweifelter Schritt

Aus Angst vor einer Zwangsehe flüchtet eine junge Frau in ein neues Abenteuer

Als Helga Wensley von ihrem Stiefvater zur Ehe mit Bernard Howell, einem Mann, den sie zutiefst verachtet, gezwungen wird, bleibt ihr nur die Flucht. In ihrer Verzweiflung reist sie nach London, wo sie bei ihrer Tante Milly, dem gefeierten Star des Gaiety Theatre Zuflucht findet. Obwohl Helga sich hier in Sicherheit wähnt, schwebt sie in höchster Gefahr. Denn Bernard hat bereits ihre Fährte aufgenommen und befindet sich auf dem Weg nach London. Da bittet der Duke von Rocklington, den Helga bei Milly kennenlernt, sie, für kurze Zeit seine Braut zu spielen. Trotz Millys Warnung willigt Helga ein – nichts ahnend von der Gefährlichkeit eines Mannes, der als geborener Herzensbrecher gilt…

Band 12722

Tamara Leigh

Mit dem Herzen einer Löwin

Noch auf dem Sterbebett verrät Maynard seinen Bruder Liam: Er vermacht die Burg, die von Rechts wegen seinem Bruder zusteht, seinem dreijährigen Sohn Oliver, den er in heimlicher Ehe gezeugt hat. Wutentbrannt macht sich Liam auf den Weg, um die Frau seines Bruders zur Rede zu stellen.
Lady Joslyn ist jedoch nicht die kühl berechnende Verräterin, die Liam erwartet hat. Gegen seinen Willen verfällt er der mutigen und klugen Frau, die wie eine Löwin um ihren Sohn kämpft. Und auch Joslyn muß erkennen, daß sie viel zu oft an Liam denkt. Immer mehr ergreift die Leidenschaft von ihr Besitz, bis sie schließlich nur noch einen Wunsch hat: dem kühnen Ritter ganz zu gehören…

Band 12715

Tamara Leigh

Wenn Haß zu Liebe wird

Die leidenschaftliche und bezaubernd schöne Angelsächsin Rhiannyn von Etcheverry gesteht, Thomas Penderey, einen vornehmen Normannen, heimtückisch ermordet zu haben. Lord Maxen, der Bruder des Getöteten, verläßt daraufhin das Kloster, in dem er nach blutigen Schlachten Frieden zu finden hoffte, um die Mörderin zu bestrafen und die rebellischen Angelsachsen zu vernichten.

Doch schon bei der ersten Begegnung mit Rhiannyn kommen Maxen Zweifel an ihrem Geständnis. Sein Haß auf sie wird plötzlich von einem völlig neuen Gefühl verdrängt, so sehr er sich auch dagegen wehrt. Und seine stolze Widersacherin stellt mit Entsetzen fest, daß sie dem Mann verfallen ist, der ihr Volk erbarmungslos zugrunde richten will...

BASTEI LÜBBE

Band 12749

Julie Garwood

Im Taumel der Sehnsucht

England am Ende des 18. Jahrhunderts. Jered Marcus Benton, der Duke of Bredford, ist der reichste und begehrteste Mann weit und breit – aber auch der arroganteste. Sein Interesse beschränkt sich auf eine einzige Dame der Londoner Gesellschaft, der schönen Caroline Richmond aus Boston. Auch sie ist von dem dreisten Herzog angetan und nimmt sich vor, ihn zu zähmen. Doch erst als sich ihre Wege aufgrund einer tödlichen Intrige vereinen, verfällt Jered Marcus Benton ihrem unwiderstehlichen Bann. Voll ungestümer Leidenschaft stellen sie sich der Herausforderung durch den gemeinsamen Feind …

BASTEI LÜBBE